Noemi Jordan
Insel der schwarzen Perlen

PIPER

Zu diesem Buch

Hawaii, 1900: Die deutsche Einwanderin Elisa hat die traumatische Schändung durch den Gouverneur Janson überwunden und mit dem Hawaiianer Kelii einen Neuanfang gewagt. Doch ihr Glück ist nicht von Dauer: Bei Kelii wird eine kostbare schwarze Perle von Elisas Mutter gefunden. Elisa ahnt, dass eine Intrige Jansons dahintersteckt, da ihre Liebe zu dem Hawaiianer vielen Einwanderern ein Dorn im Auge ist. Um Kelii zu retten, beugt sich Elisa Jansons Willen. Sie soll sich um ihre gemeinsame Tochter Victoria kümmern, die bei der Vergewaltigung gezeugt wurde. Im Gegenzug wird Kellis Hinrichtung in eine Gefängnisstrafe abgewandelt. Auf der Plantage beginnt für Elisa eine Zeit des Grauens. Als sie keinen Ausweg mehr sieht, kommt ihr der Einwanderer Johannes zu Hilfe. Doch als Elisa mit Kelii auf die Nachbarinsel fliehen will, ist ihr Liebster spurlos verschwunden. Dafür folgt ihr Johannes nach Oahu und gesteht ihr seine Liebe. Nach Monaten verzweifelter Sehnsucht nach einem Lebenszeichen von Kelii steht Elisas Herz vor einer schweren Entscheidung …

Noemi Jordan ist das Pseudonym einer deutschen Autorin, die vor zwei Jahrzehnten in einen hawaiischen Clan eingeheiratet hat. Die Autorin lebt mit ihrem Mann und ihren beiden Kindern im Süden Deutschlands.

Noemi Jordan

Insel der schwarzen Perlen

Roman

Piper München Zürich

Mehr über unsere Autoren und Bücher:
www.piper.de

Von Noemi Jordan liegen bei Piper vor:
Tal der tausend Nebel
Insel der schwarzen Perlen

MIX
Papier aus verantwortungsvollen Quellen
FSC® C014496
FSC
www.fsc.org

Originalausgabe
Dezember 2012

Umschlaggestaltung: Cornelia Niere, München
Umschlagfoto: Artwork Cornelia Niere; Shutterstock (Boot, Insel etc.)
Satz: Satz für Satz. Barbara Reischmann, Leutkirch
Gesetzt aus der Sabon
Papier: Pamo Super von Arctic Paper Mochenwangen GmbH
Druck und Bindung: GGP Media GmbH, Pößneck
Printed in Germany ISBN 978-3-492-27286-5

Im Gedenken an Lili'uokalani, die letzte Königin von Hawaii (1838–1917)

Geboren als königliches Kind
Erzogen zur gehorsamen Christin
Verheiratet mit einem Europäer

Verraten von weißen Freunden
Inhaftiert für ihre Überzeugung
Entthront von den Amerikanern

Geliebt von ihrem Volk und bis heute unvergessen …

Prolog

Applerock, Kauai, Frühjahr 2011

Wilde Frühjahrsstürme tobten seit Tagen über Kauai und wühlten das Meer an der Na-Pali-Küste auf. Winde rüttelten an den Wänden der provisorischen Hütte oberhalb der Klippen, auf dem Stück Land, das bei den Küstenbewohnern Applerock hieß.

Neben dem alten Holzschuppen wuchs das neue Zuhause von Maja und Keanu. *Lewalani* wollten sie das Haus nennen, was so viel hieß wie Himmelreich.

Ein Schauer prasselte auf das Wellblechdach über Maja, kurz und heftig, als eine weitere Wolke sich entlud. Sie saß im Dunkeln, um ihren Liebsten nicht zu wecken, und starrte auf ihren Laptop. Wieder keine Verbindung zum Internet, zu schlechter Empfang.

Beunruhigt beobachtete sie durch das kleine Fenster das wilde Naturschauspiel. Dunkle Wolken jagten über das Meer, immer wieder blitzte der Mond auf die wilden Wellen, dann wurde es wieder dunkel. Notdürftig hatte sie mit Keanu gestern Morgen die Rohbauwände ihres zukünftigen Zuhauses für den Sturm mit Plastikplanen verhängt, doch zwei davon hatten sich gelöst, der Lärm hatte Maja aus dem Schlaf gerissen. Gigantischen Vogelschwingen gleich flatterten die Planen im Sturm und schlugen gegen das Malergerüst. Wie konnte Keanu nur schlafen?

Sollte sie versuchen, die Planen allein zu befestigen? Nur ungern wollte sie Keanu wecken, denn er war erst spät nach

Hause gekommen. Auch musste Maja lernen, mit solchen Herausforderungen alleine fertigzuwerden. Drei Monate war es jetzt her, seit sie ihre Heimatstadt München verlassen hatte, weil sie bei ihm sein wollte. Sie hatte sich für eine Zukunft an Keanus Seite entschieden, und hier auf den Klippen, auf der anderen Seite des Erdballs, sollte ihr Kind auf die Welt kommen. Das alles wegen einer jungen deutschen Einwanderin, die vor mehr als einem Jahrhundert das Grundstück, auf dem Maja von nun an ihr Leben verbringen wollte, hätte erben sollen. Elisa Vogel, aus Hamburg nach Hawaii eingewandert im Jahr 1893.

Auf dem nächtlichen Meer rollten in stetigen Linien weiße Schaumkronen in die Bucht. Geheime Botschaften, geschrieben in einer Schrift aus einer Welt unter der Wasseroberfläche, in die Kelii seine Frau Elisa damals für immer mitgenommen hatte …

Majas Leben war verwoben mit dieser Frau aus einer anderen Zeit, nur hatte sie das Webmuster nicht zu deuten gewusst, wenn sie einander in ihren Träumen besuchten und ihre Seelen sich mithilfe der geheimnisvollen Pflanze Tausend-Nebel begegnen konnten. Jetzt, in ihrer Schwangerschaft, traute sie sich nicht, die Kräfte der Pflanze zu nutzen, aus Angst, damit womöglich ihrem Kind zu schaden. Doch es verging keine Stunde, in der sie nicht Sehnsucht nach Elisa verspürt hätte.

Vom Wind aufgewühlt peitschten die Wellen auf die Steilküste zu, überrollten und überschlugen einander. Maja dachte an den Traum, aus dem der Sturm sie geweckt hatte. Sie hatte sich an den Tisch gesetzt, um ihrer Freundin Ina in München zu schreiben, da die für ihr Leben gern Träume analysierte.

Elisa war dort gewesen, im Hintergrund, als alte Frau. Maja nahm in diesem Traum Gerüche wahr. Ein Gemisch aus süßem Jasmin, ungewaschenem Körper und vergorener Milch. Dazu das Weinen eines neugeborenen Babys. Eine junge Frau streckte bittend die Hände aus. An ihrer linken Hand trug sie einen Ring, der Maja gehörte.

»Komm zurück ins Bett, *ipo* …«

Keanus Stimme klang besorgt, als er sich aufrichtete.

»… alles in Ordnung?«

Maja versuchte zu lächeln.

»Tut mir leid, wenn ich dich geweckt habe … Ich hatte einen Traum und wollte ihn Ina schreiben …«

Er runzelte die Stirn.

»Du brauchst deinen Schlaf, *ipo* … Und unser Baby braucht auch Ruhe. Komm zu mir, in meine Arme.«

Maja zögerte. Er war gestern sehr spät nach Hause gekommen, viel später als verabredet. Sie war während des Wartens vor Müdigkeit eingeschlafen und immer noch ein wenig irritiert, weil er sich nicht gemeldet hatte. Er nickte schuldbewusst.

»Es tut mir leid, dass du gewartet hast. Aber ich kann nicht drüber reden … das weißt du. Komm zu mir, bitte. Ich nehme dich in die Arme, und wir schlafen noch ein wenig …«

Er schlug die Decke zurück, doch Maja blieb auf ihrem Stuhl sitzen. So leicht würde sie es ihm heute nicht machen.

»Ich schreibe lieber an Ina … Bei dem Sturm kann ich nicht einschlafen. Die Planen haben sich gelöst. Es klingt wie ein Maschinengewehr … und …«

Ihre Stimme kam ins Stocken.

»… immerzu muss ich an den Haifischmann denken … Was ist, wenn er schon längst draußen steht, uns beobachtet …?«

»Unsinn! Komm ins Bett!«

Maja schüttelte den Kopf. Seufzend setzte Keanu sich auf die Bettkante und schaltete die Nachttischlampe an.

»Du und dein Kopfkino! Willst du mir von deinem Traum erzählen oder von deinen Ängsten?«

Schweigen. Kurz darauf sein leises Lachen.

»Na dann, wenn du nicht kuscheln willst …«

Er legte sich wieder hin. Maja schloss kurz die Augen. Die Art, wie er sie liebte, bedingungslos und leidenschaftlich, aber auch humorvoll und klug, war einzigartig. Mit keinem Mann hatte sie eine derartig tiefe Verbindung gespürt.

Vom Kopfkissen aus sah er sie an, Zärtlichkeit und Belustigung lagen in seinem Blick.

»Du bist eine schöne Schwangere, weißt du das? Und weißt du, wie sehr ich mich auf unser Kind freue? Ihr beide, ihr seid mein Ein und Alles, meine Zukunft, mein Leben.«

Jedes seiner Worte streichelte ihre Seele. Sein mutiger Blick trieb ihre Ängste aufs Meer hinaus, und sie fühlte, wie sie weicher wurde. So war es immer zwischen ihnen. Er redete, sah sie an, und schon schmolz ihr Widerstand. Sie machte einen letzten Versuch.

»Kannst du mir wirklich nicht sagen, wo du so spät noch warst? Es würde mir Sicherheit geben.«

»Ich liebe dich, *ipo*. Das muss Sicherheit genug sein.«

Die letzten Grenzen zwischen ihr und ihm verschwammen in einem Niemandsland aus Glut und Feuer.

Über den Klippen heulte der Sturm, Wellblech zitterte unter prasselndem Regen, die dünnen Hüttenwände bogen sich im gierigen Wind, doch all das war bedeutungslos. Maja liebte.

1. Kapitel

Applerock, Frühjahr 1900

Auf dem steilen Pfad zurück ins Dorf machte Elisa einen Moment Pause. Sie musste Atem schöpfen, das Kind in ihr wog kurz vor der Geburt schwer, weit schwerer als die beiden Körbe mit der feuchten Wäsche, die sie vom Wasserfall zurückbrachte.

Sie wusste nicht warum, aber als sie ihre Augen schloss, sah sie erneut das Gesicht der jungen Frau aus ihren Träumen vor sich. Die Nebelfrau, wie Elisa sie für sich nannte, war in den letzten Tagen stark präsent gewesen. Ihr hatte Elisa zu verdanken, dass sie an diesem Tag endlich das perfekte Versteck für das wertvolle Collier aus schwarzen Perlen gefunden hatte. Seit Monaten hatten Kelii und sie sich nicht einigen können, was mit dem Geschenk ihrer Mutter zu tun war. Das aufwendig geknüpfte Collier bestand aus über hundert Perlen verschiedener Größe, alle von höchster Qualität, und war überaus wertvoll. Vor allem die größeren Perlen würden im Tauschhandel viel bringen.

Zunächst hatte Kelii sie gebeten, das Collier einfach zurückzugeben. Wären es weiße Perlen gewesen, so hätte auch er sich über das Geschenk gefreut, doch schwarze Perlen spielten in der Geschichte seiner Familie eine düstere Rolle. Sie waren *kapu*, verboten. Kein weibliches Familienmitglied aus Keliis Klan würde Schmuck aus schwarzen Perlen tragen. Sie zogen Unheil an, wenn man wie Kelii aus dem Klan der Haifische stammte.

Er war sehr deutlich geworden, bevor er heute früh mit den Männern zum Versammlungsfelsen aufgebrochen war, um das nächtliche Vollmondritual vorzubereiten.

»Unser *aumakua*, der Familienschutzgeist, hat schwarze Perlen noch nie erlaubt. Sie dürfen auf keinen Fall in unserem Dorf bleiben, das haben die Ältesten so beschlossen.«

Elisa respektierte das, da sie wusste, wie zwecklos Widerspruch sein würde.

»Ich bringe sie heute noch fort ... Dennoch bin ich froh, dass wir jetzt ein bescheidenes Vermögen besitzen. Du musst zugeben, dieses Geschenk meiner Mutter gibt unserer Familie zumindest ein wenig Sicherheit ...«

So ging es vor ihrem Aufbrechen noch eine Weile hin und her, der Kompromiss war schließlich ein Versteck in der Nähe des Dorfes, nicht zu weit, aber weit genug, um keinen Verdacht zu erregen, wenn Elisa dort hinging. Sie wollte nicht, dass die Dörfler sie beobachten konnten, wenn sie eine Perle brauchte, um die Waren der weißen Einwanderer zu kaufen, die sie bisweilen benötigte. Bis in die Inselhauptstadt musste sie, um Dinge wie Stifte, Papier und vor allem bestimmte medizinische Vorräte zu erwerben. War das Versteck nicht allzu weit, konnte sie als Kahuna, als Heilerin des Dorfes, immer sagen, sie musste zum Pflanzensammeln. Doch tatsächlich verwendete sie auch einige westliche Mittel, wie zum Beispiel scharfe Skalpelle, und die kosteten eben mehr als ein Huhn.

Der schiefe Apfelbaum oberhalb der Steilklippen war das ideale Versteck. Immer mal wieder nahm Elisa den Weg zu dem verlassenen Hain aus Apfelbäumen auf sich, um an ihren Vater zu denken. Er hatte sich vor seinem Tod gewünscht, auf Kauai eine neue Apfelsorte zu züchten. Doch die Bäume aus Deutschland hatten es in dem tropischen Klima schwer. Von ihrem Freund Johannes wusste Elisa, dass ihr Onkel und der Gouverneur die Hoffnung auf eine neue Apfelsorte aufgegeben hatten. Es war aussichtslos, denn Apfelbäume liebten Frost und brauchten einen halbwegs kalten Winter. Doch wirklich kalt wurde es auf Kauai nie, und die Bäume trugen schon seit Jahren keine Früchte.

Als Elisa an diesem Morgen die schwarzen Perlen, eingeschlagen in ein Tuch, an den Wurzeln des Baumes aus ihrer Heimat vergrub, sah sie das Gesicht ihres Vaters vor sich. Acht Jahre war es her, seit er in Hamburg gestorben war, immer noch vermisste sie ihn. Ihr Leben wäre sicherlich anders verlaufen, wenn er sie beschützt hätte. Ihre Mutter war dazu zu schwach gewesen. In dem Perlengeschenk sah Elisa daher auch eine Art Wiedergutmachung für ihr verlorenes Erbe.

Unter dem Apfelbaum hatte Elisa ein Gebet gesprochen und um Familienfrieden gebeten. Sie wünschte sich Versöhnung. Doch sie wusste, wie sehr sie ihre Familie vor den Kopf gestoßen hatte, als sie sich zu Kelii bekannte. Der Preis ihrer Liebe war hoch. Sie war enterbt worden. Das wertvolle Stück Land an den Steilklippen der Na-Pali-Küste hätte Elisa gehören sollen. Ihr Vater hatte ihr den Hain mit Apfelbäumen explizit in seinem Testament vermacht. Doch ihre Familie hatte sie für tot erklären lassen. Und jetzt gehörte das Grundstück bereits seit Jahren Elisas fünfjähriger Tochter Victoria, beziehungsweise dem Gouverneur von Kauai. Victoria war die Frucht einer Vergewaltigung, die Elisa schwer traumatisiert hatte. Das Kind hatte man ihr kurz nach der Geburt genommen. Doch all das lag Jahre hinter ihr. Sie hatte ein neues Leben begonnen.

Elisa atmete tief durch und genoss die milde Luft. Endlich kam die warme Brise nach Kauai. Die lauen Winde waren dieses Jahr spät dran. Begleitet von heftigen Stürmen hatte es diesen Winter viel geregnet, bisweilen mehrere Tage ununterbrochen und in so dicken Tropfen, dass das Spielen auf dem Dorfplatz unmöglich geworden war. Triefend und schlecht gelaunt saßen die Kinder in den Hütten. Einer ihrer Schützlinge, die kleine Ulani, hatte Fieber und einen hartnäckigen Dauerhusten. Doch mit dem wärmeren Frühlingswetter würde auch Ulani bald wieder auf den Beinen sein, da war sie sich sicher.

Zufrieden strich sie sich über ihren Bauch. Sie war noch jung, knapp sechsundzwanzig, ihr Leben lag vor ihr, so wollte sie es sehen, und freute sich auf weiteren Nachwuchs. Nach fünf Jahren ihres Zusammenlebens mit Kelii war sie sicher, ihr ganzes Leben mit ihm verbringen zu wollen. Sie liebte ihn aus ganzem Herzen. Ihr Leben mit den Hawaiianern bedeutete aber auch, dass sie ihre deutsche Verwandtschaft auf Kauai verlor. Sein Dorf in den Bergen war ihr Zuhause.

Manchmal schmerzte immer noch das Verhalten ihrer Mutter, bisweilen sogar körperlich. Ihr Herz tat weh, wenn sie an Clementia dachte. Wie konnte ihre Mutter nur so kalt und grausam sein? Inzwischen war Elisa Adoptivmutter des kleinen Eli, und schon bald würde sie Keliis Kind auf die Welt bringen, und sie konnte sich nicht vorstellen, jemals eines ihrer Kinder zu verstoßen oder sogar für tot erklären zu lassen.

Es war gut, dass Elisa allein gegangen war, um die Perlen zu verstecken. Um im Dorf keinen Verdacht zu erregen, hatte sie Wäsche mitgenommen und angekündigt, sie würde nach dem Waschen noch Heilpflanzen suchen gehen. Praktisch den ganzen Tag war sie jetzt unterwegs gewesen, hatte viele Kilometer zurückgelegt und atmete schwer. Während sie die beiden Körbe kurz absetzte und sich gegen einen Felsen lehnte, ließ sie die Landschaft auf sich wirken. Unbeschreiblich schön war die Natur nach dem heftigen Frühlingsregen. Um später zumindest eine Skizze anzufertigen, versuchte sie sich das Naturschauspiel in all seinen Facetten einzuprägen. Doch viel lieber als mit Bleistift und Kohle würde sie endlich einmal wieder mit Farben arbeiten.

Seit Elisa mit Kelii und Eli zur Jahreswende in sein Heimatdorf zurückgekehrt war, hatte sie immer wieder mit dem Gedanken gespielt, ihre Mutter einmal zu besuchen. Nicht den Schmuck wollte sie ihr zurückgeben, sondern um ihren alten Aquarellkasten würde sie bitten. Doch bestimmt gab es ihren Malkasten nach all den Jahren nicht mehr, so wie es auch keine offene Tür im neuen Zuhause ihrer Mutter gab. Zwischen ihnen standen Welten. Seit Clementia Vogel den deutschen Adeligen Fried geehelicht hatte, gehörte sie zur besseren Gesellschaft auf den Inseln Hawaiis und hatte einen Ruf zu verlieren.

Elisa sah über die Hügel in die Ferne. Heute war der Weg gut zu sehen, der auf der anderen Seite des Tals in die Berge führte, zu ihrer Mutter. Vielleicht war ihre Mutter nicht zu Hause. Clementia war oft auf Reisen, oder aber sie besuchte Elisas Tochter Victoria in Lihue, der Inselhauptstadt. Auf der Zuckerrohrplantage des Mannes, den Elisa am allermeisten auf der Welt hasste, verbrachte Elisas Mutter sehr viel Zeit, denn schließlich war Gerit Janson der Gouverneur. Clementia war die geliebte Großmama seines einzigen legitimen Kindes, seiner Alleinerbin Victoria. Elisa war tot, zumindest auf dem Papier, und im Grundbuch hatte man ihren Namen durch den ihrer Tochter ersetzt.

Elisa wischte eine Träne weg. Sie konnte nichts dafür. Es tat weh, wie ihre Mutter sie aus ihrem Leben gelöscht hatte. Die schwarzen Perlen sollten vielleicht auch der endgültige Abschied sein. Doch daran wollte Elisa nicht denken, noch nicht. Es war zu schmerzhaft.

Vor ihr dampfte es in dichten Schwaden aus dem Tal. Dort lag es, nicht einmal zwei Stunden zu Fuß von hier, das prachtvolle Zuhause ihrer Mutter. Einmal hatte Elisa sich nur mit Eli auf den Weg gemacht, doch hatte sie der Mut verlassen. Es war keine Einladung von Clementia gekommen, seit sie sich in einem winzigen Moment beim Hibiskus-Ball in die Augen gesehen hatten. Es waren Schmerzen im Blick ihrer Mutter gewesen. Und auch Angst. In Elisa krampfte sich alles zusammen, wenn sie an die Neujahrsnacht vor drei Monaten zurückdachte.

Ihre Mutter hatte spontan das wertvolle Collier von ihrem Hals genommen und es Elisa in die Hand gedrückt, aber ihr Blick war dabei so flehend und scheu gewesen, dass selbst ein kurzes Gespräch unmöglich war. Oder hatte Clementia keine Worte der Mutterliebe mehr für sie? Elisa war ihr einziges Kind, einst heiß geliebte Tochter und jetzt Verstoßene. Sie konnte nur ahnen, was es für ihre Mutter bedeutete, Elisa in wilder Ehe mit einem Hawaiianer zu wissen. Für weiße Plantagenbesitzer war es eine Schande, ein Tabu, das nicht gesellschaftsfähig war. Wahrscheinlich würde Clementia ganz einfach nicht darüber sprechen, so wie man auf den Inseln über viele Dinge nicht sprach, die grauenvoll oder nicht schicklich waren.

Elisa strich zärtlich über ihren enormen Bauch. Jetzt bekam sie auch noch ein Mischlingskind, ein Kind der Liebe und der tiefen Verbundenheit, Zeichen ihres Glücks mit Kelii. Die weiße Tochter, die Elisa vor fünf Jahren gebar, war zwar die Frucht einer brutalen Vergewaltigung, doch das hatte in ihrer Familie nie jemanden interessiert. Diese Vergewaltigung zählte auch nicht als solche, da Gouverneur Janson bei Elisas Onkel um ihre Hand angehalten hatte. Im Gegenteil, die jungfräuliche Elisa Vogel sei damals ganz nach seinem Geschmack gewesen – trotz der entstellenden Narbe an ihrem Bein. Nur sei sie leider geisteskrank, so hatte Janson es formuliert, weil sie nach ihrem ersten romantischen Treffen in der nächtlichen Höhle mit einem Hawaiianer durchgebrannt sei.

Welche Frau bei klarem Verstand würde eine Werbung von Gerit Janson ausschlagen, dem reichsten Mann der Insel?

Die letzten fünf Jahre, in denen Elisa ausschließlich unter Hawaiianern lebte, hatten sie tief geprägt, vor allem ihre Zeit auf der Insel Maui, in der sie ihre Einweihungen zur Kahuna erhielt. *Pupule*, verrückt sei Elisa Vogel, inzwischen auch die Haifrischfrau genannt.

Vielleicht war sie in den Augen der Weißen verrückt, auf alle Fälle fühlte sie sich nicht mehr wie eine *haole*, eine seelenlose Weiße. Elisa war *kanaka*, eine Hawaiianerin. Für sie war nicht nur Keliis Liebe ein Gottesgeschenk, sondern auch die Zugehörigkeit zu seinem Volk. Mit jedem Tag, an dem sie in seinem Dorf als ausgebildete Kahuna Heilkunst praktizierte und helfen konnte, wurde sie von der Dorfgemeinschaft mehr akzeptiert. Ihr neues Leben war auf einem guten Weg.

Doch wenn Elisa in sich hineinhorchte, wie an diesem Tag, an dem sie die schwarzen Perlen vergraben hatte, meinte sie die Liebe ihrer Mutter wie einen stummen Hilferuf in sich zu spüren. Ihre Mutter musste ihr Bestes wollen, warum sonst hätte Clementia ihr spontan dieses wertvolle Collier gegeben? Es war immerhin ihr Hochzeitsgeschenk und von großem Wert. Wie eine warme Schutzhülle, gewachsen in fröhlichen Kinderjahren in ihrem Hamburger Garten, fühlte Elisa die verzweifelte Sehnsucht ihrer Mutter und hoffte, ihre Liebe würde eines Tages stärker sein als ihr Schamgefühl.

Einige Momente lang holte Elisa noch Atem, bevor sie ihren Weg vorsichtig fortsetzte. Durch die heftigen Regengüsse war der versteckte Weg zum Dorf, den sie benützte, heute besonders rutschig. Ihre Schritte musste sie wegen ihres schweren Bauches behutsam setzen. Weiter oben hörte sie Kinderstimmen. Eli und seine Freunde, die Elisa seit dem Wasserfall begleitet hatten, warteten eine Wegbiegung weiter oben, doch langsam wurde ihr Adoptivsohn ungeduldig.

»Kommst du bald, Ma?«

Elisa rief fröhlich zurück, es würde noch ein wenig dauern, da sie das Baby und die Wäsche den Berg hinauftrüge. Im Umgang mit Gebärenden waren die Hawaiianer ihres Dorfes angenehm unkompliziert. Schon die Kleinsten wussten, worum es dabei ging, und die größeren Kinder wurden sehr früh aufgeklärt.

»Geht ruhig schon vor, Jungs, ich raste noch ein wenig … Es ist so ein schöner Nachmittag.«

Doch Eli war jetzt schon ein sehr pflichtbewusster Junge. »Nein, Ma, wir warten hier auf dich und helfen dann mit den Körben, ich habe es Pa doch versprochen …«

Elisa hörte, wie die Jungs über ihr fröhlich lachten und begannen, ihre Blasrohre aus Schilf zu basteln. Unten am Wasserfall hatte Eli mit den anderen Dorfkindern gespielt. Den ganzen Tag tobten und spielten sie, froh über einen Tag ohne Regen. Dann wurden Schilfrohre für Flöten und Blasrohre geschnitten. Eli kannte sich gut aus, war geschickt und mit seinen fünf Jahren auch bereits fürsorglich den beiden neuen Jungs gegenüber, die erst seit kurzer Zeit mit ihrer Schwester Ulani im Dorf lebten.

Genüsslich ließ Elisa ihren Blick noch einmal über das Kunstwerk unter ihr schweifen. Atemberaubend war die Schönheit, die sie umgab, und sie überkam Dankbarkeit. Jetzt kannte sie drei Inseln dieses magischen Archipels, jede der Inseln anders, alle von beeindruckender landschaftlicher Schönheit, doch auf Kauai fühlte sie sich wirklich zu Hause. Hier dachte sie an die Erhabenheit göttlicher Schöpfung. Der biblische Paradiesgarten könnte so ausgesehen haben.

Solche Gedanken hatte Elisa auch, wenn sie am Wasserfall ihre dörflichen Nachbarn beim Baden beobachtete. Ähnlich wie Adam und Eva trugen sie oft nicht mehr als ein Feigenblatt, in ihren knappen Lendenschurzen erinnerten sie an die Paradies-Gemälde der alten Meister. Hier fühlte sie sich Gott nah. Keine noch so imposante Kirche ihrer Geburtsstadt konnte derartig tiefe religiöse Gefühle in ihr hervorrufen. Was für ein

Glück sie hatte, ausgerechnet hier leben zu dürfen, dachte sie, als sie eine weitere Wegbiegung hinter sich gebracht hatte.

Sie war jetzt knapp fünfzig Höhenmeter weiter oben, unter ihr der größte der Hügel auf dieser Seite der Na-Pali-Küste. In wilden Zacken schnitt der vom Gipfel ausgehende Kamm unter ihr in die drei Haupttäler. Sternförmig verbreiterten sich die kleineren Einschnitte, auf einer Seite streckte sich das Meer vor ihr bis hin zum Horizont. An diesem Abend war es ruhig und fast so glatt wie Glas, vollgesogen mit dem süßen Regenwasser der letzten Tage. Am weiter draußen gelegenen Riff der Haie spielten kleine Wellen. Davor wechselten in der Bucht vor dem Sandstrand ein helles Türkis und ein tiefes Preußischblau in fast gleichmäßigen Streifen. An den Stellen, an denen der Sandboden von den dunkelgrünen Algen überwachsen war, funkelte das Abendlicht auf dem Wasser.

Elisa seufzte. Das Meer war traumhaft ruhig. Hätte es in ihrem Zustand nicht einen wirklich beschwerlichen Ab- und wieder Aufstieg bedeutet, wäre sie heute zu gerne mit ihrem Schwangerschaftsbauch im salzigen Meer schwimmen gegangen. Sie liebte das Gefühl, mit dem Baby vom Salzwasser getragen zu werden. Doch ohne Kelii, der ihr beim Aufstieg helfen würde, traute sie es sich nicht mehr zu. Und Kelii wollte nicht, dass Elisa sich in der unteren Bucht zeigte. Es hatte erneut Unruhen gegeben, wie er ihr an diesem Morgen sagte, bevor er zu seiner Versammlung aufbrach. Über dreihundert neue Arbeiter für die Plantagen waren angekommen, erneut aus China, wieder halb verhungert, wütend und teilweise bereits krank.

Seit vielen Wochen hatte Elisa in ihrer Bucht kein einziges Schiff aus Europa mehr ankern sehen. Es hieß, dass es nicht sicher sei, weil auf den Schiffen oft auch Menschen eingeschmuggelt würden, die Krankheiten verbreiteten. Die Waren von Übersee mussten von nun an grundsätzlich in Honolulu, auf der Insel Oahu, verzollt und dann erst auf kleinere Schiffe umgeladen werden. So konnte man ankommende Menschen, die einwandern wollten, besser kontrollieren, so hieß es. Wegen fremder Krankheiten sei diese Maßnahme zum Schutz der Ureinwohner nötig.

Elisa begrüßte auch diese neue Bestimmung nicht, da sie nicht eine Sekunde lang glaubte, sie sei zum Schutz der Hawaiianer erlassen worden. Im Gegenteil, sie würde der Urbevölkerung erneut schaden, zumindest auf Kauai, weil keine eigenen Handelsbeziehungen mehr entstehen konnten, wenn von nun an alle Waren in Honolulu abgefertigt würden. Nicht umsonst war Elisa als Tochter eines erfolgreichen Reeders zur Welt gekommen. Die Amerikaner wollten sämtliche Inseln Hawaiis unter ihre Knute zwingen, und deshalb zentralisierten sie alles in Honolulu, um die Kontrolle zu haben.

Vor sieben Jahren war Elisa in dieser Bucht mit einem Schiff aus Deutschland angekommen, im Jahr 1893, als Königin Lili'uokalani gefangen genommen wurde.

Auf diesem Felsen, an dessen Fuß Elisa jetzt stand, hatte sie als junge Einwanderin im Dickicht des Dschungelwaldes die ersten halbnackten Hawaiianer erspäht. Unzivilisierte Wilde waren das, meinte der deutsche Kapitän. Voller Neugierde und Erwartung, und vor allem viel zu jung, um zu widersprechen, hatte Elisa sich schon damals gewünscht zu wissen, wer diese Wilden wirklich waren.

»Kommst du, Ma? Schaffst du es mit den Körben?«

Makuahine, das traditionelle Wort für Mutter, benützte Eli nur selten. Für ihn war Elisa meistens Ma.

»Ich komme und helfe dir!«

Schon war Eli von seinem Baum geklettert, lief zu ihr und nahm ihr mit prüfendem Blick auf ihr erschöpftes Gesicht einen der beiden Wäschekorbe ab. Elisa strich ihm dankbar über die verschwitzten langen Haare. Ihr Sohn trug sie zurzeit so lang, dass sie einen Zopf daraus flechten konnte.

»*Mahalo*, Eli. Wo sind deine Freunde?«

»Sie sind schon vorausgegangen. Aber ich gehe jetzt das letzte Stück mit dir. Soll ich auch den zweiten Korb nehmen?«

»Nein, danke, das schaffe ich schon ...«

Die Gedanken ihres Sohnes waren in letzter Zeit oft bei ihr, wenn Kelii nicht da war. Vorsichtig legte er seine Hand auf ihren Bauch.

»Alles in Ordnung da drinnen? Ist er brav?«

»Ich glaube schon«, antwortete Elisa. »Aber ob es ein Brüderchen wird, kann ich dir immer noch nicht versprechen ... vielleicht bekommst du auch eine Schwester.«

Eli nickte. »Papa sagt, es ist am wichtigsten, dass das Kind gesund auf die Welt kommt. Deshalb soll ich aufpassen. Du darfst nicht zu viel tragen.«

Elisa sah jedoch, wie seine beiden Freunde bereits wieder den Weg heruntergehüpft kamen.

»Du machst das großartig. Lieb, wenn du einen Wäschekorb mitnimmst, aber gehe ruhig zu deinen Freunden. Schau, sie warten auf dich!«

Die Jungs blieben schräg über ihnen stehen und bliesen kleine Kerne durch ihre Blasrohre.

»Na, los ... weg mit dir!«

Eli drückte sich noch kurz an Elisas Bauch, dann lief er zu den Kernspuckern.

Das fröhliche Lachen der Jungs machte Elisa glücklich. Die neuen Kinder waren Waisen, zumindest nahm Elisa es an. Nicht alle im Dorf waren dafür, sie in die Gemeinschaft aufzunehmen, doch eine knappe Mehrheit hatte bei der Abstimmung gesiegt. Da die Kinder keine Verwandten im Dorf hatten, würde Elisa sich um sie kümmern, und nur Kelii zuliebe wurde es überhaupt gestattet.

Als Sohn des Dorfchefs war Elisas Mann geachtet, und seit sein Vater im letzten Jahr plötzlich verstorben war, wurde Kelii dringend gebraucht. Dem Dorf standen schwierige Zeiten bevor, denn wie überall auf den Inseln war das Leben ohne den Schutz ihrer Königin sehr viel härter geworden. Das ursprüngliche Verwaltungssystem der Hawaiianer, basierend auf den Ali'i, der Schicht von Adeligen, zu denen auch Keliis Familie gehörte, brach nach und nach zusammen.

Elisa wusste sich keinen Rat, wodurch das Altbewährte ersetzt werden konnte. Auf jeder der Inseln hatten mittlerweile weiße Plantagenbesitzer das Sagen. So hatten es die Amerikaner bestimmt in angeblich demokratischen Abstimmungen, die bei näherem Hinsehen mehr als kriminell waren. Gerit Janson, ihr ehemaliger Vergewaltiger, war das beste Beispiel dafür. Wer diesem Mann in die Quere kam, verließ am besten sofort die Insel. Das war auch der Grund, warum Elisa sich kaum noch aus dem Radius ihres Bergdorfes hinauswagte. Sie wollte Janson keinesfalls provozieren.

Die Freunde aus dem Dorf, die oft noch abends am Feuer über die neusten Entwicklungen berieten, waren sich einig, dass die weißen Einwanderer nicht viel anzubieten hatten außer ihrer Gier nach immer mehr Profit durch Zuckerrohr.

»Braucht Downtown Honolulu eine moderne Straßenbahn?«

»Warum soll eine Hawaiianerin ihren fülligen Bauch in ein Gefängnis aus Fischknochen sperren, in dem sie kaum mehr atmen kann?«

»Muss der neue Hafen von Pearl Harbor ausgebaut werden, um aus aller Welt Schiffe zu versorgen, obwohl das Korallenriff an der Hafeneinfahrt der heilige Ort unserer *aumakua* ist? Was werden die Haie sagen? Welches Unheil werden die Götter über uns bringen, wenn wir die alten Heiligtümer nicht mehr verehren und bewahren?«

Elisa konnte keine dieser Fragen wirklich beantworten, ob es nun um Straßenbahnen oder um Korsetts ging. Meistens wurde sie bei solchen Gesprächen still und schmiegte sich an Kelii. Auch sie hatte Angst vor der Zukunft. Würden die vielen Schiffe noch mehr Unheil über diese paradiesischen Inseln und ihre Bewohner bringen? Was für Krankheiten kamen als Nächstes? Die Beulenpest, Masern, Syphilis und jetzt verstärkt das Gelbfieber und Lepra hatten die Urbevölkerung ohnehin schon gefährlich geschwächt. Nur noch ein Fünftel der Inselbewohner waren Polynesier, dazu kamen einige, die sich mit anderen Völkern vermischt hatten.

Elisa hatte sich erst vor Kurzem mit ihrem Mann über das Thema Gerechtigkeit gestritten, denn im Jahr 1900 stellten den größten und vor allem ärmsten Bevölkerungsanteil auf Hawaii arme Chinesen und Japaner, aus beiden Ländern wurden ständig neue ungebildete Gastarbeiter nach Hawaii geholt. Die Arbeiter aus den hawaiischen Dörfern reichten schon lange nicht mehr, um den Profit der weißen Plantagenbesitzer zu erhöhen.

Vor allem die Chinesen waren ein Desaster für Hawaii, da die Männer deutlich in der Überzahl waren und ständig nach Frauen suchten. Die Krankheiten, die diese Einwanderer mit sich brachten, vor allem, wenn sie kurzlebige Beziehungen mit jungen Hawaiianerinnen eingingen, waren oft tödlich für die ursprünglichen Einwohner eines ganzen Dorfes. Die Körper der Hawaiianer hatten nicht genug Abwehrkräfte ausgebildet. Dazu kam der gnadenlose Kampf um Grundbesitz, den vor allem reiche und skrupellose Plantagenbesitzer wie Elisas Onkel Paul auf den Inseln anheizten. Doch seit einigen Jahren schon bekamen die fleißigen Chinesen ebenfalls Land. Das stellte die oftmals trägeren Hawaiianer, die ihre Felder nicht ebenso intensiv bestellten, sondern lieber vom Fischfang lebten, vor eine zusätzliche Herausforderung.

Elisa hatte in der Auseinandersetzung kein Blatt vor den Mund genommen, sondern Kelii ihre Meinung gesagt.

»Auch ihr müsst euch ändern, wir müssen uns alle ändern, wenn wir in dieser neuen Zeit auf den Inseln überleben wollen. Selber müssen wir etwas auf die Beine stellen …«

»Du mit deiner deutschen Tüchtigkeit, Elisa! Wir hier sind nicht so, wir müssen nicht von morgens bis abends arbeiten, um unsere Getreidespeicher für eisige Winter zu füllen … Wir werden von unseren Göttern geliebt. Sieh dich doch um!«

Seit einiger Zeit brachte Elisa ihrem Mann deutsche Geschichte bei. Sie hatte nur ein einziges Buch, aber sie hatte Freude daran, ihm von Europa zu erzählen. Es linderte ihr Heimweh. Elisa hatte man nach ihrer Rückkehr mit offenen Armen empfangen, weil das ganze Dorf begeistert davon war, wie viel Kelii über die Welt und die Sitten der Weißen wusste. Sie wurden gebraucht, als Heiler, aber noch viel mehr als Berater. In dieser Nacht würde Kelii offiziell zum neuen Oberhaupt des Dorfes gewählt werden. Auch deshalb war Elisa heute hinunter zum Wasserfall gegangen. Sie brauchten die magische Pflanze für die Zeremonie.

Kurz sah Elisa jetzt nach der kostbaren Beute, die eingewickelt in ein fleischiges Blatt auf der Wäsche in dem kleineren der beiden Körbe lag. Sechs dünne Pflanzenstiele, teils gewunden, hingen als Geflecht an einem zarten Blatt. Elisa hatte sie auf einem mit Moos bewachsenen Wasserfelsen gefunden. Sie fühlte sich der seltenen Pflanze zutiefst verbunden. Mit ihrer Hilfe konnte sie zwischen den Welten wandern und hatte einen Lichtfaden zu ihrer Blutschwester Maja in der fernen Zukunft.

Diese geheimen Pfade waren nur wenigen Eingeweihten offen und würden in der Zukunft ganz verschlossen werden, so zumindest lautete die alte hawaiische Prophezeiung. Deshalb war es für Elisa so wichtig, ihrer Nebelfreundin Maja über die Träume Botschaften zu schicken. Es war nur mithilfe dieser magischen Pflanze möglich. Jedoch war es inzwischen bei Strafe verboten, Tausend-Nebel-Heilpflanzen zu pflücken, zu besitzen oder zu Heilzwecken zu verwenden.

Elisa hatte sich nach dem Abschneiden vergewissert, ob die Pflanze auch feucht genug eingewickelt war, um bis zum Dorf zu überleben. In ihrer Hütte hatte Maja ein spezielles Tongefäß.

Es war ein seltenes Geschenk der Pflanzengöttin, ihr heute sechs Stiele und ein ganzes Blatt im Wasserbecken zu offerieren. Keinesfalls durfte die Wirkung abgeschwächt werden, indem die Pflanzen zu schnell austrockneten.

Das potente Halluzinogen war seit Jahren essentieller Bestandteil in Elisas Heilkräuterapotheke. Als Traumgängerin der höchsten Ebene war sie zwar im Rahmen ihrer Ausbildung zur Kahuna initiiert worden, doch ohne die Pflanze kam kein Traumgänger sehr weit. Sich über Zeitebenen hinwegzuträumen und immer wieder den gleichen Menschen zu erreichen, war eine große Kunst, die ohnehin nur wenige beherrschten. Jetzt, während der Schwangerschaft, überließ Elisa es Kelii. Er war der Einzige im Dorf, der ebenfalls zum Traumgänger ausgebildet war.

»Ma! Du musst dich beeilen!«

Eli rief nach ihr und winkte heftig mit den Armen. Seine Stimme klang alarmiert. Neben ihr konnte Elisa ihre Freundin Amala ausmachen, die ebenfalls mit den Armen ruderte. Sie musste sich beeilen.

»Ich komme …«

Elisa packte die Pflanze wieder weg, ohne ein winziges Stück auf seine Wirkung hin zu testen, wie sie es sonst immer tat. Wegen des Kindes in ihrem Bauch traute sie sich nicht. Dann hastete sie das restliche Stück Weg nach oben.

Als sie kurz darauf vom Dorfrand aus mit Eli und Amala die weißen Männer in Uniformen auf der anderen Seite des Tals sah, begannen ihre Hände zu zittern. Sie war froh, dass Eli und Amala ihr rechtzeitig Bescheid gesagt hatten, denn so würde sie die verbotenen Pflanzen noch rechtzeitig verstecken können. Die Männer kamen den offiziellen Weg zum Dorf hoch, das dauerte mindestens noch zwanzig Minuten. Sie waren insgesamt zu sechst, unter ihnen der Verwalter ihres Onkels, Piet van Ween. Das konnte nichts Gutes bedeuten.

»Wollen sie dir etwas tun, Ma?«

»Das weiß ich nicht, Eli, aber das regle ich schon. Du kannst ruhig mit den anderen Kindern spielen.«

Doch Eli rührte sich nicht von der Stelle. Obwohl er ihr noch nicht einmal ganz bis zum Bauchnabel ging, stellte er sich instinktiv vor sie. Mit grimmiger Miene und dem Gebaren eines Kriegers sah er den Männern entgegen.

Das Auftauchen von Uniformierten bedeutete in letzter Zeit nichts Gutes. An diesem Spätnachmittag waren fast nur ältere Frauen und kleinere Kinder im Dorf, die anderen arbeiteten für die Plantage von Elisas Onkel unten im Tal, eine gute Stunde Fußmarsch entfernt. Die älteren Männer, die zu verbraucht waren, um auf den Zuckerrohrfeldern zu arbeiten, bereiteten oberhalb des Dorfes den Versammlungsort für das nächtliche Fest vor. Bei ihnen war auch Kelii.

In den Bergen, oberhalb des großen Felsens, wurde bei Vollmond die große Dorfversammlung mit Tanz, Gesang und üppigem Essen abgehalten. Heute aber war zunächst etwas anderes geplant. Niemand würde in den ersten Stunden singen oder tanzen. Das Dorf hatte drei Tage lang nur die einfachsten vegetarischen Speisen gegessen, denn es hatte auf der Plantage erneut einen Todesfall gegeben. Wieder war ein Familienvater aus dem Dorf bei der Arbeit verunglückt, wieder waren die Stimmen der Ältesten im Dorf voller Empörung.

Bei der heutigen Versammlung würde Kelii daher als neues

Oberhaupt des Dorfes offiziell in sein Amt gewählt werden, um als Vertreter des Dorfes mit Elisas Onkel zu sprechen, denn der erneute Todesfall riss eine kaum verheilte Wunde auf.

Im Winter, als Elisa noch mit ihrer Familie auf Maui lebte, war auch Keliis Vater unter mysteriösen Umständen bei der Arbeit auf der Plantage verunglückt. Niemand wusste etwas Genaueres, der Verwalter Piet van Ween behauptete sogar, keiner der Arbeiter hätte etwas gesehen oder gehört.

Vor einer Woche hatten Kelii und Elisa bei ihrem Besuch in Lihue jedoch endlich mehr erfahren. Man hatte den Schwerverletzten mitten in der Nacht ins Hospital gebracht, wie eine hawaiische Krankenschwester sagte, sobald der weiße Arzt das Zimmer verlassen hatte. Dort sei er gestorben, ohne noch einmal das Bewusstsein erlangt zu haben. Sein Körper sei verunstaltet gewesen. Sie sprach von Peitschenhieben und Prellungen, wie Schläge sie verursachen würden.

Seitdem gab es zunächst Vermutungen, dann böse Gerüchte im Dorf. Inzwischen sprachen einige der Ältesten von mutwilliger Tötung, vielleicht sogar einem kaltblütigen Mord. Keliis Vater war für die Weißen schon immer unbequem gewesen, da er sich für die Rechte der Arbeiter eingesetzt hatte.

»Was genau wollen die weißen Männer?«

Elisa hörte Angst in der Stimme ihres Sohnes, aber sie hatte im Moment keine Antwort. Wegen Keliis Vater wollten sie Anzeige erstatten, doch noch wussten sie nicht wo. Seit Gouverneur Janson die Insel regierte, hatte die Polizei ihren Ruf komplett eingebüßt. Sie war durch und durch korrupt. Kelii nahm zwar an, sein Vater war bei der Arbeit wirklich von einem schweren Pferdefuhrwerk überrollt worden, denn so sagte es ihnen der Arzt in Lihue, doch wahrscheinlich war das nur die halbe Wahrheit. Angeblich gab es keine Zeugen auf der Plantage, denn die Arbeiter hatten alle Angst. Hinter vorgehaltener

Hand jedoch flüsterte man von einer Strafaktion auf der Plantage gegen den aufsässigen *kanaka*, der gegenüber dem Plantagenbesitzer seit vielen Jahren die Rechte seiner Dörfler vertrat.

Seit Keliis und Elisas Ankunft hatte es noch einen dritten tragischen Vorfall gegeben, der das Dorf derzeit erschütterte. Amalas geliebte Nichte Okelani war spurlos verschwunden. Auch dieses Unglück wurde mit der Plantage von Elisas Onkel in Zusammenhang gebracht.

An dem Tag, an dem die Familienhütte von Elisa und Kelii fertig wurde, luden sie alle Dorfbewohner zum traditionellen Einweihungsfest ein. Der Name *Okelani* bedeutete *die vom Himmel Kommende,* und genauso himmlisch klang in Elisas Ohren ihre Singstimme. Selten hatte sie unter den Hawaiianern eine so reine Sopranstimme gehört.

Die junge Frau sang zum Abschluss des Festes ein verbotenes Lied von Königin Lili'uokalani mit dem Titel *Ka Wai' Apu Lani,* übersetzt *Segen aus dem Himmel.* Der Text handelte von tiefer Sehnsucht, die Hawaiianer wünschten sich ihre letzte Königin *zurück* auf den Thron.

Wunderschön hatte es Okelani gesungen, das halbe Dorf hatte vor Rührung geschluchzt, und Elisa war aufgefallen, wie die Blicke der bezaubernden Schönheit beim Singen immerzu auf Kelii ruhten. Es waren die verliebten Blicke eines jungen Mädchens, und sie hatte Kelii in ihrer ersten Nacht sogar ein wenig damit aufgezogen.

Am Tag darauf verschwand das Mädchen spurlos nach der Arbeit. Amala vermutete zunächst, ihre Nichte wäre vielleicht unvorsichtig genug gewesen, auf der Plantage von dem Lied zu erzählen, oder aber sie hatte es vielleicht leichtsinnigerweise dort in der Küche oder im Waschhaus gesungen. Das hätte eine Strafe nach sich gezogen, denn das Lied galt als revolutionär und war verboten.

Wieder wusste niemand auf der Plantage etwas, nur dass sie sich nach der Arbeit wie immer auf den Heimweg gemacht hätte, allerdings alleine. Normalerweise gingen die jungen Frauen zu zweit oder in größeren Gruppen den Weg zum Dorf zurück.

Amala tröstete sich bisweilen mit Spekulationen. Vielleicht hatte ihre hübsche Nichte eine spontane Liebelei im Frühling. Aber sie glaubte nicht wirklich daran und klagte Elisa seitdem täglich ihr Leid, denn sie war schon seit Jahren verantwortlich für die verwaiste junge Frau.

Vor wenigen Tagen hatte Amala selber auf der Plantage nach ihrer Nichte gefragt. Es war auch ihr ehemaliger Arbeitsplatz, und sie kannte die schwierigen Arbeitsbedingungen für Mädchen und junge Frauen. Wütend war sie zurückgekehrt, denn Piet van Ween hatte sie abgefangen und abgekanzelt. Amalas Nichte sei mit irgendeinem Liebhaber durchgebrannt, eine Hure sei sie gewesen.

Elisa vermutete inzwischen das Schlimmste, denn schon einmal, kurz nach ihrer Ankunft auf Kauai, war einem Mädchen aus dem Dorf auf der Plantage Gewalt angetan worden.

Viele Frauen, die dort arbeiteten, fürchteten und hassten den Verwalter Piet van Ween, doch nie konnte man ihm wirklich etwas nachweisen, denn er war sehr geschickt.

Am meisten hasste ihn inzwischen Amala. Sie hielt generell nicht viel von den weißen Männern, doch jetzt, während Elisa und sie die sechs Männer den Berg hinaufgehen sahen, glich ihr Gesichtsausdruck dem einer finsteren Rachegöttin. Sie hatte nicht nur Piet van Ween unter den Männern entdeckt, sondern auch noch den britischen Doktor Wellington.

»Den alten Quacksalber bringen sie auch noch mit! Na, danke! Sollen sie nur kommen, diese Nichtskönner und Taugenichtse von besoffenen, aufgeblasenen Weißen! Sicher wissen sie wieder nichts von meiner Okelani, sondern wollen bei uns im Dorf abkassieren! Verdammte Wegelagerer …«

Schwer schnaufend ging sie vor Elisa und Eli hin und her und kam schließlich mit erhobenem Zeigefinger zum Stehen. Die neue Gebührenordnung des Gouverneurs war ein rotes Tuch für alle, aber besonders Amala regte sich ständig darüber auf. Es gab inzwischen Strafzahlungen für alles Mögliche, angefangen von Heilpflanzen, die verboten waren, über Hühner, die ohne Erlaubnis gehalten wurden, bis hin zu Strafgebühren für Arbeiter, die wegen Krankheit einen Tag der Plantage ferngeblieben waren.

»Wenn sie wieder Geld wollen, dann schreibst du wieder so einen klugen Brief an die Verwaltung, ja, Elisa? Das tust du. Du musst schreiben, wie sie uns hier schikanieren. Und wir schreiben es dann auch gleich unserer Königin. Lili'uokalani hat immer noch Macht … sie hat etwas zu sagen … Wir lassen uns nicht alles gefallen!«

Elisa nickte, doch sie wappnete sich innerlich. Der Besuch im Dorf verhieß nichts Gutes.

Amala hakte sich demonstrativ bei ihr unter.

»Wir Frauen sagen ihnen unsere Meinung, nicht wahr? Wir halten zusammen!«

Für Elisa war die ehemalige Amme ihres Onkels eine große Stütze. Fast sechs Jahre kannten sie sich jetzt und waren gute Freundinnen geworden. Ohne sie wäre Elisa oft völlig verloren. Nicht nur war Amala die Seele des Dorfes, sie war auch die Mütterlichkeit in Person. Alles an Amala war weich, warm und weiblich. Ihre dunkle glänzende Haut duftete stets nach Kukuiöl, und ihre lebhaften schwarzen Augen strahlten Humor und Weisheit aus. Ein hüftlanger Zopf mit dicken weißen Strähnen, zur heutigen Vollmondfeier mit Kaurimuscheln verziert, zeugte von weiblichem Selbstbewusstsein.

Die Köpfe der Männer in Uniform tauchten jetzt immer wieder zwischen den dichten Blättern des Dschungels auf, dann verschwanden sie erneut hinter der letzten Wegbiegung. In wenigen Minuten würden sie bei ihnen sein.

»Sie gehen den langen Weg ... der kurze ist ihnen zu rutschig mit ihren glatten Sohlen. Da fallen sie auf ihren *elemu*, ihren Hintern!«

Amala lachte über Elis freche Bemerkung, aber ihr Lachen klang mehr wie ein heiseres, trauriges Bellen. Sie hatte in den letzten Nächten geweint. Die ungeklärten Umstände der beiden plötzlichen Tode hatten sie erschüttert. Aber auch die Angst um ihre verschwundene Nichte machte Amala schwer zu schaffen.

Um Eli nicht zu beunruhigen, flüsterte sie ihre schlimmste Befürchtung ganz leise in Elisas Ohr, während sie dem Jungen beide Ohren zuhielt.

»Was ist, wenn die Uniformierten kommen, um mir von Okelanis Tod zu berichten?«

Elisa schüttelte ihren Kopf.

»Das glaube ich nicht. Dann wäre es höchstens ein Polizist, maximal zwei. Du glaubst doch nicht, dass die Weißen wegen deiner Nichte so einen Aufwand treiben würden. Van Ween wäre dann bestimmt nicht hier.«

Düsteres Schweigen. Elisa wusste, dass sie recht hatte. Hätte man Okelani tot aufgefunden, wäre noch nicht einmal ein einziger Polizist gekommen. Das war die Wahrheit. Niemand interessierte sich für tote Hawaiianer, besonders nicht, seit die Schiffe jede Menge gefügige chinesische Arbeitskräfte ausspuckten. Mit jedem Tag kamen sie aus China. Manche von ihnen, die bereits bei ihrer Ankunft zu schwach oder zu krank für die harte Arbeit auf den Feldern waren, irrten vom Hunger getrieben noch eine Zeit lang in den Bergen herum, bevor sie irgendwo kläglich starben.

Amala brach erneut das Schweigen.

»Bitte lass nicht zu, dass ich mich vergesse und dem widerlichen van Ween gleich in seinen fetten *elemu* trete!«

»Mach ich nicht. Und wenn, dann trete ich gleich mit!«

Amala war eine der wichtigsten Frauen im Dorf und imponierte Elisa, denn sie strahlte die Ruhe und Gelassenheit einer erfahrenen Tutu aus. Großmütter und Großväter, deren Erfahrungsschätze täglich an die Kinder weitergegeben wurden, waren im Dorf sehr respektiert. Von den Großvätern lernten die Kinder das Fischen, das Jagen und das Bauen der Hütten sowie das Trommeln und die Tänze der Männer. Die Großmütter waren für die Welt der Pflanzen, das Sammeln, Lagern und Kochen der Speisen zuständig. Das Weben der traditionellen Stoffe sowie die Vorbereitung wichtiger zeremonieller Feste brachten die Frauen den Kindern bei. Dabei unterschied man nicht zwischen Jungen und Mädchen in ihrem Dorf. Jeder konnte alles lernen. Das war etwas, was die Weißen nicht verstehen wollten.

Auf den Missionarsschulen hatte es deswegen wiederholt Ärger gegeben. Wenn auch Mädchen ihre Messer dabei hatten oder ihre Beute nach einer Jagd im Morgengrauen stolz mit ins Klassenzimmer brachten, hatte es mehr als einmal Schläge gegeben. Daher gingen die Mädchen nicht mehr gerne hin. Amala und Elisa unterrichteten viele Kinder inzwischen wieder im Dorf.

Frauen konnten seit Generationen kämpfen, mit Messern und Speeren auf die Jagd nach wilden Schweinen gehen. Auch im Meer schwammen sie genauso geschickt und ausdauernd wie die Männer. Sie trainierten ihre Kraft und verbesserten ihre Leistung und Geschicklichkeit. Amala hatte zwar eine sehr weibliche Erscheinung und schmückte sich gerne, doch sie war eine respektierte Tutu und konnte besser jagen und kämpfen als viele der alten Männer im Dorf. Mit ihren großen Händen hatte sie in ihrer Jugend mit einem Speer einen Mann getötet, der ihr ihre Unschuld mit Gewalt hatte nehmen wollen. Sich selbst zu verteidigen, brachte Amala den jungen

Frauen des Dorfes wieder bei, doch auch das war inzwischen verboten.

Amalas Hände waren zu zornigen Fäusten geballt.

»Was ist, wenn die Polizisten kommen, um mir zu sagen, meine Okelani hätte ihr Messer einem Weißen, der ihr an die Wäsche wollte, in die Brust gerammt und sei deshalb jetzt im Gefängnis?«

Doch auch das konnte Elisa sich nicht vorstellen.

»Dann wäre sie niemals im Gefängnis, sondern müsste dafür mit dem sicheren Tod bezahlen ... wir haben darüber gesprochen. Was du den jungen Frauen hier beibringst, ist richtig, aber es ist auch gefährlich. Ich war nie damit einverstanden, dass sie bei der Arbeit ein Messer tragen ...«

»Auch du solltest besser immer ein Messer bei dir tragen! Solche Männer wie Janson und van Ween, meinst du, die lassen uns Frauen je in Ruhe?«

Amalas Atem ging immer schwerer, und Elisa spürte ihre zunehmende Anspannung. Seit mehr und mehr Einwanderer auf Kauai landeten, hatte es zahllose versuchte und auch einige vollzogene Vergewaltigungen auf der Insel gegeben, kaum ein hawaiisches Mädchen war ohne Begleitung sicher.

Sie hatten viel Zeit damit verbracht, über das Verschwinden von Okelani zu rätseln, doch es gab zu viele Möglichkeiten.

Elisa legte den Arm um die Freundin.

»Bitte lass uns hoffen, dass Okelani sich verliebt hat. Sie hat Zeit und Ort vergessen und wollte ihre strenge Tante nicht um Erlaubnis bitten. In ein paar Tagen wird sie reumütig vor deiner Hütte stehen ... vielleicht mit ihrem ersten *keiki* unter dem Herzen ... dann wirst du dich doch freuen, oder?«

Amala schüttelte finster den Kopf.

»Du weißt nicht, was sich viele verdammten *haole* inzwischen bei unseren Mädchen herausnehmen. Wie ein Stück Vieh schänden sie sie und lassen sie irgendwo liegen. Oder sie bringen sie gleich um, vielleicht verkaufen sie unsere Mädchen auch in die Sklaverei ... Und keinem Täter geschieht etwas, seit unser Gouverneur beschlossen hat, es sei kein Vergehen, ein *kanaka*-Mädchen zu schänden.«

Elisa gab ihr recht, wollte aber für einige Weiße ein gutes Wort einlegen.

»Ich hasse den Gouverneur genau so sehr wir du, doch denk einmal an Johannes ... er ist ebenfalls ein Weißer!«

»Johannes ist in Ordnung, doch sein Stiefvater Piet van Ween ist das brutalste Schwein von allen. Und ich hasse auch deine verlogene Tante, diese Heuchlerin, und deinen ebenso verlogenen Onkel.«

Elisa zuckte noch nicht einmal mit der Wimper.

»Ich hasse meine Verwandten noch mehr als du ...«

»Und deine Mutter?«

Elisa schwieg. Wahrscheinlich war ihre Mutter genau so rassistisch und grausam wie die anderen, doch noch konnte sie ihre Mutter nicht genauso hassen. Amala nickte wissend.

»Es muss furchtbar sein, eine Mutter zu haben wie deine. Für mich ist sie nicht besser als die anderen Weißen, und ich hoffe sehr, eines Tages wird unsere Göttin Pele alle verfluchten *haole* auf unseren Inseln mit glühenden Steinen erschlagen! Und wenn die Ratte van Ween heute nur ein falsches Wort sagt ...«

Amala hatte sich in Rage geredet. Blanker Hass auf die weißen Einwanderer sprühte aus ihren Augen. Elisa legte ihr beschwichtigend die Hand auf die Schulter.

»Lass mich mit den Polizisten reden, und bleib du besser im Hintergrund ... Hass brütet nur mehr Hass. Was wir aber brauchen, ist Frieden.«

Amala nickte finster. Elisa hatte recht, aber es war schwer. Seit ihre Nichte verschwunden war und man sie auf der Plantage abgekanzelt hatte, hasste sie die Weißen noch mehr als zuvor. Jahrelange schlechte Erfahrungen mit Elisas Onkel und Tante hatten ohnehin untilgbare Spuren an Seele und Körper hinterlassen. Nicht nur Schläge waren an der Tagesordnung gewesen, sondern vor allem die demütigende verbale Grausamkeit von Elisas Tante. Ihre Worte nagten immer noch an Amala. Fast zwanzig Jahre hatte sie auf der Plantage Vogel gedient, in ihren Augen waren es zwanzig Jahre zu viel. Sie blitzte Elisa kämpferisch an.

»Rede du mit ihnen, sonst schlag ich Piet van Ween noch tot! Komm, Eli!«

Amala wandte sich zum Gehen, als Elisa siedend heiß etwas einfiel. »Ulani, wir müssen uns um Ulani kümmern!«

Über all der Aufregung hatte sie ihre kleine Patientin vergessen, obwohl ihr das Wohl von Ulani und ihren Brüdern sehr am Herzen lag, seit die drei Waisenkinder unterernährt und fiebrig im Dorf angekommen waren. Durch Elisas liebevolle Pflege waren die beiden Jungs inzwischen wieder gesund. Die große Schwester hingegen hatte immer noch Fieber und einen besonders hartnäckigen Husten.

Elisa griff nach Amalas Arm.

»Bitte sieh nach Ulani. Sage ihr, dass sie nicht aus ihrer Hütte kommen darf, solange die Polizisten noch hier sind. Ich sehe später nach ihr. Und hier ... bitte verstecke auch die Wäsche besonders gut. Es ist etwas darinnen ...«

»Gib schon her ... Braucht Wasser, oder?«

Amala stapfte mit der verbotenen Pflanze in der Wäsche davon, während Elisa mit Eli die Ankunft der Männer erwartete.

Nachdem sie die Wäsche und die verbotenen Pflanzen gut versteckt hatte, ging Amala eilig durchs Dorf. Mit Elisa teilte sie sich seit nunmehr einer Woche die Pflege des zehnjährigen Waisenmädchens mit der ungewöhnlich hellen Haut. Als Kahuna hatte Elisa in ihren Jahren auf Maui viel Wissen über

Krankheiten angesammelt, aber Amala war ebenfalls versiert in der Krankenpflege. Und für sie würde Elisa nie nur die Haifischfrau sein. Ihre Freundin war auch ein Abkömmling des verhassten Plantagenbesitzers Paul Vogel, ihres ehemaligen Dienstherren. Sie mochte Elisa und liebte sie vielleicht sogar wie eine kleine Schwester, doch war sie immer auch ein wenig auf der Hut.

An einem Tag wie heute, an dem die Weißen wieder einmal uneingeladen in ihr Dorf kamen, um Ärger zu machen, hasste Amala alle *haole*, und das färbte auch auf ihre Gefühle für Elisa ab. War sie wirklich ganz und gar eine von ihnen, oder brachte sie nur noch mehr weißes Unglück über ihr Dorf? Immer wieder brachte sie das Wissen der Weißen mit ins Spiel. Und warum brachte sie Kelii etwas über die Geschichte der Weißen bei? Wollte sie ihn eines Tages mit über das große Meer nehmen – in das Land, in dem man auf gefrorenem Eis spazieren ging?

Während sie in ihrem meeresblauen Tuch durchs Dorf eilte, grüßte sie im Vorübergehen die vor den Hütten sitzenden Tutus und berichtete von den ankommenden Uniformierten.

»Was? Jetzt zur Abendstunde? Was soll das?«

»Sollen wir die Männer holen? Wo ist Kelii?«

Viele waren dabei gewesen, das tägliche Abendessen aus Poi, Fisch und Früchten vorzubereiten und währenddessen mit den Kindern zu scherzen, so wie jeden Abend.

Jetzt wurden aufgeregte Fragen gestellt. Schnell waren die Frauen sich einig, was zu tun wäre. Elisa brauchte auf alle Fälle Unterstützung. Schon liefen die Kinder los, die Tutus sicherten die Kochstellen mit schweren Steinen und folgten.

Amala ging bis zur letzten Hütte auf dem Plateau des Hügels, dahinter stiegen steil die Felsen an. Sie sah, wie sich die Kinder und die Tutus schützend um Elisa und Eli scharten, und verspürte prompt einen Stich der Eifersucht. Vor ihrem

Auftauchen war sie allein für das gesundheitliche Wohl der Kinder und Frauen zuständig gewesen. Die Männer des Dorfes waren ohnehin selten krank, doch auch sie hatten sich Rat suchend an Amala gewandt. War es etwas Ernstes, wurden die Kahuna der Insel konsultiert. Doch diese Kahuna kamen jetzt zu Elisa, um sich von ihr Rat zu holen. Amala war nicht nur in gesundheitlichen Fragen an zweite Stelle gerückt, sondern sie hatte insgesamt an Bedeutung verloren.

Unter einem großen Baum, dessen Zweige bis fast auf den Boden reichten, war eine Hütte verborgen, die kleiner als die anderen war. Die Kinderhütte war erst kürzlich von den Männern aus Zweigen errichtet worden, die Frauen hatten sie mit Matten gegen den Regen gedeckt.

»Hallo, meine kleine Schildkröte, wie geht es dir?«

Keine Antwort. Amala bückte sich ächzend, um durch den kleinen Eingang in das Halbdunkel zu kriechen.

»Ulani? Himmelskind …?«

Das Mädchen schlief tief und fest auf ihrer Schlafmatte.

»Wie ein erschöpfter Honigsperling atmest du!«, flüsterte Amala und fühlte die heiße Stirn der Kleinen. Was sie hörte, als sie sich noch tiefer zu ihr beugte, um an ihren mageren Brustkorb zu horchen, gefiel ihr nicht. Es rasselte feucht, und der Atem war viel zu flach. Eher wie eine Acht- als eine Zehnjährige sah Ulani aus. Ihr Name bedeutete so viel wie Frohsinn, doch davon hatte es in ihrem Leben bislang nur wenig gegeben, seit ihre Eltern gestorben waren. Elisa und Kelii hatten die halb verhungerten Kinder in Lihue beim Stehlen erwischt und spontan mit ins Dorf gebracht. Bis jetzt wusste man kaum etwas über ihre Vergangenheit, denn Ulani sprach nicht viel. Vielleicht hatte sie gute Gründe dafür, denn die Haut des Mädchens war ungewöhnlich hell, und ihre Augen waren grün. Ihr ungewöhnliches Aussehen war Anlass für allerlei Spekulationen im Dorf. Das Mädchen war sicherlich von gemischtem Blut, wohingegen seine jüngeren Brüder reinrassige Hawaiianer waren. Ungefähr in Elis Alter hatten sie sich sofort an Elisas Sohn angeschlossen und schliefen oft mit in der Familienhütte.

Ulani hingegen hielt sich abseits. Kurz nach der Ankunft war sie krank zusammengebrochen. Und auch wenn es immer wieder gute Tage gab, war sie nunmehr seit vielen Wochen krank. Elisa machte sich zwar zu Anfang große Sorgen, doch eines Nachts hatte sie einen Traum von Ulani. In ihrem Traum sah sie das Mädchen als junge Braut, an der Seite eines weißen Mannes, dessen Gesicht Elisa zwar nicht erkennen konnte, der ihr aber vertraut war.

»Ulani wird wieder gesund. Eines Tages wird sie einen reichen *haole* heiraten ... Bis dahin müssen wir uns keine Sorgen machen! Erst dann wird es schwierig mit ihr ...«

So war Elisa. Sie hatte einen Traum oder sah Omen. Einmal war es die Art, wie bestimmte Vögel über ihr Dorf flogen, dann spielte es eine Rolle, wie die Frösche am Wasserfall quakten.

Amala konnte nicht anders, als die jüngere Freundin für ihren Mut zu bewundern. So als sei es das Natürlichste der Welt, hatte Elisa sich mit den heruntergekommenen Kindern auf den Dorfplatz gestellt und alle um Hilfe gebeten. Sie hatte von Gott geredet, von Mildtätigkeit und der Großzügigkeit der Herzen. Am Ende musste sogar Amala weinen. Deswegen war sie Elisas Freundin, weil diese junge, deutsche *haole* verrückter war, aber auch mehr Mut und Grips hatte als viele Männer aus dem Dorf.

Sie kühlte die heiße Stirn des Mädchens mit einem nassen Lappen, dann legte sie feuchte Wickel um ihre Waden, wie Elisa es ihr beigebracht hatte. Die Kleine seufzte im Schlaf, und Amala roch an ihrem Atem. Das Kind hatte weißen Atem, kein Kind aus ihrem Dorf roch so. Es war ein leicht süßlicher Menschengeruch, wie auch Elisa ihn verströmte. Amala mochte ihn nicht besonders, er erinnerte sie mal an ein frisch geschlachtetes Huhn, ein anderes Mal an vergorenes Obst. Der Atem der Weißen blieb ihr fremd.

Doch vielleicht würde sie ihre schwangere Freundin in Zukunft trotzdem wie eine Blutsschwester lieben müssen, denn Elisa war bis auf Kelii und Eli mutterseelenallein auf der Welt. Eigentlich war sie eine bemitleidenswerte Waise, dachte Amala, denn ihre deutsche Mutter hatte sie verstoßen, und das war noch schlimmer als gar keine Eltern mehr zu haben. Und all das, weil sie einen Hawaiianer liebte. Es war hart, aber zum Teil verstand Amala die Haltung der deutschen Einwanderer. Ebenso wie die Hawaiianer wollten sie lieber unter sich bleiben. Im Grunde genommen teilten fast alle Rassen auf Hawaii diese Einstellung. *Don't mix the blood.*

Nach diesem Motto lebten die Hawaiianer und die Weißen, aber auch die Chinesen und die Japaner, daher wurden alle Mischlinge zunächst mit Skepsis beobachtet. Darunter litten vor allem die Chinesen, deren junge Männer hawaiische Frauen heirateten. Denn in den Augen ihres Volkes galten diese als minderwertig.

Für die Hawaiianer war es noch schlimmer, denn die Chinesen hatten Unheil in Form von Seuchen von den Schiffen aus über die Inseln gebracht. Brachte ein Hawaiianer eine chinesische Frau mit nach Hause, hatte er deshalb oftmals wenig zu lachen. Für Mischlinge wie Ulani galten wiederum andere Regeln, die ebenfalls nicht einfach waren. Das Mädchen, das fiebernd vor ihr lag, hatte zwar einen hawaiischen Namen, aber eindeutig einen weißen Vater. Das arme Ding. Wahrscheinlich war seine Mutter vergewaltigt worden und hatte nicht den Mut aufgebracht, sich vor der Geburt mit dem Kind zu töten. Andere Hawaiianerinnen wiederum ertränkten solche Babys der Schande gleich nach der Geburt.

In Amalas Augen zählte das Blut eines Menschen. Es war

wichtiger als die Gesinnung, und Elisas schlechte Herkunft wog in Amalas Augen schwer. Schlechtes Blut brachte über kurz oder lang Unglück. Das musste so sein, auch wenn es nicht gerecht war.

»Elisa?«

Ulani schlug kurz die Augen auf.

»Wo ist Elisa?«

Amala war wieder einmal erstaunt über das Grün der Augen, die ihr aus dem spitzen Gesicht entgegenleuchteten.

»Alles ist gut. Schlaf weiter. Elisa kommt später …«

»Und das Baby?«

»Ihr Kind ist noch nicht da … Elisa sieht nach dir, sobald sie kann. Bis dahin verlässt du nicht die Hütte, verstanden?«

Die Kleine nickte, drehte sich um und schlief kurz darauf wieder ein. Leise verließ Amala die Hütte.

Milder gestimmt ging sie erneut über den Dorfplatz. Inzwischen waren alle Plätze vor den Hütten leer. Die Feuer für das Abendessen waren mit Steinen bedeckt.

Um Elisa hatte sich eine Menschentraube gebildet. Tutus und Kinder redeten um die Wette, jeder wollte einen Blick auf die bösen Polizisten am Dorfeingang erhaschen, aber noch war niemand zu sehen. Vielleicht hatten sie vor der letzten Biegung noch einmal Rast gemacht. Amala schmunzelte über Elisas Mischmasch aus Pidgin, Hawaiisch und Englisch, das sie sich erst kürzlich angewöhnt hatte, weil die Großeltern es den Kleinen so beibrachten. Bevor sie in die Schule kamen, mussten sie ein wenig Englisch können oder zumindest genug Pidgin, die primitivere Form, durchsetzt mit hawaiischen Ausdrücken. Im Moment versuchte Elisa, die kleinen Jungs davon zu überzeugen, dass es keine gute Idee war, mit Blasrohren Kerne auf die Uniformierten zu spucken.

Immer noch waren Weiße im Dorf eine Seltenheit. Es kam nicht allzu oft vor, dass Polizisten den Aufstieg vom Tal auf sich nahmen, noch dazu vier. Es musste sich also um etwas Wichtiges handeln, so dachten auch die anderen Tutus, die sich mit den Kindern um Elisa versammelt hatten.

Elisa war sichtlich froh, Amalas Nachricht von Ulanis Genesungsschlaf zu hören.

»Jetzt ist sie bald wieder ganz gesund. Gott sei Dank!«

Amalas Lächeln erstarb. Wenn Elisa das Wort Gott in den Mund nahm, zuckte sie stets zusammen. Der Gott der Weißen war nicht der Gott der Hawaiianer, zumindest wollte Amala nichts mit ihm zu tun haben. Der *haole*-Gott mischte sich nicht gut mit ihrer temperamentvollen Pele. Sie war es, die Amala in vielen spirituellen Fragen konsultierte.

»Don't mix the gods ...«

Elisa lachte, als sie die flüsternd gesprochenen Worte ihrer Freundin hörte.

»Dann eben Pele sei Dank für Ulanis Genesung!«

»Gesund ist Ulani noch nicht«, verbesserte Amala. »Sie wird aber bald gesund sein ... ihr Atem riecht wieder mehr nach *haole*, nicht mehr so faulig krank.«

»Das haben wir nur deiner Pele zu verdanken!«

Gerne zog sie Amala ab und zu mit ihrem Glauben auf. Auch wollte sie der Ankunft der Polizisten ein wenig Gewicht und Schwere nehmen und hoffte, die Freundin würde mitmachen. Aber Amala schüttelte ernst ihren Kopf.

»Es nützt nichts, wenn wir jetzt noch heiter sind. Sie kommen und machen alles kaputt. Noch nie hat ein Unformierter unserem Dorf eine gute Nachricht gebracht ... Und vielleicht kommen sie wegen dir noch öfter und schikanieren uns!«

Elisa sah sie entsetzt an.

»Das glaubst du wirklich, nicht wahr?« Ihre Stimme war zögerlich und unsicher. »Du denkst, ich habe Unglück über das Dorf gebracht.«

»Unsinn ...«

»Sei ehrlich! Dir wäre es lieber, wenn ich wieder gehen würde, wenn Kelii eine Frau aus eurem Dorf heiraten würde und mit ihr Kinder bekäme ...«

Amala schwieg und sah zu Boden. Das ungute Gefühl in ihren Eingeweiden verstärkte sich immer mehr. Ulani war schon eine Herausforderung, weil sie ein Kind mit schlechtem Blut war. Und bald würde Elisas Mischlingskind mit ihrer Hilfe auf die Welt kommen. Unnatürlich groß war Elisas Bauch in Amalas Augen. Insgeheim fürchtete sie, das Kind könnte missgebildet sein. Bei den Untersuchungen waren die Bewegungen des Kindes ungewöhnlich lebhaft, und Amala wusste diese Zeichen zu deuten. Seit Jahrzehnten war sie Geburtshelferin im Dorf. Ihrer Meinung nach stand Elisa die Geburt eines Großkopfes bevor. Amala sah in diesen Kindern eine Botschaft der Göttin Pele. Kinder mit Wasserkopf wurden bisher nur selten geboren und lebten nie lange. Immer bedeuteten sie ein schlechtes Omen für ein Dorf. Als Amala jung war, hatte eine Tutu, die schon lange keinen eigenen Mann mehr hatte, so ein Kind zur Welt gebracht. Amala lernte damals noch die Heilkunde der Frauen. Sie musste das Kind zum Sterben auf den großen Felsen bringen. Als es wimmerte, sang sie ihm schöne Lieder bis zum letzten Atemzug. Seitdem nannte sie diese Kinder Pele-Kinder. Nur drei hatte sie in ihren Jahren als Hebamme ins Reich der Feuergöttin begleitet. In ihren Augen war es ein Akt der Gnade, denn diese Kinder lebten auch bei optimaler Pflege ihrer beschämten Mütter oft nur wenige triste Monate.

Amala sah ihre Freundin zaghaft von der Seite an. Sollte sie mit Elisa über ihre Befürchtung reden? Noch bestand die Möglichkeit, in einem anderen Dorf zu gebären, sodass Kelii nichts mitbekam. Für Männer war es auch schwer, wenn ein Kind missgebildet war. Manche Kahuna verhängten danach über einen Mann schwere Strafen, weil sie bei Missbildungen davon ausgingen, dass gewisse Tabus gebrochen wurden. Und wenn die Frauen die missgebildeten Kinder am Leben erhalten wollten, war die Liebe gefährdet. Oft blieben in dieser Zeit die Männer der Hütte fern, manchmal kamen sie nie wieder. Warum also einer Mutter so ein Leid zumuten, wenn sie diese Kinder gleich ihrer verehrten Göttin Pele schenken konnte?

Je mehr sie darüber nachdachte, desto schwerer wog ihr Herz bei dem Anblick von Elisas gewölbtem Leib, den sie von unten stützte, während sie sich mit den Tutus unterhielt.

»Wo bleibt ihr, ihr Polizisten?«

Eli schrie seine Worte übermütig ins Tal, der Hall wurde von den Felsen zurückgeworfen. Alle mussten lachen, dann aber schalt Elisa ihren Sohn.

»Warum schreist du so?«

»Weil sie nicht mehr da sind, Ma! Sie wollten nicht zu uns, sondern sind weiter nach oben gelaufen, zu dem Versammlungsfelsen, wo Pa ist.«

Elisa erschrak. Daran hatte sie noch gar nicht gedacht. Vielleicht wollten sie zu Kelii?

Kurz lehnte sie sich an Amalas Schulter. Ihre Beine schmerzten inzwischen vom Stehen. Eine der Tutus legte ihr eine Decke auf den Boden.

»Setz dich ... vielleicht wollen die Polizisten ja wirklich nicht zu uns.«

»Und was ist mit van Ween? Was will der bei den Männern am Versammlungsfelsen«

Elisa ließ sich stöhnend nieder. Amala ermahnte die Jungs, die in ihrem Übermut begonnen hatten, mit ihren Blasrohren rote Beeren nach den Mädchen zu spucken. Jeder Treffer wurde prompt mit wildem Geschrei quittiert.

Eli stand in der Mitte seiner Freunde und stemmte betont männlich die Hände in den Seiten, aber davon ließ Amala sich nicht im Geringsten beeindrucken.

»Hör auf, sonst musst du zur Strafe die ganze Woche Wasser für mich holen … und sag das auch deinen Freunden!«

Amala setzte sich ebenfalls auf die Decke.

»Sobald Ulani kräftiger ist, muss sie sich mehr um ihre Brüder kümmern. Zu dritt waren die Jungs während des langen Regens in eurer Hütte doch kaum zu bändigen, oder?«

Elisa nickte erschöpft. Eine bleierne Schwere macht sich in ihr breit, und sie spürte jetzt jeden einzelnen der vielen Kilometer, die sie an diesem Tag gelaufen war.

Gemeinsam sahen sie zu, wie Eli seinen Freunden die Blasrohre abnahm und mit ihnen den Weg entlanglief, um zu schauen, wo die Männer abgeblieben waren.

»Eli ist ein großartiger Junge. Er ist wie Kelii, als er klein war …«

»Wirklich? Ich meine, er ist das Kind seiner Cousine, also eine gewisse Familienähnlichkeit gibt es sicherlich … Kelii sagt, Eli sei mir sehr ähnlich und redet oft genau wie ich.«

»Das kommt, weil du ihm viel beibringst!«

»Hoffentlich ist es gut, wenn sein Geschwisterchen kommt …«

»Sicherlich ist es das. Außerdem hat er neue Freunde …«

Elisa nickte und ihre Augen leuchteten vor Stolz.

»Ich wünsche mir, sie alle zusammen aufwachsen zu sehen: Ulani und ihre Brüder, Eli und das kleine Geschwisterchen. Viele Kinder zusammen großgezogen zu haben, so wie du einst hier im Dorf, das muss ganz wunderbar sein …«

Amala gab ihrer Freundin recht. Ihre Ehe und die Zeit mit den Kindern war wunderbar gewesen, nur war ihr Mann früh gegangen, und inzwischen lebte nicht eins ihrer acht Kinder mehr auf Kauai. Sie waren mittlerweile alle auf Big Island, weil sie dort Land geerbt hatten und die Gesetze für Hawaiianer dort nicht so streng waren. Ihr erstes Kind hatte sie mit sechzehn bekommen, das letzte mit fünfundzwanzig. Mittlerweile war sie fast fünfzig und fühlte sich immer noch jung, ein Grund, um dankbar zu sein. Sie lächelte Elisa zu und schalt sich insgeheim für ihre immer wieder aufkommenden Zweifel an ihrer Freundin, nur weil sie eine andere Hautfarbe hatte. Elisa war eine großartige Mutter. Weder für ihr schlechtes Blut noch für ihr scheußliches Aussehen konnte sie etwas. Heute sah Elisa besonders elend aus. Ihre Haut war mit Sonnenflecken übersät. Die fahlen bräunlich-gelben Haare passten nicht zu der typisch hawaiischen Kleidung, die Elisa seit Jahren bevorzugte. Schön konnte man Keliis Frau so kurz vor ihrer Niederkunft nun wirklich nicht nennen.

»Sie kommen ... jetzt kommen sie wirklich!« Aufgeregt hüpfte Eli mit seinen Freunden auf und ab.

Die Männer waren den Weg durch den Dschungel hinauf zum Versammlungsfelsen gegangen und kamen jetzt von dort zurück. Ihre Stimmen waren zu hören. Ein bestimmtes Wort fiel einige Male, ein Wort, vor dem sich alle fürchteten: Mai Pake.

Die Tutus hörten auf zu singen. Es wurde totenstill. Instinktiv legte Elisa ihre Hand über das Kind in ihrem Bauch. Die Männer waren bereits so nah, dass sie ihre Worte immer besser verstehen konnte. Sie unterschied zwei eindeutig amerikanische Akzente sowie das gestelzte Britisch des alten Doktors. Es ging um Seuchenkontrolle. Ihr Herz raste vor plötzlicher Panik, vertraute Bilder des Grauens stürzten auf sie ein, und sie zog Amala ein paar Schritte zur Seite, damit Eli und die Jungs sie nicht hören konnten.

»Sie kommen vielleicht wegen Ulani. Du weißt, was sie mit kranken Waisenkindern machen, besonders wenn es Mädchen sind ...«

Amala wusste, warum Elisa plötzlich so nervös klang. Die Angst kroch auch in ihre Knochen, denn ein Besuch des britischen Doktors Wellington wegen einer Seuchenkontrolle bedeutete immer Unheil. Ihr Dorf war vielleicht durch die abgelegene Lage auf dem Felsplateau bislang wie durch ein Wunder von seinen Kontrollbesuchen verschont geblieben, doch damit schien es jetzt vorbei zu sein.

»Mai Pake ... er kommt wegen Mai Pake!«

Wie ein Lauffeuer ging die Neuigkeit durch die Wartenden. Einiges hatten auch die anderen Tutus von den Kontrollbesuchen des Doktors gehört. Es gab Berichte von Säuberungsaktionen, angeblich um den Ausbruch einer Seuche zu verhindern, in denen ganze Hütten abgebrannt werden mussten. Aber auch Körper waren nicht verschont worden. Es gab Schnitte in die Haut, Stiche mit Nadeln und eine brennende Flüssigkeit, die danach in die entstandenen Wunden geschüttet wurde. All das hatte der Doktor in der Vergangenheit schon einmal befohlen.

»Mai Pake ...«

Amala flüsterte das Wort fast unhörbar. Aber sie wusste jetzt, was ihnen bevorstand. Bevor der Abend zur Nacht wurde, würden die Männer in jede einzelne Hütte gehen, um nach Kranken zu suchen.

Elisa stand mit Amalas Hilfe auf und richtete ihre Haare so gut es ging, indem sie die Strähnen in einem geflochtenen Zopf zusammenband. Dabei redete sie hastig auf Amala ein.

»Es hat mehrere Fälle von Lepra auf Kauai gegeben, aber bis jetzt war nie von einer Seuche die Rede ... Dazu waren es nicht genug Kranke.«

»Und die Chinesen, die neuen Chinesen? Die sind doch alle krank! Ein ganzes Boot voll haben sie hier einfach wieder an Land gelassen ... die Männer treiben sich hier in den Bergen rum auf der Suche nach Essen und Mädchen!«

Amala zischte ihre Worte voller Verachtung und Hass heraus. Schon seit der Ankunft des letzten Chinesenboots im Hafen von Lihue vor einigen Wochen konnte sich die gefürchtete Krankheit unter den Arbeitern auf der Plantage von Gerit Janson ausgebreitet haben, das wusste auch Elisa. Doch bisher waren es lediglich Gerüchte. Amala wurde zusehends wütender.

»Diese gelben Ratten haben das Unheil mitgebracht. Das weiß ich von meinem Freund Maleko. Mit seiner Ukulele hat er im Hafen gespielt. Vor seinen Augen haben sie Gelbe ins Todesboot getrieben, du weißt schon, den schwimmenden Sarg ...«

Elisa hielt vor Schreck den Atem an. Das Erscheinen des Doktors musste mit der Ausbreitung der Seuche zu tun haben. Zwar lag die Hauptstadt Lihue am anderen Ende der Insel, aber vielleicht hatte es jetzt auf der Plantage erste Fälle gegeben. Nicht auszudenken, wenn hier im Dorf die Seuche ausbrechen würde!

»Wenn sie wirklich deshalb gekommen sind, was machen wir dann mit Ulani?«

Amala schwieg betroffen. Genau wie Elisa wusste sie, dass vor allem Kinder sich leicht mit Mai Pake ansteckten, vor allem, wenn ihre Widerstandskraft geschwächt war. Elisa fuhr fort.

»Ich habe die Kinder noch nicht ordnungsgemäß angemeldet, und Ulani ist ein auffallend liebliches Mädchen ...«

Auch Amalas Blick hatte sich verfinstert.

»Weißt du, was sie mit jungen Seuchenkranken machen?«

»Alle müssen auf das Boot«, antwortete Elisa so gefasst wie möglich. »Ich weiß nicht, wo die Kinder hinkommen, aber alle Infizierten müssen in Quarantäne.«

Sie kannte grauenhafte Geschichten. Von Honolulu aus stachen die mit Lepra Infizierten mit einem besonderen Boot bei Morgengrauen in See. Schwarz angestrichen hatte der ehemalige Lastenkahn keine Fenster, sondern nur eine einzige große Öffnung, die von außen verriegelt wurde, wenn der letzte

Kranke in Gewahrsam war. Nur ein kleines Bündel Habseligkeiten durfte jeder mitnehmen, der Rest wurde verbrannt, ebenso wie alle Kleider. In Kutten gingen die oft verzweifelt Weinenden an Bord, manche auf Krücken, andere wurden in Kisten getragen. So ein Boot, das seit einiger Zeit ausschließlich den zum Tode Verdammten zur Verfügung stand, stach seit Neustem auch von Lihue aus in See.

Höllenfahrer, Knochenknechte, Todesfinger und weiße Unglücksflecken lauteten nur einige der unheilschwangeren Namen, die den Leprakranken von den gesunden Inseleinwohnern gegeben wurden. Man sprach nur im Flüsterton von denjenigen, die das tödliche Los getroffen hatte. Niemand wusste bisher genau, was mit ihnen geschah. Sie wurden abtransportiert, kamen für immer weg von ihren Familien und durften nur das Notwendigste mitnehmen.

Angeblich wurde auf der Insel Molokai eine medizinische Isolierstation auf der Landzunge Kalaupapa eingerichtet. Ärzte wollten aus aller Welt dort hinkommen, um gegen die furchtbare Krankheit zu kämpfen, so lautete die offizielle Version der amerikanischen Regierung. Vielleicht wollte man damit aber auch nur die aufgebrachten Angehörigen beruhigen. Eingeweihte sprachen zudem von verschiedenen medizinischen Experimenten zu Forschungszwecken, die von ambitionierten Ärzten auf Kalaupapa an wehrlosen Kranken durchgeführt wurden.

Die todgeweihten Kranken wurden dort inzwischen von der katholischen Kirche betreut, aber erst nachdem die Kunde der menschenunwürdigen Behandlung schließlich bis nach Rom vorgedrungen war. In dem schwer zugänglichen, durch hohe Klippen eingefassten Gebiet Kalawao waren einst über sechshundert Leprakranke einfach von der Gesellschaft ausgestoßen worden, indem man sie vor der Küste von den Booten ins Wasser gestoßen hatte. Nur diejenigen, die noch schwimmen konnten, haben es überhaupt überlebt, der Rest ertrank.

Die Überlebenden wurden zunächst ohne medizinische Betreuung ihrem Schicksal überlassen, ohne Behausung und ohne jegliche Würde vegetierten sie bis zu ihrem Tod vor sich hin. Dann kam Pater Damian, ein tiefgläubiger Belgier, der sich für die Kranken einsetzte. Die Kirche arbeitete mit dem Königshaus zusammen, und die Zustände in Kalawao verbesserten sich langsam.

Pater Damian erlangte Bekanntheit und Verehrung als Apostel der Leprakranken, auch noch als er sich selber infizierte. Bis zu dem Moment, als die tödliche Krankheit ihn auf sein Lager fesselte, diente er von früh bis spät den Kranken. Als er 1889 an der Hansenschen Krankheit, wie Lepra genannt wurde, starb, war er ein Heiliger, auch für Elisas Vater. Er hatte ihr viel von diesem Mann erzählt, denn auf einer seiner Südseereisen durfte er Pater Damian kennenlernen und war sehr beeindruckt.

Elisa war sich nicht sicher, wie es nach Pater Damians Tod mit der Leprakolonie weitergegangen war, nur dass die Zahlen der Infizierten bis zur Jahrhundertwende stetig weiter gestiegen waren, das wusste sie.

Die schützende Hand von Königin Lili'uokalani hatte dort inzwischen keinen Einfluss mehr, wie ihr Kelii berichtet hatte. Die kirchlichen und sozialen Einrichtungen litten nach der Machtübernahme inzwischen auf allen Inseln, bestimmt auch in der Leprakolonie. Geldmangel hatte ehemals vom Königshaus protegierte Krankenhäuser verwahrlosen lassen. Elisa fragte Amala, ob sie in letzter Zeit etwas über die Leprakolonie gehört hatte, außer dass sich dort verschiedene westliche Ärzte ein Experimentierfeld erhofften. Die stattliche Hawaiianerin starrte düster vor sich hin.

»Es gibt in vielen Familien Kranke, die abgeholt werden, doch man spricht nicht darüber. Die Schande ... Die Kranken kommen immer noch nicht von dort zurück. Aber sie haben jetzt auf Kalaupapa eine Ordenschwester, die ursprünglich aus deinem Land kommt.«

»Aus Deutschland?«

»So heißt es. Schwester Marianne aus Molokai wird sie genannt. Man sagt, sie sei ein Engel …«

Amalas Stimme klang bedrückt. »Was nützt ein Engel, wenn man nie mehr zurück nach Hause kann …«

Bisher war kein Kranker je zurückgekehrt, doch ab und zu wurden Briefe von Kranken von der Besatzung des Todesboots auf die Inseln geschmuggelt, wie Amala erzählte. Offiziell war auch das verboten, außerdem konnten viele Kranke weder lesen noch schreiben. Und wenn ein Brief es gelegentlich schaffte, war diese Nachricht meistens von Angehörigen oder Freunden mit Gold oder Perlen aufgewogen worden. Die verzweifelten Schilderungen in den Briefen gaben Auskunft über das harte Leben vor Ort und riefen schlimmste Bilder des Grauens hervor.

Während die Männer nicht weit von ihnen unter einem Baum standen und sich berieten, raunte Amala Elisa ihre schlimmste Befürchtung im Flüsterton zu:

»Ulani war mit ihren Brüdern mehrere Wochen lang am Hafen. Sie könnte wirklich Mai Pake haben … Und wenn sie die Krankheit hätte, wäre die Seuche bei uns im Dorf …«

Elisa wusste, welch ein furchtbares Schicksal alle erwartete, sollte der Doktor wirklich Anzeichen der Seuche im Dorf diagnostizieren. Jeder noch so kleine weiße Fleck auf der Haut konnte Grund dafür sein, dass eine Hütte mit sämtlichem Inventar verbrannt wurde. Die Bewohner konnten für den Rest ihres Lebens in die Leprakolonie verbannt werden. Es gab Bestimmungen, Gesetze und Vorgaben der neuen Regierung, die den Ärzten diese Macht verliehen. Eine Kahuna wie Elisa würde man zu diesem Thema niemals befragen. Sie hatte keinerlei Befugnis, im Gegenteil, sie musste sich in Acht nehmen. Seit die neue Regierung an der Macht war, saßen einige Kahuna wegen Scharlatanerie im Gefängnis.

Letztendlich wusste niemand genau, ob all diese Verdammten wirklich von der Seuche befallen waren. Man munkelte, dass Mai Pake bisweilen auch nur ein Vorwand war, um zu plündern und allzu aufsässig gewordene Hawaiianer loszuwerden.

Angeblich hatte es auf Oahu mehrere Fälle gegeben, die medizinisch nicht eindeutig waren. Das hatte Kelii erzählt, nachdem er vor einem Mond seine Mutter bei Königin Lili'uokalani besucht hatte.

Erschreckende Geschichten kursierten in der Hauptstadt über einige Königstreue, die der neuen amerikanischen Regierung unbequem waren und deshalb als Mai-Pake-Kranke aus dem Weg geschafft wurden.

Elisas Herz war schwer wie Blei. Immer noch standen die Männer unter dem Baum. Sie sah, wie sich zwei der Polizisten Handschuhe überzogen, während der Doktor sich mit Piet van Ween beriet. Immer wieder sah Wellington zu ihr herüber, doch er grüßte sie noch nicht einmal mit einer Geste. Das bedeutete nichts Gutes. Immer noch war Elisas Misstrauen gegen den alten britischen Doktor, der sie vor Jahren so fahrlässig behandelt hatte, dass sie beinahe ihr Bein verloren hätte, gewaltig. Medizinisch war der Mann ihrer Meinung nach untauglich. Ihr Onkel hatte dem Doktor damals vorbehaltloses Vertrauen geschenkt, weswegen Elisas Bein nach dem Angriff durch den Hai beinahe amputiert worden wäre. Kelii hatte Elisa in letzter Minute vor einem Leben als Krüppel gerettet.

»Pele, hilf uns, hilf auch dem kranken Mädchen mit den grünen Augen, und verzeih mir meine dummen Gedanken … Bitte Pele, hilf uns!«

Amala hatte begonnen, neben Elisa laut zu beten. In ihren stampfenden Singsang stimmten die anderen Tutus eine nach der anderen ein. Die hypnotisierenden Stimmen der alten Frauen ließ sie Kinder stumm werden. Sie hielten sich bei den Händen. Ungefähr zwanzig Frauen und dreimal so viele Kinder standen mit Elisa und Amala am Dorfeingang und bildeten eine Kette.

»Große Göttin Pele, bitte hilf uns ... wende das Unheil der Krankheit der Chinesen von unserem Dorf ab ...«

Energisch packte Elisa ihre Freundin bei den Schultern. »Beten reicht nicht! Wir müssen uns etwas einfallen lassen. Niemand aus unserem Dorf wird mitgenommen, hörst du! Niemand!«

2. Kapitel

Applerock, Frühjahr 2011

Maja schreckte von dem Zucken ihres Beins abrupt aus dem Schlaf. Ein Krampf, der sie jetzt öfter im Schlaf überraschte, hatte ihren Wadenmuskel hart wie Stein werden lassen. Sie war einen kurzen Moment lang verwirrt, bevor sie sich an das erinnerte, was ihr Herz zum Rasen brachte. Sie hatte von Elisa geträumt. Es war das erste Mal seit Monaten.

Draußen begann der Morgen, der Sturm hatte nachgelassen, und Vögel begrüßten zwitschernd den neuen Tag. Keanu schlief noch. Leise stahl sie sich aus dem Bett an ihren Computer, um ihrer Freundin endlich zu schreiben.

Liebste Ina,
da bin ich wieder! Aloha vom Applerock! Wie geht es dir? Was macht der Apfelbaum vor deinem Fenster? Blüht er schon? Stell dir vor, ich habe gerade wieder von Elisa geträumt! Sie war mir ganz nah … und ebenfalls schwanger!

Meine Recherchen über Elisa gehen genauso langsam voran wie unser Hausbau. Wie es aussieht, hatte Elisa sich mit einem mächtigen Mann angelegt, ich weiß nur noch nicht genau wie. Wenn es darum ging, den Einheimischen ihr Land zu stehlen, haben sich die Weißen zusammengetan, Amerikaner und auch einige Europäer beziehungsweise Deutsche. Ich schämte mich, als ich es las, obwohl über hundert Jahre zwischen mir und der brutalen Kolonialherrschaft liegen …

Übrigens – mit meinem Schatz kann ich nicht gut darüber reden. Keanu will nicht in der Vergangenheit stochern, sagt er, weil er seine Kraft für den heutigen Kampf der Hawaiianer braucht. Es geht um Energieressourcen und natürlich um Landbesitz. Es ist daher ein Wunder, dass ausgerechnet ich Applerock besitze. Mein Stück Land hier ist über eine Million Dollar wert! Wir mussten es wegen des Kredits für den Hausbau von der Bank schätzen lassen. Eine Million Dollar! Einen solchen Wert hat mein unbekannter Großvater uns hinterlassen!

Keanu ist einsilbig, wenn ich versuche, von ihm mehr über die Familienzusammenhänge zu erfahren, er will nicht darüber reden. Es seien alles Spekulationen und Vermutungen, selbst die Tatsache, dass der Mann aus der Tiefgarage in Nizza ebenfalls ein Nachfahre von Elisa Vogel ist.

In ein paar Stunden kommen hoffentlich mal wieder die Bauarbeiter, doch ich wollte dir unbedingt heute noch schreiben, obwohl ich mit dem Haus und dem neuen Museum sehr viel zu tun habe. Doch es ist schon wieder einen Monat her, und obwohl du mich schon bald besuchen wirst, brauche ich mehr Kontakt. Seit ein paar Tagen funktioniert unsere Laptop-Nabelschnur, sprich das Internet, von unserem Grundstück aus. Mein Kommunikationsbedürfnis ist daher enorm! Bitte verzeih, wenn dieser Brief lang wird.

Dir kann ich meine dunklen Gedanken eher anvertrauen als Keanu. Mein geliebter Schatz denkt in vielen Dingen anders als ich und will bis nach der Geburt unseres Kindes so wenig wie möglich über Elisa Vogels Kampf hören. Er hat Angst, es würde mich zu sehr runterziehen. Er will noch nicht einmal, dass ich nach den schwarzen Perlen suche. Ja, da wunderst du dich, nicht wahr? Erst erzählt er mir ausführlich von seiner spannenden Haifischfrau –

Ahnin aus Deutschland. Dann hat er Angst, dass es dem Baby schaden könnte!

Der Aberglaube, sage ich dir, lebt hier in allen Ecken. Oft ist mein Liebster tagelang weg, dann fehlt mir die Zuversicht, dass Kauai je so etwas wie eine Heimat für mich und mein Kind werden wird. Viel ist ungewohnt schwer in diesem Paradies. Müsste ich es mit geschlossenen Augen beschreiben, ist es klebrig, zäh und droht mir den Atem zu nehmen. Ich spüre diese seltsame zerstörerische Kraft übrigens, sobald ich unser Grundstück betrete. Daher befahre ich es jetzt lieber ... kleiner Scherz. Doch unsere Zufahrtstraße ist wirklich gerade erst fertig planiert worden. Ich fahre also mit meinem kleinen Auto bis direkt an die Baustelle. Doch dieses wilde Dunkel, das Applerock meiner Meinung nach umgibt, fühle ich selbst im geschlossenen Wagen mit Klimaanlage und lauter Musik. Es ist einfach da.

Nachts treibt mir eine ungewisse Angst vor der Zukunft den Schweiß auf die Stirn. Dann wache ich mit klopfendem Herzen auf. Wie ein Wasserfall prasseln negative Gedanken auf mich nieder und jagen im Galopp mit mir fort. Zum Beispiel kommt mein Kind behindert zur Welt, oder meine Mutter ertrinkt im Schwimmbad ... manchmal stirbst auch Du bei einem Autounfall, und einmal wurde Keanu nachts von dem Haifischmann in Nizza in der Parkgarage erschlagen. Es ist grauenhaft!!!

Hier meine Lieblingsvermutungen: Entweder ich habe einen an der Waffel und bin dabei, meinen Verstand zu verlieren, oder etwas stimmt energetisch nicht mit diesem Ort.

Beides habe ich erforscht, so weit es ging. Meine dunklen nächtlichen Vorahnungen könnten etwas mit einer Hysterie im Zusammenhang mit einer Herzrhythmusstö-

rung zu tun haben, die in der Schwangerschaft öfter auftritt. Das meinte Mama vor Kurzem. Ihr nüchterner Rat lautete, ich solle zu einem Kardiologen gehen. Dazu dringend ein Magnesiumpulver zur nächtlichen Entspannung einnehmen. Es soll auch gegen Wadenkrämpfe helfen. Dann hat sie mich gefragt, ob ich Angst vor der Verantwortung für das Baby habe. Aber Keanu und ich freuen uns wie Schneekönige auf unser Kind! Wir lieben uns sehr und freuen uns darauf, von dieser Liebe etwas abzugeben. Ich weiß, es ist ungewöhnlich, denn wir kennen uns noch nicht einmal ein Jahr. Aber so ist es eben.

Übrigens: Mein Südseeparadies, wie ich es mir erträumte, gibt es in der heutigen Zeit hier nicht mehr. Am Tag des Fukushima-Erdbebens, als wir hier die Tsunami-Warnung hatten, wurden wir mitten in der Nacht von der Feuerwehr evakuiert. Ach ja, das hatte ich dir schon über Skype erzählt, nicht wahr? Doch wusste ich da noch nicht, dass jemand in unserer Abwesenheit im Container meine Sachen durchwühlt haben muss.

Fazit: Mir fehlen zwei meiner Tagebücher, fast alle Recherchen über Elisa Vogel, aber auch der schöne Rubinring, den ich von Papa zum Abitur bekommen hatte. Das einzige Erbstück meiner Großmutter.

Keanu glaubt natürlich nicht, dass wir bestohlen wurden. Er denkt, meine Sachen werden wieder auftauchen, wenn wir in unserem echten Zuhause all unsere Kisten auspacken. Mal sehen!

Danke übrigens für euer Päckchen mit den hübschen Babysachen! Das war wirklich süß von dir und sehr großzügig von Stefan. Welcher betrogene Exfreund schafft so etwas schon? Bitte grüß ihn extra lieb von mir. Fühlt sich an wie Familie!

Natürlich hofft Keanu, dass man mich auch in seiner

Familie akzeptieren wird, aber bisher habe ich noch keinen von ihnen kennengelernt. Anfangschwierigkeiten auf Kauai seien normal, sagt mein Liebster. Mein Traum, in Lihue eine Stelle als Lehrerin für Kunsterziehung zu bekommen, würde sich auch noch erfüllen ... Mal sehen! Die einzige Schule, die infrage kommt, gehört Freunden von Keanus Ex. Und Leilani, seine ehemalige Verlobte, hat dort anscheinend vorgebaut. Nicht einmal die Schulsekretärin wollte länger mit mir sprechen. Bestimmt ist sie irgendwie mit Leilani befreundet, so wie auf dieser Insel ohnehin jeder jeden zu kennen scheint. Und ich bin natürlich die böse Deutsche, die das Glück des Inseltraumpaares zerstört hat.

Wie du siehst, meine liebe Ina, fehlst du mir in meinem neuen Leben SEHR. ICH VERMISSE DICH!

Ich stelle mir vor, wie du auf deinem Fahrrad vom Einkaufen kommst, im Korb das gute Münchner Brot, auf Deinem Gesicht Dein warmes Feierabendstrahlen.

Bitte stell bald neue Fotos ins Netz, dann kann ich mich ein wenig in meinen geliebten Münchner Frühling träumen ...

Ich habe dich sehr lieb,
Deine Maja

Nachdem sie die E-Mail abgeschickt hatte, stand Maja leise auf. Ihre Nasszelle, inklusive der Toilette, war nicht weit, aber außerhalb des Wohncontainers. Der Weg würde schlammig sein. Sie brauchte Gummistiefel.

Die Vögel hatten ihre Morgenfreude noch gesteigert. Es zwitscherte und krächzte überall um die kleine Wellblechhütte herum. Keanu hatte wirklich einen bemerkenswert tiefen Schlaf.

Als Maja in ihrem Pareo, dem traditionell gewebten Tuch,

wie es die Hawaiianerinnen im Dorf trugen, die Füße in ihren roten Gummistiefeln, durch den Schlamm zu der Nasszelle stakste, die auf der Rückseite der Hütte war, bemerkte sie ein Paar Alala-Krähen, die auf dem Apfelbaum an dem alten Holzschuppen saßen. Sie mochte diese Vögel, sie erinnerten sie irgendwie an Deutschland, außerdem meinte sie von Keanu gehört zu haben, Alalas seien seit Jahren auf den Inseln ausgestorben.

Fast stolperte Maja über ein Paket, das fest eingepackt in dickes, durchsichtiges Plastik vor ihrer Nasszelle im Schlamm lag. Majas Name war in großen, ungelenken Buchstaben auf den Schuhkarton geschrieben. Obwohl sie dringend auf die Toilette musste, riss sie Plastik und Papier auf. Tatsächlich, in dem Paket lagen die beiden vermissten Tagebücher. Auch der Rubinring ihrer Großmutter war da, sowie ein dicker brauner Umschlag mit alten Fotos von Elisa.

3. Kapitel

Dorfplatz, Frühlingsmond 1900

Die sechs Männer, davon vier nachlässig uniformierte Polizisten, der Verwalter Piet van Ween sowie der alte britische Doktor hatten sich in Sichtweite der beunruhigten Dorfbewohner unter dem Baum beraten, doch jetzt kamen sie auf die Frauen und Kinder zu. Einer der Polizisten hatte bereits seinen Schlagstock aus dem Gürtel genommen, ein zweiter legte seine Hand auf den Griff.

Elisa warf Amala einen nervösen Seitenblick zu. Ihr Kinn nach vorne gestreckt, die Augen zu schmalen Schlitzen verengt sah die Tutu den Männern furchtlos mit zu Fäusten geballten Händen entgegen.

»Pah! Schlagstöcke ... Haben die etwa Angst vor ein paar alten Weibern und Kindern?«

»Haltung, Amala, wir müssen eine friedliche Haltung bewahren ... Keine Angriffsfläche bieten! Wir singen!«

Amala straffte ihre Schultern und blickte stolz geradeaus, den Mund fest geschlossen. Elisa stimmte leise ein Lied an, das alle im Dorf gut kannten. Eine nach der anderen stimmten die Tutus mit ein, die Kinder begannen ebenfalls zu singen, und zu guter Letzt hörte sie auch Amala.

Sie hielten sich bei den Händen, wie sie es bei den Festen taten. Ihre Stimmen wurden immer lauter und sicherer. Das berühmteste Lied von Königin Lili'uokalani sangen sie, ein Liebeslied, das jedes Kind auf den Inseln kannte. Dieses Lied konnten die Amerikaner nicht verbieten, weil die Worte harmlos waren, und dennoch hatten sie die Kraft einer vergangenen Zeit, in der das hawaiische Volk noch frei und stark war.

Elisa mochte vor allem den Refrain, der aus hawaiischen und englischen Worten bestand. Es war das erste Lied der Königin, das Kelii ihr auf der Insel Oahu beigebracht hatte. In ihrer glücklichen Zeit im Iolani-Palast hatten sie es öfter zusammen mit Lili'uokalani und auch Keliis Mutter gesungen.

Aloha 'oe, aloha 'oe
E ke onaona noho i ka lipo
One fond embrace,
A ho'i a'e au
Until we meet again

Ein Lebewohl, ein Lebewohl
An alle Liebenden im Dunkel der Nacht
Eine letzte innige Umarmung
Wir müssen voneinander lassen
Bis wir uns wiedersehen.

Doktor Wellington kam direkt auf Elisa zu und blieb vor ihr stehen, während die Polizisten der Reihe nach die singenden Frauen und Kinder abschritten. Es machte den Eindruck, als ob sie jemanden suchen würden.

»Guten Abend, Fräulein Vogel!«

Elisa reichte ihrem ehemaligen Arzt die Hand. Er trug weiße Handschuhe aus Baumwolle, wahrscheinlich, um bei der Untersuchung eine mögliche Ansteckung zu vermeiden. Sie konnte sehen, dass sein Gesicht in den letzten fünf Jahren noch faltiger geworden war. Obwohl er höchstens in seinen Fünfzigern sein konnte, wirkte er wie ein alter Mann. Von der Anstrengung des Aufstiegs atmete er schwer, und seine Lippen waren bläulich verfärbt. Elisa glaubte sich zu erinnern, dass er einen Herzfehler hatte. Sie zwang sich zu einem Lächeln.

»Guten Abend, Herr Doktor. Wir haben uns lange nicht mehr gesehen. Willkommen in unserem Dorf!«

Er nickte fahrig, bereits damit beschäftigt, Elisas enormen Leib mit sichtlichem Erstaunen zu mustern.

»Oh, my Lord! Das ist ... es ist ...«

Er suchte nach Worten. Die hellen Augen hinter seinen fleckigen Brillengläsern huschten zwischen Elisas Gesicht und ihrem Bauch hin und her, so als versuchte er, sich an etwas zu erinnern, das ihm entfallen war. Schließlich brach es unvermittelt es aus ihm heraus.

»Sie sind doch immer noch unverheiratet, oder?«

Elisa errötete spontan. Wie konnte der Doktor es wagen, sie vor den Polizisten und Piet van Ween derartig bloßzustellen!

»Fräulein Vogel ... wie ist denn das passiert? War der Klapperstorch etwa im Dorf?«

Van Ween amüsierte sich sichtlich, und auch zwei der Polizisten hatten begonnen, anzüglich zu grinsen. Das Vater- und Sohn-Team war seit Jahren zuständig für Hanalei Bay und die Na-Pali-Küste. Die Plantage und auch das Dorf unterlagen ihrer Autorität. Elisa kannte sie aus der Zeit, als sie bei ihrem Onkel lebte, schon damals oft unrasiert, mit dreckiger Hose und zerrissener Uniform. Heute rochen sie zudem noch stark nach Alkohol.

»Rick Blacksmith? Ist das nicht Ihr Name? Wir kennen uns über meinen Onkel, Paul Vogel ...«

Froh, sich an den Namen zu erinnern, streckte Elisa ihm die Hand entgegen, doch er trat demonstrativ zurück, so als wäre Elisa es nicht wert, per Handschlag begrüßt zu werden. Dann flüsterte er mit seinem Sohn und Piet van Ween.

Sofort erinnerte sie sich an ihre letzte Begegnung im Kontor ihres Onkels vor knapp sechs Jahren. Rick Blacksmith hatte versucht, seinem einzigen Sohn Robert, Sprössling seiner unglücklichen Mischehe, eine Stellung in Paul Vogels Firma zu sichern. Elisas Onkel hatte Robert mit der Begründung abgelehnt, er nähme leider keine Lehrlinge, die weder Fisch noch Fleisch wären. Es wäre schlecht für die Moral.

Der große junge Mann mit der dunklen Hautfarbe und den unruhigen Augen musste jetzt Anfang zwanzig sein, schätzte sie. Amala flüsterte ihr zu.

»Bad Bob ist schon lange *pupule*, verrückt! Seine Mutter war eine von uns, hat sich aber vor Kummer das Leben genommen, und seitdem ist er mindestens so gewaltbereit wie sein Vater und trinkt die doppelte Menge Alkohol! Er hasst alle *kanaka*!«

Die anderen beiden Uniformierten kannte Elisa nicht. Sie waren tadellos gekleidet, kamen aus Lihue, wie sie erklärten, dort sei das Hauptpolizeirevier der Insel von Gouverneur Janson vor einem Monat um zwanzig Beamte aufgestockt worden.

»Unsere Regierung will sichergehen, dass neue Gesetze auf den Inseln mit entsprechender Autorität durchgesetzt werden.«

Ihrem Akzent nach waren beide Amerikaner von der Westküste, aber noch sehr jung. Elisa sah, wie Piet van Ween einem von beiden etwas ins Ohr flüsterte und auf Elisa zeigte.

Das Zittern ihrer Hände konnte sie inzwischen kaum mehr kontrollieren. Sie hatte Angst, wusste aber nicht genau wovor.

Doktor Wellington räusperte sich umständlich: »Niemand braucht Angst zu haben. Weder bei den Arbeitern auf der Plantage noch oben am Felsen sind Zeichen der Krankheit entdeckt worden. Ihr habt doch alle von Mai Pake gehört, oder?«

Keiner rührte sich. Die Kinder versteckten sich hinter ihren Tutus. Der Doktor war ein Weißer und als solcher nicht sehr willkommen. Er versuchte ein Lächeln in Richtung der Frauen und Kinder.

»Dann wollen wir mal mit der Untersuchung beginnen ... Ich bin gekommen, um zu helfen!«

Elisa sah, wie verängstigt einige der Kinder sich an ihre Tutus klammerten. Auch in den Gesichtern der Großmütter zeigte sich Unbehagen und Angst, als der Doktor aus seiner schwarzen Tasche Stethoskop und Holzstäbchen auf einem Tuch auf der Erde ausbreitete. Bad Bob legte Seile bereit, falls sich ein Patient widersetzen sollte. Sein Vater stellte den mitgebrachten Kanister in Reichweite. Damit wurden Hütten und Habseligkeiten in Brand gesetzt, falls in einem Dorf Zeichen von Lepra entdeckt wurden.

»Die Seuche erfordert jetzt härtere Maßnahmen.« Der Doktor versuchte in einfachen Worten zu erklären, was bei einem Krankheitsfall zum Schutz der Bevölkerung geschehen musste, und die Gesichter der Umstehenden wurden immer panischer. Die ersten Kinder hatten begonnen zu weinen. Elisa musste teilweise übersetzen, weil die Tutus nicht genug Englisch verstanden.

»Fräulein Vogel, könnten wir nicht gemeinsam ...?«

Elisa wusste, es hatte wenig Sinn, in dieser Situation nicht mit dem Doktor zu kooperieren. Aber es war ihr auch wichtig, ihm zu zeigen, dass das hawaiische Dorf in den Bergen jetzt ihre Welt war, die sie auch notfalls verteidigen würde.

»Wenn wir diese Untersuchung gemeinsam in Angriff nehmen wollen, dann schlage ich vor, die Polizisten treten unter den Baum zurück und warten dort, bis wir fertig sind. Meine Freunde vertrauen mir ... niemand wird weglaufen.«

Barfuß stand Elisa vor Doktor Wellington, ihren voluminösen Leib lediglich in den Pareo gewickelt. Der Doktor nickte.

»Am Versammlungsfelsen hat Kelii mir bei den Männern geholfen. Wir mussten niemand von dort mitnehmen ... es war schnell vorbei.«

»Na, dann wollen wir mal beginnen. Worauf genau muss ich achten?«

Nachdem der Doktor Elisa Anweisungen gegeben hatte, begann die Untersuchung. Der Reihe nach mussten sich alle aufstellen, zuerst die Kinder, dann die Frauen. Einer nach dem anderen wurde vom Doktor angesehen. Elisa assistierte und versuchte, dabei so viel Heiterkeit wie möglich zu verbreiten, doch die Frauen waren verstummt. Die Kinder, die bereits an der Reihe gewesen waren, spielten und redeten leise. Selbst die Vögel, die im Frühlingsbalzen über den Hütten ihre Kreise gezogen hatten, waren verschwunden. Ein Körper nach dem anderen wurde nach verräterischen Zeichen an der Haut untersucht. Der Doktor hörte die Lungen ab und sah in Rachen und Ohren.

Als sie fast fertig waren, fiel Elisa das Pärchen Alala auf. Die beiden hatten sich den Baum auf dem Dorfplatz für ihr Nest ausgesucht und schnäbelten verliebt. Für Kahuna waren die Alala stets Boten einer tiefgreifenden Veränderung. Doch auch ohne die seltenen Hawaiikrähen spürte Elisa förmlich, wie sich dem Dorf Unheil näherte.

Sie atmete tief durch, um der Schwäche in ihren Beinen zu trotzen, doch lange würde sie nicht mehr stehen können. Ihr Kind meldete sich mit heftigen Tritten gegen ihren Magen.

Endlich waren alle Tutus im Dorf untersucht. Sie riefen die Enkelkinder zu sich und gruppierten sich um Elisa und Amala. Die Großmütter waren stattliche, schöne Frauen. In den letzten Jahren waren sie im Dorf unentbehrlich geworden. Sie verlangten von Elisa, dem Doktor zu sagen, er solle seine Männer wieder mitnehmen und gehen. So diplomatisch wie möglich vermittelte Elisa ihre Botschaft. Doch als der Doktor seine Utensilien wieder zusammenpackte, kam Piet van Ween.

»Sind das alle? Wo sind die jungen Mütter, die ihre Kinder noch stillen? Es muss hier doch auch junge Frauen geben?«

»Keine jungen Mütter mehr in unserem Dorf. Alle jungen Frauen aus unserem Dorf arbeiten ...« Amala funkelte van Ween wütend an: »Seit Lili'uokalani uns nicht mehr beschützt, bekommen unsere Frauen weniger Kinder. Kein Wunder! Kurz nach der Geburt müssen sie wieder mit den Männern von früh bis spät auf den Zuckerrohrfeldern schuften!«

Tatsächlich war Elisa in diesem Frühling die einzige Schwangere im Dorf, und im ganzen letzten Jahr war kein einziges Kind geboren worden.

Van Ween packte Amala wütend bei den Schultern: »Was fällt dir ein, du dummes Weib! Es fehlte uns im letzten Jahr an Arbeitskräften, bis unsere neuen Chinesen eingearbeitet waren. Wir brauchten jede Hand aus dem Dorf! Und haben wir euch nicht genug bezahlt?«

»Nein, das habt ihr nicht! Die Tage auf den Feldern waren lang und hart. Doppelt so viele Stunden wie ausgemacht habt ihr die Frauen schuften lassen!«

Elisa wusste, wie schlimm das Jahr gewesen war. Erst bei Anbruch der Dunkelheit, wenn van Ween es endlich erlaubte, durften sich die Dorfbewohner auf den beschwerlichen Heimweg machen. Mit Fackeln beleuchteten die Männer den steilen Weg, um am Hang nicht abzustürzen. Oft waren die Kinder so müde, dass ihre Eltern sie auf dem Rücken tragen mussten. Elisa stellte sich an Amalas Seite.

»Die Arbeitsbedingungen meines Onkels sind unchristlich, Herr van Ween. Das wissen Sie. Die Frauen aus unserem Dorf arbeiten viel zu hart, da können sie keine Kinder mehr bekommen.«

Van Ween sah an Elisa herunter. Unverschämt lang verweilte sein Blick auf ihrem Bauch.

»Wissen Sie, was ich unchristlich finde?«

Der rotgesichtige Holländer streckte demonstrativ seinen eigenen Bauch vor. Dann lachte er schallend, bis Rick und Bad

Bob mit einstimmten. Van Ween genoss es sichtlich, Elisa bloßzustellen.

»Auch ein *kanaka* kann eine Frau, die seine Matte teilt, christlich heiraten, Fräulein Vogel ... Sie sind eine Schande!«

Wütend trat Amala vor: »Bei uns gelten andere Gesetze, Piet van Ween! Elisa und Kelii sind ein Ehepaar!«

Erneut schallendes Gelächter. Van Weens Verachtung war offensichtlich, und Elisa spürte, wie es in ihrer Freundin immer mehr zu kochen begann. Doch ein Streit war das Letzte, was sie brauchen konnten.

Beschwichtigend legte sie Amala die Hand auf die Schulter und zwang sich dazu, Piet van Ween in die Augen zu sehen.

»Bald werden Kelii und ich in der deutschen Kirche von Lihue Hochzeit feiern. Wir sind Christen.«

Damit wandte sich Elisa zum Gehen. Doch da hielt Doktor Wellington sie unauffällig am Arm fest und flüsterte ihr diskret ins Ohr: »Wie verläuft die Schwangerschaft?«

»Danke der Nachfrage, Herr Doktor, es gab bisher keinerlei Komplikationen. Nur scheint das Kind kräftiger ...«

Der Doktor musterte das Ausmaß ihres Leibes mithilfe seiner verschmierten Brille, die er wie ein Monokel benutzte. Er musste inzwischen so gut wie blind sein.

»Das Kind sitzt noch sehr hoch unter dem Herzen ...«

Er kam ihr so nah, dass Elisa die saure Ausdünstung seines Leibes scharf in die Nase stiegen. Sie musste sich abwenden. Meine Güte, wie ekelhaft die Weißen stanken!

»Darf ich?«

Ohne ihre Einwilligung abzuwarten, tastete er mit seinen knochigen Fingern unterhalb ihres Rippenbogens entlang.

»Meine Güte! Bekommen Sie etwa Zwillinge?«

Elisa lächelte unsicher. Ihr Bauch war wirklich sehr viel größer als bei ihrer ersten Schwangerschaft.

»Nein, nicht dass ich wüsste. Es strampelt nur ein Kind gegen meine Organe, soweit ich das beurteilen kann.«

»Nun ja, für so einen gewaltigen Leibesumfang gäbe es auch noch andere Erklärungen ...«

Amala räusperte sich: »Es ist bei uns nicht Sitte, über solche Dinge unter freiem Himmel zu sprechen, schon gar nicht, wenn Kinder in der Nähe sind ...« Sie zeigte auf Eli, der mit großen Augen und Ohren schräg hinter Elisa dem Gespräch der Erwachsenen lauschte. »Außerdem bin ich die Geburtshelferin im Dorf und behandle auch Elisa.«

Damit baute sich Amala vor dem Doktor auf und stemmte ihre Hände in den Hüften. Eingeschüchtert wich er vor der stattlichen Amala zurück.

»Hm ... nun gut. Verstehe ... Trotzdem würde ich gerne unter vier Augen mit Ihnen sprechen, Fräulein Vogel. Ist das möglich?« Elisa nickte und ging mit dem Doktor ein paar Schritte zur Seite.

»Fräulein Vogel, ich weiß, Sie werden nicht hören wollen, was ich Ihnen jetzt sage. Aber bitte lassen Sie mich zumindest ausreden.«

»Haben Sie eine Nachricht von meiner Mutter?«

»Nein, leider nicht, obwohl ich Clementia erst vor Kurzem sah und auch mit ihr sprach. Ihre Frau Mutter weilt seit Wochen in Lihue bei Ihrer Tochter Victoria. Das Kind hatte über längere Zeit hohes Fieber ...«

Elisas Herz krampfte sich zusammen. Sie konnte nichts dagegen tun. Ihre Beine wurden schwach, und sie musste an Doktor Wellingtons Arm Halt suchen, um nicht zu fallen.

»Was ist es? Hat sie ... ist sie ernsthaft krank?«

Er musterte Elisa aufmerksam, während er weitersprach, doch sie hatte Schwierigkeiten, seinen Worten zu folgen. In ihrem Kopf rauschte es. Seine blassen, fast blinden Augen erinnerten sie mit einem Mal an die der kleinen Frösche am Wasserfall, wenn es morgens noch so kalt war, dass sie sich nicht bewegen konnten. Es brauchte eine Weile, bis Elisa dem Fluss seiner Worte wieder folgen und ihnen einen Sinn entnehmen konnte.

»… also kann ich es folgendermaßen zusammenfassen: Insgesamt gesehen ist Ihre Tochter Victoria gesund. Sie ist ein hübsches Kind, aufgeweckt und fröhlich. Sie müssen sich keine Sorgen um ihren körperlichen Zustand machen, und auch der Geist entwickelt sich dem Alter entsprechend. Nur hat Victoria begonnen, nach ihrer Mutter zu fragen …«

Elisas Herz wollte nicht aufhören, aufgeregt zu schlagen. Nur ein einziges Mal, nachdem man ihr Victoria nach der Geburt genommen hatte, konnte sie ihre Tochter kurz sehen. Mit Kelii und Eli hatte sie sich zur Jahreswende, kurz nach ihrer Ankunft auf Kauai, durch den Bediensteteneingang auf dem Hibiskus-Ball eingeschlichen. Der kurze Moment der Begegnung mit ihrem Kind hatte sich in Elisa eingebrannt. Ihre fünfjährige Tochter war schön wie eine Prinzessin gewesen in ihrem seidenen Rüschenkleid. Die großen grauen Augen, die hellen Korkenzieherlocken, dazu weiche weiße Wangen und ein roter voller Mund. Eine Schönheit und bereits mit fünf Jahren selbstsicher und charmant.

Elisa schluckte. Irgendwann würde sie ihre Tochter wieder an ihr Herz drücken, das spürte sie, doch sie konnte nicht zu viel an Victoria denken. Es tat einfach zu weh, nicht bei ihr sein zu können.

Wie von ferne drang die Stimme des Doktors zu ihr durch.

»… daher müssen wir jetzt auch das gesamte Umfeld der Vogelplantage untersuchen. In dem Dorf auf der anderen Seite des Tals waren wir bereits. Drei Fälle von Mai Pake gab es dort. Und ein sehr konkreter Hinweis von Piet van Ween führt uns heute hierher …«

Der Doktor sah Elisa streng an.

»Gibt es im Dorf irgendwelche Kranken?«

Ohne zu zögern, schüttelte Elisa den Kopf.

»Es gab gar keine Anzeichen von Mai Pake, zumindest nicht, seit ich vor drei Monaten hier ankam.«

Da kam Piet van Ween auf Elisa zugeschossen.

»Sie lügt! Hier hält sich Okelani versteckt, die Nichte von Amala. Sie hat auf der Plantage in der Küche gearbeitet und kam eines Tages nicht mehr. Doch sie war die ganze Zeit über die heimliche Geliebte des Arbeiters, der Mai Pake hatte ...«

»Das ist nicht wahr!«

Amalas Aufschrei hörte man bis zur letzten Hütte.

»Okelani ist nicht so ein Mädchen ... sie hat keinen *ipo* gehabt, und ganz bestimmt hat sie auch nicht Mai Pake!«

Piet van Weens stechende Augen waren auf Elisa gerichtet.

»Ihr versteckt sie ...«

Elisa stand wie versteinert. Die Männer erwarteten eine Reaktion von ihr, doch sie konnte sich noch nicht einmal bewegen. Wie sehr sie sich Kelii herbeiwünschte. Er hätte sicher gewusst, was zu tun war, wäre nicht so hilflos wie sie den höhnischen Blicken der Männer ausgeliefert. Bisher hatten die Polizisten die Hütten nicht durchsucht, und Elisa wollte doch vor allem Ulani schützen. Das Kind schien in größter Gefahr zu sein.

»Was ist? Wo ist Okelani? Sie ist vor einer Woche noch am Wasserfall gesehen worden ...«

Bad Bob schien sich seiner Sache sicher. Als langjährige lokale Autoritäten hatten Vater und Sohn überall ihre Informanten. Aber was Okelani anging, machte das alles keinen Sinn. Amalas Nichte wurde schon länger vermisst. Wäre sie am Wasserfall gewesen, würde Amala es erfahren haben. Ihre sonst so starke Freundin hatte begonnen zu schluchzen.

»Okelani verschwand vor einiger Zeit nach der Arbeit auf der Plantage ... Sie kam nie ins Dorf zurück. Aber wieso seid ihr euch sicher, dass mein Goldstück sich mit Mai Pake angesteckt hat? Das darf nicht sein ... Mai Pake ist schlimmer als der Tod ... die Schande!«

Obwohl Amala jetzt leise schluchzte, war Piet van Ween keineswegs überzeugt.

»Wir müssen hier alles durchsuchen. Jede Hütte!«

Die Polizisten gingen mit Piet van Ween los und kurz darauf war wilder Lärm zu hören. Kinder schrien um die Wette, doch Piet van Weens laute Männerstimme übertönte sie alle.

»Mai Pake! Wie ich gesagt habe!«

Bad Bob zerrte die taumelnde Ulani an einem Strick hinter sich her. Er hatte das Mädchen an den Händen gefesselt, um es nicht berühren zu müssen. Zusätzlich trugen er und Piet van Ween jetzt Baumwolltücher über Mund und Nase, um sich vor Ansteckung zu schützen.

Schwach protestierte das kranke Mädchen, es drohte vor Schwäche bei jedem seiner Schritte einzuknicken, sodass Amala ihm mit einem Aufschrei zu Hilfe eilte. Der Kummer um ihre Nichte war für den Moment vergessen.

»Binde meine Ulani sofort los, du Holzkopf! Seid ihr denn völlig wahnsinnig? Habt ihr keine Augen im Kopf? Das hier ist ein Kind! Ein kleines Mädchen und keine Frau!«

Amala hatte begonnen, Ulani loszuknoten. Dabei trat sie Bad Bob mehrfach gegen das Schienbein.

»Du bist wohl vom Alkohol genauso blöd geworden wie dein Vater! Das hier soll eine Mai-Pake-kranke Frau sein, die einen alten Arbeiter zum Geliebten hat? Ulani hier hat noch nicht einmal ihre Mondzeit!«

Die anderen Tutus, die sich erneut näherten, stimmten in Amalas Geschimpfe mit ein.

»Ulani ist ein Kind! Sie weiß nichts von der gierigen Dummheit der Männer!«

»Das Mädchen hat eine harmlose Kinderkrankheit!«

»Es ist ein Husten vom vielen Regen.«

»Seht ihr nicht, ihr besoffenen Esel, dass es ein Kind und keine Frau ist?«

Elisa hielt sich im Hintergrund. Keinesfalls wollte sie die Männer wütend machen und überlegte stattdessen fieberhaft, wie sie ihrem Schützling helfen konnte. Sie sah den vorwurfsvollen Blick des Doktors in ihre Richtung und ahnte bereits, dass es gleichgültig war, was Ulani in Wirklichkeit fehlte oder wie alt die Kleine war. Es ging jetzt vielmehr darum, im Dorf ein Exempel zu statuieren, denn durch Amalas Frechheiten hatten auch die anderen Tutus begonnen, die Polizisten zu beschimpfen. Piet van Weens Gesicht war rot vor Wut. Bad Bob sah nicht weniger zornig aus.

»Ruhe, bitte seid ruhig! Ulani bekommt sonst nur Angst. Komm her, komm zu mir.«

Bevor Bad Bob reagieren konnte, hatte Ulani sich hinter Elisa verkrochen. Die beiden Beamten aus Lihue bauten sich vor ihr auf.

»Die Kleine muss untersucht werden. Besteht ein Verdacht auf Mai Pake, verlangt der Gouverneur, dass wir sie mitnehmen. Sie wird isoliert, bis die Krankheit vorüber ist ...«

»... oder sie muss auf das Mai-Pake-Boot.«

Van Ween hatte sich ebenfalls vor Elisa aufgebaut.

»Aber der Doktor hat sie doch noch gar nicht untersucht!«

Amala stellte sich vor das wimmernde Mädchen und nahm Bad Bob ins Visier.

»Du lässt die Finger von ihr, Bob! Oder bist du jetzt etwa ein kluger Doktor? Du hast doch kaum das Lesen gelernt ...«

Wütend funkelte der junge Riese sie an.

»Wenn sie krank ist, brennen wir hier alles nieder, jede Hütte ... und dich nehmen wir auch gleich mit. Du kommst ins Gefängnis, alte Hexe!«

In aufwallender Panik begann Elisa so stark zu schwitzen, dass sich auf ihrer Stirn und ihrer Oberlippe Schweißperlen bildeten. Genau diese Art von Zuspitzung hatte sie verhindern wollen. Ulani war ihr besonderer Schützling, und sollten die Männer sie mitnehmen, hatte Gouverneur Janson wieder einmal gewonnen. Doch leicht würde Elisa es den Männern nicht machen. Sie wandte sich an den Doktor, der bereits seine Tasche wieder öffnete.

»Tun Sie Ihre Pflicht! Untersuchen Sie das Kind nach Zeichen der Hansenschen Krankheit. Aber ich sage ihnen gleich, dass ein fiebriger Husten alleine nicht zählt. Den hatten hier viele Kinder während der Regenzeit …«

Der Doktor nickte. Dann nahm er seine Brille ab, putzte umständlich eines der Gläser und setzte die Brille als Monokel an sein Auge.

»Komm her, Kleine. Du brauchst keine Angst zu haben. Die Untersuchung tut dir nicht weh. Ich schaue zunächst einfach nur deine Haut an. Und du sagst mir, ob es wehtut, wenn ich dich in deine Zehen kneife.«

Elisa sah zu, wie Doktor Wellington das zitternde Mädchen mit seinen knochigen Fingern untersuchte, die jetzt erneut in weißen Handschuhen steckten. Ihr graute es. Sie kannte nicht nur die medizinische Unfähigkeit des Doktors, sondern sie wusste auch um seine größte charakterliche Schwäche. Er hasste es, unrecht zu haben oder bei einer Krankheit keinen Rat zu wissen, das hatte Elisa am eigenen Leib erfahren, als es vor Jahren um die Amputation ihres Beins ging. Er stellte lieber eine Fehldiagnose und nahm eine Verschlimmerung oder sogar einen Todesfall in Kauf, als jemand anderen zu Rate zu ziehen oder seine Unfähigkeit zuzugeben.

Im Fall von Ulani konnte ihn niemand daran hindern, nach seiner Untersuchung zu behaupten, die Kleine sei an Lepra erkrankt. Im Gegenteil, der Applaus von fünf Männern wäre ihm sicher. Unverrichteter Dinge zurück ins Tal zu kommen, war nicht gerade heldenhaft.

Mit wichtiger Miene hatte der Doktor begonnen, das Mädchen vor allen Anwesenden auf dem Dorfplatz zu untersuchen, wobei die vier Polizisten und Piet van Ween sich zumindest diskret im Hintergrund hielten. Doch die Tutus und alle Kinder hatten sich dicht um den Doktor geschart. Vorne standen ihre beiden Brüder mit erschrocken aufgerissenen Augen.

»Mund auf!«

Ulani gehorchte, warf Elisa jedoch einen Blick zu, der ihr beinahe das Herz brach, und begann leise zu wimmern. Wie gerne hätte sie das Kind tröstend in die Arme genommen und so schnell wie möglich zurück in ihre Hütte gebracht. Doch eine Verzögerung würde die Situation nur verschlimmern.

Als Nächstes zog der Doktor an Ulanis Hüfttuch.

»*Kohana*, ganz nackt brauche ich dich. Das muss leider weg, doch du bekommst es gleich wieder ...«

Ulani nickte. Jetzt stand sie nackt vor ihm und hielt schamhaft die Hand vor ihre kindliche Weiblichkeit, um sie vor den Blicken der anderen zu verbergen.

»Arme hoch!«

Schnell hielt Amala ihre Hände schützend vor die Scham des Mädchens. Als der Doktor sie erstaunt ansah, herrschte sie ihn wütend an.

»Ulani ist meine *mo'opuna wahine*, meine Enkeltochter! Niemand hier wird ihr die Würde nehmen!«

Ulanis Wimmern verstummte. Mit ihren großen grünen Augen sah sie Amala erstaunt an. Unmerklich, sodass nur Ulani und gerade noch Elisa es sehen konnte, nickte Amala und lächelte dem Kind zu. Zur wütenden Vulkangöttin Pele würde sie werden, sollte jemand es wagen, Ulani die Würde zu nehmen oder sie zu verspotten. Doch selbst die kleinen Brüder des Mädchens spürten den Ernst der Situation. Amala nickte den beiden anerkennend zu, als sie das Tuch ihrer Schwester vom Boden aufhoben, um es ihr sogleich reichen zu können, wenn der Doktor mit seiner Untersuchung fertig war.

Sorgfältig suchte Doktor Wellington zunächst mit seiner Brille, aber dann noch mit einer Lupe, die er aus den Tiefen seiner schwarzen Tasche kramte, die ungewöhnlich helle Haut des Mädchens ab. Kurz sah er in Elisas Richtung.

»Warum ist das Kind so blass? War es lange krank?«

»Nein, Ulani hat einen *haole*-Vater ...«

Amala hatte für Elisa geantwortet, schnell und ohne Zögern, und der Doktor schien zufrieden.

Er hatte jetzt ein weißes Tuch vor dem Mund und arbeitete sehr gründlich. Zentimeter für Zentimeter wanderte seine Lupe über Ulanis Haut. Als er an ihrem Brustkorb, knapp unter dem rechten Schlüsselbein, angekommen war, sah er auf.

»Mai Pake! Hier ist es ... eindeutig!«

Ein Klageschrei ging durch die Dorfbewohner, und auch Elisa erblasste vor Schreck. Das konnte und durfte nicht sein. Wenn es aber so war, dann war es mit Elisas Schuld, wenn sich noch andere aus dem Dorf angesteckt hatten.

Triumphierend zeigte der weiß behandschuhte Finger auf die Stelle.

»*Yes, yes, here it is!* Das Kind hat die Hansensche Krankheit. Zwar in einem frühen Stadium, aber diese drei Flecken sind eindeutig. Sehen Sie hier, Fräulein Vogel!«

Er winkte Elisa zu sich, reichte ihr aber gleichzeitig ein Tuch aus seiner Arzttasche.

»Stoff vor den Mund und bitte halten Sie genug Abstand, und berühren Sie die Haut nicht mit ihrem Finger. Diese Seuche ist sehr ansteckend, und sie breitet sich auf den Inseln immer weiter aus. Also, keinerlei Berührung der Haut!«

Ulani hatte erneut begonnen zu wimmern, und Elisa schwand der Boden unter den Füßen. Das war es, was sie am meisten befürchtet hatte. Schwach protestierte sie gegen das Tuch, das der Doktor ihr reichte.

»Nein, das brauche ich nicht. Ich behandle dieses Kind schon seit einer Weile wegen seines Fiebers in Kombination mit starkem Husten ... Wenn Ulani wirklich Mai Pake hat, habe ich mich bereits angesteckt!«

Piet van Ween hatte sich genähert. Der Triumph über den Fang war ihm anzusehen, aber noch mehr schien er sich über Elisas letzte Worte zu freuen.

»Sie meinen, sich mit Mai Pake angesteckt zu haben! Nun ja, dann sollten Sie sich wohl ebenfalls ausziehen, würde ich vorschlagen ...«

Elisa antwortete ihm nicht. Sie war damit beschäftigt, das Zittern ihrer Hand so weit unter Kontrolle zu bringen, dass sie die Lupe des Doktors halten konnte, um sich die Flecken anzusehen.

»Nein, ich habe nicht Mai Pake ... ich will nicht ... ich will nicht sterben ... ich will nicht auf das Boot. Mama ... ich habe Angst! Hilf mir, Elisa ... bitte!«

Ulani hatte begonnen, vor sich hin zu weinen, und Elisa musste daran denken, was sie mit ihren zehn Jahren schon alles durchgemacht hatte.

»Sch... Ulani. Ganz ruhig. Ich lass dich nicht allein.«

Sie hatte größte Mühe, ihre Hände ruhig zu halten, während sie die weißen Flecken auf dem ausgezehrten Brustkorb sorgfältig inspizierte. Dann erschien unvermittelt ein Lächeln auf ihrem Gesicht und sie gab dem Doktor seine Lupe zurück.

»Ich glaube, ich brauche gar keine Lupe, um zu wissen, was das für Flecken sind. Ich kenne sie gut. Sehen Sie, Doktor ...«

Elisa feuchtete das Tuch mit ein wenig Spucke an und rieb an den Flecken auf Ulanis Haut.

»... das hier ist mein klebriger Poi, lieber Herr Doktor Wellington. Die Überreste meines Versuches, Ulani am Morgen lauwarme Nahrung einzuflößen, um ihren Husten zu lindern. Ich habe dabei gekleckert, wie mir scheint …«

»Das ist was …?«

Umständlich rückte der Doktor seine Brille zurecht und inspizierte erneut Ulanis Brustkorb. Tatsächlich, die Haut war wieder makellos goldgelb.

»Das stimmt nicht! Das Mädchen hat Mai Pake!«

Bad Bob hatte bereits das Seil in der Hand, um das Kind zu fesseln. Piet van Ween griff nach Ulanis Arm.

»Wir nehmen es auf alle Fälle mit …«

»Nein, das werdet ihr nicht tun, sonst macht ihr euch zum Gespött der Insel …«

Dann erhob Elisa ihre Stimme in Richtung der Tutus.

»Und ihr hört jetzt sofort auf mit dem Gackern! Das hier ist kein Spaß! Der Doktor hat hier heute wertvolle Arbeit in unserem Dorf geleistet. Wir müssen froh sein, so einen guten Doktor in unserer Nähe zu haben … Ruhe!«

Der Doktor sah Elisa erstaunt an, doch sie war noch lange nicht fertig. In einem Gemisch aus Hawaiisch und Englisch, in dem sie sich am besten verständigen konnte, bat sie die Kinder um Ruhe. Demonstrativ zeigte sie auf die vier Polizisten, die unschlüssig herumstanden.

»Diese Polizisten hier haben sich vielleicht heute geirrt, aber zusammen mit dem Doktor versuchen sie nur, unserem Dorf zu helfen. Sie wollen uns beschützen! Denn sollte die schlimme Krankheit Mai Pake oder eine andere böse Seuche, eines Tages wirklich zu uns auf den Berg kommen, wird Doktor Wellington es sein, der eure Leben mit seiner Medizin retten kann. Also, zeigt dem Doktor, dass ihr dankbar für seine Bemühungen seid. Los … zeigt es ihm! Sagt euer *mahalo*, sagt danke. Dann gebt ihr ihm die Hand, und zwar alle! Los, macht schon!«

Binnen Sekunden war der Doktor von lebhaften Kindern umringt. Alle wollten ihm die Hand drücken.

Die Brüder reichten Ulani ihr Hüfttuch. Amala half dem schwachen Kind, seine Blöße zu bedecken, während Elisa ihr leise zuflüsterte.

»Schnell! Bring deine *mo'opuna wahine* zurück in die Hütte, bevor Fragen kommen, wer Ulani wirklich ist und vor allem woher sie kommt!«

»Wissen wir wirklich nicht, was mit den Eltern geschah?«

»Vielleicht hatten sie Mai Pake. Vielleicht aber auch nicht ... aber ihr Vater ist nicht der Vater ihrer Brüder, so viel ist sicher ... sie ist in Gefahr, wenn noch mehr dumme Fragen gestellt werden.«

Sie sahen zu Ulani, die nicht weit von ihnen auf dem Boden kauerte, dicht bei ihren beiden Brüdern, und ein Bild des Jammers abgab. Nie würde Elisa den Moment vergessen, als das ausgemergelte Mädchen mit den grünen Augen sie am Hafen von Lihue angebettelt hatte. Es war, als würde ein elektrischer Funke von dem Kind auf Elisa überspringen. Sie musste es einfach mitnehmen und würde in Zukunft ihr Bestes tun, um ihm ein gutes Leben zu ermöglichen.

Wie Okelani, Amalas verschwundene Nichte, die angeblich an der Hansenschen Krankheit litt, war Ulani von besonderem Reiz. Sie würde zu einer Schönheit heranwachsen, das ahnte man jetzt schon. Mädchen wie sie erzielten einen guten Preis, ein weiterer Grund, warum Männer wie Bad Bob und sein Vater oder auch Piet van Ween ein besonderes Interesse an ihr haben könnten, vor allem wenn sie nicht krank war. Elisa wusste von mehr als einem Fall, in dem junge Mädchen auf Kauai verkauft worden waren.

»Denk an das Rote Haus ... Du und ich wissen, was mit schutzlosen Mädchen geschieht, wenn sie diesen bestechlichen Polizisten in die Hände fallen ...«

Amala nickte. Wegen Okelani hatten Elisa und sie in den vergangenen Wochen öfter über das Rote Haus am Hafen von

Lihue gesprochen. Dort wurden vor allem schutzlose Mädchen aus den hawaiischen Bergen als käufliche Liebesdienerinnen gefangen gehalten, meist Waisen. Die Mädchen kamen aus den Dörfern in die Stadt, um dort einfache Arbeit zu finden, wenn sie von der Dorfgemeinschaft nicht versorgt wurden. Selten waren es auch von armen Eltern verkaufte Mädchen, die vermietet wurden. Doch hatte es sich inzwischen herumgesprochen, dass fast nie ein Mädchen zurück in sein Dorf kam.

»Pele schütze meine kleine Okelani ... Sollte sie wirklich die böse Krankheit haben, werden die Männer sie nicht schänden ...«

Amala sah zu Boden, und Elisa ahnte, was in diesem Moment in ihr vorging. Was den Mädchen im Roten Haus am Hafen von Lihue angetan wurde, war selbst für Elisa unaussprechlich. Einen der kleinen toten Körper, der im Hafen angeschwemmt wurde, hatte sie auf eigenen Wunsch begraben. Einer weißen Hibiskusblüte gleich war das Kindergesicht in einem letzten verzweifelten Gebet dem Himmel zugewandt. Der Körper war ausgemergelt und geschändet, doch er hatte bereits ein neues Leben in sich getragen. Das Mädchen war schwanger, als es sich aus dem obersten Geschoss des Roten Hauses gestürzt hatte. Kaum fünfzehn Jahre alt mochte es gewesen sein, ohne Namen oder eine einzige Freundin war es am Rand des Friedhofs vergraben worden. Elisa und Kelii waren sein Geleit, weil Elisa es nicht über sich brachte, das Kind allein zu lassen. Wütende Gebete hatte sie gesprochen und sich geschworen, eines Tages etwas gegen diese Verbrecher zu tun, die skrupellos Kinderseelen zerstörten.

Ganz so als könnte Amala ihre Gedanken lesen, deutete sie auf die Kinder, die immer noch eng beieinandersaßen und sich leise unterhielten.

»Ihre Brüder werden eines Tages auf Ulani aufpassen ...«

Elisa nickte stumm. Es war rührend mit anzusehen, wie

Ulani versuchte, mit Eli und den zwei Jungs zu scherzen, obwohl sie immer noch schwach und fiebrig war.

Elisa sah zu Bad Bob und seinen Vater hinüber, die gerade erneut ihre Köpfe zusammensteckten.

»Meinst du, es stimmt, dass unsere Polizei aus Hanalei den chinesischen Besitzer des Roten Hauses ebenfalls mit Mädchen beliefert?«

Amala zuckte mit den Schultern, machte aber mit ihren Fingern das Zeichen für Geld.

»Weiß man es genau? Für hübsche Mädchen gibt es schon lange eine gute Kopfprämie. Seit den Untersuchungen wegen der Seuchen kommen die Polizisten auch in entlegene Dörfer. Manchmal fehlt ein Mädchen oder zwei ...«

»Eines Tages werde ich damit Schluss machen!«

Elisa legte ihren Arm um Amala.

»Du hast Angst, Okelani wurde entführt und an das Rote Haus verkauft, nicht wahr? Aber diese beiden waren es wohl nicht, und auch Piet van Ween hat hier nach ihr gesucht. Vielleicht war sie wirklich noch auf der Plantage, nachdem sie aus unserem Dorf weggelaufen ist ...«

»Okelani ist aber nicht weggelaufen, nicht vor mir ... Sie hatte ein wundervolles Leben vor sich. Allein ihre Stimme ...«

Elisa nickte. Nicht nur war die siebzehnjährige Okelani eine typisch hawaiische Schönheit, für die man sicher einen hohen Preis bei dem Chinesen erzielen konnte, sondern sie hatte auch noch Talent und war klug.

»Man hat sie entführt ... und wer weiß, ob sie heute noch lebt. Aber wenn sie im Roten Haus ist ... wenn sie dort ist!«

Leider genügte ein Verdacht nicht. Um gegen das Rote Haus vorzugehen oder sich gar den Eintritt zu erzwingen, musste man gute Beziehungen zum Gouverneur haben. Sonst wurde einem noch nicht einmal die Tür geöffnet.

»... einige Väter haben versucht einzudringen.«

»Zwei davon leben nicht mehr … ein Dritter ist blind.«

Amalas Stimme war grabesdüster. Den wenigen hawaiischen Vätern, die auf der Suche nach ihren verschwundenen Töchtern in das Bordell eingedrungen waren, hatte die Polizei jedes Mal böse mitgespielt. Ihre Töchter wurden nie gefunden.

Das Rote Haus wurde offiziell von einem chinesischen Besitzer betrieben, aber Elisa hatte bereits herausgefunden, dass der Mann lediglich angestellt war. Die Profiteure des lukrativen Bordells waren weiße Plantagenbesitzer der Insel, allen voran Gouverneur Gerit Janson, ihr Erzfeind.

Man munkelte, dass er bisweilen dort zu Gast war und eine Vorliebe für unberührte Mädchen hatte. Elisa deutete auf die Polizisten.

»Sag möglichst laut, dass Ulani als deine Enkelin unter dem Schutz des ganzen Dorfes steht … Sonst kommen Bob und sein Vater noch auf Ideen …«

»Ulani bekommen sie nicht! Von nun an ist sie wirklich meine Enkelin. Ich werde sie nicht aus den Augen lassen, nicht dieses Kind.«

Damit stand Amala auf, ging zu den Kindern und hob Ulani mit ihren starken Armen hoch. Wie ein Kleinkind wog sie das zarte Mädchen vor ihrer Brust hin und her und präsentierte es den Männern.

»Das hier ist meine Enkelin … Sie steht unter Peles Schutz. Wer sie anfasst, wird brennen …«

Ulani lächelte schwach. Dann schlang sie ihre dünnen Arme um Amalas Hals.

»Bist du jetzt wirklich meine *kupuna wahine*?«

»Ja, mein tapferes Federchen … ich pass auf dich auf!«

Elisa konnte nicht hören, was Amala sonst noch sagte. Während sie Ulani mit sich forttrug, schmiegte Eli sich an seine Mutter. »*Na'aua kupuna wahine mana* … Tutu Amala hat weise Großmutter-Stärke.«

Elisa lächelte über seine klugen Worte. Manchmal war ihr Sohn schon sehr reif für einen Fünfjährigen.

Der Abend breitete sein goldenes Licht über den Bäumen am Berghang aus. Durch die Blätterkronen malte das Licht Muster auf die Erde. Die Vögel zwitscherten, und Elisa verspürte so etwas wie Zuversicht, während ihre Anspannung langsam nachließ. Noch waren die Männer nicht fort, aber sie machten immerhin keine Anstalten, weiter die Dorfhütten zu durchsuchen.

Der Dorfplatz unter dem großen Koabaum füllte sich nach und nach wieder mit seinen Bewohnern. Das Spektakel war vorüber, die Tutus kehrten mit ihren Kindern zurück an die Feuerstellen.

Doktor Wellington beredete gewiss mit Piet van Ween, was der beste Rückweg wäre, mutmaßte Elisa. Sie rechnete nicht mit weiteren Maßnahmen. Es war fast Abend, und in den Bergen wurde es schnell dunkel. Es blieb den Männern nicht viel Zeit für einen sicheren Abstieg. Zwar hatte sie eine Fackel bei den Uniformierten gesehen, aber der Doktor war alt und ein wenig klapprig. Da war es besser, das letzte Tageslicht auszunutzen.

Da kam er bereits auf Elisa zu, wohl um sich zu verabschieden. Elisa kam ihm zuvor.

»Meinen Dank noch einmal, im Namen des Dorfes. Auch wenn Sie diesmal falsch informiert waren, so weiß ich Ihre Sorge um unser Wohl zu schätzen. Als Kahuna habe ich in den letzten Jahren viel über Krankheiten gelernt, doch die Seuchen …«

Elisa lächelte so freundlich sie konnte. Es war als Einladung gedacht, denn nicht nur Frieden wollte sie mit dem Doktor, sondern auch ein Bündnis für die Zukunft.

Doch seine bläulichen Lippen verzogen sich kaum, sodass

Elisa sich bemüßigt fühlte, mit ihren Erklärungen fortzufahren.

»In meiner Zeit auf Oahu und Maui habe ich einiges über die Heilmethoden der Hawaiianer gelernt ... wir könnten uns ergänzen, sozusagen zusammenarbeiten, mit Gottes Hilfe.«

»Ach ja?«

Müdes Interesse flackerte hinter den Brillengläsern, doch Elisa gab nicht auf.

»Es ist ein spannendes Feld. Vor allem in der Kunde der Heilkräuter sind die Kahuna sehr erfahren ...«

Der Doktor sah Elisa erstaunt an.

»Sie sehen sie wirklich als eine medizinische Alternative ... diese Scharlatanerie?«

»Nein, so weit würde ich nicht gehen. Unsere westliche Medizin ist auf den Inseln unersetzlich geworden, gerade auch im Hinblick auf die Seuchen, die vielen neuen Krankheiten, die aus Asien nach Hawaii kommen ... Wir wären völlig hilflos ohne die Erkenntnisse von Louis Pasteur. Doch ich habe von den Kahuna viele neue Pflanzen kennengelernt, die zu Heilzwecken eingesetzt werden. Manche von ihnen zeigen erstaunliche Wirkung ... Und vielleicht, nun, vielleicht könnten Sie und ich in Zukunft zusammen ... forschen?«

»Sie haben doch bisher nur sehr wenig von meiner Heilkunst gehalten. Haben Sie das vergessen? Als ich Ihre Mutter damals behandelte ... Ihre Worte! Das war sehr verletzend.«

Elisa nickte. Damals hatte sie sich in ihrem jugendlichen Hochmut dem Doktor gegenüber wenig diplomatisch verhalten. Das war unklug. Er sah sie prüfend an.

»Sie meinen vielleicht, ich wusste damals nichts über diese Tausend-Nebel-Pflanze, die Sie Ihrer Frau Mutter immer wieder hinter meinem Rücken verabreichten, nicht wahr? Doch ich wusste alles. Clementia hat sich mir stets offen anvertraut. Sie war sehr, sehr bestürzt über Ihren Verdacht. Wie kamen Sie darauf, ich wollte Ihre Mutter mit Opiaten vergiften? Was war damals los, Elisa? War Luzifer persönlich in Sie gefahren?«

Damit hatte Elisa nicht gerechnet, und die Art, wie der alte Doktor sie jetzt mit seinen starren Pupillen fixierte, machte ihr Angst. Hätte sie damals auch nur vermutet, ihre Mutter würde derartig offen mit dem britischen Doktor reden, hätte sie ihr niemals von der verbotenen Pflanze erzählt.

Doktor Wellington nahm Elisas Hand in seine, er wirkte aufrichtig betrübt, doch Elisa spürte noch etwas anderes. Sie traute ihm nicht. So wie schon vor Jahren, als er sie behandelt hatte, war ihr seine Berührung unangenehm, doch sie wagte es nicht, ihre Hand wegzuziehen. Sie brauchte ihn als Verbündeten. Kalt und klamm fühlte sich seine Hand auf ihrer an.

»Liebes Kind, wie konnten Sie damals nur so etwas von mir denken? Ich habe Ihr Leben gerettet ... und auch Ihr Bein. Aus Angst, Sie würden an dem Wundfieber sterben, verlangte Ihre Mutter schon am Tag nach dem Haiangriff die Amputation. Wissen Sie, wie sehr ich gekämpft habe? Hätte ich auf Ihre Mutter gehört, würden Sie heute nicht guter Hoffnung sein. Sie hätten wahrscheinlich auch keinen Mann, der Sie lieben würde ... Hier auf den Inseln haben Krüppel keinen Wert.«

Wieder etwas, das Elisa nicht gewusst hatte. Ein weiterer Puzzlestein. Vielleicht war der Doktor wirklich nie ihr Feind gewesen, vielleicht hatte sie es sich damals nur einreden wollen, um das Verhalten ihrer Mutter nicht hinterfragen zu müssen. Immer noch lag seine Hand auf ihrer, und sie gab sich trotz ihrer körperlichen Abneigung einen Ruck.

»Sie haben vollkommen recht, lieber Herr Doktor! Ich war in meiner Jugend unerfahren und hochmütig ... Bitte verzeihen Sie mir!«

Elisa versuchte ein Lächeln und deutete auf ihren Bauch.

»Ein paar Jahre später und vor allem als Mutter sieht man

vieles anders. Sie waren ein guter Arzt für mich und für meine Mutter, als wir auf die Inseln kamen …«

Auf seine Bitte hin folgte Elisa dem Doktor zu der großen Koa-Akazie, die auf dem Dorfplatz Schatten spendete. Elisa entdeckte Kelii. Er stand halb hinter der Versammlungshütte verborgen und machte ihr ein Zeichen. Er wollte nicht bemerkt werden. Es vermittelte Elisa ein gutes Gefühl, ihren Liebsten in der Nähe zu wissen. Ohne sich etwas anmerken zu lassen, setzte sie sich mit dem Doktor auf die schattige Rundbank nieder. Er hatte begonnen, sich mit seinem Taschentuch den Schweiß von der Stirn zu wischen, und atmete wegen der hohen Luftfeuchtigkeit schwer. Nach jedem Wort musste er erneut Atem holen.

»Ich möchte … mit Ihnen … über Ihre Mutter sprechen … und vor allem auch über Ihre Tochter … Victoria!«

»Heute ist nicht der richtige Tag dafür, Herr Doktor …«

Elisa wollte schon wieder aufstehen, doch er bat sie zu bleiben. Elisa schwieg. Sie war nicht sicher, ob sie hören wollte, was er zu sagen hatte. Immerhin hatte sie sich ein neues Leben aufgebaut, ein Leben in einer Gemeinschaft von Gleichgesinnten, deren Zusammenhalt sie sehr schätzte. Unter diesem Baum saßen in der heißen Mittagssonne sonst die Tutus im Schatten des Baumes, um die Kinder beim Spielen zu beaufsichtigen.

»Ma … Wo bist du?«

Ihr Sohn rief sie. Elisa sah Eli aus der Richtung von Ulanis Hütte kommen, rief ihn zu sich und liebkoste ihn, wie sie es immer tat.

»Lieber Herr Doktor, ich habe nicht nur Victoria, ich habe mehrere Kinder … das hier ist Eli, unser ganzer Stolz!«

Liebevoll strich sie dem Jungen das wilde Haar aus der Stirn.

»Er ist ein aufmerksamer, kluger Junge. Kelii und ich fühlen uns reich gesegnet … nicht wahr, Eli, du bist unser Großer?«

Doktor Wellington versuchte einen wohlwollenden Blick auf den Jungen zu werfen, aber es gelang ihm nicht wirklich.

»Ich verstehe Sie, vielleicht besser als Sie denken, Elisa. In Ihrem Herzen sind Sie wie Ihre Frau Mutter, eine wirklich wahre Christin. Sie sind bereit zu jedem Opfer. Sie handeln, zumindest was Ihren Adoptivsohn betrifft, nach dem Prinzip der Nächstenliebe ... Jesus, das Neue Testament. Das ehrt Sie. Doch es ändert nichts an den Tatsachen! Sie gehören nicht zu ihnen, die gehören hierher. Auch wenn ich sehe, dieser Klan hier sieht in Ihnen etwas, eine Art Gabe, vielleicht sogar eine Zugehörigkeit zu ihrem *aumakua*, ihrem Schutzgeist, so ist das doch lediglich ein heidnischer Aberglaube! Sie haben aber einen Verstand, Elisa! Sie sind gebildet! Ihrer Mutter war sofort klar, warum der Hai Sie so schnell angegriffen hat ... Der Hai hat damals Ihr Blut gewittert!«

Er machte eine bedeutungsvolle Pause, dann fuhr er fort: »Wir alle geben zu, es grenzt an ein Wunder, dass Sie den Angriff überlebten ... und wir alle sind darüber sehr froh, vor allem auch Ihre Mutter.« Elisa sah ihn unsicher von der Seite an, wusste nicht wirklich, worauf er hinauswollte.

»Ja, mein Überleben war wohl ein Wunder, selbst mein Kelii sagt das. Obwohl seine Familie seit Urzeiten zum *mano*-Klan gehört und er seit seiner Kindheit viel Zeit am Riff der Haie verbrachte, hatte er nicht damit gerechnet, dass Großvater Hai mich loslassen würde.« Dann, nach einer weiteren Pause: »Glauben Sie an Vorhersehung, Herr Doktor? An so etwas wie die göttliche Fügung einer höheren Macht?«

Er schwieg und schaute zu Boden. Auch Elisa sagte eine Weile nichts, ihr Blick verlor sich in dem beginnenden Sonnenuntergang über den Wipfeln der Bäume. Nicht weit von ihr wartete Kelii im Versammlungshaus darauf, dass der Doktor und die weißen Männer endlich ihr Dorf verließen. Das war es, was Elisa wollte. Der Doktor sollte gehen. Doch er fuhr mit feinem Räuspern fort.

»Kein wahrhaftiger Christenmensch kann auf Dauer zwischen zwei Welten leben, die so unterschiedlich sind. Das Heidentum hier muss in diesen Seelen erst noch gänzlich besiegt werden. Sie sind eine Deutsche, Elisa, noch dazu aus gutem Hause, und Sie teilen Tisch und Bett mit einem Wilden …«

Er verstummte. Elisa sagte immer noch nichts, doch in ihrem Inneren kochte es. Jedes seiner Worte drückte aus, was sie befürchtet hatte. Sie war nichts weiter als Dreck, und letztendlich war das wohl auch der Grund, warum ihre Mutter ihr seit dem Hibiskus-Ball nicht einmal eine kurze Notiz geschrieben hatte.

Elisa wollte dem Doktor nicht zeigen, dass ihr Tränen der Wut und Scham in die Augen stiegen. Lieber richtete sie ihren Blick auf Eli, der zu ihren Füßen hockte. Mit seinem Stock malte er Strichmännchen in die feine dunkle Erde. Vater, Mutter und Kind. Mutter hatte einen enormen Bauch.

Elisa musste wider Willen lächeln. Eli hatte die Gabe, sie immer dann zu trösten, wenn sie es brauchte. Ihr Herz erfüllte ein Gefühl der Dankbarkeit. Sie hielt dem Doktor zum Abschied ihre Hand hin: »Sie sollten sich an den Abstieg machen … es wird schnell dunkel«

»Bitte, Fräulein Vogel, denken Sie an Ihre Gesundheit! Kehren Sie zurück zu Ihrer Familie. Hier hat eine Frau wie Sie auf Dauer kein Leben. Erst letzte Woche, als ich mit dem Gouverneur sprach … Ich bin mir fast sicher, Gerit Janson würde Sie bei sich aufnehmen, um Ihrer gemeinsamen Tochter willen … Er wartet nur auf ein Zeichen von Ihnen!«

Damit hatte Elisa nicht gerechnet, und sie fragte sich bang, was als Nächstes kommen würde.

»Was in der Nacht in der Höhle geschah … Der Gouverneur hat es mir zumindest in Bruchstücken anvertraut. Glauben Sie mir, Kind, es fiel ihm äußerst schwer! Er hat seinen Irrtum bitterlich bereut! Jedes Mal, wenn er die gemeinsame Tochter ansieht, empfindet er Reue, das muss so sein … Sie sind und bleiben doch Victorias Mutter, Elisa! Daher müsste es eigentlich auch einen Weg zur Vergebung geben, meinen Sie nicht?«

Elisa zwang sich zu einem letzten Lächeln.

»Ich weiß, wie gut Sie es meinen, lieber Herr Doktor, aber ich werde hier gebraucht ... hier ist mein Leben und meine Familie. Bitte gehen Sie jetzt.«

Der Doktor stand auf. »Wie Sie wünschen, Fräulein Vogel. Mit dem Ende der Monarchie sind harte Zeiten angebrochen. Es gibt kein Königshaus mehr, das Sie beschützen kann ...«

Elisa wusste, der Doktor hatte recht. Die Amerikaner hatten im Lauf ihrer kurzen Geschichte auf den hawaiischen Inseln zwar viel versprochen, aber wenig davon gehalten. Den Amerikanern ging es in erster Linie um Profit, und die deutschen Einwanderer taten es ihnen nach.

Seine Stimme klang jetzt traurig.

»Dieses Volk wird in naher Zukunft alles verlieren, was ihre Kultur einmal ausmachte. Hören Sie also auf, von einer glücklichen Familie zu träumen! Der Untergang und die Vernichtung der Hawaiianer haben längst begonnen. Vorherrschaft am weltweiten Zuckermarkt ist der treibende Motor für Amerika und inzwischen auch für uns Europäer. Es geht um viel Geld. Wer sich nicht anpasst, hat bereits verloren.«

Elisa sah hinauf in das Geäst zu dem krächzenden Pärchen Alalas, die sich in einer Astgabel über ihr niedergelassen hatten, um dort ihr Nest zu bauen. Eine Veränderung stand bevor. Elisa konnte es ebenfalls spüren. Doch waren auch ihre Familie und ihr Dorf in Gefahr?

Doktor Wellington fuhr fort, vergewisserte sich aber, ob niemand in der Nähe war.

»Die Missionary Boys besitzen inzwischen sehr viel Macht. Auch Ihr Onkel gehört dazu, der Gouverneur natürlich, aber ebenso Männer wie Piet van Ween. Solche Männer haben sicherlich ganz besondere Aufgaben …«

Seine Stimme war nur noch ein heiseres Flüstern.

»Haben Sie sich nie gefragt, wie Keliis Vater wirklich zu Tode kam?«

Elisa spürte, wie sie erstarrte.

»Es war ein Unfall!«

»So kann man es nennen … Auf der Plantage Ihres Onkels kam er unter die Räder …«

Er vermied Elisas Blick, doch sie erriet es auch so.

»Es war Mord?«

Der Doktor nickte.

»Piet saß auf dem Kutschbock. Haben Sie jemals erlebt, dass Piet van Ween ein Gespann durchgegangen ist?«

Aus Elisa wich alles Leben. Ein Abgrund tat sich auf. Das durfte einfach nicht wahr sein.

»Piet erhält von den Missionary Boys Aufträge …«

Elisas Gedanken rasten. Man hatte Keliis Vater umgebracht, weil er geliebt wurde und charismatisch war, aber auch, weil er sich immer für seine Leute eingesetzt hatte. Der Doktor nickte. »Er war unbequem, wollte Dinge erzwingen, die sich nicht erzwingen lassen … Bitte werden Sie schnell vernünftig, Fräulein Vogel!«

»Sie meinen …«

»Wenn ich Ihnen als alter Freund der Familie einen Rat geben darf, kehren Sie ins Haus Ihres Onkels zurück – nachdem Sie Ihr Kind geboren haben! Und reden Sie nie wieder von einer christlichen Hochzeit mit einem *kanaka*. Werfen Sie sich vor Ihrem Onkel auf die Knie! Bitten Sie ihn um Verzeihung, und kümmern Sie sich um Ihre Tochter Victoria.«

»Das ist nicht Ihr Ernst!«

Der Doktor sah über sie hinweg in die Ferne, als könnte die warme Abendsonne ihm Trost und Zuversicht schenken.

»Sie haben in ein Wespennest gestochen. Der Gouverneur sieht in Ihrem Verhalten bestenfalls geistige Verwirrung. Ich unterstütze diese Einschätzung ... Mir bleibt keine Wahl.«

Das Gesicht des Doktors war hart geworden.

»Wenn Sie wollen, kann ich auch bei Ihrem Onkel ein gutes Wort für Sie einlegen, damit man Sie wieder in Ihrer Familie aufnimmt. Mehr kann ich nicht tun. Sie müssen letztendlich selber wissen, wie viel Unglück Sie dem Dorf zumuten wollen ... und wie viele Opfer Ihr Gewissen verträgt ...«

Eine eisige Kälte drang in Elisa ein, als sie begann, das Ausmaß seiner Worte in der Tiefe zu begreifen.

Was der Doktor über den Tod von Keliis Vater gesagt hatte, war grauenhaft. Sollte sie es wagen, nach Amalas Nichte Okelani zu fragen? Stimmte die Geschichte mit ihrem Liebhaber und der Mai-Pake-Krankheit, oder hatte Piet das Mädchen ebenfalls ermordet?

Das penetrante Krächzen des balzenden Alala–Pärchens über ihr im Geäst hielt sie von weiteren Fragen ab. Es klang wie eine Warnung. Aus einem plötzlichen Impuls heraus legte Elisa schützend ihre Hand über ihr Baby.

»Sollte ich zu meiner Familie zurückkehren, was würde mit meinem Baby und mit Eli geschehen, was mit den drei weiteren Kindern, die sich in meiner Obhut befinden?«

»Solche Fragen stellen Sie am besten Gouverneur Janson, wenn Sie zu ihm gehen. Er wartet auf Ihren Besuch ...«

Eli begann, mit seinem Blasrohr kleine Kerne zu spucken, die den Doktor am Hosenbein trafen. Er lächelte säuerlich.

»Besser wäre es, wenn die Kinder im Dorf blieben. Die neuen Rassengesetze sind nicht sehr kinderfreundlich ...«

Auf diese Weise erfuhr Elisa von dem prächtigen Landhaus in Lihue, das Janson sich auf seinem Plantagengrundstück hatte errichten lassen, als er für die nächsten fünf Jahre erneut zum Inselgouverneur gewählt worden war. Natürlich hatten nur die Weißen ihre Stimmzettel ausfüllen dürfen. Die Hawaiianer hatten auf Kauai inzwischen kein Wahlrecht mehr.

Elisas Hals war wie zugeschnürt, als sie dem Doktor zum Abschied die Hand schüttelte. Er sah sie voller Mitleid an.

»Leben Sie wohl, Fräulein Vogel. Sollten Sie mich bald brauchen, Sie wissen, wo ich zu finden bin …«

Eiligen Schrittes ging er zurück zu den Polizisten. Elisa sah Piet van Ween aus der Richtung kommen, in der ihre Familienhütte stand. Sein kurzes Winken in ihre Richtung war von einem Abschiedsgruß begleitet, der Elisa erschauern ließ. Sein deutsches »Auf Wiedersehen« klang wie eine Drohung. Endlich waren die drei Männer talabwärts verschwunden.

»*Nani* Elisa, meine Schöne, was hatte der Doktor noch so lange mit dir zu bereden? Bist du krank … hast du Mai Pake?«

Kelii umfing sie mit seinen starken Armen und küsste sie zärtlich. Der melodische Klang seiner Stimme löste einen Teil ihrer quälenden Anspannung. Er scherzte mit ihr über die Unfähigkeit des Doktors, während er sich zu ihr auf die Rundbank setzte. Gemeinsam sahen sie hoch zu den keckernden Alala in der Baumkrone. Tausend ungesagte Worte standen zwischen ihnen. Zu viel war geschehen, und auf dem Spiel stand ihr ganzes Glück. Wenn Elisa ihm doch nur von der Ermordung seines Vaters erzählen könnte! Aber ihr Bauchgefühl hielt sie davon ab. Sie musste überlegen, was das Klügste wäre, denn Kelii würde sich an Piet van Ween rächen. Und damit wäre es dann endgültig vorbei mit dem Frieden für ihr Dorf.

»Was schimpfen deine Vogelfreunde? Erzählen sie mir etwas vom listigen Doktor?«

Stumm sah sie in seine klugen Augen. Wie gerne würde sie alles mit ihm teilen, doch heute war nicht der richtige Tag. In wenigen Stunden würde ihr Liebster zum neuen Dorfchef ernannt werden. Das war wichtig, alles andere musste warten.

Der Tod seines Vaters hatte Kelii reifen lassen. Doch auch er schlief schlecht, seit eine schlechte Nachricht die andere jagte. Zum Glück hatte es keinen Mai-Pake-Fall in ihrem Dorf gegeben und niemand war an diesem Tag mitgenommen worden. Dennoch beschäftigten auch ihn die zunehmenden Repressalien.

»Was ist mit den *haole*? Warum hassen sie uns so sehr? Sind sie wirklich *ha-o-le*, also seelenlos? Ist deine Rasse krank vor Gier und feige aus dummer Angst ...?«

Wieder antwortete sie nicht, doch etwas in seinem Blick irritierte sie. Wusste Kelii bereits, dass Piet van Ween seinen Vater auf dem Gewissen hatte?

Unsicher sah sie ihn von der Seite an, doch für ihn schien das Thema für den Moment beendet. Er erwartete keine Antwort von ihr.

»Du bist keine von ihnen, *ipo*, sonst könnte ich dich nicht so sehr lieben. Wie geht es dir? War der lange Weg zu den Apfelbäumen sehr schlimm? Ich hätte die schwarzen Perlen verstecken sollen und nicht du.«

Damit kniete er sich zu ihren Füßen hin und inspizierte ihre geschwollenen Knöchel. Dann begann er sanft, ihre Füße zu massieren, und summte ein leises, zärtliches Lied.

Kelii war ein stattlicher Mann. Seine Schultern waren in den Jahren auf Maui breiter geworden, sein Kinn männlich und stolz. Doch seine sonst glänzenden langen Haare waren stumpf und strähnig. Im Weiß seiner Augen zeigten rote Äderchen das Ausmaß seiner Trauer und Wut. Die letzten beiden Nächte hatte er nur wenige Stunden geschlafen, weil er mit dem Rat der Ältesten besprechen musste, wie er die Interessen des Dorfes in Zukunft besser vertreten konnte. Drei Menschen aus dem Dorf waren tot oder verschwunden und das innerhalb weniger Monate.

Während er einen Zeh nach dem anderen sorgfältig massierte, spürte sie sein Leid, so wie er auch ihres spürte. Ihre Herzen waren schwer. Als er fertig mit ihren Füßen war, setzte er sich erneut zu ihr und hob ihr Kinn, sodass sie ihm direkt in die Augen sehen musste.

»*Olelo!* Sprich mit mir! Du hast doch einen neuen Kummer, oder etwa nicht?«

Da unterbrach Eli ihre Zweisamkeit.

»*Makuakane? Nana!* Schau!«

Kelii begrüßte seinen Sohn ausgiebig. Danach lobte er Elis Blasrohr mit blumigen Worten, und kurz darauf testeten sie die Reichweite, indem sie abwechselnd Kerne bliesen.

Um sie herum wurden die Feuer fürs Abendessen angefacht, bis Funken hoch hinauf in den Himmel stoben. Lili'uokalanis Lied erklang, während die Kinder immer mehr Feuerholz brachten, um es später mit den Tutus den Berg hinaufzutragen. Auch die älteren Männer, die den Festplatz vorbereitet hatten, kamen jetzt zum Essen.

Bevor es ganz dunkel wurde, kamen die Arbeiter von ihrem anstrengenden Tag auf der Plantage nach Hause. Die älteren Kinder begrüßten lebhaft ihre kleineren Geschwister, und schnell breitete sich fröhliche Stimmung aus. Heute war ihr monatliches Vollmondfest am großen Felsen, der wichtigste Tag im Monat. Schon bald sprach niemand mehr vom Besuch der weißen Männer, anderes war wichtiger.

Elisa brachte Ulani von dem köstlichen Essen, das heute zubereitet worden war. Darunter waren kleine Stücke wildes Schwein, über viele Stunden im Erdofen unter Blättern gegart. Das Mädchen aß hungrig. Der Schreck war weitgehend vergessen, und sie war eindeutig auf dem Weg der Besserung.

Nachdem sie fertig gegessen hatten, ging Kelii mit den Männern zum Wasserfall, um sich für die Zeremonie zu reinigen. Es war inzwischen ganz dunkel geworden. Von ferne erinnerten die Fackeln der Männer Elisa an die tanzenden Glühwürmchen im Garten ihrer Kindheit. Nach dem langen Regen öffneten sich die Blüten des Jasmins an den Büschen zwischen den Hütten. Gelächter lockte Elisa an.

»Und, was ist mit dir? Welche *pua,* welche Blume, wirst du heute zu Ehren deines *ipo* tragen? Oder willst du eine Blumenkette, einen *lei*? Hier, das ist der schönste von allen, ich schenke ihn dir … er bringt Glück!«

Amala strahlte mit den jungen Mädchen um die Wette. War Elisa die Einzige, die immer noch ein ungutes Gefühl beschlich? Es musste so sein, denn Amala scherzte und lachte, als sei alles nur ein böser Traum gewesen. Die jungen Frauen und Mädchen, die tagsüber auf der Plantage arbeiteten, berieten den Ablauf der Tänze und Gesänge. Viele von ihnen würden später auftreten. Alle bereiteten sich auf den Festabend vor, sogar Amalas Freund Maleko war mit seiner Ukulele gekommen. Er würde für alle spielen.

Die Frauen und Mädchen wuschen sich im Dorf hinter der mit Symbolen bemalten Frauenhütte unter Gelächter mit Wasser aus ihren Tongefäßen. Danach schmückten sie sich gegenseitig mit Blumen und *leis*, manche umrandeten ihre Augen mit Kohle, um für die Männer besonders schön zu sein.

Als Kelii mit den Männern zurückgekommen war, trat er zu Elisa in die Hütte. Während der Vollmond am Himmel aufstieg, begann Elisa, ihren Mann für seine Ernennung zum Dorfchef nach altem Ritual zu schmücken. Er würde den Umhang seines Vaters tragen, geschmückt mit den seltenen gelben Federn des Amakihi-Vogels. Doch zuerst glättete sie seine nassen, schweren Haare mit Kukuiöl. Dann rieb sie seine Haut für die heilige Zeremonie mit speziellen Kräutern ein, die ihm Klugheit, Standhaftigkeit und Kraft verleihen sollten. Zuletzt zündete sie, so wie ihre Lehrerin Hoku es ihr beigebracht hatte, mit einem Segensspruch einen getrockneten Stiel der Tausend-Nebel-Pflanze an. Sie umkreiste Kelii, einmal von rechts und einmal von links, sorgfältig darauf achtend, dass ihn der Rauch von den Sohlen bis zum Scheitel berührte. So ehrte der Klan die Ahnen, die der Menschen und die der Haie im Riff. Schon immer gab es diese Zeremonie, Keliis Großvater und sein Großvater vor ihm hatte sie mit der heiligen Traumpflanze ausgeführt.

»*Mahalo, ipo …*« Flüsternd dankte Kelii ihr, denn Stille gehörte zum Ritual. Die Pflanze mochte weder Hektik noch Lärm. *Aumakua* zu ehren bedeutete eine strikte Einhaltung der alten Bräuche. So brachten Kelii und Elisa es auch ihren Kindern bei. Eli saß die ganze Zeit über still und aufmerksam am Eingang der Hütte und ließ sich keine Kleinigkeit entgehen. Dann waren sie fertig und Eli ging zu seinem Vater. Der Feuerschein vom Dorfplatz malte Schattengemälde an die Rückwand ihrer Hütte.

Elisa seufzte leise, weil das Ziehen in ihrem Unterbauch jetzt in immer häufigeren Wellen kam. Noch war es nicht so weit, das spürte sie, doch lang würde es nicht mehr dauern. Sie freuten sich beide auf die Frucht ihrer Liebe, in Leidenschaft gezeugt und seit Jahren herbeigesehnt. Doch durch das Kind würden Keliis Vorfahren auch Elisas Vorfahren werden, das traditionelle Ritual, bei dem sie erst einmal zusehen durfte, würde ebenfalls ihrem Kind bevorstehen. Am Riff der Haie würde das Neugeborene im Meer getauft werden. Man würde es im Wasser kurz loslassen und warten, bis das Baby von alleine lospaddelte. Zeigte dabei ein Hai seine Flosse oder ließ sich sogar Großvater Hai sehen, der Mächtigste von allen, so war es ein besonders gutes Omen. Elisa schauderte kurz bei dem Gedanken, ihr Kind auf diese Weise in Gefahr zu bringen. Allerdings war noch nie etwas geschehen, wie Amala ihr versichert hatte.

Der Klan der Haifischmenschen, zu dem Elisa ebenfalls gehörte, bedeutete kein leichtes Schicksal. Kampf lag auf dem Weg, Trauer und Schmerz, aber auch viel Ehre und Glück, war man fähig, den schmalen Horizont der Zeit zu vergessen. Ihr Sohn Eli wusste das schon jetzt. Als Ali'i von reinem Blut wurde er in allen alten Bräuchen unterrichtet. Kelii holte etwas aus einem Bündel am Eingang, während Eli neugierig neben ihm stand.

»Elisa, *ipo* …«

Sehr oft nannte Kelii sie jetzt *ipo*, Liebste, wenn er nach ihr rief.

»*Hele mai*, komm her zu uns, Elisa …«

Seine Zähne strahlten im Feuerschein, als er mit Schwung seine Mähne nach hinten warf und sie anlächelte. In seiner Hand lag ein verziertes Kindermesser, der Griff mit rot gefärbtem Leder umwickelt. Eli machte bereits große Augen.

»Was meinst du, *ipo*? Hat unser Sohn es verdient?«

Als Elisa nickte, überreichte er Eli zum heutigen Anlass mit den alten heiligen Worten sein erstes Messer, und ihr Sohn strahlte vor Freude, als er es ehrfürchtig entgegennahm.

»*Mahalo*, danke«, flüsterte er. Zusammen beobachteten Elisa und Kelii, wie er das Messer im Feuerschein musterte, es dann sorgfältig in ein Stück Webtuch wickelte und in seinen Sachen verstaute. Dort würde es liegen blieben, bis sein Vater ihm zeigen würde, wie er mit dem Messer umgehen musste. So verlangte es der alte Brauch. Dann war der feierliche Moment der Vorbereitung vorüber.

Kurz darauf balgten sich Vater und Sohn spielerisch, wie sie es oft taten, und Eli wollte seinen Vater heute gar nicht nicht mehr loslassen. Wie ein Äffchen umklammerte er seine Beine, und in Elisa wurde es warm und weich. Ihr Kind würde einen wunderbaren Vater bekommen.

Wenig später gingen sie mit den Dorfbewohnern hinauf zum Versammlungsfelsen, gerufen vom Klang der mächtigen Trommeln, die diese Zeremonie jeden Vollmond begannen und zum

Tanz riefen. In der ersten Reihe stampften die jungen Männer, bis auf ihre Blätterkränze und das Hüfttuch nackt. Ihre eingeölten Körper glänzten im Schein des Feuers, und schnell begannen die Dorfbewohner in einem Kreis um sie herum ebenfalls zu tanzen. Elisas Füße bewegten sich wie von alleine, und mit der Zeit geriet sie in eine Art von Trance. Die Flammen des Feuers in der Mitte wurden zu Wellen, der Mond über ihr war ein Tunnel zu einer anderen Welt. Sie sah Gesichter, hörte Stimmen und sah Menschen, die schon lange nicht mehr lebten. Einmal glaubte sie gar, ihren Vater zu sehen. Eine große Schale mit Tee aus der Tausend-Nebel-Pflanze ging immer wieder herum, ein rauschartiger Zustand versetzte einzelne Männer und Frauen in wilde Ekstase. Ihre Tänze wurden immer ausgefallener, und einige Pärchen verschwanden diskret im Gebüsch. Obwohl Elisa wegen ihrer Schwangerschaft nicht von dem Tee trank, rauschte es in ihren Ohren wie in der Tiefe des Meeres.

Wie alle anderen jubelte sie, als Kelii von den Männern die Insignien des Anführers übergeben wurden. Einen Speer, eine alte wertvolle Schale und zuletzt den Haifischzahn, der ihm feierlich um den Hals gehängt wurde. Sein Vater hatte ihn bis zu seinem Tod getragen.

Danach waren die Gesänge und Tänze der Frauen des Dorfes an der Reihe. Sie übergaben Kelii eine fein gewebte und dunkelrot eingefärbte Decke.

Als Überraschungsgäste kamen zu später Stunde noch Keliis Schwester Leilani mit ihrem Mann Johannes und ihren Kindern aus Lihue.

Außer Elisa war Johannes van Ween der einzige Weiße, der bei der Vollmondzeremonie dabei sein durfte. Er war seit Jahren mit Keliis Schwester verheiratet, das Paar hatte zwei Kinder, Thomas und Elisabeth, und Elisa schätzte Johannes sehr, obwohl sie sich nicht immer in allem einig waren. Zudem hatte

Johannes das Pech, Stiefsohn von Piet van Ween zu sein, was immer wieder Anlass zu unerfreulichen Gesprächen gab. Die beiden hatten nie ein gutes Verhältnis gehabt, doch verdrängte Johannes gerne, wie kriminell der Mann seiner Mutter veranlagt war. Es war gut, dass Elisa an diesem Abend noch nicht mit Kelii über den Tod seines Vaters gesprochen hatte. Allein der Verdacht wäre Sprengstoff für den Familienfrieden.

Johannes und Kelii waren zwar schon seit Kindertagen gut miteinander befreundet, da die Missionarsschule sie zusammengeschweißt hatte. Dennoch war es nicht ganz einfach gewesen, als Johannes seine Schwester Leilani geheiratet hatte. Piet van Ween und ebenfalls Johannes' Mutter waren in der Familie nicht willkommen.

Mit Elisa war Johannes zusätzlich noch über deutsche Bande verbunden. Nur wenig älter als sie war er der einzige Patensohn ihres verstorbenen Vaters. Ebenso wie Elisa hatte auch er von Gerhard Vogel geerbt. Klug wie er war, hatte er das bescheidene Vermögen sofort in seine Ausbildung auf dem amerikanischen Festland gesteckt. Dadurch lebte die Familie in Lihue inzwischen in bescheidenem Wohlstand, denn gerade war Johannes erneut von Janson befördert worden.

»Wir haben jetzt eine eigene Kutsche ... und ab und zu sogar einen Kutscher!« Leilani erzählte es so freudestrahlend, dass Elisa noch nicht einmal darüber nachdenken wollte, die heutigen Worte Doktor Wellingtons zu wiederholen. Es würde alles zerstören.

Zu weit vorgerückter Stunde saßen sie nur noch zu viert ums Feuer: Leilani und Johannes, Kelii und Elisa. Ein silbriger Streifen kündete den neuen Tag an. In den Büschen um den großen Felsen herum begannen die Vögel ihr Morgenkonzert. Seit einigen Stunden waren Elisas Kontraktionen häufiger und intensiver geworden. Und gerade weil sie wusste, dass sie nur noch eine kleine Weile hatte, bevor es losgehen würde, wollte sie die euphorische Leichtigkeit dieser Nacht durch nichts trüben. Keliis Vater war seit Monaten tot. Selbst wenn es kein Unfall war, sondern kaltblütiger Mord, würde er nicht wieder lebendig werden. Kelii war jetzt der neue Dorfchef, sie war seine Frau und würde als Kahuna ihr Bestes geben. So beruhigte sie ihr schlechtes Gewissen, denn es war nicht ihre Art, etwas zu verheimlichen. Doch gerade erzählte Leilani eine besonders lustige Geschichte, und die beiden Männer bogen sich vor Lachen.

Kelii bemerkte es als Erster, als bei Elisa die erste heftige Wehe einsetzte. Kurz darauf halfen Leilani und die beiden Männer ihr den schmalen Pfad ins Dorf hinunter. Kelii und Johannes stützten sie, während Leilani vorauseilte, um die verschlafene Amala aus ihrer Hütte zu holen.

Viele Stunden später, es war bereits wieder Nacht, wurde Elisa von Keliis zärtlichem Kuss geweckt. Er hielt ihr eine Schale mit Flüssigkeit hin und Elisa trank den bitteren Tee bis auf den letzten Tropfen, während er ihr den Kopf hielt. Sie war zu erschöpft. Die Kräuter würden ihrer Gebärmutter helfen, sich schneller wieder zusammenzuziehen. Alles war gut gegangen, doch die letzten zwölf Stunden verschwammen immer noch in einem Nebel aus Schmerz und übermenschlicher Anstrengung.

Kelii hatte begonnen, seine Finger zärtlich über ihren Bauch wandern zu lassen, wie er es so oft getan hatte, als ihr Leib immer praller und runder wurde. Seine Finger schienen Pupillen an ihren Kuppen zu haben, weshalb sie sein behutsames Tasten auch seinen Doktorenblick nannte. Wenn er sie auf diese Weise untersuchte, machte er stets seine Augen zu, um besser wahrnehmen zu können, was ihr Körper ihm erzählen wollte. Sorgfältig tastete er jetzt ihren Bauch ab, vor allem unterhalb ihres rechten unteren Rippenbogens, wo er den Rändern ihrer

Leber nachspürte. Mit einem Lächeln strich er ihr danach die verschwitzten Haare aus der Stirn, immer noch überrascht von dem Wunder dieser Geburt.

»*Elua* ... zwei. Du hast mir gleich zwei Kinder auf einmal geschenkt ... Hast du es schon länger gewusst?«

»Nein, *ipo*, ich habe es nicht gewusst, wirklich! Ich meine, ich war sehr dick ... doch gab es in meiner Familie noch nie Zwillinge. Und in eurer Familie?«

»Nein, ich kann mich nicht erinnern ... wir sind reich gesegnet worden, *ipo*. Sie sind wunderschön, sowohl der Junge als auch das Mädchen. Ein wenig klein und zart, aber voller Leben ... *Mahalo*, meine Liebste. Du hast mich sehr, sehr glücklich gemacht. Das Dorf wird wohl die nächsten Nächte über feiern ... Ich habe schon Boten an meine Mutter geschickt ... Es ist ein göttliches Zeichen!«

Er lachte, und Elisa lachte kurz darauf ebenfalls. Die sichtlich stolze Amala brachte den Eltern ihre Zwillinge. Sie grinste von einem Ohr zum anderen, als hätte sie die Kinder selbst zur Welt gebracht.

»Ich habe es von Anfang an gewusst, irgendetwas stimmte mit deinem Bauch nicht ... Aber zwei auf einmal, das hätte ich so einer *pupule haole*, so einer verrückten Weißen wie dir, nie zugetraut ...«

Elisa lächelte vor sich hin, als Kelii das kleine Mädchen und den noch kleineren Jungen abwechselnd küsste. Sanfte hawaiische Worte sprach er mit seinen Kindern, und sie spürte, wie sehr er sie liebte.

Als Eli mit seinen beiden Freunden dazu kam und ein wenig später die geschwächte Ulani vom Hütteneingang aus mit ihren großen grünen Augen die Neuankömmlinge bestaunte, war Elisas Glück in Keliis Armen vollkommen.

Noch Jahre später, als sie auf ihr Leben zurücksah, war dieser Moment in einen goldenen Lichtstrahl getaucht. Inmitten ihrer geliebten Familie, der Geruch der neugeborenen Kinder in der Nase, die winzigen Finger und Zehen, suchende Blicke im Halbdunkel der Hütte, dazu die ersten zaghaften Babylaute, die wie das Miauen kleiner Kätzchen klangen, all das ergab trotz ihrer grenzenlosen Erschöpfung ein Gefühl von Vollkommenheit.

Schon lange hatte es im Dorf kein Neugeborenes mehr gegeben, sodass am Abend nach und nach viele Dörfler vorbeikamen, um Früchte zu bringen oder duftende Blumen, auch Gefäße mit köstlichem warmem Essen. Diskret blieben manche am Eingang der Hütte stehen, um nicht zu stören. Andere wollten Elisa kurz berühren und streichelten ihre Füße oder Hände. Selbst die Augen der Ältesten leuchteten vor Glück.

Später in der Nacht hörte sie mit Kelii draußen das erste Grillenkonzert in diesem Frühling. In der Regenzeit hatten sie sich nicht aus ihren Verstecken gewagt, doch in dieser Nacht erfüllten sie das Tal mit friedlichem Zirpen. Die Sterne leuchteten am Himmel, und der runde Mond hing über dem großen Felsen oberhalb des Dorfes. Kelii richtete sich auf, um ihr noch ein letztes Mal vor dem Einschlafen den bitteren Tee zu reichen. Dabei sah er sie prüfend an.

»Wann wirst du mir endlich sagen, warum dein Herz so schwer ist, *ipo*? Was ist geschehen?«

Sie wollte nicht, dass er die aufkommenden Tränen in ihren Augen sah. Sie hatte zu große Angst davor, mit ihm über das Schreckliche zu sprechen, das alles für immer verändern würde. Nichts auf der Welt durfte diesen Moment zerstören.

Als ihr Liebster neben ihr eingeschlafen war, schickte sie ein stummes Gebet zu den Sternen. Bitte hilf mir, Gott, die zu beschützen, die ich liebe …

Am nächsten Morgen kamen sie bereits im ersten Morgengrauen. Piet van Ween wurde diesmal nur von Bad Bob und seinem Vater begleitet. Die beiden hatten Seile und Waffen dabei, als sie in ihre Hütte eindrangen. Piet van Ween bezichtigte Kelii des Diebstahls. Eine wertvolle schwarze Perle sei von der Plantage verschwunden. Die Diebin, Amalas Nichte Okelani, hätte bereits gestanden. Dabei hatte sie Kelii schwer belastet. Er hätte sie zum Diebstahl angestiftet, um mit dieser Perle Waffen für die Königstreuen zu finanzieren. Einen Aufstand gegen die Regierung würde er planen.

Bevor Kelii sich noch gegen den Vorwurf wehren konnte, wurde er schon gefesselt. Vor Eli und den anderen Kindern, aber auch vor der tobenden Amala, die in der Familienhütte geschlafen hatte und jetzt von Piet van Ween festgehalten werden musste, wurde Elisas Mann geschlagen und gedemütigt.

Doch das Schlimmste stand noch bevor. Piet van Ween ging zielstrebig in den hinteren Teil der Hütte. Bad Bob und sein Vater, Amala und auch Elisa waren gezwungen zu bezeugen, was Piet fand, als er in der festgestampften Erde in der Ecke grub. Aus ungefähr zehn Zentimeter Tiefe zog er ein feines rotes Seidentuch. Darin eingewickelt glänzte eine große schwarze Perle, die größte Perle, die Elisa je gesehen hatte.

4. Kapitel

Lihue, Rotes Haus, Frühjahr 2011

Wochen waren vergangen, seit Maja das mysteriöse Päckchen vor ihrem Haus gefunden hatte. Bis jetzt hatte sie nicht herausfinden können, wer es Keanu und ihr vor die Tür gelegt hatte und mit welcher Absicht. Zusätzlich zu dem vermissten Ring und den Tagebüchern fand sie zwei persönliche kurze Briefe an Elisa, aber vor allem sieben Fotos aus Elisas Vergangenheit, die sie noch nie gesehen hatte.

Sechs davon waren Fotos von Elisa mit ihren Kindern und ihren drei Schützlingen in verschiedenen Altersstufen, von 1902 bis 1910. Immer war eine dickliche ältere Hawaiianerin mit auf den Fotos. Elisa war unterschiedlich gekleidet, einmal hawaiisch mit offenen Haaren, dann trug sie europäische Kleidung und hatte ihre Haare zurückgesteckt. Auch ihre Kinder sahen einmal hawaiisch, einmal westlich aus, und selbst die dicke Hawaiianerin steckte auf einem der Fotos in Korsett und Kleid. Dieses Foto war in Downtown Honolulu aufgenommen, eine Straßenbahn war im Hintergrund zu sehen.

Elisas Freund und Vertrauter Johannes van Ween hatte jeweils etwas auf die Rückseite der Fotos geschrieben, doch manches war kaum noch zu entziffern. *Für Elisa von Johannes, in treuer Verbundenheit*, stand auf einem Strandfoto aus dem Jahr 1910, aufgenommen in Waikiki Beach. Die Zwillinge standen rechts und links neben ihrer Mutter. Alle trugen altmodische Badekleidung. Ihr Ältester Eli war fast so groß wie Elisa, ein strahlender Fünfzehnjähriger, sein Surfbrett an der

Seite. Auf diesem Foto waren Elisas Schützlinge nicht dabei, auch die Hawaiianerin fehlte, dafür blickten zwei Jugendliche in Elis Alter scheu in die Kamera. Es mussten die Kinder von Johannes und Leilani sein, die Namen Thomas und Elisabeth van Ween standen auf dem Foto. Elisa trug Badekleid und neckischen Sonnenschirm, doch sie lächelte nicht, ihr Blick sah nachdenklich in die Ferne.

Das siebte Schwarzweißfoto faszinierte Maja am meisten. Fast jeden Tag hatte sie es sich angesehen. Das Foto mit dem gezackten weißen Rand war einige Jahrzehnte nach dem Waikiki-Strandfoto aufgenommen. Das Jahr 1947 war mit weißer Schnörkelschrift auf das Foto geschrieben, daneben stand *Applerock*. Im Hintergrund sah man die alte Scheune, die heute noch auf Majas Grundstück stand, doch damals war sie brandneu. Die beiden Alten saßen auf der Holzbank an den Klippen. Es war dieselbe Bank, auf der Maja heute saß, um ihren Tag in Ruhe zu beginnen.

Die Momente der Stille, die der Sonnenaufgang am Meer ihr schenkte, waren eine Quelle der Kraft, sobald die Bauarbeiter kamen, war es laut, und Maja hasste Lärm schon immer.

Bezaubernd war es hier im Frühling, wenn es nicht stürmte und lediglich ein sanfter Wind durch die Blätter des alten Apfelbaums neben ihr raschelte. So dachte sie, denn heute zeigte sich das Wetter auf Kauai mit besonderem Charme. Sonne mit nur wenigen vorüberziehenden Wolken war vorausgesagt, dazu vielleicht ein frühlingshafter Schauer.

Maja sah sich das Foto von Elisa und Kelii noch einmal an und strich dabei über die weißen Zähnchen am Rand. Sie suchte in den vom Wetter gegerbten Gesichtern des alten Liebespaars nach Antworten. Viele Jahre vor Maja saßen sie zusammen hier und sahen aufs Meer hinaus. Aber wer hatte das Foto gemacht? War es wieder Johannes van Ween? Über siebzig war Elisa und schien Maja auf dem Foto wunderschön und wie erfüllt von einem inneren Geheimnis. Ihre Augen leuchteten selbst in Schwarz-Weiß wie die eines jungen verliebten Mädchens. An ihren Ohrläppchen hingen schwere Goldohrringe mit dunklen Perlen. Waren es die schwarzen Perlen ihrer Mutter?

Der Fotograf musste Elisa mit Absicht so gesetzt haben, dass sie im Foto ebenso groß wie Kelii zu sein schien. Beide trugen ihre Haare offen, schulterlang und in der Mitte gescheitelt. Elisas waren welliger als seine, aber genauso weiß, zumindest wirkte es auf dem alten Foto so. Ihre Gesichter lächelten in stillem Einklang des Glücks. Sie trugen Eheringe, beide hielten sie ihre Ringe ostentativ in die Kamera, so als müssten sie mit den Ringen etwas beweisen.

Das Portrait wirkte komponiert. Ein starkes Bild. Jedes Mal, wenn Maja das Foto ansah, spürte sie ein vertrautes Kribbeln. Sie fühlte sich Elisa in diesem Foto nah.

Dennoch hatte Keanu recht mit seinem gestrigen Kommentar. *Das Foto verfolgt einen bestimmten Zweck.* So sah es auch aus.

Das Datum war der Zeitpunkt kurz vor Elisas gemeinsamem Verschwinden mit Kelii im Meer. Enthielt es eine Botschaft, die es zu entschlüsseln galt? Keanu hatte es gestern vermutet.

»So etwas wäre einfach typisch Kahuna! Immer Rätsel hinterlassen ... die nächsten Generationen auf Trab halten. Eine geheime Botschaft, theatralisch und natürlich über die Maßen schwer zu entschlüsseln!«

Aber wie kam diese neue Fotobotschaft zu Maja? Vielleicht hatten doch Mai und Sabji das Päckchen hingelegt. Zu den verrückten Tutus würde es passen, meinte Keanu gestern.

»Zufällig weiß ich, dass die beiden alten Schwestern lange Zeit nach einem Vermächtnis von Elisa gesucht haben, das ihnen angeblich versprochen worden war. Als Kinder sollen sie dabei gewesen sein, als Elisa mit Kelii ins Meer hinausschwamm, um niemals zurückzukehren.«

Maja wurde hellhörig.

»Denken sie womöglich, dass ich ihnen dabei helfen kann, Elisas Vermächtnis zu finden?«

»Na ja, schließlich träumst du manchmal von ihr … Du hast doch irgendwie einen Draht zu Elisa, oder wie würdest du es nennen? Eine Art Nebel-Pflanzen-Schnur?«

Keanu nahm ihr Leben auf der Baustelle zurzeit mit einer Art von Humor, mit dem Maja nicht sehr gut zurechtkam. Alles war irgendwie in Ordnung, für ihn zumindest. Für sie weniger.

»Müssen sie mir deshalb meinen Lieblingsring stehlen?«

»Das meinen Mai und Sabji nicht böse … es ist eher eine Art Liebesbeweis. Außerdem ist Sabji manchmal ein wenig sonderbar und dadurch, dass sie stumm ist, sucht sie sich bisweilen eigenartige Wege, um jemanden kennenzulernen. Aber sie meint es nie böse!««

Maja blieb skeptisch, wollte aber Keanu zuliebe zumindest versuchen, gute Miene zum undurchsichtigen Spiel der Schwestern zu machen.

»Du meinst, ich sollte es irgendwie als Einladung und Willkommensgruß sehen, wenn die alten Frauen mir zuerst meinen Ring entwenden, um dann mehr als vorher zurückzugeben?«

»Meine Leute sind teils schräge Vögel, vor allem die alten Tanten. Tutus dürfen das bei uns, sie dürfen wild sein und ein wenig *pupule* … Mai und Sabji wollen dich kennenlernen, sie prüfen deinen Humor. Jetzt ist es nur eine Frage der Zeit, bald werden sie dich genauso lieben wie ich …«

Liebe war der entscheidende Gedanke. Davon wollte Maja so viel wie möglich. Und Keanu ging es ebenso. Ihr gestriger Abend war deshalb wunderschön gewesen. Erst hatte ihr Liebster sie bekocht, was ihm selbst in ihrer provisorischen Küche problemlos gelang. Vorspeise aus gefüllten Avocados, dann Mangohuhn mit verschiedenen Beilagen.

Nach dem Schokoladendessert gab es eine gegenseitige Massage. Doch dann hatte er die Streicheleinheiten an eine Bedingung geknüpft.

»Du lernst jetzt meine Sprache …«

Das war kein Witz. Ihr Liebster hatte es sich in den Kopf gesetzt, Maja seine Sprache beizubringen. Es war ein komplexes Unterfangen, denn es gab auf den hawaiischen Inseln allein mehr als zwanzig Worte für Regen. Sie musste sie endlos wiederholen, bis sich ihr einige eingeprägt hatten. Regen aus schwarzen Wolken, Regen mit Windböen oder die sanfte lauwarme Regendusche am Abend in Kombination mit Blütenduft … Eine Absurdität, mit der sie aufwachte. Eigentlich wollte sie seine Sprache gar nicht lernen. Englisch war anstrengend genug.

Maja wollte ihren Liebsten an diesem Morgen nicht wecken, weil sie nachdenken musste, das ging am besten alleine. Sie wusste, wie viel es Keanu bedeutete, dass sie seine Sprache lernte, aber vieles in Maja sperrte sich dagegen. Tagaus tagein Englisch zu sprechen, war Umstellung genug, doch sie mochte Englisch. Keanu nicht. Den Hawaiianern war Englisch als Amtssprache aufgezwungen worden. Bei der kleinen, auserwählten Elite von Königstreuen gehörte es zum guten Ton, die ursprüngliche Sprache zu pflegen, so hatte Keanu es ihr mit charmantem Lächeln erklärt. Diese Königstreuen waren aber die gleichen Hawaiianer, die sich noch heute gegen Mischehen aussprachen, um das reine hawaiische Blut zu bewahren.

Maja war keine reine Hawaiianerin, würde es nie sein, sondern fühlte sich als Deutsche. Ihr exotisches Aussehen war dabei zweitrangig.

Sie stand von der Bank auf, steckte das Foto von Kelii und

Elisa in die Brusttasche des alten weißen Herrenhemdes ihres Vaters, in dem sie am liebsten schlief, und befestigte ihren Pareo erneut um Bauch und Hüften. Liebe blieb ein Mysterium.

Das Tuch mit dem traditionellen Muster war ein Geschenk von Keanu, er hatte es ihr vor wenigen Tagen von seiner letzten Reise mitgebracht. Der weiche Stoff fühlte sich gut auf ihrer nackten Haut an. Die Baumwolle war mit einer speziellen Technik an bestimmten Stellen ausgebleicht, in der Mitte prangte eine riesige rote Hibiskusblüte, der Rest war lila. Nun ja. Ein wenig Kitsch fürs Baby darf sein.

Zufrieden strich sie sich über den gewölbten Bauch mit der Hibiskusblüte. Danach sah sie sich auf dem Rückweg zur Hütte in dem kleinen Garten um, in dem Keanu und sie in den letzten Wochen einige Pflanzen gesetzt hatten. Bis ihr Besuch aus München kam, wollten sie eine Laube anlegen und einen Außen-Grillplatz, aber vor allem sollte ihr Paradies voll mit blühenden Sträuchern sein. Wie ein Regenbogen aus Freude.

Im Licht dieses Frühlingsmorgens schimmerten ihre gerade angepflanzten Büsche wie frisch gewaschen. Es hatte in der letzten Nacht viel geregnet, doch die Trampelpfade waren nicht so matschig wie in den letzten Wochen, und es war sehr viel wärmer als noch in den letzten Tagen.

Zielstrebig ging Maja zum Rohbau ihres Hauses, um zu sehen, ob der junge Kater ihr erneut eine tote Maus als Opfergabe hingelegt hatte. Tatsache, wieder lag eine da. Irgendwie wurde Maja das Gefühl nicht los, dass der süße Streuner ein wenig verzweifelt um ihre Gunst warb.

Maja näherte sich dem Rand der Klippe und schleuderte den Mauskadaver in Richtung Meer. Wahrscheinlich würde er auf den Steinen landen, doch das war egal. Sie liebte diese Stelle. Hier hatte ihr Liebster sie gefragt, ob sie für immer bei ihm bleiben würde. Inzwischen war es zu ihrem Ritual geworden, hier täglich ein kleines Dankeschön zu sagen.

Die letzten Dämonen, egal of Haifischmann, Neider oder missgünstige Exverlobte – auf diesem paradiesischen Flecken Erde würde Maja alle mit ihrer positiven Energie davonjagen.

In Momenten wie diesen, wenn die Harmonie in kleinen lachsfarbenen Wölkchen über den Himmel tanzte und die Vögel ihr Lieder vorsangen, kam ihr zukünftiges Leben ihr möglich vor. Sie sah alles vor sich. Das fertige Haus mit dem funktionierenden Badezimmer, einer Waschmaschine und der wunderbaren Küche, in der sie für ihre zukünftige Familie kochen würde. Dann ihr Arbeitszimmer mit Blick aufs Meer, ideal zum Recherchieren und Schreiben, solange ihr Baby klein war. Wenn ihr Kind dann größer wurde, wollte Maja wieder unterrichten, so war ihr Plan.

Eine Wolke schob sich vor die Sonne. Sofort wurde es merklich kühler, und mit den Schatten kamen auch die anderen Gedanken, die sie sonst eher verdrängte. In ihrer Magengrube pochte seit Tagen eine dunkle Vorahnung, denn in letzter Zeit hatte sich in ihr etwas verändert. Zum einen wurde sie auf Kauai nicht so schnell heimisch wie erhofft, zum anderen fehlte ihr das vertraute München sehr. Keanu und sie hatten sich deswegen bereits gestritten, denn Maja plante seit ein paar Wochen eine Reise nach Hause, bevor ihr Kind auf die Welt kam. Sie dachte sogar bisweilen daran, ihr Kind vielleicht in Deutschland zur Welt zu bringen. Im Sommer würde es auf Kauai ohnehin sehr heiß werden, in München hingegen war der Sommer ein Traum. Kurz gesagt – Maja hatte massives Heimweh.

Keanu gab schließlich nach. Er überließ sogar die Entscheidung ihr, wo das Baby zur Welt kommen würde. Sie versprach im Gegenzug, sich in Zukunft mehr Mühe mit der hawaiischen Sprache zu geben – vielleicht.

In einem automatischen Reflex verschränkte Maja ihre Arme vor der Brust, obwohl sie alleine auf der Klippe stand.

Ein gewisser Trotz hatte sich in ihr breitgemacht. Bei aller Liebe würde sie ihrem Liebsten in einigen Dingen die Stirn bieten müssen, wenn sie hier auf Dauer glücklich werden wollte. Fröstelnd sah sie zu, wie jetzt auch das letzte Wölkchen am Meereshimmel seine Farbe von Rosa zu Weiß wechselte. Die Sonne kam wieder hervor, das Meer lag einladend vor ihr, als hätten die stürmischen Monate, die hinter Keanu und ihr lagen, nie existiert. Doch das stimmte nicht.

Gefühle und Leidenschaft waren zwar starke Pfeiler ihrer Beziehung, doch es war nicht alles so einfach, wie Maja es sich erträumt hatte. Nach einem Vierteljahr auf Kauai sehnte sie sich oft nach der Geborgenheit ihrer Heimatstadt München. Sicher hing ihr schwankender Gemütszustand auch mit ihrer Schwangerschaft zusammen, doch das war nicht alles. Ihre euphorische Entscheidung für den Lebensmittelpunkt Kauai hatte einige reale Dämpfer erhalten. Der Schreck über das defekte Atomkraftwerk Fukushima steckte ihr noch immer in den Knochen. Mitten in der Nacht waren sie evakuiert worden und mussten in einer Turnhalle in Hanalei schlafen, weil eine Springflut vor der Na-Pali-Küste befürchtet wurde.

Doch die unberechenbare Natur auf einer Insel inmitten des riesigen Pazifiks war nicht das Einzige, was Angst machte, Maja befürchtete auch, auf Dauer ihr Heimweh nach München nicht in den Griff zu bekommen. Schuld daran war ein Brief von Johannes an Elisa.

Liebe Elisa,
danke für deine berührenden Zeilen.

Sie haben mich wie immer tief bewegt. Aber auch wenn ich Deinen momentanen Wunsch, für immer nach Deutschland und vor allem in Dein geliebtes Hamburg zurückzukehren, verstehen kann, so muss ich warnen. Nach Einschätzung einiger Geschäftspartner steht uns ein zweiter Krieg bevor. Und auch wenn ich viel darum geben würde, dich endlich wieder in die Arme zu schließen, muss ich dir als dein bester Freund und Vertrauter dringend abraten. Sei von Herzen umarmt. Für immer dein

Johannes van Ween, Hamburg 1933

Die weiteren Briefe an Elisa, die bei den Fotos lagen, waren ebenfalls von Johannes. Auch Elisas Freund hatte zeitlebens mit Vorurteilen der Hawaiianer zu kämpfen. Mit Leilani hatte er früh eine Tochter aus hawaiischem Adel geheiratet, doch seine Ehe war, wenn man die Briefe las, nicht von dauerhaftem Glück gesegnet. Johannes' Kinder fühlten sich weder in der einen noch in der anderen Kultur wirklich zu Hause, und er kehrte schließlich nach Deutschland zurück.

Jeder Tag öffnete Maja mehr die Augen. Weder im Jahr 1900 noch im Jahr 2011 war Hawaii das Paradies, das sie sich mit ihrer rosaroten Brille vorgestellt hatte. Sie würde für ihr Glück kämpfen müssen, so wie auch Elisa es getan hat.

Das laute Knacken von Zweigen riss sie aus ihren Gedanken. Nervös sah sie sich um. Immer wieder hatte sie das Gefühl, beobachtet zu werden, und einmal hatte Keanu wegen ihr das gesamte Grundstück absuchen müssen. Als er das letzte Mal von einer Kurzreise zurückkam, hatte er ihr seine Waffe angeboten, wenn sie alleine im Haus war. Er fand, sie sollte schießen lernen. Wenn man so weit außerhalb wohnte wie auf Applerock, sei das normal. Man müsste sich notfalls verteidigen können.

Sie hatte versprochen, darüber nachzudenken, aber das Thema von sich aus nicht wieder aufgegriffen. Vor Waffen hatte sie Angst. Immer wenn Keanu zu seinen Besuchen auf den anderen Inseln aufbrach, packte er seine Waffe, die sonst neben seinem Kopfkissen lag, in seinen Rucksack. Sie sei für den Notfall, denn er hätte in seinem Job auch in unsicheren Gegenden mit hoher Kriminalitätsrate zu tun, erklärte er ihr, so als sei es normal, im hiesigen Schulwesen eine Waffe zu brauchen.

Eine seiner Aufgaben war, Kinder, die ohne Entschuldigung mehrere Monate dem Unterricht fernblieben, aufzufinden und wieder in ihre Klassen zu bringen.

Maja wusste, dass das nur die halbe Wahrheit war, doch ihre weiteren Fragen hatte er mit Scherzen quittiert. Die Ängste der Deutschen vor Handfeuerwaffen fand er übertrieben. Sie empfand es nach wie vor als schwierig, von ihm über einen Teil seiner Arbeit mit Absicht im Dunkeln gelassen zu werden. Offiziell arbeitete er im Schulwesen, so hatte sie ihn auf dem Seminar in Nizza kennengelernt. Für das Lösen unlösbarer Probleme zwischen Weißen und Hawaiianern, auch in den Schulen, erhielt er einen monatlichen Scheck, von dem sie gut ihre Rechnungen bezahlen konnten. Er hatte eine gehobene Stellung und beriet auf allen Inseln Hawaiis. Fast immer hatte er zusätzlich noch Sitzungen auf Big Island oder auf Oahu, um die politischen Aktionen der Königstreuen zu betreuen. War es eine größere Sache, hing er von morgens bis abends am Telefon, meist koordinierte er umweltpolitische Aktionen, über die Maja nichts oder nicht viel wissen durfte.

Einmal ging es um eine Militärbasis, einen Stützpunkt, gegen den demonstriert werden sollte. Dann um gefährdete Delfine, deren Nachwuchs vor US-Experimenten mit schädlichen Schallwellen beschützt werden mussten …

»*Ipo!*« Maja fuhr erschrocken herum, denn sie hatte seine Schritte nicht gehört.

»Es ist zu kalt, *ipo* … Hier!«

Noch verschlafenen hielt er ihr seine Sweatshirtjacke hin und sah sie prüfend an.

»Alles in Ordnung? Warum hast du mich nicht geweckt?«

Er ging selbst in der kalten Morgenluft barfuß und trug nur sein Tuch um die Hüften. Während Maja versicherte, dass es ihr gut ging und bibbernd seine warme Jacke anzog, streckte er sich gen Himmel, um seinen Körper aufzuwecken. Dann umschloss er mit seinem bettwarmen Körper den ihren.

»Hier draußen ist es doch noch viel zu frisch …«

Er rieb ihre kalten Hände, und eng aneinandergeschmiegt standen sie eine Weile am Rand der Klippe und sahen einem Vogelschwarm zu, der über ihnen in Richtung Meer flog, um dort langsame Kreise zu ziehen. Er deutete in ihre Richtung.

»Schau, die Apapane fliegen heute sehr niedrig. Es könnte wieder regnen …«

»Dann verbringen wir den ganzen Tag im Bett, ja?«

Sie schmiegte sich enger an ihn, und er begann, ihre Augenlider zärtlich zu küssen, dann ihre Nase und zuletzt ihren Mund. Sie mochte seinen Geruch, wenn er frisch aus dem Bett kam. Seine Haut war samtig und schien von innen zu glühen. Sie küssten sich, bis die Zeit stehen blieb und Maja spürte, wie er begann, sie zu begehren. Doch dann piepste sein Handy, und seine Vernunft siegte.

»Leilani hat schon die zweite Nachricht geschickt. Ich muss weg, die Sitzung beginnt früher …«

In Majas Magengrube pochte es, aber sie versuchte, sich nichts anmerken zu lassen. Keanu verabscheute Eifersucht. In einem Streit hatte er Eifersucht einmal als ein kleinliches deutsches Gefühl bezeichnet. Obwohl das natürlich Unsinn war, hatte es gesessen.

»Ich würde auch lieber wieder ins Bett gehen …«

In seinen Augen sah sie, wie schwer es ihm fiel, sie zu verlassen. Sie kämpfte ebenfalls mit ihren Gefühlen, es fühlte sich nicht richtig an, sich so oft zu trennen. Alle paar Tage musste er jetzt fort, und das würde auch bis zu ihrem letzten Schwangerschaftsmonat so bleiben.

»Lass uns noch zusammen frühstücken, ja?«

Um Vergebung bittend sah er sie an. Maja küsste ihn ein letztes Mal auf der Klippe und wollte ganz fest von ihm umarmt werden. Schweigend gingen sie danach am halbfertigen Rohbau vorbei, zurück zu ihrem Provisorium aus Wellblech. Jeder hing seinen Gedanken nach.

Maja musste an diesem Tag unbedingt ihren Vater in München in seiner Kanzlei erreichen, sie hatte es Keanu versprochen. Die beiden verstanden sich gut, seit Keanu ihrem Vater dabei geholfen hatte, an sein Erbe auf Kauai zu kommen. Applerock wäre sonst versteigert worden und damit sicher in die Hände von Immobilienspekulanten geraten.

Im Moment ging es für die Königstreuen um ein weiteres Grundstück, das vor Immobilienhaien verteidigt werden musste. Seit Tagen gingen E-Mails wegen einem umstrittenen Stück Land in der Nähe von Honolulu hin und her. Keanu bereiteten die zunehmenden Attacken ihrer Gegner Sorgen, und sie fühlte deutlich seine Anspannung, als sie neben ihm herging.

Er hatte ihr einmal gesagt, er würde ihr auch deshalb nichts Genaueres über seine Aktivitäten sagen, damit sie bei einer Vernehmung durch die Polizei nichts verraten konnte.

Bei einem Immobiliendeal, der vor einem Jahr verhindert wurde, da Hawaiianer das Land für sich beanspruchten, hatte es einen Toten gegeben. Davon hatte er ihr erzählt, weil es vorbei war und sie gewonnen hatten. Das Anrecht der Königstreuen konnte eindeutig bewiesen werden. Unter Bauland war ein alter Friedhof verborgen, eine ehemalige Kultstätte der Kamehameha-Könige. Das konnte Keanus Gruppe mithilfe von alten Karten beweisen. Ihre Gegner wollten ihnen aber zuvorkommen und die heiligen Höhlen einfach sprengen. Ein junger Mann, der für die Königstreuen vor Ort geblieben war, um die heiligen Steine zu schützen, war in die Luft gesprengt worden, als er die Sprengladung entdeckte und wegschaffen wollte. Er hatte ihr davon erzählt und ihr ein Foto des jungen Hawaiianers gezeigt, der sein Leben verloren hatte.

Keanu hatte Maja bei dieser Gelegenheit auch begreiflich gemacht, warum er diesen Kampf gegen Windmühlen vermutlich noch viele Jahre lang führen musste.

»Wehren wir uns nicht, dann verkommen unsere Inseln mehr und mehr zu einem stupiden Ferienparadies. Die Kultur der Hawaiianer wird dann für den Rest der Welt aus billigem Touristen-Hula bestehen ... Wir müssen kämpfen, *ipo*! Wir brauchen mehr Presse, mehr Öffentlichkeit und vor allem mehr Mitstreiter!«

Er erhoffte sich auch mehr Mithilfe von Maja, sobald sie ihre Arbeit mit Elisa Vogels permanenter Ausstellung im Roten Haus beendet hatte.

»Mithilfe der wichtigen weltweiten Organisationen, die sich für Kulturerhalt einsetzen, müssen wir endlich mehr Anspruch auf unser eigenes Land durchsetzen. Nur so hat unsere Kultur langfristig überhaupt noch eine Chance ...«

Schweigend sah sie ihm nach dem Frühstück beim Packen zu. »Du musst diesmal länger weg als sonst?«

»Gedankenleserin ...«

»Wie lange genau?«

»Es könnten vier bis fünf Tage werden ...«

»Wo fliegst du hin?«

Manchmal sagte er ihr, auf welche der Inseln er flog, heute tat er es nicht. Es war kurz nach neun Uhr.

»Ich melde mich ...«

Nach einem langen Abschiedskuss startete er sein Motorrad, setzte seinen Helm auf und schlitterte mit einem letzten Winken über den Kies der Baustelle davon.

Bis hinter die Biegung ihrer neuen kleinen Straße folgten ihm Majas Augen, dann erstarb ihr Lächeln. Sie hasste es, wenn er sie allein ließ, und heute war der Abschied noch schlimmer als sonst. Und als sie kurz danach aufräumte, verspürte sie wieder den vertrauten Stich der Eifersucht. Seine Exfreundin würde bei der Aktion dabei sein. Sie waren Partner in der Organisation, so würde es auch bleiben, solange Hawaii für den Erhalt von Kultur und Landbesitz kämpfen musste.

Sie müsse sich damit abfinden, hatte Keanu gesagt und hinzugefügt, Maja sollte sich um eine Freundschaft mit Leilani bemühen, denn seine Ex sei im Grunde genommen eine wunderbare Frau, nur würde sie eben ihre Zeit brauchen, um sich an die neue Situation zu gewöhnen.

Maja hatte nicht widersprochen, dazu hatte sie in den letzten Monaten zu viel Überraschendes dazugelernt. Und sie hatte auch eine deutliche Warnung erhalten, vor jetzt gut sechs Wochen, als sie mit Keanu zusammen auf ihren Wunsch die kleine Insel Ni'ihau besucht hatten. Dort hatte Maja ein merkwürdiges Erlebnis, das sie immer noch beunruhigte.

Ni'ihau lag circa dreißig Kilometer westlich vor der Küste Kauais. Für Tourismus war die Insel gesperrt, da dort nur hawaiische Urbevölkerung lebte. Man brauchte für einen Besuch eine Sondergenehmigung des Besitzers. Aber unter den knapp hundertfünfzig Einwohnern waren einige Kinder, die ihre eigene kleine Schule hatten. Das hatte Maja neugierig gemacht, und Keanu bekam die Erlaubnis, sie mitzubringen. Maja war sehr gespannt, denn auf Ni'ihau lebten die Menschen noch immer wie zu der Zeit, als Elisa in dem Dorf am Wasserfall gelebt hatte.

Auch im Jahr 2011 gab es auf der sichelförmigen Insel weder Elektrizität noch Fernsehen oder Internet, und auch auf andere Errungenschaften der Moderne verzichteten die Einwohner freiwillig, um ihre Traditionen zu pflegen.

Alle dort sprachen hawaiisch und gingen täglich zum Fischen, die Kinder wurden noch so unterrichtet wie im Jahr

1890. Sie lernten, traditionell zu kochen, zu weben, zu tanzen und die einzigartigen Muschelketten zu fädeln, die es nur auf Ni'ihau gab. Die Menschen wollten so leben wie zu Zeiten ihrer hawaiischen Könige und Königinnen, obwohl auch vor ihrer Küste die Fischgründe immer weniger hergaben und die Fischer immer weiter draußen ihre Netze auswerfen mussten.

Auf Ni'ihau fühlte Maja sich schnell in das vergangene Jahrhundert zurückversetzt und musste ständig an Elisa denken. Ob sie wohl einst hier gewesen war?

Keanu hatte sich im Vorfeld verabredet und ließ sich von einem der Männer zeigen, wie man sich in Zukunft auf Ni'ihau vor drohenden Tsunamis schützen wollte. Erst wenige Tage zuvor hatte die Fukushima-Katastrophe alle Inseln alarmiert. Für Kauai, Oahu und auch Ni'ihau hatte es besondere Warnungen gegeben. Die Männer besprachen die möglichen Spätschäden einer Reaktorkatastrophe, wie Maja annahm, denn verstehen konnte sie nur wenige Brocken. Auf Ni'ihau wurde grundsätzlich hawaiisch gesprochen.

Sie ging ein paar Schritte, um die Insel alleine zu erkunden. Im Gegensatz zu Kauais schillerndem Grün und den fruchtbaren Bergen war Ni'ihau eine erdfarbene Felseninsel mit wenig Vegetation. Die traditionell gedeckten Hütten aus Lehm oder Zweigen waren mit Steinmauern umgeben, ein Anblick aus der guten alten Zeit, den es auf Kauai nur noch in den musealen Dörfern für Touristen gab. Hier gab es auch keine Straßen, sondern nur Wege aus roter Erde, die von Hufen und Füßen festgetreten war. Keine Autos oder Motorräder fuhren hier, sondern nur Pferde sah sie.

Es war Mittagszeit, die Sonne stand hoch, doch ein kühler Wind wehte den erdigen Staub durch die Luft, als Maja begann, von dem Dorf Pu'uwai auf einem der roten Wege ins Innere der Insel zu laufen. Sie ging auf die Felsen zu. Um sie herum war es ruhig. Die Kinder hatte Maja zwar in ihrer Zwergenschule kurz besucht, doch dann begann der Unterricht, und sie wollte nicht stören.

Von ihrem erhöhten Standpunkt aus sah Maja jetzt das Boot ablegen, das auch Keanu und sie am Abend wieder abholen würde. Kein einziger Fahrgast war an Bord. Überhaupt war es sehr ruhig auf dieser kleinen Insel, fast schon gespenstisch, da keinerlei Motorengeräusche zu hören waren. Und je weiter sie sich von dem Steindorf entfernte, desto stiller wurde es. Nicht einmal das Meer konnte sie noch hören, kaum ein Vogel zwitscherte zur Mittagszeit. Nur ihren eigenen Atem hörte sie. Die Zeit stand hier auf eine merkwürdige Art still, selbst die Geckos vor ihr auf den roten Felsen bewegten sich wie in Zeitlupe. Oder kam es Maja nur so vor? War es die brennende Frühlingssonne, die ihre Sinne beeinträchtigte?

Um sie herum war es jetzt so still, dass es in ihren Ohren laut wurde. Dann wurde ihr schwindelig, und sie musste sich kurz auf einen der flachen roten Felsen setzen, um sich auszuruhen. Ein Gecko, der anscheinend nicht die geringste Angst vor Menschen hatte, saß zu ihren Füßen, sah sie eine Weile lang neugierig an und verschwand dann unter ihrem Stein im Schatten. Die Sonne brannte und Maja ärgerte sich kurz darüber, keinen Hut oder zumindest ein schützendes Tuch mitgenommen zu haben. Mittlerweile fiel ihr selbst das Sitzen schwer, weil sie so unendlich müde war, dass ihr jetzt immerzu die Augen zufielen. Schlafen, nur schlafen wollte sie und legte sich auf die rote weiche Erde neben dem Stein. Mit dem Gedanken an den Gecko, der ihr doch gewiss nicht über das Gesicht laufen würde, schloss sie ihre Augen. Da begann es. In der Stille glaubte Maja, die Atemzüge eines anderen Menschen zu hören. Kurz darauf fühlte sie Elisas Präsenz dicht neben sich und hörte ein leises Flüstern. Spielte ihre Erschöpfung Maja einen Streich?

»Sei vorsichtig«, sagte das fast unhörbare Flüstern. »Nimm dich in Acht. Du bist keine von ihnen, vergiss das nicht, aber du bist auch keine Weiße ... du musst deine Wurzeln suchen, wenn du deinem Baby ein Zuhause geben willst.« Danach schlief Maja in der sengenden Mittagssonne ein.

Am Nachmittag, auf der Rückfahrt mit dem Boot, hatte Maja bereits einen üblen Sonnenbrand. Doch das war nicht der Grund, warum sie sich kurz vor der Küste Kauais heftig mit Keanu stritt. Er hatte sie wieder einmal damit aufgezogen, dass sie doch sehr deutsch sei, weil sie ihre Wahrnehmungen auf Ni'ihau sofort auf Zukunftstauglichkeit hin analysiert hatte. Vor allem in Bezug auf die Beschulung der Kinder, die zwar Kochen, das Knüpfen von Muschelketten und die traditionellen Tänze lernten, aber wahrscheinlich in der Welt da draußen nur wenig Chancen auf einen Studienplatz haben würden, hatte er sie unnötig scharf zurechtgewiesen, wie sie fand. Und mit einem Mal platzte ihr die Hutschnur, und sie warf ihrem Liebsten im Boot schreckliche Dinge an den Kopf, während der Kapitän taktvoller Weise so tat, als wäre er taub.

Ni'ihau würde ihr wie ein Zoo vorkommen, hatte sie lautstark gegen den Dieselmotor angeschrien. Diese Menschen würden vor der Welt beschützt werden, weil sie Ureinwohner von reinem Blut waren, und das sei Rassismus. Sie wünschte sich von Keanu, er würde sich von solchen Gedanken befreien und tiefer in die Menschen hineinsehen.

»Hättest du dich je in mich verliebt, wenn in meinem Gesicht nicht auch ein guter Anteil polynesisches Blut zu erkennen wäre?«

Er antwortete nicht, sondern sah sie nur voller Mitgefühl an, dann sprach er mit dem Kapitän, und sie lachten. Sicher redeten sie auf Hawaiisch über Hormone und wie irrational schwangere Frauen bisweilen wären. Dann gab der Kapitän

Maja netterweise sein eigenes Käppi gegen die Sonne. Es war höchste Zeit, sie hatte höllisches Kopfweh.

Nach ihrem Ausbruch schwieg sie, ließ die Männer in ihrer geheimen Sprache reden und sah aufs Meer hinaus. Da war ihr, als würden dem Boot Schatten folgen. Mal auf der einen und mal auf der anderen Seite des Bootes glänzte etwas Dunkles im Wasser, Delfine vielleicht. Als sie an dem Leuchtturm von Kilauea vorbeikamen, war der Schatten plötzlich verschwunden.

Spät in der Nacht hatte Maja sich bei Keanu entschuldigt. Sie wusste nicht mehr, was auf dem Boot in sie gefahren sei, es täte ihr leid…

Seitdem hatte Keanu ihr viel über Ni'ihau erzählt. Die Insel war seit 1864 in Privatbesitz und Weiße beschützten dort die alten Traditionen Hawaiis seit nunmehr vielen Jahren. Francis Sinclair hatte die dreißig Kilometer lange und zehn Kilometer breite Insel einst von König Kamehameha V., dem Bruder der letzten Königin von Hawaii, gekauft. Noch heute hatte Ni'ihau einen Beschützer aus der Familie Sinclair, denn es gab immer wieder Vorstöße der Amerikaner, die Insel zu kaufen. Im Jahr 1944 war Ni'ihau bei Kriegsende sogar als Sitz der UN im Gespräch gewesen, war dann aber doch als zu abgelegen verworfen worden.

»Hast du im Roten Haus schon mal etwas von der Schlacht von Ni'ihau gehört? Vielleicht von Sabji oder von Mai?«

Als Maja verneint hatte, erwähnte Keanu einen Vorfall auf Ni'ihau im Zusammenhang mit Pearl Harbor. Ein feindlicher japanischer Pilot war auf der Insel gelandet.

»Elisa hat dabei eine wichtige Rolle gespielt.«

»Dann war Elisa also auf der Insel Ni'ihau?«

»Ja, aber das besprichst du am besten mit den Schwestern im Roten Haus … vielleicht erzählt Mai dir etwas darüber. Jetzt muss ich schlafen.«

Damit hatte er sich von ihr weggedreht und war sofort eingeschlafen, während Maja in dieser Nacht noch lange darüber nachgedacht hatte, wovor Elisa sie eigentlich gewarnt hatte. Sie fühlte sich doch ohnehin nicht wie eine Hawaiianerin.

Am nächsten Morgen, als Maja aufwachte, hatte Keanu ihr einen Zettel hingelegt. Er war Frühstück holen.

Maja ergriff die Gelegenheit und recherchierte Ni'ihau im Computer, doch am Ende ihrer Nachforschungen über die Familie Sinclair war sie enttäuscht. Insgesamt stimmte Ni'ihau sie traurig. Ein reicher Weißer beschützte die letzten echten Hawaiianer auch heute noch vor dem Einfluss der Amerikaner, die immer aufs Neue versuchten, die Kontrolle über die letzte hawaiische Insel zu erlangen. Sogar ein US-Raketenstützpunkt war geplant, konnte aber verhindert werden.

Beim Frühstück sprachen sie erneut miteinander. Keanu war dankbar für die Sturheit der Familie Sinclair, doch seiner Meinung nach mussten die Hawaiianer dringend selber aufwachen, und zwar auch all die, die sich aufgegeben hatten und nur noch in Arbeitslosigkeit und Alkoholismus vor sich hin vegetierten.

»Wir müssen alle erreichen, sonst geht es uns wie den Indianern auf dem amerikanischen Festland, wir verkommen zu einer Touristenattraktion. Das ist aber nicht Kultur! Uns Königstreuen geht es um die echte hawaiische Kultur, unsere heiligen Kultstätten, unseren Landbesitz, aber vor allem auch um unsere Sprache, die gesprochen werden muss. Hier, das habe ich dir aus dem Buchladen in Hanalei mitgebracht ...«

Er legte ihr ein Hawaiisch-Englisches Wörterbuch hin.

»Jeden Tag zehn neue Vokabeln, bitte ... Die Sprache ist die Zunge, ist die Mutter, ist unser Land, sind unsere Götter, bedeutet unsere Freiheit ... Das ist mir wichtig, Maja!«

Danach bekamen sie wieder Streit, denn Maja waren andere Dinge wichtig, die Welt war weit größer als Hawaii, und auf Dauer würde sich niemand in einer Nische verstecken können. Als Deutsche empfand sie seine Idee, Hawaii als eine Inselgruppe der Seligen zu erhalten, sogar absurd.

»Ich will keine Existenz in einer Art von Zoo für unser Kind. Ni'ihau kommt mir würdelos vor ... Menschen unter einer Glasglocke, das sind wir nicht, Keanu, wir müssen uns anderen Kulturen öffnen!«

»Unsere Kultur muss man pflegen, Maja. Und manchmal muss man sie auch erzwingen, indem man Bräuche und Rituale bei den jungen Menschen wieder einpflanzt ... sonst sterben wir aus.«

Immer noch wollte Maja seinen Standpunkt nicht einsehen, weil er sie bis in ihr Innerstes schmerzte.

»Wenn eine Kultur ausstirbt, entsteht etwas Neues ... so war es schon immer. Die Welt kann sich nicht auf die immer gleiche Weise um ihre eigene Achse drehen ... Evolution bedeutet immer Wandel und Veränderung!«

»Wenn du hier auf Hawaii leben möchtest, an meiner Seite, dann musst du zumindest versuchen, mir zu helfen, meine Traditionen zu erhalten und zu pflegen. Bitte, Maja, tu es für unser Kind, lerne Hawaiisch!«

In dieser Nacht hatte Keanu zum ersten Mal seine Hängematte draußen zwischen zwei Bäumen aufgehängt und nicht bei ihr in der Hütte geschlafen. Trotzdem war Maja auch am Tag danach bei ihrer Meinung geblieben und hatte aus Trotz das Hawaiische Wörterbuch kein einziges Mal aufgeschlagen. Erneut hatten sie sich gestritten, diesmal über die Opferhaltung der Hawaiianer, die Maja zutiefst zuwider war.

»Die Amerikaner können aus den Hawaiianern nur dann Amerikaner machen, wenn ihr es auch wollt! Kein Mensch ist gezwungen, den ganzen Tag vor dem Fernseher zu sitzen, dumme amerikanische Serien zu konsumieren und arbeitslos zu sein, von übermäßigem Bier- und Coca-Cola-Genuss einmal ganz abgesehen!«

Doch dazu hatte Keanu ebenso eine Gegenmeinung.

»Für dich ist der Mensch selbst dafür zuständig, seine Verblödung zu verhindern, weil du als privilegierte Weiße in Europa aufgewachsen bist. Dort bekommt man umsonst eine weltoffene Bildung! Und du hast ein Elternhaus, das dich mit einem kritischen Geist beschenkt hat! All das verhindert Verblödung!«

»Und genau deshalb habe ich mir hier die Hacken abgelaufen! Ich würde sogar umsonst Kinder auf Kauai unterrichten, doch man lässt mich nicht ... auch du hilfst mir nicht, obwohl du im Schulwesen arbeitest!«

»Es ist noch zu früh. Unsere Sprache, zudem unsere Tänze, Gesänge und Mythen musst du verstehen und weitergeben können. Was nützt es unseren Kindern hier, eure griechischen Sagen zu lernen? Das hier ist Polynesien! Hier geht es um unsere Kultur. Es geht um unser Fortbestehen, verstehst du?«

Feurige Blicke hatte er ihr entgegengeschleudert, und sie war kurz verstummt, weil sie an ihr Kind denken musste. Wie würde ihm der Spagat zwischen zwei so verschiedenen Welten gelingen? Sie schüttelte energisch den Kopf.

»Eure Isolation ist kein Weg. Hawaii muss sich der Welt öffnen. Eure Kultur müsst ihr mit anderen Kulturen teilen, damit wir alle wachsen und überleben können. Ni'ihau mag paradiesischer Stillstand sein, doch damit könnt ihr eure Kultur nicht retten!«

Er hatte ihr nicht geantwortet, vielleicht, weil er ahnte, dass sie recht hatte.

Nicht zum ersten Mal hatte sie das Gefühl, er ärgerte sich sehr über ihre unterschiedliche Meinung, denn er hatte noch eine weitere Nacht in seiner Hängematte geschlafen. Dabei fand sie es grundsätzlich großartig, was Keanu und seine Freunde taten, nur waren ihr die Königstreuen zu radikal. Außerdem liebte Maja ihre eigene Kultur und ihr Heimatland über alles. Eine ihrer Antworten auf ihre Befremdung über Hawaii war so viel Bayern wie möglich. Als Keanu am nächsten Tag zum ersten Mal von ihr zubereitete Kartoffelknödel mit Schweinebraten aß, regnete es draußen kalte Wassertropfen und in ihrer Hütte heiße Versöhnungsküsse. Bayern und Hawaii mochten sich sehr, zum Glück. Das war ihr erster und letzter heftiger Streit gewesen, sechs Wochen war das jetzt her.

Heute fand Maja beim Aufräumen der Hütte ein schmutziges T-Shirt. Es war wohl von seiner letzten Reise in seinem Rucksack gewesen, aber sie hatte es noch nie gesehen. Das schwarze Hemd mit Blütenaufdruck und dem Schriftzug Honolulu sah aus wie das T-Shirt einer Frau und roch penetrant nach einem Parfum aus süßlichen Blumen.

Sofort stellte sich das Stechen in Majas Herzgegend ein. Warum war sie nur immer so schnell eifersüchtig? War es der Geruch, der in dem T-Shirt hing? Oft, wenn Keanu zurückkam, bemerkte sie diesen Geruch an ihm. Der süße Duft von sonnengeküssten Gardenien, wie Keanu ihr einmal gesagt hatte, war Leilanis Hausmarke. Immer, wenn er aus Honolulu zurückkam, wo ihre Gruppe sich bei Leilani traf, roch er nach ihrer Wohnung. Die weißen Blumen waren Leilanis Markenzeichen, eine halb erblühte Gardenie verwendete sie als Symbol auf Facebook. Der Name ihrer Webseite über kulturelle Inselneuigkeiten für die Jugend Hawaiis lautete *ho'okalakupua,* magische Gardenie. Aber vor allem war es der Duft von Gardenien, der bei Maja inzwischen Übelkeit hervorrief.

Wenn sie ehrlich zu sich selbst war, empfand sie Leilani nach wie vor als Rivalin, obwohl Keanu immer wieder beteuert hatte, es sei nicht so. Er würde nur Maja lieben, sie sei seine Frau.

We are just good friends, ipo, *please believe me ...*

Sogar seine Art zu sprechen hatte sie im Ohr. Doch ihr Herz sagte ihr schon länger die Wahrheit. Leilani liebte Keanu immer noch und wartete darauf, bis Maja in ihrer Beziehung einen entscheidenden Fehler machte.

Hatte sie vielleicht bereits einen nicht wiedergutzumachenden Fehler gemacht, indem sie nicht immer einer Meinung mit ihm war und das deutlich zum Ausdruck brachte? Bisweilen war Maja durch ihre Schwangerschaft zudem gereizt und bestimmt ein wenig ungerecht.

Keanu hatte ihr versichert, er würde auch diesmal in Leilanis Apartment in Honolulu nur übernachten, wenn er auf Oahu nichts anderes zum Schlafen hätte. Aber das schien in letzter Zeit fast immer der Fall zu sein. In ganz Honolulu fand er keine Übernachtungsmöglichkeit. Er war jedes Mal bei Leilani und erzählte Maja stets mit unschuldigem Lächeln, wie nett es bei ihr gewesen sei. Warum waren Männer bloß manchmal so ignorant? Sie spürte doch genau, dass Leilani sich nicht damit abgefunden hatte, Keanu an sie verloren zu haben. Sie war noch kein einziges Mal bei ihnen gewesen, obwohl Maja wiederholt durch Keanu ausrichten ließ, sie würde Leilani sehr gerne kennenlernen. Doch würde Maja an Leilanis Stelle zu ihr kommen? Wahrscheinlich nicht, wenn sie sich noch etwas erhoffen würde. Plötzlich wütend knüllte sie das T-Shirt zusammen und schleuderte es in die Ecke. In diese Bredouille hatte sie sich selbst gebracht. Leilani hatte die älteren Rechte.

Als sie eine Stunde später mit dem Auto in die Stadt fuhr, um Besorgungen zu machen, lag der Wäschesack auf der Rückbank. Er war nur halb voll, eigentlich musste sie nicht waschen, aber sie konnte den süßlichen Geruch nicht länger ertragen. Maja trat auf die Bremse, denn fast hätte sie ein Stoppschild übersehen. Immer noch fuhren ihre Emotionen mit ihr Schlitten.

Als sie über die Kreuzung fuhr und in Richtung Hanalei abbog, versuchte sie ihre Ratio über ihre Gefühle zu stellen. Leilani verunsicherte sie vor allem, weil sie letztendlich aus Deutschland kam. Nie würde sie an das Urhawaiische herankommen, das Keanu und Leilani schon seit ihrer Kindheit teilten.

Lautes Hupen riss sie aus ihren Gedanken. Sie fuhr ihren Wagen so unkonzentriert, dass sie auf die Gegenfahrbahn der kurvigen Küstenstraße nach Hanalei geraten war. Ein alter Mann im klapprigen Lieferwagen brüllte ihr unverständliche Worte hinterher. Sie versuchte, einen kühlen Kopf zu bewahren, aber die Eifersucht hatte sie gepackt wie ein Fieber.

Sie wusste viel über Leilani, weil sie Keanu gelöchert hatte. Die neue Wohnung in Honolulu, zum Beispiel, in die sie vor einigen Monaten alleine eingezogen war, hätte ursprünglich dem glücklich vermählten Paar gehören sollen. Keanu und Leilani, das Traumpaar. Sie seufzte. Und wer hatte Schuld? Eine Frau aus Deutschland, in deren Gesicht ein unbekannter Teil Hawaiis wohnte. Dabei wäre Keanu in Leilanis Familie mehr als willkommen gewesen, aber was noch schlimmer war, er würde es auch in Zukunft immer sein, sobald Maja scheitern würde.

Am schlimmsten war ihr nagendes Gefühl von Machtlosigkeit. Sie wollte nicht bei jeder Gelegenheit nachfragen, ob sie ihre Sache als seine Freundin halbwegs gut machte, da sie ahnte, wie schwierig es auch ab und zu für Keanu mit ihr war. Sie waren nicht *eine Haut*, wie Elisa ihr Gefühl mit Kelii ausdrückte. Dazu kannten sie sich nicht lange genug. Und würde es nicht ihr Kind geben, wäre alles anders gekommen, dessen war Maja sich inzwischen sicher. Das wachsende Lebewesen in ihrem Bauch hatte sie zurück zu Keanu gebracht, nur in seinen Armen fühlte sich ihre Zukunft mit dem Kind richtig an. Und es erinnerte sie jeden Tag daran, warum ein schnelles Aufgeben dieser Beziehung keine Option war. Egal wie locker ihre Freundin Ina das in München sehen mochte, Maja musste von jetzt an für zwei Menschen entscheiden, für sich und ihr Kind. Ihr Kind gehörte zweifelsohne hierher, war ein Teil dieser Inseln, nur bei sich selbst war Maja manchmal nicht sicher. Noch nie hatte sie sich so deutsch gefühlt wie auf Kauai.

Keine zwei Stunden später hatte sich ihre Laune erheblich gebessert. Sie hatte Besorgungen hinter sich, ihre Wäsche roch nicht mehr nach Gardenien, und sie war auf dem Weg in ihr Lieblingscafé in Hanalei. Da klingelte ihr Handy. Es war Mai.

»Hey, when are you coming to Lihue? You have important Mail – it is about Elisa. An official letter ...«

Also fuhr Maja bis nach Lihue zum Roten Haus, obwohl sie das an diesem Tag nicht vorgehabt hatte. Sie suchte einen Parkplatz und stellte dabei zufrieden fest, dass das Gerüst inzwischen von dem alten roten Hafengebäude aus Backsteinen entfernt worden war. Bis auf die Fensterumrandungen war der Anstrich perfekt, das neue Rot wirkte im Sonnenlicht genau so warm und einladend, wie Maja es sich bei der Auswahl vorgestellt hatte.

Zufrieden sah sie sich auch die neuen Museumsschilder mit den zukünftigen Öffnungszeiten an. Elisa Vogels Name würde dort ebenfalls schon bald als eine der permanenten Ausstellungen stehen, dafür hatte Maja sich eingesetzt.

The Elisa Vogel Exhibition – The Life of a German Immigrant

Doch es würde noch eine Weile dauern, bis ihr kleines Museum bereit für die ersten Besucher sein würde. Einiges war ungeklärt, unter anderem auch die endgültigen Besitzverhältnisse des Gebäudes. Nur ein Teil war als Museum gekauft worden, die obere Etage sollte als Privatwohnung verkauft werden, da die ganze Immobilie noch vom Vorbesitzer verschuldet war. Keanu suchte nach einem Käufer.

Ein zweites Mal hatte die Museengruppe, die auf Oahu und Big Island ebenfalls kleinere Museen besaß, die hiesige Eröffnung verschoben. Grund war die unzureichende Renovierung der Toiletten. Das Budget war zu knapp bemessen gewesen.

Keanu vermutete jedoch, es steckte noch mehr hinter den Schwierigkeiten, denn er hatte sich mit seinen Aktivitäten bei den Königstreuen nicht nur Freunde gemacht. Maja klopfte.

»Hallo? Jemand da?« Doch die große schwere Holztüre war verschlossen. Sie sperrte auf und ging zunächst in ihr Büro gleich neben dem Eingang. Von hier aus hatte sie mit einem Scanner, einem großen Drucker und einer guten Internetleitung viele ihrer Recherchen über Elisa Vogel auf professionellere Beine stellen können. Selbst wenn nach wie vor kein Budget für ihre Arbeit gefunden worden war, hatte sie viel neues Material gesammelt, auch über Elisas Rückkehr nach Deutschland kurz vor dem Zweiten Weltkrieg.

Seit Wochen machte Maja jetzt die gesamte Arbeit, da Keanu so gut wie nie hier war. Sein Raum nebenan war immer noch vollgestellt mit Kisten. Doch zumindest waren die Decke und eine der Wände seit letzter Woche frisch gestrichen worden, wie sie zufrieden feststellte.

Majas Büro war schon länger fertig geweißelt und perfekt eingerichtet mit Regalen und einem großen Schreibtisch. Heute stand eine neue rot blühende Hibiskuspflanze auf ihrem Fensterbrett, eindeutig die Handschrift der alten Schwestern. Zusammen mit ihrer Schwester Sabji war Mai die gute Seele des historischen Hafengebäudes. In ungelenker Kinderschrift stand eine Postkarte bei der Topfpflanze.

Sorry for stealing ring and diaries.
my sister didn't mean to.
Sabji just can't help it!
Hope you liked the fotos
and the letters to Elisa ...

Wieder hatte Keanu recht behalten. Es war Mais Schwester Sabji gewesen, die Majas Ring entwendet hatte. Die beiden Schwestern hatten ihnen beim Einzug in das Containerhaus geholfen. Bei dieser Gelegenheit musste Sabji ihren Ring sowie auch ihre beiden Tagebücher mitgenommen haben.

Als Maja kurz darauf den offiziellen Umschlag mit dem Stempel aus Honolulu öffnete, war sie aufgeregt. Endlich hatte die US-Regierung ihre Anfrage beantwortet, sie suchte seit Monaten nach offiziellen Dokumenten über die Eheschließung zwischen Elisa Vogel und ihrem Mann Kelii, fünf verschiedene öffentliche Stellen hatte sie auf den Inseln angeschrieben.

Elisa sollte ursprünglich das Herzstück der permanenten Ausstellung über frühe Einwanderer aus Europa werden, und viele von Elisas Aquarellen, Zeichnungen und auch einige Ölgemälde waren bereits zusammengetragen worden. Doch noch reichte es nicht. Elisa Vogels Leben war in den Augen der Kuratorin aus San Francisco nicht gut genug dokumentiert. Zudem hatte sie angeblich zu ihren Lebzeiten niemals ausgestellt. Auch das recherchierte Maja gerade, da Elisa auf ihrer Reise nach Europa, in den Dreißigerjahren, laut einem Tagebucheintrag einige Bilder im Gepäck hatte.

Doch auf Hawaii hatte Maja bis jetzt nicht einmal ihre Todesurkunde gefunden oder ein Todesdatum, das irgendwo vermerkt worden war. Mai und Sabji, die als Kinder dabei waren, als das Paar für immer zu den Haien schwamm, erinnerten sich nur, dass es eine Vollmondnacht war, vermutlich im Jahr 1947.

Mit einer solchen Angabe konnte die Kuratorin Sarah Bloom jedoch wenig anfangen. Auch interessierte sie sich nicht sonderlich für Elisas Berufung zur Kahuna. Nur Elisa Vogels Zeichnungen und Malereien hatten die spröde Frau begeistern können. Würde es Maja allerdings nicht gelingen, Elisas Leben als Malerin ausreichend zu dokumentieren, würde der Fokus der Ausstellung sich ändern. Die Geschichte der christlichen Missionierung auf Kauai war ein gut dokumentiertes Thema, hatte Sarah Bloom bei ihrem letzten Telefonat angedeutet.

Die Tatsache, dass Elisa Vogel das Rote Haus offiziell mit einer Handvoll wertvoller schwarzer Perlen erworben hatte, war immerhin ein gutes Argument für mehr Ausstellungsfläche für Elisas Kunst gewesen. Zwei der großen unteren Ausstellungsräume waren noch für sie reserviert, und die letzten ihrer präzisen Naturaquarelle wurden gerade gerahmt. Maja liebte diese Arbeiten. Es waren vor allem zarte Pflanzen- und Tierstudien, darunter die Tausend-Nebel-Pflanze, die sie sowohl gezeichnet als auch mit Aquarellfarben festgehalten hatte.

Maja träumte davon, im Roten Haus Elisas gesamte Lebensgeschichte auszustellen, mit Fotos, Briefen, Bildern und Dokumenten, am besten in lückenloser Chronologie. Jedoch waren in dem Umschlag aus Honolulu weder eine Heiratsurkunde noch ein Todesschein. Wieder eine Niete. Doch dafür waren zwei andere alte Dokumente in dem Umschlag.

Das erste offizielle Dokument war auf April 1900 datiert. Es musste eine Kopie aus dem Polizeiarchiv sein und bezeugte die Verhaftung von Kelii wegen des Diebstahls einer schwarzen großen Perle von enormem Wert.

Das zweite Schriftstück war umfangreicher, es war eine Abschrift im Original, ein Urteilsspruch aus dem Gericht von Lihue, datiert im Juni 1900. Das Strafmaß war lebenslänglich.

Das Begleitschreiben war an Maja adressiert. Darin hieß es,

ein Wasserschaden hätte viele der historischen Dokumente leider zerstört, mehr habe man zu den Namen im Archiv nicht finden können.

Zu Fuß ging Maja in ihr Lieblingscafé, in dem sie auch gerne mit Keanu zu Mittag aß. Das Tagesmenü war ein rotes Gemüsecurry mit Kokosnuss und frischer Mango, und sie setzte sich an einen der kleinen Tische.

Während sie aß und das bunte Treiben der Gäste auf sich wirken ließ, tauchten wie aus dem Nichts Bilder auf.

Elisa, die gerade ihre Zwillinge zur Welt gebracht hatte und verzweifelt weinte, als ihr Liebster von den beiden Polizisten und Piet van Ween verhaftet wurde.

Säuglingsgeschrei im Doppelpack. Der wütende Eli, der mit Steinen nach den Polizisten warf. Der höhnisch lachende Piet van Ween. Ein Schlagstock ging erbarmungslos auf die protestierenden Hawaiianer nieder. Stiefel, die zutraten und nackte Haut verletzten, bis Elisa ihren Mann losließ, um Schlimmeres zu vermeiden. Ein kreisendes Paar Alalas kreischte über dem Dorfplatz, während der blutende Kelii an seinen Haaren hinter den beiden Polizisten hergeschleift wurde. Elis schrille Kinderstimme schrie Keliis Namen in den Wind, während die blutende Elisa ohnmächtig zu Boden sank.

Maja zuckte zusammen. Woher kamen diese Bilder? War es wirklich so gewesen? Oder war es wieder einmal ihre Phantasie? Oft fragte sie sich das, wenn sie mit wilden Träumen aus Elisas Leben erwachte.

Zurück an ihrem Schreibtisch war Maja nervös. Sie wünschte sich, Mai oder ihre seltsame Schwester wären im Gebäude, sie kam sich mit einem Mal verloren vor. Waren die Schwestern da, lachten sie oft. Sie hatte Sabji zwar noch nie sprechen hören, aber sie lachte gerne und laut. Mai hingegen plapperte wie ein Wasserfall. Die Schwestern hatten vor Kurzem durch Majas energische Fürsprache auch offiziell die Hausmeisterstelle in dem Hafengebäude übernommen. Jetzt bekamen sie ein staatliches Gehalt, nicht viel, aber sie waren dadurch krankenversichert und hatten einen minimalen Rentenanspruch, denn vor allem Sabji lebte unterhalb der Armutsgrenze.

»Du bist so deutsch!«, lautete Keanus Kommentar, und wieder einmal hatte er über sie gelächelt. Doch Maja hatte darauf bestanden und sämtlichen Papierkram erledigt. Sie mochte diese Schwestern, die gewissermaßen zum Inventar gehörten, angeblich war Mai in dem Gebäude geboren worden. Beide waren um die siebzig, Mai war die Jüngere, rundlich, immer gut gelaunt und redselig, wohingegen Sabji ausgemergelt und meist stumm war. Nur lachen konnte sie ebenso laut und herzlich wie Mai. Beide hatten wilde Zähne, ebensolche Lücken und verschiedenfarbiges Metall im Mund. Sabji hatte zudem auf ihren beiden Armen große Geckos tätowiert und auf der linken Schulter eine Hibiskusblüte. Ihre fast weißen Haare trug sie in einem kurzen Männerschnitt, und ihr Blick war sehr intensiv, sodass Maja bisweilen das Gefühl hatte, von ihren Pupillen regelrecht durchbohrt zu werden.

Sabji saß längere Zeit im Gefängnis, wie sie von Keanu erfuhr. Ihr Ehemann wurde im Schlaf erstochen, man verurteilte sie als einzige mögliche Verdächtige. Ob es stimmte, wusste Keanu nicht. Es gab einen Streit um die gemeinsame Tochter, die daraufhin verschwunden wäre. Sie war dreizehn Jahre alt. Es war ein heikles Thema, und bis heute wusste angeblich niemand, wo diese Tochter abgeblieben war, noch nicht einmal Tante Mai. Sabji hatte ein eher trauriges Leben hinter sich, über dreißig Jahre war sie weggesperrt gewesen.

Seit ihrer Entlassung vor wenigen Jahren lebte Sabji bei Mai. Ihre jüngere Schwester war vielfache Großmutter und verdingte sich auch deshalb in Lihue immer noch als Putzfrau. Zahlreiche Mäuler von Kindern und Kindeskindern hatte sie stets zu stopfen, alle lebten über lange Zeit hinweg oder auch nur ab und zu in ihrem kleinen Haus am Rand von Lihue. In Mais Garten waren meist Zelte aufgestellt, ihre Familie war zahlreich, oft arbeitslos, und Mai war froh, ihre Schwester jetzt auch noch bei sich wohnen zu haben.

»Sabji bringt die Großen und Kleinen auch ohne Worte auf Trab ... ihr tanzen sie nicht auf der Nase herum wie mir ... Sie hat gut aufgepasst, meine Schwester, all die Jahre im Bau. Disziplin! Aaaachtung!«

Lachend sagte Mai es, salutierte wie ein Kadett und klopfte sich nebenbei noch auf die fülligen Schenkel, während sie Sabji anstrahlte. Die Schwestern waren sich sehr nah, man spürte, wie viel Freude sie aneinander fanden.

Im Roten Haus knackte es im oberen Stockwerk, und Maja meinte Schritte zu hören. Doch als sie nach Mai und Sabji rief, kam keine Antwort. Vielleicht kam das Knacken von dem alten Holzgebälk, das sich nach den ausgiebigen Regenfällen wieder zusammenziehen musste, damit versuchte sie sich zu beruhigen. Sobald das Dachgeschoss endlich verkauft war, würde es vom Rest des Hauses abgetrennt werden und war dann nur noch über eine Außentreppe erreichbar. Jetzt hatte Maja wenig Lust, bis unters Dach zu gehen, zumal die obere Treppe nicht fertig renoviert worden war, seit es Streitereien wegen der Kostenübernahme gab. Trotzdem beunruhigte sie das Geräusch.

Um sich auf andere Gedanken zu bringen, sah Maja nach, ob in ihrem Computer Nachrichten beantwortet werden mussten. Es gab einen lustigen Gruß von Ina und Majas Exfreund Stefan. Die Freunde verbrachten mit ihrer alten Clique ein Wochenende in den nahe gelegenen bayerischen Bergen. Maja klickte sich eine Weile durch die fröhlichen Fotos und fühlte sich danach noch einsamer.

In der folgenden Stunde vertiefte sie sich in das historische

Urteil und bemühte sich, jedes einzelne Wort zu entziffern. Die Tinte war teilweise sehr verblasst, doch so viel entnahm sie dem Schriftstück: Kelii war tatsächlich wegen des Diebstahls einer einzigen, ungewöhnlich großen und wertvollen Perle zu einem Leben hinter Gittern verurteilt worden. Beigelegt war die maßgetreue Zeichnung einer Perle, die selbst Maja erstaunte. Sie verstand nicht viel von Perlen, aber diese hier war riesig und musste wirklich äußerst wertvoll gewesen sein. Laut Beschriftung war es eine Tahiti-Perle mit dem wissenschaftlichen Namen *Pinctada margaritifera*, Pfauenperle. Sie recherchierte weiter im Internet. Tahiti-Perlen gehörten zu den größten Perlen der Welt und hatten normalerweise etwa acht bis sechzehn Millimeter Durchmesser. In der westlichen Welt wurden sie durch Kaiserin Eugénie, Ehefrau Napoleons III., berühmt. Diese Perle aber war noch größer als die von Napoleons Frau. Zweiundzwanzig Millimeter Durchmesser stand neben der Zeichnung. Als Besitzerin und auch Bestohlene war Elisas Mutter Clementia eingetragen.

Maja wurde stutzig. Sie wusste, das konnte nicht stimmen, doch hier im Urteil stand es schwarz auf weiß, akribisch mit einer Feder notiert. Das altmodische und nicht ganz fehlerfreie Englisch des Verhaftungsprotokolls besagte das Gleiche. Von vielen Stunden der Befragung vor Ort war die Rede und von der Eindeutigkeit des Geständnisses. Sie legte das Dokument in den Scanner und zog es als pdf-Datei zu den anderen in den Ordner, wobei sie über die ihr bekannten Sachverhalte nachdachte, denn ein von Elisa begonnenes Tagebuch aus dem Jahr 1900 hatte seinen Weg ebenfalls in ihre Hände gefunden. Schon vor Wochen hatte Mai es ihr auf den Tisch gelegt. Das Büchlein sei im Keller des Roten Hauses in einer der alten Kommoden gewesen.

Einige Tagebucheinträge waren unleserlich, von Würmern zerfressen und aufgequollen von Feuchtigkeit, doch andere

Passagen waren gut erhalten. Maja hatte sie sorgfältig abgetippt und öffnete jetzt das entsprechende Dokument in ihrem Computer. Geschrieben in dem Deutsch einer vergangenen Epoche hatte Elisa die Begebenheiten dieses schrecklichen Tages in Worte gefasst. Ein Eintrag hatte Maja besonders berührt. Es ging um Elisas Angst nach Keliis Verhaftung, denn sie fürchtete um sein Leben. Die Einheimischen wurden oft mit Schlägen und Folter zum Reden gebracht, schrieb sie, und vermutete ein Komplott der gefürchteten Missionary Boys.

> *... ich selbst sollte durch Keliis Verhaftung in die Knie gezwungen werden, kann und will aber nicht glauben, dass meine Mutter dahintersteckt ... niemand kann so grausam sein, nicht der eigenen Tochter gegenüber ...*
>
> *... Piet van Ween muss die Perle bei der Seuchenkontrolle des Doktors in unserer Hütte versteckt haben, während ich länger mit dem guten Doktor sprach. Das muss die Antwort sein. Ich glaube nicht, dass der Doktor selbst etwas davon ahnte ... eine charakterlich so niedrig stehende Seele ist er nicht. Piet van Ween hingegen – seine Liste an Höllentaten wird immer länger. Er hatte vermutlich Sorge, der Doktor würde mir den Mord an Keliis Vater anvertrauen, den er zweifelsohne begangen hat.*
>
> *Fried, der neue Mann meiner Mutter, hat die Perle sicherlich ungern zur Verfügung gestellt, und wohlbehalten kam sie inzwischen wieder zu ihm und seiner Frau zurück, möge der Teufel die beiden holen, wenn sie wirklich niederträchtig genug waren, um mein Glück und das Leben meiner Kinder zu zerstören ...*

Hier wurde der Eintrag unleserlich, doch dann ging es weiter.

... am liebsten wäre mir, wenn Gouverneur Janson persönlich hinter der Niedertracht stecken würde, weil er immer noch seinen verletzten Stolz an mir rächen muss. Wenn er mir daher meinen Liebsten nimmt, könnte ich es irgendwie noch verstehen, wenn auch niemals verzeihen ... Ich befürchte, der Richter wird nicht gnädig mit meinem Kelii sein, er ist ein enger Freund des Gouverneurs ...

An dieser Stelle verschwamm Elisas Tintenschrift durch einige Wasserflecken, und die restlichen Seiten dieses Büchleins waren herausgerissen worden.

Wieder sah Maja sich das Dokument der Verhaftung an. Der Vorname der Unterschrift auf dem Papier lautete Johannes. Den Nachnamen konnte sie nicht entziffern, aber es konnte durchaus van Ween sein. Johannes wurde der *kanaka* Kelii nach dem Verhör, das mehrere Stunden dauerte, zur Verwahrung übergeben, das stand dort. Die Stundenzahl des Verhörs war verwischt, es konnten fünf oder acht gewesen sein. Die Befragungswerkzeuge waren einzeln aufgeführt, und die Schäden, die Kelii davontrug, ebenfalls. Drei Finger der linken Hand waren gebrochen worden. Es gab Brandeisenwunden an den Oberschenkeln, zwanzig Striemen am Rücken, sechs davon offen blutende Wunden, hervorgerufen durch Schläge mit einem Stock.

Eine Tür schlug oben im Haus. Maja zuckte zusammen. Doch, da musste jemand sein. Das Geräusch kam eindeutig von dem alten Dachboden, in dem um die Jahrhundertwende die jungen Sklavenmädchen schliefen. Sie wollte in aufkommender Panik die Polizei anrufen, als sie hörte, wie die beiden Schwestern die Treppe hinuntergepoltert kamen. Sie erkannte Mais Stimme.

Wie so oft scherzte die alte Hawaiianerin in hawaiischem Singsang. Sabji lachte ihr raues, kehliges Lachen.

Kurz darauf standen sie in Majas Büro. Nachdem die Schwestern Maja ausgiebig begrüßt hatten, teilten sie ihr einen Beschluss mit. Sabji und Mai hatten die Treppe zum Dachboden notdürftig repariert und dort ein paar Matratzen, Decken und Kissen hingelegt.

»Wir träumen das Rote Haus gesund …«

»Und wie geht das?«

»Ganz einfach«, grinste Mai. »Sabji und ich machen jetzt immer unser Mittagschläfchen dort oben … singen ein altes Kahuna-Lied und rufen das Ha der unglücklichen Mädchen.«

Dann ergriff Sabji ohne jegliche Vorwarnung Majas linke Hand. Sie presste ihre Lippen fest auf den Ring mit dem kleinen Rubin, den sie Maja kürzlich entwendet und auch wieder zurückgegeben hatte. Mai lächelte Maja an.

»Sabji mag deinen Ring … Er erinnert sie an einen Ring, den sie einmal besessen hat. Woher kommt er?«

»Weiß ich nicht genau, mein Vater gab ihn mir zu meinem zwölften Geburtstag. Aber ich glaube, er ist eigentlich ein Geschenk meiner Großmutter und stammte aus Familienbesitz.«

»Das hat man dir erzählt?«

Maja nickte. Der Rubin war in Herzform geschliffen, gefasst war der Stein in Rotgold. Ein zarter Jugendstilring, vielleicht einst zum Anlass einer Verlobung gefertigt, sie wusste es nicht. Ursprünglich hatte sie den zarten Ring am Ringfinger ihrer linken Hand getragen, doch inzwischen passte er nur noch auf ihren kleinen Finger.

Mai schüttelte jetzt missbilligend ihren Kopf über das eigenartige Verhalten ihrer Schwester, da Sabji begonnen hatte, sich auf der Stelle hin und her zu wiegen, so als würde sie ein Baby in ihren Armen halten.

»Kaikua' ana pupule«, schimpfte sie Sabji, was so viel bedeutete wie »verrückte große Schwester …«.

Sabji lächelte. Ihre Augen leuchteten in einem stillen Glück, fast glaubte Maja so etwas wie Zärtlichkeit in ihrem Blick zu erkennen.

Als sie zurück zur Baustelle fuhr, schien die Sonne auf ihr Lenkrad. Ein Strahl traf auf den roten Rubin. Er leuchtete fröhlich.

5. Kapitel

Jansons Reich, 1901–1903

Mehr als ein Jahr war vergangen, seitdem Kelii im Dorf verhaftet und ins Gefängnis von Lihue geworfen worden war. Der Frühsommer brachte die ersten schwülen Winde mit sich, Blumen blühten im Überfluss, die Luft war geschwängert mit süßem verführerischem Duft.

Bereits einige Male hatte Elisa den beschwerlichen Weg nach Lihue auf sich genommen, um Kelii zu besuchen, doch jedes Mal musste sie unverrichteter Dinge ins Dorf zurückkehren, und zwei Mal hatte sie für ihre Sehnsucht nach ihrem Mann sogar einen bitteren Preis bezahlt. Die zarten Zwillinge waren krank geworden, dann war Elisa wochenlang in einer schweren Erschöpfung versunken, weil sie zu früh das Wochenbett verlassen hatte. Amala hatte ihr täglich ihre Verantwortung vorgebetet, um sie zur Vernunft zu bringen. Die Kinder brauchten Elisa, ihr Mann war erwachsen und würde sich selber aus dem Gefängnis befreien. Johannes würde helfen, so etwas war Männersache.

Tatsächlich hatte Elisa nichts erreicht. Stunden hatte sie vor Gefängnismauern ausgeharrt, doch nicht einmal durch die Fensterluken hatte er nach draußen gesehen, obwohl sie all ihre Kahunakünste angewendet hatte. Fühlte er nicht, wie sehr sie sich nach seinem Anblick sehnte?

Ihr Herz wurde krank, ihre Seele schwer vor Kummer, und sie brachte danach im Dorf tagelang keinen Bissen runter, sondern trank nur Wasser. Ihr blieb die Milch weg, sie verlor an

Kraft, und mehr als einmal wünschte sie sich den Tod herbei. Doch so gnädig war ihr Herrgott nicht und auch nicht Pele, denn immerhin hatte Elisa inzwischen die Verantwortung für sechs Kinder, wie Amala ihr täglich sagte.

»*Wahine*, noch dazu eine *Kahuna wahine*, also eine Heilerin zu sein, bedeutet Verantwortung …«

Wären ihre Freunde im Dorf nicht gewesen, allen voran Amala mit ihrer mütterlichen Liebe, hätte Elisa trotz gutem Zureden ihr Krankenlager vielleicht nie mehr verlassen. Alles erschien ihr sinnlos, trist und grau. Doch die Freundin ließ ihr keine Ruhe. Immer neue bittere Tees kochte sie ihr und zwang Elisa, kleine Portionen rohen Fisch und Poi zu essen. Als Elisa endlich wieder zu Kräften kam, wurde ihr erster Spanziergang zum Wasserfall vom halben Dorf begleitet. Die Kinder, allen voran Eli, pfiffen und applaudierten, als seine Mutter es anschließend auch alleine wieder den Berg hinaufschaffte.

Sie war die Kahuna des Dorfes und die Frau des Dorfchefs. Seit Keliis Abwesenheit wurde sie häufiger von den Ältesten um Rat gefragt, denn es waren schwere Zeiten, und das Dorf brauchte sie. Aber die Kinder brauchten Elisa ebenfalls. Die Zwillinge blühten zusehends auf, sobald es ihr wieder besser ging. Obwohl sie eine Milchamme hatten, liebten die Babys es, wenn ihre Mutter lachte und wieder fröhlich war, was allerdings viel zu selten vorkam, wie die Freundin sie schalt.

»Du musst es täglich versuchen, denn das Lachen ist deine beste Medizin, es jagt die schwarzen Geister davon, die wollen, dass du vor Kummer *pupule* wirst …«

Bald bemühte sich das ganze Dorf darum, Elisa mindestens einmal täglich zum Lachen zu bringen. Eli erfand mit Ulani immer neue Geschichten über die Zwillingsgeschwister, wie sie angeblich in den Nächten aufstanden, heimlich im Dorf Vorräte stibitzten und sonstigen Unsinn trieben.

Elua, die Zwei, wie Ulani sie gerne nannte, wären in Wirklichkeit Menehune, Kinder aus dem legendären Zwergenreich. Ulani war eine begabte Erzählerin und nach langer Krankheit letztendlich vollständig genesen. Sie wuchs in sechs Monaten fast einen halben Kopf und feierte ihren elften Geburtstag als ihren letzten Kindergeburtstag.

Amala hatte sie als ihre Wahlenkelin unter ihre Fittiche genommen und bereitete die hübsche Grünäugige auf ihr Leben als junges, begehrtes Mädchen vor. Ulani würde eine Schönheit werden, das konnte man jetzt schon sehen. Einige Jungen aus dem Dorf sahen ihr hinterher, wenn sie mit ihren knospenden Brüsten vom Wasserholen kam.

Von dem, was ihr und ihren Geschwistern widerfahren war und warum sie nach dem Tod der Eltern aus ihrem Dorf ausgestoßen wurden, sprach sie nie, auch nicht, wo das Dorf genau lag. Selbst den Nachnamen der Eltern verschwiegen die Kinder weiterhin hartnäckig. Die drei kleinen Bettler hatten so gut wie nichts bei sich gehabt, als Elisa sie mit Kelii im Hafen auflas. Lediglich ein geknotetes Baumwolltaschentuch, in dem Ulani ihren Schatz, wie sie es nannte, eingeknotet hatte, gab es. Eines Tages kam sie damit zu Elisa.

»Kannst du das lesen, Ma?«

In dem Bündel waren Papiere, mitgenommen und teilweise zerfleddert, doch einiges war lesbar. Ulani konnte durch Elisas Unterricht bereits alle Buchstaben, doch die Schrift auf dem Brief aus ihrem Bündel war schwer zu entziffern. Auch Elisa konnte nicht jedes Wort lesen, doch die Unterschrift ließ ihren Atem stocken. Unter der Nachricht, die nur aus drei Zeilen bestand, stand der Name Gerit Janson.

Sie bat Ulani, ihr das Papier zu geben, und beriet sich mit Amala. In den Zeilen stand, die Dienerin Kiana musste von Gerit Janson entlassen werden, da das Mädchen bei unzüchtigen Handlungen erwischt worden war. Sie sei unbeherrscht und würde die Moral unter der Dienerschaft schwächen. Er empfahl dem Plantagenbesitzer, bei dem Kiana Arbeit suchen würde, das Mädchen bei der Feldarbeit einzusetzen. Das Kind, das sie unter dem Herzen trug, sollte man zu ihm schicken, wenn es ein Junge werden würde, der helle Augen hatte. Amalas Blick wurde finster.

»Ist doch jedes Mal wieder so, oder? Erst vergewaltigen sie die Mädchen, und wenn sie schwanger werden, wollen sie ihre Dienerinnen wieder loswerden …«

»Aber warum? Es heißt, auf Jansons Plantage habe er extra Häuser mit seinen Bastarden und ihren Müttern …«

Amala lachte laut auf. Dann sah sie Elisa an, als wäre sie noch ein unwissendes naives Kind.

»Glaubst du, Janson muss bei seinen Geliebten keine Regeln einhalten? Meinst du, er kann jedes neue geschwängerte Mädchen zu seinen Konkubinen schicken? Da gibt es eine Rangordnung! Wahrscheinlich war Ulanis Mutter noch sehr jung, oder aber sie war einfach zu hübsch. Unsere Prinzessin hier ist wirklich eine Schönheit … das hat sie sicher nicht vom Vater!«

Ulani war inzwischen zurück zu den anderen gegangen, um zu spielen. Ihr Bündel hatte sie liegen lassen. Es waren noch zwei Dokumente darin, wie die Frauen sehen konnten. Und unter den Papieren sah Elisa noch etwas hervorblitzen. Es war ein goldener Ring mit einem kleinen Rubin in Herzform. Als Ulani kam, knotete Elisa das Bündel wieder zu und drückte es ihrer Ziehtochter in die Hand.

»Darauf musst du weiterhin gut aufpassen, Ulani … eines Tages könnte dieser Brief wichtig für dich sein. Vielleicht wissen wir jetzt, wer dein echter Vater ist. Doch selbst, wenn es so sein sollte, ist es noch zu früh, um zu ihm zu gehen. Es könnte gefährlich für uns alle sein. Verstehst du, was ich dir sagen will?«

Ulani nickte und packte ihr Bündel wieder weg. Noch war

sie glücklich im Dorf mit ihren Brüdern, und es würde Jahre dauern, bis das Mädchen den Brief erneut hervorzog.

In diesem Herbst und auch im Winter versuchte Elisa, sich täglich so gut es ging um alle Kinder zu kümmern. Sobald es ihr gesundheitlich besser ging, hielt sie morgens Unterricht in ihrer Familienhütte ab, wenn es regnete. Schien die Sonne, saßen sie nach dem Frühstück unter der Koa-Akazie in der Mitte des Dorfes. Alle Kinder ab Elis Alter wurden unterrichtet. Ihr Sohn würde nun bald sechs werden, und genau wie Ulanis Brüder war er aufgeweckt und wissbegierig. Nach ein paar Stunden wurden die Jungs unruhig, dann durften sie toben und spielen, oft gingen sie zum Wasserfall.

Nachmittags arbeitete Elisa nur mit den älteren Kindern. Ulani hatte nie zuvor eine Schule besucht, war aber von großem Ehrgeiz getrieben und lernte sehr schnell.

»Ich will später Lehrerin werden oder aber eine wichtige Kahuna, so wie du.«

Am Spätnachmittag und am frühen Abend kümmerte sich stets Amala um die Kinder und erledigte auch alle anfallenden Arbeiten für die große Familie.

»Du arbeitest … ich koche!«

Dann sah Elisa im Dorf Patienten, die teilweise aus anderen Gegenden Kauais kamen, oder sogar von den anderen Inseln. Für ihre Konsultationen bekam sie mal zwei Hühner oder einen kleinen Sack Tarowurzeln, aber oft auch wertvollere Gaben, sodass sie zunächst keine der schwarzen Perlen ihrer Mutter gegen Waren eintauschen musste. Elisas Verdienst reichte für alle, und die Freundin war stolz auf sie.

Die Zwillinge wurden im Dorf gehätschelt, man sah in ihnen nach wie vor ein gutes Omen für eine bessere Zukunft. Eli und auch Ulanis Brüder trugen den Jungen und das Mädchen oft stolz wie Pfauen durchs Dorf und gaben an.

»Magische Fähigkeiten haben unsere Elua, wie das legendäre Zwergenvolk … eines Tages wird ihnen die Insel gehören. Sie werden Königin Lili'uokalani befreien … dann gehört Hawaii wieder uns!«

Die vielen Geschichten der Menehune, die sie und Kelii ihrem Sohn Eli von klein auf abends beim Einschlafen erzählt hatten, kamen jetzt in gefilterter Form aus dem Dorf wieder. Vor allem Kämpfe mit bösen Geistern fochten die Zwillinge in Elis Vorstellung aus und brachten unermessliche Schätze in ihr Dorf. Eines Tages fragte Elisa ihn, warum gerade die kleinen Zwillinge solche Helden sein mussten. Sofort füllten sich seine Augen mit Tränen, sie hatte einen Nerv getroffen.

»Ich will meinen Pa wieder. Er ist Kahuna, und du bist Kahuna, trotzdem konnten die Bösen ihn uns wegnehmen … dabei hat er nichts getan! Mein Pa würde nie stehlen! Er ist … er ist doch Ali'i …«

Elisa nickte. Ali'i, Adeliger zu sein, bedeutete dem hawaiischen Volk und auch Eli viel, denn er kam ebenfalls aus einer adeligen Familie. Bei den Ali'i war es normal, Kinder zu tauschen, so war auch Königin Lili'uokalani bei anderen Eltern als ihren eigenen aufgewachsen. Man gehörte zu einer großen Adeligenfamilie, die sich oft schon seit Jahrhunderten als zusammengehörig empfand. Der Einzelne zählte bei Ali'i weniger als die Gemeinschaft. Aber vor allem zählte die Ehre.

»Deshalb müssen deine kleinen Geschwister jetzt schon Helden sein und Abenteuer bestehen?«

Ihr Sohn nickte, und seine Augen leuchteten.

»Zumindest im Traumland … Die Zwillinge sind Menehune. Sie verwandeln eines Tages auch unsere Tarowurzeln in Gold, Ma … Dann fahren wir über den großen Ozean in dein Land. Dort gibt es keine weißen Polizisten, die meinen Pa einfach schlagen dürfen, oder?«

Ali'i wie Kelii und Eli stahlen nicht, sie waren stolz und

würden lieber sterben als ein unehrenhaftes Leben führen. Das waren die Regeln, nach denen Eli schon mit seinen sechs Jahren lebte. Sie strich ihm über die vom Spiel erhitzten Wangen und küsste zärtlich seine Stirn.

»Wo auch immer dein Pa ist, er denkt jeden Tag an dich, und er hat dich lieb ... Weißt du das? Du bist sein Großer, sein erstgeborener Sohn und damit sein Nachfolger ... Aber für Ulanis Brüder musst du ein gutes Beispiel sein. Sie haben weder Vater noch Mutter, und wir wissen nicht, ob sie Ali'i sind. Doch es schadet nicht, davon auszugehen. Kannst du deinen Freunden also ein Beispiel sein, wie man sich als Ali'i verhält? Sie wachsen mit in unserem Klan der *aumakua* auf, und das ist ohnehin eine große Verantwortung ... bald müsst ihr Jungs hinaus zum Riff ...«

Eli nickte ernst. Wie die anderen kleinen Kinder sah er seiner ersten großen Schwimmprüfung mit Nervosität entgegen. Mit Kanus würden sie alle zum Riff gerudert werden, dort mussten sie ins Wasser springen und alleine zum Ufer zurückschwimmen, während die Dorfbewohner sie anfeuerten und die Lieder der Haifischgötter sangen.

Sie schickte ihn zu den anderen zum Spielen, sah ihm aber mit einer gewissen Sorge hinterher. Ihr war klar, dass Eli niemals vergessen würde, was mit seinem Vater geschehen war. Schon jetzt schmiedete er mit Ulanis Brüdern Pläne, wie man die Polizei in Hanalei in Zukunft würde ärgern können.

Sie ermunterte ihren Sohn stets, den Ehrenkodex der Ali'i nie zu vergessen, und hoffte, Elis Zorn würde noch lange in Geschichten und Kinderspielen ein Ventil finden.

»Es ist so weit, sie sind da ... wir können beginnen.«

Der Tag der Taufe der Zwillinge war gekommen. Elisa war froh über die Freude, die das Dorf an den Babys hatte, denn auch für Elisa waren der Junge und das Mädchen fast wie kleine Wunderwesen. Fast von Anfang an waren sie unterschiedlich in Temperament und Aussehen. Der Junge sah europäisch aus und ähnelte Elisa. Das Mädchen hingegen war Keliis Schwester Leilani fast wie aus dem Gesicht geschnitten.

Erst zögerte Elisa, den Kindern überhaupt Namen zu geben, denn sie wollte vorher mit Kelii sprechen, zumindest über die hawaiischen Namen. Sie waren bei den Ali'i überaus wichtig, und eigentlich würde ein Junge wie sein Vater oder Großvater heißen, wenn er kürzlich verstorben war.

Ein Mädchen würde traditionellerweise vielleicht Leilani heißen, wie Keliis Schwester, oder nach seiner Großmutter benannt werden. Elisa fühlte sich aber zu keinem der Namen hingezogen. Schließlich versetzte sie sich sogar mit der Tausend-Nebel-Pflanze in Trance, um Klarheit zu bekommen, doch es kamen ihr stets nur die deutschen Namen in den Sinn, die sie ohnehin schnell gewählt hatte. Kelii würde den Kindern also die hawaiischen Namen geben müssen, sobald er wieder bei ihnen war. Das entschied sie eines Abends mit Amala, denn sie wollte eine baldige Taufe.

»Meine Tochter nenne ich Emma, nach meiner Großmutter, der Mutter meines Vaters. Was meinst du?«

»Kann ich nicht alleine entscheiden … Emma haben wir nicht. Wir haben nur *ena'ena*, das heißt glühend …«

Sie grinste breit, da es für ein Mädchen nicht sonderlich passend wäre, wenn der Name Glühendes oder Glut versprach, doch dann fragte sie die anderen Tutus.

Der Name Emma wurde im Dorf gerne angenommen, er war einfach auszusprechen und gefiel auch Ulani gut. Als Elisa ihr Töchterchen im Wasserbecken unterhalb des Wasserfalls taufte, wurden Ulani und Amala die christlichen Paten, obwohl es dieses Amt bei den Hawaiianern nicht gab.

Johannes war mit Leilani und ihren Kindern aus Lihue zu Besuch gekommen. Johannes legte Elisa ihren kleinen Sohn ans Herz. Als er den Kleinen übers Wasser hielt und Elisa mit ihm das heilige Taufsakrament sprach, musste sie beinahe weinen, so überwältigend war ihre Sehnsucht nach Kelii. Gerd würde ihr Sohn heißen, es war die Koseform von Gerhard, der Namen ihres verstorbenen Vaters, der Johannes' geliebter Patenonkel war. Es schien passend, selbst die Dorfältesten waren zufrieden, zumal die Zwillinge durch Kelii schon sehr bald ihre hawaiischen Namen bekommen würden. Noch wusste man im Dorf nichts von dem vernichtenden Urteil.

Als sie abends auf dem Dorfplatz zusammensaßen und das Taufmahl aßen, das von vielen im Dorf zusammengetragen worden war, spürte Elisa bei Johannes und Leilani Verlegenheit, als der Name von Keliis und Leilanis Mutter fiel. Die Tutu der Zwillinge war zur Taufe eingeladen worden, genau wie Elisas Mutter. Keine von beiden war gekommen.

Leilani entschuldigte sich für ihre Mutter. Sie konnte nicht kommen, schickte aber Geschenke. Für die Zwillinge hatte Lili'uokalani aufwendig gearbeitete Taufbecher aus Silber anfertigen lassen, wie sie auch die Kinder von Johannes und Leilani zu ihrer christlichen Taufe bekommen hatten.

»Und das hier ist für dich ... von Ma.«

Leilani konnte Elisa kaum in die Augen sehen, als sie ihr die alte, schmucklose Schachtel überreichte. In ihr war eine gebrochene Kaurimuschel. Die Alten an der Tafel begannen zu tuscheln, und auch Elisa wusste, was dieses Geschenk bedeutete. Sie sollte sich offiziell von Kelii lossagen und ihn für immer in Ruhe lassen.

»Keliis Urteil wurde bereits vor längerer Zeit verkündigt, wir wollten dir diesen Tag nicht verderben, außerdem versuchen wir es abändern zu lassen ...«, sagte Johannes leise.

Leilanis Stimme war ernst und traurig, als sie aufstand und jetzt laut zu allen versammelten Gästen sprach.

»Mein Bruder, euer neuer Dorfchef, Nachfolger meines Vaters, wurde vom Richter zu lebenslänglichem Zuchthaus verurteilt, obwohl alle wissen, dass Kelii unschuldig ist ...«

Leilani setzte sich wieder hin und ergriff Elisas Hand. In ihren Augen standen Tränen, als sie leise Worte sprach, die Elisa wie Giftpfeile ins Herz trafen.

»Mein Bruder wird sich nie von dir lossagen, eher stirbt er, das weißt du ... Daher musst du es tun. Wenn du sein Leben retten willst, musst du ihn loslassen. Das Band zwischen euch zerschneiden und deine Gefühle dem großen Hai zu Füßen legen, das ist das Mindeste, was du ihm jetzt schuldig bist. Du hast ihm genug geschadet ... bitte töte ihn nicht!«

Tief in der Nacht, als nach der Feier alle Gäste fort waren, die Kinder schliefen und Elisa endlich mit Amala alleine war, nahm sie die Schachtel noch einmal in ihre Hände. Sie öffnete den Deckel und sah sich lange die zerbrochene Kaurimuschel an.

»Was soll ich tun, Amala? Sag es mir!«

Amala hatte viel Respekt vor Keliis und Leilanis Mutter, da sie aus einer im Rang sehr hoch stehenden Ali'i-Familie kam, weshalb sie auch schon seit vielen Jahren im persönlichen Gefolge von Lili'uokalani diente.

»Keliis Mutter liebt ihre beiden Kinder, doch sie liebt unsere Königin noch viel mehr ...«

Amala nahm Elisa die Schachtel energisch ab.

»Sie kennt dich nicht, auch weiß sie nichts über deine tiefe Verbindung zu Kelii und zu uns ... Sie ist keine Kahuna. Der Geist der Kahuna aber hat damals ihren Mann als Kahuna ausgewählt ... und der hat ihren Sohn Kelii als Kahuna ausgewählt. Er ist Kahuna, und du bist Kahuna ... diesen Weg müsst ihr beide bis zu eurem Ende gehen. Das ist meine Meinung. Vergiss also diese dumme Muschel.«

Elisa kannte Keliis und Leilanis Mutter zwar aus ihrer Zeit im Iolani-Palast, als sie ihre Tochter Victoria dort zur Welt gebracht hatte, doch sie waren sich nie nähergekommen. Stets hatte sie das Gefühl gehabt, Keliis Mutter würde sie nicht als Schwiegertochter akzeptieren. In den fünf Jahren auf Maui war sie nie zu Besuch gekommen. Doch auch in ihr Dorf kam sie nicht mehr oft, seit sie bei der Königin diente.

»Ihr Herz lebte auf Oahu und für Lili'uokalani, seit ihr Mann gestorben ist ... Finde dich damit ab, dass die Tutu von Emma und Gerd in Zukunft vor allem für die Königin leben wird. Und sollte sie nach Kauai kommen, dann wird sie mit Leilani und Johannes am gesellschaftlichen Leben teilnehmen und vielleicht ihren Sohn im Gefängnis besuchen ...«

Amala schlang ihre Arme um die traurige Elisa.

»Eure Kinder sind in wilder Ehe geboren, doch eines Tages wirst du mit Kelii den Bund eingehen ... wichtig ist, dass du ihn immer weiterliebst, also vergiss die Kaurimuschel!«

Elisa ließ sich zwar von der Freundin trösten, doch in ihr blieb ein Gefühl von hilfloser Bitterkeit zurück.

»Sie gibt mir die alleinige Schuld dafür, dass ihr Sohn im Gefängnis ist ... »

»Auch kluge Menschen können bisweilen nicht bis über die nächste Welle sehen ... Sieh dir die Kinder an! Die Göttin Pele selbst hat uns Emma und Gerd geschickt!«

Immer machte Amala ihr Mut, wenn sie niedergeschlagen war oder immer wieder auf den Umstand zu sprechen kam, dass auch ihre Mutter nicht zur Taufe gekommen war.

Dann wurde ein Brief gebracht.

Meine geliebte Tochter,
du wirst dich vielleicht wundern, warum ich nicht ein einziges Mal meine Enkelkinder in dem Dorf am Wasserfall besucht habe, in dem du inzwischen lebst. In meinen Kreisen ist das leider völlig ausgeschlossen, mein Mann will noch nicht einmal darüber sprechen. Du hast mich

entehrt, dadurch nimmt auch Fried gesellschaftlichen Schaden, der bis zurück nach Deutschland seine Kreise zieht. Schweren Herzens schreibe ich dir daher diese Worte, die ebenfalls eine Bitte sein sollen. Komm endlich zurück zu mir, Elisa!

Solltest du nicht von deiner Verbindung mit diesem Kriminellen lassen können, so wird die Zeit der Versöhnung erst kommen, wenn du ihm in der Kirche von Lihue vor Gott Dein Jawort gibst und endlich deine Mutterpflichten bei Victoria ernst nimmst …

Es folgte eine längere Beschreibung der kleinen Victoria, die mit Worten endete, die Elisa erneut einen Stich versetzten.

… trotz der seelischen Grausamkeit einer verwirrten Mutter, die sie aus Hörigkeit zu einem Wilden verließ, lebt meine Enkelin in gehobener gesellschaftlicher Stellung. Sei also beruhigt. Deine fehlgeleiteten Gefühle, die von keinem christlichen Gott gesegnet wurden, haben meinem Goldstück bisher nicht schaden können. Doch das entbindet Dich auf Dauer nicht von Deinen Pflichten! Ich habe Dir mein Hochzeitscollier geschenkt, damit Du die schwarzen Perlen sinnvoll einsetzt, auch für anständige Kleidung. Bitte mach mir keine weitere Schande, komme endlich zur Vernunft …

Es folgte ein Absatz über Clementias gesellschaftlichen Verpflichtungen an der Seite ihres adeligen Mannes. Im Winter war eine längere Schiffsreise in die alte Heimat geplant, um die dortige Verwandtschaft ihres Gatten kennenzulernen.

… mir als Mutter und Großmutter bleibt die Hoffnung, dass unser lieber Herrgott einen Lichtstrahl auf meine

Elisa sendet, der sie endlich zur Besinnung kommen lässt.

Mein einziges Kind, dem ich vor einem Vierteljahrhundert unter Schmerzen das Leben schenkte, ist jeden Tag in mein Morgen- und Abendgebet eingeschlossen. Ich bete darum, Elisa möge eines Tages als ehrbare Frau den Weg zu mir zurückfinden. Gott segne mein zweites und drittes Enkelkind.

Deine hoffnungsvolle Mutter

Unterzeichnet war der Brief mit Clementias adeligem Namen. Auf dem Umschlag war ein rotes Lacksiegel. Von den Jungs wurde es intensiv untersucht. »Es stinkt!«, sagte ihr Sohn, nachdem er die Lackreste angekokelt hatte.

Wieder vergingen Wochen. Der tägliche Unterricht wurde um eine Stunde verlängert, auch für die Kleineren. Hatten die Kinder bisher bei Elisa das Lesen und Schreiben gelernt, so kam jetzt das Rechnen dazu. Vor allem Eli machte es großen Spaß. Ulani hingegen liebte das Lesen. Sie konnte nicht schnell genug selber die Buchstaben zusammenfügen, um dann die wenigen Bücher, die Elisa besaß, in ihre Kinderhütte unter dem Baum zu verschleppen. Amala war entzückt über die Fortschritte ihrer Wahlenkelin.

So verging Elisas erstes Jahr ohne Kelii wie im Flug. Auch im Jagen, Fischen, Kochen, Weben und allerlei anderen nützlichen Dingen wurden die Kinder im Dorf unterrichtet. Sie waren in die Gemeinschaft integriert. Zudem hatten sich die Arbeitsbedingungen auf der Vogel-Plantage für die Hawaiianer durch die vielen eingewanderten Chinesen gelockert, die mittlerweile angelernt worden waren. Die Arbeitstage waren weniger lang, einige der Frauen konnten wieder tagsüber im Dorf bleiben, und es gab sogar wieder Schwangere. Auch ohne Kelii war es Elisa gelungen, als Frau des Dorfschefs die eine oder andere Verbesserung umzusetzen. Sie machte ihre Sache mit Amalas Hilfe gut. Dennoch war sie oft schwermütig.

»Wie überaus bedauerlich, dass Kelii das nicht erleben kann …«

Elisa dachte täglich an ihren Mann, und es gab etliche Momente, in denen sie ihn besonders schmerzlich vermisste. An einem der ersten lauen Abende nach dem regnerischen Winter saß sie mit Amala unter der Koa-Akazie. Um sie herum brannten die Feuer auf dem Dorfplatz. Über ihnen in der Baumkrone nisteten in diesem Jahr keine Alalas, sondern ein Pärchen rote I'iwis hatte sich den begehrten Nistplatz erobert. Ihre Jungen waren bereits geschlüpft. Das Fiepen der Kleinen konnte man bis in Elisas Hütte hören.

»Ma, Amala … schaut mal!«

Die Kindergruppe kam auf die Frauen zu. Es war für alle ein großer Spaß, Emma und Gerd in der Mitte vor Freude quietschen zu hören. Mit Engelsgeduld hielt Ulani die Kleinen an den Händen und spannte auch die drei Jungs dazu ein. Beschützt von vielen Händen gelangen den Zwillingen die ersten Schritte, bis sie sich an den Händen der Größeren erschöpft auf ihre Popos fallen ließen.

Später saß Elisa auf der Bank und versuchte mit Ulani, die müden Zwillinge zu den alten Liedern in den Schlaf zu wiegen. Seit den ersten Laufversuchen war Elisas Ziehtochter unersetzlich geworden, und Amala war sehr stolz auf sie.

All das durfte Kelii nicht miterleben. Trotz wiederholter schriftlicher Bitten von Elisa war ihr noch nicht einmal ein einziger Besuch im Gefängnis gestattet worden. Schließlich war sie nicht mit dem Gefangenen Kelii verheiratet. Doch natürlich ahnte sie den wahren Grund für die Dickfelligkeit der Behörde in Lihue.

Eines Morgens, nachdem Elisa sich wieder eine halbe Nacht unglücklich auf ihrem Lager gewälzt hatte, stand ihre Entscheidung fest: Sie würde sich in die Höhle des Löwen begeben, denn Johannes hatte ihr mehrfach mitgeteilt, was Gerit Janson von ihr wollte. Elisa sollte mit ihrer Familie nach Lihue ziehen, um dort auf Jansons prosperierender Plantage im Herrenhaus zu dienen. Der Grund war Victoria.

Zunächst sollte sie probeweise als Gouvernante für Victoria beginnen, eine Aufgabe, die nicht leicht werden dürfte. Victoria galt als schwierig und verwöhnt. Johannes' Sohn Thomas, einst ihr bester Freund, wollte schon länger nichts mehr mit ihr zu tun haben.

»Victoria ist inzwischen sechs Jahre alt, Elisa, wird aber von Janson behandelt wie eine erwachsene Frau. Zu vielen seiner offiziellen Veranstaltung nimmt er sie mit, selbst wenn sie erst weit nach Mitternacht aus der Stadt zurückkehren. Die Kleine schläft vor Erschöpfung oft ein ...«

Zunächst zeigte Elisa keinerlei Mitgefühl. Seit Jahren hatte sie eine Mauer um sich her errichtet, wenn es um Victoria ging. Die Trennung war zu schmerzlich.

»So ist es eben, wenn man einen Gouverneur zum Vater hat und ein reinrassig weißes Kind ist, noch dazu Erbin eines riesigen Vermögens ...«

Elisas Stimme war bitter. Sollte sie als Victorias Gouvernante arbeiten, durfte das Mädchen nicht erfahren, dass Elisa in Wirklichkeit seine Mutter war.

»Kommt nicht infrage ...«

Johannes ließ jedoch in diesem Punkt nicht nach.

»Du musst Janson entgegenkommen ... Die hygienischen Zustände in dem Gefängnis werden immer schlimmer, ich würde sie sogar als katastrophal bezeichnen. Besonders bei den Hawaiianern ... Sie bekommen kaum zu essen, vor allem die Ali'i lässt man spüren, wer die Herren der Inseln sind ...

Kelii hat begonnen, sich im Gefängnis für andere Insassen einzusetzen, weswegen er eine Sonderstellung hat, doch damit ist er auch angreifbar ...«

»Was meinst du damit? Und wieso erzählst du mir jetzt von ihm, obwohl du die ganzen letzten Monate angeblich keinerlei Nachrichten von ihm hattest?«

»Wir haben einen neuen Vertrauten ... er beliefert das Gefängnis mit Nahrungsmitteln, und ab und zu überliefert er für Leilani Nachrichten. Wie gesagt, Kelii hat sich erneut Feinde gemacht. Vergangene Woche hat er eine junge Hawaiianerin vor dem Tod gerettet und dafür von den Wärtern Prügel bezogen ... Wenn wir ihn retten wollen, musst du Janson für dich gewinnen. Bitte, Elisa, tu einfach, was er von dir verlangt ... wenn es dir nicht ganz unmöglich ist.«

Vor ihrem Umzug vom Dorf nach Lihue standen einige Entscheidungen an. Elisa wollte eine der kleineren schwarzen Perlen aus dem Collier ihrer Mutter von Johannes in Geld umtauschen lassen, um ein passendes Haus für ihre Familie zu mieten. Auch musste sie die Kinder für das Leben in Lihue ausstatten. Die vier Großen würden dort eine gute Schule besuchen können, aber der Schulbesuch kostete Geld.

In der Missionarsschule von Lihue war man willens, ihr beim Schulgeld entgegenzukommen, da sie gleich vier Schüler auf einmal unter dem Namen Vogel anmeldete. Als das Lehrerpaar jedoch drei hawaiische Jungs und ein Mischlingsmädchen sah, zeigte die Lehrerin deutliches Befremden.

»Sind das alles ihre Kinder?«

Elisa nickte.

»Und der Vater? Haben diese Kinder einen ... Vater?«

»Sie haben verschiedene Väter, und auch andere Mütter. Ich beschütze diese Kinder, sie wurden mir von Gott anvertraut und werden weiterhin unter meiner Obhut sein.«

Dagegen wagte das Paar nichts zu sagen. Nur war ebenfalls eindeutig, dass Elisa keine verheiratete Frau war, sobald sie freimütig aus dem Fenster deutete, wo Amala mit den Zwillingen wartete.

»Diese beiden habe ich geboren, sie sind aber noch zu klein für die Schulbank ...«

Das Lehrerpaar warf sich alarmierte Blicke zu.

»Und ... und wo ist dieser Vater?«

»Im Moment sitzt er im Gefängnis, aber das wird sich hoffentlich bald ändern ... er ist unschuldig.«

Danach bekam sie kaum Vergünstigungen für ihre Schützlinge und musste eine zweite Perle einlösen, um das Schuljahr im Voraus zu bezahlen.

Ein paar Tage darauf saß Elisa im Büro von Johannes, fest entschlossen, ihren ersten Besuch bei Kelii im Gefängnis durchzusetzen.

»Er bekommt inzwischen Besuch von seiner Schwester! Wieso darf Leilani zu ihm und ich nicht?«

»Weil ihr nicht verheiratet seid, Elisa, wie oft soll ich es dir noch sagen. Auch ich durfte ihn inzwischen besuchen ...«

»Hast du wenigstens eine Nachricht für mich?«

»Nein, Elisa! Und bitte verstehe ihn, denn er bringt dich und die Kinder in Gefahr, wenn er weiterhin auf eine Beziehung mit dir besteht.«

»Warum bin ich dann mit den Kindern hergekommen?«

In ihrer Verzweiflung begann sie in Johannes Kontor auf und ab zu gehen. »Einmal, nur ein einziges Mal muss ich Kelii sehen, sonst sterbe ich vor Sehnsucht.«

»Du wirst ihn sehen, aber du musst es mit Janson selber klären. Er ist der Gouverneur, ihm untersteht das Gefängnis, und er verlangt, dass du ihm zuerst entgegenkommst. Du musst seinem Befehl Folge leisten!«

»Tust du das etwa, folgst du jedem seiner Befehle?«

Johannes senkte seinen Blick, und wie immer spürte Elisa das starke Band zwischen ihnen, das ihr Vater einst gewoben hatte, als er ihn als seinen Patensohn in die Familie brachte. Johannes nickte traurig.

»Ich befolge alle seine Befehle und arbeite Tag und Nacht für Janson, denn er hat mich zu seiner rechten Hand gemacht. Alles, was ich besitze, habe ich seiner Güte zu verdanken.«

»Güte? Du sprichst von Güte?«

»Elisa! Du weißt, wie schwer du ihn damals gekränkt hast. Er wollte dich heiraten, hat um dich geworben! Du hast seinen Stolz verletzt!«

»Er hat mich vergewaltigt und beinahe umgebracht ...«

»Nur, weil du dich ihm widersetzt hast. Janson ist ein Mann, der gewinnen will. Sei klug und gebe nach, bitte ...«

»Aber du sagst selbst, er ist noch nicht einmal ein liebender Vater für Victoria ...«

»Ich habe nur gesagt, deine Tochter braucht dringend die lenkende Hand einer klugen Frau. Seit deiner Rückkehr aus Maui hast du sie nicht einmal gesehen. Es sind anderthalb Jahre vergangen ...«

Unruhig ging Johannes in seinem überhitzten Kontor auf und ab. Die Junisonne brannte heiß durch die Scheiben. Er öffnete die Fenster, doch draußen war es auch nicht kühler. Nur strömte jetzt der süße Blütenduft vom Garten hinein.

Elisa trat zum Fenster. In der Ferne, am Ende der Allee aus blühenden Bäumen, konnte sie das neue Herrenhaus sehen. Janson hatte es extra für sich und seine Tochter bauen lassen. Es sah prachtvoll aus und war noch um einiges größer, als Elisa es sich vorgestellt hatte.

Johannes öffnete den obersten Knopf seines Hemdes und zog seine Jacke aus. Gut sah er aus, dachte sie, männlich und voller Kraft, aber sie sah auch, wie sehr ihn ihre Sturheit quälte. Erneut nahm er sie ins Visier.

»Du musst über deinen Schatten springen, du musst es einfach … für Kelii, für Victoria, für dich … für uns alle!«

Sie schwieg. Wieder ging er auf und ab, diesmal darauf bedacht, ihr nicht zu nahe zu kommen. Ob er sich verziehen hatte, wie er sich ihr gegenüber bei einem ihrem letzten Besuche verhalten hatte? Er hatte sie zum Abschied plötzlich geküsst, unvermittelt und heftig, mitten auf den Mund.

Sie hatte es ihm schon vergeben, wusste sie doch, wie gewogen er ihr im Grunde seines Herzens war. Und die Anziehung zwischen ihnen war von Anfang an da gewesen, als sie sich auf der Plantage von Elisas Onkel zum ersten Mal begegnet waren. Ihre Herzen waren sich nah.

»Woran denkst du?«

Er sah sie neugierig an. Sie vermied seinen Blick und sah weiter aus dem Fenster zu dem prächtigen Herrenhaus hin, das jetzt in der Mittagshitze flimmerte. Ihre Stimme war leise.

»Ich denke an unsere erste Begegnung und an unseren ersten Streit am Strand … Weißt du noch, worum es ging?«

Er schüttelte den Kopf, und sie fuhr fort. »Wir hatten uns darüber gestritten, warum es dir als Mann möglich sein sollte, eine Hawaiianerin zu lieben und sie zu deiner Ehefrau zu machen, während es mir als Frau nicht zustand, Kelii zu lieben. Ich wollte das damals nicht einsehen …«

»Hast du es denn jetzt eingesehen?«

»Es ist zu spät für Einsicht. Als Mutter muss man handeln, und mir bleibt nur der Weg der Gnade. Mein Glück und das Glück meiner Familie liegt in den Händen von Gerit Janson …«

Er war hinter sie an Fenster getreten. Sanft legte er seine Hände auf ihre Schultern, und sie spürte seinen warmen Atem in ihrem Nacken.

»Du schaffst es, Elisa. Du erinnerst dich doch noch, wie verschroben Janson damals war, bevor ihr ... bevor ihr zu der Höhle gefahren seid. Aber er ist eine andere Generation, sogar älter als dein Onkel Paul. Diese älteren Herren könnt ihr Frauen leicht um eure Finger wickeln ... es braucht nur ein wenig Charme. Nie wieder wird er gewalttätig werden, da bin ich mir sicher ... Du musst ihn nur führen.«

Sie nickte langsam. Er atmete hinter ihr erleichtert aus, bevor er sie an den Schultern zu sich herumdrehte.

»Danke, Elisa ... Ich werde dich nicht alleine lassen, sondern an deiner Seite sein. Wollen wir zusammen zu ihm gehen? So könntest du dich gut präsentieren ...«

Elisa trug für ihren Stadtbesuch ein im europäischen Stil hochgeschlossenes Kleid. Ihre Haare hatte sie hochgesteckt, so wie es sich gehörte. An seinem Mienenspiel sah sie, wie sehr sie ihm gefiel. Sie senkte die Augen. Doch das machte sie in seinen Augen nur noch reizvoller.

»Du wirst Janson gefallen ... Das Blau steht dir gut. Und du riechst wundervoll ...«

»Danke. Es ist ein Lavendelparfüm ...«

Mit fast zärtlicher Geste steckte er eine widerspenstige Locke, die sich gelöst hatte, zurück in ihre Frisur.

»Was wäre wohl damals gewesen, wenn ...«

Seine Stimme war leise und zögerlich. Sie wagte nicht zu ihm aufzusehen, aus Angst, er könnte ihr näher kommen und sie würden sich zu etwas hinreißen lassen, das sie später bereuen würden. Schon der eine Kuss war mehr als unpassend gewesen.

»... wenn wir damals ein Paar geworden wären?«

Er griff unter ihr Kinn und zwang sie, ihm in die Augen zu sehen. Auch sie hatte in einer schwachen Stunde darüber nachgedacht, wie ihr Leben aussehen würde, hätte sie Johannes van Ween geheiratet.

»Wären wir je ein Paar geworden, Johannes? Du hast doch Leilani schon geliebt ... sie war schwanger mit Thomas.«

»Du warst frisch verliebt in Kelii ...«

»Vor allem war ich versprochen ... Janson hätte es niemals zugelassen.«

Um die Spannung zu lösen, atmete Elisa aus, doch noch immer konnte sie sich nicht von Johannes lösen. Einen guten Kopf größer als sie lächelte er auf sie herunter.

»Es ist zu heiß hier, findest du nicht ...?«

Er rührte sich keinen Millimeter.

Sie schloss die Augen und lehnte sich für einen Moment an seinen starken Brustkorb. Müde vom Kämpfen wollte sie einfach nur Geborgenheit bei ihm finden. Er roch an ihrem Haar und küsste ihre Augenlider.

»Von dir geht ein Zauber aus, dem kaum ein Mann widerstehen kann. Wie oft denke ich nachts an dich ...«

Er berührte zärtlich ihren Nacken und strich dann an ihrem hochgeschlossenen weißen Kragen entlang, bis seine Finger in das Innere des Stoffes schlüpften und dort ihre feuchte Haut liebkosten.

»Unser Kuss ... als ich dich das letzte Mal küsste ...«

»Es ist nichts geschehen, wofür wir uns schämen müssten.«

»Das weiß ich, aber ich würde mich gerne für etwas Verbotenes schämen, eines Tages, wenn du es auch willst ...«

... und wenn sie zu dir spricht, glaube an sie,
auch wenn ihre Stimme deine Träume zerschmettern kann wie der
Nordwind den Garten verwüstet.
Denn so wie die Liebe dich krönt, kreuzigt sie dich.

Der Prophet, *Khalil Gibran*

6. Kapitel

Leilani, 2011

Majas Herz klopfte aufgeregt im Takt der quietschenden Scheibenwischer, als sich ihr tapferes Auto über die unzähligen Buckel der Straße bis zu dem Parkplatz vor den Höhlen quälte.

Es hatte einen Erdrutsch gegeben. Einen Teil der Straße hatte es komplett weggewaschen, die andere Seite war teilweise beschädigt. Jetzt mussten sich beide Richtungen eine Fahrbahn teilen. Maja hielt kurz an.

Etwas hier stimmt nicht, hämmerte ihr Kopfschmerz, etwas Ungutes wird passieren. Ihre Antennen standen auf Sturm.

Über eine Woche war vergangen, seit Keanu mit seinem Motorrad aufgebrochen war, um sich mit den Königstreuen zu treffen. Ursprünglich sollten es nur ein paar Tage werden, aber ständig gab es neue Verzögerungen, die ihn aufhielten.

Zuerst glaubte er, den Haifischmann auch auf Oahu gesehen zu haben, einmal in der Nähe von Leilanis Wohnhaus in Honolulu, ein zweites Mal in dem kleinen Diner, in dem ihre Gruppe sich öfter zu Besprechungen traf. Er war sich nicht hundertprozentig sicher, wollte Maja keinesfalls unnötig beunruhigen, doch sie hatten einen Freund bei der Polizei von Honolulu alarmiert.

»Falls der Haifischmann bei mir in Oahu ist, so ist das natürlich besser, als wenn er sich bei dir auf Kauai herumtreibt ...«

Maja hatte versucht, in dem Telefonat ebenfalls ein wenig Humor an den Tag zu legen, doch es fiel ihr schwer.

»Am besten wäre es, er würde in der Antarktis irgendwelchen Werwölfen Angst einjagen ...«

»In der Antarktis gibt es keine Werwölfe.«

»Vampire? Yetis, Zombies ...?«

Schweigen am anderen Ende der Leitung. Er wusste, dass es Maja nicht gut ging.

»Du willst, dass ich bei dir bin.«

»Ja, von jetzt bis an mein Lebensende.«

Wieder Schweigen, eine Stille, die viel zu lang für ein frisch verliebtes Paar war, wie Maja fand. Und dann hatte Keanu alleine am gestrigen Tag drei Mal seine Pläne geändert.

Maja war zuerst nervös, dann beunruhigt, und inzwischen hatte sie richtiggehend Angst. Vielleicht war der Haifischmann wirklich wieder hinter Keanu her. Im Roten Haus hatten sie das erste vernünftige Treffen mit der Kuratorin. Frau Bloom war ausnahmsweise zahm und erfreut über die Fortschritte. Nach der Besprechung hatten Mai und Sabji auf Majas Bitten hin ihre alten Kontakte genutzt. Sie musste dringend mehr über den Gefängnisaufenthalt des Haifischmanns herausbekommen. Als Mai nach einigen Telefonaten aufs Festland wieder in Majas Büro stand, war sie fassungslos.

»Wer zum Teufel gibt so viel Geld für einen Verbrecher aus?«

Er war gegen eine sehr große Kaution freigelassen worden, mindestens fünf-, wenn nicht sogar sechsstellig.

»Was haben die vor?«

Genau das hatte Maja auch interessiert. Der betrügerische Immobilienskandal, in den der Haifischmann laut Keanu verwickelt war, hatte Einheimische auf Kauai und auf Oahu und Big Island in den Ruin getrieben.

»Vielleicht will der Haifischmann etwas wiedergutmachen?«, vermutete Mai kurz, aber Sabji schnaubte nur. So recht glaubte auch Mai nicht daran. Sie kannten ihn, seit er ein süßer kleiner Junge war.

»Das ist lange her, es war, bevor seine Mutter *pupule* wurde und in eine Anstalt eingeliefert werden musste, worauf sein Vater sich kurz darauf erschoss.«

Wieder hörte Maja eine traurige Geschichte aus Elisas Familie. Angeblich stammte die Mutter des Haifischmannes in direkter Linie von Elisas Tochter Victoria ab.

»Der Krieg hat sie verrückt gemacht ...«

Hohono, was so viel hieß wie Schweißgeruch oder kleiner Stinker, nannten die Schwestern den Haifischmann, als er in die Pubertät kam. Der Weiße, der Maja in Nizza so viel Angst gemacht hatte, war ein schüchterner Junge gewesen und immer wieder von Verwandten zu Verwandten weitergereicht worden. Sie kannten ihn schon lange als ein entferntes Familienmitglied.

»Auch ich hab ihn mehr als einmal in den Ferien durchgefüttert, das arme *haole*-Kind.«

Doch Mai hatte ihn jetzt schon seit vielen Jahren gemieden, weil er in ihren Augen *kukae* oder höflicher gesagt *lepo* war. Übersetzt bedeutete das so viel wie menschlicher Abschaum, ein Krimineller.

Doch je mehr Maja versuchte, über seine verrückte Mutter und die Verbindung zu Elisa Vogel herauszubekommen, desto nebulöser wurden die Antworten der Schwestern.

»Schlechte Energie. Nicht an ihn denken ...«

»Verdammt!«

Kaum war Majas Wagen angefahren, um nun ihrerseits auf die holprige Straße zu fahren, rutschte sie zur Seite. Der Unterboden schrammte laut über einen hervorstehenden Stein, es war eine waghalsige Schlitterpartie. Ein weiterer harter Schlag auf Metall, ihre Karosserie setzte noch ein, zwei Mal auf, dann erst schaffte sie es auf sichereres Terrain.

Auf dem Plateau angekommen verlangsamte sie ihr Tempo. Wie eine Schnecke kroch sie durch den Regen, verhöhnt vom Quietschen der Wischer. Ihre Anspannung übertrug sich auf ungute Weise auf ihre Fahrkünste, wie sie feststellen musste.

Maja seufzte, als sie eine glitschige Kurve so langsam wie möglich nahm, um den Wagen dann erneut zum Stehen zu bringen. Jetzt war wieder der Gegenverkehr dran.

Der Regen kam wie aus Eimern. In ihrer Hütte wartete ohnehin niemand auf sie, und eigentlich hatte sie alle Zeit der Welt zum Nachdenken. Ein paar Dinge sollte sie vielleicht ändern, wenn sie auf Kauai mit Keanu und ihrem Kind auf Dauer leben wollte. Das hatte ihr Vater ihr gestern geraten, als sie beide Zeit fürs Skypen hatten. Niemand auf der Welt kannte Maja so gut wie er. Sie war ein ausgesprochenes Papakind und erinnerte sich jetzt an seine Worte.

»Stursein alleine reicht nicht, Maja. Keanu muss das Haus auf Applerock genauso sehr wollen wie du … Und er muss auch dich wollen, euer gemeinsames Leben an diesem Ort, der sehr weit außerhalb liegt … Hatte er nicht mit seiner Verlobten ein Leben in Honolulu geplant?«

»Meinst du, das ist es? Ich meine, er ist so wenig bei mir. Ich gebe mir Mühe, aber es ist natürlich jetzt alles anders … Die Baustelle … Dann bin ich oft müde. Mein Bauch wird immer dicker … Ich fühle mich gar nicht mehr sexy, eher wie ein Nilpferd … Dann bin ich oft gereizt und schlecht gelaunt, dann eher Nashorn als Nilpferd…«

Ihr Vater hatte gelacht. »Es ist eine neue Situation für Keanu. Zum liebevollen Mann und auch zum Vater wird man nicht geboren … Gib ihm Zeit, in eure Liebe hineinzuwachsen …«

Maja hatte so getan, als hätte sie wieder mehr Zuversicht, damit sich ihr Paps keine Sorgen machte, doch in Wahrheit war sie verunsichert.

Bei ihrem letzten Telefonat mit Keanu ging es nur noch um den Haifischmann. Nicht ein zärtliches Wort hatte er zum Abschied für sie, und er stellte nicht eine einzige Frage nach ihrem Baby, obwohl sie einen Vorsorgetermin hatte ...

Hatte seine Stimme nicht auch anders als sonst geklungen?

Nie hatte Maja gedacht, dass sie so tief sinken würde, aber als er das Gespräch beenden wollte, musste sie ihm noch die peinlichste Frage der Welt stellen.

»Liebst du mich überhaupt noch ...?«

Schon als sie seinen veränderten Tonfall hörte, wusste sie, dass sie einen schweren Fehler gemacht hatte. Statt ihre Frage zu beantworten, wimmelte er sie kurz angebunden ab.

»Tut mir leid, *ipo*, ich muss los ... wir sprechen, wenn ich bei dir bin, ja?«

Ohne ihre Antwort abzuwarten, hatte er das Gespräch beendet, und sie hatte sich seitdem nicht getraut, ihn noch einmal zu stören.

Doch inzwischen war Maja beunruhigt. Seit gestern Abend hatte Keanu nichts mehr von sich hören lassen und reagierte nicht auf ihre SMS.

Auf seinem üblichen Flug von Honolulu nach Kauai war er nicht. Maja fuhr umsonst im Regen zum Flughafen. Sein Motorrad stand einsam auf dem Parkplatz. Sie hatte bei Island Air nachgefragt, doch die hatten keine Reservierung unter seinem Namen. Jetzt wurde es bereits dunkel. Bald wurde die Straße gesperrt.

»Noch zwei Stunden, dann ist die Straße für die Nacht zu, Lady. Besser vielleicht bei Freunden übernachten ...?«

Man sah Maja die Schwangerschaft an, und der nette Familienvater aus Hanalei war für ihre Straße zuständig. Maja und

Keanu mussten fast bis zum Einstieg in den Na-Pali-Wanderpfad fahren, um zum Applerock zu kommen. Ein paar Hundert Meter weiter hörte die Straße an den schroffen Klippen auf.

»Es wäre klüger, für ein paar Tage nach Hanalei zu ziehen, wirklich. Diese Schlammlawinen sind nicht ganz ungefährlich, vor allem auf Ihrer Baustelle …«

Hier kannte jeder jeden, der Cousin des Cousins deckte Majas Dach, der Bruder der Tutu war für die Erdarbeiten zuständig.

Dieser nette Mann hatte sicherlich recht, dachte Maja, während ihre Reifen tapfer die nächste Biegung der Küstenstraße nahmen. Der Bach, der hier aus den Bergen kam, war durch das Regenwasser auf die doppelte Größe angeschwollen und über seine Ufer getreten. Die Straße stand ungefähr zehn Zentimeter unter Wasser und Schlamm, sodass Majas Wagen schlitterte. Der Regen vor ihren Augen war jetzt ein so dichter Schleier, dass die Wischer überfordert waren. Auch der Wasserfall war gefährlich angeschwollen. An einigen Stellen der Küste hatte es sogar Lawinen gegeben.

Maja musste sich darauf vorbereiten, für ein paar Tage von der Außenwelt abgeschlossen zu sein, und hatte aus Hanalei extra einen Vorrat an Lebensmitteln mitgebracht. Doch vor allem wartete sie auf Keanu.

Als sie endlich die Auffahrt zu ihrem Grundstück hochfuhr, sah sie vor dem halbfertigen Haus durch den dichten Regenschleier zunächst nur ein helles Rot. Dort stand ein Wagen, den sie nicht kannte. War es Keanu? Hatten sie sich am Flughafen verpasst, und er war mit einem Mietwagen gekommen?

Aus dem Auto stieg eine schmale, dunkle Frau, spannte ihren Regenschirm auf und näherte sich Majas Wagen. Ihr Herz raste jetzt wie ein Presslufthammer. Sofort wusste sie, dass sie Leilani vor sich hatte. Ihr Gesicht war wunderschön, das erkannte Maja selbst durch den Vorhang aus Regen. Und sie lächelte!

Vielleicht war es gut, dass sie sich endlich begegneten, vielleicht würde dann auch Keanus Familie Maja gegenüber offener sein, und alles würde ein wenig einfacher werden. Das war Majas Hoffnung, als sie ihr Auto neben dem Jeep von Leilani parkte und ausstieg. Und Hauptsache, Keanu war nichts geschehen! Doch dann würde sie wohl kaum so nett lächeln, die Schöne aus Honolulu.

Kurz darauf war Majas Hoffnung auf eine beginnende Freundschaft mit ihrer Vorgängerin zu einem kläglichen Häufchen zusammengeschmolzen.

Nach einem kurzen Händedruck hatten die Frauen vor dem strömenden Regen in dem Containerzuhause Zuflucht gefunden. Maja setzte Teewasser auf und war froh, das Zittern ihrer Hände überspielen zu können, indem sie Tassen und Zucker zusammensuchte.

Um ihre Unsicherheit zu überspielen, redete sie ununterbrochen, während Leilani steif neben dem Bett stand, dem dominantesten Möbelstück auf den wenigen Quadratmetern, und sich nicht daraufsetzen wollte.

»Ich könnte dir höchstens noch unseren einzigen Stuhl hier anbieten ...«

Maja nahm schnell den Kleiderhaufen herunter, aber Leilani stand immer noch.

»Der Hausbau dauert länger, als wir gedacht hatten. Wir wollten schon vor einigen Wochen einziehen ... Vielleicht ein Glas Wasser, während das Teewasser heiß wird?«

»Ja, vielen Dank.«

Leilani nickte höflich, als sie das Glas entgegennahm, trank aber nicht. Stattdessen sah sie krampfhaft aus dem einzigen kleinen Fenster in die verregnete Bucht. Die schweren Tropfen fielen unaufhörlich auf das Blechdach. Selbst als sie schwiegen, war es laut in der Hütte. Leilani versuchte ein Lächeln.

»In Deutschland ist das Wetter anders. Es muss eine ziemliche Umstellung für dich sein. Keanu sagte, dass du in einer Stadt gelebt hast ...?«

»Ich komme aus München ... dort ist es wirklich sehr schön. Warst du schon einmal dort?«

»Nein, aber Keanu und ich wollten unsere Hochzeitsreise nach Europa machen. Italien, Frankreich, Deutschland ...«

Das Thema war auf dem Tisch. Maja wusste nicht, was sie sagen sollte. So viele Worte fielen ihr ein, aber keins schien passend. Also schwieg sie und machte sich in der kleinen Küche zu schaffen.

Leilani sah wieder zum Fenster raus.

»Was für einen wunderschönen Flecken Insel du geerbt hast. An einem klaren Tag muss es hier traumhaft sein. Wie genau bist du noch einmal mit der Insel verwandt?«

Immer noch hatte Majas Herz nicht aufgehört, nervös zu schlagen. Ihr war, als stünde eine unmittelbare Gefahr bevor. Und ausgerechnet auf diese Frage hatte sie selber noch keine richtige Antwort.

»Mein Vater hat es von seinem Vater geerbt, aber ich habe meinen Großvater nie kennengelernt. Ich kenne nur meine Großmutter, und sie ist Deutsche. Das Paar blieb allerdings nicht zusammen ...«

»Aber was ist mit Namen oder weiterer Verwandtschaft?«

»Ich forsche danach, das hat auch mein Vater schon vor vielen Jahren getan. Bevor ich geboren wurde, verbrachte er mehrere Monate auf der Insel, um herauszufinden, wer seine Verwandten hier sind. Doch es war ergebnislos ... Er ist ein Besatzungskind, es gab nie eine Ehe ... es ist eher traurig.«

Leilani nickte. Noch immer hatte sie sich nicht gesetzt. Zögernd begann sie zu sprechen.

»Es ist gut, dass ich heute zu dir gekommen bin. Keanu will unbedingt, dass wir uns kennenlernen. Er fühlt sich zerrissen … Männer!«

Leilani lachte leise, dann schüttelte sie ihr schwarzes Haar, das schwer und seidig über ihre Schultern fiel.

»Warum hat er uns nicht einfach einmal zusammen zum Essen eingeladen? Aber das hat er sich dann wohl doch nicht getraut …«

Lachend gurrte sie Worte über Männer und ihr notorisch schlechtes Gewissen. Sie seien oft Opfer ihrer Gefühle und wüssten nicht, warum sie welche Entscheidungen träfen. Wieder ein Gurren, danach ein glockenhelles Lachen, begleitet von einem Augenaufschlag, der bei Männern ganz sicher Wirkung zeigte.

»Bei euch beiden war es in Nizza wohl Liebe auf den ersten Blick … Dagegen kann man ja bekanntlich nichts tun. Und wenn dann noch so schnell ein Kind unterwegs ist … Da kann ich dir jetzt nur noch meine Freundschaft und Hilfe anbieten. Ich meine, wenn ich mir das umgekehrt vorstelle, ich verliebe mich in einen Deutschen und muss in München klarkommen, ohne meine Familie, ohne Freunde. Was für ein Horror …«

Das Wasser kochte. Maja bereitete den Tee zu und hörte der schönen Frau mit der kultivierten englischen Aussprache zu. Keine Spur von Pidgin, sondern das Englisch einer Eliteausbildung. Keanu hatte ihr damals erzählt, dass seine Zukünftige große berufliche Pläne hatte.

Bei Leilani stimmte einfach alles, wie Maja feststellen musste. Von der perfekten zierlichen Figur über die lässigen Markenklamotten und die sorgfältig lackierten Fingernägel bis hin zu ihrem verführerischen Lachen, das in ihrer Hütte allerdings merkwürdig deplatziert wirkte.

»Ich empfinde es nicht als Horror … Ich komme gut zurecht … Ich bin ein großes Mädchen, weißt du … und meine Familie und Freunde sind sozusagen immer bei mir.«

Maja zeigte auf den Computer, der jetzt noch auf dem Bett lag, weil sie vorhin versucht hatte, Ina per Skype zu erreichen.

»Wirklich? Da hörte ich von Keanu aber etwas anderes. Es ist ja auch nur natürlich, dass du dich bei uns erst eingewöhnen musst. Einige Leute, die denken, bei uns das Paradies zu finden, ziehen bald wieder fort. Unsere Inseln sind nicht immer einladend gegenüber ... Fremden.«

Maja zuckte bei dem Wort Fremde zusammen. Genau das war ihr Leben lang ein Kummer gewesen, ihr fremdes Aussehen, das ohne Geschichte war. Mit einem Zug leerte sie ihr Wasserglas und stellte es laut auf dem Tisch ab.

»Hat Keanu dir gesagt, dass ich Hilfe brauche?«

»Nein, er hat es anders formuliert. Er sagte, dass es nett wäre, wenn du hier eine Freundin hättest. Er würde sich dann weniger Sorgen machen ...«

Leilani leerte ebenfalls ihr Wasserglas und stellte es ab.

»Männer sind so. Sie mögen ihr Leben lieber unkompliziert. Das kann ich verstehen, denn schließlich hat er zu uns beiden eine Beziehung.«

Während Maja das volle Ausmaß seiner Feigheit begriff, versuchte sie möglichst gelassen zu bleiben. Keinesfalls wollte sie den Eindruck erwecken, ein hilfloses Mäuschen zu sein. Aber in ihr tobte ein Orkan. Die Frauen sollten also untereinander klären, was er nicht klarstellen wollte oder aber konnte, weil ihm schlicht und ergreifend der Mut dazu fehlte. Aber so wie Maja die Situation im Moment einschätzte, bedeutete Leilanis Auftauchen, dass ihre Befürchtung sich bewahrheitet hatte. Keanu hatte immer noch eine Beziehung mit seiner Ex, wahrscheinlich hatten sie auch Sex. Maja musste hart schlucken. Doch dann beschloss sie, reinen Tisch zu machen, hier und jetzt. Sie brauchte die Wahrheit, selbst wenn sie bisweilen höllisch wehtat.

»Warum bist du wirklich gekommen?«

Maja hielt instinktiv ihre Hand schützend über ihr Baby.

»Hat Keanu dich wirklich zu mir geschickt?«

»Na ja, er hat davon gesprochen, dass du vielleicht hier nicht gut alleine klarkommst, mit dem vielen Regen und der gesperrten Straße, wenn er das Wochenende nicht bei dir sein kann ... Und da ich ohnehin in der Nähe meine Großmutter besuche ... Ich dachte, wir beide lernen uns bei dieser Gelegenheit endlich kennen. Schließlich verbringen Keanu und ich wirklich sehr viel Zeit miteinander ... du könntest eifersüchtig werden.«

Leilanis mandelförmige Augen fixierten sie. Maja wurde langsam wütend.

»Hat Keanu das ... genau so gesagt?«

»Na ja, er sagte, du seiest sehr unsicher. Dir wäre sehr wichtig, dass dein Kind gesund auf die Welt kommt ...«

Maja nahm die Teebeutel aus den Bechern mit dem weißblauen bayrischen Rautenmuster. Sie waren das Abschiedsgeschenk von Ina. In den Rauten waren jeweils ein großes und ein kleines Herz, auf einem Becher stand Mama und auf dem anderen Papa. Keanus Kommentar zu den Bechern lautete, Maja und er müssten vielleicht eines Tages noch ein zweites Kind bekommen. Er hätte sich immer zwei Kinder gewünscht. Er hatte sie dabei umarmt und ihr gesagt, wie sehr er sie liebte.

»Zitrone, Milch, Honig? Der Zucker ist noch im Wagen bei meinen Einkäufen ...«

Wie mechanisch machte Maja alles fertig und zwang ihre Hand, ruhig zu bleiben, als sie Leilani ihren Tee reichte.

In der Hütte war die Stimmung zum Schneiden dick. War es nur Majas emotionales Unwohlsein, oder woher kam das warnende Ziehen in ihrem Unterleib? Es konnte nicht gut für ihr Baby sein, dass sie sich auf so engem Raum mit Leilani befand. Allein der süße Geruch ihres Parfüms löste bei ihr leichte Übelkeit aus.

»Ich bin gleich wieder da. Ich hole nur rasch die Einkäufe aus dem Wagen ...«

Maja hatte bereits die Tür geöffnet, als Leilani ihr die Hand auf die Schulter legte.

»Warum willst du mit deinem Kind auf Kauai leben? Ausgerechnet hier, an diesem Ort?«

Maja sah sie irritiert an.

»Warum sprichst du von meinem Kind? Es ist unser Baby, und wir wünschen es uns beide, Keanu genauso sehr wie ich. Ist das so schwer zu verstehen? Oder willst du Zweifel in mir säen? Warum sagst du nicht einfach, was du wirklich sagen willst, nämlich dass du wütend auf mich bist, weil ich dir Keanu weggenommen habe ... Sag es doch einfach!«

Maja hatte ihre Worte nicht mehr unter Kontrolle, zu stark war mit einem Mal die Wut auf die schöne, zierliche Frau, deren Rechte so viel älter waren als ihre.

Leilanis Gesicht wurde hart. Aufgestaute Gefühle brachen aus ihr hervor.

»Allein mein Kommen ist ein Zugeständnis! Ich bin bereit, mit dir zu reden und deine Anwesenheit in Keanus Leben zu akzeptieren, eben weil du sein Kind bekommst. Ich würde es auch so wollen, wenn ich ein Kind von ihm bekäme. Ich würde von dir verlangen, dass du das respektierst! Aber es ist nicht so einfach, wie du denkst. Vielleicht wird es nie einfach sein! Ja, ich war verletzt, eifersüchtig und wütend, weil du dir Keanu einfach genommen hast, ohne darüber nachzudenken, was das für mich und vor allem für meine Familie bedeutet. Das ist rücksichtslos und typisch deutsch, wenn du mich fragst. Wie Elisa Vogel! Auch für sie durfte es keine Regeln geben, keine Gesetze und keinerlei Anstand!«

Maja öffnete den Mund, um etwas zu erwidern, doch Leilani kam ihr zuvor.

»Es ist nicht nur Keanu selbst, den du dir einfach nimmst,

sondern es ist auch dieses Stück Land hier, auf dem du das Glück eurer Familie pflanzen willst. Doch auch meine Familie ist auf Applerock verwurzelt. Wir haben hier vor vielen Jahren etwas sehr Wichtiges verloren ... Die Würde unserer Familie!«

Maja sah fassungslos zu, wie Leilani wütend die Tür aufriss und in großem Bogen in den Regen spuckte.

»Manchmal hasse ich alle *haole*, die je auf diese Insel gekommen sind!«

Auge in Auge standen sich die Frauen gegenüber. Maja war größer, doch Leilani war eindeutig muskulöser. Von Keanu wusste Maja, dass sie seit Jahren Kampfsport machte. Jetzt hatte sie ihre manikürten Hände zu wütenden Fäusten geballt. Maja versuchte, ihre Stimme ein wenig zu dämpfen.

»Ich bin aber nicht nur eine *haole,* und ich will auch nicht, dass du mich so nennst. Durch meinen Großvater besitze ich dieses Stück Land. Ich habe die Urkunde ... wir waren beim Grundbuchamt. Und irgendwie hängt mein Leben mit dem von Elisa Vogel zusammen. Das spüre ich. Und Elisa, sie mag zwar aus Deutschland gekommen sein, doch auch sie hatte hawaiische Wurzeln – in ihrer Seele ... Wie sonst hätte sie hier eine Kahuna werden können, noch dazu eine so verehrte Heilerin? Sie hat doch immer für die Rechte und Kultur der Hawaiianer gekämpft, ihr ganzes Leben lang hat sie dafür große Schwierigkeiten auf sich genommen. Zählt das etwa nicht?«

Leilani musterte sie spöttisch.

»Du bist ja dreister, als ich dachte. Du sprichst von Wurzeln, obwohl du hier noch nicht einmal sechs Monate verbracht hast? Willst du mich auf den Arm nehmen?«

Der Regen prasselte inzwischen stärker, und Maja hatte das Gefühl, einen Fehler gemacht zu haben. Sie hätte Leilani gar nicht reinlassen dürfen. Warum nur hatte Keanu sie zu ihr geschickt?

Da hörte Maja ein Geräusch, das ihr mehr als vertraut war. Diesen Klingelton hatte sie Keanu geschenkt, eine Tonfolge von Johann Sebastian Bach, die nur er auf seinem Handy hatte. Der Klingelton kam jetzt aus Leilanis Umhängetasche.

Blitzschnell griff Maja hinein. Leilani hatte Keanus Handy! Sie ging dran.

»Hallo? Keanu? Nein, ich halte dein Handy in der Hand. Es war in Leilanis Handtasche ... Nein, sie ist bei mir. Ja, in Applerock ...«

Maja hörte ihm zu. Ihr fiel ein Stein vom Herzen, als er ihr erzählte, was geschehen war. Leilani und Keanu hatten sich nach ihrer Ankunft am Flughafen von Kauai wegen Maja gestritten. Jetzt sei er noch im Roten Haus in seinem Büro, doch ein Freund würde ihn nach Hause fahren, bevor die Straße gesperrt war. Alles andere würde Keanu Maja erklären, wenn er bei ihr war.

Als Leilani kurz darauf ging, weil Maja darauf bestand, fielen zum Abschied harte Wort. »So wird niemals eine Freundschaft zwischen uns entstehen«, rief sie Leilani hinterher. »Meine Freunde sind weder intrigant noch manipulieren sie andere, aber vor allem sind sie nicht so verlogen wie du!«

Und Leilani rief Maja, als sie durch den Regen zu ihrem Jeep ging, zu: »Jetzt weiß ich endlich, für was für eine Frau er mich verlassen hat. Ich finde nicht, dass er einen guten Tausch gemacht hat, im Gegenteil!«

Maja knallte ihre Tür. Sie hörte, wie der Jeep wegfuhr, und fragte sich, warum Leilani überhaupt gekommen war, aber auch, warum Keanu Maja nicht gewarnt hatte. Telefone gab es schließlich überall.

»Irgendwann musstet ihr beide euch einmal begegnen, deswegen habe ich ihr wohl ihren Willen gelassen. Sie wollte dich mit ihrem Besuch überraschen, dich so erleben, wie du wirklich bist.«

»Das ist gründlich in die Hose gegangen, jetzt hasst sie mich noch mehr ...«

Fast zwei Stunden waren vergangen, bis Keanu endlich kam. Während Maja mit ihm zu Abend aß, wollte sie mehr über Leilanis Familie wissen. Im Nachhinein war sie unglücklich über ihre erste Begegnung. Auch tat es ihr leid, dass Keanu sich mit Leilani wegen Maja gestritten hatte.

»Streit ist viel zu gefährlich in eurer Gruppe. Ihr müsst doch zusammenhalten, euch aufeinander verlassen können.«

»Deswegen wollte ich ja, dass ihr beide euch versteht und vielleicht sogar befreundet ...«

Über dem Meer war es Nacht geworden. Der Regen hatte aufgehört, und der Wind hatte sich ausnahmsweise gelegt. Erste Grillen zirpten in den Büschen vor der Tür, die sie offen gelassen hatten, um die Frühlingsluft in die Hütte zu lassen. Keanu war seit seiner Rückkehr schweigsam. Maja spürte, wie sehr ihm das zu schaffen machte, was heute geschehen war.

»Aber Leilani hat sich verändert, seit du auf Kauai bist. Zu Anfang hat sie es ganz gut genommen, aber mit dem Baby ... sie wünscht sich auch Kinder. Und sie liebt mich immer noch ...«

»Das hat sie heute gesagt?«

»Sogar vor Freunden ... es war schrecklich. Ich habe sie wohl doch sehr tief verletzt. Heute kam alles hoch ... mir das Handy wegzunehmen, das hat sie nie zuvor gemacht ...«

»Sie wollte mich eben einfach kennenlernen, sehen, dass ich auch nur eine Frau aus Fleisch und Blut bin und kein Engel oder so etwas ...«

Maja hatte sich ihre Gedanken gemacht. »Leilani liebt dich immer noch, und deswegen hasst sie mich. Wahrscheinlich hasst sie dann mein Kind, unser Kind ... und das macht mir Angst.«

»Unsinn, sie ist im Moment eifersüchtig. Aber das gibt sich, wenn sie den Richtigen trifft. Sie hat viele Verehrer, weißt du, auch in unserer Gruppe … Mein Freund Kekoa zum Beispiel würde ihr die Welt zu Füßen legen. Er ist aus einer guten Familie, von reinem Blut …«

Maja war plötzlich gereizt. Dieses Gerede vom reinen Blut ging ihr unsagbar auf die Nerven. Sie räumte den Tisch ab.

»Du musst da auf alle Fälle etwas machen, wenn du möchtest, dass deine Familie mich und unser Kind irgendwann einmal akzeptiert.«

»Mit meiner Entscheidung muss Leilani leben, auch wenn es vielleicht noch dauern wird. Und meine Familie wird ohnehin zu dir stehen, wenn das Baby da ist und wir einen Hochzeitstermin gewählt haben …«

Maja wurde still. Schon öfter hatte er von diesem Termin gesprochen, ganz so, als sei Hochzeit eine Formalität. Doch für Maja gehörte ein bestimmtes Gefühl dazu, und von diesem Gefühl waren sie im Moment ziemlich weit weg.

»Mir tut Leilani auch irgendwie leid …«

»Das muss sie aber nicht. Sie ist eine der besten Partien auf den Inseln, wirklich Maja, mit ihr musst du kein Mitleid haben. Leilani hat sich bisher immer genommen, was sie gewollt hat. Sie ärgert sich nur darüber, dass sie diesmal ihren Willen nicht bekommen hat.«

Doch Maja sah das anders. Die Frau, die sie heute kennengelernt hatte, litt sehr unter ihren Gefühlen. Sie hatte Keanu geliebt und tat es wahrscheinlich immer noch.

»Vielleicht muss ich mich wirklich bei ihr entschuldigen. Sie war mit dir verlobt, ich habe das ignoriert. Ich habe mir einfach genommen, was ich wollte.«

»So siehst du das?«

Er sah ihr prüfend in die Augen. Das Lächeln auf seinem Gesicht war verschwunden, seine Augen sahen traurig aus.

»Unsere Begegnung war meiner Meinung nach Schicksal. Hast du darüber schon einmal nachgedacht? Elisa Vogel hatte starke Kräfte ... Manchmal habe ich das Gefühl, wir werden von ihr gelenkt wie an unsichtbaren Fäden.«

Sie sah ihn unsicher an. Keanu starrte hinaus in die Nacht. Dann stand er auf, machte die Tür zu und hängte ein Tuch vor dem Fenster auf.

»Jetzt kann man uns zumindest nicht mehr beobachten ...«

Als Letztes holte er seine Waffe aus dem Rucksack und legte sie aufs Bett. Maja sah zu, wie er die Waffe überprüfte. Irgendwo in der Nähe ihres Herzens zog es schmerzhaft.

»Er ist hier, nicht wahr? Der Haifischmann ist auf Kauai, und deswegen seid ihr mit dem frühen Flug gekommen?«

Keanu seufzte. »Wir wissen es nicht, doch es könnte sein. Leilani und ich nahmen den ersten Flug, weil ihre Tutu angerufen hat. Du musst wissen, dass die älteste Tante von Leilani auch eine Zeit lang mit dem Haifischmann verheiratet war. Ich meine, er hatte wohl einige Ehefrauen, aber sie hat sich das Leben genommen ...«

»Wegen ihm?«

»Angeblich.«

Keanu zog Maja zu sich, bis sie auf seinem Schoß saß.

»Niemand hier redet gerne über ihn ... es bringt Pech, über Menschen zu sprechen, die ein schlechtes Leben führen.«

»Hast du deshalb dein Motorrad am Flughafen stehen lassen, damit er denkt, du wärst nicht hier?«

»Leilani und ich haben es so beschlossen. Sie ist bei ihrer Tutu am anderen Ende des Tals, um dort aufzupassen. Du musst wissen, dass der Haifischmann nur eins will: Grundbesitz. Er hat Anspruch auf das Erbe an der Küste erhoben, auch auf das Erbe von Leilanis Großmutter. Doch seit Jahren will niemand in der Familie etwas mit ihm zu tun haben. Er wird eines Mordes verdächtigt. Es ist alles recht kompliziert ...«

Maja seufzte und schmiegte sich an ihn.

»Wenn ich die Geschichte von Elisa Vogels Leben ganz kenne, werde ich vielleicht verstehen, wie das alles zusammenhängt. Dann werde ich bestimmt wissen, warum der Haifischmann gerade dich so hasst ...«

»Nicht nur mich, sondern auch meine ganze Familie. Doch mit Leilanis Familie ist er ebenfalls verfeindet ... aber genug der dunklen Geschichten. Die Straße ist gesperrt ... Ich habe dich vermisst, *ipo* ...«

Er hatte begonnen, sie zärtlich zu küssen.

»Du wirst früher oder später alles Wichtige herausfinden, da bin ich mir sicher. Du wirst verstehen, dass die Weißen den Hawaiianern von Anfang an Unglück gebracht haben. Es ist deshalb nicht gut, wenn ein *kanaka* sich mit einer Deutschen einlässt ...«

Maja konnte jeden einzelnen seiner Muskeln im Kerzenlicht erkennen und spürte eine vertraute Hitze in sich aufsteigen. Sie liebte ihn so sehr.

»Schenk mir einen Kuss, *ipo* ...«

Seine Stimme war samtweich, als er an dem Pareo mit der Hibiskusblüte zog, bis sie nackt vor ihm lag. Maja schloss ihre Augen und ließ sich in seine Umarmung fallen. Ich liebe dich, waren ihre letzten Worte, und er erwiderte sie ohne Zögern.

In den frühen Morgenstunden hörte sie die roten Apapane zwitschern, die am Versammlungsfelsen ihre Nester hatten. Keanus Handy, das neben seinem Kopfkissen lag, kündigte vibrierend eine eingehende Nachricht an. Um ihn nicht zu wecken, wickelte sie sich ihren Pareo um und nahm das Telefon mit nach draußen. Es war ein herrlicher Frühlingsmorgen.

Um das Haus dampfte das schillernde Grün der Blätter frisch gewaschen im ersten Licht der Sonne. Die letzten Regenwolken zogen über das blaue Meer davon. Zarte Nebelschwaden aus dem Tal schraubten sich wie Spiralen in den strahlend blauen Himmel. Alles duftete. Die frühe Nachricht kam von Leilani.

Haifischmann war gestern bei meiner Tutu,
wollte mit ihr über sein Erbe sprechen.
Wir müssen reden!
PS: Ich mag Maja. Sie ist ein wenig wie Elisa,
nicht wahr?

7. Kapitel

Zuckerrohr und Peitsche, 1905

»Für Kelii, für Eli, für meine kleine Emma und meinen Gerd, für Ulani und ihre Brüder, für meine ganze Familie muss ich es durchhalten ... ich muss es schaffen, und ich werde es schaffen ...«

Leise sagte Elisa diese Worte vor sich hin, während sie Leilanis abfahrender Kutsche ein letztes Mal zuwinkte. Wie so oft in den letzten Jahren, seit sie auf Jansons Plantage diente, hatte sie sich Rat bei Johannes' Frau geholt. Johannes selber sah sie nur selten, seit sie hier fast täglich arbeitete. Lediglich bei offiziellen Anlässen sprachen sie miteinander. Sie mussten sich vor dem schützen, wovor sie sich beide fürchteten. Sie hegten Gefühle füreinander.

Schweren Herzens begann Elisa, auf dem breiten, sorgfältig gekehrten Weg unter den hohen Bäumen einen Fuß vor den anderen zu setzen. Wieder einmal hatte Janson sich durchsetzen können. Ihre anfängliche Vereinbarung war von einer neuen ersetzt worden. Elisa und ihrer Familie war es bisher gestattet worden, separat in Lihue selber zu leben, wo die Kinder die vergangenen Jahre auf die Schule gegangen waren. Elisa kam jeden Tag pünktlich zur Arbeit, den Weg von zwei Kilometern hatte sie gerne auf sich genommen, manchmal konnte sie auch bei Plantagenarbeitern mitfahren, die ebenfalls in Lihue lebten. Sie hatten ein bescheidenes Quartier gefunden, aus dem Amala ein warmes Zuhause geschaffen hatte. All das sollten sie nun aufgeben, weil Janson es anders wollte.

Elisa sollte von nun an bei ihm im Haus leben. Ihr graute davor. Es hieß, Janson hätte seine Mätresse, eine Französin von zweifelhaftem Ruhm, entsorgt und sei erneut auf der Suche nach einer Ehefrau. Inzwischen war er sechzig Jahre alt, doppelt so alt wie Elisa, aber sein Ruf als rücksichtsloser Schürzenjäger war immer noch in aller Munde. Auch deshalb wollte Elisa keinesfalls in das Herrenhaus ziehen. Egal wie lang und wie hart sie arbeitete, um aus Victoria eine junge Dame zu machen, nachts wollte Elisa bei ihrer Familie sein. Ihre Kinder brauchten sie, umso mehr, da Kelii noch viele Jahre nicht bei ihnen sein würde. Man hatte ihn, zusammen mit einer Gruppe Hawaiianer, nach Oahu verschifft, wo er seine Gefängnisstrafe absitzen sollte. Das Strafmaß war reduziert worden, nachdem Elisa das erste Jahr abgedient hatte, aber sieben weitere Jahre Trennung standen ihnen bevor. Nicht ein einziges Mal hatte Elisa ihn sehen dürfen, aber in ihren Träumen war sie fast jede Nacht bei ihm. Nun jedoch stand ihrer Familie erneut Veränderung bevor, und Elisa graute es. Es war nicht einfach, den Spagat zu schaffen zwischen zwei Welten.

Ihr Leben mit Amala und den Kindern in Lihue war einfach, aber von vielen Freuden geprägt. Sie hatten Anschluss an die deutsche Kirche gefunden, die Kinder sangen dort im Chor, Elisa war im Bibelkreis. Es waren einige Norddeutsche mit dabei, eine Familie aus Bremen war Elisa besonders ans Herz gewachsen. Eine Deutsche in ihrem Alter hatte einen Einwanderer aus Japan geheiratet, der seit Jahren als Schmied für Janson arbeitete. Die vier Kinder waren ebenfalls halbdeutsch, und es waren auch durch die Schule noch viele andere neue Freundschaften entstanden.

Nun aber wollte Janson es anders. Er hatte auf der Plantage eine eigene Schule für seine wachsende Arbeiterschar gegründet, in der Elisa von nun an unterrichten sollte. Da Ulani schon in der obersten Klasse war, sollte sie Elisa assistieren. Ulani war mit ihren fünfzehn Jahren eine echte Schönheit. Ihre grünen Augen zogen viele Verehrer an, und auch Janson war das Mädchen sofort aufgefallen, als er einmal bei Elisa zu Hause war.

»Wie heißt sie? Was kann sie? Wie alt?«

Es war ein entsetzlicher Moment, als Elisa realisierte, dass er das Mädchen zu sich ins Haus holen wollte, als seine persönliche Dienerin. Kurz hatte sie mit dem Gedanken gespielt, Ulani darüber aufzuklären, dass Janson womöglich ihr Vater war, doch Amala war dagegen.

»Mach das arme Mädchen nicht verrückt … nachher kommt es noch auf dumme Gedanken!«

Damit meinte Amala den Reichtum. Mit jedem Jahr häufte Janson ein größeres Vermögen an. Das Geld saß bei ihm so locker, dass ihre Kinder den Arbeitgeber ihrer Mutter nur den Geld-Onkel nannten. Immer hatte er etwas für sie in der Tasche. Ulani war empfänglich, aber auch Eli und Ulanis Brüder, jetzt alle drei über zehn Jahre alt, hielten bei Jansons Besuchen die Hände auf. Sie waren nicht dagegen, auf seine Plantage zu ziehen. Zusammen hatten sie ihr zukünftiges Haus besichtigt. Es war doppelt so groß wie das in Lihue, jedes Kind konnte zumindest eine eigene Kammer bekommen. Zudem hatten sie einen riesigen Garten.

»Da soll ich wohl Gemüse drin anbauen, was?«

Amala war zunächst gegen den Umzug gewesen, doch das schöne neue Haus mit dem Garten war auch für sie sehr verführerisch. Nur Elisa konnte nicht so leicht überredet werden. Victoria war jetzt schon ein verständiges Mädchen, weswegen sie zumindest versuchte zu verstehen, warum ihre geliebte Elisa ihr nicht näher sein wollte.

»Du hast deine eigenen Kinder einfach lieber als mich, nicht wahr?«

Oft hatte Elisa die Wahrheit auf der Zunge gebrannt, doch

sie hatte sie immer wieder hinuntergeschluckt. Ihr Versprechen hatte sie Janson gegeben. Und von diesem Versprechen hing auch Keliis Überleben ab. Janson war in der Sache klar gewesen.

»Victoria ist meine Erbin. Sollte ich noch eine angemessene Frau finden, die ich ehelichen kann, so soll Victoria sie als Mutter annehmen können.«

So war es vor vier Jahren. Doch durch die Verknüpfung unglücklicher Umstände wurde Elisa erneut von Janson umworben. Auf seine schroffe Art hatte er es ihr eines Abends mitgeteilt, als er darauf bestand, sie nach der Arbeit persönlich mit seiner Kutsche nach Lihue zu fahren.

»Es wäre das Vernünftigste, wenn wir beide heirateten, Fräulein Vogel. Es wäre für alle das Beste. Victoria liebt Sie ohnehin wie eine Mutter, Ihre anderen Kinder könnten unsere gemeinsamen Schützlinge sein ... ich würde sämtliche Ausgaben tragen. Sie hätten eine gehobene gesellschaftliche Stellung.«

»Wie großzügig von Ihnen, Herr Gouverneur ... ich werde darüber nachdenken. Vielen Dank für Ihr Angebot.«

Sie siezten sich, wie es sich gehörte. Elisa hatte in den letzten Jahren gelernt, ihr Temperament zu zügeln.

»Solange ich hoffen darf ...«

Galant stieg Janson selber aus, um ihr aus der Kutsche zu helfen. Formvollendet küsste er ihr zum Abschied die Hand.

»Lass mich nicht für immer warten, Elisa ...«

Es war das erste Mal, dass er sie mit ihrem Vornamen angesprochen hatte. Auch das Funkeln in seinen Augen kannte Elisa gut genug, um zu wissen, dass sie dringend Hilfe brauchte. Janson mochte es nicht, wenn man ihm seine Wünsche nicht erfüllte.

Johannes hatte sich für sie eingesetzt, Leilani hatte es versucht, und sogar Elisas Mutter hatte sich eingemischt.

Elisa hatte Fürsprache verdient. In den letzten Jahren hatte sie die wechselnden Launen von Janson ertragen und versucht, seinen Erziehungsvorstellungen nachzukommen, egal wie absurd sie bisweilen waren. Zum Bespiel musste Victoria täglich reiten, obwohl sie panische Angst vor Pferden hatte.

Doch Elisa war eine geschickte Pädagogin. Mit der Zeit wurde aus dem verwöhnten Prinzesschen ein aufgeschlossenes, kluges und wohlerzogenes junges Mädchen und zudem noch eine ausgezeichnete Reiterin. Ihr Vater war stolz auf sie, und auch Elisa stieg in seiner Gunst. Doch jetzt wartete die nächste Hürde. Heute würde das entscheidende Gespräch stattfinden. Da Janson ab morgen für ein paar Tage auf eine Geschäftsreise musste und Victorias Kinderfrau vor Kurzem gekündigt hatte, würde Elisa für drei Nächte im Herrenhaus wohnen. Ihr graute davor. Es war schlimm genug, dort fünf Tage die Woche zum Unterrichten zu sein. Elisa hasste das pompöse Gebäude.

Ihre frisch polierten Lederschuhe knirschten auf dem Kies. Sie waren neu und glänzten noch, auch ein passendes hübsches Kleid trug sie, speziell für den Anlass des heutigen Gesprächs. Leilani hatte darauf bestanden.

In den letzten Wochen hatte Elisa eine weitere schwarze Perle aus dem Collier ihrer Mutter umgetauscht, da ihr Lohn Extraausgaben nicht abdeckte. Sie trug in den letzten Jahren immer einfache europäische Kleidung, oft auch abgetragene Kleider von Leilani, die sie bei der Schneiderin kürzen ließ und ihrer Figur anpasste. Ihre schöne Schwägerin war einen halben Kopf größer als sie.

Vor Janson wollte sie sich heute nicht wegen ihres Aussehens schämen müssen. Sie machte sich nicht viel aus Mode, doch sie hatte sich daran gewöhnt, sich den europäischen Gewohnheiten und vor allem der gängigen Mode anzupassen. Zu Hause bei den Kindern trug sie wie Amala Inselkleidung und lief barfuß. Meine Füße mögen es nicht, in geschnürte Lederschuhe eingezwängt zu sein, dachte sie mit jedem Schritt. Neue Schuhe sind am schlimmsten.

Indem sie sich dem imposanten Herrenhaus mit dem dunklen hohen Dach näherte, spürte sie, wie ihre Hände klamm wurden. Zum Glück hatte Leilani sie gut beraten. Das Kleid, das sie trug, war einfach, aber von elegantem Schnitt. Die Baumwolle in Graublau, die perfekt zu ihrer Augenfarbe passte, war mit einem zarten Spitzenkragen zu einem Tageskleid geworden, das sich auch in einem feinen Salon sehen lassen konnte. Die Schneiderin hatte es extra für sie genäht, der Stoff war eine teure Importware aus England. Elisa sah auf ihre Oberweite herunter, die fest eingeschnürt war, aber dennoch beachtliche Ausmaße hatte. Zwar war ihre Taille wieder so schlank wie vor der Geburt der Zwillinge, aber ihre Brüste waren nie wieder so klein geworden wie in ihrer Jugend.

Das Herrenhaus sah von ferne oft unbewohnt aus, auch jetzt, da die Fensterläden am Nachmittag geschlossen waren. Elisa musste erneut an ihr heutiges Gespräch mit Leilani und Johannes denken. Ausnahmsweise war er zu Hause gewesen. Leilani schlug vor, dass Elisa es sich zumindest überlegen sollte.

»Es gibt keine Frau an Jansons Seite, weil er immer noch auf deine Liebe hofft. Du musst verstehen, dass es ihn schmerzt, wie sehr du dich ihm gegenüber verschlossen hältst, obwohl fast fünf Jahre vergangen sind …«

»Sogar über zehn Jahre sind seit der Nacht in der Höhle vergangen«, sagte Elisa. »Aber ich habe sie nicht vergessen.«

Leilani nickte, sie verstand die Freundin gut.

»Er hat sich verändert, Elisa. Janson hat es nicht nötig, Frauen Gewalt anzutun … Seit er Gouverneur ist, hat er sehr viele Angebote. Manche Frauen würden ihn am liebsten auf der Stelle heiraten …«

»Hat er deshalb gerade seine Mätresse entsorgt?«

»Was meinst du damit – entsorgt?«

»Er soll sie eigenhändig aufs Boot nach Paris gebracht und sie an den Mast gefesselt haben ... so heißt es.«

Leilani sah ihren Mann über den Tellerrand scharf an. Sie schätzte es nicht, wenn er so über seinen Arbeitgeber redete, doch er fuhr unverdrossen fort.

»Man sagt, dass Janson noch fast jeden Abend eine seiner drei Grazien auf der Plantage beglückt ... Er soll inzwischen sechs Kinder mit ehemaligen Arbeiterinnen haben. Sind das ebenfalls bloß Gerüchte?«

Leilani hatte die Stirn gerunzelt und zugegeben, dass das mit den Arbeiterinnen wohl so sei, doch eben nur, weil Janson in tiefster Seele einsam wäre und eine gute Frau wie Elisa an seiner Seite bräuchte, um nicht auf Dauer zu verrohen.

»Denk bitte auch an Victoria. Bald wird sie eine junge Frau sein. Wie soll sie denn ihren Weg finden?«

»Sie wird sich damit abfinden müssen, wer ihr Vater ist. Ein grausamer Gouverneur, ungerecht, selbstherrlich, dazu noch brutal und gemein. Dazu ein Mann, der keinerlei Respekt vor Frauen hat, sondern sich nimmt, wonach es ihm gelüstet ...«

Elisa begann, Jansons Taten aufzulisten, als Johannes sie streng unterbrach.

»Deine Worte sind gefährlich. Auch bei uns haben die Wände Ohren. Ein Gefängnis in Oahu ist kein sicherer Ort. Denk an Kelii, denk an deine Kinder!«

Johannes und Leilani hatten recht. Elisa konnte sich auf Dauer keinen Krieg mit Janson leisten. Ihrem Mann, ihren Kindern und Schützlingen, ebenfalls Amala und ihrem Dorf war sie es schuldig, sich für Frieden und Milde zu entscheiden. Ihren Hass musste sie verbergen.

»Denk immer daran, was unser Herrgott sagt: Vergebung ist der einzige Weg. Andere Frauen mussten noch viel mehr erleiden und müssen es weiterhin jede Nacht in ihrem Ehebett. Die Lust der Männer ist etwas Bestialisches ...«

Leilani war ebenfalls sehr aktiv in der Lutheranischen Kirche von Lihue, an die Elisa sich mit ihrer Familie angeschlossen hatte. Sie war eine leidenschaftliche Christin, und bis zu dem Gespräch über die bestialischen Lüste der Männer hatte Elisa auch stets angenommen, ihr Eheleben sei glücklich und erfüllt. Doch mit der Zeit lernte sie auf die Zwischentöne zu hören. Immer mehr kam sie hinter die Verlogenheit der christlichen Gemeinde.

»Lust ist ein Werkzeug des Teufels ...«

Johannes hatte Elisa die Worte mit einem Zwinkern zugeraunt, als Leilani sich wieder einmal mit Migräne früh von einem gemeinsamen Abendessen zurückgezogen hatte.

»Darin ist sich meine Frau übrigens mit deiner Mutter einig ... Sie reden bei ihren Treffen ausgiebig darüber.«

So erfuhr Elisa, dass Leilani auch gelegentlichen Kontakt zu Elisas Mutter und ihrem Mann Fried pflegte.

»Ich tue das doch vor allem für dich, Elisa! Es ist meine christliche Aufgabe, über die tiefe Kluft, die meine liebe Freundin Elisa vom Rest ihrer Familie trennt, eine Brücke aus Frieden und Vergebung zu bauen ...«

Elisa war Johannes und Leilani dankbar. Außerhalb des Dorfes waren sie in den letzten Jahren ihre besten Freunde. Auch ihretwegen wollte sie sich heute bei dem Gespräch mit Janson Mühe geben.

»Vergib Janson endlich, was er dir angetan hat. Dann kann deine Mutter dich wieder in ihre Arme schließen ... hier!«

Einen Brief von Clementia, versiegelt mit dem adeligen Rot, hatte Leilani ihr beim Abschied in die Hand gedrückt und sie auf beide Wangen geküsst.

»*Ho'opomaika'i, kaikaina!* Sei gesegnet, kleine Schwester.«

Der Brief ihrer Mutter steckte tief in der Tasche ihres ausladenden Rockes. Sie würde ihn erst später öffnen. Auch Johannes hatte ihr heute einen kleinen Talisman zugesteckt. Es war ein Glücksschweinchen, das er vor langer Zeit selber geschnitzt hatte. Er hatte ihr zugezwinkert.

»Weißt du noch?«

Natürlich wusste sie, wie konnte sie es vergessen. An dem Tag, als sie sich unter dem Busch mit den roten Jasminblüten zum ersten Mal länger unterhalten hatten, hatte er sein Schnitzmesser dabei. Mehr als zehn Jahre waren seither vergangen.

Sie war dankbar für die Freundschaft des Paares, doch wirklich glücklich konnte ihre Ehe nicht sein. Würde Johannes sie sonst ebenfalls begehren?

Leilani war eine Schönheit, ihr Wesen so sanft und gütig wie eine Hibiskusblüte im Frühlingswind, doch Johannes war oft gereizt. Obwohl Elisa öfter bei ihnen zu Gast war, kam er ihr nie wieder so nah wie in seinem Kontor, doch Elisa spürte seine Unruhe. Und seit die kleine Rosa auf der Welt war, schien er ihr sogar bisweilen verzweifelt zu sein.

»Auch Rosa wird den Preis unserer Mischehe bezahlen, egal wie oft Leilani betet und wie viele Deckchen sie für den Kirchenbasar bestickt ...«

Johannes und sie hatten darüber gesprochen, wie Kinder aus gemischten Ehen auf Kauai behandelt wurden. Thomas und Elisabeth, die älteren Kinder des Paares, waren in Elis und Victorias Alter, hatten es aber schwerer mit Freunden. Der hübsche Zehnjährige und die kluge Achtjährige gehörten weder zu den Hawaiianern noch zu den Weißen. Ab einem gewissen Alter spielte vor allem Victoria lieber mit Kindern, die so aussahen wie sie. Ihr Vater hatte eine Zeit lang dafür gesorgt. Er wollte vermeiden, dass Victoria Freundschaft mit ihren Halbgeschwistern schloss.

Die Kinder der Plantagenarbeiterinnen wuchsen wild auf

und hatten keinerlei Schulbildung erhalten, einige von ihnen waren schon fast erwachsen. Doch seit seiner letzten Reise aufs amerikanische Festland verfolgte Janson die Idee mit der Schule, die er gründen wollte.

»Wir werfen die Kinder alle zusammen in einen Topf, müssen ihnen ja nicht unbedingt auf die Nase binden, wo sie im Einzelnen herkommen. Aber ich will doch mal sehen, ob es da wirklich einen Unterscheid gibt ... angeblich brauchen die *kanaka*-Kinder doppelt so lang, um etwas zu lernen ...«

Kanaka-Kinder waren weniger wert als die Kinder der Weißen. Obwohl Leilani nie offen mit Elisa darüber gesprochen hatte, war hinter ihrem maskenhaften Lächeln seit Rosas Geburt oft Traurigkeit zu spüren.

Die Kluft zwischen Einwanderern und Insulanern schien inzwischen unüberwindlich. In der Naivität von Elisas Jugend schien sie ein Hügel zu sein, jetzt war sie ein steiniger Berg. Der Rassismus schien ihr allgegenwärtig. In der Kunst, der Musik, der Mode und selbst dem Essen, das die neuen Reichen auf Kauai bevorzugten.

Die Abkömmlinge der frühen Missionare feierten hemmungslos ihre Vorherrschaft. Wer in der feinen Gesellschaft etwas auf sich hielt, gab sich so weiß wie möglich. Es ging so weit, dass Leilani die goldene Haut ihrer Kinder täglich mit einer speziellen Bleichcreme behandelte, um ihre Gesichter mehr wie die der Weißen aussehen zu lassen.

Elisa machte eine kurze Pause, um sich umzusehen. Der neue Gärtner hatte sich Mühe gegeben. Das große Herrenhaus mit den zwei Stockwerken und über zwanzig Zimmern war von einem weitläufigen Park umgeben. Darin standen einige exotische Bäume, aber der europäische Stil setzte sich mehr und mehr durch. Die importierten Zypressen, die frisch gepflanzt waren, mussten ein Vermögen gekostet haben, selbst wenn sie noch klein waren. Italienisch war in diesem Jahr modern. Die Spazierwege mit dem hellen Kies erinnerten Elisa an ihren Lieblingspark in Hamburg. Auch sie waren neu. Doch am aufregendsten waren die neuen Pfauen. Ihr Geschrei hatte Amala und die vierjährigen Zwillinge erschreckt, als sie vor ein paar Tagen hier waren, um ihr zukünftiges Zuhause zu inspizieren. Von den Pfauen war Amala schwer beeindruckt.

Janson hatte zwanzig prächtige Tiere gekauft, einige von ihnen kamen jetzt näher, um sich Elisa genauer anzusehen, und begannen lautstark ihre Ankunft anzukündigen. Die imposanten Vögel waren als zusätzliche Wachen für das Herrenhaus angeschafft worden. Von Dienstboten hatte Elisa erfahren, Janson sei erneut mit einem anonymen Brief bedroht worden.

Schon öfter in den letzten Jahren hatte er Angst, man würde seine Tochter entführen oder gar ermorden. Der oder die Verfasser der anonymen Briefe, die stets mit der Unterschrift *die Königstreuen* unterzeichnet waren, hatten von Gouverneur Janson verlangt, sein Amt aufzugeben, die Insel zu verlassen, aber vor allem aufzuhören, die Insulaner um ihren Landbesitz zu bringen.

Ein besonders schöner Pfau kam direkt auf Elisa zu, schlug sein imposantes Federnrad vor ihr auf und schrie. Instinktiv hielt sie in ihrem Schritt inne. Ein Pfau, so hatte es ihre Kahuna-Meisterin Hoku vor Jahren vorausgesagt, würde auf Elisa zukommen, wenn sie als Heilerin den nächsten Grad der geheimen heiligen Lehre erreichen wird. *Nimm dich in Acht, Elisa. Mit dem Pfauenschrei kommt das Böse, das es erneut zu überwinden gilt.*

Mitten im Park rauschte es heftig in Elisas Ohren. Als würden jede Sekunde Meereswogen über die Wege strömen und ihre Gedanken fortschwemmen wollen, verlor sie jegliches Gefühl für Zeit und Raum. *Finde Lili'uokalani, helfe der Königin und verlasse diesen Ort des Unheils so schnell du kannst.*

Elisas Herz hämmerte schmerzhaft in ihrer Brust. Seit Kelii

nicht mehr an ihrer Seite war, gab es genug Veränderung in ihrem Leben. Sie war zwar eine Kahuna, doch ihre Heilkunst war verboten in der Welt der Weißen. Sie war verbunden mit Kräften, die mächtig waren, doch in den letzten Jahren hatte sie nur noch ihre Familie behandelt. Alles andere war viel zu gefährlich. Sie würde sofort im Gefängnis landen.

Veränderung tut weh, weil du aufgeben musst, was dir vertraut ist. Öffne dich, wenn der Pfau dich ruft, dann stelle dir eine winzige blaue Perle vor, die sich von oben in dein Haupt senkt, und sehe dem Pfau in sein linkes Auge. Danach wirst du für immer eine andere sein.

Elisa ging weiter auf das Haus zu. Die inneren Worte, das wusste sie, kamen von ihrer Lehrerin, der Meisterin der Tausend-Nebel-Pflanze. Doch Elisa wollte sie nicht hören.

Seit die letzte Königin von Hawaii ihre Macht verloren hatte, wurde es immer schwieriger für die Kahuna. Auf den Inseln Hawaiis hatte eine Zeit der Finsternis begonnen. Nicht einmal mit ihren Freunden sprach Elisa über das, was sie in ihren Jahren mit Kelii und Eli auf Maui von den Kahunas gelernt hatte. Ihr Sohn Eli war alt genug, um zu verstehen, warum auch er unbedingt über die geheimen Lehren schweigen musste.

Der schillernde Vogel stand immer noch vor ihr. Er schrie wie ein hungriges Kind, immer wieder, bis in dem Herrenhaus ein Fensterladen aufgeklappt wurde. Ein Dienstmädchen jagte den Pfau mit dem Geklapper von Topfdeckeln fort.

Kurz darauf saß Elisa in der düsteren Eingangshalle mit den schweren Vorhängen hinter den Fensterläden und wartete darauf, von Janson empfangen zu werden.

»Pssst. Psssst.«

Zuerst konnte Elisa im Halbdunkel nicht sehen, woher das Geräusch kam. Dann sah sie die weiße Hand unter der schweren Decke, die über dem langen Tisch bis fast zum Boden reichte.

»Fräulein Vogel!«

»Victoria! Was machst du unter dem Tisch?«

»Ich warte auf Sie ... heimlich. Mein Vater hat mir alles erzählt ... heute hat er es mir gesagt!«

Aufgeregt streckte Victoria ihren Kopf unter der Decke hervor. Dann kam sie heraus. Sie war noch kindlich mit ihrem wilden Lockenkopf. Doch die großen graublauen Augen, umrahmt von dunklen langen Wimpern, sowie das ebenmäßige feine Gesicht verströmten mädchenhaften Liebreiz. Vor allem wenn Victoria lächelte, konnte sie selbst die griesgrämigsten Freunde ihres Vaters aufheitern.

»Mein Vater hat es mir gesagt!«

Victoria hüpfte aufgeregt auf und ab. Etwas Spannendes war geschehen, Elisa musste raten.

»Du bekommst dein neues Pony?«

»Nein, das bekomme ich erst mit zwölf. Da muss ich noch warten. Rate weiter!«

Elisa wusste, Janson hatte ihr vieles versprochen. Sie riet und riet, doch Victoria schüttelte immer wieder den Kopf. Vor Aufregung konnte sie schließlich nicht mehr an sich halten und platzte mit ihren Neuigkeiten heraus.

»Ich bekomme eine neue Mutter! Er hat es versprochen!«

Elisa hielt vor Schreck den Atem an. Was hatte Janson dem Kind versprochen? Elisa bemühte sich, möglichst neutral zu klingen.

»Wann bekommt du denn diese neue ... Mutter?«

»Weiß ich nicht genau, aber es würde nicht mehr lange dauern, hat der Vater heute gesagt. Ich wünsche sie mir schon so lange ... Das wissen Sie doch.«

»Ja, das weiß ich, Victoria. Du hast es mir schon oft erzählt ... Ein bisschen darf sie auch so sein wie ich, deine Wunschmutter, nicht wahr?«

Das Mädchen nickte und schwieg. Wie so oft kam Elisa sich

dem Kind gegenüber armselig vor. Warum hatte sie sich nur damals auf Jansons grausames Spiel eingelassen?

Sollte Victoria je erfahren, was für eine Rolle Elisa in ihrem Leben gespielt hatte, würde sie ihr bestimmt nie verzeihen können.

Mit Elisas Einverständnis hatte man Victoria der Einfachheit halber erzählt, ihre Mutter sei bei ihrer Geburt gestorben. Bei der einen kurzen Begegnung auf dem Hibiskus-Ball war Victoria erst fünf gewesen. Sie nannte auch ihre Kinderfrau damals Mama. Zudem hatte Clementia die Mutterrolle weitgehend übernommen und vorgeschlagen, ihrer Enkelin die Schande zu ersparen. Mit der Geburt der Zwillinge war Elisa offensichtlich durchs Raster gefallen, so sah es zumindest ihre Mutter. Daher erzählte man Victoria ein nettes kleines Märchen über Elisa Vogel, ihre neue Gouvernante.

Elisa hieße zwar Vogel, so wie Clementia, sei aber nur eine entfernte verarmte Verwandte. Das war die offizielle Version, an die sich alle seit Jahren hielten, weil sie es für angebracht hielten.

Die Gouvernante Elisa Vogel hätte den Fehler gemacht, sich an einen *kanaka* zu verschenken, weswegen sie zu bedeutenden gesellschaftlichen Anlässen, wie dem jährlichen Hibiskus-Ball, nie eingeladen wurde.

Victoria war mit diesen Erklärungen zufrieden gewesen, hatte aber über die Jahre immer mal wieder bei Elisa nach weiteren Details gefragt. Stets hatte sie eine kindgerechte Antwort von ihr bekommen, die so wahrhaftig wie möglich war. Von der echten Wahrheit ahnte sie hingegen nichts.

Victoria liebte Elisa sehr, so, wie ein einsames Kind eine Frau liebt, die ihr Wärme und Geborgenheit schenkt, sich um sie kümmert und über mehr als vier Jahre zuverlässig in ihrem Leben eine Rolle spielt. Dafür, dass es auch so blieb, hatte Elisa viel auf sich genommen. Janson hatte sie immer wieder gedemütigt, ihr damit gedroht, Kelii für immer verschwinden zu lassen und sie mit zusätzlichen Arbeiten beladen, bis sie vor Erschöpfung beinahe zusammengebrochen war. Erst im letzten Jahr war es besser geworden, warum, wusste Elisa nicht. Sie nahm alles hin, weil sie keine Wahl hatte. Sie hatte versprochen, all die, die sie liebte, zu beschützen.

Und Elisa liebte auch Victoria mehr und mehr. Es waren gute Jahre. In dieser Hinsicht war sie Janson sogar dankbar. Sie hatte ihre Tochter lieben und halten dürfen, über Jahre hinweg, und sehr viel aufgeholt. Ihre Älteste war ihr ans Herz gewachsen. Und auch Victoria liebte Elisa.

»Sie sehen heute sehr hübsch aus, Fräulein Vogel.«

»Danke, Victoria, du ebenfalls ... das neue Kleid, das wir dir ausgesucht haben, passt gut zur Farbe deiner Locken.«

»Und Ihr Kleid passt gut zu Ihren schönen Augen!«

Gegenseitig machten sie sich noch ein paar Komplimente und lachten dabei, wie sie es oft taten, wenn sie alleine waren. Sie lächelten sich an, weil sie sich mochten.

»Weißt du noch, als du klein warst ...«

Dieses Spiel mochten sie besonders. Es war anfangs nicht so, dass Victoria und Elisa sich besonders leiden konnten.

»Wir waren wie Hund und Katze ...«

»Du warst der Hund ...«

»Und Sie waren die Katze!«

Als Elisa die Stelle der Gouvernante 1901 übernahm, war Victoria unglücklich und einsam. Zunächst hatte sie sich gegen Elisa gewehrt, sie war schon die dritte Gouvernante in diesem Jahr. Doch Elisa gewann langsam ihr Vertrauen, indem sie Victoria in ihr Herz schloss und genauso sehr liebte wie ihre anderen Kinder.

Nach einer Weile war es ihr auch nicht mehr wichtig, ob Victoria wusste, wer sie in Wirklichkeit war. Elisa wollte dem kleinen Mädchen geben, was sie seit ihrer Geburt für es in ihrem Herzen gespeichert hatte.

»Machst du mir meine Zöpfe?«

Selbstverständlich setzte sich Victoria mit ihren fast elf Jahren noch auf Elisas Schoß, um sich die Haare flechten zu lassen. Ein Ritual, bei dem sie ihr nahe sein konnte, obwohl sie eigentlich schon zu groß dafür war.

Während Elisa ihren Kamm aus der Tasche holte und die Locken des Mädchens bändigte, erzählten sie sich, wie sie das Wochenende verbracht hatten. Victoria hatte ihrem Vater beim Packen geholfen, er musste auf eine Geschäftsreise und sie freute sich schon darauf, dass Elisa in der Zeit bei ihr im Haus wohnen würde. Auch war sie gespannt auf die neue Plantagenschule, die in der Siedlung der Arbeiter gerade gebaut wurde.

»Stimmt es, dass die Kinder, auf die Sie aufpassen, dann bei den Arbeitern wohnen werden?«

»Wir alle werden dort wohnen. Dein Vater hat uns ein schönes großes Haus zur Verfügung gestellt, gleich neben der neuen Schule.«

»Dann werde ich sie alle kennenlernen, nicht wahr? Eli, Ulani, Ikaika, Kanoa, so heißen doch Ulanis Brüder?«

»Das ist richtig. Und dann gibt es noch die Zwillinge ...«

»Gerd und Emma«, kam es prompt. »Schade, dass ich nicht mit ihnen spielen kann. Wirklich schade ...«

Elisa nickte. »Heute Abend werden alle mit der Kutsche hier ankommen. Mit meiner Freundin Amala zusammen werde ich alles einrichten. Bestimmt darfst du uns dort besuchen ...«

»Ich darf nicht mit den Arbeiterkindern spielen ... nur mit den weißen Kindern soll ich von nun an spielen ... Soll ich Ihnen Ihr Zimmer zeigen? Das Zimmer, in dem Sie schlafen werden, wenn mein Vater weg ist, ist sehr schön.«

Elisa nickte, und Victorias fertige Zöpfe wippten fröhlich, als sie vor Elisa die Treppe hinaufhüpfte und sie durch eine Tür, die Elisa vorher nie aufgefallen war, in den hinteren Teil des Gebäudes führte. Dort war das alte Herrenhaus, vor mehr als vierzig Jahren gebaut, jetzt Gästetrakt.

Kurze Zeit später stand Elisa alleine in dem Zimmer, in das sie Victoria geführt hatte. Ihr Vater hatte sie von einem der Hausmädchen zu sich rufen lassen, und nach einer kurzen Umarmung war Victoria verschwunden. Elisa war allein.

Mit einem Mal fiel ihr der Brief ihrer Mutter ein, den sie von Leilani zugesteckt bekommen hatte, und sie zog ihn aus ihrer Rocktasche. Nachdem sie das Siegel gebrochen hatte, überflog sie rasch die wenigen Worte.

Meine liebe Tochter Elisa,
hoffentlich wirst du meine Worte bei deiner Ankunft in Gerit Jansons Haus nicht falsch verstehen. Dafür bete ich. Aber Gerit hat mich gebeten, dir in seinem Namen zu schreiben. Er bat vor einigen Tagen bei mir und Fried um deine Hand, weil du keinen Vater mehr hast. Wir waren außer uns vor Freude und sind dem Herrgott unendlich dankbar für diese göttliche Fügung, vor allem wegen Victoria, unserer geliebten Enkelin. Was für ein Segen!

Ich möchte dir hiermit noch einen mütterlichen Rat geben, denn nur selten im Leben bekommt ein Mensch eine zweite Chance, wenn er einen entscheidenden Fehler gemacht hat: Bitte mäßige dein Temperament!

Johannes, Leilani, mein lieber Fried und ich haben uns für dich eingesetzt, mein Liebes. Sage heute Ja zu Jansons großzügigem Angebot und heirate ihn mit Gottes Segen! Dann werden wir uns bald wiedersehen.

Deine dich liebende Mutter

Elisa ließ den Brief in ihren Schoß sinken. Dann schloss sie ihre Augen. Vier harte Jahre hatte sie auf Jansons Plantage gedient.

Geweckt vom ersten Hahnenschrei bis oft spät in die Nacht hinein war sie auf den Füßen gewesen, nur an den Wochenenden hatte sie Zeit, auszuruhen und sich um ihre Familie zu kümmern. Oft war sie dem Zusammenbruch nah gewesen, jeden Winter hatte sie ein böser Husten in dem feuchten Haus in Lihue für Wochen ans Bett gefesselt. Ihr Körper war geschwächt, ihre Seele war müde. Sie wünschte sich nichts weiter, als in Frieden und Harmonie mit beiden Teilen ihrer Welt zu leben. Doch Janson zu heiraten, war ihr unmöglich.

Heirate Janson mit Gottes Segen! Was dachten ihre Freunde sich nur dabei? Nur weil sie inzwischen nicht mehr täglich von ihrer Liebe zu Kelii sprach, war ihr Liebster immer noch das Licht, das sie überhaupt am Leben hielt.

Elisa sah sich in dem luxuriösen Zimmer um. Es lag im ersten Stock des hinteren Seitenflügels und hatte eine unheimliche Ausstrahlung. Die Läden waren halb geschlossen, damit das Sonnenlicht die kostbaren Stoffe nicht ausbleichen würde. Ein prächtiger, roter Samtüberwurf überdeckte ein ungewöhnlich breites Bett mit Mahagonipfosten. Es sah aus, als würde es aus Europa stammen. Der dunkel polierte Dielenboden glänzte fast wie ein Spiegel. Unzählige Schichten Wachs hatten ihn geglättet. Die kostbaren Vorhänge waren ebenfalls aus schwerem, rotem Samt, in dem ein Muster von Hibiskusblüten eingewebt war.

An den Wänden um das Bett herum hingen Ölgemälde aus der griechischen Mythologie, teilweise waren die Motive erotisch. Bis auf ein großes Ölbild über der Kopfseite des Bettes waren es gekonnt nachgearbeitete Meisterwerke, wie Elisa mit Kennermiene feststellte.

Besonders ins Auge stachen ihr zwei Szenen aus Zeus' erotischen Abenteuern. Eins trieb ihr die Schamesröte ins Gesicht. Die laszive Leda schlang ihre Beine einladend um den Hals eines Schwans.

Wieder schrie der Pfau vor dem Fester.

Elisa wollte gerade die Holzläden öffnen, um ein wenig Licht hereinzulassen, als sie hinter sich schwere Schritte hörte. Kurz darauf stand Janson im Zimmer.

»Bitte nicht öffnen. Die Sonne ist um diese Tageszeit noch zu stark. Sie würde das Portrait von meiner Mutter zerstören ... Warten Sie.«

Janson griff über Elisas Arm und zog die beiden Läden noch dichter als zuvor.

»Nur auf meine Anweisung werden die Läden geöffnet. Meine Sammlung ist ein Vermögen wert. Hier, was halten Sie von dem Portrait meiner Mutter? Es wurde in Hamburg gemalt.«

»Ihre Mutter war gebürtige Hamburgerin?«

»Natürlich war sie das. Meine gesamte Familie stammt ursprünglich aus dem hanseatischen Raum ...«

Elisa sah sich das überdimensionale Portrait der jungen Frau über dem Bett an. Vornehm reserviert lächelte sie den Betrachter an, war jedoch mit freien Schultern gemalt worden, wobei ein Ärmel neckisch tiefer hing als der andere. Ungewöhnlich für diese Zeit.

Jansons Mutter war als hanseatische Schönheit mit einer sehr schmalen Taille portraitiert worden, die sie noch dadurch betonte, dass sie ihre Hände in die Hüften stemmte. Das verlieh ihr etwas ungewöhnlich Tatkräftiges für eine junge Frau. Sie trug keinen Ehering, jedoch blitzte ein Ring an ihrem linken kleinen Finger, der Elisa merkwürdig bekannt vorkam. Zuerst dachte sie an den Schmuck ihrer Mutter, doch dann fiel ihr ein, wo sie den ungewöhnlichen Ring mit dem herzförmigen Rubin schon einmal gesehen hatte. Es war vor vielen Jahren im Dorf gewesen, in Ulanis Schatz.

Janson stand jetzt sehr dicht vor Elisa. Sie roch seinen aufdringlich männlichen Geruch, den sie unter tausend anderen wiedererkennen würde. Gewalt und Grausamkeit waren für sie mit diesem Geruch verknüpft.

Panisch sah sie in Richtung Bett. Sofort stellte sie sich vor, wie verzweifelt Ulanis Mutter als junges Dienstmädchen hier mit Janson gerungen haben musste, um ihre Unschuld gegen ihn zu verteidigen. Nur gut, dass sie sich den Ring dafür genommen hatte. Besser wäre gewesen, sie hätte ein Messer dabei gehabt, um sich zu schützen …

Elisa konnte nichts dagegen tun, ihr Herz begann zu rasen. Bilder der nächtlichen Höhle tauchten vor ihr auf und nahmen von ihr Besitz. Seine Hände, die ihr weißes Kleid zerreißen, seine brutale Männlichkeit, die ihren Körper entweiht. Sein stinkender Atem, der grausame Worte ausstößt, die nur danach trachten, ihre Liebe zu Kelii zu zerstören. Seine erbarmungslosen Augen, die im Dunkel der Höhle wie Dämonen nach ihrer Seele greifen.

Der Pfau … denk an die blaue Perle. Sein linkes Auge, du musst in sein linkes Auge sehen. Dort wartet der Schlüssel zur blauen Perle … dann wirst du frei sein.

Wieder hörte Elisa die Stimme von Hoku in ihrem Inneren, diesmal dringlicher als zuvor.

Wieder schrie der Pfau direkt vor ihrem Fenster.

»Wunderbares Portrait, nicht wahr? Meine Mutter war eine sehr schöne Frau. Victoria kommt ganz nach ihr …«

Janson lächelte Elisa an.

»Dieses Zimmer könnte auf Dauer Ihnen gehören. Alle Gemälde sind sorgfältig ausgesucht. Meine Mutter liebte Kunst. Leda und der Schwan war eins ihrer Lieblingsmotive. Diese künstlerische Anmut … diese ehrliche Sinnlichkeit.«

Janson schloss die schwere Zimmertür und machte sich in der Nische dahinter zu schaffen. In der dunklen Wandtäfelung öffnete er eine Tür. Dahinter war ein Schränkchen, in dem eine Kristallkaraffe mit einer dunklen Flüssigkeit und zwei halb gefüllte Whiskygläser standen. Er hatte sich vorbereitet und bestand darauf, mit Elisa anzustoßen.

»Wir beide müssen zunächst feststellen, ob unsere Ehe wirklich eine so gute Idee ist. Immerhin haben Sie sich für einen, sagen wir mal, für eine Weiße sehr ungewöhnlichen Lebensweg entschieden ... und dann noch eine Zwillingsgeburt!«

Er hielt ihr mit aufforderndem Lächeln ein Whiskyglas entgegen. Sein eigenes war kurz darauf leer, und er schenkte sich schnell nach.

»Bitte sagen Sie jetzt nichts Unpassendes ... Ich weiß, ich habe über die Jahre die unterschiedlichsten Mätressen gehabt. Jedoch standen die Frauen stets ausschließlich zu meiner Verfügung. Ich teile nicht gerne.«

Er leerte sein zweites Glas.

»Ihr bisheriges Leben verstieß gegen die europäischen Sitten und Gepflogenheiten ... Sie lebten in wilder Ehe.«

Erneut schenkte Janson sich nach, während Elisa sich verkrampft an ihrem Glas festhielt. Er sah sie von Kopf bis Fuß an, so wie man ein Stück Vieh mustert.

»Einerseits widern Sie mich an, aber andererseits kann ich nicht anders, als Ihren Mut zu bewundern ... Sie sind eben, Sie sind... Sie sind etwas ganz Besonderes ...«

Janson war inzwischen ein wenig angetrunken, doch er schenkte sich erneut nach. Sein Lächeln in ihre Richtung war mehr als deutlich. Breitbeinig stand er mit seinem Glas vor der Tür.

»Mit mir heiraten Sie einen Gouverneur, der auch die kommende Wahl gewinnen wird! Auf dieser Insel will keiner mehr von den Ali'i regiert werden! Die Zeit der arroganten Adeligen ist vorbei!«

Um nicht antworten zu müssen und darüber nachdenken zu können, wie sie möglichst elegant wieder aus dieser verfahrenen Situation herauskam, nippte Elisa an ihrem Glas. Sie durfte ihm keine Chance geben, sie für eine unbedachte Bemerkung zu bestrafen, diesmal nicht. Und sie musste ihn um Bedenkzeit bitten, was nicht allzu schwer sein durfte, denn immerhin trat er am nächsten Tag ohnehin seine Geschäftsreise an. Janson gefiel es, dass sie mit ihm trank, und er schenkte ihr nach.

»Ist gutes Zeug aus Schottland, kam letzte Woche vom Boot, über zwanzig Jahre alt ...«

Wieder trank Elisa gehorsam einen Schluck. Warm und weich floss der Whisky in ihre Kehle. Sie lächelte vorsichtig und er lächelte zurück.

»Bestimmt kommen wir gut miteinander aus, Elisa. Ich werde versuchen, Ihnen ein guter Ehemann zu sein.«

»Das kann ich mir gut vorstellen, aber es kommt alles ein wenig plötzlich ... Ich brauche Bedenkzeit.«

Der Schlag, der Elisa ins Gesicht traf, kam so hart und unerwartet, dass ihr das Glas aus der Hand flog und sie rückwärts aufs Bett fiel. Dort blieb sie benommen liegen und hörte, wie Janson den Schlüssel im Schloss herumdrehte.

Dann war er auch schon über ihr, machte sich an ihrem Kleid zu schaffen und zwang ihre Beine auseinander.

»Was fällt dir ein? Eine dreckige *kanaka*-Hure wie du hat kein Anrecht auf Bedenkzeit!«

Verzweifelt wehrte Elisa sich, indem sie versuchte, seinen schweren Körper von sich wegzuschieben und ihre Beine zu schließen, doch ihr Angreifer war stärker. Janson lachte.

»Wehr dich, Elisa, komm zapple noch mehr, dann macht es mir noch mehr Spaß! Ich mach dir ein Kind, dann ist Ruhe ... dann bleibst du bei mir!«

Elisa schluchzte verzweifelt. Sie spürte, wie ihr die Kräfte schwanden und wie Janson zunehmend die Oberhand gewann.

Da wurden mit einem Schlag die Läden aufgestoßen. Laut

schreiend sprang das Pfauenmännchen vom Fensterbrett ins Zimmer und dann weiter aufs Bett. Janson ließ vor Schreck von Elisa ab. »Was zum Teufel ...«

Elisa sah den Pfau an, der Pfau sah Elisa an. Einen Augenblick lang traf sein linkes Auge auf Elisas erschrockenen Blick.

Sie spürte einen scharfen Schmerz in der Mitte ihres Scheitels. Dann sah sie ein dunkelblaues Licht und hörte Hokus Stimme in ihrem Kopf.

... dann wirst du frei sein.

Fast im selben Augenblick sprang der Pfau wieder aufs Fensterbrett. Mit einem letzten Schrei war er durchs Fenster verschwunden.

Janson atmete auf. »Verfluchtes Mistvieh! Was war das? Bist du etwa mit den Tieren im Bunde ... Hexenweib!«

Er griff nach Elisa. Ihr Knie ging wie im Reflex gerade nach oben. Hart rammte sie es zwischen Jansons Beine. Er schrie vor Schmerz laut auf, dann drohte er sie umzubringen, doch seine Worte beeindruckten Elisa nicht im Geringsten. Sie war völlig ohne Angst, ihre Stimme war ruhig und klar.

»Ich bin Victorias Mutter, und ich bin Keliis Frau. Weil Sie mir versprochen haben, das Leben meines Mannes zu retten, habe ich mehr als vier Jahre auf Ihrer Plantage gedient ... Erst machen Sie mir einen Heiratsantrag. Dann wollen Sie mir erneut Gewalt antun ... Sie sind wahnsinnig!«

Zusammengekrümmt lag er auf dem Bett und stöhnte, während Elisa wütend vor ihm auf und ab ging.

Woher kam auf einmal das Messer in ihrer Faust? War es wirklich nur ein Brieföffner, den sie von dem kleinen Schreibtisch in der Ecke des Zimmers nahm und ihm an die Kehle setzte? Sie wollte sein Blut.

Janson wimmerte vor Schmerz und Angst, doch Elisa fühlte kein Mitleid. Vielleicht hätte sie ihn in diesem Moment getötet. Doch da hörte sie ein Klopfen an der Tür.

»Fräulein Vogel, ist mein Vater bei Ihnen?« Victorias Stimme klang verängstigt, und Elisa ließ von Janson ab. Ein letztes Mal sah sie ihm in die Augen.

Sie musste so schnell wie möglich weg von hier.

8. Kapitel

Der Singsang der Alten, 2011

»Nein, du hältst ihn schon wieder falsch. Weiter nach rechts! *Akau! A-k-a-u!*«

Maja reichte es. Ihr Arm tat weh. Viel zu oft hatte sie in den letzten Tagen sein gereiztes *akau* oder hema, links, hören müssen, während er die Blechdosen immer weiter von ihr entfernt aufgebaut hatte.

Schießen sollte sie lernen, um sich notfalls verteidigen zu können, weil er doch wieder wegfliegen musste, schon bald. Eine Woche war vergangen, seit Leilani im Regen aufgetaucht war, um Maja zu beschnuppern, und seither hatte sich viel verändert. Lag es wirklich nur am Haifischmann, der sich angeblich auf der Insel aufhielt? Oder war in Keanus Leben etwas eingesunken, was vorher in der rosaroten Wolke ihrer jungen Liebe vernebelt war? Maja wusste es nicht. Aber etwas zwischen ihnen fühlte sich anders an. Ein letztes Mal drückte sie ab.

»Schau! Das war schon besser …«

Sie war stolz auf ihren letzten Schuss. Die Kugel hatte die Dose einige Meter weit fortgeschleudert. Maja nahm die Ohrenschützer ab, als Zeichen dafür, dass sie für heute genug hatte. Keanu nahm ihr die Waffe ab und gab ihr einen liebevollen Kuss auf die Stirn.

»Na gut, wir hören auf. Aber nur für heute … Lernen musst du es noch. In unserer Gruppe kann jeder schießen, auch die Frauen. Es ist nur eine Frage der Übung.«

Maja verzog das Gesicht, sie hatte von Haus aus eine Abneigung gegen Schusswaffen. Nur ihm zuliebe quälte sie sich mit dem Üben, sie hatte Zweifel, ob sie im entscheidenden Moment überhaupt dazu imstande sein würde, die Waffe auf einen Angreifer zu richten, geschweige denn abzudrücken.

Keanu hatte die Dose aufgehoben und auch die anderen eingesammelt, dann verstaute er die Waffe in seinem Rucksack.

»Wir werden dir deine eigene kaufen. Du brauchst eine, die leichter ist und besser in der Hand liegt. Mit meiner brauchst du zu lange zum Zielen.« Widerspruch zwecklos. Das sah sie an seinen Augen.

Eine knappe Stunde später parkten sie den Wagen in der Rice Street in Lihue auf dem großen Parkplatz neben dem Museum. Kurz darauf näherte sich ein Kleinlaster, der schon bessere Zeiten gesehen hatte. Der abgeblätterten Aufschrift nach gehörte er einer chinesischen Wäscherei. Ein Aufkleber mit einer Marihuanapflanze und weiche hawaiische Klänge, die aus dem offenen Fenster drangen, sprachen für sich. Der ältere Mann, der ihn fuhr, war von gewaltigen Ausmaßen. Lässig grüßte er in ihre Richtung, dann parkte er direkt neben ihnen.

Die Männer streckten die Hände aus den Fenstern und begrüßten sich nach lokalem Ritus, ohne auszusteigen, Maja wurde mit ein paar netten Worten begrüßt. Der Mann hatte schon von ihr gehört, er sei der Cousin eines Cousins von Mai und Sabji. Nachdem eine Weile geplaudert worden war über das wilde Wetter, die schlimmen Benzinpreise und unliebsame Besucher auf der Insel, wurde ein Gegenstand, eingewickelt in ein Handtuch, rübergereicht.

»Probier mal den Abzug ... keine Angst, sie ist nicht geladen. Ich will sehen, wie sie in deiner Hand liegt ...«

Keanu legte Maja ihre neue Waffe in den Schoß.

Sie wusste nicht wirklich, was sie empfand. Von einem Mann eine Waffe geschenkt zu bekommen, mit der sie sich würde verteidigen können, war höchstens in Filmen romantisch.

Auf dem Rückweg zu ihrem Haus lag die Waffe in ihrem Schoß wie ein Fremdkörper. Worauf hatte sie sich nur mit diesem Mann eingelassen? War das wirklich ihr Leben?

Maja strich mit den Fingerkuppen vorsichtig über jeden Millimeter des Metalls, als könnte sie damit ihre Angst besänftigen. In Deutschland hatte man nur selten Waffen im Haus. Bei ihren Eltern und deren Freunden oder auch bei ihren eigenen Freunden hatte Maja nie eine Waffe gesehen. In den USA war das anders. Theoretisch wusste sie das, aber es war etwas anderes, selber eine Waffe zu besitzen.

Ob sie ihr einen Namen geben sollte, so wie sie auch ihrem Computer und ihrem Wagen Namen gegeben hatte? Ihr Computer hieß HAL, nach dem Computer aus dem Film »2001: Odyssee im Weltraum«. Ihren Wagen hatte sie Pöng genannt, weil er eigenartige Geräusche von sich gab.

Keanu sah sie prüfend von der Seite an.

»Was denkst du?«

»Nichts.«

»Glaube ich nicht.«

»Stimmt auch nicht.«

»Magst du dein neues Spielzeug?«

Maja antwortete ihm nicht. Sie musste nachdenken. Man konnte und durfte keine tödliche Waffe mögen. Aber wenn sie an den Haifischmann dachte, gab die Waffe ihr ein Gefühl von Sicherheit.

Sie strich über den Griff. Er war kleiner als der von Keanus Waffe und zierlicher gearbeitet. Obwohl auf Griff und Lauf Gebrauchsspuren waren, musste die Waffe teuer gewesen sein. Maja hatte aber nicht nach dem Preis gefragt, so wie sie es auch nicht bei einem geschenkten Schmuckstück tun würde. Doch neugierig war sie.

»Was hat sie gekostet?«

»Zweihundertfünfzig habe ich bezahlt. Die Waffe gehörte seiner Mutter, die wiederum mit Mai irgendwie verwandt ist. Es wurde damit nur einmal ein Einbrecher angeschossen, soviel ich weiß ... eine echte Mädchenwaffe.«

Maja nickte.

»Ich werde sie Diana nennen, nach der Göttin der Jagd. Aber ich werde niemanden mit dieser Waffe jagen, sondern sie für immer in eine dunkle Schublade verbannen ...«

»Das wäre mir auch am liebsten ...«

Danach schwiegen beide, es war ein düsteres Schweigen.

Eine Weile hatte Maja an der Baustelle mit Diana geübt. Im Zielen, aber vor allem im Treffen wurde sie besser. Keanu hatte recht gehabt.

Es begann, dunkel zu werden, als er sie zurück in die Hütte rief. Majas Mutter war bei Skype online.

Auf dem Gaskocher dampfte eine Suppe vor sich hin, er hatte gekocht.

»Ich lass euch besser alleine, oder?«

Keanu wusste, wie schwierig die Beziehung zwischen Mutter und Tochter war, und gab Maja ein aufmunterndes Küsschen. Dann ging er nach draußen. Maja setzte sich vor den Bildschirm. Ihre Mutter freute sich, sie zu sehen.

»Hallo, mein Schatz, wie geht es dir?«

»Sehr gut, danke. Und dir?«

Maja rückte vor der Computerkamera ihr Hibiskustuch zurecht, indem sie es so weit hochzog, dass zumindest ihr Brustansatz bedeckt war. Ihre Mutter mochte es nicht, wenn sie nicht angezogen war. Doch mit dem Bauch und bei dem warmen Wetter trug Maja ihr Wickeltuch nun einmal am liebsten.

»Hier geht es gut. Ich soll dich von Stefan grüßen. Wir essen heute in der Klinik zusammen zu Mittag. Ich habe ihm von deinen Herzschmerzen erzählt. Mit deinem Einverständnis möchte ich den Befund deiner Ärztin mit ihm besprechen ...«

»Ausgerechnet mit Stefan?«

Maja merkte, dass ihre Stimme zickig klang, doch da war es schon zu spät. Stefan war ein wunder Punkt zwischen ihnen. Ihre Mutter hatte ihr Stefan als vielversprechenden jungen Kardiologen vorgestellt. Sie hatten sich ineinander verliebt. Maja hatte geglaubt, er sei der Richtige, vom Heiraten war die Rede gewesen. Im Nachhinein wusste Maja, wie tief sie von den Wünschen ihrer Mutter beeinflusst gewesen war.

Stefan war ein Traummann. Er war aus gutem Elternhaus, hatte hervorragende Karriereaussichten und war insgesamt auf einem vorhersehbar positiven Lebensweg. Und er war nett.

Maja wusste, wie tief sie ihn damit getroffen hatte, als sie nach ihrem Seminar in Nizza ungeplant von Keanu schwanger war. Es war unverzeihlich. Vor diesem Hintergrund war es als Gnade zu verstehen, dass er sich mit ihren Herzproblemen beschäftigte. Doch irgendwie war es Maja auch unangenehm. Sie wollte aber ihre Mutter nicht erneut vor den Kopf stoßen. Sie hatte sich in den Monaten nach dem Umzug nicht gerade häufig bei ihr gemeldet. Also war Maja nett zu ihr. Sie erkundigte sich nach Stefan, ließ ihm ebenfalls schöne Grüße ausrichten. Dann sprachen sie wie immer über die Familie, vor allem über Majas ältere Geschwister, um die ihre Mutter sich häufig Sorgen machte. Beide lebten in schwierigen Ehen, hatten sich getrennt, was für die Enkelkinder nicht einfach war. Maja wurde als typisches Nesthäkchen immer wieder ermahnt, nicht die gleichen Fehler zu machen wie ihre Geschwister.

Zu guter Letzt kam der Hausbau an die Reihe.

»Wann ziehst du endlich in dein Haus?«

»Es zieht sich hin wegen der Stürme ... Aber bevor das Baby kommt, werden wir es schaffen. Es ist übrigens unser Haus und nicht mein Haus. Von Papa habe ich das Grundstück bekommen, aber den Löwenanteil vom Haus bezahlt Keanu …«

»Dein Hawaiianer hat einen Kredit aufgenommen, Schätzchen. Er hat dein Grundstück beliehen. Das heißt nicht, dass er das Haus auf Dauer abbezahlen wird – oder kann. Ist es nicht so?«

Genau deswegen hasste Maja ihre Mutter manchmal. Immer musste sie ihren Finger auf irgendwelche Wunden legen.

Ihre Verbindung bei Skype war nicht sonderlich gut. Die Worte ihrer Mutter kamen mit Verzögerung an. Das Bild zerfiel öfter in größere Pixel. Der Ton hatte Aussetzer.

Das perfekt geschminkte Gesicht ihrer Mutter bekam dadurch etwas Groteskes. Das machte es Maja leichter, statt einer Antwort auf die Kreditfrage einfach nett zu lächeln. Heute würde sie nicht wütend werden.

Wie deutsch sie aussieht, schoss es ihr durch den Kopf, während sie auf weitere verletzende Worte aus München wartete. Die jugendlich blondierten Haare ihrer Mutter waren sportlich kurz geschnitten. Jetzt am Morgen waren sie frisch gewaschen und geföhnt, dazu trug sie diskrete Perlen in den Ohren. Die edle Frühlingsbluse war farblich abgestimmt auf den lässig um die Schultern geknoteten Kaschmirpulli. Es galt, dem Ärztenachwuchs in der Klinik zu zeigen, dass ihre Mutter als Oberärztin auf der Höhe ihrer Kraft war, dabei war sie jetzt Mitte sechzig. Wie perfekt sie aussah, wie rational und kühl sie wirkte. Maja hatte nur wenig Geborgenheit bei ihr erlebt, sie war ein ungeplanter Nachzügler. Meist hatte ihr Vater sich um sie gekümmert.

»Musst du nicht in die Klinik? Sonst muss Stefan die Visite ohne dich machen.«

Maja bemühte sich, töchterlich fröhlich zu klingen, doch es ging wie immer daneben. Ihre Mutter wollte noch reden.

»Donnerstag ist doch mein später OP-Termin-Tag, Maja!

Das ist nun seit zehn Jahren so, sonst könnte ich mit dir um diese Zeit doch gar nicht so ausführlich sprechen ... Was sagt deine Ärztin über die Entwicklung des Babys? Gehst du regelmäßig zur Geburtsvorbereitung? Achtest du auf dein Gewicht?«

Wut stieg in Maja auf. Sie wollte nichts sagen, was verletzend war, doch allein der Ton ihrer Mutter machte sie aggressiv. Wie so oft hatte sie in ihrem Inneren ein Gefühl, für das sie sich schämte. Ihre Mutter war ihr fremd.

»Hörst du mich überhaupt noch? Sind wir verbunden? Ich sehe dich so schlecht ...«

»Die Verbindung bricht immer ab. Du klingst abgehackt und dein Bild ist weg. Wir versuchen es ein anderes Mal, ja? Vielen Dank für deinen Anruf und Küsschen an Papa. Tschüs!«

Schnell klappte Maja den Bildschirm zu und stand auf. Sie hasste es zu lügen. Doch die unguten Gefühle, die der Anblick ihrer Mutter in ihr hervorrief, konnte sie nicht länger ertragen.

Als Maja nach draußen gehen wollte, zu ihrem Liebsten, um in seinen Armen ihre ärgerlichen Gefühle zu vergessen, erschrak sie. Vor ihr an der Tür saß das größte Exemplar eines Hundertfüßlers, das Maja bisher auf der Insel zu sehen bekommen hatte. Er wand sich mit seinen vielen Füßen zwischen Tür und Rahmen hoch. Der giftige Wurm war gut fünfzehn Zentimeter lang, sein Körper so dick wie Majas kleiner Finger.

Weder in Deutschland noch in Europa hatte Maja zuvor einen Centipede gesehen. Anfangs war sie nicht mit der Gefahr vertraut gewesen, doch der Biss eines Hundertfüßlers wurde auf Kauai als gefährlicher angesehen als der eines Skorpions. Keanu hatte sie bei ihrem Einzug in die Hütte eindringlich vor dieser Gefahr gewarnt.

»Sein Gift kann tagelanges Fieber auslösen, die Schmerzen sind stark, und es gibt außer Schmerztabletten eigentlich kein

Gegenmittel … Wenn du also eine Centipede in der Hütte siehst, musst du den Wurm einfangen und draußen aussetzen. Ihn zu töten ist *kapu* für unseren Klan … Und Unglück kannst du in der Schwangerschaft bestimmt nicht brauchen …«

Majas Herz raste, während sie zusah, wie der ekelhafte Wurm jetzt mit seinen vielen Beinen über dem Türrahmen an der Wand hochkroch, bis er an der Containerdecke angekommen war. Dort verkroch er sich in einem Spalt über ihrem Bett.

»Keanu!«

Mehrmals rief sie nach ihm, doch er antwortete nicht. Sie erinnerte sich daran, wie er angekündigt hatte, noch kurz zum Einkaufen zu müssen. Sie war mit diesem Problem alleine.

Zunächst stellte sie das Gas unter der kochenden Suppe ab. Dann kam ein Deckel drauf. Alles war winzig in ihrem provisorischen Zuhause von knapp zwölf Quadratmetern, das Bett war fast neben der Kochstelle.

Kurz überlegte Maja, wie sie die Centipede am besten einfangen konnte. Es musste sofort geschehen, auf keinen Fall wollte sie das flinke Tier aus den Augen verlieren, sonst würde er sich am Ende in ihrem Bett verkriechen oder in einer Teetasse. Noch konnte Maja die sich bewegenden Füße sehen.

Ihr Blick fiel auf den Tisch. Dort stand ein leeres Glas. Daneben lagen Fotos von Elisa. Das Größte von ihnen, auf dem Elisa mit Kelii im Alter zu sehen war, war aus halbwegs stabilem Karton. Glas und Foto konnten ein Gefängnis für den Hundertfüßler werden. Sie griff zu, doch die Fotopappe in ihrer Hand fühlte sich merkwürdig weich und warm an. Schnell legte sie das Foto wieder hin. Lag es in der Sonne? War es deshalb warm? Sie hörte ein Kichern. Kam es von draußen?

»*Kanapi, kanapi …*«

Das Wort bedeutete Hundertfüßler, wie Maja wusste. Es folgte ein kaum wahrnehmbarer Singsang von zwei alten Stimmen. Dann wieder ein Kichern.

Kam es Maja nur so vor oder lächelte Elisa auf dem Foto? Und Kelii, sah der sie mit seinen glühenden Augen an? Dann war es wieder still, so als hätte Maja sich alles nur eingebildet.

Mit zittrigen Händen zündete sie die Kerze auf ihrem Nachttisch an, um eine bewegliche Lichtquelle zu haben. Sie musste den Wurm fangen.

Es wurde inzwischen dunkel, doch sie wollte das Licht im Container nicht unbedingt anmachen. Sie wusste nicht, wie ein Hundertfüßler auf Licht reagierte, und wollte ihn nicht unnötig erschrecken. Weiterhin sah sie seine Füße in dem Spalt.

Das Innere der Hütte lag im Halbschatten. Die Kerze warf ihr Licht auf das Foto der Alten. Hörte Maja sie erneut flüstern? Da war es wieder.

»*Kanapi, kanapi* …« Dann der Singsang der Alten.

Maja schaute gebannt zu, wie der Hundertfüßler sich in Bewegung setzte, aus seinem Spalt herauskam und wie ferngesteuert in Richtung Fenster krabbelte, wo er artig wartete. Maja sollte wohl das Fenster öffnen.

Sie tat es, und das abstoßende Tier glitt brav hinaus. Der Singsang hörte auf. Wieder ein Kichern. Dann, als Maja das Fenster wieder schließen wollte, blies ein heftiger Windstoß eine einzelne rote Hibiskusblüte in die Hütte, sie landete auf Majas Bauch. Schnell fing sie die volle Blüte mit ihrer Hand auf, damit sie nicht zu Boden fiel. Es war ein Geschenk.

Im schwindenden Tageslicht ging sie mit der Blüte zu der Bank an den Klippen, auf der Elisa und Kelii vor vielen Jahren gesessen hatten.

An ihrem Lieblingsplatz ließ Maja ihren Blick über die Bucht auf das Meer hinausschweifen. Die Wellen tanzten unter tiefen Wolken, der Wind frischte auf. Immer wieder stach die Sonne durch die grauen Gebilde, die den Regen auf die Insel bringen wollten. Dann wurde es hell auf dem Meer. Für die nächsten Tage hatte der Wetterdienst Sonne angesagt, doch die

Wolkenberge kämpften. In den Wellen über dem Riff der Haie glitzerte es nur kurz in Schattierungen von Orange und Dunkelgelb, wenn die Sonne einen kleinen Sieg errungen hatte.

Maja saß auf ihrer Bank, bis das Licht fast ganz verschwunden war. Die letzten Apapane flogen auf den dunklen Felsen zu ihrer Linken heim in ihre Nester. Es wurde Nacht. Gleich würde Kelii vom Einkaufen zurückkehren. Sie würden zu Abend essen, und sie würde ihm von ihrem kleinen Sieg gegen einen Hundertfüßler erzählen. Und von Elisa und Kelii.

Maja wusste selbst nicht warum, doch ihr liefen mit einem Mal Tränen über die Wangen. Dabei fühlte sie sich nicht traurig, im Gegenteil, sie war glücklich. Das Erlebnis mit Elisa und Kelii war unglaublich gewesen. Nicht im Traum, sondern im echten Leben hatte diese Frau aus einem anderen Jahrhundert Maja beschützt.

Auf dem Weg zurück zur Hütte hörte sie den Wagen. Sie steckte sich die rote Hibiskusblüte hinters Ohr und ging ihrem Liebsten fröhlich entgegen.

9. Kapitel

Abschied von Kauai, 1905–1907

»Fräulein Vogel, werden Sie mir vom Washington Place aus schreiben?«

Victorias Augen waren vom Weinen rot, der Abschied fiel ihr sichtlich schwer. Viele Worte hatte Elisa für ihre Tochter in ihrem wunden Herzen, doch sie würde keines davon sagen dürfen. Janson stand hinter Victoria, die Hand auf ihrer Schulter, den Blick warnend auf Elisa gerichtet.

Der kleine Hafen von Lihue war an diesem Morgen ruhig. Das Meer rollte in unaufgeregten, sanften Wellen gegen die Hafenmauer. Der Frachter, der Elisa und ihre Familie nach Oahu bringen würde, wurde noch mit Zuckerrohr beladen. Sie hatten Zeit bis zur Abfahrt, viel zu viel Zeit, wie Elisa fand. Ihr brach das Herz beim Anblick des Mädchens, das nur mühsam seine Tränen zurückhalten konnte. Elisa hatte Victoria nicht die Wahrheit gesagt, obwohl sie wusste, dass es nicht richtig war. Es war der Preis für ihren Abschied aus Lihue. Elisa sah ihrer Tochter ein letztes Mal in die Augen und versuchte, den Mann für einen Augenblick zu vergessen, der sie noch lange in seiner dunklen Macht haben würde.

»Ich werde dir schreiben, Victoria. Aber ich habe auch etwas für dich gemacht. Eigentlich solltest du es zum Geburtstag bekommen, aber ich gebe es dir jetzt schon, damit dir der Abschied leichter fällt. Wenn du dieses kleine Täschchen bei dir hast, ist das ein wenig so, als wäre ich noch bei dir. Sieh einmal …«

Victoria nahm die kleine selbst genähte Tasche vorsichtig in die Hand und sah sie sich an. Ein kleines Lächeln umspielte ihre Lippen. Auf die Tasche hatte Elisa ein Mädchen gestickt, dem eine Frau die Haare zu Zöpfen flocht. In der Tasche war eine kleine bläulich schimmernde Pfauenfeder.

Ein letztes Mal umarmten sie sich. Victoria versuchte, tapfer zu sein, doch es gelang ihr nicht. Sie begann zu schluchzen. Janson wurde ungehalten.

»Es reicht. Ich kann es nicht leiden, wenn Frauen heulen. Es ist besser, ich bringe sie hier weg. Leben Sie wohl, Fräulein Vogel, und vergessen Sie nichts von dem, was wir besprochen haben!«

Wie konnte Elisa dieses Gespräch jemals vergessen. Es hatte im Salon des Herrenhauses hinter verschlossnen Türen stattgefunden. Bei dieser Gelegenheit hatte Elisa zum ersten Mal seit fünf Jahren ihre Mutter wiedergesehen. Die Begrüßung war alles andere als herzlich gewesen. Elisa konnte nicht fassen, wie stark Clementia sich seit ihrer Hochzeit mit Fried verändert hatte. Ihre Haltung, ihre Mimik und selbst ihre Stimme waren die einer Adeligen. Es war nichts Mütterliches mehr an ihr, aber was noch schlimmer war, sie schien keinerlei eigene Meinung mehr zu haben. All ihre Sätze begannen mit einem Wir.

Es wurde besprochen, wie es mit Victoria in Zukunft weitergehen würde, immerhin war sie die Erbin des Gouverneurs. Elisa musste ein Dokument unterzeichnen, in dem sie ihrer Mutter offiziell die Vormundschaft für Victoria überschrieb.

»Kann ich sie ab und zu sehen?«

»Das weiß ich noch nicht, Elisa. Es hängt von deinem zukünftigen Lebenswandel ab. Ich höre, du hast eine Stellung bei der ehemaligen Königin von Hawaii angenommen?«

»Ja, ich werde in Lili'uokalanis Sekretariat arbeiten, am Washington Place. Die Kinder werden ab nächster Woche in Honolulu zur Schule gehen. Amala wird mit mir kommen …«

Elisa sah, dass nun auch der britische Doktor, den sie in den letzten Jahren einige Male wegen Victorias Gesundheit konsultiert hatte, den Raum betrat. Victoria litt im Winter ab und zu an Asthma.

»Guten Tag, Fräulein Vogel«, begrüßte er sie freundlich und setzte sich. Augenscheinlich hatte man ihn dazu gebeten. Elisa fuhr fort, sich für das Besuchsrecht ihrer Tochter einzusetzen.

»Wir werden in Honolulu leben, doch in den Ferien werden wir auch nach Kauai kommen. Bei der Gelegenheit könnte ich Victoria sehen ... irgendwann muss sie die Wahrheit erfahren. Ich bin ihre Mutter!«

»Das reicht, Elisa. Wir haben alle verstanden, wie du dir dein Leben vorstellst. Jedoch hattest du deine Chance. Vier Jahre lang ...«

»Das stimmt, und ich bin dankbar für diese Zeit mit ihr. Sie ist ein wunderbares Kind, intelligent und feinfühlig. Gerade deshalb halte ich es für wichtig, ihr gegenüber aufrichtig zu sein.«

»Dieser Meinung bin ich auch.«

Doktor Wellington lächelte und zog ein kleines Büchlein hervor.

»Über die letzten Jahre haben Fräulein Vogel und meine Wenigkeit uns mehr als einmal wegen Victorias Gesundheit beraten. Hier ... in meinem Büchlein ist alles über die kleine Patientin vermerkt. Zwei im Jahr 1902, eine im Frühling 1903, dann sogar vier Visiten in 1904 ...«

»Kommen Sie zur Sache, Doktor!«

Wie immer wurde Janson ungeduldig. Gehorsam packte der Doktor sein Büchlein wieder weg, stand aber auf, um seinen Worten mehr Gewicht zu verleihen.

»Fräulein Vogel hat sich über vier Jahre lang wie eine sorgende und liebevolle Mutter verhalten, stets das Wohl ihrer

Tochter im Blick. Sie war selbstlos, hatte ein fürsorgliches Auge und war stets für meinen Rat offen. Ich wäre sehr dafür, den Kontakt zwischen Mutter und Tochter weiterhin zu fördern.«

Entrüstet stand Clementia auf.

»Und wie stellen Sie sich das vor? Victoria würde über kurz oder lang die Wahrheit herausfinden. Doch was kann ein junges Mädchen, das in wenigen Jahren eine der begehrtesten Partien auf den Inseln sein wird, mit so einer Wahrheit anfangen? Ihre Mutter wird nie gesellschaftsfähig sein!«

Janson nickte. Kalt sah er Elisa an.

»Abgelehnt!«

Es war Elisa unmöglich, sich damit abzufinden, Victoria gänzlich zu verlieren, weswegen sie vor ihrer Abreise Johannes' Rat suchte. Als sie ihm im Kontor gegenüberstand, erschrak sie. Er hatte dunkle Ringe unter den Augen, war blass und sichtlich abgemagert. Doch sie musste mindestens ebenso elend aussehen, denn spontan nahm er sie in seine Arme.

»Ich habe es schon gehört, Elisa. Es ist nicht richtig, auch nicht fair Victoria gegenüber, doch ich fürchte, ich kann dir nicht helfen!«

Wie sie bei dieser Gelegenheit durch ihn erfuhr, war ein erbitterter Kampf um Land auf Kauai und auf Oahu ausgebrochen. Neue Gesetze verlangten von den Hawaiianern, Steuern auf Landbesitz an die Regierung zu bezahlen. In vielen Dörfern am Meer, aber auch im Inselinneren, wo auf den Feldern von Einheimischen Taro, Gemüse und Ananas angebaut wurden, klopften jetzt Geldeintreiber der Regierung an den Türen. Auf Oahu hatte man in den Bergen angeblich einen dieser Männer kaltblütig ermordet. Ali'i waren involviert, Cousins von Leilani und Kelii wurden verhört. Eine Truppe Soldaten hatte sich von Honolulu aus in Bewegung gesetzt.

»Es sieht nicht gut aus«, fügte Johannes hinzu. »Ich mache mir große Sorgen um Leilani. Sie ist durch die Nächte mit dem kranken Baby stark geschwächt ...«

»Wie geht es Rosa? Wie hat sie auf die Medizin des Doktors reagiert?«

Johannes schüttelte traurig seinen Kopf. Elisa sah seine Trauer und seinen Schmerz, doch sie konnte nicht helfen, nicht in diesem Fall. Als das kleine Mädchen erkrankt war, wollte Elisa es behandeln, nach Art der Kahuna, doch Leilani wollte es nicht. In den Jahren, in denen Elisa bei Janson diente, waren die Kahuna zunächst nur aus der Mode gekommen. Jeder, der es sich in Lihue leisten konnte, ging zu einem der weltlichen Ärzte, von denen sich nach und nach mehr in der Inselhauptstadt niederließen. Dagegen wehrten sich schon bald einige der alteingesessenen Kahuna. Es kam innerhalb eines Jahres zu einem Machtkampf, den die weißen Ärzte mit Jansons Hilfe gewannen. Als Gouverneur durfte er Gesetze erlassen. Sie verboten Heilmittel, die nicht von den weißen Ärzten verordnet wurden. Es gab eine lange Liste, doch die Kahuna rächten sich bereits auf ihre Weise.

In Vollmondnächten erzählten sie in den Dörfern von ihren Träumen. Es waren beunruhigende und dunkle Visionen von Krieg und Verderben. Die Zukunft Hawaiis war von Dämonen bestimmt. Kein halbes Jahrhundert würde es dauern, bis Hawaii zerstört wäre. Bestimmte Orte waren in ihren Visionen vorgekommen, einer davon war Pearl Harbor, der neue Hafen von Honolulu. Und immer waren es die Weißen, die Tod und Verderben über die Inseln bringen würden. Es herrschte Krieg zwischen den Kahuna und der Medizin der Weißen, ein Krieg, der Opfer forderte.

»Bitte, Johannes, lass mich Rosa behandeln. Du weißt, was ich kann. Wie oft habe ich meinen Kindern und Amala schon geholfen, wenn sie krank waren. Und auch Victorias Asthma hätte ich heilen können, wenn ich nicht mein Wort gegeben hätte ...«

Doch Johannes schüttelte traurig seinen Kopf.

»Leilani hat ebenfalls ihr Wort gegeben, nicht nur dem Doktor, sondern auch unserem Pfarrer. Keine Beschwörungen mehr, keine Teufelsmedizin ...«

»Johannes!«

Elisa war ehrlich entsetzt von seinen Worten und packte ihn in ihrer Erregung an den Schultern.

»Es sind nur Pflanzen! Sie wachsen, um uns zu heilen, um Rosa zu heilen, sie ist dein Baby!«

Doch Elisa gelang es nicht, ihren Freund zu überzeugen. Auch für ihre Tochter Victoria konnte sie im Moment nichts tun, sondern bekam von Johannes einen warnenden Ratschlag.

»Lass es einfach so stehen, Elisa. Du hast Janson erneut schwer gekränkt. Selbst wenn er mir nicht im Detail erzählt hat, was in diesem Zimmer vor sich gegangen ist ... sei froh, dass er dich mit den Kindern ziehen lässt. Stell jetzt keine weiteren Ansprüche, verärgere ihn nicht ...«

Tage später, nachdem Elisa mit Amala den Tag über ihren Hausrat verpackt hatte, um ihre Sachen fertig fürs Verschiffen zu machen, gingen sie nach der Arbeit noch in den Garten.

Es war eine schwüle Sommernacht. Wie fast immer wehte auf Jansons Plantage ein kühler Wind von den Bergen. In der Siedlung der Plantagenarbeiter, an deren Rand ihr Haus neben der neuen Schule stand, waren nur noch vereinzelte Stimmen zu hören. Es war ein Gemisch aus verschiedenen Sprachen: Chinesische, japanische und zunehmend auch Einwanderer aus Portugal lebten hier mit ihren wachsenden Familien.

Elisa hätte ihre Freude daran gehabt, all diese Kinder aus unterschiedlichen Kulturen in der Plantagenschule zu unterrichten, doch Janson würde bestimmt schnell eine neue Lehrerin finden.

»So ärgerlich!«

Amala paffte Rauch aus ihrer selbst gedrehten Zigarette in die Luft, eine neue Angewohnheit, die Elisa anfangs zum Lachen brachte. An diesem Abend war ihr jedoch nicht zum Lachen zumute, sondern eher zum Weinen. Kauai war ihr Heimat, aber vor allem war es die geliebte Heimatinsel von Amala und den Kindern. Nur wenige Wochen hatten sie hier gewohnt, doch bereits beim Einzug hatte Elisa ihrer Freundin mitgeteilt, warum sie nicht auf Jansons Plantage bleiben konnten.

Die Freundin verstand auch ohne große Worte. In der Nacht, nachdem sie eingezogen waren, hatte Elisa ihr die Blutergüsse an ihren Oberarmen und in der Innenseite ihrer Oberschenkel gezeigt. Zudem waren Elisas Worte mehr als deutlich.

»Ich würde ihn umbringen. Oder aber er bringt mich um.«

Amala hatte genickt, geflucht, wütend auf den Boden gespuckt und aufgehört, die Kisten auszupacken.

»Was machen wir jetzt?«

»Wieder umziehen.«

Es gab Dinge im Leben, die sich nun einmal nicht ändern ließen. Ohne weiteres Murren hatte sie mit Elisa beraten, wie es weitergehen konnte, wenn sie nicht auf Kauai bleiben konnten. Der rettende Engel war Leilani gewesen. Über ihre Mutter hatte sie Elisa innerhalb weniger Wochen die Stellung im Haus der ehemaligen Königin von Hawaii besorgt.

Dagegen konnte niemand etwas sagen. Für Lili'uokalani in Honolulu zu arbeiten war eine Ehre, die selbst Janson und Elisas Mutter anerkennen mussten. Obwohl Königin Lili'uokalani offiziell von allen Regierungsgeschäften ausgeschlossen war, brauchten die Amerikaner sie zu Repräsentationszwecken. Die ehemalige Königin wurde nach wie vor von ihrem Volk verehrt und über alles geliebt. Sie hatte vor einigen Jahren ihre Autobiografie geschrieben, die auch eine Geschichte des Königshauses von Hawaii war. Ihr Wunsch war, dass sie in alle Sprachen der Welt übersetzt werden sollte, auch ins Deutsche. Das würde Elisas zukünftige Aufgabe sein.

Erschöpft ließ Amala sich in den Schaukelstuhl fallen. Trotz des erneuten Umzugs war sie stolz auf Elisas neue Aufgabe. Sie würden Lili'uokalani dienen. Schon vor einiger Zeit hatte die Hawaiianerin mit den Kindern das Lesen gelernt. Jetzt studierte sie in ihrer Pause die dünne Zeitung, die in Lihue wöchentlich herausgegeben wurde, bei Kerzenschein.

»Inzwischen gehört nicht einmal mehr zehn Prozent der Inseln uns Hawaiianern ... steht hier.«

Elisa nickte. »Es wird in den nächsten Jahren noch schlimmer werden ...«

»Fluch der *haole* ...«

Amala brummelte im Takt des quietschenden Stuhls vor sich hin. »Warum haben wir sie nach ihrer Ankunft nicht gleich erschlagen? So wie diesen Kapitän Cook ...«

Elisa schwieg. Sie hing ihren eigenen Gedanken nach. Der einzige Vorteil von ihrem Umzug nach Honolulu war die Nähe zu Kelii. Er war dort im Gefängnis. Obwohl sie seit Jahren nichts von ihm gehört hatte, war ihre Hoffnung auf ein Wiedersehen nach wie vor groß. Natürlich wusste sie um die Gefahren, und sie hatte davon gehört, dass viele der hawaiischen Gefangenen in diesem Gefängnis umkamen, doch er hatte Freunde unter den Hawaiianern gefunden. Auch deshalb hielt Elisa Abstand. Eine weiße Frau zu haben, war für Kelii von Nachteil.

»Was meinst du, Elisa? Sind die Chinesen schuld an Mai Pake? Oder sind es die *haole*? Ich meine, nur wegen den *haole* sind die Chinesen letztendlich als Arbeitsbienen auf die Plantagen gekommen. Genau wie die Japaner, die Filipinos, die Koreaner ...«

»Und jetzt die Portugiesen ... Hawaii besteht immer mehr aus verfluchten Einwanderern ... Ich bin doch auch ein Fluch für dich, nicht wahr?«

Die Frauen lächelten sich an. Ihre Freundschaft war inzwischen so tief wie der Ozean. Amala philosophierte weiter.

»Der Fluch sind nicht die Menschen selber ... viele Einwanderer sind gute Leute. Nur Männer wie Janson, die ihren Hals nicht voll genug bekommen können, zerstören unsere Inseln! Ein Piano, eine Kutsche für sein Prinzesschen ... Ein grausamer Giergeist ist Janson! Möge Pele seine Männlichkeit mit heißer Lava bespucken ...«

»Bist du wohl still! Was ist, wenn dich jemand hört?«

In der Siedlung waren immer noch einzelne Stimmen zu hören, doch Amala war das egal. »Ich hasse Männer wie ihn!«

Elisa ging nicht weiter auf ihre Worte ein. Ihre Gedanken waren bei Kelii. Es gab neueste Gerüchte, dass Mai Pake im Gefängnis um sich griff, da die hygienischen Bedingungen dort sehr schlecht waren. Da die Krankheit oft von entwürdigenden Entstellungen begleitet war, vor allem in den Gesichtern, wurde sie selbst von den Kahuna als eine besondere Strafe der Götter gesehen. Bei dem Gedanken, dass Kelii sich angesteckt haben konnte, wurde ihr Herz so schwer wie nie zuvor.

In der Ferne schrie ein Pfau. Elisa erschrak. War es ein Zeichen? Hatte ihr Mann sich angesteckt?

»Meinst du, Kelii hat sich mit Mai Pake angesteckt?«

Elisa musste den schrecklichen Gedanken aussprechen.

Amala hörte sofort auf zu schaukeln. Energisch schüttelte sie ihren Kopf.

»So etwas darfst du noch nicht einmal denken!«

Tränen standen in ihren Augen, es waren Tränen des Zorns.

»Unsere Götter beschützen Kelii! Er ist Ali'i, einer der höchsten Ali'i von Kauai. Zwar ist sein Vater tot, und seine

Schwester ist krank, aber unsere *aumakua* wachen über diese Familie ... nur ...«

»Nur was?«

Amala zögerte, sie wusste nicht recht, wie sie es Elisa beibringen sollte.

»Keliis Kinder haben *haole*-Blut, auch die Kinder von Leilani sind nicht von reinem Blut ... vielleicht prüfen unsere Götter diese Familie besonders hart ...?«

Elisa schluckte, erwiderte aber nichts. Sie wusste, was Amala meinte. So wie ihre Freundin dachten viele königstreue Hawaiianer. Die Menschen hier hatten viele Generationen glücklich unter den lokalen Ali'i gelebt. Amalas Eltern, Großeltern und viele Generationen von Vorfahren waren gut mit den Inselgöttern ausgekommen. Erst seit mit Kapitän Cook die Weißen gelandet waren und das Christentum mit sich gebracht hatten, wurde alles anders. Der Fluch, der über den Inseln Hawaiis lag, wurde als ein Ringen der Götter interpretiert.

»Unsere Feuer-Pele mag euren Jesus eben nicht. Euer Gott ist ihr zu blass und zu mager ... und er ließ sich an ein Kreuz nageln! Was für ein Krieger lässt so etwas zu? Unsere Krieger stürzen sich eher vom höchsten Felsen ins Meer, als sich von Gegnern fangen und foltern zu lassen ...«

Bisweilen sprachen Elisa und Amala vor dem Schlafengehen über Religion, manchmal zankten sie sich auch humorvoll über ihre unterschiedlichen Sichtweisen. Heute jedoch wollte Elisa nicht reden. Auch Amala wollte mit ihrem Abschiedsschmerz allein sein, das spürte sie. Die Freundin wiegte sich im Mondlicht im Schaukelstuhl hin und her und summte ein Lied in ihrer Sprache.

Elisa verließ die Veranda, die Lanai, und ging tiefer in den Garten. Sie sah hoch zu den Sternen und sprach ein stummes Gebet. Was sie sich an diesem Abend am meisten wünschte, mehr noch als ihrem Liebsten in diesem Moment nahe zu sein, war eine Zukunft als Familie. Dazu gehörten alle ihre Kinder und Schützlinge, ihre Freundin Amala, aber auch ihre älteste Tochter Victoria. Besonders das Mädchen schloss sie in ihr Gebet mit ein. Sie wünschte es sich so sehr.

»Elisa?«

Sie erschrak. Wie lange stand Johannes schon unter dem Baum und beobachtete sie? Hatte er ihre Tränen gesehen?

Als er näher kam, konnte sie sehen, wie traurig und ernst er aussah.

»Bevor du auf das Schiff nach Honolulu steigst, muss ich noch einmal mit dir reden ...«

Elisa erschrak. Sie war erst kürzlich bei ihm im Kontor gewesen, doch Johannes sah in dieser Nacht noch schlechter aus. Hatte sich Rosas Zustand weiter verschlimmert? So war es, und inzwischen wussten sie, was für eine schreckliche Krankheit sie hatte.

»Mai Pake ... der Doktor hat es vorhin bestätigt. Doch nicht nur Rosa, sondern auch vielleicht meine Leilani.«

»Nein! Das kann nicht sein, es darf einfach nicht wahr sein! Der Doktor muss sich irren!«

Elisa fühlte, wie alles Leben aus ihr wich. Sie musste und wollte sich daran festhalten, dass es ein Irrtum war. Nicht Leilani und ihr Baby, nicht ihre geliebte Schwägerin, der sie im letzten Jahr so viel zu verdanken hatte.

Johannes sah sie unendlich traurig an. Er stand so nah bei ihr, dass sie seinen männlichen Geruch wahrnehmen konnte. Er erinnerte sie an ihren Vater. Seine stattlichen Schultern und sein festes Kinn, das in diesem Augenblick bebte.

»Leilani braucht jetzt deine Hilfe, Elisa ... wir brauchen deine Hilfe. Ich habe ... ich habe nicht die Kraft ... bitte geh nicht fort. Lass mich nicht allein. Bitte ... bleib.«

Seine Stimme war leise geworden, sie ging im nächtlichen

Zirpen der Grillen unter und erstarb. Beide hatten sie keine Worte für das Grauen, das nach ihnen griff.

»Wie kann ich dir helfen, wie …?«

Sie suchte nach Worten, fand sie aber nicht. Sie griff nach dem Revers seiner Jacke, als wäre da ein Rettungsring. Dann lag plötzlich ihr Kopf auf seiner Brust. Sie hörte sein verzweifeltes Weinen und schluchzte ebenfalls hemmungslos.

Eine Weile standen sie unter dem bleichen Mond in der feuchten Schwüle des nächtlichen Gartens, bis ihr Weinen weniger wurde. Er reichte ihr sein Taschentuch. In der tiefen Trauer seiner Augen sah sie seine Liebe zu ihr. Sie liebte ihn ebenfalls und dachte nicht darüber nach, was es für eine Art von Liebe war, denn sie fühlte keinerlei Lust oder Begehren. Sie wollte ihm nur helfen. Ihr eigenes Leid schien ihr banal, verglichen mit seinem Schmerz. Er war die letzten Jahre ihr bester Freund gewesen.

Wenige Stunden später ging die Sonne über den weichen Hügeln jenseits von Lihue auf. Elisa saß mit einer Tasse bitterem Tee an Leilanis Krankenbett.

»Trinke die Pflanze ein einziges Mal. Dein Traum wird dir vielleicht sagen, warum du diese Krankheit hast …«

Leilani schüttelte den Kopf und zeigte auf das Kreuz über ihrem Bett. »Der Erlöser hat mir die Krankheit geschickt und meiner kleinen Rosa auch … wir werden sterben.«

»Das sehe ich anders …«

Elisa sah sich Leilanis Haut an, das Innere ihres Auges und fühlte ihren Puls. Die kleine Rosa hatte sie bereits untersucht.

»Deinem Baby geht es sehr schlecht … aber du bist stark. Eine Krankheit wird dir vielleicht lange Kummer machen, doch sie wird dir nicht so schnell dein Leben nehmen … und ich glaube auch nicht, dass du Mai Pake hast. Der Doktor irrt sich. Trink den Tee! Träume dich zu den *aumakua*, schwimm raus zu den Haien im Schlaf und hole dir deine Kraft zurück, Schwester!«

Wieder hielt Elisa ihr den Tausend-Nebel-Trank hin, doch erneut schob Leilani die Tasse weg. Mit tieftraurigen Augen sah sie Elisa an.

»Du musst fliehen, aber bitte verzeih mir vorher. Ich brauche deine Vergebung … selbst wenn wir uns nie wiedersehen.«

»Warum sagst du so etwas? Wir werden uns wiedersehen. Ich werde deinen Bruder wiedersehen. Es wird eine große Hochzeit geben, und wir werden alle darüber lachen, dass wir so mutlos waren. Es passt nicht zu den Ali'i, verzagt zu sein. Ihr lasst euch nicht von dummen Krankheiten aus der Bahn werfen. Ihr seid stark, du und dein Bruder … Komm, trink!«

Leilani versuchte zu lächeln, aber es gelang ihr kaum. Ihre Augen lagen tief in ihren Höhlen.

»Ich kann nicht zu den *aumakua*, ich hab sie verraten. Ich habe mein Volk verraten und unsere Götter … und ich habe dich verraten … Verzeih mir, Elisa!«

Sie erschrak, als Leilani sich aufrichten wollte. Sie war erschreckend mager, und ihre Augen leuchteten unnatürlich. Sie nahm das Baby, das auf Johannes' Bettseite lag, und zog es an ihre Brust. Das kleine Wesen war sehr schwach, seine Lebenskräfte schwanden rasch, und auch Elisa konnte nichts mehr für dieses Kind tun, das spürte sie. Rosa gehörte bereits den Engeln.

Durch die Morgensonne wurde es im Krankenzimmer langsam heller. Elisa zog die Vorhänge zurück, sodass Mutter und Kind in ihrem Bett in einem Bad aus Licht lagen.

Leilani würde noch nicht sterben, das spürte sie als erfahrene Kahuna. Doch sie würde das Tal des Todes mit diesem Kind durchqueren müssen. Die Trauer hatte Leilanis goldbraune Haut, die sie an ihrer Freundin immer bewundert hatte, aschgrau werden lassen. Ihr Gesicht war von saurem Schweiß bedeckt, und ihr Atem roch nach dem einer alten Frau. Auf dem Kopfkissen lagen Büschel von ausgerissenen Haaren.

Auf dem Nachttisch sah Elisa eine Flasche Opiat, sie war fast leer. Leilani hielt ihr Baby in den Armen und sprach zärtliche Worte mit ihr. Es waren Worte in Leilanis Muttersprache, vermischt mit Englisch und auch Deutsch. Johannes und sie sprachen bei Tisch stets Deutsch mit den Kindern, darauf hatte ihr Mann bestanden. Sie hatte die schwere Sprache erlernt. Jetzt sang sie ihrem Kind mit zitternder Stimme ein deutsches Schlaflied vor.

Guten Abend, gute Nacht,
mit Rosen bedacht,
mit Näglein besteckt.
Schlupf unter die Deck'.
Morgen früh, wenn Gott will,
wirst du wieder geweckt.

Elisa wusste nicht, ob sie bleiben oder gehen sollte. Doch als sie aufstand, um zur Tür zu gehen, bat Leilani sie zu bleiben, weil sie ihr etwas sagen musste.

»Es geht um die Perle ... die Perle, die mein Bruder angeblich gestohlen haben soll.«

Elisa konnte sehen, wie schwer es für Leilani war, ihr in die Augen zu sehen, als sie zögernd weitersprach.

»Ich ... ich war es nicht alleine. Ich war sogar dagegen. Kelii ist mein Bruder! Dann haben sie abgestimmt, alle, die an diesem Tag bei der Versammlung waren ... haben dagegen gestimmt. Sie waren gegen euch als Paar ... wegen der Sitten.«

»Wer hat abgestimmt? Sag mir die Namen!«

Mit schwacher Stimme begann Leilani eine Reihe von Namen aufzuzählen. Es waren alles Mitglieder der besseren Gesellschaft: Plantagenbesitzer, vermögende Händler, auch der

Apotheker und der Pfarrer waren darunter. Einige kannte Elisa nicht persönlich, wusste aber, wer sie waren. Die einflussreichsten Persönlichkeiten auf Kauai stammten von den ersten Missionaren ab, andere hatten sich später mit Vermögen eingekauft. Elisas Onkel war mit seiner Frau unter den Genannten, auch Elisas Mutter und ihr Mann Fried. Selbst Piet van Ween gehörte mit seiner Frau dazu, obwohl er nicht sehr vermögend war. Johannes war ebenfalls dabei. Er war nicht der Einzige, der eine Hawaiianerin aus Adelskreisen zur Frau genommen hatte. Es waren drei gemischte Paare.

»Wir drei Ali'i Frauen stimmten natürlich dagegen. Johannes ebenfalls …«

Leilani hatte erneut begonnen zu weinen.

»Aber dann haben sie uns überzeugt. Sie haben gegen dich gehetzt, Elisa. Eine weiße Frau wie du würde Schande über alle Weißen bringen, aber auch über alle christlichen Frauen auf der Insel.«

In Elisas Kopf rauschte es laut und schmerzhaft. Wie so oft, wenn etwas geschah, das sie gänzlich aus dem Gleichgewicht brachte. Alles war von langer Hand vorbereitet gewesen. Piet van Ween war nicht von alleine auf die Idee gekommen, die Perle in ihrer Hütte zu verstecken. Leilanis Schluchzer machten es schwer, ihre einzelnen Worte zu verstehen, doch Elisa erfasste den Sinn. Es gab eine Abstimmung und danach einen Plan, wie man Kelii und sie für immer trennen konnte. Auch Leilani und die beiden anderen Ali'i-Frauen hatte man überzeugen können.

»Kelii verlor durch dich an Einfluss, Elisa! Du warst keine von uns, würdest nie eine sein, dachte ich … und ich hatte unrecht. So oft habe ich es seitdem bereut … wollte mit dir reden, dich um Verzeihung bitten. Doch dann …«

»… war es für Johannes' Laufbahn besser, wenn ich die gehorsame Dienerin des Gouverneurs blieb … oder gar seine Ehefrau wurde.«

Leilani tastet mit ihrer fieberheißen Hand nach Elisas und versuchte, sich erneut halb aufzusetzen.

»Ich hatte unrecht ... aber ich habe mich auch überzeugen lassen ... von der Frau, die behauptete, dich am allerbesten von allen Menschen auf der Welt zu kennen. Sie haben ihr alle zugehört, alle! Glaube mir, kleine Schwester, diese Frau will dir nichts Gutes.«

Eisig sank die Erkenntnis ein, so kalt und erbarmungslos wie die Fluten, die ihr bei ihrer Ankunft auf Kauai vor fast zehn Jahren nach dem Leben trachteten. Ihre Mutter hatte sie verraten.

Um die Mittagszeit, als die Sonne am höchsten stand und das Krankenzimmer nach süßer Schwüle roch, flog Rosas Seele zum Himmel. Wieder hörte Elisa einen Pfau schreien, drei Mal schickte er seinen Salut. Die Kleine hatte es geschafft, ihren zerstörten Körper zu verlassen. Ein blaues Licht erschien kurz vor der Sonne, drehte sich wie ein Kreisel und verschwand.

Die Frauen hatten ihr Bestes getan, Rosas Reise mit Gebeten und guten Wünschen zu begleiten. Danach war Leilani in einen tiefen Schlaf verfallen. Wie eine Tote lag sie da.

Mit Johannes wusch Elisa den kleinen Körper und salbte ihn. Dann zogen sie Rosa ein weißes Kleidchen an. Ihre traurigen Geschwister kamen und brachten Blumenketten an die Tür. Ins Krankenzimmer durften sie nicht, ihr Vater erlaubte es nicht. Das Haus stand unter Quarantäne.

Der britische Doktor kam. Er bat Elisa um ein Gespräch unter vier Augen. Es ging nicht etwa um die Ansteckungsgefahr, sondern um die verbotene Pflanze. Mit einem Lächeln log sie ihm ins Gesicht. Schon lange hätte sie die Behandlung mit verbotenen Substanzen aufgegeben.

Danach betete Elisa darum, der Doktor würde sich Rosas Körper nicht allzu gründlich ansehen, bevor er den Totenschein unterschrieb. In einem unbeobachteten Moment hatte sie Rosa ein kleines Stück der Pflanze unter die Zunge gelegt.

Was die Krankheit Mai Pake anging, war der Doktor sich in Rosas Fall nicht mehr so sicher, ihr Körper schien eher von einer Influenza dahingerafft. Auch was Leilani anging, war die Diagnose jetzt mit einem Mal unklar. Sie würde nicht sterben, zumindest jetzt noch nicht, darin waren sich Elisa und der Doktor einig. Die Quarantäne wurde wieder aufgehoben.

Ihre Abreise musste Elisa nicht verschieben. Wegen der Sommerhitze wurde Rosa am nächsten Morgen in aller Frühe beigesetzt. Im kleinen Kreis versammelten sie sich mit allen Kindern. Sie brachten traditionelle *leis* und bunte Sträußen auf den hübschen Friedhof hinter der Lutheranerkirche. Wie ein Schiff thronte die helle Holzkirche auf dem Hügel oberhalb von Lihue. Auch Elisas Familie gehörte inzwischen seit mehr als vier Jahren zur kleinen Gemeinde. Alle Deutschen kamen zu dieser Kirche, hier hatten all ihre Kinder zusammen im Chor die alten Kirchenlieder aus der Heimat gesungen. Daher kannten sie sich. Eli und Ulani sprachen Thomas und Elisabeth ihr Beileid aus, so wie Kinder das tun. Zusammen gaben sie dem Engel Rosa das letzte Geleit. Johannes wünschte sich ein deutsches Lied, das auch Elisas Kinder im Chor gelernt hatten. Er musste seine Frau stützen, denn Leilani fieberte immer noch. Doch sie wollte unbedingt dabei sein. Thomas und Elisabeth standen an der Seite ihrer Mutter, hinter ihnen Piet van Ween und seine Frau mit ihren rothaarigen Kindern, die jetzt alle größer als die Eltern waren. Mehrmals sah Johannes zu Elisa rüber. Sie konnte seinen Blick nicht deuten, aber ihr Gefühl sagte ihr, sie würden sich schon bald auf Oahu wiedersehen.

Die Kisten waren bereits an Bord. Amala hatte mit den größeren Kindern dafür gesorgt, dass nichts fehlte: Hausrat, Betten, Stühle und Tische, Elisas Bilder, Spielzeuge der Kinder, Kleiderkoffer, Bücher und Schiefertafeln – alles war dabei. In den fast fünf Jahren in Lihue hatte sich sehr viel angesammelt, und in Honolulu hofften sie ein ebenso großes Haus vorzufinden wie auf Jansons Plantage.

In dem alten Frachter waren Ladungen von Zuckerrohr verladen worden, auch sie kamen von Jansons Plantage, so wie einige Säcke mit Kaffeebohnen, die der Gouverneur neuerdings als Zwischenhändler vertrieb. Dann wurden die Frachtluken verschlossen. Die letzten Passagiere gingen an Bord.

Elisa hielt ungeduldig nach Johannes Ausschau. Er wusste nicht, ob er es rechtzeitig zum Hafen schaffen würde, da er den Morgen über Besprechungen mit Janson und den neuen Investoren hatte. Sie hatte die Hoffnung schon fast aufgegeben, als sie sah, wie ein einzelner Reiter herangaloppiert kam.

Amala und die Kinder gingen schon an Bord. Sie blieb an der Hafenmauer zurück, ihren Sonnenschirm gegen die sengenden Strahlen aufgespannt, und wartete, bis er bei ihr war.

»Zum Glück bist du noch hier ...«

Er sprang vom Pferd und hielt ihr einen Umschlag entgegen. Elisa hatte ihm vier der Perlen aus dem Collier anvertraut.

»Ich konnte diesmal einen sehr guten Preis erzielen. Das sollte eine Weile reichen ...«

Er war vom schnellen Reiten außer Atem, doch seine Augen strahlten vor Freude, denn er hatte eine gute Nachricht.

»In zwei Wochen komme ich nach Honolulu, um dort unsere Zweigstelle zu eröffnen. Das neue Kontor wird ganz in der Nähe vom Washington Place sein, da kann ich dich und die Kinder öfter besuchen ... ich plane, in Zukunft jeden Monat eine Woche auf Oahu zu verbringen. Janson ist sich gerade mit den Investoren einig geworden. Wir werden in Zukunft auch Ananas anbauen!«

Elisa öffnete den Umschlag. Er enthielt sehr viel mehr Geld, als sie erhofft hatte. Sie hatte sich entschlossen, die restlichen

Perlen in ihrem Versteck auf Kauai zu lassen, doch hatte sie Johannes darum gebeten, ihr bei der Eröffnung eines Kontos in Honolulu behilflich zu sein, damit sie finanziellen Spielraum hatte, wenn Sonderausgaben kamen. Einmal im Jahr plante sie ohnehin, mit den Kinder auf Kauai zu sein. Die grüne Insel war ihr Zuhause.

Johannes wartete geduldig, bis sie das Geld fertig gezählt und den Umschlag im Rock ihres Reisekleides verstaut hatte. Dann ergriff er ihre Hand, um sie an seine Lippen zu führen. Das tat er sonst nie, und sie musste über seine Geste der Ehrerbietung ein klein wenig lächeln.

»Danke, Johannes ... vielen, vielen Dank.«

»Nicht deinen Dank will ich, sondern deine Vergebung. Meine Frau und ich haben dir Unrecht getan ... und ich hoffe, ich hoffe sehr, dass es dir gelingen wird, Kelii im Gefängnis von Honolulu zu besuchen. Und wenn es dir gelingen sollte ... dann sage ihm bitte nichts. Er ist mein Freund.«

Sie sah ihm in die Augen, suchte nach einem Zeichen von Unehrlichkeit oder Feigheit, doch sie sah nur sein aufrichtiges Bedauern. Sie würde ihm und auch Leilani eines Tages verzeihen, das wusste sie, doch noch war es nicht so weit. Sie strich eine widerspenstige Locke aus ihrer Stirn, dann stellte sie sich auf die Zehenspitzen und gab ihm einen Kuss auf die Wange.

»Gib mir ein wenig Zeit, um über alles nachzudenken. Doch bitte komm unbedingt am Washington Place vorbei, wenn du in Honolulu bist. Du gehörst doch zu meiner Familie ...«

»Und du hast deinen Platz hier ... für immer.«

Johannes deutete auf seinen Brustkorb, und sie verstand auch ohne große Worte. Mit gemischten Gefühlen blickte sie Pferd und Reiter hinterher.

»Kommst du, Ma? Es geht los ...«

Eli hielt ihr die Hand hin, um sie auf den Frachter zu begleiten. Amala und die anderen Kinder waren bereits an Bord. Sie konnte sie von unten an der hinteren Reling sehen, von wo aus sie fröhlich in die Zuschauermenge winkten. Wie oft hatte Elisa an den Wochenenden mit den Kindern hier gestanden, um den Abreisenden zuzuwinken. Jetzt waren sie selber dran, ein neues Abenteuer begann.

Kurz bevor der Frachter ablegte, gab es Unruhe am Kai. Ein weiterer Passagier verlangte lautstark, noch an diesem Tag mit nach Honolulu genommen zu werden, da dort dringend seine Dienste gebraucht wurden. Es war der alte britische Doktor Wellington, dessen Einspänner von zwei berittenen Polizisten begleitet wurde.

Verschwitzt und mit nur einem Koffer und seiner Arzttasche kam der Doktor an Bord gehumpelt. In Honolulu war Gelbfieber ausgebrochen.

Dein Herz hat die Weite eines Ozeans.
Geh und finde dich in seinen verborgenen Tiefen.

Rumi (1207–1273)

10. Kapitel

Awapuhi kuahiwi – Wilder Ingwer, Sommer 2011

»Ina und Stefan sind an Bord. Dein Ex hat seinen Last-Minute-Flug also bekommen, und in circa fünf Stunden kommen sie am Flughafen von Lihue an. Ich bin ohnehin in der Nähe, also hole ich sie ab …«

Bildete Maja es sich ein, oder klang Keanus Stimme anders als sonst? Kurz überlegte sie, ob sie ihn darauf ansprechen sollte, ließ es aber sein. Eifersucht wäre das Thema. Damit wollte sie ihm nicht schon wieder auf die Nerven gehen. Wegen Leilani hatten sie in letzter Zeit genug Diskussionen.

Sie versuchte, heiter zu klingen.

»Wunderbar, *ipo* … Ruf einfach kurz an, wenn ihr in Hanalei seid, dann lege ich den Fisch auf den Grill. Die beiden werden nach dem langen Flug hungrig sein. Vielleicht könntest du auch noch Bier mitbringen? Stefan würde sicher gerne ein lokales Longboard probieren …«

»Na klar, für deine Freunde tue ich doch alles. Aber du ruhst dich bitte aus, *ipo*, ja? Vielleicht gehst du noch schwimmen. Das wäre sicher gut für euch beide … Bis später.«

Sie musste sich in den letzten Tagen öfter einmal länger ausruhen. Der Einzug in ihr Haus hatte seinen Tribut gefordert. Sie waren teilweise mehr als sechzehn Stunden auf den Beinen gewesen, um alles fertig zu bekommen.

Nach dem kurzen Telefonat fühlte sich Maja schwach. Sie konnte kein weiteres Fenster putzen und setzte sich in Ermangelung eines Stuhls auf das neue Klappbett für Stefan. Auf den Kauf hatte sie gestern vehement bestanden, fast hätten sie deswegen gestritten. Keanu fand Matratze und Schlafsack ausreichend.

Doch Maja wollte ein Bett mit schöner Bettwäsche für Stefan in ihrem schönen, neuen Haus. Sie war stolz auf diesen wundervollen Flecken Erde und wollte ihn auch entsprechend präsentieren.

Ihr Exfreund würde in wenigen Stunden in diesem Zimmer stehen und durch die Terrassentür auf ihren blühenden Garten sehen, hinter dem der Pazifik heute in seinem schönsten Blau lockte. Kein einziges Wölkchen war am Himmel zu sehen, und sie empfand trotz der Erschöpfung Freude.

Stefan würde ihr auf seine Art tief in die Augen sehen, genau wissen wollen, wie es ihr geht und dabei ihre Hand in seiner halten. Er war ein wunderbarer Arzt, das wusste sie.

Dann würde er sich mit ihr zurückziehen wollen, um alles Medizinische zu erfahren. Er würde sie loben, weil sie in der Schwangerschaft nicht allzu viel zugenommen hatte. Dann würden sie über Majas renitentes Herz sprechen, das seit ein paar Wochen noch besorgniserregendere Zicken machte.

Vielleicht murmelte und gluckste es zwar freudig, aber eben nicht regelmäßig genug, weil ihr Leben so aufregend war. Das war die wünschenswerte Variante. Doch es konnte auch ihre ständige Angst sein, die ihrem Herzen in der Schwangerschaft zu viel Stress machte. Bis jetzt war der Haifischmann nicht gekommen, doch er hielt sich auf der Insel auf, das wussten sie. Maja war wie Keanu dazu übergegangen, stets einen kleinen Rucksack bei sich zu tragen, in dem Diana ihren festen Platz hatte. Nachts lag Diana unter dem Kopfkissen, so wie auch Keanu seine Waffe im Bett aufbewahrte, wenn er bei ihr zu

Hause schlief. In den Nächten, in denen er nicht da war, fühlte Maja sich trotz der Waffe besonders verwundbar. Sie wachte vom kleinsten Geräusch auf, ihr Herz klopfte wie verrückt, und sie brauchte dann lange, um wieder einzuschlafen. Lag Keanu nachts neben ihr, war es besser, weswegen er jetzt nur in Notfällen von ihrer Seite wich. Es hatte ein wenig gebraucht, doch seit dem letzten Arztbesuch machte auch er sich Sorgen.

»Ihre Freundin hat ein Herzproblem …«

In der kleinen Spezialklinik am Rand von Lihue hatte man Maja an Diagnosegeräte angeschlossen und Herzrhythmusstörungen festgestellt. Keiner der Ärzte dort vermochte einzuschätzen, ob ihr unruhiges Herz womöglich etwas mit ihrer Schwangerschaft zu tun hatte. Maja hatte in ihrer Jugend ab und zu unter Herzproblemen gelitten, vor allem wenn sie von Schulstress geplagt wurde. Doch Keanu hatte eine Ahnung. Wenn werdende Eltern nur noch mit Waffen unter ihren Kopfkissen schliefen, weil sie Angst vor einem entfernten Familienmitglied hatten, konnte sich das nicht gut auf die Gesundheit auswirken. Aus der Vogelperspektive betrachtet schien diese alte Familienfehde total absurd. Doch eine Lösung hatte Keanu auch nicht. »Es ist schon immer so …«

Doch genau dieses »immer so« akzeptierte Maja nicht. Sie war deshalb auch froh, dass Stefan mit Ina aus München kam. Stefan war rational und überzeugend, dachte vor allem lösungsorientiert. Und er konnte autoritär sein, wenn es sein musste. Für Maja war es nicht ganz einfach, ihren Gesundheitszustand einzuschätzen, doch sie wollte keinesfalls Schaden nehmen. Wenn der Stress für sie und das Baby zu viel war, würde sie notfalls zurück nach Deutschland gehen, um ihr Kind zu bekommen. Davon wusste Keanu noch nichts. Sie wollte ihn nicht verunsichern, doch war sie sehr froh, sich mit guten Freunden beraten zu können.

Ursprünglich erwartete Maja nur Ina. Die Freundin wollte

sie für einige Wochen besuchen, das neue Haus bestaunen und ihr helfen, bevor das Baby kam.

Nicht ein einziges Stück Babywäsche hatte Maja besorgt, aber immerhin standen schon ein Bettchen und ein Wickeltisch im Kinderzimmer. Keanu hatte sie von den Cousins der Cousins besorgt, wie es hier eben so war. Verwandtschaft war alles.

Die Wände des Zimmers hatte Keanu erst letzte Woche mit Motiven seines *aumakua mano*, dem Familienschutzgeist Hai, bemalt. Es waren freundliche Haie, die lächelten.

In Pastelltönen in Hellblau und Türkis schwammen die lustigen Haie als halbhohe Borte an den Wänden entlang, Mütter, Väter und Kinder, jede Menge fröhliche Haie, denn es würde ein Junge werden. Das wussten sie bereits.

Eigenartige Worte hatte Keanu beim Malen für seinen Sohn gemurmelt, doch Maja hatte nicht nach der Bedeutung gefragt. Es fiel ihr weiterhin schwer, seine Sprache zu lernen, doch sie gab sich viel Mühe, denn Keanu hatte jede Menge Anreize geschaffen. Fußmassagen, Nackenmassagen ... sogar eine Pediküre hatte sie einmal von ihm zur Belohnung bekommen, mal abgesehen von den anderen süßen Streicheleinheiten. Jeden Tag aufs Neue zeigte er ihr, wie sehr er sie liebte – und seinen Sohn.

Maja ließ sich nach hinten auf das Klappbett sinken und strich zärtlich über ihren Bauch. Ihr kleiner Junge boxte fröhlich, wie oft in den letzten Tagen. Ob er sich auch schon auf die Geburt freute?

Sie gönnte sich einige Minuten Auszeit und überlegte, ob so weit alles für ihre Gäste vorbereitet war.

Ina würde in dem Kinderzimmer schlafen. Maja war gespannt auf ihre Träume. Ina hatte panische Angst vor Haien.

Stefans Besuch hatte Keanu zunächst überfordert, weil er die unteren Räume noch nicht fertig hatte. Mit Majas Ex in einem Zimmer wollte Ina aber auch nicht unbedingt schlafen.

Also hatte Keanu einige Extraschichten eingelegt, um Majas zukünftiges Arbeitszimmer rechtzeitig fertigzubekommen.

Das Klappbett, das man wegräumen konnte, dazu drei Pappkartons mit Büchern, sonst stand bisher nichts in Majas zukünftigem Reich. Gestern Nacht hatte Keanu es in einem hellen Sonnengelb gestrichen. Es wirkte freundlich und hell, doch das Beste war die wundervolle Aussicht. Von dem Jasmin vor der Terrassentür wehte ein süßer Duft zu ihr herüber. Selbst vom Bett aus sah man hinter dem seicht abfallenden Hügel die Klippen und dahinter den Meereshorizont in seiner endlosen Weite. Stefan würde den Anblick lieben.

Seitlich durch die Büsche sah man Elisas knorrigen Apfelbaum mit der Bank davor, ein kleines Stück tiefblaues Meer und dahinter die hochaufragenden Felsen in der smaragdfarbenen Bucht. An einem Bilderbuchtag wie heute, an dem die Vögel im Garten zwitscherten, ein laues Lüftchen wehte und der Himmel strahlte, war ihr neues Zuhause ein Paradies.

Wenn das Baby und sie sich aneinander gewöhnt hatten, würde Maja in diesem Zimmer weiter an Elisas Biografie arbeiten. Die letzten Wochen hatte sie ganz dem Haus widmen müssen. Inzwischen hatte aber auch ein Verlag Interesse an Elisa Vogels Geschichte angemeldet, vor allem im Zusammenhang mit ihrer Arbeit für Lili'uokalani am Washington Place. Es war angefragt worden, ob das Rote Haus eventuell auch historische Fotos von Elisa hatte, in denen sie am Quilt der Königin mitarbeitete.

Geplant war inzwischen eine Familienhistorie, kombiniert mit der detaillierten geschichtlichen Abhandlung dieser Zeit auf Hawaii, also die Jahre 1893 bis 1947.

Doch zunächst waren Baby und Haus dran, das sah auch Keanu so. Und seit dem alarmierenden Untersuchungsergebnis hatte Majas Herz Vorrang.

Obwohl er ihre deutschen Werte schätzte, allen voran ihre

Tüchtigkeit und ihre Selbstdisziplin, hatte es in letzter Zeit öfter Streit gegeben. Maja wollte so viel wie möglich machen, bevor das Baby kam, Keanu mahnte zu mehr Ruhe.

Lag es an der Schwangerschaft, den entfesselten Hormonen und der körperlichen Veränderung, dass Maja jetzt so oft nervös war? Oder waren es der Haifischmann und dieses vage Gefühl von konstanter Bedrohung?

Mutter zu werden war jedenfalls nicht so einfach, wie sie es sich vorgestellt hatte. Durch ihren behäbigen Bauch fühlte sie sich noch zusätzlich ausgebremst.

Keanu hingegen war relativ zufrieden. In den letzten Monaten hatte sich vieles beruhigt, was für die Königstreuen im Frühling eher turbulent begonnen hatte, sodass er zuverlässiger planen konnte. Leilani hatte einiges übernommen, um ihm den Rücken freizuhalten. Zwar hatte Maja sie nach ihrem Besuch nicht wiedergesehen, jedoch hatte sie Grüße ausrichten lassen. Sie war jetzt öfter auf Kauai, keine halbe Stunde von ihrem Haus entfernt lebte ihre Tutu, ihre Großmutter. Um eventuelle Übergriffe des Haifischmanns zu verhindern, zeigte Leilani mehr Präsenz auf der Insel und sorgte vor allem dafür, dass der Besitz ihrer Tutu rechtlich geschützt war.

Maja hatte Leilani gerade erst eine Einladung zur Hauseinweihung geschickt, auch mit den Münchner Freunden und mit ihrem Vater Max wollte sie den Einzug feiern. Sie war so stolz auf Keanu. Zimmer für Zimmer hatte er fertiggestellt, fast jede Nacht Mauern verputzt, teilweise mit Freunden noch Trennwände eingebaut und vor allem sehr viel gestrichen. Dabei konnte auch Maja helfen. Sie hatte einen Dauermuskelkater und Oberarme wie eine Ringerin bekommen, obwohl sie kaum ein Viertel der Arbeit geleistet hatte.

Genüsslich ertastete sie den Kopf, den Hintern und die kleinen Füßchen ihres Sohnes. Nur vier Wochen, dann würden sie ihn endlich in ihren Armen halten können!

Jeden Morgen massierte Keanu ihre Haut jetzt mit Kukuiöl, damit sie keine weiteren Dehnstreifen bekam, doch ein paar kündigten sich trotzdem als feine Silbermonde an. Es würde ein großer Junge werden, da war Keanu sicher. Er selbst hatte bei der Geburt fast vier Kilo gewogen.

Sie stand schwerfällig auf und schob zwei der Bücherkartons an die Wand, den dritten stellte sie am Kopfende des Bettes quer als Nachttisch. Zuletzt schloss sie die Stecker von Nachttischlampe und Ventilator an. Mehr Komfort gab es nicht. Danach ging sie die halbe Treppe nach oben in ihre neue Wohnküche, auf die sie besonders stolz war. Die hintere Wand hatten sie in Lehmfarbe gestrichen, einem natürlichen Pigment, das auf der Insel in einem warmen rotbräunlichen Farbton vorkam. Davor stand der neue Gasherd rechtwinklig im Raum, eingelassen in eine Platte aus dunkler Koa-Akazie, die auf alten Holzbeinen stand. Ein *kupuna kane,* ein Großvater von Keanu, hatte vor langer Zeit kleine Haie in das Holz, das von einem Baum der Dorfgemeinde stammte, geschnitzt. Dazu passende Schubladen und Regalbretter würden noch geliefert werden.

Sie liebte ihre neue Küche sehr. Beim Kochen konnte sie über ihre Lanai das Meer sehen. Keanu hatte die Veranda mit Fliegengittern eingezäunt, sodass draußen ein charmanter, wenn auch noch provisorischer Essplatz entstanden war.

In den kommenden warmen Sommernächten würden sie mit ihren Freunden draußen essen.

Es miaute an der Terrassentür. Yellow, wie Maja den zugelaufenen jungen Kater inzwischen nannte, begehrte Einlass.

»Hallo, mein kleiner Streuner ... ich hab dich vermisst.«

Maja nahm ihn auf den Arm und sah sich seine Ohren an. Sicherheitshalber hatten sie Yellow untersuchen lassen. Er hatte eine Ohrenentzündung, die jedoch gut verheilt war. Inzwischen hatten sie den Kater auf Anraten des Tierarztes impfen und kastrieren lassen.

Yellow schnurrte zufrieden in ihrem Arm, und Maja lächelte verträumt. Die Arbeiter waren auf dem Gelände, um die Überreste der provisorischen Wellblechhütte, in der sie viele Ängste durchlebt hatte, abzutransportieren.

Die brennbaren Hüttenteile wurden von Keanu an Vollmond mit feierlichem Dankesritual verbrannt. Gemeinsam hatten sie bei der Gelegenheit ihr neues Haus mit weißem Salbei eingeweiht und alle Vorfahren um Schutz und Segen gebeten.

Hatte es etwas genützt? Auch im neuen Haus bestimmte ihr tägliches Leben eine unbestimmte Unsicherheit, und die Albträume kamen nach wie vor fast jede Nacht. Einige Male hatte sie von der jungen Hawaiianerin geträumt, die ihre Hände nach ihr ausstreckte. Ein anderes Mal träumte sie nur von den zittrigen Händen mit den schlanken, mädchenhaften Fingern. Am Ringfinger der linken Hand steckte der Ring mit dem Rubinherz, den Maja als Kind von ihrer Großmutter bekommen hatte.

Schweißgebadet war sie aufgewacht und hatte nach dem Ring auf ihrem Nachtisch getastet. Am nächsten Tag hatte sie sich das alte Schmuckstück mit der Lupe genauer angesehen. Hamburg 1845 sowie die Initialen G. J. waren auf der Innenseite des schmalen Reifs eingraviert. Sie hatte keine Ahnung, wie Hamburg in ihre Familie passte, doch vielleicht stammte der Ring aus einem Nachlass. Bei Gelegenheit würde sie ihren Vater fragen.

Maja stellte Yellow sein Fressen und eine Schale mit Wasser hin. Dann öffnete sie die Fliegengittertür zum Garten. Dort lag wieder eine tote Maus. Yellow meinte es gut mit ihr.

Der junge Kater schnurrte um ihre Beine, während sie die Maus mit spitzen Fingern entsorgte. Ob sie ihm das mit den Mäusen wohl noch abgewöhnen konnte? Da sah Maja etwas in dem Tal oberhalb der Bucht aufblitzen. Wahrscheinlich ein

Fernglas, in dem sich die Sonne spiegelte. Das war ungewöhnlich, da der Wanderweg einen guten Kilometer weiter lag.

»Maja ... Aloha!«

Wegen der Arbeiten im Garten hatte Maja das zaghafte Klopfen an der Vordertüre nicht gehört. Erst als sie in die vorwurfsvollen Gesichter der Schwestern auf ihrer Lanai blickte, fiel es ihr ein. Sie war verabredet! Vor einer Stunde hätte sie Mai und Sabji am Strand zum Lunch treffen sollen. Über die Ankunft ihrer Freunde hatte sie es vergessen.

Mai seufzte theatralisch: »Du brauchst uns nicht mehr ... Alte *kanaka*-Frauen sind wir, mit faltigen Popos und brüchigen Knochen ... man vergisst uns einfach...«

»Mai, Sabji, es tut mir so leid ... darf ich euch etwas anbieten? Limonade? Wasser? Tee?«

Maja bemühte sich, ihren Fehler wiedergutzumachen.

Mai sah sie streng an. »Nix anbieten, nix trinken ... Es ist schon spät. Wir haben wenig Zeit. Du musst sofort mit uns ans Meer kommen. Wir haben dir gesagt, es ist wichtig für deinen kleinen Sohn, das Ritual im Ozean vor der Geburt. Es muss sein.«

Maja erinnerte sich an ihr Gespräch und nickte.

»Es tut mir so leid, ihr beiden ...«

»Vergessen ... obwohl es wichtig für dich ist, auch für Keanu. Nur ein gesundes Baby macht seinen Papa glücklich. Wir haben etwas für euch ... für den Segen, das Haus, das Kind ...«

Maja sah die hübschen Geschenke, die Sabji in ihren Armen trug, und fühlte sich doppelt schuldig.

»*E kala mai ia'u!* Entschuldigung!« Sie sagte es auf bestem Hawaiisch und bot an, den Blumenkranz und die Süßigkeit sofort zu besorgen, damit sie mit dem Ritual im Ozean loslegen konnten. Das hatte sie nämlich ebenfalls vergessen und zeigte entschuldigend auf ihren Bauch.

»Mein Gehirn ist verrutscht! Ich vergesse einfach alles.«

Mai lachte, was allerdings nicht bedeutete, dass alles wieder gut war. »Blödsinn! Wir machen das Ritual ohne Blumen und ohne Süßigkeiten. Dein Problem, wenn Keanu einen schlecht gelaunten Sohn bekommt, der seine Ma nie süß anlächeln wird! Und nimm meiner Schwester endlich die Hausgeschenke ab!«

Sabji reichte ihr eine Topfpflanze, die in einem Plastikblumentopf mit zu wenig Erde hin- und herwackelte, während Mai erklärte: »*Awapuhi, awapuhi kuahiwi*, das ist Wilder Ingwer, der alles überwuchert und erstickt. Nicht wirklich von hier, der Wilde Ingwer ... so wie du, oder? Unsere *hakahaka ili* ...«

Maja nahm Sabji mit einem Lächeln die Topfpflanze ab. Das Thema des Wilden Ingwers kannte sie inzwischen. Mai hatte sie mehr als einmal damit geneckt. So wie die Einwanderer die Urbevölkerung Hawaiis an den Rand gedrängt hatten, breiteten sich viele importierte Pflanzen übermäßig aus und nahmen den einheimischen Gewächsen den Lebensraum. Auch der Wilde Ingwer war einerseits ein Eindringling, aber er war zudem ein mächtiger Heiler unter den Pflanzen und daher sehr geachtet. Und *hakahaka ili* bedeute so viel wie leere Haut, wie Mai ihr einmal erklärt hatte.

»Du lebst hier, auf unserem heiligen Land. Du hast eine Nase wie wir, deine Haut ist wie unsere, du stiehlst einen der schönsten jungen Männer der Insel. Doch du weißt nicht, wer du bist. Du kennst noch nicht einmal den Großvater, der dir das Land vererbt hat, oder? Das ist *pupule*, so verrückt ... denn du riechst wie eine von uns – und du erinnert uns an Elisa, sie war Wilder Ingwer wie du.«

Mai reckte ihre Nase in die Luft, als würde sie etwas Verdächtiges riechen. Es sah komisch aus, wenn sie ihr Gesicht verzog und Maja musste lachen.

Mai meinte es nie böse, wenn sie so sprach. Einmal nannte sie die Namen irgendwelcher Verwandten, die Maja nicht das

Geringste sagten, denen sie aber angeblich ähnlich sah. Dann ließ sie sich darüber aus, wie diese Menschen rochen, und stets hatte es etwas mit diesem Wilden Ingwer zu tun.

Es war ein Spiel zwischen ihnen, und Maja kannte ihren Part. Sie seufzte dann betont theatralisch, bis sie die Schwestern zum Lachen gebracht hatte. Sie sah nicht aus wie eine Deutsche, war aber eine. Sie sah aus wie eine Polynesierin, doch hier war ihr auch nach fast einem halben Jahr noch vieles neu.

Wenn sie in ihrem Büro in Lihue war, wurde sie täglich humorvoll auf die Probe gestellt.

»Das machen wir, weil wir deinen Ingwergestank mögen. Bist du dir sicher, dass deine Mutter kein Stinktier ist …?«

Hin und her gingen die Neckereien das ganze Frühjahr über, doch als Majas Bauch mehr und mehr anschwoll, wurde Mais Gesicht ernster. Die Träume waren zu ihr gekommen, und daher musste sie mit Keanu sprechen.

»Woher kommt deine Maja wirklich?«

Mai fragte Keanu nach dem *aumakua* für das Baby, nach dem *aumakua* ihrer Familie in München, doch er hatte keine Antwort. Maja musste lachen, als er ihr von dem Gespräch erzählte, hatte aber sofort eine Antwort parat.

»Unser *aumakua* in München ist entweder ein Wellensittich oder aber ein Langhaardackel. Zufrieden?«

Seit dem Erlebnis mit dem Hundertfüßler, von dem sie Mai erzählt hat, waren die Schwestern noch ernster geworden. Der Hundertfüßler war auch in einem Traum von Mai aufgetaucht.

»Das bedeutet Gefahr«, sagte Mai ernst und stellte Fragen über Majas erste Begegnung mit dem Haifischmann in Nizza. Sie war erst beruhigt, als sie von der Pistole erfuhr, die Keanu für Maja besorgt hatte.

»*He ali'i ka aina. He kaua e kanaka*«, sagte sie leise. »Wer eigenes Land hat, ist hier der Chef, und wer keines hat, der bleibt bei uns ewig ein Sklave, ein *kanaka*. Du hast einen Feind. Du hast das Land, das der Haifischmann will. Und du hast seine Pläne schon einmal durchkreuzt. Nimm dich in Acht.«

Immer wieder sprachen sie über Majas Stück Land, um das sich über ein Jahrhundert lang viele in der Familie gestritten und auch entzweit hatten, doch nie hatte jemand es geschafft, sich hier ein Haus zu bauen, obwohl das Land wie geschaffen dafür war.

»Du hast dieses Paradies geerbt, Maja. Und du weißt nicht warum. Jetzt baust du dir hier mit Keanu euer Haus. Und ihr bekommt einen Sohn. Vielleicht heilt das die alte Wunde ... Aber vielleicht passte gerade das dem Haifischmann nicht. Er ist und bleibt *ohana*, Familie. Er ist ein Abkömmling von Elisa Vogels weißer Tochter ...« Mai bekreuzigte sich.

»Der Haifischmann trägt den Geist der dunklen Vergangenheit.«

Sabji reichte Maja das zweite Geschenk. Sie hatte, wie Mai erklärte, seit mehreren Wochen daran gearbeitet. Es war ein handgearbeitetes Kissen. Maja sah sich gerührt die feine Applikationsarbeit an. In der Mitte des weißen Untergrunds prangte ein Wilder Ingwer. In den vier Ecken schwammen kleine Haifische, insgesamt acht. Mai kicherte.

»Meine Schwester wünscht dir viele Geschwister für deinen ersten Sohn ...«

Inzwischen kicherte Mai mit Sabji um die Wette.

»... bei der Liebe viel Freude mit deinem Mann!«

Während Sabji das Kissen auf dem Sofa drapierte, stellte Mai die *awapuhi*-Pflanze mit der lila Blüte, die wie eine kleine Artischocke aussah, mitten auf den Tisch. Beide taten so, als bemerkten sie nicht, wie Maja mit einem Mal mit aufsteigenden Tränen kämpfte und sich ausgiebig schnäuzte.

Warum musste sie in letzter Zeit immer weinen, wenn jemand freundlich zu ihr war oder ihr das Gefühl von Zugehörigkeit gab? War es das Baby, das sie so lächerlich sensibel machte? Oder das Loch in ihrem Inneren, dieses Gefühl von Einsamkeit, das sie seit ihrer Kindheit quälte, wenn ihr Vater nicht in der Nähe war. War sie eine »leere Haut«, wie Mai es nannte?

»Gehen wir schwimmen!« Mais Stimme riss Maja aus ihren Gedanken, und schon wurde sie von den Schwestern untergehakt.

»Wir besuchen *Moana*, den mächtigen Ozean. Dein Sohn muss *aumakua* vorgestellt werden. Ihr beide braucht jetzt einen Schutzgeist ... Du musst viel lachen, Wilder Ingwer, lachen ist gut für dich und für deinen Sohn!«

Mai zwang sie, ihr in die Augen zu sehen. Maja war gut einen Kopf größer als die runde Hawaiianerin in dem gemusterten Strandkleid. Aber sie fühlte sich eher wie ein verlassenes kleines Mädchen. Mai strich ihr zärtlich über die Wange.

»Alles wird gut. Deine Mutter in Deutschland weiß, wer du bist. Wilder Ingwer ist *ohana* von Elisa ... ist alte Zeit.«

Maja verstand nicht, was Mai noch sagte, doch sie war dankbar für die Zärtlichkeit und versuchte ein Lächeln. Mai nickte. »So ist es gut. Du bekommst Hilfe von Elisa, denn du machst ihr Museum. Du suchst ihre Bilder. Du schreibst ihre Geschichte auf ... Du hast keine Angst, nicht vor den dunklen Wahrheiten, den Grausamkeiten ... und dem Leid. Sabji? Was machst du?«

Irritiert sah Mai zu ihrer Schwester. Sie hatte begonnen, sich zu kratzen, wie sie es bisweilen tat, wenn ihr etwas gegen den Strich ging. Ihr wurde wahrscheinlich langweilig bei dem ganzen emotionalen Quatsch.

Weich waren die Wellen am Strand und wunderbar warm. Bis zum Nabel stand Maja im Wasser, flankiert von den Schwestern in ihren altmodischen Badeanzügen, die jetzt um die Wette kicherten. Sie fanden Majas Bekleidung amüsant.

»*Waiu po'oleka*«, war ihr Bikinioberteil, was so viel bedeutete wie Brust-Briefmarke. Ihr Bikini war vom letzten Jahr und passte ihr tatsächlich nicht mehr, doch sie hatte keine Zeit gehabt, sich einen neuen zu kaufen. Außerdem würde sie bestimmt nach der Geburt bald wieder reinpassen. Es war ein besonders schöner Bikini, doch jetzt war er zwei Körbchengrößen zu klein. Das Höschen im Marinelook verschwand unter ihrem Achtmonatsbauch. Doch wen kümmerte es? Ohnehin waren nur wenige Menschen in der abgelegenen Bucht.

Für Maja zählte das wunderbare Gefühl, ihr Kind im salzigen Wasser zu schaukeln. Badevergnügen hatte sie sich die letzten Monate wegen der vielen Arbeit am Haus nur selten gegönnt.

Mai fixierte Maja. »Du musst Elisas Geschichte so erzählen, wie sie war. Die ganze Wahrheit, auch die guten Geschichten im Roten Haus. Die Männer, die kamen, sie haben die Mädchen manchmal geliebt ... Es sollte nicht alles *kapu* sein, ein Tabu. Die Liebe der Körper hat viel Schönheit, hat Elisa gesagt ... «

Schön sah das Gesicht der alten Mai aus. Ihre Augen waren vom Alter ausgebleicht, ihre Haare fast weiß und die lederartige Haut faltig wie eine zerknitterte Tageszeitung. Sie hatte in ihrem Leben schon so viel gesehen und erlebt, trotzdem kam sie Maja auch irgendwie jung und kindlich vor.

Gemeinsam sahen sie zum Horizont. Das tiefe Blau der Riffe wechselte sich mit dem Türkis der Sandbänke ab. Beinahe windstill war es. Ein traumhafter Tag und vor allem friedlich, unendlich friedlich. Unvermittelt begann Mai zu sprechen.

»Hier war es, damals, im Jahr 1947. An dieser Stelle hier ging Elisa ins Meer. Hand in Hand mit ihrem Kelii ging sie immer weiter, und als sie nicht mehr stehen konnten, schwammen sie nebeneinander. Während die Kahuna am Strand sangen, wurden ihre Köpfe immer kleiner. Hinter dem Riff der Haie da draußen verschmolzen sie mit dem Horizont ...«

Maja war überrascht. »Wirklich? An dieser Stelle? Hier ging ich immer mit Keanu zum Schwimmen, bevor wir zu viel Arbeit mit dem Haus hatten. Weiß Keanu davon?«

Mai nickte. »Natürlich weiß er es. Wenn wir können, dann schwimmen wir alle in dieser Bucht, die ganze Familie. Wo denn auch sonst? Willst du etwa da ins Wasser gehen, wo die *haole*-Touristen die Luft mit ihrem Gestank verpesten?«

Maja wusste nicht, was sie sagen sollte, doch weitere Worte waren nicht nötig. Mai sah prüfend auf den Stand der Sonne und zeigte zum Riff der Haie. »Los, fangen wir an. Meine Zunge zerfleddert sonst vom vielen Reden ... Pah! Worte. Was sind schon Worte gegen unseren Ozean ...«

Sie begann mit ihren Händen in den Wellen vor Majas Bauch Kreise zu ziehen, in der Form einer liegenden Acht. Dabei sang sie hawaiische Worte zu einer Melodie, die Maja merkwürdig vertraut vorkam. Es war ein Kinderlied.

Zu dritt standen sie auf dem sandigen Meeresboden, das Wasser ging Maja bis zur Brust. Gelegentlich kam eine kleine Welle, die ein wenig höher schwappte als die anderen. Der Gesang von Mai lullte Maja ein. Sie fühlte sich wohlig müde und war froh, dass Sabji sie im Wasser unterhakte.

Mai flüsterte: »So ist es gut, entspann dich und schließe deine Augen. Dann konzentriere dich auf die Mitte deiner Stirn. Spüre, wie es dort wohlig warm wird, nur das. Nur diese Wärme sollst du spüren, als ob eine liebevolle Hand auf deiner Stirn liegt, die Hand einer Mutter. Und dann lass mein Lied mitten in diese Wärme fließen ...«

Maja schwankte ein wenig auf dem sandigen Untergrund. Sie fühlte sich mit geschlossnen Augen unsicher und wollte sie schon öffnen, als Mai erneut das Lied begann. Eine plötzliche Wärme breitete sich strahlenförmig von der Mitte ihrer Stirn in Richtung Schläfen aus. Sabji berührte sie dort drei Mal kurz nacheinander. Oder war es Mai?

Das Lied schläferte Maja ein. War es ein altes deutsches Kinderlied, gesungen mit hawaiischen Worten? Oder war es umgekehrt? Dann meinte sie, Ingwerwurzel zu riechen, frisch geriebenen und scharf. Sie war dabei, die Orientierung zu verlieren.

Das Singen wurde lauter, dann wieder leiser. Sabjis Hand lag beruhigend auf ihrer Schulter. Dann beendete Mai ihr Lied mit einem einzigen Wort. *Mano*, Hai.

Maja musste ihre Augen noch geschlossen halten.

»Konzentrier dich! Was für eine Farbe siehst du aus dem Dunkel kommen, wenn du deine Augäpfel nach oben rollst? Ist es ein Blau, leuchtend wie der Ozean, oder die Feder von einem männlichen Pfau?«

Sie versuchte, sich im Meer zu konzentrieren, aber ihr war mit einem Mal eisig kalt. Eigentlich wollte sie raus aus dem Wasser, doch den Alten zuliebe blieb sie und versuchte, eine Farbe zu sehen.

Hinter geschlossenen Augen verdrehte sie ihre beiden Pupillen nach oben, bis es schmerzte. Doch da war keine blaue Farbe, auch kein Pfau wartete auf sie. Zunächst sah sie nur Schwarz.

»Du musst warten … aus dem Schwarz kommt die Farbe. Lass dir Zeit …«

Das Meer schien Maja jetzt ganz still und unendlich weit. Die sanften Wellen rollten lautlos an den Strand, und dennoch spürte Maja eine enorme Kraft. Sie kam aus der Richtung des Riffs. Sie konnte diese Kraft auch spüren, als ein lebendiges Versprechen. Immer noch sah sie nur Dunkel, doch ihr war, als würde sie etwas hören. Die alten Frauen atmeten neben ihr, sie selbst atmete, und das Herz in ihrer Brust schlug schnell und aufgeregt. Doch da war noch etwas anderes. Sie hörte Rauschen in der Tiefe, dann ein Knistern, als befände sie sich weit unter der Meeresoberfläche. Dann das Schlagen vieler Herzen um sie herum, als wäre sie in einem Schwarm von Wesen, die in der Tiefe das Wasser durchpflügen. Als Nächstes ein Wimmern, wie das Weinen eines neugeborenen Babys. Jetzt kam die Farbe aus dem Schwarz auf Maja zugeschossen. Es war ein dunkles Ochsenblutrot, das schnell heller wurde, bis es aussah wie Blut. Erschrocken riss sie ihre Augen auf.

»Nein!«

Das Weinen stoppte, das Blut war weg, aber sie zitterte am ganzen Körper. »Ich muss aus dem Wasser … hier werde ich krank.« Maja stieß sich mit den Füßen vom Untergrund ab und begann, zum Ufer zu schwimmen. Das Meer war ihr unheimlich, sie wollte nur noch an Land.

»Was hast du gesehen?«

Mai schwamm hinter ihr her, ihre Stimme klang scharf. »Es war nicht das Blau?« Maja schüttelte ihren Kopf, wollte aber nicht reden. Erst als sie am sicheren Ufer waren, erzählte sie von dem Wimmern und dem Blut, das immer heller wurde.

Mai schien sogleich klar zu sein, was das zu bedeuten hatte. Beide Schwestern waren still. Maja sah von einer zur anderen, und mit einem Mal war sie wütend. »Habt ihr nicht eine Geschichte für mich, die mich fröhlich macht oder mir zumindest meine Angst nimmt? Eine schöne Geschichte von Elisa?«

Die Schwestern nickten sich zustimmend zu. Während die drei von den Badesachen in trockene Kleidung wechselten, begann Mai zu erzählen.

»Elisas Geschichte ist deine Geschichte, aber sie ist auch meine Geschichte und Sabjis Geschichte. Jeder ist anders. Wir sind Schwestern, aber wir haben unterschiedliche Väter. Sabji hatte Pech …«

So erfuhr Maja, wie es kam, dass die Schwestern bis heute auf das Rote Haus aufpassten und Elisa auf ihre Weise die Treue hielten. Aber vor allem erfuhr sie, was für ein schweres Leben für Sabji schon mit ihrer Geburt begann.

Ihr Vater war ein Japaner, der zwar teilweise in Honolulu lebte, weil er auch dort Familie hatte, doch als Pilot wurde er im Krieg von Japan eingezogen und musste einen Angriff auf Pearl Harbor mitfliegen.

»Niemand wusste, dass seine Geliebte ihm ausgerechnet an diesem Tag in Honolulu ein kleines Mädchen gebar. Sie war noch jung, sie hatte sich verliebt und wollte das Kind. Doch wäre Elisa nicht gewesen, man hätte meine Schwester gleich nach der Geburt ertränkt. Du musst wissen, Sabji wurde geboren am Tag vom Angriff auf Pearl Harbor. Wie weiße Hibiskusblüten trieben die Gesichter der toten Amerikaner in unsere Bucht. Man hasste den Vater von Sabji, doch Elisa verstand unsere Mutter. Sie kannten sich gut. Der Japaner hat unsere Mutter geliebt, aber er hat auch viele weiße Blüten in den Tod getrieben … Natürlich war Deutschland an allem schuld. Euer Hitler!«

Mai sprach den Namen wie Hieeetler aus. Es klang wie eine ansteckende Krankheit. Sabji warf ihrer Schwester einen warnenden Blick zu, doch Mai fuhr fort.

»Elisa hat Sabji das Leben gerettet. Und damit ist Elisas Geschichte auch die Geschichte von unserer Mutter. Mit dem Baby folgte unsere Mutter Elisa nach dem Krieg in das Rote Haus. Dort arbeitete sie als Köchin, dann kam ein paar Jahre drauf ich zur Welt. Doch mein Vater verschwand auf Nimmerwiedersehen. Vielleicht waren Elisa und unsere Mutter beste Freundinnen für eine kurze Zeit? Ich weiß es nicht …«

Mai lächelte traurig. »Ich war vier Jahre alt, als Elisa mit Kelii zu den Sternen schwamm. Einige der alten Kahuna kamen extra aus den Bergen. Ich war klein, aber ich wusste, wie sehr Elisa uns geliebt hat. Wir waren ihre Zauberblumen, ihre frechen Seepferdchen und ewigen Schleckermäulchen. Wir bringen ihr Glück, pflegte sie zu sagen. Wenn sie zum Pokerspiel einlud …«

Maja unterbrach: »Poker? Elisa spielte Poker? Um Geld?«

»Nein, vor allem spielte Elisa um Menschenseelen, sie war Kahuna, wie du weißt … sie war vielleicht auch im Bund mit Peles dunklen Mächten. Warum sonst wäre sie mit ihrer großen Liebe im Meer verschwunden? Kelii und sie sind für uns nicht tot, sie sind aber nicht mehr am Leben. Sie sind *ha.*«

Von *ha* hatte Maja schon öfter gehört. Es war ein Wort für spirituelle Energie, aber es bedeutete auch die Zahl Vier oder aber einen Pflanzenstiel. Trotzdem verstand Maja nicht, was Mai ihr mit *ha* sagen wollte und fragte nach. Offensichtlich bereitete das den Schwestern Vergnügen. *Ha* sei eben *ha*. Da bräuchte es keine großen Erklärungen. Es sei ein Wort für das Herz und nicht für den Verstand, *ha* eben. Die Schwestern lachten über das Fragezeichen auf Majas Gesicht, dann erzählte Mai weiter.

»Elisa war als ältere Dame eine gewiefte Pokerspielerin und hat mehr als einem arroganten Missionary Boy seine *kanaka* abgekauft, vor allem die ganz jungen Mädchen, die sexuelle Dienste bei den Weißen verrichten mussten. Das wurde auch während des Krieges nicht besser, im Gegenteil. Viele junge Mädchen wurden abgefangen, wenn sie aus den Ananasfabriken kamen oder spätabends ihre Schicht als Bedienung in den Hotels beendeten. In Honolulu brummte der Tourismus, aber auch viele Soldaten kamen auf die Inseln, um sich zu erholen. Es war eine schlimme Zeit für junge Mädchen, die schutzlos waren oder Eltern ohne Geld hatten. Sie waren Freiwild …«

Sabji spuckte auf den Boden, dann mahlte sie mit ihren Kiefern und kratzte sich erneut. Es war kein leichtes Thema für sie, das konnte Maja sehen. Doch Mai fuhr fort.

»Hatte Elisa wieder einige Mädchen beim Poker gewonnen, dann kam sie mit ihnen nach Kauai, wo diese abgeknickten Blumen bei ihr und Kelii im Roten Haus Unterschlupf fanden, bis sie selber auf die Beine gekommen waren. Elisa war immer gut gelaunt, wenn sie beim Spiel gewonnen hatte und mit den neuen Mädchen im Hafen ankam. Sie kochte dann oft Karamell für uns auf dem alten Herd ... Schmeckst du noch Elisas leckere Bonbons, *makamae*?«

Makamae hieß so viel wie Liebling. Sabji lächelte jetzt wieder. Innerlich musste Maja über die raue Zärtlichkeit zwischen den ungleichen Schwestern lächeln. Mai nickte mit einem gewissen Funkeln im Blick.

»Oh ja, Karamell vom Feinsten machte Elisa für uns auf dem Herd! Aber sie war eine leidenschaftliche Spielerin ... Auch das Würfeln liebte sie. Um Menschenleben hätten Kelii und sie in ihren Jahren in der Leprakolonie gespielt, behauptete Elisa. Manchmal ließ sie uns den Totenkopf am Knauf ihres Stockes anfassen ... ein Oberschenkelknochen.«

Jetzt lachte auch Sabji, als wäre das eine besonders lustige Geschichte.

»Sabji und ich, wir durften ihre magischen Würfel oft auf dem Küchenboden rollen. Sie waren aus den Knochen eines Mörders, sagte Elisa ... Wie, du glaubst mir nicht ... Sabji, bitte zeig Maja die Würfel. Nein, besser noch, wir schenken sie ihr gleich, bei roter Farbe braucht sie den Schutz der Toten, nicht nur *ha*.«

Maja bekam bei dem herzlichen Abschied am Strand ein kleines rotes Seidensäckchen.

Als sie den Weg zum Haus hochging, öffnete sie die fein gearbeitete Kordel. Auf ihrem neuen Esstisch schüttete sie die brüchige Seide aus. Solche Würfel wie diese hatte Maja noch nie gesehen. Auf jeder Seite waren zusätzlich zu der Zahl der Augen zwei gekreuzte Knochen eingeschnitzt, die an Piraten erinnerten. Elisas Menschenwürfel. Doch wollte Maja diese Geschichte glauben? Sie hatte sich schon längst ihre eigene Version des Verschwindens der beiden zurechtgelegt. Die ging aber ganz anders.

Elisa musste viel Leid ertragen, aber am Ende ihres Lebens wurde sie mit ihrem Kelii trotz aller Widerstände glücklich. Als ein Paar im fortgeschrittenen Alter liebten die Deutsche und der Hawaiianer sich bis zum Schluss und waren schließlich zusammen verschwunden, also wahrscheinlich bei einem Unfall im Meer an Erschöpfung gestorben. Was gab es Schöneres? Ein wenig wie die Geschichte von Philemon und Baucis, das alte Paar aus den griechischen Sagen, das sich zur Belohnung für eine gute Tat von Zeus einen gemeinsamen Tod gewünscht hatte.

In der Küche setzte Maja Wasser auf, um den Reis für den vegetarischen Reissalat, eines von Inas Lieblingsgerichten, zu kochen. Dabei dachte sie über das nach, was sie von den Schwestern erfahren hatte. Besonders der Begriff *ha* gab ihr zu denken. Wenn Elisa nicht wirklich tot, aber auch nicht am Leben war, wo war sie dann? War dieses *ha* im übertragenen Sinn zu verstehen?

Majas Computer gab ein Signal von sich. Sie hatte zwei neue Nachrichten von ihrem Vater. Schnell gab sie den Reis in das kochende Wasser, drehte die Flamme herunter und verschloss den Topf mit dem Deckel. Dann setzte sie sich an den Esstisch, an dem seit ihrem Einzug ihr Laptop seinen vorübergehenden Platz gefunden hatte. Sie überflog seine Worte. In München war es fast drei Uhr morgens, und ihr Vater war noch wach.

Meine liebe Maja,
ich fliege vielleicht eine Woche früher, denn ich muss dringend noch nach Honolulu zum Notar. Im Zusammen-

hang mit deinem Grundstück sind neue Dokumente aufgetaucht, es gibt einen weiteren Erbschaftsanwärter. Er behauptet, ebenfalls ein Sohn meines Vaters zu sein, doch noch fehlen die entsprechenden Urkunden. Mach dir also bitte keine Sorgen.

Es könnte allerdings sein, dass der Kollege in Honolulu etwas über die Mutter meines Vaters, also meine Großmutter, in Erfahrung gebracht hat. Ich lege dir hier einige Unterlagen bei, auch Fotos. Könnte die Frau auf dem einen Foto Elisa sein? Und – ist dir bei deinen Recherchen ein deutsches Kampfschiff namens Geier begegnet?

Maja dachte nach. Die Spur von Elisa und ihren Kindern verlor sich zu Anfang des Ersten Weltkriegs. Als letzter Wohnort, der durch Briefwechsel bestätigt war, galt bisher Washington Place in Honolulu. Dort zog Elisa im Jahr 1905 mit Kind und Kegel ein. Sie las den Brief ihres Vaters weiter.

Wegen dringender Reparaturarbeiten lag die Geier ab dem Jahr 1914 im Hafen von Honolulu. Sie wurde beim Auslaufen von dem japanischen Kampfschiff »Nizen« bedroht, das sich in der Hafeneinfahrt positioniert hatte, und kehrte wieder um. Die Mannschaft blieb also länger in Honolulu.

Die Geier wurde im Jahr 1917 im Hafen beschlagnahmt, die deutsche Besatzung wanderte ins Militärgefängnis. Jetzt wird es interessant: Es existiert aus dieser Zeit ein Entschuldigungsbrief vom Kapitän der Geier. Einer seiner Männer, ein junger Offizier, hätte ein hawaiisches Mädchen aus guter Familie geschwängert. Nachname: Vogel.

Eine Ehe kam nicht zustande, da der Offizier bereits Frau und Kind in Hamburg hatte, der Familie aus Honolulu wurde ein Abfindungsgeld bezahlt.

Nun frage ich Dich: Könnte diese Frau unser Bindeglied zu Elisa Vogel sein …?

Alte Fotos aus der Zeit des Ersten Weltkriegs hatte er ihr als Anhang im Computer mitgeschickt. Es waren Schwarz-Weiß-Fotos der Geier, eines zeigte das relativ kleine Schiff qualmend im Hafen von Honolulu. Die Mannschaft hatte es in Brand gesteckt, damit die Amerikaner es nicht mehr nutzen konnten.

Als Nächstes studierte sie die kaum leserliche Kopie eines deutschen Briefes, geschrieben in verblasster Sütterlinschrift. Das musste der Brief des Kapitäns der Geier sein. Er war adressiert an ein Fräulein Vogel am Washington Place. Es war von einer Tochter die Rede, also war der Brief wahrscheinlich an Elisa adressiert.

Auch einen Link zu einem Zeitungsartikel aus einer norddeutschen Regionalzeitung hatte ihr Vater mitgeschickt. Thema waren die deutschen Schiffe im Hafen von Honolulu während des Ersten Weltkriegs. Sehr langatmig. Maja überflog ihn lediglich.

Das letzte Foto war gut erhalten. Sie erkannte den Leuchtturm von Kilauea auf Kauai, er war von ihrem Haus etwa eine halbe Stunde mit dem Auto entfernt. Keanu und sie waren im Frühling öfter dort gewesen, um vorbeiziehende Wale zu beobachten.

Neben einer Menschenansammlung, die einem altmodischen Doppeldeckerflugzeug im Anflug zusah, standen zwei Frauen mit einem altmodischen Kinderwagen. Maja erkannte Elisa sofort. Sie trug westliche Kleidung und war auf dem Foto mittleren Alters. Auf dem Rand stand mit weißer Tinte die Zahl 1917, aber auch ein einziges deutsches Wort: Großmama!

Stolz blickte Elisa auf den Foto in die Kamera. Zusammen mit einer jüngeren Frau mit exotischen Gesichtszügen hielt sie den Kinderwagen. Wer diese Aufnahme wohl gemacht hatte?

War es wieder Johannes? Oder Kelii? Und wer war die junge Frau? War es Emma Vogel? Oder Ulani?

Maja recherchierte noch eine Weile, indem sie verschiedene Namen ins Internet eingab, zum Bespiel Emma Vogel und ihren Zwillingsbruder Gerd. Ohne Ergebnis.

Maja ertappte sich dabei, wie sie im Kopf schon ihren Anteil hawaiischen Blutes errechnete, wäre das Baby in dem Kinderwagen wirklich ihr leiblicher Großvater, der im Ersten Weltkrieg wiederum von einem deutschen Offizier gezeugt worden war. In ihr wäre dann lediglich ein Sechzehntel Hawaii.

Setzten sich bei ihr die polynesischen Gene derartig stark durch? Maja hatte immer exotischer ausgesehen als ihre beiden Geschwister und hatte oft darüber gerätselt.

Vielleicht hast du ganz einfach am meisten Südsee im Gesicht, weil du eure Familiengeheimnisse erkunden musst ...

Das war ihre romantische Freundin Ina mit ihrer Sehnsucht nach einer perfekten Erklärung für alles. Nur gab es die leider so gut wie nie, zumindest nicht in Majas Leben.

Sie nahm Papier und Stift und rechnete noch einmal zurück. Von der Geburt ihres Vaters zog sie fünfundzwanzig Jahre ab. So alt ungefähr musste der hübsche junge GI aus Hawaii gewesen sein, der als Mitglied der amerikanischen Besatzungsmacht nach dem Zweiten Weltkrieg nach Deutschland kam. Er hatte ihrer deutschen Großmutter den Kopf verdreht, und sie hatten nicht aufgepasst. Die Pille gab es noch nicht, und Majas Großmutter war eine gläubige Frau. Sie hat das Kind bekommen und später wieder geheiratet. Nur Majas Papa hatte eine Spur der Südsee im Gesicht.

Die Tatsache, dass dieser GI sich nie dafür interessierte, was aus seinem deutschen Sohn wurde, machte Maja immer traurig. Ihr Papa hatte es deswegen als Kind nicht leicht gehabt. Anders auszusehen als die anderen Kinder, von einem Besatzungssoldat gezeugt worden zu sein, der seine Mutter nicht heiraten wollte, hatte ihm in der Kindheit viel abverlangt. Er hatte Maja einmal gesagt, dass er deshalb so fleißig in der Schule war und sein Staatsexamen in Jura mit Bestnote bestanden hatte. Er wollte nie wieder infrage gestellt werden.

Maja vergrößerte den Ausschnitt des Fotos, bis man das Flugzeug und den Leuchtturm nicht mehr sah. Elisa, die junge Mutter und der Kinderwagen bildeten jetzt eine harmonische Einheit. Wer auch immer in dem Kinderwagen lag, war hoffentlich von Elisa geliebt worden, so wie Majas Papa von seiner Mutter und Großmama geliebt wurde.

Maja ging zum Spiegel. Oft suchte sie in ihrem Gesicht nach Antworten. Ihre Nase hatte nichts mit dem nordischen Erbe ihrer Mutter zu tun, auch nicht ihr sinnlicher Mund.

Der Computer meldete sich erneut. Diesmal war ihr Vater bei Skype online. Schlief er denn in dieser Nacht überhaupt nicht?

Nach einer kurzen Begrüßung entschuldigte er sich bei ihr für seine E-Mail mit den Fotos. Er hätte nicht nachgedacht, wollte Maja wegen des Grundstücks nicht umsonst aufregen.

Ich möchte nur, dass du alles weißt ... wirklich alles.

Doch als sie nachfragte, blieb es bei vagen Andeutungen über Familiengeheimnisse, die vielleicht für immer im Dunkeln bleiben würden. Maja wurde nicht klug aus seinen Worten, doch sie riet ihm, dringend ins Bett zu gehen. So kannte sie ihn nicht. Er nickte. Sie verabschiedeten sich liebevoll, denn bereits am kommenden Tag würde er auf seine Geschäftsreise aufbrechen. Termine in London, Singapur und zuletzt Honolulu. Danach zwei Wochen Ferien auf Kauai.

»Du bekommst ein eigenes Bett, Papa!«

»Das will ich hoffen!«

»Würdest du lieber mit Ina oder mit Stefan in einem Zimmer schlafen?«

»Wenn du mich so fragst ...«

So scherzten sie noch eine Weile, als es ihr mit einem Mal einfiel. Sie wollte ihren Vater nach der Herkunft des Ringes ihrer Großmutter fragen.

»Sag mal, Papa, wo hat Oma eigentlich diesen Ring her? Es steht Hamburg drin, auch eine Jahreszahl ... Wo kommt er eigentlich her?«

Sie hielt den Ring näher an die Kamera, doch ihr Vater wusste auch so, wovon sie sprach. Seine Stimme klang zögernd.

»Es ist eine lange Geschichte ... und es ist nicht die Geschichte meiner Mutter. Sie hat dir den Ring zwar geschenkt, aber nur, weil ich ihn dir nicht selber schenken konnte ... Doch das ist im Augenblick nicht das Thema. Ich muss jetzt schlafen. Wir sprechen darüber, wenn wir uns von Angesicht zu Angesicht sehen, ja?«

Ihr Abschied war wie immer herzlich und warm. Ihr Vater vergaß nicht, sich nach ihren Herzproblemen, seinem Enkelsohn, nach Keanu und dem Haus zu erkundigen, doch Maja blieb unruhig, als er vom Bildschirm verschwand. Etwas stimmte nicht. Wieso war der Ring jetzt doch nicht von ihrer Großmutter? Woher hatte ihr Vater ihn? Auch er kam wohl nicht zur Ruhe. Zehn Minuten später, als Maja bereits das Gemüse für den Reissalat schnippelte, kündigte ihr Computer eine weitere E-Mail an. Er hatte sie hastig geschrieben, doch beim Lesen spürte sie seine Liebe schon nach wenigen Worten.

Meine wunderbare Maja,
Du schenkst mir mit meinem jüngsten Enkelsohn eine Wurzel in dem Land, nach dem ich mich immer gesehnt habe.

Vielleicht hätte ich dieses Land einst umarmen können, doch dazu ist es jetzt zu spät ... oder vielleicht auch nicht?

Sie stutzte. Diese Worte klangen ungewöhnlich für ihren Vater, sehr geheimnisvoll. Was meinte er mit dieser Umarmung? Ganz hatte Maja ihm nie geglaubt, wenn er sagte, er fühle sich zu hundert Prozent wie ein Deutscher. In ihm lebte etwas, das auch ihrer Mutter immer fremd geblieben war. Sie las weiter.

Ich muss etwas sehr Wichtiges mit Dir besprechen, wenn wir uns bald sehen. Bevor Du selber Mutter wirst, solltest Du etwas sehr Wichtiges über Deine Herkunft wissen.

Bis dahin: Nimm bitte Dein Herzgeräusch ernst, höre auf Stefans Rat. Er ist ein guter Kardiologe. Grüß auch Ina, und richte Keanu aus, er soll gut auf Dich und Euer Baby aufpassen!

Ich melde mich spätestens aus Honolulu.

Dein Dich liebender Papa (der leider im Leben nicht immer mutig war)

Was meinte er damit? Sie war drauf und dran, ihm ebenfalls eine E-Mail zu schreiben, als ein Auto in die Einfahrt fuhr. Keanu hupte fröhlich. Ihre Freunde aus München waren da.

11. Kapitel

Lili'uokalanis Quilt der Weisheit, 1907

Elisas heftiges Fieber ließ seit Tagen nicht nach. Sie war schwach und daher dankbar, eine weitere Woche im Haus der Königin am Washington Place verbringen zu dürfen, während die Kinder mit Amala in ihrem Haus wohnten. Es war nur ein paar Häuser weiter. Doch während es hier ruhig und friedlich zuging, tobte bei den Kindern das Leben. Zudem wusste Elisa nicht, wie sie Amala gegenübertreten sollte, wie sie ihr das Unglaubliche mitteilen sollte. Alles war anders als noch vor einer Woche, als Elisa so voller Zuversicht war. Kelii hatte ihr das Herz gebrochen. Nach fast sieben Jahren des Schweigens hatte er Elisa in den Dreck getreten.

Bestimmt hatte sie auch diesmal kein Gelbfieber, sondern einen leichten Anfall von Influenza, weil sie sich bei ihrem Besuch bei ihm im Krankenhaus verausgabt hatte. Wie hätte sie ahnen können, was ihr im Gefängniskrankenhaus bevorstand, welch niederschmetternde Eröffnung ihrer harrte.

Kelii gehörte nicht mehr ihr allein. Es gab eine andere Frau. Die Erschöpfung, die sie nach dieser Enttäuschung ereilt hatte, war wie ein bodenloser Schacht, in den sie immer tiefer hineinfiel.

Nach alldem, was sie seinetwegen ertragen hatte, gehörte er nicht mehr ihr allein! Sie liebte ihn nach wie vor mit ganzem Herzen. Er jedoch gab seine Kraft einer anderen. Am schlimmsten war, dass Elisa seine neue Frau kannte. Es war Okelani, Amalas verschwundene Nichte, die so wunderschön für Kelii und sie gesungen hatte, als sie ihre Familienhütte im Dorf mit den Kindern bezogen.

Elisa schluchzte laut auf. Immer wieder ließ sie das Unaussprechliche Revue passieren, das vor nur fünf Tagen geschehen war und ihr Leben von Grund auf verändert hatte:

Der britische Doktor war mit frohen Neuigkeiten zu Elisa gekommen. Er hatte auf ihre Bitte hin schon mehrfach im Gefängnis von Honolulu angefragt, ob ein Besuchstermin gewährt würde, um Kelii zu sehen. Bisher bekam er keine Erlaubnis, obwohl er nun schon zwei Jahre in Honolulu praktizierte und sich einen Namen gemacht hatte. Kelii unterlag verschärften Haftbedingungen. Niemand wusste genau warum, aber in seiner Akte war er als gefährlich eingestuft.

Elisa hatte nicht wirklich damit gerechnet, ihn sehen zu dürfen, doch diesmal hatte Doktor Wellington Glück. Kelii war im Gefängniskrankenhaus. Dort galten nicht ganz so strenge Regeln, wenn keine Ansteckungsgefahr vorlag. Das war nicht der Fall, wie ihr der Doktor mitgeteilt hatte, und ein paar Münzen hatten ein Übriges bewirkt. Elisa durfte ihn sehen. Der gute Doktor hatte noch versucht, sie zu warnen.

»Laut Direktion hat sich Kelii mit einem anderen Insassen wegen einer Frau geprügelt ... und ist dabei übel zugerichtet worden.«

Elisa hätte es ahnen können, wäre sie nicht so unendlich froh gewesen. Sie würde ihren Liebsten sehen, zum ersten Mal seit fast sieben Jahren. Die Kinder würde sie zunächst noch nicht mitbringen, das hatte sie nach ausführlicher Beratung mit Amala beschlossen. Sie war sich nicht sicher, ob es ihm recht sein würde. Aber sie zog ihr schönstes Kleid an. Lili'uokalani hatte es ihr zur Belohnung für ihre gute Arbeit schneidern lassern. Es war nach neuester westlicher Mode aus weiß und hellblau gestreifter Seide. Die Streifen betonten Elisas schmale Taille, und die hellen Farben unterstrichen ihren gepflegten

Teint. Seitdem sie Jansons Plantage verlassen hatte und für die ehemalige Königin arbeitete, hatte ihr Leben sich stark verändert. Sie war weder Dienerin noch Gouvernante, sondern arbeite maximal fünf Stunden am Tag im Sekretariat von Lili'uokalani.

Hier in Honolulu konnte Elisa mit ihrer europäischen Bildung punkten, ihre klare Intelligenz wurde geschätzt, und sie hatte eine angesehene Stellung. Zudem war sie mit ihren zweiunddreißig Jahren eine umwerfend schöne Frau.

»Mein Liebster!«

Mit Tränen in den Augen stürzte sie auf das Krankenbett zu, umarmte Kelii und wollte nicht mehr von ihm lassen. Wie sie sofort sehen konnte, war er stark abgemagert und sein Körper voller Blessuren, doch es schien ihm nichts Ernstliches zu fehlen. Sie hatte nach fast sieben Jahren Gefängnisaufenthalt mit Schlimmerem gerechnet.

»Du bist nicht erblindet, deine Augen sind unversehrt und klar. Ich bin so unendlich dankbar ...ich habe Tag und Nacht Ängste um dich ausgestanden. Endlich haben wir uns wieder ...«

Seine Augen mieden ihre. Das war das Erste, was ihr auffiel. Kelii vermied den echten, tiefen Blick, mit dem sie sich früher täglich begegnet waren. Vielleicht lag es daran, dass sie keinen Augenblick alleine waren. Ein Wärter fixierte das ungleiche Paar von der Tür aus mit kaltem Blick.

»Sagen Sie, könnten Sie uns vielleicht einen Tee besorgen ... und ein wenig Gebäck.«

Elisa steckte dem Mann genügend Kleingeld zu, und kurz darauf war er verschwunden. Es standen zwei weitere Wächter auf dem Flur, daher bestand nicht wirklich Fluchtgefahr. Sie waren allein. Jetzt endlich sah er ihr in die Augen, und sie erkannte, dass seine Kraft ungebrochen war. Trotzdem war er ein anderer als früher. Er bedankte sich bei ihr für das Geld, das monatlich im Gefängnis abgegeben wurde, damit er gewisse Privilegien hatte.

»Es ist nicht nur von mir, sondern auch von deiner Mutter ... Wir würden noch mehr für dich tun, ich und die Kinder, doch bisher war es nicht erwünscht ...«

Wieder suchte sie seinen Blick, erneut mied er ihre forschenden Augen. Sie schlug die Decke zurück, um seinen geschundenen Körper anzusehen. Er hielt ihre Hand fest.

»Es ist nichts.«

»Dein Bein ist gebrochen. Dein Fuß hat eine böse Quetschung. Was ist mit den Rippen?«

Er zuckte zusammen, als sie ihn vorsichtig abtastete.

»Warum hast du dich geprügelt?«

»Man hat meine Frau beleidigt ...«

In diesem Moment zerfiel ihre Welt in ihre Einzelteile. Es war aber auch der Moment der Wahrheit.

Kelii erzählte ihr alles, ohne sie im Geringsten zu schonen. Im Gefängnis von Lihue hatte er Okelani vor dem sicheren Tod gerettet. Sie hatte einen Wärter mit einer Tonscherbe angegriffen, als er ihr zu nahe gekommen war. Seitdem waren sie ein Paar, soweit das im Gefängnis möglich war. Er musste sie beschützen, würde es auch weiterhin tun.

»Du kommst zurecht, Elisa, du bist stark. Du hast die Kinder, dein Geld, deine Bildung und deine Kraft als Kahuna. Du brauchst mich nicht.«

»Deine Liebe hat mich jeden Morgen aufstehen lassen, die Hoffnung auf unser Wiedersehen und unsere gemeinsame Zukunft mit den Kindern. Ich gehöre zu dir ...«

Viele weitere Worte hatte sie ihm gesagt, um ihm zu zeigen, was sie fühlte und was ihr wichtig war. Er hatte sie nur angesehen. In seinem Blick war nichts außer seiner tiefen Liebe zu ihr und grenzenloser Zuversicht.

»Wenn es sein soll, dann werden wir wieder zusammen sein, Elisa. Wir werden uns lieben, miteinander leben und unseren Kindern ein Zuhause geben. Wenn es sein soll …«

»Es soll sein. Ich will es so. Und ich werde auch dafür sorgen, dass es wieder so sein wird … aber …«

Sie konnte nicht anders als zu weinen, und er nahm sie in den Arm so wie früher, als sie wehrlos und verletzt in seinen Armen zu einer liebenden Frau wurde.

»Weine nicht, *ipo*. Du musst einfach nur Geduld haben, dann werden wir wieder zusammen sein …«

Sie hörte auf zu weinen und trank den Tee und aß das Gebäck, das der Wärter für ihr Geld besorgt hatte. Eine edle Dame im Seidenkleid mit einem geschundenen *kanaka*. Sie lachten sogar über die Unmöglichkeit ihres Zusammenseins als Paar. Sie liebte ihn in diesem Moment mehr als je zuvor in ihrem Leben. Sie hätte alles gegeben, um auch nur die kleinste Chance zu haben. Doch er schüttelte seinen Kopf. Und sie verstand.

»Deine Frau hier, Okelani … sie bekommt ein Kind?«

»Sie hat schon mehrfach ein Kind getragen, doch jedes Mal starb es. Es soll nicht sein. Wir Ali'i gehen durch eine schwere Zeit, denn wir haben verraten, wer wir sind und wer unsere Götter sind. Auch deshalb kann ich jetzt keine weiße Frau an meiner Seite brauchen … Es wäre … es wäre falsch. Bitte verzeih mir.«

Elisa konnte darauf nichts erwidern. Sie verstand ihn und achtete ihn für seine Haltung. Doch gleichzeitig hasste sie ihn dafür.

»Und ich, was wird mit meinem Leben, mit unseren Kindern, mit Emma und Gerd?«

Er sah sie lächelnd an. »Warum sprichst du nicht auch von Eli, meinem Sohn? Und warum gabst du unseren Kindern deutsche Namen? Sind sie nicht Hawaiianer?«

Elisa sah ihm lange in die Augen. Er war weit weg von ihr, das begriff sie plötzlich, doch gleichzeitig waren sie sich vielleicht nie zuvor so nahe gewesen.

»Ich bin jetzt erwachsen, Kelii. Ich bin stark und klug. Ich bin Kahuna und auch die Beraterin eurer letzten Königin. Aber ich komme aus Deutschland, und ich werde meine Wurzeln nie verraten … Meine Liebe zu dir ist grenzenlos.«

Dann küsste sie ihn, wie sie Kelii noch nie zuvor geküsst hatte, leidenschaftlich und rücksichtslos. Sie wusste, sie würde ihn nicht wieder besuchen, nicht bevor er ihr gab, was sie für ihn die ganzen einsamen Jahre lang beschützt hatte, ihr Herz.

Seine Augen waren nach ihrem Kuss traurig.

»Ich gebe dich frei, Elisa. Unsere Wege trennen sich vielleicht noch für Jahre, doch eines Tages werden wir wieder zusammen sein.«

Ihre letzte Umarmung war innig. Sie wollte, dass sie für immer und ewig dauert und ertappte sich bei dem Gedanken, dafür alles andere aufs Spiel zu setzen, ihre Kinder, das Leben, das sie sich aufgebaut hatte. Ihre Vertrauensstellung bei Lili'uokalani, in der sie jetzt schon einiges für das hawaiische Volk tun konnte, all das würde sie aufgeben, nur um wieder bei ihm sein zu können, bei ihrem Liebsten.

»Und wenn ich ein Verbrechen begehen würde und ebenfalls im Gefängnis wäre, so wie du, würdest du sie dann verlassen?«

Mit seinem langen Seufzer strich Kelii ihr über Stirn, Wangen und zuletzt über ihre bebenden Lippen.

»Du bist meine große Liebe, Elisa … zweifle nie daran, bitte. Es liegt nicht an dir und mir, dass unsere Wege sich trennen müssen. Das Schicksal ist größer als wir, mächtiger und unausweichlich. Wenn du bei meinem Volk bist, meinem Volk hilfst, dann liebst du mich, und ich liebe dich. Verstehst du das nicht?«

Doch Elisa war immer noch unsicher. Sie fühlte sich durch Okelani in die zweite Reihe versetzt, und es tat weh.

»Wenn ich ebenfalls im Gefängnis wäre, würdest du sie dann verlassen? Wäre ich dann wieder deine Frau?«, wiederholte sie ihre Frage.

Kelii schüttelte traurig den Kopf. »Das würde nicht gehen. Okelani ist mir anvertraut. Sie hat sonst niemanden auf der Welt ... ihre Liebe zeigt sie mir mit jedem Tag. Sie würde für mich sterben. Doch wenn ich sie verstoßen würde, könnte sie nicht weiterleben. Sie ist nicht wie du, Elisa. Sie braucht mich ... Sie ist eine Frau aus meinem Klan, wer wäre ich, wenn ich das Geschenk ihrer Liebe mit Füßen treten würde?«

Elisa wusste später nicht, wie sie den Weg aus seinem Zimmer, durch den Flur und aus dem bewachten Krankenhaustrakt bewältigt hatte.

Die Kutsche, die ihr Lili'uokalani an diesem Nachmittag zur Verfügung gestellt hatte, fuhr sie zurück zum Washington Place. Sie hatte am frühen Abend eine Besprechung mit der ehemaligen Königin wegen eines Briefes, den Elisa in Lili'uokalanis Auftrag an Kaiser Wilhelm II schreiben sollte.

Alleine der Gedanke an die weisen Augen der ehemaligen Königin ließ sie in der Kutsche aufschluchzen. Vielleicht würde sie Rat wissen und konnte ihr helfen, ihre aufgewühlten Gefühle in ruhigere Bahnen zu lenken.

Wie so oft saß Elisa mit Lili'uokalani im kleinen Salon bei einer Tasse schwachem Tee, der nach Jasminblüten duftete. Hier stand der Schreibtisch, an dem Lili'uokalani täglich ihre Korrespondenz ordnete und Elisa einen Teil der Briefe zum Beantworten aushändigte. Bisweilen komponierte die ehemalige Königin hier auch ein neues Lied, und Elisa war in den letzten Jahren einige Male mit ihrer Familie eingeladen worden, wenn es einen kleinen Liederabend am Washington Place gab.

Lydia Kamakaeha Lili'uokalani, wie ihr voller Name lautete, hatte keine leiblichen Kinder. Ihre Ehe mit dem Amerikaner John Dominis endete mit seinem Tod im Jahr 1891. Seit sechzehn Jahren war sie Witwe. Die Güte und Weisheit der weisen älteren Dame hatte Elisa schon mehr als einmal getröstet, und sie bat um die Erlaubnis, ein persönliches Problem anzusprechen.

Lili'uokalani hörte ihr ruhig zu. Da Keliis Mutter seit vielen Jahren eine ihrer engsten Vertrauten war, wusste sie um die schreckliche Tragödie seiner Verhaftung. Sie hatte sich persönlich dafür eingesetzt, dass Kelii von dem Gefängnis in Kauai nach Honolulu verlegt werden konnte, weil sie wegen Gerit Janson um Keliis Leben fürchteten. Als Elisa ihren Bericht über das Treffen beendet hatte, nickte sie traurig.

»Manchmal ist es wichtig, der Wahrheit in die Augen zu sehen, obwohl wir dachten, wir könnten Ihnen diesen Kummer auch auf Dauer ersparen, Fräulein Vogel …«

Lili'uokalani deutete an die Wand neben dem Fenster zum Garten, an der ihr Quilt hing, den sie während der Zeit ihrer Gefangennahme durch die Amerikaner mit ihren treuen Frauen begonnen hatte. Es war ein *Crazy Quilt*, so nannte man diese Art der Stickerei und des Zusammennähens von unterschiedlichen Stoffen und Bändern im Viktorianischen Zeitalter.

»Hätten meine Frauen mit mir nicht täglich an meinem Quilt gearbeitet, wäre ich vor Kummer vielleicht verrückt geworden. Hier und dort, auch an der Seite, da können Sie meinen Schmerz und meine Fassungslosigkeit erkennen …«

Sie pausierte kurz, um Elisa Gelegenheit zu geben, aufzustehen und sich die neun Quadrate des Quilts näher anzusehen. Überall waren Symbole eingestickt, auch einzelne Worte, dann wieder ein Stück Stoff aus einem anderen Land. Europäische Bänder, asiatische Stoffe, Stickgarn aus Amerika. Auf den ersten Blick sah der Quilt verrückt aus, verletzt und zusammengestückelt, doch bei näherem Hinsehen konnte man viele kleine Geschichten entdecken, auch heitere Momente, wie ein gestickter Mann, dem der Hut im Wind davonflog.

Als sie fortfuhr, war ihre Stimme von beneidenswerter Ruhe, so als hätte sie ihren Frieden mit den Umständen gemacht, die sie vor über zehn Jahren den Thron gekostet und zu ihrer Inhaftierung im Iolani-Palast geführt hatten.

»Auf unseren Inseln tobte schon lange ein erbitterter Kampf, schon bevor die Weißen kamen. Es war ein Streit unter Königen, doch vor allem waren sich die Kahuna oft nicht einig, was uns als Volk schwächte. Vielleicht war ich deshalb immer so offen für das Christentum … Durch Jesus habe ich begriffen, was ein Sündenbock ist und was für eine Art von Mensch man sein muss, um auch ein schweres Schicksal annehmen zu können.«

Schwer erhob sie sich von ihrem ledernen Lieblingsstuhl, um ebenfalls zu dem Quilt zu gehen und ihn sich anzusehen. Sie zeigte auf eine Stelle, an der Pfeile auf ein Stück helles Band gerichtet waren.

»Wir sind auch Teil eines größeren Ganzen, Elisa, lernen Sie es zu akzeptieren und ihr Leben danach zu gestalten. Es gibt Kämpfe, die muss jeder von uns in seinem Inneren ausfechten. Ich habe damals meinen John geheiratet, da wir Ali'i annahmen, wir würden näher zusammenwachsen als Völker, wenn wir uns mit den weißen Einwanderern vermischen würden. Liebe war zweitrangig … vielleicht war das ein Fehler …«

Sie setzten sich gemeinsam wieder hin und tranken ihren Tee. Elisa traute sich aus Respekt nicht nach weiteren Details der königlichen Ehe zu fragen. Die Königin war kinderlos geblieben, und es gab Gerüchte über die Verschiedenheit der

Temperamente. Doch sie hatte Gerd und Emma. Und auch nach siebenjähriger Trennung glühte ihr Körper in Keliis Nähe. Sie waren eins, und es musste einen Weg für sie geben.

Die Königin sah sie prüfend an, als wollte sie Elisa ermutigen, ihr noch weitere Fragen zu stellen. Das war nicht einfach, denn obwohl sie ein gutes Verhältnis hatten, das über ein normales Arbeitsverhältnis hinausging, war Keliis Mutter eine der engsten Vertrauten von Lili'uokalani. Jedes Wort könnte weitergetragen werden, damit musste Elisa rechnen. Trotzdem musste sie aussprechen, was ihr so schwer auf dem Herzen lag.

»Emma und Gerd sind unsere gemeinsamen Kinder, sie tragen beide Kulturen in sich, und ich möchte sie ihrem Vater bringen. Er soll sie auch in seinem Sinne erziehen können, das halte ich für sehr wichtig. Ich hatte immerhin einige Jahre mit meiner Tochter Victoria ...«

Nie würde Elisa den Moment vergessen können, in dem die Königin ihre neugeborene Tochter an Gerit Janson übergab, weil er ein Anrecht auf sie hatte, wohingegen sie als Mutter ihr Recht verwirkt hatte, da sie ihr Bett mit Kelii teilte. Die Königin nickte. Sie erinnerte sich gut, auch hatte sie Victoria bei einem ihrer Besuche in Honolulu empfangen.

»Für uns Frauen ist das Leben nicht immer einfach. Es gibt oft keine Gerechtigkeit, nicht wahr? Oder sagen wir besser, es gibt viele Widerstände, die es zu überwinden gilt, wie zum Beispiel einen Mann wie Gerit Janson. Oder auch eine Mutter, die in ihrem Herzen keine Liebe kennt ...«

Das war ein weiteres Thema, über das sie bereits gesprochen hatten. Elisas Mutter Clementia, auch in Honolulu öfter bei gesellschaftlichen Anlässen zugegen, hatte nicht ein einziges Mal ihre Tochter oder ihre Enkelkinder am Washington Place besucht. Elisa nickte traurig, doch Lili'uokalani lächelte jetzt.

»Es sind die Lieblinge der Götter, die viele Hindernisse auf ihrem Weg finden ... Sie lernen über glühende Lava zu laufen, ihre Herzen weit wie das Meer werden zu lassen und ihren Blick stets gen Himmel zu richten. Seien Sie einfach nur dankbar, Elisa. Wer auch immer seine schützende Hand über Sie hält, meint es gut mit Ihnen.«

In dieser Nacht kam das Fieber. Wie eine schwarze Welle aus den Tiefen ihrer Seele weckte die Hitze Elisa mitten in der Nacht auf. Sie hatte unbändigen Durst und trank Glas nach Glas, doch es wurde nicht besser. Ihre Augen schmerzten in den Höhlen, und sie ertrug noch nicht einmal den Schein der Kerze, die ihre besorgte Freundin Amala ihr mit einem kühlen Wickel ans Bett brachte. Als sie wieder gehen wollte, hielt Elisa ihre Hand fest. Sie hatte ihr noch nicht gesagt, was sie im Gefängnis von Kelii erfahren hatte. Doch brachte sie es nicht über sich, ihrer Freundin die gute Nachricht vorzuenthalten.

»Deine Nichte Okelani lebt ... sie ist hier im Gefängnis, schon sehr lange, so lange wie Kelii. Sie war die namenlose Rebellin, die er auch schon im Gefängnis von Lihue beschützte. Erinnerst du dich?«

Amala sah sie fassungslos an, sie konnte nicht glauben, was Elisa ihr sagte. Okelani lebte! All die Jahre war sie am Leben und hatte Amala noch nicht einmal eine Nachricht zukommen lassen. Was musste ihre Nichte alles angestellt haben, um sich derartig zu schämen.

Elisas Hals brannte, in ihrem Kopf hämmerten Dämonen, und jede ihrer Bewegungen war ihr eine Qual. Doch sie brachte es nicht über sich, ihre Freundin im Unklaren zu lassen.

»Kelii hat Okelani zur Frau genommen, vielleicht war das auch ein Grund, warum sie in deinen Augen tot sein wollte. Sie wusste, du würdest es niemals gutheißen ...«

Amala schwieg. Immer hatte sie Worte, oft eine Lösung, doch in diesem Moment zerbrach für sie eine Welt. Und gleichzeitig fanden einige Puzzlesteine der vergangenen sieben Jahre ihren Platz. Ohne zu reden, legte sie ihre kühle Hand auf die explodierende Hitze in Elisas Stirn.

»Weine, mein Kind, weine.«

Dann verließ sie das Zimmer.

Am nächsten Tag war Elisa in das Haus der ehemaligen Königin umgezogen. Ihr Fieber hatte nicht nachgelassen, auch zu Tränen war sie nicht fähig gewesen, obwohl ihr Herz fast vor Wut und Trauer platzte. Alles, was ihr ungehorsamer Körper vermochte, war, eine unglaubliche Hitze zu produzieren, die ihr fast den Verstand raubte.

Sie hatte dem Doktor versprechen müssen, sich von ihren Kindern fernzuhalten, solange er keine endgültige Diagnose gestellt hatte. Fälle von Gelbfieber waren während der letzten Jahre immer wieder in Honolulu vorgekommen, doch dazu waren ihre Symptome noch zu uneindeutig. Elisa bat um Opiumtropfen, um besser schlafen zu können.

Seit Tagen lag sie jetzt schon im Zimmer von Keliis Mutter, die ihre Tochter in Kauai besuchte, denn auch Leilani war erneut sehr krank. Seit Jahren litt sie unter einer schwachen Gesundheit, denn sie hatte sich nie wieder ganz vom Tod ihrer kleinen Rosa erholt. Von Johannes wusste Elisa, wie sehr Leilani mit sich haderte und ihr Leben immer mehr infrage stellte. Je mehr die Hawaiianer litten, desto schwieriger wurde das Leben auch für die Ali'i, die weiße Männer geheiratet hatten. Der Spagat zerriss ihre Seele, und sie wussten nicht, was sie ihren Kindern beibringen sollten. Das Ehebett von Johannes und Leilani war erkaltet, worunter Johannes sehr litt.

Elisa war trotz ihres Fiebers dankbar, nicht im Haus bei den Kindern sein zu müssen. Wie hätte sie Eli erklären können, was Kelii ihr angetan hatte? Wie mit den Zwillingen darüber reden? Ihr seid ein Fehler eures Vaters gewesen, wären das die richtigen Worte? Es tat Elisa gut, Zeit für sich zu haben. Der bescheidene Raum, in dem sie schlief, war seit Jahren das Zuhause von Keliis Mutter und glich einer kargen Mönchszelle. Im Vergleich zum Iolani-Palast, der nach dem Vorbild europäischer Königshäuser mit allem erdenklichen Luxus ausgestattet wurde, war Washington Place ein eher bescheidenes Domizil. Doch dieser karge Raum strahlte noch etwas anderes aus. Die Härte der Matratze, der nackte Boden ohne Teppich, ein hölzerner Stuhl ohne Kissen und kein einziges persönliches Bild an der Wand, lediglich ein christliches Kreuz. Mit Keliis Mutter war Elisa nie wirklich warm geworden, und auch ihre Kinder erlebten sie als distanziert und stets auf Haltung bedacht. Dabei war Liebe in ihrem Blick eine gewisse Wärme, doch die Pflicht kam zuerst, wie es sich für eine Ali'i von hohem Rang gehörte. Kelii war seiner Mutter ähnlicher als Elisa gedacht hatte. Die Pflicht seinem Volk gegenüber fesselte sein Herz.

Was würde Elisa jetzt tun? Sie hatten sich gut in Honolulu eingelebt, doch sie war sich nicht sicher, ob sie auf Dauer in der Stadt bleiben sollten. Die Zwillinge waren immer noch sehr zart, sie husteten manchmal wochenlang, obwohl Amala sie mit allerlei Köstlichkeiten päppelte. Doch die einzig gute Schule, auf die Elisa sie ruhigen Gewissens schicken konnte, war überfüllt und zudem in der Nähe von Honolulus Chinatown. Die Stadt war dort dreckig, voller Krankheiten, und sogar Eli und Ulanis Brüder beschwerten sich bisweilen. Die Jungs waren mehr als einmal ausgeraubt worden. Es gab Bandenkriege. Auch deswegen wurde Ulani in ihrem letzten Schuljahr zu Hause auf ihre Prüfung vorbereitet. Mit siebzehn Jahren würde sie schon bald ihre erste Stellung als Gouvernante antreten.

Elisa warf sich im Fieber hin und her. Die Jahre ohne Kelii waren schwer gewesen, denn sie hatte ihn Tag und Nacht vermisst, und oft wollte sie ganz einfach aufhören zu leben. Doch bislang gab es immer noch die Hoffnung. In vielen Farben hatte

Elisa sich ihre Zukunft als Familie ausmalen können. Jetzt gab es Okelani mit der schönen Singstimme, die ein Kind von Kelii wollte, um ihn für immer an sich zu binden.

Elisa sah zum Nachttisch, auf dem die Flasche mit dem Opium stand. Es wäre so einfach. Statt der drei Tropfen, die der Doktor ihr zweimal täglich verordnet hatte, könnte sie einfach die ganze Flasche austrinken. Sie würde schlafen, für immer schlafen und könnte denjenigen vergessen, der ihr Herz in tausend Stücke zerrissen hatte.

»Elisa? Bist du wach? Darf ich hereinkommen?«

Es war Johannes. Er klopfte zart an ihre Tür. Jeden Monat einmal hatten sie sich in den letzten beiden Jahren gesehen. Seit Johannes für Janson eine imposante Zweigstelle für Zucker- und Kaffeehandel im Geschäftsdistrikt von Honolulu aufbaute, war er regelmäßig Gast in ihrem Haus. Amala musste ihm verraten haben, wo sie war. Wieder klopfte es.

Elisa überlegte, ob sie die Kraft für seinen Besuch hatte. Bestimmt hatte Amala ihm alles erzählt, doch vielleicht hatte er es ohnehin schon die ganzen Jahre über gewusst. Wenn sie der Königin Glauben schenken konnte, war es schon länger ein offenes Geheimnis. Man wollte sie nur schonen.

»Elisa ... Lass mich herein. Bitte ...«

»Geh weg, Johannes. Ich muss mich ausruhen. Mein Fieber ist hoch, ich habe Kopfweh, vielleicht ist es ansteckend.«

»Es ist wichtig, dass ich dich kurz sehe. Amala hat mir alles erzählt ... es tut mir so leid.«

»Später vielleicht, ja? Komm morgen, dann habe ich geschlafen. Dann reden wir über alles, und ich fasse auch einen Beschluss ...«

»Was für einen Beschluss? Was willst du denn tun?«

Seine Stimme klang dumpf durch die Tür, sie hörte seine Sorge um sie. Die letzten Jahre war er ihr immer ein guter Freund gewesen, hatte ihr bei vielem geholfen und den einen oder anderen wertvollen Rat in Geldgeschäften gegeben. Doch über Kelii hatte auch er sie im Dunkeln gelassen. Dabei hatte er bestimmt von Okelani gewusst. In ihren Schläfen pochte der Schmerz.

»Geh, Johannes, bitte geh …«

Sie wollte ihm keine Fragen stellen, die er nicht beantworten konnte. Aber sein verlogenes Mitgefühl wollte sie nicht.

Nachdem Johannes' Schritte sich von ihrer Tür entfernt hatten, nahm sie von den Tropfen auf dem Nachttisch. Es war ein starkes Opiat, das schon bei geringer Überdosis wie ein Rauschmittel wirkte. Nahm sie mehr als die verschriebene Menge, würde es Halluzinationen bei ihr auslösen, doch das war ihr egal. Sie wollte sich wegträumen, weg von dem Schmerz in ihrem Herzen, der viel schlimmer war als das Hämmern in ihrem Kopf.

Sie hätte viel darum gegeben, hawaiische Medizin zu haben, vor allem den Extrakt aus der Tausend-Nebel-Pflanze. Dann hätte sie über die Zeit hinwegsteigen können, um die höhere Wahrheit in ihrem Leid zu erkennen. Doch diese Pflanze zu besitzen oder zu Heilzwecken zu verabreichen, war inzwischen bei Gefängnisstrafe untersagt. Keine der Kahuna, die Elisa im Iolani-Palast vor zehn Jahren durch ihre Lehrerin Hoku kennengelernt hatte, praktizierte noch in Honolulu. Es war *kapu*, und einige Kahuna waren streng bestraft worden.

Seit dem verheerenden Brand in Chinatown vor sieben Jahren wurden die Gesetze immer strenger. Für die Kahuna wurde das Leben in Honolulu zäh und so schwierig, dass auch ihre Lehrerin Hoku wieder in den Bergen auf der anderen Seite der Insel lebte.

Elisa zählte die Tropfen sorgfältig ab. Sie erlaubte sich sieben, ihr wurde schon beim Trinken angenehm kühl in Hals und Brust. Die Tropfen ließen ihre Sinne wach werden. Ein zartes Kribbeln kroch über ihre Bauchdecke nach oben. Als sie die Augen schloss, war dort der Pfau. Er sah sie mit seinen

Augen an, lange und prüfend. Dann hörte sie im Inneren die Stimme ihrer Kahuna-Meisterin Hoku.

Der Körper einer Frau ist ein geheimnisvolles Wesen voller Sehnsucht. Vergiss ihn nicht …

Elisa stöhnte. Ihr Körper war schon vor Jahren zu einem gehorsamen Werkzeug der Arbeit geworden. Seit sie auf Jansons Plantage diente, war sie nicht mehr in erster Linie Frau, sondern Arbeiterin und Mutter vieler Kinder. Auch jetzt, obwohl Lili'uokalani ihre Dienste selten mehr als fünf Stunden am Tag in Anspruch nahm, war Elisa nicht wirklich Frau. Sie war zugleich Mutter, Sekretärin, Ernährerin und Familienoberhaupt. Ihr Frausein hatte sie in ihren Träumen von Kelii gelebt. In den Momenten zwischen erschöpftem Tiefschlaf und Wachsein war sie mit ihm in ihr Paradies entflohen. Nun gab es auch dieses Paradies nicht mehr. Was lag in der Zukunft jetzt noch vor ihr? Würde sie nur noch für ihre Kinder leben?

Ihre Hände zitterten, als sie das Wasserglas an ihre Lippen hob, um den Durst zu stillen, den die Tropfen stets in ihr weckten. Das Opium brachte Durst nach Wasser und ein schier unstillbares Verlangen nach Liebe und Zärtlichkeit. War es ihrer Mutter damals auch so gegangen, nachdem Elisas Vater gestorben war? War sie ebenso verzweifelt gewesen, weil sie ihre große Liebe verlor, und hatte sich deshalb aufgegeben?

Sie wünschte sich so sehr, endlich wieder in Keliis Armen zu liegen, und suchte in ihrer Erinnerung nach den schönsten gemeinsamen Erlebnissen mit ihm. Ihr erstes Mal in der Höhle hinter dem Wasserfall. Seine behutsamen Berührungen, als er ihren Körper nach der Schändung erneut zum Leben erweckte. Die vielen Lektionen der Lust im Iolani-Palast, die ihren Körper zu einem fein gestimmten Instrument seiner Liebesmelodie hatten werden lassen. Und dann ihre gemeinsamen Jahre auf Maui, in denen Elisa in seinen liebevollen Armen endgültig zur Frau und Mutter wurde.

Sie verachtete sich für ihre Schwäche, die sie zu dem Opiat des Doktors greifen ließ, doch nur das Gift der Droge machte ihre Erinnerungen wirklich lebendig. Auf diese Weise spürte sie Kelii und konnte ihm nahe sein. Sie fühlte sein Herz in ihrem Inneren schlagen, so wie er ihres fühlen musste. Das redete sie sich auch jetzt noch ein. Nicht mit jedem Menschen konnte man eine derartig tiefe Verbindung eingehen, so hatten es die höchsten Kahuna gesagt. Großvater Hai musste Kelii für immer mit Elisa verbunden haben, sonst wäre ihr ganzes bisheriges Leiden umsonst gewesen.

Im Rausch des Opiums erinnerte sie sich an ihre Zeremonie auf der Insel Maui. Nach Jahren ihres Studiums der Kahuna-Heilkunst hatten sie und Kelii vor fast zehn Jahren auf Maui im Kreise der Heiler gemeinsam die höchsten Weihen erhalten.

Sie hatten so viel Tausend-Nebel-Pflanze zu sich genommen wie nie zuvor, nachdem sie drei Tage lang gefastet hatten. Die Pflanze hatte sie vollständig in Besitz genommen, Elisa hatte alle Grenzen von Zeit und Raum hinter sich gelassen. Nach Art der höchsten Kahuna waren ihr Liebster und sie zusammen ins Totenreich gereist. Dort hatten sie sich nach uraltem Ritual vereint. Geheime magische Worte strömten im heiligen Atem des *ha* gemeinsam aus ihren Mündern.

Zwei Stämme einer Wurzel, zwei Flüsse einer Quelle, zwei Vögel aus einem Ei. Eine Haut. Du bist ich und ich bin du. Bis zu unserem letzten Atemzug vereinen wir unsere Seelen im ewigen ha.

»Elisa …?«

Sie hatte nicht gehört, wie Johannes leise das Zimmer aufgesperrt hatte. Vom Opium benebelt schwebte sie mit Kelii über den grünen Bergen von Maui, glitt auf unsichtbaren Vogelschwingen über das Meer, umfangen von seiner Liebe.

»Ich kann dich jetzt nicht alleine lassen ... Ich kann es einfach nicht. Ich liebe dich, Elisa.«

Sie wehrte sich nicht, als er sich zu ihr aufs Bett setzte und behutsam ihre Hand in seine nahm.

Vielleicht war es Kelii, der ihr seinen Freund aus der Vergangenheit schickte, um sie zu trösten. Ihr Körper glühte, und jede Pore ihrer Haut sehnte sich nach Berührung.

»Johannes ... was geschieht mit mir?«

Nie zuvor hatte er sie derartig hilflos gesehen, noch nicht einmal in ihren schlimmsten Stunden.

»Was brauchst du, Elisa? Wie kann ich dir helfen?«

»Ich brauche Liebe ... ich bin so einsam. Bitte halte mich in deinen Armen ganz fest ... sonst verliere ich mich.«

Johannes legte sich neben sie auf das schmale Bett und umfing ihren zitternden Körper mit seinen Armen. Es war nicht zum ersten Mal, dass sie einander als Freunde beistanden, und gewiss würde es nicht das letzte Mal sein. Still lag er eine Weile hinter ihr und wagte es kaum, sich zu bewegen.

Elisa starrte im Halbdelirium an die Wand des Zimmers, das im Halbdunkel noch karger war als sonst. Dann griff sie nach Johannes' Hand und legte sie auf ihre heiße Brust.

»Willst du das wirklich?«

Sein heiseres Flüstern brauchte keine Antwort. Elisa hatte ihre Augen geschlossen und wehrte sich nicht, als er behutsam begann, das Oberteil ihres Kleides aufzuknöpfen.

... so wie sie dich wachsen lässt,
beschneidet sie dich.
So wie sie emporsteigt zu deinen Höhen
und die zartesten Zweige liebkost,
die in der Sonne zittern,
steigt sie hinab zu deinen Wurzeln
und erschüttert sie in ihrer Erdgebundenheit.

Der Prophet, *Khalil Gibran*

12. Kapitel

Die Nacht am Riff, Sommer 2011

»Wie unglaublich schön Kauai ist ... Wir waren heute am Leuchtturm, in den Gärten, in den Höhlen ... sogar das Surfen habe ich mit Keanus Hilfe ausprobiert. Zu schade, dass du nicht mitkommen konntest.«

Ina nahm Maja zur Begrüßung vorsichtig in die Arme, während Stefan und Keanu den Kofferraum ausluden. Sie hatten auf dem Rückweg fürs gemeinsame Abendessen eingekauft und zwei neue Büsche für Majas Garten besorgt.

Ina sah nach ihrer zweiten Woche auf der Insel blendend erholt aus. Sie war fast täglich mit Stefan und ab und zu auch mit Keanu unterwegs gewesen, um die Insel zu erkunden, war jeden Tag beim Schwimmen und immer an der frischen Luft. Die Sonne hatte auch heute ihre Wangen und Nase geküsst, ein wenig zu viel vielleicht, ihre Sommersprossen hatten sich mindestens verdoppelt. Vom salzigen Wasser waren ihre Augenbrauen weiß verkrustet, und Maja konnte sich vorstellen, dass sie nicht aus dem Wasser zu kriegen war. Ina war eine ausgesprochene Wasserratte. Jetzt zog sie eine braune Papiertüte aus ihrer Badetasche.

»Schau, was ich für die Kinder von Eva und Bine gefunden habe. Sind die nicht süß? Wenn du willst, sage ich, die Bodys seien von uns beiden. Dann wäre das auch erledigt.«

Maja sah sich die mit typischen Hawaiimotiven bedruckten Bodys für Neugeborene an und war sofort einverstanden. Sie hatte in den letzten Wochen kaum Zeit gehabt, sich um die Freundinnen in München zu kümmern, doch zwei von ihnen erwarteten ebenfalls diesen Sommer ersten Nachwuchs. Inas Geschenke waren genau richtig.

Die Freundin sah Maja prüfend an. An diesem Abend würde sie bereits abreisen. Wegen eines wichtigen Auftrags musste sie eine Woche früher zurück als geplant. Stefan würde sie nach dem Essen zum Flughafen fahren, denn sie hatte einen der letzten Plätze auf dem Nachtflug nach Los Angeles bekommen. Am nächsten Morgen ging es weiter nach München.

»Es tut mir so leid, dass ich bei eurem Einweihungsfest nicht dabei sein kann! Es ist wirklich zu blöd … Kommst du mit mir nach oben? Ich dusche und packe schnell, dann helfe ich beim Abendessen, ja?«

Ina machte sich Sorgen, es war ihr anzusehen. Maja war in den letzten Tagen oft so erschöpft gewesen, dass sie sich mehrmals am Tag hinlegen musste. Das lag nicht an der Schwangerschaft, wie Stefan schon am Tag seiner Ankunft erklärte, sondern für die Erschöpfung war Majas Herz verantwortlich.

Ina sah, wie die Männer die Einkäufe in den Kühlschrank räumten, und lächelte.

»Um das Essen kümmern sie sich heute am besten. Sag einfach, was du geplant hattest. Essen wir wieder draußen? Wer soll Gemüse schneiden, wer soll den Salat waschen? Grillen wir zum letzten Mal zusammen?«

Maja nickte und war froh, als Ina alles Weitere in die Hand

nahm und das Abendessen in Männerhände legte. Auf dem Weg nach oben hielt Ina Majas Hand, ihr fiel der bevorstehende Abschied schwer. »Es ist wichtig, die Männer mehr einzuspannen, und zwar von jetzt an bei jedem Handgriff in Küche und Haus. Solange Stefan noch Urlaub hat, lass ihn die Küche übernehmen, du weißt, wie gut er kocht. Und wenn dein Vater kommt, sollten viele der Vorbereitungen für euer Fest auch die Männer machen. Du ziehst dein hübsches Kleid an und lässt dich bedienen, ja?«

Ina hatte ihr ein schönes Schwangerschaftskleid aus München mitgebracht, eine weite kurze Tunika mit einem Muster aus Pfauen und Kirschbaumzweigen. Maja nickte, sie hatte mit einem Mal einen Kloß im Hals. Es war wundervoll gewesen, Ina vierzehn Tage bei sich zu haben, der Abschied fiel ihr nicht leicht. Sie folgte ihr ins Kinderzimmer, in dem sie während ihres Besuchs geschlafen hatte. Zu den gemalten Haien an den Wänden waren Vorhänge und ein Bettüberwurf gekommen, die Ina an Majas Nähmaschine genäht hatte. In einer Vase standen Blumen, und der Raum lebte mit Inas kreativer Unordnung. Die Freundin schloss die Tür hinter sich und sah Maja ernst an.

»Bevor ich abreise, muss ich mit dir sprechen. Ich habe mir bei Stefan Rat geholt, denn unter keinen Umständen will ich dich beunruhigen. Aber wir möchten beide nicht, dass du ausgerechnet in dieser Zeit verletzt wirst ... von Keanu. Darf ich ganz offen reden, so wie wir immer geredet haben?«

Maja setzte sich aufs Bett und Ina fuhr fort.

»Du hattest mir nie gesagt, wie unbeschreiblich sexy dein Mann ist. Es ist der reinste Frauenmagnet. Ich meine, auf dem Parkplatz, am Strand, ja, selbst im Supermarkt bekommt er pausenlos Blicke von Frauen zugeworfen ... das kann nicht ganz einfach sein, vor allem jetzt, während du dich schonen musst ...«

Maja nickte, doch wusste sie nichts darauf zu erwidern. Sie hatte ganz andere Sorgen. Seit Stefan ihr Herz abgehört hatte und danach ernsthafte Bedenken äußerte, war Maja zwei Mal mit ihm zu weiteren Tests in der Kardiologie gewesen. Mit dem ersten Ergebnis war er unzufrieden, sodass sie noch einmal hinmussten. Er hatte darauf bestanden, den wichtigsten Test selber durchzuführen. Sein Gesicht war sehr ernst geworden.

Seit diesem Tag hieß es für Maja nur noch: Schonen, Schonen, Schonen. Es hatte sie gerührt zu sehen, wie groß die Sorge ihres Exfreundes war und wie intensiv er sich darum bemühte, Keanu zu sensibilisieren. Um Keanu und auch Ina nach den Tests zu demonstrieren, was Herzrhythmusstörungen sind, hatte Stefan sich beim Abendessen eine frische Paprikaschote aus der Küche geholt, sie halbiert und in seinem Schulenglisch eine Vorlesung gehalten. Es war ihm dabei besonders wichtig, Keanu zu verdeutlichen, dass durch die zusätzliche Belastung der Schwangerschaft Maja zwar beobachtet werden musste und Schonung brauchte, aber dass ihr Herz sich wahrscheinlich nach der Geburt wieder ganz stabilisieren würde. Auch ihre Herzrhythmusstörungen in der Pubertät waren nur temporär gewesen. Dennoch würde Stefan ihre Herztöne und die des Babys täglich mehrmals abhören und eng mit der Klinik in Lihue zusammenarbeiten, um kein unnötiges Risiko einzugehen.

Die Männer mochten sich von Anfang an, was Maja erleichterte. Keanu und Stefan täglich Seite an Seite zu erleben, machte ihr jedoch auch einige Dinge bewusst. Keanu war sehr mit seinen eigenen Problemen beschäftigt und erwartete von Maja, dass sie explizit etwas von ihm verlangte, wenn sie es brauchte, das galt für auch für den Haushalt, der ihr zunehmend schwerfiel.

Stefan war die Rücksicht in Person, er trug sie auf Händen, seit er gekommen war, und öffnete ihr jetzt immer die Autotür, wenn sie zusammen unterwegs waren. Sobald er sah, wie sie sich im Haus mit etwas abmühte, nahm er es ihr ab. Das galt selbst für die Wäsche. Anfangs war ihr seine Sorge um sie übertrieben vorgekommen, und sie spaßten humorvoll, wenn er ihr auch die kleinste Last abnahm. Doch dann hatte Stefan eines Morgens beim Frühstück verkündet, er würde seinen Rückflug bis nach der Geburt des Babys verschieben.

Im Klinikalltag war es aber so gut wie unmöglich, einen Urlaub zu verlängern, das wusste Maja durch ihre Mutter, und deshalb rief sie in München an. Erst bei dieser Gelegenheit erfuhr sie, wie ernst es um ihr Herz stand.

»Eine Geburt bedeutet eine extra Anstrengung für das Herz jeder Frau. Sollte es bei dir Komplikationen geben ... Stefan hat sich erkundigt. Er ist mit der medizinischen Betreuung in Lihue nicht zufrieden, die Kardiologie ist in Ordnung, mehr aber auch nicht ... wir wollen kein Risiko eingehen.«

Nach diesem Gespräch wusste Maja noch mehr zu schätzen, was Stefan für sie tat. Es war sein gesamter Urlaub in diesem Jahr, den er bei ihr verbringen würde, um auf ihr Söhnchen zu warten. Als sie ihn darauf ansprach, hatte er gelächelt.

»Dafür werde ich Patenonkel, ja? Ich meine, so bleiben wir in Zukunft verbunden, und ich habe ein Ferienziel. Und ja, es tut manchmal noch weh, Maja. Ich habe dich sehr geliebt, und ich musste mich wirklich überwinden, als deine Mutter mich gebeten hat, hier auf dein Herz aufzupassen. Doch falls du denkst, ich sei selbstlos oder vielleicht sogar masochistisch? Nein, auf mich wartet eine satte Belohnung. Deine Mutter empfiehlt meine Beförderung in der Klinik ...«

Weiter wollte er nicht darüber sprechen, überhaupt war er diskret und verbrachte mehr Zeit mit Ina und Keanu als mit ihr, weil Maja sich viel hinlegen musste. Die Männer bastelten gemeinsam an Keanus Motorrad, gingen mit Ina zum Surfen und natürlich auch zum Tauchen, Stefans Lieblingssport. Er wollte unbedingt einen nächtlichen Tauchgang mit Keanu machen, bevor er nach München zurückkehrte.

Was also wollte Ina ihr jetzt sagen, das so ernst war, dass sie sogar zuvor Stefan um Rat gebeten hatte? Das klang gar nicht nach Ina, genauso wenig wie die Verlegenheit in ihrer Stimme.

»Es ist Leilani … du weißt, sie war einige Male mit uns unterwegs. Die Gärten hat sie uns gezeigt, am Strand war sie einige Male dabei …«

Maja wusste natürlich davon, sie hatte sich inzwischen daran gewöhnt. Gerade dieses häufige Zusammensein von Keanu und seiner Exfreundin konnte nichts Tieferes bedeuteten. Doch da waren Ina, und wohl auch Stefan, anderer Meinung.

»Zuerst hat mich nur irritiert, wie innig sie ihn zur Begrüßung und zum Abschied geküsst hat. Es war einfach zu vertraut, wenn du weißt, was ich meine … Stefan umarmt dich zwar auch, doch man spürt seinen Respekt vor Keanus Beziehung zu dir. Das kommt uns bei Leilani definitiv nicht so vor. Sie will ihn zurück, wenn du mich fragst. Auch Stefan sieht das so. Unser Vorschlag wäre zunächst ein Gespräch zwischen dir und ihr … Bitte, Maja, sag jetzt nicht sofort nein, sondern denke zumindest darüber nach. Die beiden haben eine derartig innige Verbundenheit! Und wenn sie kein Paar sein können, weil es inzwischen dich in Keanus Leben gibt, und natürlich euren Sohn, dann müssen sie eben wie Bruder und Schwester sein … Maja? Ist alles in Ordnung?«

Nichts war in Ordnung, rein gar nichts. Sie hatte das Gefühl, der Boden würde unter ihr nachgeben. Aber Ina war noch nicht fertig.

»Du musst davon ausgehen, dass er dich aufrichtig liebt und nur das Beste für dich und dein Kind will. Alles andere wäre unklug, der Wahnsinn, oder noch schlimmer, ein perfides Horrorszenario. Ungefähr so: Du bringst euren Sohn auf die Welt, dabei stirbst du an gebrochenem Herzen. Nach deinem Tod bekommen Keanu und Leilani dein Grundstück, euer Haus und den süßen Sohn. Danach leben sie auf diesem Flecken Erde glücklich und zufrieden bis an ihr Lebensende …«

Maja starrte Ina an. Dann schloss sie die Augen. Keine von beiden sagte ein Wort. In das Schweigen hinein pochte Majas schmerzendes Herz heftig, und Ina umarmte sie sanft.

»Ich will dir keine Angst machen, und ich hoffe sehr, du nimmst es mir nicht übel, wenn ich so ein drastisch überzogenes Bild in den Raum stelle, aber Stefan und ich machen uns beide Sorgen. Und du kennst Stefan! Er macht sich so gut wie nie um solche Sachen Sorgen. Aber in diesem Fall hat er es sogar angesprochen, bevor ich meine große Klappe aufgerissen habe …«

Maja hatte also bestätigt bekommen, was sie seit einiger Zeit ohnehin spürte.

»Du musst mit Keanu sprechen, bitte!«, flehte Ina sie an.

Nach dem Abendessen brach Stefan auf, um Ina mit ihrem Gepäck zum Flughafen zu bringen. Innig umarmten sich die Freundinnen ein letztes Mal.

»Du redest noch heute mit ihm, versprochen …?«

Maja machte sich oben zum Schlafengehen fertig, während Keanu unten noch die Küche aufräumte. Dabei hörte sie ihn telefonieren, wie er es oft tat, wenn sie schon im Bett war. Er gab sich dabei keine besondere Mühe leise zu sein, sondern lachte öfter. Er sprach in der eigenartigen Mischung aus Hawaiisch und Englisch, die Maja nur schlecht verstand. Er hatte ihr einmal anvertraut, dass kaum jemand diese spezielle Familiensprache verstand, da sie mit allerlei Wortschöpfungen und Kürzeln angereichert war. Leilani?

Als er nach oben kam, war sie noch wach und las auf dem Bett. Sie konnte nicht schlafen und stellte Fragen, die ihm eindeutig missfielen. Er hatte nicht mit Leilani gesprochen, sondern mit seiner Cousine Anela in Nizza, die Maja bereits kennengelernt hatte. Sie hatte angerufen, um sich nach Maja und dem Baby zu erkundigen, selber war sie auch erneut schwanger und ließ Maja liebe Grüße ausrichten.

»Warum bist du misstrauisch, *ipo*? Was habe ich getan … was kann ich besser machen? Wie kann ich dir helfen?«

Jedes Wort würde sie auf die Goldwaage legen müssen, wenn sie ihn nicht vor den Kopf stoßen wollte, das wusste sie. In sein Leben war sie eingedrungen. Gemeinsam hatten sie in dieser verrückten Nacht in Südfrankreich das Kind gezeugt, doch sie hätte diese Herausforderung nicht annehmen müssen. Was hatte sie für ein Recht, ihm erneut mit ihrer Eifersucht zur Last zu fallen? Dennoch musste sie sprechen.

»Du weißt, warum Stefan länger bleibt, nicht wahr?«

»Er sorgt sich um dein Herz. Ich auch, aber ich bin kein Experte. Ich kann dich nur lieben … deine ganzen Ängste und Sorgen will ich weglieben. Ich möchte dir Frieden schenken und Gelassenheit … und Vorfreude auf unser Kind.«

Behutsam legte er seine Hand auf ihr Herz. Sie war warm und fühlte sich beschützend an.

Eine Weile lagen sie auf ihrem neuen Bett. Es war um einiges größer als ihr Bett aus dem Container, das mittlerweile in dem neuen Kinderzimmer stand – als Gästebett für Majas Vater, der bald kommen würde.

Die Decke, unter die sie schlüpften, war ebenfalls neu. Es war das erste Geschenk von seiner Familie, ein Quilt, jedes Quadrat eine andere heimische Pflanze, oder aber die Vögel und Fische Hawaiis. Es war eine wunderschöne, wertvolle Arbeit, an der sicherlich lange gearbeitet worden war. Doch Maja hatte das ungute Gefühl, diese Decke sei ursprünglich für Keanu und Leilani genäht worden. Keanu lachte fröhlich.

»Und wenn schon, der Quilt ist wunderschön, und ich bin

meiner Familie dankbar, weil sie endlich ein Zeichen senden. Es hat lange genug gedauert ...«

Dann erzählte er ihr, was sie ohnehin wusste.

»Seit vielen, vielen Jahren haben meine Familie und die Familie von Leilani von beiden Seiten an uns geschoben und gezogen, damit aus uns das neue Traumpaar auf Kauai wird. Und noch heute, wenn uns die Alten zusammen sehen, weil wir in Waikiki arbeiten, können sie es nicht fassen. Dann werden wir mitten auf der Straße darauf angesprochen. Warum es anders gekommen ist, als es die Alten beschlossen haben ...«

Keanu umarmte Maja und küsste jetzt alles an ihrem müden Körper, vor allem ihren Bauch, in dem sein Sohn strampelte. Dennoch schmerzte Majas Herz wieder, so als wären unsichtbare Bänder daran festgebunden, an denen jemand ziehen würde. Doch sie sagte nichts, denn sie kam sich töricht vor.

Zwei Nächte später eröffnete Keanu ihnen seinen Plan: Am nächsten Abend würde er mit Stefan am Riff der Haie auf einen Tauchgang gehen. Beide wollten mit Flaschen und Taschenlampen hinunter, und Maja schlug vor mitzukommen, um im Boot zu warten. Dann konnte sie notfalls helfen. Keanu grinste.

»Was für ein Notfall, *ipo*?«

Stefan nahm sie ebenfalls auf die Schippe.

»Falls es einen Notfall gibt, was wirst du daran ändern können? Oder willst du etwa mit deinem dicken Bauch ins Wasser springen und uns vor wilden Haien retten?«

Maja lachte.

»Dort draußen leben doch schon lange keine gefährlichen Monster, sondern nur harmlose Vegetarierhaie mit Gebiss. Es ist das reinste Hai-Altersheim oder Hai-Zwergenland, weil sie noch dazu winzig sind, kaum größer als mein Goldfisch.«

»Du hast keinen Goldfisch und hattest noch nie einen. Davon wüsste ich ...«

Stefan sah sie scharf an. Maja plänkelte mit ihm wie immer auf Deutsch, wie sie es gewohnt waren, während Keanu telefonierte. Danach teilte er lapidar mit, Leilani würde ebenfalls mit zum Nachttauchen kommen.

Am nächsten Tag war Maja alleine mit Stefan im Garten. Immer noch bestand sie darauf mitzukommen, obwohl Stefan es lieber gesehen hätte, wenn sie die Nächte schläft.

»Ich schlafe aber jetzt eh nur immer zwei Stunden am Stück, weil mein Sohn mich mit seinem Gestrampel aufweckt ...«

»Dann kannst du schon mal üben. Das wird nämlich die ganzen nächsten Monate so gehen.«

»Genau deshalb will ich ja auch mit euch zum Tauchen! Bitte, Stefan ... ich verspreche, ich bin ganz vernünftig und schlafe am Nachmittag, um nachts fit zu sein. Bitte.«

Wieder plänkelten sie herum.

»Wenn ich mit zum Tauchen darf, dann müssen wir von nun an auch nicht jeden Tag gärtnern!«

Ihr zuliebe hatte Stefan sich mit einem gewissen Stöhnen auf die Pflanzenwelt Hawaiis eingelassen. Er besorgte mit ihr diverse Setzlinge und buddelte die Löcher, damit sie sich mit ihrem Bauch nicht bücken musste.

»Na gut, dann gehen wir zu viert zum Tauchen. Und sollte es mit euch beiden doch nicht klappen, was ich natürlich nicht hoffe, denn ich habe ihn wirklich gern, so bin ich immer noch da ... meine Gefühle für dich haben sich nicht verändert. Und ich liebe Kinder, alle Kinder ...«

Stefan sagte ihr das nebenbei, während er bei der Bank ein Loch für den roten Jasmin aushob. Er sah dabei schräg zu ihr nach oben und musste in die Sonne blinzeln.

Gerührt gab sie ihm ihre Sonnebrille.

»Sonst macht die Sonne dich noch betrunken ...«

Als sie in dieser Nacht zu viert zum Riff ruderten, war Maja als Einzige nicht im Taucheranzug. Sie saß alleine im Boot, während die Unterwassertaschenlampen von Leilani, Keanu und Stefan immer wieder sporadisch zwischen den Korallen des Riffs aufleuchteten. Zwei glitten dicht nebeneinander durchs Wasser, während die dritte Taschenlampe sich ihren eigenen Weg suchte.

Maja machte es sich im Boot bequem. Sie würden länger dort unten bleiben, alles genau erkunden und Stefan das Riff zeigen, dort in der Tiefe lagen Wrackteile, hatte Keanu ihr erzählt. Das konnte dauern.

Mithilfe der Schwimmwesten im Bug schaffte Maja ein Polster für sich, auf dem sie trotz des Bauches halbwegs entspannt liegen konnte. Über ihr strahlten die Sterne am wolkenlosen Nachthimmel. Selbst wenn der Mond nur drei Viertel voll war wie heute, erhellte er die Konturen der Berge, besonders den großen Versammlungsfelsen. Noch immer war Maja nicht dort gewesen, nur bis zum Wasserfall hatte Keanu sie geführt, da die Wege vom vielen Regen im Frühling zu gefährlich waren. Durch einen Erdrutsch im März war eine Schneise entstanden. Einige Bäume waren über die Klippen ins Meer gestürzt, einer hing noch immer halb über einem Felsen, seinen Wurzelklumpen konnte Maja selbst im Dunkeln erkennen.

Das Wasser gluckste unter ihr. Mit ein paar gezielten Ruderschlägen sorgte Maja dafür, dass ihr Boot nicht zu weit vom Riff weggetrieben wurde. Den Bug in Richtung der Berge gewandt hielt sie es in Position.

Der sanfte Wellengang schaukelte sie in dieser lauen Sommernacht hin und her, während der letzten Woche war das Wetter traumhaft mild gewesen. Die warme Brise auf dem Meer machte selbst ihren Pulli überflüssig, sodass sie nur in ihrem Sommerkleid unter den Sternen lag. Am liebsten wäre sie ganz nackt gewesen, die weiche Luft auf ihrer Haut war wie ein Streicheln. Das leise Schaukeln des Bootes machte sie schläfrig, und ihr Baby war friedlich und strampelte ausnahmsweise einmal nicht.

Genüsslich schloss sie die Augen und dämmerte langsam weg. Im Halbschlaf ließ sie Leilanis Frage nach Elisa und ihren beiden Männern Revue passieren.

Liebte Elisa eine Zeit lang Johannes und Kelii?

Leilani hatte ihr die Frage vorhin im Boot gestellt, als sie vom Strand aufbrachen, aus dem Nichts, einfach so. Keanu und auch Stefan hatten ihre Meinung dazu abgeben. Sie hielten es beide für möglich. Eine Frau konnte zwei Männer lieben und umgekehrt. Es mussten nur alle damit einverstanden sein.

Bisher dachte Maja, Elisa fühlte sich Kelii mehr als jedem anderen Menschen auf der Welt verbunden. Doch inzwischen war sie sich keinesfalls mehr sicher. Die späten Briefe von Johannes und Elisa wahrten die Form, er schrieb bisweilen sogar von schwesterlicher Verbundenheit, doch am Vortag hatte Mai aus dem Roten Haus angerufen. Mit der Post war eine Heiratsurkunde aufgetaucht, datiert im Sommer 1910. Nur hatte Kelii zu diesem Zeitpunkt nicht Elisa geheiratet, sondern Okelani. War das der Grund, warum Elisa in Honolulu gemeinsam mit Johannes ein kleines Haus in der Nähe des Vulkankraters in Diamond Head gemietet hatte? In einem ihrer Tagebücher hatte Elisa einige Einträge aus dem Sommer 1910 gefunden. Auf drei Tagebuchblättern ballte sich glühende Leidenschaft. Jedoch war auf keiner der eng beschriebenen Seiten der Name Johannes erwähnt. Nur von einem Geliebten war die Rede, der *Elisas Seele jede Nacht aufs Neue erbeben ließ.*

Maja hörte hinter sich im Wasser ein Geräusch. Zunächst dachte sie, es seien bereits die drei Taucher, doch es war kein Licht zu sehen. Überhaupt war es jetzt dunkler als zuvor. Eine Wolkenwand hatte sich über den Mond geschoben, was die

Sterne noch deutlicher erstrahlen ließ. Im Riff unter ihr konnte sie nichts als schwarze Dunkelheit erkennen. Sie überlegte, ob sie die Lampe auf ihrem Boot wieder einschalten sollte, die sie vorhin ausgeschaltet hatte, um die Lichter der Taucher besser zu sehen, doch sie entschied sich dagegen. Wieder hörte sie das Geräusch, es klang wie ein Prusten im Wasser. Und dann sah sie ihn, ungefähr hundert Meter weiter draußen in der Bucht hob sich die Silhouette eines Delfins kurz aus dem Wasser, um gleich darauf wieder zu verschwinden. Dann sah sie noch einen und einen dritten, vierten und fünften Delfin. Es waren nicht sehr viele, sie hatte draußen am Leuchtturm von Kilauea mit Keanu schon sehr viel größere Schulen von Delfinen beobachtet. Vielleicht waren es ein paar Jungtiere, die einen nächtlichen Ausflug abseits der Routen ihrer Eltern machen wollten, jedenfalls hatten sie sich dafür diese Bucht vor der Na-Pali-Küste ausgesucht und zogen ihre Kreise in weitem Bogen um das Riff mit Majas Boot. Jetzt sah Maja in der Tiefe wieder die Taschenlampen, allerdings leuchteten nur noch zwei, eine war verschwunden.

Kurz darauf hörte sie, wie leise ihr Name geflüstert wurde. Es war Keanu. Er nahm im Wasser seine Tauscherflaschen ab und hob sie mit ihrer Hilfe über den Bootsrand. Es folgten sein Taucheranzug, seine Flossen, seine Brille und die Taschenlampe.

»Hast du gesehen, *ipo*? Sie sind gekommen! Wegen dir sind sie hier und wegen unserem Sohn.« Seine Augen leuchteten. »Worauf wartest du ... sie wollen unseren Kleinen begrüßen ...«

Eine Minute später schwamm Maja an Keanus Seite nackt zu den Delfinen. Er hatte ihr empfohlen, ebenfalls alles auszuziehen.

»Ohne Kleidung mögen sie uns am liebsten ... du wirst sehen, sie lieben schwangere Frauen ... und vielleicht ist ein Männchen dabei.«

Als sie ihnen näher kamen, begann Keanu schnalzende Laute mit der Zunge zu machen, um sie anzulocken.

»Du kannst auch mit ihnen reden, *ipo*. Versuch es einfach. Zunächst denke an eine Begrüßung und mach einfach die Laute, die dir in den Sinn kommen. Sie verstehen uns …«

Keanu hatte ihr bereits einige Geschichten von seinen Wasserfreunden erzählt. Auch wenn das Riff inzwischen nicht mehr von Großvater Hai bewohnt war, war es laut Keanu ein beliebtes Ausflugsziel für Meeresbewohner. Delfine kamen oft, aber die Robben mochten das Riff ebenfalls und natürlich die Thunfische. Nur seine ursprünglichen Bewohner, die Haie, hatte man hier seit einiger Zeit sehr viel seltener gesehen.

»Hörst du? Kannst du hören, wie sie antworten?«

Maja meinte zwar, leise Geräusche auf dem Wasser zu hören, doch ihre Ohren waren bei Weitem nicht so geschult wie die von Keanu, wenn es um die Geräusche der Natur ging.

Die Wolkenansammlung verzog sich, der Mond schien heller aufs Wasser, und jetzt konnte sie sehen, dass es doch eine größere Gruppe war, mindestens acht Tiere zählte sie.

Schon spürte Maja die erste Kontaktaufnahme unter Wasser. Ein Stupsen in ihre Kniekehle. Leise schrie sie auf, doch Keanu lachte nur.

»Sie wollen mit dir spielen, Maja, nur spielen, um dich kennenzulernen und auch unser Baby. Die Männchen lieben Kniekehlen, also erschrick nicht … Wenn sie ihre Körper an dich schmiegen, lass es einfach zu. Du kannst versuchen, sie zu streicheln, nur von ihren Köpfen halte dich fern. Das mögen sie manchmal nicht …«

Keanu begann eine monotone Abfolge von Tönen mit wenigen hawaiischen Worten zu singen. *Ua pau ua hala kakou, okoe no na pua.* Es war ein Lied an die, die für immer gegangen waren, und an ihre Nachfolger, die bleiben würden, wie er ihr leise erklärte. Die Delfine waren gekommen, um ihren Sohn zu segnen.

Wieder und wieder kamen sie und streiften sanft ihren Körper. Ihr Liebster war nie sehr weit von ihr, stets blieb er in Kontakt, damit sie sich wohlfühlte. Anfangs war es ungewohnt, die Delfine stupsten sie hier und streiften dort über ihre Kniekehlen. Sie lernte von Keanu, wo man sie berühren durfte und sogar wie man sich an ihren Vorderflossen ein Stück weit ziehen lassen konnte. Sie hatte das Gefühl, unter neuen Freunden zu sein, die sie auf ihre Art willkommen hießen und sie zum Spielen aufforderten.

Keanu musste lachen, als er sah, wie heiß Maja begehrt wurde. Zwei Männchen bedrängten sie beinahe, so sehr waren sie auf ihre Kniekehlen fixiert. Es kitzelte, und obwohl die Tiere nicht groß waren und noch jung sein mussten, wurde es Maja zu viel. Dann schob und knuffte Keanu sie sanft zur Seite, immer mit einem Auge auf sie.

»Keine Angst, *ipo*, ich passe auf dich auf …«

Stundenlang hätte Maja so weitermachen können, wenn nicht ein Ruf vom Boot ihr Spiel unterbrochen hätte. Es war Stefan. Er hatte Leilani unter Wasser verloren.

Keanu und Maja schwammen zum Boot zurück, ihnen folgten zwei Delfine, doch der Großteil blieb zurück.

Als Stefan die Lampe am Boot anknipste, verschwanden auch die letzten beiden. Stefan war ernsthaft beunruhigt.

»Sie bat mich, ihre Lampe zu halten, weil sie etwas gesehen hatte, das sie genauer erkunden wollte.« Er zeigte auf die zweite Taschenlampe, die er mit nach oben gebracht hatte. »Doch dann kam sie nicht wieder. Sie war nur ein paar Meter neben mir, schräg unter mir, ich konnte sie im Schein meiner Lampe gut sehen … dann war sie plötzlich verschwunden.«

Keanu sah beunruhigt auf seine Uhr. »Wie viel Sauerstoff hat sie noch? Wie viel hast du bis jetzt verbraucht?«

Stefans Flasche war so gut wie leer, deshalb hatte er auch nach oben kommen müssen und nicht länger nach Leilani suchen können.

»Das Riff ist wie ein Labyrinth weiter unten. Sie hat mir die Wrackteile gezeigt, die aus dem letzten Jahrhundert ... dann ging sie tiefer, hat mir die Lampe gegeben und war weg ... ich konnte nicht länger warten!«

Keanu legte seine Ausrüstung wieder an, nahm die Lampe und ließ sich rückwärts ins Wasser fallen. Das Letzte, was Maja von ihm sah, waren seine Flossen. Schnell wurde das Licht im Wasser kleiner, als er im Riff verschwand.

»Keanu und Leilani schwimmen in diesem Riff, seit sie Kinder sind. Sie kennen sich aus. Du brauchst dir sicher keine Sorgen zu machen ... hilfst du mir bitte zurück ins Boot?«

Damit Keanu sich schnell wieder anziehen konnte, hatte sie ihm den Vortritt gelassen. Das Wasser war nicht kalt, und sie hatte sich an der Seite des Bootes festgehalten. Jetzt wollte aber auch sie sich wieder anziehen, mit dem dicken Bauch kam sie die Leiter allerdings nicht gut hoch.

»Hier, nimm meine Hand.«

Stefan hatte sie schon oft nackt gesehen, und auch bei den ärztlichen Untersuchungen während der letzten Wochen war er dabei gewesen, doch der Moment, als Maja nackt vor ihm im Boot stand, war anders. Er konnte den Blick nicht von ihr abwenden und wollte, ja, musste ihr etwas sagen.

»Du bist ... ihr seid ... ich meine, du und Keanu, ihr seid wie Götter aus einer anderen Welt ... das mit den Delfinen. Du ... du bist unglaublich schön, ich stammle hier wie ein Idiot ... hier, dein Handtuch.«

Er hatte sich taktvoll umgedreht, damit Maja sich im Boot abtrocknen und anziehen konnte. Sie hätte ihm gerne etwas

Liebes gesagt, denn zum ersten Mal seit sie sich kannten, sah sie in ihm nicht den stets überlegenen Kardiologen auf der Überholspur, sondern einen verwundeten Mann.

Es schien noch eine halbe Ewigkeit zu dauern, bis sie die Lampe gemeinsam tief unten im Wasser sahen. Erst als sie fast an der Oberfläche war, sahen sie zwei Taucher. Stefan atmete erleichtert auf.

Zu dritt versuchten sie, aus Leilani herauszubekommen, was sie dort unten so erschreckt hatte, dass sie sich in einer Höhle versteckt hatte und erst wieder hinaustraute, als Keanu sie dort abholte. Sie war kreidebleich, zitterte, und Stefan hatte ihr schnell einen seiner Notfalltraubenzucker zwischen die Lippen geschoben. Sie sagte das Wort auf Hawaiisch, doch Maja kannte es gut. *Mano*, ein Hai.

Er sei groß gewesen, alt und voller Narben, und würde in einem der Wrackteile wohnen, das sich ungefähr zehn Meter über dem Meeresboden befand. Keanu lächelte mild.

»*Pupule* … du siehst Gespenster.«

13. Kapitel

Honolulu, Diamond Head, 1910

Elisa war zufrieden. Endlich war mit ihrer Hilfe eine Ausgabe von Lili'uokalanis Autobiografie erschienen, die sich sogar in England in den gehobenen Buchläden sehen lassen konnte. Der Verleger hatte nicht geknausert, doch es war viel Arbeit gewesen und hatte zahlreicher Briefe und einiger weiblicher Überredungskunst bedurft. Doch würden sich wirklich in Europa Leser finden? Der britische Verleger war zu Recht unsicher gewesen, doch dann hatte ihn der Mut seiner Kollegen in Amerika überzeugt.

Elisa ließ ihre Hand über den Einband aus schwerem Leder gleiten und öffnete den Goldschnitt der Seiten. Es war eine besonders schöne Buchbinderarbeit. Zweifelsohne erhöhte diese Investition die Wertigkeit des Inhalts, und sie war stolz auf das Vorwort, das auf ihre Anregung in einem eleganten Sepiafarbton gedruckt worden war.

Die Zeilen waren bereits im Jahr 1837 von dem hawaiischen Historiker David Malo als Prophezeiung des drohenden Unheils verfasst worden. Elisa hatte jedes ihrer Kinder diese Worte abschreiben lassen, hatte sie gerahmt über jedes der Betten gehängt. Nie sollten sie vergessen, wogegen sie wahrscheinlich ihr ganzes Leben lang ankämpfen werden mussten: ihre Freiheit.

> *Wenn die große Welle anrollt, werden riesige Fische aus den Tiefen des dunklen Ozeans kommen, die du nie zuvor gesehen hast.*

Sobald sie die kleinen Fische entdecken, werden sie diese auffressen.

So ist es auch mit den großen Tieren, sie werden die kleineren Tiere zu ihrer Beute machen.

Die Schiffe mit den Weißen sind gekommen, und kluge Menschen kamen aus großen Ländern, die du nie zuvor gesehen hast.

Sie wussten, dass unsere Leute wenige waren und wir in einem kleinen Land leben.

Sie werden uns auffressen, so wie es immer schon mit den größeren Ländern war, die Kleineren wurden verschluckt.

David Malo

Elisa saß noch eine Weile mit dem aufgeschlagenen Buch in der Hand in ihrem kleinen Büro. Inzwischen musste sie es am Washington Place mit niemandem mehr teilen. Lili'uokalani hatte aus Gründen der Sparsamkeit zwei ihrer treuen Mitarbeiter entlassen. Elisa durfte bleiben.

Sie konnte mehrere Sprachen, war fleißig und zuverlässig, zudem brauchte sie die Stellung dringend. Ihre Familie zu ernähren war nicht einfach, doch vor allem war es das Schulgeld für die Kinder und die für den Schulbesuch notwendige Kleidung, die sie trotz ihres Gehalts immer wieder gezwungen hatte, Johannes um Hilfe zu bitten. Inzwischen war seine finanzielle Unterstützung jedoch für Elisa so gut wie selbstverständlich geworden. Sie war nicht stolz auf das, was sie seit einiger Zeit begonnen hatten, aber sie brauchte nicht nur seine Freundschaft, sondern inzwischen auch seine Leidenschaft in ihrem Leben. Und dann war da noch sein wertvoller Rat in beruflichen Fragen. Dank ihm kam Elisas Name in der ledergebundenen Ausgabe vor, zwar winzig klein, doch sie war unter den Danksagungen aufgelistet. Auf seinen Rat hin hatte sie insistiert.

Wegen Johannes hatte sie ihre Französischkenntnisse erweitert, für alle Länder außer Spanien war sie inzwischen zuständig. Gelegentlich übersetzte sie auch für Jansons Kontor am Hafen Briefe. Am meisten aber hatte sie sich in den letzten Jahren im Rahmen ihrer Arbeit für Lili'uokalani mit den Memoiren der Königin beschäftigt. Sie mussten weltweit veröffentlicht werden, bevor Lili'uokalani zu alt werden würde, um Rede und Antwort zu stehen. Wie oft stritt sie sich mit Johannes über dieses Thema. Ihrer Meinung nach musste eine andere Regierung eingreifen oder zumindest offiziell anerkennen, was für ein Unrecht in Hawaii geschehen war und weiterhin geschah.

Johannes sah das anders. Es war der Lauf der Welt. Immer schon hatte der Stärkere den Schwächeren verdrängt, dabei spielten Kultur und humanitäre Werte stets eine untergeordnete Rolle. Es ging um Wirtschaft und Profit. Die Zuckerbarone Hawaiis waren mächtig, und der Erfolg gab ihnen recht.

»Seit die Regierung skrupellos ihren Kurs verfolgt, werden mehr und mehr Ali'i ins Abseits getrieben, ihr Einfluss schwindet mit jedem Jahr, und das Volk leidet ...«

Johannes sah sie mit dem humorvollen Zwinkern an, das er sich trotz der silbernen Haare an seinen Schläfen aus seinen Jugendtagen bewahrt hatte, und zog sie zu sich.

»Genau deswegen werde ich dich auch heute Nacht in meinen Armen halten und nicht er ...« Er hatte begonnen, Elisa zu lieben. Seine Frau sah er nur noch selten, seit Honolulu das wichtigste Handelskontor für Jansons Geschäfte geworden war. Das kleine Häuschen, das außerhalb der Stadt lag, hatte er gemietet, weil Elisa es lieber mochte als die Hotelzimmer, in denen sie sich in der ersten Zeit heimlich getroffen hatten. Kelii wusste davon, er hatte nur milde gelächelt, als sie es ihm bei einem ihrer Besuche gebeichtet hatte. Von Eifersucht keine Spur. Er war glücklich, sie zu sehen, wie immer erzählte er ihr, was es Neues in seinem Leben gab. Das erste Kind, das Okelani ihm geboren hatte, war ein kräftiger Junge. Moana hieß er, wie der Ozean. Dank der Gelder, die Elisa, aber auch Keliis Mutter dem Gefängnisdirektor unter der Hand zukommen ließ, konnten sie fast so leben wie eine Familie außerhalb der Gefängnismauern. Amala war jetzt ebenfalls öfter dort, brachte Kuchen und Kleidung. *Immerhin ist sie Familie. Eines Tages wirst auch du ihr die Hand geben müssen. Eure Kinder sind Halbgeschwister.*

Dennoch blieb die Situation für Elisa schwer, und oft fühlte sie sich zerrissen zwischen zwei Welten. Sie liebte Kelii und wusste, diese Liebe würde bis zu ihrem Tod tief in ihrem Herzen verwurzelt sein. Aber es fiel ihr schwer zu akzeptieren, dass eine Frau den Platz an seiner Seite hatte, obwohl sie auch daran mitschuldig war. Ihre Mutter hatte das Unglück ihrer Trennung direkt verursacht. Und blieb Clementia nicht trotz allem ein Teil von Elisa? Johannes gelang der Spagat zwischen den Kulturen sehr viel besser als ihr. Er liebte anders als sie, und nie hatte er infrage gestellt, wer er eigentlich war, auch nicht in seiner liebenden Ehe mit Leilani. Er gehörte zur weißen Oberschicht, die jetzt über diese Inseln herrschte und von ihnen profitierte. Er nannte es sein Geburtsrecht. Die Ureinwohner hatten einfach Pech gehabt. Dennoch war Johannes in ihren Augen ein guter Mensch und vor allem ein wunderbarer Freund und Liebhaber. Elisas Liebe zu ihm war stark, aber sie hatte nicht die gleiche Tiefe. Vielleicht hatten die Zähne des Hais, die vor vielen Jahren in ihr Fleisch eingedrungen waren, sie für immer an Kelii gekettet? Zumindest fand sie in ihrem Kopf keine Antwort für ihr Gefühl von Zerrissenheit zwischen den beiden Männern. Sie wusste nur, dass ihr Herz von keinem von beiden lassen konnte, zumindest noch nicht.

An den Wänden von Elisas Büro zeigten sich seit einer Weile kleine Risse. Das Haus der Königin musste renoviert werden, doch der Etat dafür wurde nie von ihr bewilligt. Die vornehme alte Dame hatte andere Sorgen, wie Elisa aus ihren Gesprächen wusste. Sie war eine gebrochene Frau, die zusehen musste, wie ihr Reich von Tag zu Tag mehr verfiel. Seit einiger Zeit waren es die Schulen. Hatten in den Zeiten des Königreichs von Hawaii alle lernwilligen Kinder Zugang zu Bildung gehabt, so konnten sich jetzt nur noch die Reicheren eine gute Schule für ihren Nachwuchs leisten. An immer mehr Fronten musste die Königin mit ihrem privaten Geld immer größere Finanzlöcher stopfen.

Elisas Blick wanderte in die gegenüberliegende Ecke ihres Büros. Es war heiß, sie schwitzte in ihrem strengen europäischen Kleid, und der Deckenventilator schien sich noch langsamer als sonst über ihr zu drehen. Hatte sich dort nicht gerade etwas bewegt? Da sah sie ihn.

Über der Tür zum königlichen Garten saß der giftige Hundertfüßler, vor dem Lili'uokalani sie gewarnt hatte. Er war schon überall in ihrem Haus gewesen, selbst im königlichen Schlafzimmer. Elisa sah zu, wie das ekelhafte Wurmtier auf die schmiedeeiserne Gittertüre kroch, die das Haus jetzt gegen Einbrecher schützen musste, und ihr wurde kalt bis ins Mark. Sie hatte seit einigen Wochen ein Problem, das sie weder mit Amala noch mit Johannes besprechen konnte. Sie war deswegen extra alleine ein Wochenende in die Berge gefahren und hatte ihre alte Kahuna-Meisterin Hoku um Rat gefragt.

»Bitte, Hoku, du hast mir schon einmal geholfen, mir einen guten Rat gegeben und mir geholfen, meine erste Tochter auf die Welt zu bringen ... Was soll ich diesmal tun?«

Hoku war inzwischen eine sehr alte Frau, sie glich einer zerknitterten Trockenpflaume und war zart wie ein ins Wasser gefallenes Vögelchen. Ihre Augen waren glasig geworden, als sie ihre Hände auf Elisas schwellenden Unterleib legte.

»Der Hundertfüßler ist das Symbol für Verrat. Sein Gift ist ein göttliches Geschenk, eine Botschaft unserer alten Götter. Wir sollen aufhören, diesem Nichtsnutz Jesus zu folgen, der unserer Königin den Kopf verdreht hat ... und du solltest keine weiteren Kinder von *haole*-Männern bekommen, die deinen Wert nicht erkennen. Wenn du den Hundertfüßler siehst, dann ist die Zeit gekommen. Du nimmst diese Kräuter und schließt dich an einem Ort ein, an dem du alleine sein kannst, für drei ganze Tage. Danach kommst du wieder zu mir ... dann reden wir von deinen anderen Kindern. Ich habe von Eli geträumt ... es ist Zeit für ihn ... er muss seinen Weg zu den *aumakua* bald beginnen. Er ist jetzt ein junger Mann ...«

Elisa sah dem Hundertfüßler noch eine Weile zu, dann überlegte sie sich, wie sie sich ein Wochenende allein in Johannes' Häuschen erschwindeln konnte. Es war schwer, wie so vieles hier am Washington Place. Die Wände hier hatten Augen und Ohren.

»Elisa! Können wir sprechen?«

Es war Keliis und Leilanis Mutter, mit ihren sechzig Jahren immer noch eine bemerkenswert schöne Al'i, doch jetzt hatte sie eine Zornesfalte auf der Stirn.

Sie setzte sich bereits auf den Lederstuhl, in dem normalerweise die Königin saß, wenn sie hier gemeinsam ihre neuen Manuskriptseiten durchgingen.

»Natürlich, gerne ... Ein Glas Wasser? Es ist heute sehr heiß. Hier, dann fällt das Sprechen leichter.«

Elisa schenkte zwei Gläser ein und reichte ihrem Gegenüber eines davon. Um die Anspannung ein wenig zu lockern, deutete Elisa auf den riesigen Hundertfüßler.

»Jetzt hat er auch mich besucht ...«

Die strenge Hawaiianerin nahm Elisa kritisch ins Visier.

»Das Gift des Verrats ist hier überall ... in fast jeder Familie, zwischen Freunden und Geschäftspartnern. Wir werden von innen zerstört. Meine Tochter leidet, mein Sohn leidet, und meine Königin verzehrt sich vor Gram. Und was ist mit dir, Elisa, leidest du auch? Und leidet Johannes?«

Die Stille im Raum war von süßlicher Klebrigkeit. Elisa wusste, dass ihr Geheimnis mit Johannes keins mehr war und dass die Frau, die sie ohnehin nie als Schwiegertochter akzeptiert hatte, nun endgültig den Stab über ihr brechen würde. Doch sie würde ihren Standpunkt ebenfalls deutlich machen, mit erhobenem Haupt und ohne sich zu rechtfertigen.

»Wie gefällt dir der neue Enkelsohn? Moana ist ein hübscher Name für den kräftigen Jungen von Kelii und Okelani, ein Kind von reinem Blut. Deine anderen Enkelkinder: Emma, Gerd, Elisabeth und Thomas tragen deutsche Namen und werden immer auch zur Hälfte Deutsche sein ...«

»Wir wollten das Band zwischen Hawaii und dem Rest der Welt festigen. Unsere Königin hat es uns vorgemacht, mit ihrem amerikanischen Mann. Sie war uns Ali'i damit ein Beispiel ... Das ist Lili'uokalani auch heute noch.«

»*Don't mix the blood ...*«

Elisa sagte es leise, traf damit aber sofort einen Nerv bei ihrer Schwiegermutter. Die sonst stets würdevolle Hawaiianerin fauchte sie wütend an.

»Hawaii braucht jetzt seine alten Götter! Wir brauchen das alte Blut, unsere alte Kraft, seit vielen Jahrhunderten auf unseren Inseln gewachsen. Ja, es ist gut, dass mein jüngstes Enkelkind Moana mit reinem Blut auf die Welt kam!«

Wütend deutete sie auf den Hundertfüßler, der deutlich sichtbar auf dem schmiedeeisernen Tor saß, die vielen Füße wanden sich um seinen Wurmkörper, als würden sie von einer fremden Kraft bewegt. Das schöne Gesicht der Hawaiianerin war verzerrt von hilflosem Zorn.

»Ich trage den Hundertfüßler in mir! Ich habe mein Volk genau so verraten, wie du deins verraten hast, Elisa Vogel!«

Der blanke Hass war in ihren Augen, und Elisa bereute es bereits, ihre Schwiegermutter provoziert zu haben. Aber vielleicht musste auch endlich einmal ausgesprochen werden, was seit vielen Jahren zwischen ihnen stand.

»Dein Onkel hat meinen Mann umbringen lassen, Elisa! Paul Vogel hat angeordnet, dass der Vater von Kelii und Leilani auf eurer Plantage in eurer Scheune von einem Kutschgespann so lange überrollt wurde, bis sein Körper kaum mehr zu erkennen war. Piet van Ween, der dafür gesorgt hat, dass mein Sohn des schweren Diebstahls angeklagt wurde, weswegen er auch zehn Jahre später noch im Gefängnis sitzt, ist der Stiefvater von Johannes, Leilanis Schwiegervater, der Großvater von Thomas und Elisabeth, die er übrigens so gut wie nie sieht ... Was also verlangst du von mir? Absolution?«

Nachdem ihre Schwiegermutter das Büro verlassen hatte, starrte Elisa an die Wand. Es war aussichtslos. Sie würde für immer die Weiße bleiben, die den Sohn dieser Frau in Schwierigkeiten gebracht hatte, weil sie ihn liebte. Elisa hatte Unheil über den ganzen Klan gebracht, ihre Schuld war untilgbar. Sie musste damit leben.

Auf dem Weg zu Amala und den Kindern beschloss Elisa, sich Johannes nicht anzuvertrauen. Sie würde ihm bei ihrem heutigen Treffen nicht von der Frucht ihrer Leidenschaft erzählen, die wie ein zartes Pflänzchen in ihr heranwuchs, obwohl er sicherlich außer sich vor Freude wäre. Johannes liebte Elisa und würde alles für sie und ihre Kinder tun.

Ihre gemeinsame Zeit in dem kleinen Haus auf dem Weg zu dem erloschenen Krater von Diamond Head war von stillem Einverständnis geprägt. In dieser Hütte lebte mit ihnen nur die Leidenschaft, zügellos und gierig und in immer neuen Spielarten. Darin waren sie sich ebenbürtig, Johannes und sie. Je mehr sie sich liebten, desto stärker wurde ihr Hunger. Oft vergaßen sie sogar zu essen und zu schlafen, so erbarmungslos getrieben waren ihre Körper. Diese Nacht, diese eine Nacht noch würde sie verdrängen, was sie tun musste. Am morgigen Tag würde er für eine Woche nach Lihue aufbrechen, um Leilani und die Kinder zu besuchen. Das gab ihr genug Zeit, um Hokus Kräuter zu nehmen.

Johannes hatte getrunken, als Elisa in der Abenddämmerung endlich an ihrem Liebesnest angekommen war, und er war zornig, sie spürte es sofort. Ihre Abmachung war streng, er hatte ganz zu Anfang ihrer Affäre darauf bestanden, seine Welten klar zu trennen. Trafen sie sich in seinem Kontor in Honolulu oder aber mit den Kindern am Washington Place, durfte man über vieles reden, der Ton war locker und familiär. Mussten sie alleine etwas besprechen, so trafen sie eine Verabredung zum Reden und trafen sich meist im Park, wo sie bei einem Spaziergang bisweilen diskutierten, da Johannes Elisas Meinung schätzte. Doch in ihrer Hütte, in ihrem Liebesnest, gab es nur ihre beiden Körper.

Nicht immer waren ihre Begegnungen für Elisa einfach oder auch vergnüglich gewesen. Schnell bekam sie raus, dass Johannes, dessen Ehebett seit Rosas Tod erkaltet war, ein regelmäßiger Besucher des Roten Hauses in Lihue geworden war. Dort hatte er sämtliche Spielarten der Liebe käuflich erwerben können. Er war es gewohnt, bedient zu werden. Jeder seiner noch so ausgefallenen Wünsche war für Geld erfüllbar. Wäre das sein einziges Ziel in der Liebe, wäre ihre Affäre nicht von langer Dauer gewesen. Doch Johannes war auch ein Mann, der dienen und geben konnte und zu großer Zärtlichkeit fähig war. Er liebte Elisas Körper, jeden Zentimeter ihrer Haut, und immer wieder war es sein einziges Ziel an einem Wochenende, ihr Freude zu bereiten und sie zu erfüllen. Doch heute war es anders.

»Wo warst du so lange? Warum kommst du so spät?«

Sie roch den Whisky an ihm und spürte große Wut. Sie wusste jedoch aus Erfahrung, dass es am besten war, wenn sie einfach nur tat, was er von ihr verlangte.

Sie schloss die Tür, stellte den Korb mit Essen auf den Tisch und lächelte ihn an, während sie sich den Schweiß von der Stirn abwischte. Es war sehr heiß gewesen an diesem Tag, und auch am Abend wurde es nicht kühler.

»Die Kinder brauchten mich ... Emma und Gerd sind morgen zu einem Geburtstagsfest eingeladen ...«

Johannes hörte ihr noch nicht einmal zu. Er hatte wegen der Hitze in der Hütte sein Hemd auszogen, war bereits barfuß und öffnete jetzt die Gürtelschnalle an seiner Hose.

»Zieh dich aus ... ganz«

»Wollen wir etwas essen?«

»Später ...«

Schon war er bei ihr, zerrte an den Haken und Ösen, machte sich ungeduldig an den Knöpfchen ihres sommerlichen Kleides zu schaffen. Sobald es der Stoff erlaubte, griff er nach ihrer Brust, stöhnte und griff erneut nach der Whiskyflasche. Er benahm sich anders als sonst, das merkte Elisa, denn er fasste sie an, als sei sie nichts weiter als ein seelenloser Körper, den er benützen wollte.

»Johannes ...«

»Nicht reden ... zieh dich ganz aus. Ich will dich nackt sehen. Los, die Kleider runter!«

Wie anders als sonst Johannes sich in dieser Nacht benahm, bekam Elisa in den folgenden Stunden zu spüren. Zunächst musste sie sich ganz nackt vor ihm ausziehen, woran sie sogar noch ein gewisses Vergnügen empfand. Seine Hose schien schier zu platzen, als sie vor ihm hin und her spazierte und ihm Gelegenheit gab, sie von vorne und hinten ausgiebig anzusehen. Statt sie anzufassen, wenn sie fast hautnah vor ihm stand, trank er jedoch immer wieder einen Schluck, bis die Flasche fast leer war. Und er hielt auch ihr die Whiskyflasche hin.

»Komm, nur einen Schluck …«

Nur selten trank Elisa Alkohol, doch sie sah an seinen Augen, dass es keine gute Idee war, sich zu widersetzen. Sie trank ein paar Schluck, ging wieder vor ihm auf und ab, dann hielt er ihr erneut die Flasche hin, bis sie schließlich leer war. Er reichte sie ihr.

»Stell sie bei der Tür ab … Los, bück dich!«

Sie folgte seiner Aufforderung und kam dann zu ihm zurück an den einfachen Holztisch, an dem zwei Stühle standen. Sie wollte sich einen Moment auf den anderen Stuhl setzen, doch das ließ er nicht zu, sondern stand schwer atmend auf.

Johannes war einen Kopf größer als sie. Mit den Jahren hatte sein einst jungenhaft schmaler Körper sich gefüllt. Doch immer noch war er muskulös und stattlich.

Seine Hände griffen nach ihren Brüsten und umfassten sie prüfend. »Sie sind voller geworden …«

Dann ließ er seine Hand weiter nach unten gleiten, über ihren Nabel, dann über ihren leicht gewölbten Bauch. Er atmete schwer, als seine Hände tastend weiter ihren Weg suchten.

»Wenn du kein Kind von mir willst, will ich auch keines von dir …«

Elisa wusste nicht, wie ihr geschah, als er sie hart an den Armen packte, sie herumdrehte und ihr Gesicht auf das Holz des Tisches presste.

Er wollte sie an diesem Abend nicht lieben, hatte nicht vor, ihr Vergnügen zu bereiten. Er wollte Elisa weinen sehen. Deshalb machte er sich rücksichtslos dort zu schaffen, wo er ihr Schmerz bereiten konnte. Sie schrie auf, doch er lag bereits mit seinem schweren Körper auf ihr. Während er sich nahm, was sie ihm nicht geben wollte, flüsterte er in ihr Ohr: »Du hast den Schmerz gewählt ... Jetzt nimm ihn auch!«

Ihr Zorn schwoll an wie Feuer, und sie wehrte sich, so gut sie es konnte, doch er hatte sie zu fest im Griff. Seine Beine hatte er zwischen ihre gestellt, ihre Hände hielt er mit festem Griff auf der Tischplatte fest. Ihren Leib fixierte seine schwere Brust. Nur das Betteln blieb ihr übrig, das Bitten um Gnade. Er tat ihr so weh.

Als es vorüber war, weinten sie beide, ohne wirklich zu wissen, warum sie so grenzenlos traurig waren. Dann erzählte er ihr, dass seine Schwiegermutter bei ihm gewesen war und ihm von Elisas Schwangerschaft berichtet hatte, aber auch, dass Elisa dieses Kind nicht wolle, sondern bereits bei Hoku in den Bergen war. Hoku musste Elisa verraten haben, und sie ahnte, warum. Von Anfang an war ihre Lehrerin gegen ihre Verbindung mit Johannes. Außerdem war Hokus Bindung an das Königshaus von Hawaii nach wie vor sehr eng.

»Manchmal weiß ich nicht mehr, wem ich noch trauen kann.«

Danach schwieg Elisa lange. Beiden war bewusst, dass nichts mehr werden würde, wie es eine Zeit lang zwischen ihnen war. So unbeschwert wie möglich hatten sie sich eine Weile lieben dürfen und dadurch besser ertragen können, was in ihren Familien zerrissen war. Damit war es jetzt vorbei. Wieder einmal würde alles anders werden, das spürte sie.

Es wurde eine schwierige Nacht. Johannes schlief neben ihr ein, aber Elisa war durch seine rücksichtslose Grobheit wund. Sie hatte Schmerzen und fand in der Nacht keine Ruhe. Nach wenigen Stunden erwachte auch er. Seinen Beteuerungen, wie unendlich leid es ihm tat, sie so verletzt zu haben, folgten seine zärtlichen Hände, danach seine salbende Zunge. Wie immer war Johannes voller Leidenschaft, denn er liebte ihren Körper und ihre Fähigkeit der tiefen Hingabe. Losgelöst von der Erdenschwere flog Elisa mit ihm in den Morgenstunden wieder gen Himmel, doch ihre Gedanken waren bei Kelii, so wie die von Johannes wahrscheinlich bei Leilani waren.

Und dennoch liebte sie Johannes.

14. Kapitel

Die Einweihungsfeier, Sommer 2011

Bevor sein Wagen in die Straße zur Auffahrt einbog, spürte Maja ihren Vater als Kribbeln auf ihrer Kopfhaut. So war es mit ihr und ihm schon gewesen, solange sie sich zurückerinnern kann. Nicht nur war sie das Nesthäkchen, sondern auch Papas Liebling, zumindest gab er ihr das Gefühl. Ihre Geschwister hatten sie später gerne damit aufgezogen, dass sie so wahnsinnig anhänglich war, aber vielleicht waren sie auch nur neidisch, weil sie immerzu auf seinem Schoß gesessen hatte oder ihm sogar beim Rasenmähen wie ein Hündchen gefolgt war. Wie viele Abende hatte sie mit klopfendem Herzen an der Tür gewartet, bis er endlich aus dem Büro nach Hause kam, und eifersüchtig darüber gewacht, dass ihre Mutter und die Geschwister ihn nicht zu sehr in Beschlag nahmen. Papa gehörte Maja. So war es lange Jahre gewesen.

Das Kribbeln auf ihrer Kopfhaut, kurz bevor sie sich nach all der Zeit endlich sehen und in die Arme nehmen würden, war unverändert da, genau wie ihr freudiges Herzklopfen.

»Meine Maja ... du bist ja unglaublich ... schwanger.«

So war es, in drei Wochen würde das Kind auf die Welt kommen, sogar das Schwangerschaftskleid, das Ina ihr geschenkt hatte, wurde langsam knapp. »Großartig siehst du aus, Spätzchen! Und der Garten, das Haus ... wie habt ihr das nur alles geschafft?«

Er strahlte, als er sie zur Begrüßung behutsam umarmte und ihren Bauch bewunderte. Er versuchte fröhlich und unbeschwert zu klingen, doch Maja fiel auf, dass er trotz cooler Sonnenbrille und braun gebranntem Teint abgespannt aussah. Schon vor Tagen hatte er bei ihr sein wollen, doch in Honolulu waren Dinge geschehen, die seine Anwesenheit vor Ort erfordert hatten.

Maja fragte nach Einzelheiten, während Keanu noch oben im Haus telefonierte. Sie und ihr Vater hatten einen Moment für sich.

»Am Telefon hattest du immer nur kurz Zeit, aber du hast einen weiteren Erbschaftsanspruch erwähnt ... Meinst du den Haifischmann?«

Er nickte. Schweigend gingen sie zusammen durch den blühenden Garten bis hin zu ihrer Bank. Auf eine Seite hatte Maja den roten Jasminbusch gepflanzt, auf der anderen einen jungen Hibiskus, den Ina ihr zum Abschied überreicht hatte.

Gemeinsam sahen sie aufs Meer hinaus, und Maja spürte, dass ihren Vater etwas bedrückte, wusste aber auch, es würde nichts nützen, ihn zu drängen. Doch eine Sorge lag ihr schon länger auf der Seele.

»Mama und du ... ist da alles in Ordnung?«

»Alles bestens ... ich soll dich schön grüßen, ich habe gestern mit ihr telefoniert. Sie ist bereits unterwegs zu ihren Tennisferien mit ihren Freundinnen in Österreich, kommt aber nächstes Wochenende wieder. Wenn du es willst, würde sie zur Geburt kommen ... sie hat sich einen Flug reserviert.«

»Ach, weißt du, Papa, ich glaube, wir bekommen das auch so hin, Keanu und ich. Sollte ich das Baby nicht zu Hause bekommen können, weil Stefan mit meinem Herz nicht zufrieden ist, dann haben wir einen guten Arzt in Lihue gefunden. Aber es ist besser geworden ... die letzten Tage war mein Herz ruhiger.«

»Das beruhigt mich ... wir haben uns Sorgen gemacht.«

Gemeinsam ließen sie ihre Blicke eine Weile über die Bucht

schweifen, Maja an Papas Schulter gelehnt, seine Hand mit ihrer verschränkt.

»Schön, dass du hier bist, Papa.«

Er nickte zufrieden. Über der Bucht lag an diesem Nachmittag ein diesiger Schleier, der das Meer grau und schwerfällig wirken ließ. Das Riff lag im Nebel, der Horizont war verschwommen, die Luft schwül und zäh, ohne die geringste Brise. Dabei hatte es letzte Nacht sehr viel geregnet, was meist am nächsten Morgen schönes Wetter bedeutete. Doch auch der Morgen war trüb gewesen. Aus den tropischen Wäldern der Bucht stiegen immer noch Nebelschwaden auf. Die Erde war trocken und durstig gewesen. Das viele Wasser der letzten Nacht war eine willkommene Abkühlung im Hochsommer.

»Papa, schau! Ein Iwa …«

Zunächst tauchte der legendäre schwarze Seevogel mit der Flügelspannweite von mehr als zwei Metern aus einer Nebelschwade im Dschungel auf, doch dann kam er näher und näher, bis er direkt über ihnen seine Kreise zog.

Maja war begeistert, denn es war das erste Mal, dass sie hier einen der großen Fischräuber gesehen hatte, normalerweise gingen die Fregattvögel in der Nähe des Kilauea Leuchtturmes auf Fang.

»Der Iwa gilt als Götterbote, weißt du, aber vor allem ist er als Dieb bekannt. Laut Legende soll er den Göttern das Feuer gestohlen haben, aber man sagt auch, dass der Iwa gerne Herzen stiehlt. Er scheint uns spannend zu finden …«

Immer noch zog der große Vogel lautlos seine Kreise über ihnen, so nah, dass man seine weiße Brust, seinen gebogenen Schnabel und seine neugierig blitzenden Augen gut erkennen konnte. Majas Vater war blass geworden.

»Du hast diesen Vogel noch nie hier gesehen?«

Maja schüttelte ihren Kopf, doch auch sie beschlich ein

leicht mulmiges Gefühl. Sie spürte die Unruhe ihres Vaters und konnte sie nicht deuten.

»Für unsere Grillparty ist klarer Himmel vorausgesagt. Ich hab beim Wetterdienst nachgesehen … Aloha, Max!«

Keanu kam aus dem Haus zu ihnen. Die Männer umarmten und begrüßten sich. Maja sah nach oben in den Himmel, doch der Iwa war verschwunden.

Keanu und Majas Vater brachten das Gepäck nach oben. Als Maja auf der Lanai zu ihnen stieß, unterhielten sie sich bei einem Willkommensbier über das Grundstück und den Haifischmann.

»Er hat noch Anspruch auf ein anderes Grundstück hier auf Kauai angemeldet, doch angeblich ist es aussichtslos. Der Mann ist allerdings scheinbar sehr wütend …«

Mehr sagte Keanu zu dem Thema nicht, auch merkte Maja, wie unwohl er sich dabei fühlte.

»Ja, wir haben uns eine Zeit lang solche Sorgen gemacht, dass ich immer noch mit einer Waffe unter meinem Kopfkissen schlafe … dabei ist es im Haus deutlich sicherer als in unserer kleinen Hütte. Wir haben inzwischen einen Bewegungsmelder und eine Alarmanlage installiert. Stefan hat uns geholfen. Aber jetzt werde ich mich noch sicherer fühlen, ich meine, mit drei starken Männern im Haus …«

Maja versuchte souverän zu klingen, dennoch war ihr Vater noch besorgter als vorher.

»Der Mann hat auch die Kanzlei in Honolulu ganz verrückt gemacht, deshalb war es wichtig, länger auf Oahu zu bleiben. Ich musste mich persönlich auf die Suche nach einer … einer Mandantin begeben.«

Maja fiel auf, dass Keanu und ihr Vater sich einen schnellen Blick zuwarfen, und wurde neugierig.

»Seit wann hast du eine Mandantin auf Oahu? Ich dachte,

es ging dort immer nur um dieses Grundstück und natürlich die Nachforschungen nach deinem Vater?«

Keanu räusperte sich, so als wollte er Max an eine Abmachung erinnern, doch Majas Vater fuhr bereits fort.

»Genau, Liebes, es geht in erster Linie um dein Grundstück und um dein Haus, und da ist alles in Ordnung. Nur ist im Zusammenhang mit den Nachforschungen eine Frau aus der Vergangenheit aufgetaucht, die ich sprechen wollte ... und musste. Nach ihr habe ich gesucht, bis jetzt vergeblich. Ihr Aufenthaltsort ist geheim. Aber ich habe heute Morgen mithilfe eines Privatdetektivs herausgefunden, dass diese Frau verheiratet war ... mit dem Haifischmann.«

Diese Information schien auch Keanu zu überraschen, wieder ein Blickwechsel der Männer. Maja bekam immer mehr das Gefühl, ihr wurde etwas Wesentliches verheimlicht. Doch bevor sie nachfragen konnte, hupte es draußen in der Einfahrt.

Stefan und Leilani waren zurück vom Fischmarkt. Sie brachten Platten mit Essen für das Einweihungsfest, auch Bier und andere Getränke, und waren ausgesprochen gut gelaunt.

Stefan und Max kannten sich gut, und Maja stellte ihrem Vater Keanus Exfreundin vor.

»Leilani ist Keanus beste Freundin, aber vor allem seine wichtigste Mitstreiterin bei den Königstreuen.«

Fast hätte sie erwähnt, dass Leilani und sie ebenfalls dabei waren, sich zu befreunden, doch in letzter Sekunde ließ sie es sein. Es war noch zu frisch.

Während ihr Vater, Leilani und Stefan begannen, sich angeregt zu unterhalten und dabei das Essen ins Haus zu tragen, zog Keanu Maja mit einem Grinsen beiseite.

»Ist das jetzt schon eine beginnende Freundschaft oder eher eine Art vorübergehender Waffenstillstand?«

»Beides. Wir arbeiten noch dran ...«

Maja küsste ihn, denn er hatte recht. Es war besser zwischen Leilani und ihr, aber das Wort Vertrauen würde man noch lange nicht anwenden können. Dennoch war seit der gemeinsamen Nacht am Meer etwas geschehen. Maja hatte etwas von der Tiefe verstanden, die Keanu mit seiner Ex verband. Sie trugen beide den Schmerz ihres verratenen Landes, aber auch den Stolz auf das königliche Hawaii. Es verband sie für immer.

Zudem hatte Stefan sich die Mühe gemacht, Leilani besser kennenzulernen, und war beeindruckt von ihrer Stärke. Sie hatte Stefan erklärt, was es für sie bedeutete, auf Keanu und vor allem auf Kinder von Keanu verzichten zu müssen. Sie war Ali'i und als solche starken Konventionen unterworfen.

»Weißt du, Maja, sie könnte diesen Familienquatsch über Bord werfen, so wie wir es auch können, doch damit wäre sie für immer draußen. Und Frauen wie sie, mit einer derartig gut dokumentierten Ali'i-Familienhistorie, gibt es wohl nur noch selten ... vielleicht wird sie alleine bleiben, weil sich kein anderer passender Mann findet.«

Natürlich hätte Maja eine entsprechende Antwort parat gehabt, doch die verkniff sie sich, nahm sich aber vor, bei Gelegenheit mit Leilani über das Thema zu sprechen. So weit waren sie schon.

Als Leilani und Keanu die letzte große Fischplatte gemeinsam ins Haus tragen wollten, stieß der Iwa wie aus dem Nichts aus der Luft, schnappte sich lautlos ein großes Stück Ahi-Tuna und flog dicht über Majas Kopf hinweg im weiten Bogen um ihr Haus und dann aufs Meer hinaus.

Vor Schreck hatte Leilani ihre Seite der Platte losgelassen. Keanu konnte gerade noch verhindern, dass die restlichen Fischhappen herunterfielen.

Noch tief in der Nacht, als ihr *lu'au*, wie man eine Party mit traditionell hawaiischem Essen nannte, seinem Ende entgegenging, war der Iwa Gesprächsthema. Es waren ungefähr dreißig Gäste gekommen, zehn mehr als erwartet, da Sabji und Mai ihre gesamte Familie mit Kindern und Enkelkindern mitgebracht hatten, aber auch genügend Essen. Mit Coolern waren sie gekommen und mit Musik, da einer von Mais Enkeln DJ war. Sie hatten getanzt, barfuß und mit lachenden Gesichtern, um mit stampfenden Rhythmen die Küchengeister einzuladen. Die kleineren Kinder hatten oben im Haus auf Majas und Keanus Bett herumgehüpft, bis nicht einmal mehr das Laken auf der Matratze war. Das wäre gut für die Liebe in der Zukunft, verkündete Mai, während sie sich ihr drittes Bier mit den Zähnen öffnete, eine Kunst, um die sie Stefan aufrichtig beneidete. Doch als er es nach ihren Anweisungen probieren wollte, blutete ihm die Lippe. Leilani war sofort mit Jod zur Stelle, darauf bestand Stefan als Arzt, und Maja musste lächeln. Sie hatte bemerkt, wie sich die beiden ansahen, und spekulierte mit Keanu, ob sich eine Ali'i wie Leilani jemals zu einer unvernünftigen Liebschaft hinreißen lassen würde.

Es war ein fast perfekter Abend. Wie versprochen zeigten sich die Sterne auf kristallklarem Himmel, auch der Mond hatte seine Sichel präsentiert. Wenn die Musik kurz pausierte, bemühten sich die Grillen um Romantik. Majas Vater, der zunächst eher müde gewesen war, blühte in allerlei Gesprächen auf, aber vor allem hatte er große Freude am Grillen.

Es duftete nach gutem Essen, Mai hatte einen scharfen Salat aus lila Tarowurzeln mitgebracht, der göttlich war, aber vor allem hatte sie kleine Geschenke für jedes Zimmer im neuen Haus dabei. In Majas Arbeitszimmer, in dem Stefan seit einigen Wochen schlief, hängte sie eine Kette aus Kaurimuscheln. In das Schlafzimmer kamen ebenfalls Muscheln der Fruchtbarkeit, doch diesmal als kleines Kästchen. Wenn das Paar einmal keine weiteren Kinder wollte, sollte man einfach Kondome hineinlegen, erklärte sie nüchtern.

Im Kinderzimmer versprengte sie sorgfältig in alle vier Ecken ein spezielles Meerwasser, bei Vollmond geschöpft. Aus dem Fenster im Kinderzimmer spuckte sie dieses Wasser, alles mit ihrer Entourage aus Kindern und Enkeln, die keine Sekunde lang stillstanden, sondern pausenlos in Bewegung waren. Ihr ältester Enkel, der DJ, war zweiundzwanzig, die jüngste Enkeltochter, eine quirlige Maus, war erst sechs Jahre alt. Es war ein großer Spaß. Nur ein Gast blieb im Abseits.

Sabji hatte einen Blick auf Majas Vater geworfen, und ihre Laune hatte sich derartig verschlechtert, dass sie den ganzen Abend über zu allen unfreundlich war. Hätte sie ein eigenes Auto dabeigehabt, so wäre sie sicherlich abgefahren. Doch sie war mit ihrer Schwester und den anderen gekommen und daher zum Bleiben verdammt.

Die Einzige, die an diesem Abend ein wenig Zärtlichkeit und Zuwendung von Sabji bekam, war Maja. Gemeinsam standen sie eine Weile lang nebeneinander am Feuer und sahen in die Flammen. Maja wusste nicht, warum sie dort stand, aber den ganzen Abend über musste sie immer wieder zu Sabji hingehen, selbst nachdem Mai es ihr ausdrücklich verboten hatte.

»Lass meine Schwester, sie soll sich ausspinnen, sie ist einfach wieder *pupule*, das verrückte Huhn.«

Doch in Mais Augen glänzten Tränen.

Dann geschah das Unglaubliche. Es war kurz nach ein Uhr früh, einige der kleineren Kinder waren längst in Betten und Sofas eingeschlafen, als ein Jeep die Einfahrt hinauffuhr. Der Haifischmann stieg aus.

Es war fast neun Monate her, seit Maja den Mann gesehen hatte, doch er wirkte noch genauso elegant und kalt wie bei ihrer ersten Begegnung, nur waren seine Augen jetzt anders.

Sie waren weder überlegen noch unbeteiligt, sondern flackerten wild, als sei er auf Drogen.

»Sagt ihr sofort, wer sie wirklich ist, sonst werde ich es ihr sagen müssen ...«

Das Nächste, was Maja hörte, war ein Schuss.

15. Kapitel

Kahuna-Junge, Sommer 1911

Elisa versuchte aufzustehen, um sich an ihrem Waschtisch im Zimmer ein wenig frisch zu machen, doch sie war immer noch zu schwach. Noch einmal legte sie einen kühlen Lappen auf ihre heiße Stirn und überlegte, ob sie das Angebot Doktor Wellingtons doch lieber annehmen und sich mit der Kutsche in die Klinik fahren lassen sollte.

Bei ihrer Fehlgeburt vor zwei Tagen hatte sie viel Blut verloren und fieberte seitdem. Der Doktor war bei ihr gewesen und hatte ihr strenge Bettruhe verordnet und die üblichen Tropfen mit den Worten hingestellt, sie sollte dankbar sein. In ihrer Lage wäre ein Kind nicht passend. Dann hatte er nachgefragt, ob Fremdeinwirkung angewendet worden war. Elisa konnte mit reinem Gewissen verneinen, da Gott über dieses Kind entschieden hatte und nicht sie.

Bereits vor Wochen hatte sie sich gegen Hokus Kräuter entschieden. Nach dem verzweifelten Abend mit Johannes war ihr Liebesnest kein Ort der reinen körperlichen Liebe mehr, sondern sie hatten über all das gesprochen, was zwischen ihnen stand, aber auch über ihre tiefen Gefühle füreinander. Danach wollte Elisa sein Kind bekommen, auch um Johannes die Tiefe ihrer Liebe zu beweisen. Sie wusste, wie sehr er sich nach Rosas Tod ein weiteres Kind gewünscht hatte.

Vielleicht lag die Veränderung in ihrem Gefühl für das Kind, das aus ihrer Lust entstanden war. Was sie nach ihrer Aussprache empfand, war Liebe zu Johannes, wenn auch eine andere

Art. Dabei war ihre Abmachung klar: Lust und wortloses Verlangen sollten die Triebfedern ihrer Begegnungen unter vier Augen sein. Der Wunsch nach körperlicher Liebe war das perfekte Gegengewicht zu Elisas unstillbarer Sehnsucht nach dem Mann, der sie nicht mehr wollte.

Mit dem Kind von Johannes war es anders gekommen. Es hatte einen neuen Anfang gesetzt für ein mögliches Leben nach Kelii. Perfekt geformt und winzig klein lag der kleine Junge in den Tüchern, mit denen sie ihre Blutungen stillte. Er hatte ihr Herz berührt in seiner Stille, und sie hatte ihn viele Stunden lang bei sich behalten, ohne einer Menschenseele von ihrer Not zu erzählen. Erst als die Blutungen nicht aufhörten und sie dabei war, ihr Bewusstsein zu verlieren, rief sie um Hilfe, bevor sie ohnmächtig wurde. Als sie erwachte, war der Doktor bei ihr. Amala hatte ihn geholt. Sie war es auch, die ihn mit sich genommen hatte, ihren kleinen Schatz. Unter dem Baum im Garten hatte sie dem kleinen Jungen ein Ruhebett in der Erde geschenkt. Er hatte seinen *lei* aus weißen Blüten bekommen, der in dem tiefsten Zweig über dem Wurzelwerk hing, über der Stelle, die Elisa schon bald besuchen wollte.

In ihrem Unterleib spürte sie ein heftiges Ziehen und Zerren, als drängten innere Kräfte sie, zu dem Baum zu gehen, doch noch war sie zu schwach. Ihr Körper konnte keine erneute Blutung verkraften.

Sollte sie noch ein paar von den Tropfen nehmen? Dann würde sie einschlafen, vielleicht einen schönen Traum haben. Wenn sie das nächste Mal aufwachen würde, wäre es schon Abend, und Johannes würde sie abholen. Er wollte heute aus Kauai zurückkommen. Sie war mit Johannes und ein paar anderen Vertrauten bei Lili'uokalani zum Essen eingeladen. Zu gerne würde sie bei gepflegter Konversation und erbaulicher Musik am gedeckten Tisch edle Köstlichkeiten essen und ein Glas Wein trinken, doch der Doktor hatte ihr das Aufstehen verboten. Wenn nur nicht das schwarze Unglück über ihr an der Decke kauern und auf ihren Schlaf spekulieren würde. Jedes Mal, nachdem sie ein paar Stunden geschlafen hatte, war sie weinend aufgewacht, ihre Probleme schienen ihr unlösbar, und sie musste an Kelii, seine Frau und das gemeinsame Kind denken. Es lebte, wuchs und gedieh, selbst im Gefängnis, wie Emma und Gerd ihr berichtet hatten. Sie gingen jetzt einmal im Monat zusammen mit Keliis Mutter, um die junge Familie zu besuchen, und kamen stets fröhlich zurück. Besonders die elfjährige Emma war ganz verrückt nach ihrem Brüderchen.

Wieder kam der Schmerz, dieses Mal als dumpf hämmerndes Stechen. Wie ein Fötus krümmte sie sich auf dem Bett zusammen und zog das Laken ganz über sich, so als könnte sie ihrem seelischen Schmerz auf diese Weise den Zutritt verwehren.

Auch wenn es ihr Leben bestimmt komplizierter gemacht hätte, sie wollte dieses Kind, und auch Johannes wollte es. Seine Frau war inzwischen schwer krank, es bestand nur wenig Hoffnung auf Genesung.

»Elisa ... bist du wach?«

Amala brachte ihr eine Brühe, sah besorgt in ihre Augen, legte ihr neue Tücher für die Blutungen hin und sagte dann, als sei es das Normalste der Welt: »Er kommt heute nicht, das lässt er dir ausrichten. Er hat noch im Kontor zu tun, bedauert aber deinen Verlust ... pah!«

Ihre Stimme war voller Verachtung für ihn, aber dafür war sie umso zärtlicher mit Elisa.

»Ist gut, wenn er dich jetzt in Ruhe lässt, musst du nach altem Gesetz Abschied nehmen von deinem Kind ... War kein normales Kind, war ein Kahuna-Junge, gekommen, um dich zu warnen. Habe Nachricht von Hoku ...«

Entweder die Tutu von Emma und Gerd, Keliis Mutter, oder aber Amala bekamen jetzt immer häufiger beunruhigende Nachrichten aus den Bergen. Was als sogenannte Ananasrebellion begonnen hatte, ein friedlicher Protest der Hawaiianer gegen die Großgrundbesitzer, die viele Bewohner mit skrupellosen Methoden zwangen, ihr Land zu verkaufen, drohte jeden Moment zu eskalieren.

Eli und Ulanis Brüder waren mit ihren sechzehn und siebzehn Jahren begeistert von den Rebellen, vor allem auch, weil drei der wichtigsten Eli familiär sehr nahestanden. Ursprünglich in die Ali'i-Familie von Keliis Cousine hineingeboren, hatte Eli eine starke Bindung an die Rebellen. Elisa hatte die drei Jungs in den Sommerferien nicht daran hindern können, sich auf den Weg in die Berge zu machen. Damit sie dennoch beruhigt war, erhielt sie häufig Nachrichten.

»Den drei Jungs geht es gut. Aber Hoku hatte einen schlechten Traum für dich, sehr schlecht ...«

Sie sah Elisa prüfend an, ob es überhaupt eine gute Idee wäre weiterzureden, da die Freundin immer noch im Fieber glühte. Doch Elisa nickte. Sie wollte es wissen.

»Die Krähe kommt, sie will die Augen. Dein kleiner Junge gibt sein Herz, er ist Kahuna, gibt dir sein *ha*. Aber es ist nicht genug. Die Krähe fordert drei Augen ... sie bringt den weißen Fleck, nimmt den kleinen Jungen, nimmt die Frau mit der schönen ... Stimme ... sie verschont einen.«

Amalas Stimme war ganz leise geworden, denn sie wussten beide, was diese dunkle Prophezeiung bedeutete. Gefahr drohte Keliis Familie, seiner Frau und seinem Kind.

Elisa wurde unwirsch und fuhr Amala an.

»Hoku hat unrecht. Mit Kelii, seiner Frau und seinem Kind ist alles in Ordnung. Und was das *ha* von meinem toten Sohn betrifft ... ich gehe heute Nacht. Ich rufe die Eule.«

Der Mond stand tief und blass über dem weitläufigen Garten, der Elisas Zuhause am Washington Place umgab. Es war nur wenige Häuser von Lili'uokalanis Residenz entfernt, doch sehr viel bescheidener. Nicht jedes der Kinder hatte ein eigenes Zimmer, die vier Jungs mussten sich je zwei Räume teilen, die beiden Mädchen hatten jeweils eine kleine Kammer, wie auch Amala und Elisa sich mit sehr kleinen Schlafräumen begnügen mussten. Dafür war das untere Stockwerk mit der zum Wintergarten offenen Wohnküche sehr gut für die Großfamilie geeignet. Elisa liebte dieses Zuhause, vielleicht auch, weil sie es mehr genießen konnte. In Honolulu arbeitete sie für Lili'uokalani nie mehr als fünf Stunden am Tag, während sie in ihren Jahren in Lihue, in denen sie Janson diente, oft im Morgengrauen aus dem Haus musste und erst in der Nacht zurückkehrte. Zudem war sie in Lihue mit den Kindern sehr eng an die deutsche Kirchengemeinde angeschlossen, dadurch war ihr gesellschaftliches Korsett besonders eng.

In ihrem Garten am Washington Place, von hohen, alten Bäumen umgeben und von den Vorbesitzern des einstöckigen weißen Holzhauses liebevoll angelegt, hatten sie jeden Vollmond mit den Kindern und ihren neuen Freunden ein Fest gefeiert. Elisa hatte versucht, einige Traditionen des Dorfes am Wasserfall mit den Kindern weiterzupflegen, und so hatten sie oft bis in die Nacht hinein gegrillt, Geschichten erzählt und gesungen. Wie wäre es wohl gewesen, hätte dieser kleine ernste Junge seinen Weg in ihre Familie gefunden? Elisa erlaubte sich einen wehmütigen Moment lang die Vorstellung dieses Lachens. Wie hätte es wohl geklungen, wenn er mit seinen großen Brüdern durch den Garten getobt wäre? Wie hätte sein Lächeln beim Schaukeln seiner Schwestern in der Hängematte ausgesehen? In ihrem Bauch pumpte der Schmerz des Loslassens. Die Bilder dieses Kindes mussten zurück zur Quelle, das kleine Gesicht bei den Wurzeln würde nie zu einem Jungen heranwachsen. Sie musste Abschied nehmen.

Die Baumwipfel über ihr rauschten sanft in der lauen Meeresbrise, die vom Hafen herüberwehte, wie ein beruhigendes Flüstern. Alles was jetzt in ihr feurig tobte, würde sich mit der Zeit glätten, sanft und geschmeidig werden wie das weiche Gras, auf dem ihre nackten Füße verzweifelt Halt suchten. Ihr war schwindelig, und sie sah zum Haus. Es war dunkel. Dort schliefen Emma und Gerd, auch Amala hatte sie ins Bett geschickt, obwohl Ulani noch nicht zu Hause war, wie so oft in letzter Zeit. Ihre Älteste war flügge. Mit einundzwanzig hatte Ulani schon mehr als einmal vom Ausziehen gesprochen, doch das war nicht schicklich, solange sie nicht verheiratet war, und bei ihren Arbeitgebern wollte Elisa sie nicht einziehen lassen. Dann würde das tüchtige Mädchen noch viel mehr arbeiten müssen als ohnehin schon.

Seufzend sah sie nach oben. Der Nachthimmel war ruhig und klar. Sie wartete auf das Zeichen, das vorhergesagt war. Drei Mal würde die Eule rufen, wenn sie das Ritual beginnen durfte.

»*Hale mai, pueo.* Komm zu mir, Eule«, rief sie leise und hoffte, sie könnte bald beginnen. Ihre Beine waren schwach, in ihrem Bauch wütete Feuer, und immer wieder verschwammen die Bilder vor ihrem Auge. Da hörte sie es. Drei Mal kurz hintereinander schrie eine Eule. Sie durfte beginnen und positionierte ihre Beine rechts und links von der Stelle, an der das Kind begraben lag. Sie versuchte, sich das perfekte kleine Gesichtchen in allen Details vorzustellen, damit sie es nie vergessen würde. Die noch fest geschlossenen Augen unter den gewölbten Lidern, die an die Augen eines Geckos im Sonnenlicht erinnerten. Seine hohe, feine Stirn, die sie sofort an Johannes erinnert hatte. Er war noch so winzig gewesen, seine Knochen durchsichtig wie Glas, seine Haut nur ein Hauch von marmoriertem Pergament. Dennoch war er ihr geliebtes Kind. Seit sie sich für ihn entschieden hatte, war keine Nacht vergangen, in dem sie ihm nicht von der Schönheit ihrer Welt erzählt hatte, doch auch von der Ungerechtigkeit und der großen Herausforderung, die auf einen Jungen wie ihn warten würde. Er wäre außer ihr der einzig Weiße in der Familie gewesen, zudem mehr als zehn Jahre jünger als die Zwillinge. Es wäre nicht leicht gewesen, selbst für einen Kahuna nicht. Von Elisas Kindern und Schützlingen gab es nur noch eine Kahuna-Seele, und das war ihre Tochter Emma.

Elisa stand auf einen Stock gestützt unter der Kette aus weißen Blüten, die das Grab ihres jüngsten Kindes markierte, und sprach mit leiser Stimme die alten hawaiischen Worte, die eine Seele zurück an die Quelle begleiteten. Unzählige Male hatte sie diese Worte nach dem Tod eines Menschen gesprochen, doch beim eigenen Kind fiel es ihr ungleich schwerer. Ihr *ha* war mit seinem fest verwoben. Ihre beiden Seelen sahen aus wie ein Geflecht aus Moos, das eine dunkel, das andere hell, wobei es eine Weile brauchte, bis sie überhaupt erkennen konnte, welches ihr *ha* war und welches seins. Das *ha* war wichtig, vor allem, wenn der Junge gekommen war, um Schlechtes abzuwenden. Ihm gehörte die silbrige Farbe im Geflecht, sie war das dunkle, warme und feuchte Moos. Den wichtigsten Schritt für die Rückführung der Seele hatte sie geschafft. Jetzt musste sie nur noch sein letztes Geschenk empfangen. Er wollte ihr etwas geben, und sie musste versuchen, offen zu sein.

Sie erinnerte sich daran, wie sich seine feinen Lippen einen kurzen Moment lang geöffnet hatten, nachdem er aus ihrem Leib geschlüpft war. Obwohl er noch keine ausgebildeten Atmungsorgane besaß, um es mit der Wirklichkeit aufzunehmen, hatte es ausgesehen, als wollte er ihr etwas sagen.

Sie musste sich konzentrieren. Auf ihre innerste Stimme musste sie hören, um jetzt aufnehmen zu können, was der

Junge ihr hatte mitteilen wollen. Ganz leise, wie einen Regentropfen auf einem Blütenblatt, vernahm sie tief in ihrem Inneren sein geflüstertes Wort: *ho'oipoipo* – Liebe.

Viele Stunden lang saß sie noch am Stamm des tröstenden Baumes in seiner Nähe, weil sie nicht mehr stehen konnte. Sie wiegte sich in einem Schmerz hin und her, der sehr viel früher begonnen hatte. Die Bilder in ihrem Kopf strömten wie ein Wasserfall. Sie sah in ihrer deutschen Heimat Tod und Verderben, einen erbarmungslosen Krieg, Schützengräben mit verwundeten Soldaten, die in verzweifelter Todesangst nach ihren Müttern schrien.

Das also war sein Geschenk, die Gabe des kleinen Kahuna-Jungen. Elisa durfte noch mehr sehen, sie durfte in die Zukunft schauen. Sogar eine Zahl erkannte sie in dem Wasserfall des Grauens: 1914. In drei Jahren würde es einen Krieg geben, der die Welt für immer verändern würde.

Zunächst wollte Elisa nicht wahrhaben, was sich in ihrem Leben, aber vor allem in ihrer alten Heimat als schwarze Sturmwand des Grauens ankündigte. Als Kahuna hatte sie die bedrohliche Dichte der schwarzen Energien schon eine ganze Zeit lang wahrgenommen. Sie hatte gesehen, wie die Menschen in Hawaii immer mehr nach Besitz strebten, gieriger wurden, aber vor allem auch zunehmend verdummten. Nur hatte sie bisher nicht gewusst, wo dies alles hinführen würde. Einen Weltkrieg hatte sie noch nicht einmal in Erwägung gezogen.

Sie betete zu allen Göttern, die sie kannte, aber vor allem zu dem einen, der am Kreuz hing, um den Schmerz zu ertragen, den Elisa allein nicht würde schultern können. Bitte beschütze meine Kinder, all meine Freunde, meine neue Heimat Hawaii, aber auch mein geliebtes Deutschland. Halte deine schützende Hand und zeige uns den Weg, wie ein solch grauenhafter Krieg vermieden werden kann.

Der Morgen graute bereits, als Elisa von dem Flecken Gras aufstand, die Blumenkette von dem Zweig nahm, die Blüten innig küsste und den *lei* auf die Grabstelle legte. Sobald die Blumen verrottet waren, würde an dieser Stelle frisches Gras wachsen. Das *ha* ihres Jungen war in seiner losgelösten Essenz bereits auf dem Weg in die ewige Quelle, sein restliches *mana*, seine Energie, durchströmte mit Elisas Gebeten die Wurzeln des Baumes und fand seinen Weg zu den Schutzgeistern dieses Ortes.

Elisa dankte dem Baum, bevor sie zurück ins Haus gehen wollte. Da hörte sie ein Kichern, dann sah sie das Liebespaar, das sich an ihrer Hauswand versteckte und nicht voneinander lassen konnte. Ulani küsste sich voller Leidenschaft mit einem Mann, den Elisa kannte. Er war ihr Arbeitgeber, einer der jüngeren Geschäftsmänner auf der Insel, ursprünglich ein Deutscher, der als Kind mit seiner Familie nach Kalifornien ausgewandert war. Michael Becker oder Mike Baker, wie er sich jetzt nannte, hatte in eine der reichsten Ananasfamilien eingeheiratet und mit seiner Frau schnell hintereinander drei Kinder bekommen. Er war aber auch ein stadtbekannter Schürzenjäger, und Elisa hatte ihre Ziehtochter öfter vor ihm gewarnt.

Elisa versteckte sich hinter einem Busch und konnte so beobachten, wie weit vorangeschritten Ulanis Dummheit bereits war. Ihre Ziehtochter war scheinbar völlig schamlos, denn Mr. Baker konnte problemlos ihre Röcke heben. Mit einundzwanzig war Ulani eine der schönsten und begehrtesten jungen Frauen der Stadt. Sie hatte eine mehr als gute Schulbildung, konnte neben Englisch und Deutsch noch Französisch und spielte ganz passabel Klavier, mehr als genug für eine gute Stellung als Gouvernante. Durch Beziehungen von Königin Lili'uokalani war sie zu einer der besten Familien der Stadt gekommen. Dort bezog sie ein Gehalt, von dem sie sich eine bescheidene Aussteuer verdienen konnte, denn sie wollte unbedingt einmal heiraten. Wieder hörte Elisa die beiden kichern, sah aber dann, was der Grund der Heiterkeit war. Unter ihren Röcken trug Ulani als eine Art Schutzpanzer fest zugeschnürte Höschen statt der üblichen losen Beinkleider.

»Du kannst schon hinsehen, aber anfassen darfst du mich dort erst, wenn du dich von deiner Frau getrennt hast ...«

In ihrem Versteck nickte Elisa zufrieden, immerhin hatte ihre geliebte Ulani nicht gänzlich den Verstand verloren. Doch kaum war Mike Baker weg, knöpfte sie sich die Schönheit vor.

»Wo bitte soll das hinführen?«

Ulani erschrak, wurde dunkelrot und schlug die Augen nieder. Auch wenn sie ein exzellentes Verhältnis hatten, das von tiefer Zuneigung geprägt war, würde es gleich gewaltigen Ärger geben, wie sie dachte.

Doch Elisa schüttelte nur lächelnd den Kopf, bevor sie Ulani in ihre Arme nahm.

»Nicht ich bin dein Feind, sondern du selbst! Du wirst dort nicht mehr hingehen. Am Montag suchen wir dir eine neue Stellung, ich persönlich sorge dafür, dass der Hausherr alt und unansehnlich ist ...«

Da fiel ihr Blick auf den Ring mit dem herzförmigen Rubin. Ulani trug ihn an ihrem linken Ringfinger, als ob sie verlobt sei. Es war Jahre her, seit Elisa den Ring gesehen hatte, denn sie hatte Ulanis Bündel nie wieder aufgeknotet. Ob Ulani wusste, wer ihr Vater war? Und warum trug sie den Ring?

»Ich habe Mike erzählt, ich sei verlobt, mein Verlobter hätte bereits um meine Hand angehalten und er müsste sich beeilen, wenn er mich noch haben will ...«

Ulani nahm den Ring ab und hielt ihn Elisa fragend hin.

»Ist der Ring von meinem Vater? Was meinst du?«

Elisa sah in die schönen grünen Augen der jungen Frau und wünschte sich, sie würde die Antwort sicher wissen. Doch selbst der Brief von Gerit Janson und der Ring bedeuteten keine Sicherheit. Elisa hatte oft genug erlebt, wie Janson auf seiner Plantage junge Arbeiterinnen auch an Geschäftsfreunde für ein paar Nächte verschenkt hatte. Ulani fuhr fort, ihre Augen leuchteten, und ihre Stimme zitterte vor lauter Aufregung.

»Wäre ich seine Tochter, dann wäre doch Victoria meine Halbschwester, nicht wahr?«

Die beiden Mädchen hatten sich bereits kennengelernt, immer den Standesunterschied im Blick hatten sie sich dennoch sofort verstanden, obwohl Ulani fünf Jahre älter war. Elisa war immer wieder erstaunt von ihrer Schönheit. Ulanis Gesicht war von ebenmäßiger Perfektion. Ihre hohen Wangenknochen, der volle und doch zierlich geformte Mund wirkten vornehm, und ihre Nase war die einer ägyptischen Statue. Dazu die grünen temperamentvollen Augen und die lockigen Haare in warmem Haselnussbraun und ein graziler, hochgewachsener Körper mit weiblichen Rundungen und einer verführerisch schmalen Taille. Kein Mann würde Ulani auf Dauer widerstehen können, wenn sie es drauf anlegen würde. Umso wichtiger war es, sie für den Richtigen zu bewahren. Ungeduld sprühte aus den jungen Augen: »Bin ich Victorias Halbschwester? Ist der Gouverneur mein Vater?«

Elisa nickte, beeilte sich aber, Ulani zu sagen, dass das lediglich ihre Vermutung sei, auch wie sie ein Bild von Jansons Mutter als junger Frau gesehen hatte.

»Sie trug diesen Ring ... aber ich bin mir fast sicher, dass ein Mann wie Janson diesen Ring niemals verschenkt hätte. Ich nehme also an, es wurde gestohlen ... vielleicht sogar als Racheakt. Daher würde ich ihn nicht unbedingt in der Öffentlichkeit tragen oder aber damit prahlen ... Es könnte gefährlich sein. Gib ihn lieber mir ... ich verwahre ihn.«

Ungläubig sah Ulani sie an, als hätte ihre Ziehmutter etwas ganz und gar Verwerfliches gesagt. Tränen ließen ihre Augen feucht werden.

»Der Ring ist das Einzige, das ich von meiner Mutter habe. Ich will ... ich möchte ... es muss so sein, dass der Ring ihr aus lauter Liebe geschenkt wurde, weil ich geboren wurde ... So oft habe ich es mir vorgestellt ... es könnte doch die Wahrheit sein, oder nicht? Mann und Frau verlieben sich ineinander ... Auf dem Ring ist ein Herz. Bitte, Elisa ... lass es Liebe gewesen sei, die echte, wahrhaftige Liebe, nach der doch auch du immer noch suchst ... meine Ma ist tot.«

Ulani hatte sie nie Mutter genannt, im Gegensatz zu ihren beiden jüngeren Brüdern, die Elisa schnell als Mutter akzeptiert hatten. Doch Ulani war zu diesem Zeitpunkt bereits zehn Jahre alt und hielt die Erinnerung an ihre Mutter wie einen wertvollen Schatz in ihrem Inneren.

Elisa überließ ihr den Ring und mit ihm ihre Illusionen.

Drei Wochen später war Johannes eines Morgens endlich wieder in seinem Kontor. Elisa öffnete seine Tür. Ihre Kleidung war ungewöhnlich leger, ihr Haar hing offen herab, und sie sah aus, als wäre sie gerade aus dem Bett gekommen. Alles, was sie trug, war ein gewöhnliches Hauskleid aus Baumwolle, dazu ein rasch übergeworfenes Tuch. Augenscheinlich hatte sie Hals über Kopf ihr Haus verlassen, um zu ihm zu kommen. Seit sie ihr Kind verloren hatte, war Johannes auf Lihue bei seiner Familie gewesen. Ohne Begrüßung fauchte sie ihn mit den Augen einer wilden Tigerin an.

»Wo warst du so lange? Hat dir niemand gesagt, was hier bei uns los ist? Kelii ist aus dem Gefängnis verschwunden, mit ihm seine Frau und ihr Kind!«

Johannes stand vom Schreibtisch auf und schloss schnell die Tür, damit seine Angestellten nichts von ihrem Gespräch mitbekamen.

»Mäßige dich! Oder willst du es für Kelii noch schlimmer machen?«

»Dann weißt du es also?« Fassungslos sah sie ihn an.

»Janson hat mir den Bericht gezeigt. Was sich im Gefängnis abgespielt hat, muss wirklich grauenerregend gewesen sein. Sie haben ihn sogar geprügelt, weil er sich geweigert hat, mit ihnen zu gehen ...«

»Aber wohin? Wohin haben sie die drei bei Nacht und Nebel gebracht? Keliis Mutter war völlig aufgelöst, als sie am Besuchstag mit den Kindern zurückkam. Es hieß nur, sie seien fort ... Was ist dort geschehen, Johannes? Warum wurden sie weggebracht? Ich ... ich muss ihn unbedingt sehen!«

Elisas Atem ging heftig. Auch wenn sie sich bemühte, ruhig zu bleiben, erinnerte ihn die verzweifelte Panik in ihren Augen an ein Pferd, das jede Sekunde durchgehen würde. Sanft legte er seine Hand auf ihren Arm, um sie zu beruhigen.

»Wollen wir uns nicht zunächst begrüßen ... und warum siehst du so aus, als würdest du gerade erst aus dem Bett kommen? Ich meine, was sollen die Angestellten denken?«

Wütend wich sie vor seiner Berührung zurück.

»Ich war gerade dabei ins Bett zu gehen, wenn es dich interessiert. Im Auftrag von Lili'uokalani habe ich die ganze Nacht über Briefe verfasst ... es gibt Anzeichen dafür, dass es in Europa bald einen großen Krieg geben könnte ...«

Johannes sah sie skeptisch an, dann belächelte er sie, so wie man über ein Kind lächelt.

»Elisa, Elisa ... was soll das schon wieder? Geht es hier um Kelii oder um die paranoiden Vorstellungen einer alternden Exkönigin?«

Elisa wurde noch viel wütender, am liebsten hätte sie ihn geschlagen. Doch sie tat es nicht, sie hatte gelernt. Mit freundlichem Lächeln trat sie nah an seinen Schreibtisch und flüsterte in sein Ohr.

»Du hast recht, Johannes, ich sollte leiser sprechen, sonst denkt man am Ende noch, du hättest deine Liebe an eine

Wahnsinnige verschwendet, die es ohnehin nicht verdient gehabt hätte, deinen wunderbaren Sohn zur Welt zu bringen … Wo warst du, als ich unseren Jungen verloren habe?«

Ihre Augen hielten nur mühsam zurück, was ihr Herz empfand. Seine Abwesenheit hatte sie tief gekränkt.

»Nicht einmal eine Zeile, geschweige denn ein Brief des Bedauerns. Weißt du, wie weh du mir damit getan hast? Er war unser Sohn … unser Liebeskind.«

Er nickte, flüsterte eine halbherzige Entschuldigung über dringende Angelegenheiten in Lihue und gab ihr einen vorsichtigen Kuss auf die Wangen. Er war behutsam, denn er wusste vom Doktor, was sie durchgemacht hatte.

»Möchtest du zuerst über Kelii sprechen?«

»Bitte sag mir, was geschehen ist. Selbst unser Informant aus der Gefängnisküche ist verschwunden.«

»Kelii ist noch am Leben, so viel weiß ich. Doch sie hätten ihn auch totschlagen können, weil er getobt hat wie ein Wahnsinniger, als sie seine Frau und das Kind in die Krankenstation brachten … Er hatte Glück im Unglück, weil ich zu ihm durfte …«

»Du hast ihn gesehen?«

»Gestern Nacht, gleich nach meiner Ankunft. Es war nur möglich, weil Janson überall seine Leute hat, auch in der Krankenstation. Aber gegen Mai Pake sind alle hilflos … Diese Krankheit ist stärker als wir. Niemand kann Okelani helfen, auch nicht ihrem kleinen Jungen, ihn hat es am schlimmsten erwischt. Er ist bereits im Sterbezimmer …«

»Du lügst! Sie haben nicht Mai Pake!«

»Wenn du es genau wissen willst, frag den Doktor. Sie haben mich heimlich eingeschleust. Doch als der Doktor kam, musste auch ich gehen … Du weißt genau, wie streng sie bei Quarantänefällen sind. Ich kann es mir nicht leisten, ebenfalls krank zu werden …«

Johannes sah Elisa an. Sein trauriges Lächeln machte sein Gesicht weicher. Elisa konnte unter diesen Umständen nicht wirklich lange wütend auf ihn sein.

»Wie geht es Leilani?«

Johannes ging um den Schreibtisch herum und kehrte ihr den Rücken zu, weil er sie nicht noch zusätzlich mit seinem Schmerz belasten wollte.

»Sie wird nicht mehr lange leben. Vor dem Winter noch, meinte der Doktor, denn ihr Husten wird immer schlimmer, und sie kann inzwischen kaum noch Essen bei sich behalten …«

»Warst du deshalb so lange fort?«

»Ich musste mich um Thomas und Elisabeth kümmern. Sie können nur wenige Stunden am Tag zu ihrer Mutter, weil Leilani so viel Schlaf braucht. Und wenn sie wach ist, steht sie unter dem Einfluss des Opiums … Sie redet fast nur noch von Engeln und ihren Gesprächen mit Rosa. Du kannst dir vorstellen, wie das die Kinder verunsichert. Thomas macht mit Victoria sein Examen, da findet er zumindest ein wenig Halt, doch Elisabeth ist mit ihren dreizehn Jahren völlig hilflos und verängstigt. Ich habe sogar meine Mutter gebeten, wegen Elisabeth zu kommen, und du weißt, was das bedeutet.«

Elisa wusste, wie schwer sich Johannes seit Jahren mit seiner Mutter tat, weil sie sich nicht von dem brutalen Piet van Ween trennen konnte. Dabei schlug er sie nicht nur, sondern versoff auch sein ganzes Gehalt, sodass Johannes' Mutter die Familie mit ihrem bescheidenen Lohn als Köchin bei Elisas Onkel über Wasser hielt.

»Es wird gut für sie sein. Deine Halbgeschwister sind erwachsen, deine Mutter könnte dir den Haushalt führen …«

»Wenn sie Piet verlassen kann. Den Mann dulde ich nicht in meinen vier Wänden, egal wie wenig Leilani noch mitbekommt. Sie hasst meinen Stiefvater, und ich kann es ihr nicht verdenken … Aber sie liebt ihren Bruder, und deshalb bin ich nach meiner Ankunft auch sofort zu ihm. Kelii ist in einem schrecklichen Zustand ... meinst du, du könntest ihm helfen?«

Ihre Stimme war leise, aber bestimmt. »Ich würde alles versuchen, was in meiner Macht steht. Müsste ich für ihn töten, würde ich es tun ... Aber ich liebe ihn nicht mehr wie früher ... auch nicht mehr als dich.«

In ihren Augen standen Tränen. »Trotzdem kann ich nicht zulassen, dass ihm etwas geschieht. Und seiner Frau ... dem Kind. Es ist nicht richtig.«

Johannes nickte. »Das weiß ich. Und sie tun mir aus tiefstem Herzen leid. Aber du musst an deine Kinder denken, an deine Familie. Wie geht es den Zwillingen ... und ... war es wirklich ein Sohn?«

Elisa sah die erschöpfte Traurigkeit in seinem Blick und schmiegte sich einen Moment tröstend an ihn.

»Ich wollte ihn auf die Welt bringen, das weißt du ... das hat der Doktor dir gesagt, nicht wahr? Und auch, dass er ein Kahuna-Junge war, ein ganz besonderes Geschenk ...? Das hat der Doktor natürlich verschwiegen.«

Johannes warf ihr einen zweifelnden Blick zu. Sie wusste, wie wenig auch er von den alten Bräuchen hielt, doch sie musste weiter über die letzte Gabe des Kindes sprechen.

»Es hat mir das Herz gebrochen, ihn zu verlieren, doch ich habe nach altem Ritual von ihm Abschied genommen, und dabei hat er mir die Bilder gezeigt. Es waren sehr konkrete Bilder eines baldigen Krieges in unserer alten Heimat, der sich für Jahre über die ganze Welt ausbreiten wird. Sie waren schrecklich, meine Visionen, aber ich spürte in ihnen auch meine tiefe Verbundenheit zu Deutschland ... und zu dir. Du bist das einzige Deutschland, das ich noch habe ...«

Eigenartig berührt sah er sie an. In einer Geste fast brüderlicher Verbundenheit strich er ihr das wirre Haar aus dem Gesicht und glättete es.

»Komm, dreh dich um, ich flechte dir einen Zopf ...«

»Das kannst du nicht ...«

»Meine Mutter hat es mir beigebracht, als wir noch in Deutschland im Haus deiner Großmutter lebten. Jeden Morgen, bevor sie zur Arbeit musste, habe ich ihr in unserer kleinen Kammer den Zopf geflochten. Ich kann es gut ...«

Elisa drehte sich um, und er begann zu flechten, während sie ihm ihre innersten Ängste anvertraute.

»Was ist, wenn es wahr ist und es in drei Jahren hier einen Krieg gibt – wo gehören wir beide dann hin? Fühlst du dich als Amerikaner? Und was geschieht mit den Hawaiianern, die jetzt hier in den Gefängnissen und Krankenhäusern nur noch von Amerikanern verwaltet werden? Wer sind sie?«

»Sie müssen Amerikaner sein, eine andere Möglichkeit gibt es nicht. Doch für uns Deutsche ist es anders ...«

»Dann glaubst du mir also, dass es Krieg geben wird?«

»Lili'uokalani glaubt dir, nicht wahr?«

»Sie hat viele Verbindungen nach Europa, mehr noch als in Amerika. In England, Frankreich und auch in Deutschland gibt es bereits seit längerer Zeit warnende Stimmen ...«

Der Zopf war fertig, und sie ließ zu, dass er sanft seine Hand auf ihre legte, während er weiter mit ihr sprach.

»Du zitterst. Komm, trink ein Glas Wasser und ruh dich hier aus, bevor wir überlegen, wie es für Kelii weitergehen kann ... was wir überhaupt noch tun können.«

Seine Berührung tat gut. Elisa schloss für einen Moment ihre brennenden Augen. Wohltuende Dunkelheit umfing sie, als sie sich erschöpft auf den Besucherstuhl niederließ, den er ihr hinschob. Durstig trank sie aus dem Glas, das er ihr an die Lippen hielt. Die ganze Nacht über hatte sie Briefe verfasst, und auch an diesem Morgen hatte sie noch nichts zu sich genommen. Zudem spürte sie, wie der Schlaf in ihre Glieder kroch und von ihrem Körper Besitz nahm.

Gierig leerte sie den Inhalt eines zweiten und dritten Glases, das er ihr aus der Kristallkaraffe einschenkte, während er leise mit ihr sprach.

»Du könntest Kelii und Okelani vielleicht helfen, doch es wird nicht einfach werden ... Sobald das schwarze Boot mit ihnen abgelegt hat, ist es zu spät. Nur vorher noch könnten wir ihnen Perlen geben, Gold oder andere Wertsachen, mit denen es ihnen in der Leprakolonie vielleicht ein wenig besser geht ... Sie könnten sich damit bessere Lebensmittel leisten, ein Dach über dem Kopf ... Nur freikaufen können wir sie nicht. Das hat der Doktor unmissverständlich klargemacht. Bis jetzt haben nur Okelani und der Junge die höchste Quarantänestufe der Hansenschen Krankheit, doch ich bin mir sicher, Kelii würde die beiden nie alleine auf die Insel gehen lassen. Und wenn ihr kleiner Junge stirbt ...«

Johannes' Stimme stockte, zu hart hatte ihn selber die Trauer getroffen, sowohl bei seiner kleinen Rosa als auch mit Elisas Fehlgeburt.

»Ich hatte mich auf unseren Sohn gefreut ... sehr sogar.«

Unkontrolliert quollen die Tränen unter Elisas geschlossenen Lidern hervor, liefen über ihre Wangen und hinterließen feine Spuren in ihrem müden Gesicht. Eine endlose Weile lang hielten sie einander fest in ihrem Schmerz. Doch dann befreite Elisa sich aus seiner Umarmung.

»Hilf mir, hilf mir jetzt dabei, Kelii und seine neue Familie zu retten. Ich muss nicht mehr mit ihm zusammen sein. Ich brauche weder Keliis Liebe noch seinen Schutz, doch wir sind auf Maui den Bund als Kahuna aus einer Wurzel eingegangen, als eine Seele in zwei Baumstämmen ... Wenn er stirbt, kann auch ich nicht mehr lange leben. Versteh doch bitte, Kelii und ich bleiben eins, egal, ob er seine Frau hat und ich dich liebe. Wir sind ein *ha*. Daher kann ich nicht ohne ihn existieren ... Ich bitte dich also, hilf mir!«

Ihr Mund war wie eine offene, wunde Blüte. Eine Frau, für deren Schönheit Männer töten würden, dachte er, obwohl Elisa jetzt siebenunddreißig war. Doch all die Strapazen, die sie in den letzten Jahren durchstehen musste, hatten sie in seinen Augen nur noch schöner werden lassen.

Es tat ihm weh, sie weinen zu sehen, doch er wusste, sein Mitgefühl konnte nicht helfen. Es gab nicht viel Hoffnung bei der Hansenschen Krankheit. Und obwohl der Doktor seine Untersuchungen noch nicht vollständig abgeschlossen hatte, stand zweifelsohne fest, dass alle drei infiziert waren, lediglich der Grad ihrer Erkrankung war unterschiedlich.

Johannes trat an das riesige Fenster, das von der hohen Decke fast bis zum Boden reichte. Es war gen Osten auf den Hafen gerichtet, und die Morgensonne warf breite Strahlen auf den edlen Teppich aus chinesischer Seide, den Janson erst letzte Woche in seinem Kontor in Honolulu hatte auslegen lassen. Nach seiner erfolgreichen Geschäftsreise wollte er Johannes seine Dankbarkeit zeigen, auch weil Victoria in seiner Abwesenheit oft bei Johannes Familie wohnen durfte. Er ahnte nichts von der Affäre, die Johannes und Elisa nun seit längerer Zeit hatten, und das war gut so.

Das Muster der Fenstersprossen, das sich durch die Sonne auf dem Teppich abzeichnete, hatte sich wie ein hartes Raster über Elisas Gestalt gelegt. Es ließ ihn an die Gefängnisstäbe denken, die seinen kranken Freund inzwischen seit elf Jahren von der Freiheit getrennt hatten, nur weil er eine Weiße liebte. Kelii tat ihm aufrichtig leid. Sein Freund hatte vor Jahren einen gravierenden Fehler begangen, nicht, indem er sich ausgerechnet in Elisa verliebte, denn dagegen konnte kein Mann etwas tun. Doch Kelii hatte nicht mehr von ihr lassen können, und Johannes war sicher, dass er Elisa insgeheim immer noch liebte, obwohl er stets das Gegenteil behauptet hatte.

Johannes' Blick blieb an einem Schiff hängen, das an diesem

Morgen schwer beladen mit Waren und Passagieren den Hafen verließ, um nach Amerika zu fahren. Als er jung war, hatte er früh einen Vorsatz gefasst. Nie würde er einem Weibe untertan sein, es hatte keine Zukunft. Ein Mann sollte sich eine Frau wählen, die er beherrschen konnte und die im Ansehen unter ihm stand. Wie seine Leilani sollte sie vornehm sein, tugendhaft und rein, um den gemeinsamen Kindern ein Vorbild zu sein. Elisa war nichts von alledem, soweit Johannes das nach all den verrückten Jahren, in denen er sie zunächst als guter Freund begleitet hatte, beurteilen konnte. Dennoch war sie die spannendste Frau, die er kannte. Alles an ihr reizte ihn, auch im Bett war es mit ihr das Erleben von einer ihm unbekannten Nähe gewesen. Bei keiner seiner Unarten hatte sie nur mit der Wimper gezuckt, allerdings hatte sie ihm stets Grenzen gesetzt. Sie war keinem Mann untertan, und er hätte deshalb viel dafür gegeben, mit ihr einen gemeinsamen Sohn zu haben. Es wäre ein Prachtbursche geworden, mutig und wach, im Charakter ganz anders als sein Sohn Thomas. Mit demnächst siebzehn Jahren war sein Ältester immer noch sehr weich und kindlich, zudem hatte er es sich in den Kopf gesetzt, Orgelspieler oder sogar Pfarrer zu werden. Die drei älteren Jungs, für die Elisa die Mutterrolle übernommen hatten, wuchsen unter ihrer Obhut ganz anders auf. Besonders Eli, nur wenige Monate jünger als Thomas, war bereits ein junger Mann voller Mut und Tatendrang.

Seine Verbindung zu Elisa hatte jedoch auch ihre Schattenseiten. Immer noch würde es ihn in Schwierigkeiten bringen, wenn Janson davon wüsste. Und sollte er je das wertvolle Vertrauen des Gouverneurs verlieren, konnte er nicht nur in Honolulu, sondern auf ganz Hawaii seine Sachen packen. Ein undenkbarer Schritt nach fünfzehn Jahren harter Arbeit.

»Woran denkst du?«

Elisa hatte sich ein wenig gefangen. Ihre Tränen hatten

nachgelassen. Sie bemühte sich um ein vorsichtiges Lächeln in seine Richtung und wählte ihre Worte sorgfältig.

»Hat meine Liebe für Kelii deine Zuneigung zu mir getrübt? Oder schreckt dich mein unwürdiger Zustand ab? Bitte verzeih mir, doch als ich die Nachricht deiner Ankunft erhielt, konnte ich meinen Verstand nicht mehr einfangen. Er war einfach weggeflogen ... und ich, ich wollte heute Morgen nur noch zu dir.«

Ihr Lächeln traf ihn wie ein Blitzschlag. Ihre Augen, dachte er, es waren Elisas Augen, die ihn gefügig machten. Er begehrte Elisa mehr, als er je zuvor eine Frau begehrt hatte. Das war die Wahrheit, die er vor sich selbst nicht leugnen konnte. Vielleicht war es schon von Anfang an so gewesen, als sie sich das erste Mal auf der Plantage ihres Onkels begegnet waren. Und hätte sie nicht damals schon seinen besten Freund Kelii geliebt, so wäre vielleicht alles anders gekommen.

Als könnte sie seine Gedanken lesen, lächelte sie ihn erneut an, doch diesmal war ihre Stimme unsicher.

»Hast du Sorge, wegen mir in Gefahr zu geraten? Ist es wegen Janson? Meinst du, er weiß von uns?«

»Nein, und er darf es auch nie erfahren, zumindest müssen unsere Gefühle füreinander für immer geheim bleiben. Was den Rest betrifft ... Dein Ruf ist ohnehin ruiniert.«

»Dennoch könnte es deiner beruflichen Zukunft und damit deinem Vermögen schaden, wenn du Kelii hilfst, nicht wahr?«

Er nickte. Johannes' Tüchtigkeit, kombiniert mit Leilanis Beziehungen zur Königsfamilie, war für Jahre lukrativ für Gerit Janson. Neue Geschäftsfelder hatten sich aufgetan, weitere Partner waren hinzugekommen. Sie hatten expandiert, aber, weil Johannes darauf bestand, auch stets nachhaltig investiert. Die Zuckerrohrplantage hatte durch ihn gerade im letzten Jahr hervorragende Geschäfte gemacht. Die Lagerhallen waren prall gefüllt, die Bestellungslisten vom amerikanischen Festland waren auf fünf Jahre im Voraus gezeichnet und sogar teilweise schon bezahlt. Stetig wachsendes Kapital in der Bank machte Jansons Plantage auf Kauai selbst für Konkurrenten attraktiv, sodass neue Allianzen entstanden. Dadurch hatten sie inzwischen eine ansehnliche Beteiligung an den größten Ananasplantagen auf Oahu.

»Stimmt es, dass ihr das Land um die Besitztümer von Dole herum aufkaufen wollt?«

Elisas Frage erstaunte ihn. Normalerweise sprachen sie nicht sehr viel über das Geschäft. Er nickte und erklärte ihr von den neuen Allianzen, die sich gebildet hatten.

»Wir kaufen dort oben in den Bergen für eine ganze Gruppe von Investoren Land, doch verwalte ich nur Teile des Ganzen. Im Moment strecken wir auch über die hawaiischen Inseln hinaus unsere Fühler aus. Im letzten Jahr habe ich drei Boote für den Walfang erworben. Es gibt einen neuen Geschäftspartner in San Francisco, der weltweit Handel treibt ... ich kenne ihn aus dem Studium. Er hat mehrere Minen, Golddepots und Schürfrechte erworben und schwimmt inzwischen in Dollars. Dieses Glück färbt natürlich auch auf mich ab ... Janson hat mich an unseren Geschäften in Kalifornien beteiligt.«

»Die da wären ...«

»Als ob dich meine Geschäfte im Detail interessieren würden ... Du schläfst ja fast ein.« Doch als sie nickte, fuhr er fort: »Der Handel mit Walfischöl und vor allem dem lukrativen Fischbein, begehrt für die Korsette der Damenwelt, gehört in Zukunft zu meinem Aufgabengebiet. Wenn alles gut geht, können wir unser Haus am Stadtrand bald gegen eine der besseren Residenzen in der Rice Street eintauschen ... Leilani träumte lange von einem Haus für elegante Abendveranstaltungen, wie du sicher weißt. Einer ihrer vielen großen Träume ...«

Johannes verstummte traurig. Das Schattenraster auf dem

Teppich war mit der steigenden Sonne im Raum weitergewandert. Der Sessel mit Elisa stand im goldenen Licht der Vormittagssonne. Ihr Haar glänzte, und auf ihren Lippen lag ein friedliches Lächeln. Sie war vor Erschöpfung eingeschlafen. Ihre Beine hatte sie auf dem Sessel untergeschlagen, und ihm fiel erst jetzt auf, dass sie keine Schuhe trug. War sie den ganzen Weg zu ihm barfuß gelaufen?

Johannes seufzte, als er sie ansah. Wie sehr er sie liebte, aber ebenso sehr fürchtete er sie auch. Eine engere Bindung zu Elisa konnte sein Leben ruinieren. Der Gouverneur hatte Johannes nicht nur Anteile an den Geschäften in Kalifornien übertragen, sondern hatte ihn auch kürzlich zu seinem einzigen unmittelbaren Stellvertreter ernannt. Mit der uneingeschränkten Prokura war Johannes in der Allianz erheblich aufgerückt. Sollte er all das riskieren, indem er sich für Kelii einsetzte? Nach elf Jahren Gefängnis wegen schweren Diebstahls war sein ehemaliger bester Freund in den Augen der meisten nur noch ein verkommener Krimineller.

Doch Kelii war auch der Onkel von Thomas und Elisabeth. In den langen Nächten ihrer Krankheit hatte er mit seiner Frau darüber geredet. Aus Leilani sprach vor allem die besorgte Schwester. Sie fürchtete um Keliis Leben. Aber auch um Elisa hatte sie stets Angst. Ob er Elisa bitten sollte, seine Frau noch einmal zu besuchen? Er wagte es nicht, aus Angst, die Wahrheit über seine verrückte Liebe würde ans Licht kommen. Wie könnte er dann noch Leilanis Hand halten. Er hatte ihr versprochen, in ihrer Todesstunde bei ihr zu sein.

»Johannes?«

Elisa war aufgewacht und streckte ihm ihre Hände entgegen. »Wir haben uns noch gar nicht geküsst …«

Ihre Augen bohrten sich in seine. Als er sie aus dem Sessel zu sich hochzog und sie auf nackten Füßen vor ihm stand, spürte er, wie sie zitterte.

»Wovor hast du Angst, Liebste ...?«

»Ich weiß es nicht ... manchmal einfach vor allem. Du nicht? Hast du gar keine Angst?«

Johannes schüttelte den Kopf. Aber während er sich darum bemühte, die richtigen Worte zu finden, um Elisa zu beruhigen, betörte ihn ihr Duft. Er konnte nichts dagegen tun, sein Körper reagierte heftig auf sie. Sie trug keins der teuren Parfums, die die Frauen in Honolulu sich bisweilen aus Frankreich kommen ließen. Heute roch sie nicht einmal frisch gewaschen, sondern irgendwie animalisch und erdig und ein wenig wie das Meer am Morgen, wenn es stürmte.

»Was machst du nur mit mir ...«

Sie hatte sich auf die Zehenspitzen gestellt und begonnen, ihn zart zu küssen, seine Augenlider, seine Wangen, sogar seine Ohren.

»Ich küsse unsere Sorgen weg ...«

Er versuchte seinen Intellekt einzuschalten, um Herr über seine Gefühle zu werden. Er schämte sich seiner Lust, denn er konnte nicht anders, als sich vorzustellen, wie seine Hände sich den Weg zwischen ihre Schenkel bahnen würden. Als könnte sie seine Gedanken lesen, nahm sie seine Hände sanft in ihre und flüsterte in sein Ohr. »Komm heute Abend in unser Liebesnest ... bei Sonnenuntergang bin ich dort.«

Einen Tag später war das Urteil des Doktors endgültig. Nicht nur Okelani und der kleine Moana, sondern auch Kelii war in der höchsten Quarantänestufe. Sie wurden daher für immer aus Oahu verbannt. Amala war fassungslos.

»Dein Kelii und meine Okelani müssen mit ihrem Baby in das schwarze Boot ... sie müssen für immer nach Molokai!«

Heftig wiegte sich Amala in dem Korbstuhl hin und her, als sie spätnachts mit Elisa auf ihrer Lanai saß, während die Kinder oben friedlich schliefen. Sie schaukelte hin und her, als könnte die Bewegung ihren Schmerz lindern, doch auch Elisa fand kein einziges tröstendes Wort. Die Diagnose bedeutete ein Todesurteil, wenn auch bisweilen erst nach vielen Jahren. Amalas Stimme war leise, denn sie wollte keineswegs die Kinder aufwecken, und noch hatten Gerd und Emma keine Ahnung. Sie war verzweifelt.

»Mai Pake ist eine große Schande ... vielleicht sollte ich Okelani Gift bringen. Besser tot, als in Kalaupapa wie ein Tier zu verrecken. Auch für Kelii wäre es besser, er springt von den Klippen oder schlitzt sich die Adern auf ... Mai Pake ist schlimmer als jede andere Todesart ... Und der kleine Moana ... wie konnte das passieren?«

Ihre Stimme wurde immer leiser. Die Worte Kalaupapa und Mai Pake wagte auch die gestandene Tutu nur zu flüstern. Kalt wurde es in der warmen Sommernacht, als sie an das Schicksal der vielen Verdammten dachten, die seit Jahren auf den Inseln eingesammelt und nach Molokai verschifft wurden.

»Was tun wir dagegen, Elisa? Du bist Kahuna ...«

»Kelii ist auch Kahuna ... es hat ihm aber nichts genutzt.«

»Zu viele Verluste hat Mai Pake in den letzten Jahren gefordert ... Die frisch zugezogene junge Frau in Lihue, in unserer Gemeinde, wie hieß sie noch, die Braut von Noah?«

Die junge Halbchinesin, Tochter eines frühen Einwanderers und einer Einheimischen, war von dem Doktor und den Polizisten mitten in der Nacht abgeholt worden. Man sprach nicht öffentlich darüber, auch Noah behielt seinen Schmerz in der Gemeinde für sich. Man war froh, selber gesund zu sein, denn es konnte jeden treffen. Mai Pake traf nicht nur die armen Einwanderer oder ausschließlich die Chinesen, sondern vor allem die Hawaiianer steckten sich oft an. Am wenigsten oft traf es die reichen Weißen. Und wenn es einen Fall gab, konnten sie bisweilen den Quarantänebedingungen der Lepra entgehen, indem sie die Ärzte bestachen. Doch bei einer Ansteckung im Gefängnis war das unmöglich.

Eine Therapie, ein wirksames Gegenmittel oder nur Linderung für die oft grauenvollen Schmerzen, die mit dem Fortschreiten der Krankheiten einhergingen, waren bisher nicht gefunden. Auch die Kahuna waren weitgehend ratlos, wie Elisa wusste. Eine Reihe von Krankheiten hatten die Insel in den letzten fünfzig Jahren heimgesucht, darunter Beulenpest, Gelbfieber und eine Masernart, die vor allem vielen Kindern das Leben gekostet hatte.

Strafe der Götter, sagten viele Kahuna, unten ihnen auch Hoku, wie Elisa wusste. *Ihr habt unser Land und unsere Götter verraten, um euch dem bleichen Christus zu Füßen zu werden. Dafür sollt ihr in Peles Vulkanfeuern schmoren …*

Westliche Mediziner gaben dem über Jahrhunderte isolierten Immunsystem der Insulaner die Schuld dafür, dass sie so anfällig waren und auffällig oft an den eingeschleppten Krankheiten starben. Genau darin sah Elisa einen klitzekleinen Funken Hoffnung.

Sie brachte Amala ein Buch auf die Lanai, in dem sie gemeinsam blätterten.

»Lili'uokalani hat es für mich extra aus Frankreich kommen lassen. Sieh mal … dieser Mann da heißt Louis Pasteur. Schon als ich ein junges Mädchen war, hat mein Vater mir nach seinen Südseeinselreisen beigebracht, dass viele Krankheiten dort wahrscheinlich heilbar wären, wenn man nur wüsste, wie …«

Lange lag Elisa in dieser Nacht noch in ihrem kleinen Schlafzimmer wach und las sich durch die Schriften von Louis Pasteur. Sie wusste, der Doktor bewunderte sowohl Pasteurs Theorien über Impfstoffe als auch vor allem seinen Forschergeist. Nun war die Hansensche Krankheit auch in Europa bisher noch nicht heilbar. Das war eine Tatsache. Sie war erst seit wenigen Jahrzehnten auf den Inseln bekannt, und man wusste noch wenig über ihre Verbreitung. Mit den ersten Einwanderungswellen der Chinesen wurden die Symptome zunächst in Honolulu in dem ärmlichen Viertel Chinatown häufiger entdeckt. Die westlichen Ärzte machten zunächst Dreck, Ratten, Moskitos, aber vor allem die mangelnde Hygiene der armen Einwanderer für die meisten ansteckenden Krankheiten verantwortlich, so auch für die Hansensche Krankheit.

In Honolulu hatte sich ein ganzes Komitee von Ärzten aus aller Welt eingefunden. Im Fall der Hansenschen Krankheit nutzten sie die sich häufenden Fälle auf den Inseln zu Forschungszwecken. Sie recherchierten so genau wie möglich, wie es zu den Ansteckungen kam. Bei der Cholera, der Beulenpest, den Masern, dem Gelbfieber oder auch der Hansenschen Krankheit, stets bestimmte das Ärztekomitee über die erforderlichen Maßnahmen zum Schutz der gesunden Bevölkerung. Aber sie verfolgten auch eigene Interessen, wie Elisa von Doktor Wellington wusste. Mancher von ihnen brachte aus Europa, Amerika und Australien einen unstillbaren Forschergeist mit und wollte sich vor allem profilieren.

Die Kontrollen auf den Inseln durch die Polizei und die Ärzte, das Denunzieren durch Nachbarn, die mit Geld geködert wurden, sowie das systematische Aussieben von angeblich ansteckenden Kranken jagten vielen große Angst ein. Ein gewöhnlicher Arbeiter würde von alleine ohnehin nie zum Arzt oder ins Krankenhaus gehen, was den Teufelskreis einer ansteckenden Krankheit noch verstärkte. Ein Hawaiianer hingegen vertraute seinen Kahuna. Die wollten aber schon lange nichts mehr von den westlichen Scharlatanen – so nannten sie inzwischen alle westlichen Ärzte – wissen. Dabei wäre es dringend notwendig gewesen, zusammen eine Lösung zu finden, da immer mehr Hawaiianer an Infektionskrankheiten starben.

Elisa wollte zumindest versuchen, Einblick in die Hansensche Krankheit zu gewinnen, dafür musste sie unbedingt den

Doktor noch stärker für sich gewinnen. Aber auch Hoku würde sie in den Bergen um Rat fragen. Vielleicht mussten sie gemeinsam mit der Tausend-Nebel-Pflanze zum Kern von Mai Pake reisen, um zu verstehen, wie man die Krankheit heilen konnte. Über diesem Gedanken fielen ihr die Augen zu.

Drei Wochen später war es so weit. Im Morgengrauen wartete das schwarze Schiff am Kai vor dem Kalihi-Hospital auf die verlorenen Seelen, die an diesem Tag für immer ihre Familien verlassen würden. Die meisten von ihnen hatten bis zu diesem Tag einige Zeit im Kalihi-Hospital in den verschiedenen Isolierstationen verbracht, daher wussten sie ungefähr, was auf sie zukommen würde. Auf den Fluren der Krankenhäuser hatte man ihnen Trost zugeflüstert, aber auch von dem neuen Grauen berichtet. Es gab in der Leprakolonie seit 1909 eine vom amerikanischen Kongress autorisierte Forschungsstation in Kalawao, in der angeblich Experimente an Kranken durchgeführt wurden.

Plötzlich hörte Elisa ihren Namen. »Fräulein Vogel ...«

»Victoria, was machst du denn hier?«

Elisas Tochter war mit ihrem Vater unter den Zuschauern, die an diesem frühen Morgen dem Abtransport der Kranken vom Kalihi-Kai zusehen würde. Victoria lächelte unsicher.

»Mein Onkel Heinrich ist der neue leitende Professor für die Forschungsstation. Wir begleiten ihn zum Schiff.«

Sie deutete auf einen älteren Mann, der mit Gerit Janson und dem britischen Doktor zusammen an der Seite stand. Heinrich Janson musste mindestens zehn Jahre jünger als sein Bruder sein, dennoch war eine gewisse Familienähnlichkeit nicht zu übersehen.

»Victoria!«

»Dein Vater ruft ...«

»Ich gehe schon ... nur war ich so froh, Sie hier zu sehen und auch Eli. Hallo, Eli, wie geht es dir?«

Eli war extra aus den Bergen Oahus gekommen, um seinem Pa ein letztes Lebewohl zu winken. Mit seinen sechzehn Jahren war er ein stattlicher junger Mann, gut einen Kopf größer als seine Mutter. Victoria und er gaben sich die Hand, wobei es Elisa so vorkam, als würde die junge Frau leicht erröten.

Auch Gerd und Emma gaben Victoria die Hand und Ulani ebenfalls. Elisa konnte sehen, wie es in Ulani arbeitete. Seit dem Tag, an dem sie darüber gesprochen hatten, ob Victoria möglicherweise Ulanis Halbschwester war, hatte Elisa den Rubinring nicht mehr an ihrer Hand gesehen.

»Ich … ich muss zurück zu meinem Vater. Ich freue mich sehr, Fräulein Vogel, dass wir uns hier begegnet sind.«

Mit artigem Knicks verabschiedete Victoria sich und ging zu den drei Männern zurück.

Auch Johannes war gekommen. Elisa sah ihn mit Keliis Mutter und seinen beiden Kindern Thomas und Elisabeth bei den Kutschen der Familienangehörigen stehen. Leilani war in der Woche zuvor verstorben, weswegen alle vier Trauerkleidung trugen. Elisa war nicht bei der Beerdigung in Kauai gewesen, doch sie hatte bereits von Johannes gehört, wie tapfer die Kinder den Tod der Mutter begleitet hatten. Es musste ein würdiger Abschied gewesen sein. Leilanis Mutter wirkte wie versteinert. Die stolze Hawaiianerin, die gerade erst ihre Tochter verloren hatte, kam heute, um ihrem Sohn für immer Lebewohl zu sagen.

Jetzt entdeckte Elisa auch die Kutsche von Lili'uokalani im Hintergrund. Sie wollte mit ihrer Anwesenheit bestimmt kein unnötiges Aufsehen erregen.

»Ma, da sind sie!«

Emma hatte ihren Vater und Okelani zuerst entdeckt. In einer Gruppe von Kranken, von denen viele weinten und ihren Angehörigen, die hinter der Absperrung standen, ein letztes Mal zuwinkten, ragte Keliis Kopf heraus. Sein Gesicht war gleichmütig und edel, sein muskulöser Körper nach alter hawaiischer Tradition bis auf ein Tuch um seine Lenden unbedeckt. Er trug nichts bei sich, nicht einmal ein Bündel wie viele der anderen Verbannten. An seiner Seite stolperte Okelani. Sie konnte sich vor Kummer kaum aufrecht halten, und Kelii musste sie stützen. Elisa wusste, sie hatten erst vor zwei Tagen ihren kleinen Jungen verloren.

»Pa, Pa ... hier sind wir!«

Der zwölfjährige Gerd winkte heftig und erregte so für einen Moment Keliis Aufmerksamkeit. Sein Blick streifte seine Familie, und seine liebevollen Augen ruhten für einen Moment auf jedem ihrer Gesichter, so als würde er sie sich für immer einprägen wollen. Dann ging er mit der weinenden Okelani auf das schwarze Boot. Ohne sich noch einmal umzusehen, verschwand er in der Luke. Als auch der letzte Kranke an Bord war, wurde die Luke von außen mit einem schweren Riegel verschlossen. Dann erst gingen die Ärzte an Bord, unter ihnen Professor Heinrich Jansen und der britische Doktor.

Als das Boot ablegte und noch nachdem sich das Boot vom Kai entfernt hatte, um zu einem schwarzen Unheilsfleck auf den Wellen zu werden, hörte man das Weinen der Angehörigen.

Elisa weinte nicht. In dem kurzen Augenblick, in dem Kelii seinen Blick in ihren senkte, hatte sie ihm ihr Versprechen gegeben. Sie bat Amala, mit der Familie vorauszugehen. Dann lief sie schnellen Schrittes zu Gerit Janson, der gerade mit ihrer Tochter in seine Kutsche steigen wollte.

»Herr Gouverneur, ich muss Sie bitte dringend unter vier Augen sprechen.«

16. Kapitel

Sabjis Geheimnis, 2011

Maja lag auf ihrem Bett, starrte hinauf an das Meeresblau ihrer frisch gestrichenen Decke im Schlafzimmer und versuchte, sich nach dem Schreck zu entspannen. Ein Schuss, Blut, Gewalt und vor allem der Haifischmann, all das gehörte nicht zu einer Hauseinweihung. Was hatte er gesagt?

Sagt ihr endlich, wer sie ist …

Oder waren seine Worte nur so ähnlich? In ihrem Kopf jagten sich unruhige Angstgedanken. Eine alte Frau wie Sabji sollte nicht noch einmal in ein Gefängnis müssen, fand sie, doch sie hatte auf den Mann geschossen. Warum wollte sie den Haifischmann töten?

Stefans medizinischem Können war es zu verdanken, wenn der Mann den Schuss überlebte, denn die Kugel war in den oberen Bauchraum eingedrungen und dort stecken gelieben. Die Wunde hatte heftig geblutet und Stefan hatte versucht, die Blutung zu stillen. Das Gesicht des bewusstlosen Haifischmannes war in sich zusammengefallen, sein Kopf zur Seite gedreht, und Maja hatte immerzu sein Gesicht vor Augen. Es sah, so eigenartig es klingen mochte, wie das Gesicht eines traurigen kleinen Jungen aus.

Sie befand sich immer noch in einer Art Schockzustand. Es war ihre zweite Begegnung mit ihm. Das erste Mal, in der Parkgarage in Nizza, hatte ein anderer Mann kurz darauf sterben müssen, und nie würde Maja den dumpfen Aufprall des Körpers auf ihrer Windschutzscheibe vergessen, als sie mit

Keanu fliehen musste. Es war ein Unfall, aber es war noch mehr als das. Die geballte dunkle Kraft des Haifischmannes forderte ein Opfer, so kam es ihr damals vor.

Das Erlebnis heute schien ihr noch schockierender, weil ihre Einweihungsparty fröhlich war und er in das innerste Heiligtum von Maja und Keanu eingedrungen war. Hier war ihr neues Zuhause, in ihr wuchs neues Leben heran. Auch wenn sie wusste, dass er im Krankenhaus in diesem Moment um sein Leben kämpfte, wünschte sie sich seinen Tod. Es war nicht christlich, das wusste sie, aber sie wollte Sicherheit für sich und ihre Lieben. Sabji gehörte dazu.

Nachdem Sabji den Schuss abgefeuert hatte, war sie mit der Waffe ins Dunkel der Nacht verschwunden. Den Laut, den sie dabei von sich gegeben hatte, würde Maja nie in ihrem Leben vergessen können. Der gutturale Schrei kam tief aus ihrer Kehle und klang wie ein Schlachtruf.

Es war alles so schnell gegangen. Stefan hatte den Schwerverletzten mit Keanus Hilfe ins Auto verfrachtet, um ihn nach Lihue in die Notaufnahme zu bringen. Sein Kopf hing leblos nach unten, als sie seinen schweren Körper auf den Rücksitz legten. Einer seiner eleganten Schuhe lag noch auf der Wiese vor dem Haus, als der Wagen davonraste. Leilani, Max und auch Maja versuchten, mit der Situation umzugehen. Mai hatte Angst um ihre Schwester und wollte nicht, dass die Polizei benachrichtigt wurde. Aber das war nicht möglich. Spätestens im Krankenhaus würde man die Schusswunde melden.

Ihrem schockierten Vater versuchte Maja zu erklären, wer der Haifischmann genau war, doch sie scheiterte wie jedes Mal an ihrem Halbwissen. Leilani sprang ein, aber auch ihr Wissen klang wie ein Teil einer alten Familienfehde, deren Wurzeln niemand mehr so genau kannte.

Irgendwie ist er mit Elisa Vogel verwandt und denkt, er

hat Anrecht auf ihr Erbe. Er will vor allem Land. Er hasst die Abkömmlinge der Ali'i in unserer Familie, besonders Keanu …

Mai suchte mit ihren Kindern und Enkeln mit Taschenlampen nach Sabji, doch der nächtliche Tropenwald hatte sie verschluckt. Maja ging währenddessen mit Leilani hinauf in ihr Zimmer, denn beide hatten sofort einen Verdacht. Hatte Sabji Majas Waffe abgefeuert? So war es, denn Diana fehlte an ihrer Bettseite. Seit sie mit Keanu oben im Haus schlief und Stefan unten, hatte sie sich sicherer gefühlt und daher länger nicht mehr in der Schublade nachgesehen.

Leilani war zum ersten Mal in ihrem Schlafzimmer und ging zu dem großen Familienbett, in dem auch ihr Baby schlafen sollte. Maja bemerkte, wie Leilanis Hände über den Quilt von Keanus Familie glitten. Mit traurigem Lächeln nahm sie Sabjis Kissen hoch.

»Das *awapuhi*-Kissen, du hast es von Sabji bekommen! Ich hatte es mir einmal zur Hochzeit gewünscht … aber ich bin nicht wirklich *awapuhi*. Meine Familie ist eine sehr alte Ali'i Familie, einer der ersten Familien Hawaiis.«

Maja nickte, fühlte sich aber sofort wieder wie der unwillkommene Eindringling, der nichts als Unglück brachte.

Leilani erhob sich und ging zur Fliegengittertüre, die auf die Lanai führte. Keanu hatte ihre Schlafzimmerterrasse zum Meer als ein erweitertes Liebesnest bauen lassen. Von der breiten Doppelliege mit den tiefroten Polstern aus konnte man den Sternenhimmel und das Meer sehen, doch vom Garten aus hatte man keinen Einblick.

»Meine Güte, das ist ja wunderschön hier draußen … und die kleine Sternenwiege!«

Gemeinsam standen sie auf der Terrasse und bewunderten die Wiege, die ebenfalls aus Keanus Familie kam und in der seit Generationen die Neugeborenen geschaukelt wurden. Keanu hatte sie frisch mit Kukuiöl eingelassen und sie deshalb nach draußen gestellt.

Leilani sah in den Himmel, und Maja hätte schwören können, dass sie in einem stillen Gebet ihre Lippen bewegte. Es war sicher nicht leicht für sie, hier zu sein. Sie begann zu sprechen, kaum hörbar, als hätte sie Sorge, Geheimnisse zu verraten, die noch mehr Unglück brachten.

»Sabji muss von seinem geplanten Besuch gewusst haben, oder aber sie hat es geahnt. Manchmal ahnt sie Dinge. Sie ist insgeheim Kahuna, durch ihr Blut. Wusstest du das?«

Maja wusste es nicht. »Und sie hat sich deshalb meine Waffe genommen? Woher wusste sie, wo ich sie aufbewahre?«

Doch als sie länger drüber sprachen, war es klar. An diesem Tag konnte sich Sabji die Waffe leicht genommen haben, denn alle hatten sich irgendwann die einzelnen Zimmer angesehen.

»Sabji will dich beschützen ... sie hat dich sehr gern, weißt du. Du bist ihr wichtig ... vielleicht braucht sie auch dein *pu'uwai*, dein Herz ...«

Maja begriff nicht ganz, was Leilani damit meinte, doch wahrscheinlich hing Sabji wegen ihrer Schwangerschaft an ihr und wollte sie deshalb beschützen.

Stefan und Keanu waren die Helden des Tages, als sie aus Lihue zurückkamen. Sie berichteten, der Haufischmann musste sofort operiert werden, würde den Bauchschuss aber mit hoher Wahrscheinlichkeit überleben.

Die Polizei kam, und alle wurden verhört – eine längere Prozedur, die wenig brachte. Niemand schien zu wissen, warum Sabji auf den Haifischmann geschossen hatte, nicht einmal ihre Schwester Mai.

Die Polizisten wussten über die Jahre, die Sabji im Gefängnis verbracht hatte, Bescheid und stuften sie als gefährlich ein, da sie die Waffe mitgenommen hatte, die offiziell Keanu gehörte. Er hatte einen Waffenschein, den er auch vorweisen konnte.

Die zwei Beamten kannten jedoch keinerlei Gnade, als Mai befürchtete, ihre Schwester würde sich eher umbringen, als noch einmal ins Gefängnis zurückzugehen.

Sie forderten einen Suchtrupp aus Lihue an, der Hunde mitbrachte. Auch ein Helikopter wurde angefordert, kreiste über der Na-Pali-Küste und leuchtete in den nächtlichen Tropenwald.

»Verdammt viel Aufwand für eine Frau von siebzig Jahren, die sonst keiner Fliege etwas zuleide tut ...«, knurrte Mai den diensthabenden Beamten an, doch es änderte nichts. Die Hunde bellten, die Polizisten zertraten mit ihren schweren Schuhen Majas Pflanzen im Garten, und der Suchhelikopter wirbelte jede Menge roten Erdstaub auf.

Nachdem Maja und Mai verhört worden waren, standen sie zusammen bei den Resten ihres Grillfeuers, überall war Asche, die Würstchen waren verkohlt.

»Warum hat Sabji sich meine Waffe geholt?«

»Meine Schwester ahnte, dass er heute kommen würde, um alles zu zerstören, was ihr euch hier aufbaut ... Er hasst unsere Seite des Klans seit Jahren ... Seit Keanu sich bei dem Roten Haus engagiert und du Elisas Geschichte erzählen willst, flammt die alte Glut der Fehde wieder auf. Er ist verdammt worden, weißt du ... so wie einst die Mai-Pake-Kranken aus unseren Klans verschwiegen wurden, so schwieg man auch ihn tot, weil er ein gewalttätiger Verbrecher war.«

Bei dieser Gelegenheit erfuhr Maja mehr über Sabjis Tochter. Schon seit Jahrzehnten wollte sie nichts mehr mit ihrer Mutter zu tun haben, mied Mai und den Rest ihrer mütterlichen Familie, denn sie hatte vor vielen Jahren den Haifischmann geheiratet. Maja war verblüfft.

»Ich dachte, der Haifischmann war mit einer Tante von Leilani verheiratet?«

Mai nickte, dann senkte sie bedauernd ihren Kopf und nannte das Bleichgesicht einen Herzensbrecher.

»Krankenschwestersyndrom, du weißt schon, oder? Manche Frauen sind einfach zu doof, um bis drei zu zählen. Außerdem sah er verdammt gut aus ...«

Dann bat sie Maja, sich nicht zu viele Gedanken zu machen. Und wieder einmal beschlich Maja das Gefühl, ihr würde etwas vorenthalten.

Bis spät in der Nacht hörte Maja ihren Vater und Keanu unten reden, während sie sich oben hingelegt hatte. Stefan klopfte an ihre Tür, es war schon spät in der Nacht, er hatte Stethoskop und Blutdruckmessgerät dabei.

»Wollen wir mal sehen, wie das Baby und du den Schreck verkraftet habt?«

Ihre Werte waren in Ordnung, trotzdem war er besorgt, als Arzt – aber vor allem als guter Freund. Von Keanu hatte er auf der Fahrt mehr über die alte Familienfehde erfahren, die inzwischen ihren Weg in Keanus politische Aktivitäten gefunden hatte. Es gefiel ihm nicht.

»Normalerweise rate ich Frauen nicht dazu, sich so kurz vor der Entbindung ins Flugzeug zu setzen und um die halbe Welt zu fliegen ...«

»Doch in meinem Fall möchtest du darauf bestehen?«

Maja bemühte sich um einen leichten Tonfall, aber er antwortete ihr nicht, denn er war noch nicht mit seiner Untersuchung fertig. Als Nächstes hörte er die Herztöne des Babys ab und ließ auch sie das Pochen hören.

»Dein Baby bekommt alles mit ... So ein Schreck wie heute ist nicht gut. Von Keanu weiß ich, dass es so weitergehen könnte ... Der Haifischmann ist nicht der Einzige, dem dein Freund ein Dorn im Auge ist ... Vielleicht solltest du dein Baby in München bekommen.«

Maja konnte seine Sorge verstehen, da auch sie ein wenig aus dem Gleichgewicht war, allerdings hatte sie sich mit dem Gedanken an eine erneute Begegnung mit dem Haifischmann schon länger auseinandergesetzt.

»Du hast in allem recht. Aber wenn ich jetzt aufgebe und Keanu und diesen Ort verlasse, dann komme ich vielleicht nie wieder hierher zurück … Außerdem ist der Haifischmann im Krankenhaus, bestimmt für länger …«

»Dennoch, Maja, es ist gefährlich und du lebst hier mitten in der Wildnis. Außerdem ist es Keanus Kampf gegen Windmühlen. Weder seine Fehde noch die politischen Aktivitäten dieser Königstreuen haben etwas mit dir zu tun. Sei mir nicht böse, Schatz, aber hier bist du mit dem Baby einfach nicht gut aufgehoben …«

Stefan hatte sie Schatz genannt, aus alter Gewohnheit. Kurz mussten sie beide grinsen. Ihre langjährige Beziehung stand im Raum wie ein ausrangiertes Möbelstück. Für das würdelose Ende, das Maja zu verantworten hatte, gab es keine wirkliche Entschuldigung, außer ihrer Feigheit. Sie hatte ihn belogen, betrogen und verlassen. Ein Haus, ein Kind, alles, was Maja mit Keanu lebte, hatte Stefan sich mit ihr gewünscht. Trotzdem war er hier und hatte sogar seine Rückreise verschoben, um bei der Geburt auf ihr Herz aufzupassen. Weil ihre Mutter es so wollte oder aber, weil er sie immer noch auf seine Weise liebte. Wie ein guter Arzt griff er jetzt nach ihrer Hand.

»Dein Baby muss im Vordergrund stehen und natürlich euer beider Gesundheit. Nur das ist im Augenblick wichtig, du würdest es dir nie verzeihen, wenn etwas schiefgehen würde …«

Als er sie nach einem brüderlichen Gutenachtkuss allein ließ, war Maja irritiert. Sie wusste nicht genau, warum, denn er meinte es sicher gut mit ihr, so wie auch ihre Mutter immer nur das Beste wollte. Nur folgte Maja inzwischen schon lange ihrem eigenen Stern. Sie drapierte die Kissen, um einschlafen zu können, doch vor ihrem inneren Auge erschien immer wieder das bleiche Gesicht des Haifischmanns, das sie an das eines unglücklichen kleinen Jungens erinnert hatte. Vielleicht kam er ja auch in friedlicher Absicht, wer weiß. Und genau das war es, worüber sie in dieser Nacht immer wieder nachdenken musste. Wer war eigentlich mit wem verfeindet und – warum? Ging es wirklich nur um blanken Rassismus?

Die folgenden Tage verliefen ruhig, vor allem nachdem Max für einige Tage nach Honolulu geflogen war, um zu arbeiten. Er wollte Maja und Keanu Zeit geben, sich als Paar auf die Geburt einzustellen. Auch Stefan versuchte, so unsichtbar wie möglich zu sein, nur gelang es ihm von Stunde zu Stunde weniger, denn er machte sich Sorgen. Als er schließlich darauf bestand, nicht nur morgens und abends, sondern dreimal am Tag ihr Herz abzuhören und ihren Blutdruck zu messen, reagierte Maja unwillig und gereizt.

»Danke, dass du hier bist, um auf mich aufzupassen, wirklich, du bist der wunderbarste Freund, den ich mir denken könnte, aber es wird mir zu viel. Ich fühle mich nicht krank, sondern ich bin schwanger, und mein Herz muss von nun an einfach brav sein … was ich dir sagen wollte …«

»Vergiss es. Ich fliege nicht zurück. Deine Mutter würde mich umbringen.«

»Meine Mutter! Immerzu geht es um meine Mutter …«

Es war so wie früher, als sie noch zusammen waren, als er auch immer zu wissen meinte, was für sie am besten war, und sich mit Majas Mutter beriet. Damals betrafen seine Kontrollversuche vor allem ihr Gewicht und ihre Angewohnheit, zwischendurch zu naschen. Jedes Gramm hatte er kontrolliert, ihr ein Ernährungs- und Sportprogramm zusammengestellt und Belohnungspunkte verteilt. Damit hat er sie beinahe in den Wahnsinn getrieben. Sie wollte ihm die Waage an den Kopf werfen und merkte jetzt, wie sich dieses vertraute Gefühl von permanenter Irritation erneut einstellte. Es begann mit dem Frühstück, das er ihr vorbereitete. Es war perfekt ausgewogen, doch schmeckte es ihr nicht. Kakao gegen Kräutertee, Schinken gegen Müsli und vor allem der Kampf um die Menge, die sie essen durfte. Maja hatte aber keine Lust, ständig mit Stefan zu streiten.

Als Keanu für einen letzten langen Tag nach Honolulu fliegen musste und in aller Frühe aus dem Haus wollte, um abends zurück zu sein, saß sie ihrem Liebsten mit Augenringen und schlechter Laune gegenüber.

»Es ist wie damals, als wir zusammen waren, Stefan will alles kontrollieren, und durch mein Herzproblem hat er zusätzlich die Erlaubnis meiner Mutter ...«

Keanu sah sie belustigt an.

»Es dauert nicht mehr lange, *ipo*, dann ist unser Baby da. Danach wird es leichter ... Wäre ich Arzt, würde ich ihn vielleicht fortschicken, aber so ... sei ihm doch dankbar!«

Keanu stand auf, trank seinen Kaffee aus und nahm seinen Motorradhelm. Dann umarmte und küsste er sie zum Abschied, doch sie meinte Zurückhaltung und Kritik zu spüren.

»Du findest mich albern, nicht wahr? Bei euch macht man nicht so viel Wind, wenn ein Baby kommt ... Leilani ...«

Sie wusste nicht genau, warum sie in diesem Moment Leilanis Namen erwähnte, wahrscheinlich, weil Keanus Ex so kompetent war. Sie hatte ihre Tutu mitgebracht, eine reizende alte Dame, die weltgewandt und tüchtig war, eine Ali'i in Reinkultur. Großmutter und Enkelin hatten das Einweihungsfest mit der Gastfreundschaft, die bei ihnen üblich war, bereichert, und Maja hatte sich über die Unterstützung gefreut, sich gleichzeitig aber nicht mehr wirklich als Gastgeberin gefühlt. Ihre alte Unsicherheit war zurückgekehrt.

Dann war Keanu fort. Stefan stand zum Glück stets spät

auf, und Maja hatte den Morgen für sich. Schon lange wollte sie den Spaziergang zum Wasserfall machen, den Keanu ihr gezeigt hatte, denn inzwischen waren die Wege trocken. Durch den neuen Weg über die Brücke, die kürzlich fertig wurde, wäre sie rechtzeitig zurück, um mit Stefan zu frühstücken. Sie schrieb ihm einen Zettel mit einer netten Nachricht, nahm Wasser und eine Banane mit und verließ das Haus.

Es war ein herrlicher Morgen, und es würde wieder ein warmer Tag werden. Maja genoss die Einsamkeit in der Natur, so konnte sie ihren Gedanken ungestört nachgehen. Das luftige Kleid mit dem hawaiischen Blumenmuster und die neuen Flip-Flops mit Profil hatte Keanu ihr vor ein paar Tagen geschenkt, dazu einen kleinen Stoffrucksack. Sie begann sich trotz Bauch schon bald wunderbar unbeschwert zu fühlen, als sie durch den tropischen Wald ging, der hinter ihrem Haus begann. Zunächst ging es ein Stück bergauf, dann war die Steigung nur noch gering, und sie hatte zu ihrer Rechten einen traumhaften Blick über die Na-Pali-Steilküste. Vögel zwitscherten um die Wette, Sonne blinzelte durch saftiges Sommerlaub, und es roch betörend nach schwerem Blumenduft. In wenigen Stunden würde es zu heiß für einen Spaziergang sein, doch sie war bereits an der Weggabelung, die zu dem Dorf führte, in dem Elisa einst mit Kelii und ihren Kindern gelebt hatte.

Das Dorf war schon vor langer Zeit zum Teil abgebrannt, bekam nur selten Besuch von Touristen und wirkte verwahrlost. Vereinzelte Steinruinen ohne Dach standen um eine beeindruckende Koa-Akazie, deren obere Hälfte verkohlt war, was ihre gewaltige Krone zu einer Seite wachsen ließ. Ein Vogelpaar erhob sich und flog schimpfend davon, es waren Alalas, vielleicht das Paar, das sie öfter unten am Haus gesehen hatte. Sie waren auf Kauai selten geworden. Vom Dorf bog sie links ab durch den Wald, dann auf den neuen Weg zum Wasserfall, der über eine kleine Brücke führte. Von hier aus konnte sie die gesamte Küstenlinie sehen, das Riff, und auch die Spitze der Bucht. Über ihr ragte der Versammlungsfelsen empor und warf in der Morgensonne seinen langen Schatten bis fast zum Meer. Wie von alleine trugen ihre Füße sie weiter zum Wasserfall, sie wollte dort Kraft für die Geburt tanken.

Bilder der Vergangenheit begannen sich in ihrem Kopf in den Vordergrund zu drängen, sobald Maja das von den Felsen herabstürzende Wasser hörte. Im Hochsommer war es kein beeindruckendes Tosen wie im Frühling nach den heftigen Regenfällen, es war eher das gleichmäßig satte Rauschen eines Sturmwindes über dem Meer.

Da sah sie Elisa. Sie war nicht auf Kauai, sondern in den Bergen der Insel Oahu, mitten in den Ananasfeldern, die Maja im letzten Winter mit ihrem Vater besucht hatte. Elisa stand als entsetzte Beobachterin halb verborgen hinter einem Baum am Rand der Felder. Uniformierte Weiße jagten junge hawaiische Arbeiter durch Ananasfelder und prügelten wütend auf schutzlose Körper, wenn sie einen der jungen Männer erwischen konnten. Doch waren die jungen Männer schnell und wendig, und viele konnten entkommen. Elisa war persönlich betroffen, einer dieser jungen Männer war ihr Sohn Eli, zwei andere waren Ulanis Brüder. Elisa schien kurz davor einzugreifen. Doch etwas hielt sie davon ab.

Maja konnte nicht erkennen, was es war, auch hörte sie keine Geräusche außer dem Wasserfall, an dem sie stand, und wurde schlagartig müde. Sie wusste, Elisa wollte ihr etwas Wichtiges zeigen, doch dazu musste Maja erst in die Nebel-Welt finden. An dem vorderen großen Wasserbecken entdeckte Maja einen großen flachen Stein nicht weit vom Uferrand und watete durchs flache Wasser und durch die Wasserpflanzen, die dort wuchsen. Vielleicht war auch die Tausend-Nebel-Pflanze darunter, sie wusste es nicht.

Auf dem sonnenwarmen Felsen legte Maja ihr iPhone neben

sich. Ihr Vater hatte versprochen, sich an diesem Morgen aus Honolulu zu melden. Dann machte sie es sich bequem, schloss ihre Augen und wartete auf Elisas Bilder.

Zunächst sah sie die ochsenblutrote Farbe, die hinter dem Schwarz ihrer Augenlider zu immer neuen Formen verschmolz wie der bedrohliche Code aus einer anderen Welt. Dann wurde es klarer, lichter und endlich kam der Nebel. Aus ihm heraus kristallisierten sich Elisas Bilder, diesmal mit Ton, als hätte Maja einen Film angeschaltet.

Weiter ging die Jagd nach den Ananasrebellen, und es schienen mehr zu werden, sowohl auf der Seite der Uniformierten als auch bei den Rebellen. Am Rand des Ananasfeldes standen Arbeiterinnen mit Babys auf dem Rücken, die dem Treiben ebenfalls zusahen. Einige sahen unendlich erschöpft aus, andere waren abgemagert. Eine hochgewachsene Hawaiianerin hatte eine Gruppe Schulkinder um sich geschart. Maja erkannte Nalani, die Frau von Makaio und die leibliche Mutter von Eli und seinen drei älteren Brüdern. Nalanis Haar war inzwischen von grauen Strähnen durchzogen, ihr Körper drahtig und ausgemergelt von der vielen Arbeit, dabei war sie erst in Elisas Alter. Mit vor Schreck aufgerissenen Augen beobachtete Nalani mit ihren Schützlingen, wie die Soldaten die jungen Männer, die sie fangen konnten, ohne Gnade traten und auf sie einprügelten. Einer der drei jungen Männer suchte Schutz bei der stolzen Frau, wurde aber schnell von ihr fortgerissen, mit Seilen gebunden und mit anderen weggezerrt. Seine Mutter wollte es verhindern und wurde so hart beiseitegestoßen, dass sie stürzte und aus einer Kopfwunde blutete. Immer noch halb verborgen hinter dem Baum stand die verzweifelte Elisa und hielt Eli am Arm fest, da er seinen Brüdern helfen wollte. Nichts hätte er lieber getan, als sich ebenfalls den Ananasrebellen anzuschließen, selbst wenn es Gefangenschaft bedeutet hätte.

Die Bilder kamen schnell hintereinander und teilweise auch fragmentiert zu Maja, wie Ausschnitte eines Filmes, in dem die Hälfte fehlte, weil der Empfang schlecht war.

Elisa trug ein *mumu*, das traditionelle hawaiische Kleid. Sie war auf den ersten Blick nicht von den anderen Frauen zu unterscheiden, ihre Verzweiflung war genauso spürbar wie die ihrer Freundin Nalani, als sie deren Kopfwunde verarztete.«

»Wir müssen unsere Söhne retten ... wir müssen etwas tun. Wir wollen doch nur unser Land nicht verkaufen, warum werden wir dafür so erbarmungslos bestraft? Warum achtet man unsere Rechte nicht? Ist es nicht das Land unserer Götter?«

Elisas Blick schien direkt auf Maja gerichtet, bevor sie von einer älteren Frau, deren Gewand mit Vogelfedern geschmückt war, vom Geschehen weggezogen wurde. Eli blieb bei Nalani zurück, um ihr mit den weinenden Kindern zu helfen.

Hoku und Elisa gingen einen Weg entlang, der nach oben in die Berge führte, dann waren sie verschwunden. Nur ihre Worte hörte Maja noch im Nebel.

Unser Land blutet, du musst uns helfen, Maja.

Als Maja ihre Augen aufschlug, saß neben ihr auf dem Felsen ein Gecko. Es war noch ein junges Tier, neugierig und vor allem interessiert an der glatten Oberfläche von Majas iPhone. Es vibrierte, doch davon ließ sich der Gecko nicht stören. Vorsichtig nahm Maja das iPhone ein wenig hoch, doch er ließ nicht los. Die Saugnäpfe an den Füßen, noch fast durchsichtig, waren schon sehr stark. Mit ihrer Hilfe hielt der Gecko sich kurz an dem vibrierenden iPhone fest, dann ließ er los, hüpfte davon und verschwand in einer Felsspalte, während Maja den Anruf beantwortete.

Ihr Vater war auf der Suche nach einer Mandantin, wie er erklärte, würde aber bald nach Kauai zurückkehren. Maja erzählte ihm nichts von den Elisa-Bildern, auch erwähnte sie nicht, dass sie alleine am Wasserfall war, denn er würde sich nur Sorgen machen. Ohnehin sagte er am Telefon mehrfach, sie solle vorsichtig sein. Aber Vorsicht vor was? Ihrem Baby ging es gut, soweit sie es beurteilen konnte, und ihr Herz schlug wunderbar ruhig hier am Wasserfall inmitten der tropischen Vegetation, die vor Leben pulsierte. Es war ein magischer Ort. Nachdem sie den Anruf beendet hatte, brauchte sie nicht lange zu warten, bis der Gecko wieder aus seinem Versteck kam und ihr Handy weiter untersuchte.

Schließlich konnte sie das iPhone mit ihm länger hochnehmen und ihn ganz aus der Nähe betrachten. Wie fein seine Augen waren und wie intelligent sie wirkten, dachte Maja und hielt ihm ihren Finger hin. Ob er glatte Fingernägel mochte? Er hatte keine Angst, sondern krabbelte zutraulich über ihren Fingernagel auf ihren Finger und dann auf ihren Handrücken. Sie war ganz leise, um ihn nicht zu erschrecken, und wagte kaum zu atmen. In diesem Moment nahm sie aus ihrem Augenwinkel eine Bewegung am Wasserfall wahr. Hinter dem Vorhang aus Wasser sah sie honigbraune Haut. In der Höhle war jemand, der hinter dem Wasservorhang tanzte. Sie konnte den Körper zuerst nur schemenhaft erkennen, dann war er wieder verschwunden. Mal ging er in die Knie, dann drehte er sich mit wild wirbelnden Armen; seine Bewegungen verschmolzen zu einem Tanzritual, das zeitlos wirkte. Dann hielt die Gestalt hinter dem Wasservorhang inne. Man hatte Maja auf dem Felsen entdeckt.

Der Gecko hatte genug von ihr und glitt zurück in sein Versteck. Maja saß reglos. Es war nicht das erste Mal, dass sie beobachtet wurde, seit sie auf Kauai lebte, das wusste sie. Immer wieder hatte es Zeichen von geheimnisvollen Besuchern an ihrer Baustelle gegeben, einmal lag dort eine Muschelkette, an einem anderen Tag eine einzelne rote Hibiskusblüte. Vielleicht gab es in den Bergen doch noch die Menehune, das legendäre Zwergenvolk?

Dann teilte sich der Wasservorhang. Sabji war bis auf einen Lendenschurz nackt, winkte Maja mit schüchternem Lächeln zu sich und bedeutete ihr noch mit weiteren Gesten, zum Wasserfall zu kommen. Seltsamerweise hatte Maja nicht die geringste Angst. Sie freute sich, dass Sabji nichts geschehen war, denn inzwischen galt sie als vermisst. Pessimistische Stimmen vermuteten gar, sie hätte sich draußen am Riff das Leben genommen, um nicht erneut ins Gefängnis zu müssen.

Kurz darauf verschlang Sabji hungrig Majas Banane. Danach lud sie sie mit Gesten in ihre Höhle hinter dem Wasservorhang ein. Man konnte an der Seite hineingehen, ohne allzu nass zu werden. Die Höhle war um einiges größer, als man es von draußen sah, und im hinteren Teil ein wenig ansteigend. Auf dem kleinen Plateau war eine Feuerstelle, weiter oben im Felsen ließ ein Spalt ein wenig Sonnenlicht hinein. Augenscheinlich hatte Sabji bereits Besuch gehabt. Sowohl ein Schlafsack als auch andere Utensilien hatten den Weg in ihr Versteck gefunden. Einen ihrer Schätze wollte Sabji Maja jetzt zeigen. Aus ihrem schmalen Geldbeutel zog sie ein altes kleines Foto, nicht größer als ein Passbild. Darauf lächelte eine hübsche junge Hawaiianerin in den Armen eines Mannes glücklich in den Fotoautomaten. Maja erkannte den Mann auf dem Foto auf der Stelle. Es war der sehr viel jüngere Max, ihr Vater. Sabji deutete auf die junge Frau, dann auf sich, genauer gesagt auf die tätowierte Hibiskusblüte auf ihrem Oberarm. Unter der Blüte stand das Wort: Tutu.

17. Kapitel

Molokai, 1912

Erst vor drei Tagen war Elisa nach ihrem Besuch in den Bergen mutlos und unglücklich nach Honolulu zurückgekehrt. Johannes hatte sie nicht sehen wollen, da sie noch viel zu wütend wegen der zunehmenden Repressalien der weißen Plantagenbesitzer war. Für ihre Freunde Nalani und Makaio brach ihr Lebenstraum zusammen. Nicht nur zwang man sie, ihre Ananasfelder Stück für Stück zu verkaufen, indem man in Honolulu ständig neue Steuern erfand, sondern auch andere Boshaftigkeiten machten ihren Freunden das Leben zur Hölle. Sie waren inzwischen kurz davor, ihren Traum von der eigenen Ananasplantage ganz aufzugeben. Vor allem für ihre Söhne, die immer stärker in den politischen Strudel einer Rebellion gezogen wurden, war es auf Dauer gefährlich, in den Bergen bei ihren Eltern zu bleiben. Nalani und Makaio waren völlig verzweifelt gewesen und sahen kaum noch Hoffnung für eine friedliche Zukunft. Zusätzlich wurden jetzt bei ihren wenigen Arbeitern fast täglich die gefürchteten Seuchenkontrollen durchgeführt. Keine Schikane ließen ihre mächtigen Nachbarn mehr aus, obwohl Dole ohnehin den Ananasmarkt dominierte. Doch der junge James Dole wollte das ganze Land besitzen, seit Dole eine neue Ananasfabrik in Honolulu eröffnet hatte.

Frieden zwischen Einwanderern und Urbevölkerung zu halten, war lange Zeit das Ziel der Hawaiianer gewesen, doch wie viel sollten die Ali'i noch hinnehmen? Verarmt und verzweifelt waren Elisas Freunde bereits, aber vor allem befürchteten sie am Ende genau wie Kelii aus fadenscheinigem Grund verbannt und auf die Leprainsel abtransportiert zu werden.

»Traust du ihnen … meinst du, Kelii und Okelani haben sich tatsächlich mit Mai Pake angesteckt?«

Makaio hatte zu viel gesehen. Nicht einmal der Tod des Säuglings, Keliis und Okelanis Sohn, war für ihn ein Beweis.

»So ein Kind kann auch ersticken, das passiert …«

Allein diese Vorstellung war für Elisa grauenerregend, doch die Geschichten, die in den Bergen kursierten, waren in der Tat schockierend. Immer wieder verschwanden Menschen oder aber wurden tot aufgefunden, vor allem junge Frauen. Es schien ihr, als fegte eine dunkle Sturmfront aus Hass über die Hauptstadtinsel, um noch die letzten Ali'i in die Weite des Pazifiks zu schleudern. Hoku bestätigte das.

»Es ist der Zorn unserer Götter. Sie haben uns denjenigen überlassen, die dem Einen folgen, dessen Name auch ich nicht mehr nennen will. Angeblich kennt dieser Eine der Weißen vor allem Barmherzigkeit und Gnade, doch ich sehe um mich herum nur rücksichtslose Gier. Pass auf, Elisa, falle nicht auf sie herein. Glaube keine Sekunde an ihre falschen Versprechungen. Der Weiße geht den Weg der Vernichtung, und er wird viele Leichtgläubige mit sich reißen …«

Drei Tage und drei Nächte hatte Elisa bei Hoku verbracht. Sie hatte gefastet, mit ihrer Lehrerin zu den Göttern gebetet und sich von alldem gereinigt, was Hoku *haole mana* nannte, die Energie der Seelenlosen. Damit meinte Hoku vor allem Johannes. Obwohl Elisa mit ihm einen Kahuna-Jungen gezeugt hatte und ihn verteidigte, hielt Hoku dagegen. Einmal behauptete sie sogar, Johannes sei der Grund, warum Kelii auf Molokai sterben würde.

»Weil er dir deine Energie raubt, dieser weiße Blutsauger ohne Rückgrat. Immerhin arbeitet er für den Verbrecher Gouverneur Janson … hast du keinen Stolz, Kind?«

Elisa lebte in zwei Welten, und nur in einer von beiden ließ sie Hokus Meinung gelten. Eines Tages reichte es Hoku, und sie schlug ein Ritual vor, um zu klären, wie es für Elisa als Kahuna weitergehen konnte, wenn sie mit einem Weißen schlief.

»Du kannst keine gute Christin sein und gleichzeitig als Kahuna von den dunklen Kräften unserer Götter profitieren. Der Pfau soll über deinen weiteren Weg entscheiden …«

Als sie in den Abendstunden von Hoku die Tausend-Nebel-Pflanze verabreicht bekam, hatte sie den Tag über gefastet und gebetet. Klarheit wünschte sie sich, zum einen über ihren eigenen Weg als Kahuna, aber auch für ihre Zukunft mit Kelii. Er war nach wie vor fest in ihrem Herzen verankert. Sie spürte ihn in den Bergen bei Hoku stärker als unten im Tal in Honolulu in ihrem Familienhaus oder gar in ihrem Liebesnest mit Johannes. Hoku sah sie prüfend an.

»Du glaubst nicht im Ernst, dass Kelii dich freigegeben hat, oder? Jedes Mal, wenn du das Bett mit Johannes teilst, erscheint er in meinen Träumen. Dann spuckt er vor Wut Feuer! Kelii ist immer dabei, ihr seid eine Haut, bitte vergiss das nie … Johannes van Ween mag dir vorjammern, er hätte keine andere Wahl, als der Erfüllungsgehilfe des Schlächters Janson zu sein, doch jeder Mensch hat eine Wahl. Auch du hast eine Wahl …«

Hokus Worte verschwammen zu einem Brei aus rauen Tönen, während Elisa ins Land der Nebel hinüberglitt. Sie war sich nicht sicher, was genau sie suchte und ob sie es in der Zukunft finden würde, doch sie stellte sich Majas Gesicht vor. Kurz darauf war sie in der Höhle hinter dem Wasserfall, in der sie sich mit Kelii vor vielen Jahren zum ersten Mal geliebt hatte. Jetzt saßen hier zwei Frauen eng zusammen. Die hochschwangere Maja erkannte sie sofort und wusste, sie war in der Zukunft angekommen. Aber wer war die alte Hawaiianerin mit dem kurzen Bürstenschnitt und den japanisch aussehenden Augen? Etwas an ihr kam ihr bekannt vor. Die Tausend-Nebel-

Pflanze ließ Bilder ihrer eigenen Zukunft vor Elisa entstehen, und eine Welle von plötzlich aufbrandendem Schmerz durchflutete sie.

Elisa erkannte in Sabji jetzt das kleine Mädchen, dem sie in ferner Zukunft ans Licht der Welt helfen würde. An diesem Tag, an dem sich die Bucht von Pearl Harbor in ein brennendes Höllenmeer verwandeln würde, würde ein Teil ihrer Welt für immer zerbrechen. Dieses kleine Mädchen Sabji, das Elisa vor dem Tod retten konnte, würde wie ein Pflaster für eine Wunde sein, die zu groß war, um in einem einzigen Leben heilen zu können. Elisa begriff durch die Vision, die die Pflanze ihr schenkte, dass jeder Lebensfaden, den sie begonnen hatte, sich in einer fernen Zukunft zu einem fein gesponnenen Teppich weben würde. Ihre Nebelfreundin Maja würde zusammenfügen, was Elisa nicht vollenden konnte. Sie sah mit Zufriedenheit, dass diese beiden Silberfäden ihrer Lichtgebete der Vergangenheit sich in der Zukunft finden würden. Nichts war umsonst gewesen. *Das Land würde eines Tages wieder heilen.*

Elisa beobachtete, wie die junge Schwangere der Alten behutsam über die Tätowierung der Hibiskusblüte strich. Dann wurde Elisa durch die rote Hautblüte auf Sabjis Arm in einen Sog aus ochsenblutfarbenem Blut in eine pochende Bauchwunde hineingezogen. Sie verstand den Schmerz, denn sie befand sich mitten in einem erbitterten Kampf um das Leben selber. Doch dann trieb die Tausend-Nebel-Pflanze Elisas Seele weiter in ein Meer aus majestätisch dunklem Blau.

Das Nächste, was ihr bewusst wurde, war ihre veränderte Form. Elisa war ein Pfau. Sie stolzierte zusammen mit anderen Pfauen im Garten von Gouverneur Janson umher und bewachte das herrschaftliche Anwesen. Alles erschien ihr im Gegensatz zu früher ein wenig verwahrlost, Blütenblätter wurden von einem lauen Sturmwind durch den Garten getrieben, und sie hörte das lustvolle Stöhnen eines Mannes. Es war ein vertrauter Rhythmus in ihrem Pfauenohr. Sie sah zu dem Balkonfenster mit dem angelehnten Fensterladen hinauf, nahm mit ihren schweren Federn Anlauf und sprang mehr, als sie flog. Es war eine ungeschickte Landung, doch sie hatte die erwünschte Wirkung. Der Gouverneur ließ von dem weinenden Mädchen ab. Elisa wurde schwindelig. Es war das Zimmer und vor allem das Grauen, weswegen sie wie vor einigen Jahren die Insel verlassen musste. Nur lag diesmal nicht Elisa auf dem Bett, sondern ihre Tochter Victoria.

Der Gouverneur war aufgestanden, zog sich die Hose hoch und griff zu seinem bereitgelegten Revolver.

»Endlich hab ich dich … verdammtes Vieh!«

Elisa spürte sich in tausend Stücke zerspringen, als die Kugel ihren Pfauenkopf traf, doch schien ihr Bewusstsein dabei keine einzige Sekunde getrübt. Eine Millisekunde später befand sie sich im Auge eines zweiten Pfauenmännchens. Wieder sah sie auf das Herrenhaus. Elisa realisierte eine Zeitverschiebung, denn inzwischen warf das Abendlicht weite Schatten in den parkähnlichen Garten. Dann kam Victoria hinaus. Wie schön ihre Tochter war und wie zerbrechlich, dachte Elisa. Langsam folgte sie mit den anderen Pfauen der traurigen jungen Frau, die mit ihrer Dienerin zusammen den großen edlen Vogel bestattete. Sie blieb dicht an Victoria dran und beobachtete ihre Hand. Sie zitterte und hielt verkrampft den Rock vor ihrem Schoß fest, so als müsste sie etwas beschützen. Dann sah sie die verdächtige Wölbung. In Elisa zerbrach mehr als nur ihr Mutterherz. Sie verlor in diesem Moment den Glauben an die schützende Hand, zu der sie jede Nacht für Victoria betete. Ihre Tochter war in den Händen eines Teufels. Wie hatte Elisa sich nur am Hafen täuschen lassen können, als Janson scheinbar zivilisiert mit ihr sprach? Wie lange er ihre Tochter wohl schon schändete? Und wie würde er das Kind erklären, das sie ihm gebären würde?

Da hörte sie Victoria mit ihrer Dienerin sprechen. In Kürze würde sie auf Wunsch ihres Vaters mit einem von Piet van Weens rothaarigen Söhnen verheiratet werden, den sie allerdings kaum kannte. Die jungen Frauen sprachen über das Hochzeitskleid, das am morgigen Tag angeliefert werden würde. Victoria ließ sich nicht das kleinste bisschen von dem Grauen anmerken, das sie noch vor wenigen Stunden zum Weinen gebracht hatte. Tapfer lächelte sie ihr vornehm zurückhaltendes Lächeln und sprach über Banalitäten. Jedes ihrer seelenlosen Worte schnitt mitten in Elisas Herz.

»Komm zurück ... hörst du ... lass den Pfau gehen.«

Hoku berührte Elisas Hände und Füße, dann scheuchte sie mit einem Fächer aus Federn die letzten Energien über ihrem Körper weg. Als sie später darüber sprachen, was Elisa gesehen hatte, war Hoku ebenfalls betroffen. Sie war bei Victorias Geburt dabei gewesen. Jetzt spuckte sie voller Abscheu auf den Boden.

»Er ist ein Monstrum ... Jemand muss ihn töten, verstehst du? Er kann nicht deine Tochter ... es ist wider die Natur!«

Der Plan entstand in den Stunden danach. Es würde einen mächtigen Zauber brauchen, um Jansons dunkle Kraft zumindest so weit zu brechen, dass er Victoria nicht auf ewig gefangen halten konnte. Sie wollten es zumindest versuchen.

Wieder reiste Elisa in das Auge des Pfauenmännchens, nur war es dieses Mal bei Nacht. Sie wusste, wo sie mit ihrem Schnabel suchen musste, in welch feuchten Ritzen sie verborgen waren, die Träger des Giftes. Sie packte den Hundertfüßer beim Nacken, knapp hinter dem Wurmkopf, dann hüpfte sie auf Victorias Fensterbrett. In dem fest geschlossenen Fensterladen waren die Spalten gerade groß genug, um die Krabbelbeine des Giftwurms mit dem Schnabel hineinzustoßen. Den Rest des Zaubers würde Hoku in Victorias Zimmer erledigen.

Die nächsten Tage spazierte das stolze Pfauenmännchen auffällig oft vor dem Zimmer der jungen Hausherrin auf und ab. Das bemerkte auch der britische Doktor, der zu Hilfe gerufen wurde, denn Victoria fieberte heftig. Leider war durch den Biss der Centipede so viel Gift in den jungen Körper gelangt, dass eine Blitzhochzeit nicht mehr nötig sein würde. Victoria würde nicht in Bälde Mutter werden. Nach sieben Tagen war das Fieber vorbei und das junge Fräulein wieder wohlauf.

Der Pfau folgte ihr noch bis zu ihrem Pferd. Victoria war eine hervorragende Reiterin, doch später in ihrem Leben wusste sie nicht mehr, warum sie ausgerechnet an diesem Tag bis nach Lihue in die Kirche ritt. Nach ihrem Dankesgebet für ihre Genesung suchte sie den Pfarrer und bat darum, Nonne werden zu dürfen. Sie erinnerte sich auch im Alter noch an diesen schönen Pfau, der vor der Kirche im Baum saß und triumphierend schrie, als Victoria ihr Pferd wieder bestieg. Noch nie hatte dort ein Pfau gesessen, und Victoria interpretierte sein Erscheinen als ein göttliches Zeichen für ihre Berufung zur Franziskanernonne.

Elisa war erschöpft, nachdem sie den Zauber mit Hoku hinter sich gebracht hatte, aber sie war immer noch nicht überzeugt von der Einstellung ihrer Lehrerin zur Religion.

»Ich will beides, Hoku! So wie ich beide Heilkünste anwenden möchte, so will ich auch die Religionen vereinen … Selbst wenn im Moment dunkle Mächte kämpfen, so muss es nicht für immer sein … ewig ist nur die göttliche Liebe«

Hoku schüttelte energisch ihren Kopf über diesen Unsinn.

»Die Kinder der Kindeskinder … sie werden nicht schlauer sein, als wir es heute sind, Elisa, weil es nicht geht. Unsere Inseln sind vor so langer Zeit entstanden, doch unsere Götter altern nicht. Sie sind in jedem Stein, in jeder Pflanze und in jedem Tropfen Wasser … und sie kämpfen. Ohne das Dunkle kann es auch kein Licht geben.«

Wieder zurück in Honolulu führte einer ihrer ersten Wege Elisa in das Kalihi-Hospital. Dort erkundigte sie sich bei der streng aussehenden Schwester nach ihrer Besuchererlaubnis für die Leprakolonie. Doch es war keine Erlaubnis unter ihrem Namen zu finden, wie sie schnippisch mitgeteilt bekam.

»Sie müsste von Professor Heinrich Janson ausgestellt worden sein, ich hatte beim letzten Krankentransport darum gebeten.«

Nicht einmal eine Nachricht lag dort für Elisa, an diesem Tag nicht und nicht in den folgenden Tagen. Immer wieder wurde sie vertröstet, und es vergingen Wochen, in denen Elisa immer unruhiger wurde.

Eines Abends stand Johannes plötzlich unangemeldet in Elisas Schreibstube in der Residenz der Königin.

»Warum meidest du mich?«

Sie wusste, warum er gekommen war, denn auch sie hatte ihn schmerzlich vermisst, doch beide Männer gleichzeitig zu lieben, bereitete ihr nach dem Besuch bei Hoku Gewissenskonflikte, zudem sie nicht genau wusste, inwiefern Johannes in die dunklen Machenschaften des Gouverneurs eingeweiht war. Gerade deshalb versuchte sie jetzt, diplomatisch zu sein und ihn nicht zu verärgern.

»Ich mache mir Sorgen um Kelii, und ich muss ihn sehen. Wir beide … ich weiß es nicht, Johannes. Kelii ist in meinem Herzen …«

»Dort wird er auch für immer bleiben, dennoch will er dich nicht sehen. Er hat seine neue Frau, Elisa, akzeptiere es endlich und komme zurück ins Leben. Es ist Wochenende, und sogar Lili'uokalani hat heute etwas vor. Du kannst nicht die Einzige sein, die hier im Büro versauert, während alle anderen feiern!

Heute ist der vierte Juli, die Amerikaner feiern ihren Unabhängigkeitstag.«

»Großartig! Und was sollen wir feiern?«

Elisa war noch weit entfernt davon, sich über einen amerikanischen Feiertag zu freuen, dennoch hatte Johannes recht. Elisa war die Letzte im Büro und ohnehin im Begriff zu gehen. Mit seinem unwiderstehlichen Lächeln hielt er ihr Hut und Umschlagtuch hin.

»Komm, ich führe dich zum Abendessen aus ... Downtown soll es ein neues Restaurant geben, in dem man sogar tanzen kann. Von dort aus kann man das Feuerwerk sehen.«

Seine sehnsuchtsvollen Augen waren eine einzige Einladung. Elisa fiel wieder einmal auf, wie gut er immer noch aussah. Leilanis Tod schien er halbwegs verkraftet zu haben, denn er trug inzwischen keine Trauer mehr.

»Komm, Elisa, das Leben wartet auf uns ...«

In der Tram, die sie vom Washington Place zu dem neuen Tanzlokal brachte, herrschte Festtagsstimmung. Weiße Männer mit hawaiischen Schönheiten am Arm, Chinesen und Japaner mit ihren Auserwählten, sie alle hatten sich herausgeputzt, um an diesem Tag gemeinsam zu feiern.

Elisa ließ sich von der Stimmung mitreißen. Und als der Abend zur Nacht wurde, sie gegessen und getrunken hatte und weit über ihnen das Feuerwerk mit den Sternen konkurrierte, forderte Johannes sie zum Tanzen auf. Er beherrschte wie kein anderer die Tanzfläche, wie sie fand, denn er hatte ein natürliches Gefühl für Rhythmus, aber vor allem für Elisas Körper. Sie ließ sich in seinen Armen treiben. Wie viele andere verliebte Paare in dieser Nacht des vierten Juli waren auch sie erfüllt von der festlichen Stimmung. Feiern konnten sie, die amerikanischen Herrscher von Honolulu! An jedem ihrer herrschaftlichen Häuser hing demonstrativ ihre Flagge von Balustrade, Balkon oder Fenstersims. Um Mitternacht fuhr unter Böllerbeschuss eine Parade der neusten Automobile mit den Honoratioren Honolulus am Iolani-Palast vorüber.

In Elisa krampfte sich etwas zusammen. Es war beschämend, denn solch ein ostentativer Triumphzug musste eine tiefe Kränkung für Lili'uokalani sein. Doch auch viele Hawaiianer jubelten der Parade zu. Wie schnell sie doch vergessen, dachte Elisa. Dann stand etwas anderes im Vordergrund. Das wundervolle Gefühl der Geborgenheit in Johannes Armen erweckte ihre alte Sehnsucht.

Als sie gemeinsam den Weg nach Diamond Head entlang dem erloschenen Krater gingen, wurde es bereits hell. Elisas Füße taten vom vielen Tanzen weh, sodass sie ihre Schuhe in der Hand trug und barfuß ging. Sie fühlte sich beschwingt und heiter von den Stunden auf der Tanzfläche. Sie ahnten beide, was geschehen würde, sobald sie die Schwelle zu ihrem Liebesnest gemeinsam überschritten, doch weder er noch sie wollten darüber sprechen, denn vielleicht würde dann die Vernunft siegen und sie würden umkehren.

Als Johannes sie auszog, war es anders als in den letzten Jahren ihrer verbotenen Liebe. Er war jetzt frei. Als er begann, ihren Körper zu ertasten, sprach aus seinen Berührungen eine andere Achtsamkeit und seine Blicke waren beinahe scheu. Als würde er sie das erste Mal liebkosen, dachte Elisa, und wünschte sich einen Moment lang, eine Frau ohne Vergangenheit und ohne Bindungen zu sein. Noch einmal von vorne beginnen zu können.

Er verlangte nicht von ihr, sich auszuziehen und vor ihm auf und ab zu stolzieren, sondern suchte unter ihrem weiten Rock fast schüchtern nach Nischen, die ihr Vergnügen bereiteten. Sie liebkosten sich lange gegenseitig, bis sie vor lustvoller Hitze schließlich selber ihr Oberteil aufriss, um seine Hände auch dort zu spüren. Sie begehrte ihn so sehr, dass sie vor ihm auf die

Knie ging, um mit ihrer Zunge zu erforschen, was sie so lange missen musste. Doch als er sie rücklings aufs Bett legte und seinen Hunger an ihr stillen wollte, meinte sie einen zweiten Atem neben sich zu hören. Sie waren nicht wirklich allein.

Ihre Fingerkuppen spürten eine andere Haut, die ebenfalls mit ihrer verschmelzen wollte. Erschrocken dachte sie an Hokus Worte. Es war Keliis wütender Feueratem, weil er Elisa nicht nahe sein konnte, sondern Johannes seinen Platz an den Pforten ihrer Lust eingenommen hatte. Doch hatte nicht auch er eine andere Frau? Stillte Kelii seine Sehnsucht nicht an Okelani? Es sollte gleiches Recht für alle gelten, beschloss sie und schickte ihm eine Botschaft.

Wenn du wirklich bei mir sein willst, mein Liebster, so freu dich an mir.

Keliis Feueratem änderte nichts an ihrer Lust an diesem Morgen. Während unten in Honolulu das Krähen der Hähne bereits wieder verstummte und die Hütte am Krater sich in der glühenden Vormittagssonne in eine heiße Herdplatte verwandelte, war ihrer beider Lust unstillbar. Zu lange hatte Elisa verzichten müssen und genoss Johannes' zügellosen Hunger mit jeder Pore.

Als sie nicht mehr konnte, er aber erneut nach ihren Rundungen griff, lachten sie beide befreit wie lang geknechtete Kinder, die endlich einmal Ferien hatten.

Bis zum Sonnenuntergang blieben sie zusammen, obwohl sie nur einen Krug mit Wasser in ihrer Kraterhütte fanden. Essen gab es nicht. Nach diesem Sturm der Lust war Elisas Körper wund von seinem Verlangen, aber sie fühlte sich endlich wieder als Frau.

Am folgenden Montag schickte das Kalihi-Hospital eine Besuchererlaubnis in Elisas Schreibstube. Mit den drei älteren Kindern und auch mit Amala durfte Elisa schon in der kommenden Woche, in der in Honolulu die Schulferien begannen, nach Kalaupapa in die Leprakolonie, um Kelii und Okelani dort endlich zu besuchen.

Eine weitere schwarze Perle musste Elisa für die geplante Reise eintauschen, denn sie wollte Kelii und Okelani Vorräte und vor allem verschiedene Tauschobjekte mitbringen, die ihr Leben erleichtern würden. Johannes wollte mit seinen Kindern unter Umständen nachkommen, da Thomas und Elisabeth ebenfalls Ferien hatten. Er brachte Elisa mit den Kindern zum Schiff. Sie hatten keine Zeit für einen privaten Kuss, nicht einmal die kleinste Zärtlichkeit war vor den Augen der Kinder möglich, doch war ihre gegenseitige Zuneigung auch so spürbar. Sobald das Schiffstau gelöst war und Johannes mit seinen Kindern zu kleiner werdenden Punkten am Hafen von Honolulu wurde, kommentierte Amala bissig.

»Nicht nur liebt der Mann dich und begehrt deinen Körper, jetzt ist Johannes van Ween auch noch ein wohlhabender Witwer. Wenn er dir aber noch weitere fünf Kinder machen will oder er dir gar einen ernsthaften Heiratsantrag macht, dann bist du mich los!«

Elisa sagte nichts. Amala würde bestimmt nicht verstehen, dass Johannes für sie auch ein Teil deutscher Heimat war, den sie ab und zu brauchte. Wer konnte schon wissen, was ihrer aller Zukunft noch bringen würde.

Elisa sah in die Ferne, wo sich im Dunst eine Insel abzeichnete, die so ganz anders sein sollte als Oahu oder Kauai. Molokai war nur zu einem kleinen Teil Leprakolonie. Der Großteil der Insel war angeblich von beschaulichem Liebreiz und, so sagte Lili'uokalani, als Elisa sich für längere Zeit freinahm, würde sie sich wunderbar für eine Erholung mit der ganzen Familie eignen. Tief atmete Elisa die frische Meeresluft ein. In Honolulu war es seit Wochen so heiß und stickig gewesen, sie hatten kaum eine Nacht durchgeschlafen. Die Kinder standen am Bug und wetteiferten darin, den Möwen Reste ihres Proviants zuzuwerfen, auch sie freuten sich sehr auf die gemeinsame Ferienzeit am Meer.

Auf Molokai ging es im Vergleich zu dem modernen und stark bevölkerten Honolulu entspannt, geradezu ländlich zu. Hier lebte noch das ursprüngliche Hawaii, und das Tempo war gemächlich. Einfache Fischerhütten umsäumten den Hafen, weit und breit sah man keine größeren Gebäude. Vom Augenblick ihrer Landung genoss Elisa mit ihren Kindern die Gastfreundschaft und die außergewöhnlich schöne Natur, die ganz anders als auf Kauai oder Oahu war.

Vor allem Emma, mit ihren zwölf Jahren sehr aufgeweckt und aktiv, war bezaubernd in ihrer Neugierde. Zusammen mit ihrem Zwillingsbruder Gerd und dem siebzehnjährigen Eli wollte sie die ganze Insel entdecken, aber vor allem auch ein Floß bauen und das Fischen lernen. Natürlich zogen die Brüder sie auf, weil sie die Einzige in der Familie war, die noch nicht schwimmen konnte. Doch auch das sollte nachgeholt werden.

Am Hafen suchten sie wegen ihres vielen Gepäcks ein Pferdefuhrwerk und baten den alten Kutscher, sie zu ihrer Unterkunft zu bringen. Für sechs lange Ferienwochen würden sie in einer einfachen Fischerkate am Meer wohnen.

»Schau mal, Ma!«

Vor ihnen stiegen weiche rote Erdhügel an, und in der Ferne sah man bereits die Formation der Felsen. Einer von ihnen war ein bedeutendes Heiligtum der Inseln, ein uralter Kraftplatz für männliche Energie.

Hoku hatte Elisa gebeten, das Heiligtum auch in ihrem Namen zu besuchen. Ihre Lehrerin hatte ihr einen kleinen Stein aus den Bergen Oahus mitgegeben, den Elisa dort hinlegen sollte. Bei der Gelegenheit hatte sie Elisa auf ein wichtiges Detail hingewiesen.

Hemolele Pohaku sind die reinen Steine, sie sind Mann und Frau. Der männliche Stein ist berühmter, aber vergiss nicht, die Frau zu besuchen. Dort lege mein Geschenk hin. Es wird auch dir helfen.

Der Abstieg zu den heiligen Steinen lag in der Nähe des einzigen Pfades zur Leprakolonie, nur wenige Kilometer von ihrer Bleibe am Meer. Elisa hatte versprochen, das Heiligtum mit Amala und den Kindern gleich nach ihrer Ankunft zu besuchen. Die Kinder wetteiferten.

»Ich sehe *Kaule o Nanahoa.* Du auch?«

»Nein, Eli, deine Augen sind besser als meine …«

»Ich sehe verschwommene Punkte, wie Wolken …«

Amala kniff die Augen zusammen. Rechts neben sich hatte sie Gerd und links Emma, die beiden waren schon fast genauso groß wie sie und hatten eindeutig die besseren Augen. Amala seufzte theatralisch.

»Ich werde alt … und bin wirklich langsam blind wie ein Hai … nur gut, dass ich ebenso stark bin!«

Mit ihren kräftigen honigbraunen Armen drückte sie die Zwillinge an sich, bis sie keine Luft mehr bekamen.

»Gnade, Gnade, lass uns los, Tutu Hai!«

Elisa, die mit Eli neben dem Kutscher auf dem Bock saß, drehte sich um und musste lachen. Ihre Freundin, die Honolulu wegen des vielen Lärms und der knatternden Automobile nicht leiden konnte, hatte offensichtlich Vergnügen an ihrem Landausflug. Hinten auf dem Wagen ließ Amala mit Emma und Gerd die Füße baumeln und begann fröhlich ein Lied zu singen.

»*Kaule O Nanahoa* hat besonders starkes *mana*! Makaio und Nalani waren schon mit meinen anderen Brüdern hier …«

Auch Eli freute sich sichtlich. Seine wachen Augen waren auf die Felsen fixiert, und Elisa spürte seine wachsende Begeisterung, als er sich zu seinen Geschwistern umdrehte.

»Es wird unserem Pa dabei helfen, wieder gesund zu werden, wenn wir dort für ihn beten. Wollt ihr das?«

Gerd und Emma stimmten sofort begeistert ein, wie fast immer, wenn Eli etwas vorschlug. Immer noch sprach er fast täglich mit seinen Geschwistern über ihren Vater. Er war felsenfest davon überzeugt, dass Kelii eines Tages wieder in Freiheit mit ihnen leben würde.

Eli war jetzt schon eine Führungspersönlichkeit mit Verantwortungsgefühl und klarem Verstand. Elisa war stolz, aber sie hatte auch Angst um ihn, seit es in den Bergen die Rebellenbewegung gab. Sollten Nalani und Makaio aufgeben müssen, wofür sie fast zwanzig Jahre gekämpft hatten, müssten Eli und seine Brüder für die *Hawaiian Pineapple Company* von James Dole arbeiten. Oder aber, wenn sie noch zorniger würden, könnten sie die neuen Fabrikgebäude eines Tages aus lauter Wut abfackeln.

Der Pferdewagen kam nur langsam voran, doch auch Elisa spürte die Aufregung, als sie sich dem Heiligtum immer mehr näherten. Dann hielt der Kutscher das Pferdefuhrwerk an. Hier würde er mit dem Gepäck warten, während sie den Trampelpfad hochgingen, um das Heiligtum zu ehren.

Kaule O Nanahoa bedeutet so viel wie Phallus-Felsen. Amala und Elisa konnten sich nach ihrem schnellen Blickwechsel ein Grinsen nicht verkneifen, als sie bei dem majestätischen Stein angekommen waren und Emma ihn ehrfürchtig berührte.

»Ist der aber groß …«

Der riesige Stein-Phallus war kein gerade in die Luft ragender hoher Felsen, wie Elisa ihn sich vorgestellt hatte, sondern er ragte schräg in die Luft und wirkte durch ausgeprägte steinerne Hoden reichlich beschwert. Der Ort vibrierte mit einer ungewöhnlichen Energie, die Elisa durch ihre Fußsohlen bis hinauf zu ihrem Scheitel spürte. Es kribbelte, als hätten sie

Ameisen in ihren Blutbahnen, auch die Kinder kommentierten dieses eigenartige Gefühl.

An dem Felsen selber lagen allerlei Opfergaben, vor allem Blumenkränze, teilweise schon verwelkt, zudem *leis* und die kunstvoll gefädelten Muschelketten aus Ni'ihau.

»In jeder Muschel wohnt ein Gebet, nicht wahr, Ma?«

Emma setzte sich nah neben Elisa, und für eine Weile sinnierten sie darüber, wo die Gebete wohnten und ob sie wirklich halfen, wenn man sich etwas nur fest genug wünschte.

»Ich will auch eine Muschelkette machen, Ma. Ich will sie hierhin bringen und beten, dass Pa und Okelani wieder gesund werden ... dann darf ich meinen Pa zum ersten Mal anfassen.«

Elisa nickte, denn selbst bei den Besuchen der Kinder im Gefängnis hatten strenge Regeln gegolten.

»Deinen Pa anzufassen, ist etwas ganz Besonderes, weißt du. Seine Haut ist immer warm, aber nie zu warm. Mit seinen Fingerspitzen kann er wunderschöne Geschichten erzählen ...«

»So ... wie macht er denn das?«

Gerd kam ebenfalls zu ihnen, und Eli und Amala gesellten sich dazu, um Elisas Worte zu hören.

»Kelii und ich haben auf Maui eine Einweihung bekommen, die nur wenigen Kahuna geschenkt wird. Euer Pa kann Menschen mit der Berührung seiner Hände in eine andere Zeit schicken, in ihre Erinnerung und in ihre Zukunft oder in den großen Geist ihrer *aumakua* ...«

»Und was soll das bringen?«

Gerd unterschied sich so sehr von Emma, dass Elisa oft über ihren Deutschen, wie sie ihren Sohn insgeheim nannte, lachen musste. Auch jetzt stand er mit gespreizten Beinen, die Hände in die Hüften gestemmt vor seiner dunkleren Schwester.

»Was hat Pa von solchen Händen, wenn er es nicht einmal schafft, für eine Weile bei uns zu leben ...?«

Das Leid von Gerds zwölfjähriger Jungenseele war groß, das wusste Elisa schon länger. Er vermisste seinen Vater sehr, aber selbst als kleines Kind ließ er sich nur selten von Elisa oder Amala trösten. Nur Eli durfte seinen kleinen Krieger-Bruder ab und zu in die Arme nehmen, wenn er von einem Baum gefallen war oder sich irgendwo verletzt hatte. Alles andere war Weiberkram.

»Komm, Gerd, hier ist etwas, das dich interessiert …«

Amala zwinkerte Elisa zu, und die anderen folgten ihr durch eine Gruppe Findlinge, die mit hellem Steinmoos bewachsen waren. Danach kam ein kleinerer Stein, wie ein weiblicher Schoß geformt. Auch hier lagen Blumenkränze, Muschelketten und geschnitzte Kinderfiguren aus Knochen oder Holz. Elisa legte Hokus Stein mit einem Gebet dazu.

»Dieser Stein ist die Frau von *Nanahoa*. Er ist der Göttin *Kawahuna* geweiht. Frauen kommen hierher, wenn sie sich ein Baby wünschen … aber auch, wenn sie Heilung brauchen.«

Emma begann sofort zu beten, doch Gerd schien mehr oder weniger desinteressiert. Da legte Eli ihm seinen brüderlichen Arm um die Schultern.

»Weißt du, Krieger, es heißt in der Legende, der Nanahoa-Felsen bleibt nur so lange ein aufrecht stehendes Heiligtum für das männliche *mana*, solange auch dem weiblichen Stein hier Blumen und Muscheln gebracht werden …«

Gerd sagte nichts, doch Elisa beobachtete, wie es in ihm arbeitete. Eli zeigte bereits ein lebhaftes Interesse an Mädchen und träumte davon, eine Freundin zu haben.

Als Eli neben Emma bei *Kawahunas* Stein niederkniete und ebenfalls betete, ließ sich auch Gerd dazu herab.

Als sie zurückgingen, lag der Ozean in der Abendsonne zu ihrer Linken. Zu ihrer Rechten ragte aus der wild zerklüfteten Steilküste die Peninsula Kalaupapa hervor.

Dort unten wusste Elisa ihren Kelii. Sie war sicher, dass

auch er ihr Kommen spürte, denn sie hörte das Schreien eines Iwa in den Felsen und kurz darauf schlugen ein paar schwarze Schwingen dicht neben ihnen.

Der Tag ihrer Ankunft auf Molokai war wundervoll. Nachdem sie ihre einfache Kate bezogen und sich für den längeren Besuch häuslich eingerichtet hatten, liefen sie am Strand entlang. In der beginnenden Nacht ging der Mond groß und voll am Himmel auf. Eli entdeckte am anderen Ende der Bucht ein Feuer, und sie gingen bis zu einer Fischerhütte, vor der eine Mutter mit ihren kleinen Kindern den Fang des Vaters grillte, während die Größeren mit dem Fischer die Netze ordneten.

Eli und Gerd halfen mit und bekamen im Gegenzug gebratene Fische am Feuer.

Auf dem Rückweg zu ihrer Hütte sangen sie gut gelaunt Lieder, bis Emma stehen blieb, weil sie vor Müdigkeit keinen Schritt mehr gehen konnte. Eli nahm seine Schwester Huckepack, obwohl sie dafür schon viel zu schwer war.

Im letzten Licht des untergehenden Mondes schlief auch Elisa voller aufgeregter Hoffnung ein. Am folgenden Tag, nachdem sie in der Morgendämmerung ein Bad in den Wellen genossen hatte, brach sie alleine nach Kalaupapa auf.

Den ganzen Fußmarsch bis zur Steilküste schmiedete sie Pläne. Sobald sie Kelii und Okelani gefunden hatte, wollte sie mit dem Stab der neuen Ärzte in der Lepraforschung sprechen. Sie hatte mehrere Empfehlungsschreiben dabei, unter anderem eines von Lili'uokalani. Aber auch der britische Doktor, der Kalaupapa regelmäßig zu Forschungszwecken besuchte, hatte sich zu wohlwollenden Zeilen überreden lassen. Er war zwar immer noch weit davon entfernt, einen gemeinsamen Heilungsweg mit einer Kahuna nur in Erwägung zu ziehen, jedoch versprach er sich etwas anderes von Elisa. Neue Erkenntnisse in der Botanik, zusätzliche mögliche Pflanzenheilmittel waren gefragt.

Er wollte bei seiner Rückkehr nach London in einigen Jahren von den dortigen Kollegen mit offenen Armen empfangen werden. Daher schadete es nicht, schon im Vorfeld bei der Royal Society of Medicine ein wenig Aufsehen zu erregen. Bevor er ein Schiff nach Europa besteigen würde, das hatte Elisa ihm versprechen müssen, würde sie ihm eine Reihe Pflanzenskizzen sowie fünf Aquarelle liefern. Im Gegenzug würde er sie bei all ihren Anliegen in Kalaupapa unterstützen. Sogar die Möglichkeit eines längeren Aufenthalts in der bewachten Leprakolonie hatte Elisa durch die Fürsprache bei den Behörden in Honolulu durchsetzen können. Als eine *kokua*, eine Helferin, könnte sie in einem abgelegenen Teil der Leprakolonie wohnen und sogar im Forschungszentrum als Sekretärin Unterhalt verdienen. Noch hatte Elisa nicht einmal Amala von dieser Möglichkeit berichtet, denn Kinder unter sechzehn waren auf Kalaupapa nicht erlaubt. Gerd und Emma müssten dann bei Amala bleiben.

Elisa hoffte, sie würden ihren Vater zumindest bei diesem Ferienaufenthalt aus der Ferne sehen können, doch sie wusste es nicht. Nach den Ferien würden sie zunächst gemeinsam nach Honolulu zurückkehren, denn die Kinder mussten dort weiter zur Schule gehen. Vielleicht würde Elisa danach nach Molokai zurückkehren, um länger in Kalaupapa zu bleiben, vielleicht auch nicht. Es hing von Kelii ab.

Sobald Elisa sich dem Abstieg nach Kalaupapa näherte, sah sie eine Gruppe aufgebracht diskutierender Menschen neben den Maultieren mit den Lasten für die Leprakranken. Elisas Pakete mit den Tauschwaren für Kelii und Okelani waren dabei. Von ihrem gestrigen Kutscher sollten die Tiere auf dem steilen Felsstieg ins Tal geführt werden, einige von ihnen waren auch für Besucher gesattelt. Zwar war der Abstieg zu Fuß zu schaffen, wie sie erfahren hatte, doch die Felsküste war sehr steil und ein Ritt auf dem Maultier kostete nicht viel. Elisa hatte gestern ein Maultier für sich reserviert.

Als sie näher kam, verstand sie die Worte der wütenden Wartenden und sah die beiden Polizisten, die den Weg versperrten. An diesem Tag würde es keinen Abstieg für Mensch und Muli nach Kalaupapa geben, auch nicht am nächsten oder übernächsten. Es hätte in der Kolonie einen Vorfall gegeben, mehr durften die Polizisten nicht sagen. Elisa musste umkehren.

Einige Tage später, Elisa konnte immer noch nicht nach Kalaupapa, waren ihre Geschenkpakete verschwunden. Auf der kleinen Polizeistation am Hafen traf die deutlich irritierte Elisa und eine noch wütendere Amala den britischen Doktor. Er war bereit, den Frauen zumindest mehr über den beunruhigende Vorfall in der Kolonie zu berichteten.

»Fünf höchstansteckende Kranke, darunter auch eine Frau, sind aus der Isolierstation getürmt. Mit der Unterstützung von unbekannten Helfern sind sie über den Steig in den Klippen ins Innere der Insel geflohen, das vermutet zumindest die Polizei.«

Der Doktor sah sie prüfend an.

»Sie haben nicht zufällig etwas damit zu tun, oder?«

»Nur wenn Kelii unter den Männern gewesen wäre, dann aber würde ich etwas damit zu tun haben wollen. Die Männer wären dann unter meinem Rock versteckt, die Frau natürlich auch ... Wollen Sie nachsehen?«

Der Doktor verzog seine Mundwinkel keinen Millimeter.

»Humor ist nicht gerade Ihre Stärke, Fräulein Vogel.«

»Verzeihen Sie, Herr Doktor, aber uns ist nicht nach Lachen zumute. Es sieht so aus, als hätten diese Entflohenen unsere Pakete gestohlen!«

Er fuhr damit fort, dass die Entflohenen sich wohl noch auf Molokai verstecken würden oder aber als blinde Passagiere auf dem ersten auslaufenden Schiff nach Maui unterwegs seien.

»Auch das wäre besorgniserregend, da Maui bis jetzt die niedrigste Anzahl an Infizierten aufweist.«

»Nicht auszudenken, wenn die armen, armen Hawaiianer dort ebenfalls Mai Pake bekämen ...«

Amala blitzte Doktor Wellington kämpferisch an, doch er ging nicht weiter darauf ein. Er wies Elisa jedoch darauf hin, dass die Quarantänebedingungen seit der Ankunft des deutschen Professors Heinrich Janson erheblich verschärft worden seien.

»Einige Patienten leben jetzt in permanenter Isolation in winzigen Verschlägen, während man täglich allerlei Tests an ihnen durchführt.«

»Das ist ja schrecklich ... muss das sein?«

»Natürlich müssen diese Tests sein, denn noch gibt es kein Medikament. Unsere Royal Society of Medicine erforscht die Hansensche Krankheit schon seit Jahren. Wollen Sie, dass Ihre Kinder sich anstecken? Haben Sie schon mal ein Kind mit Mai Pake gesehen? Sie macht vor keinem Halt, selbst der gute Pater Damian ist von innen verfault, es ist ein schrecklicher Tod.«

Wieder einmal hatte der britische Doktor nicht ganz unrecht, doch Elisa war am Rande der Verzweiflung.

»Ich weiß nicht einmal, ob Kelii in einer Isolierstation ist ... Kann ich nicht zumindest mit den Ärzten auf der Insel sprechen?«

Der Doktor sah sie mitfühlend an.

»Unter bestimmten Umständen dürfen kranke Paare zusammenleben, wenn sie verheiratet sind, so wie Kelii und seine Frau ... Und besondere Unterkunftsprivilegien gelten für kranke Paare, die Nachwuchs erwarten ...«

Elisa erstarrte. Als das Paar am Kalihi-Hospital abtransportiert wurde, hatte sie Okelani nichts angesehen.

»Okelani ist erneut schwanger?«

»So ist es. Es wird als göttliche Fügung verstanden. Den Paaren wird ein Schutzraum gegeben, da sie ihre Kinder auf Kalaupapa nicht behalten dürfen.«

Jetzt mischte die entsetzte Amala sich ein.

»Was soll das heißen?«

»Die Kinder werden den Eltern gleich nach der Geburt weggenommen und nach Oahu gebracht, wo sie in einem speziellen Waisenhaus aufwachsen.«

Amala brach in Wehgeschrei aus. »Meine arme kleine Okelani! Sie hat es kaum verkraftet, ihr Söhnchen verloren zu haben ... Was für Unmenschen können so etwas tun?«

»Es sind Schwestern eines Franziskanerordens, die sich um diese Kinder kümmern. Mutter Marianne ist ein Engel, und wenn mich nicht alles täuscht, kommt sie ursprünglich aus Deutschland ... sie wird Ihnen sicher weiterhelfen. Ich werde Sie bitten zu Ihnen zu kommen, wenn ich sie sehe.«

Damit verabschiedete sich der Doktor, doch nicht, ohne Elisa an ihr Versprechen zu erinnern.

»Skizzen und Aquarelle, wenn es geht. Haben Sie das notwendige Werkzeug? Mit der Wahl der Pflanzen lasse ich Ihnen freie Hand.«

Elisa hatte sich alles in Honolulu besorgt und schon einige Pflanzen gepresst. Da sie wieder warten musste, begann sie für den Doktor zu zeichnen. Eli und auch Emma und Gerd fanden ebenfalls Gefallen daran. Wenn sie abends genug im Meer getobt, geschwommen und frisch Gefischtes gegessen hatten, setzten sie sich auf die Felsen und skizzierten die Bucht.

Eines Mittags stand der Kutscher vor ihrer Hütte. Neben ihm auf dem Kutschbock saß eine ältere fröhliche Nonne in vollem Ornat. Mutter Marianne sprach zwar Deutsch, genauer gesagt Hessisch, bevorzugte aber Englisch, das sie mit deutschem Akzent sprach. Erschöpft sah sie aus, weil sie einen Patienten in der Nacht zuvor *in die Arme von Jesus* begleitet hatte, wie sie es ausdrückte. Sie hätte keine einzige Stunde geschlafen. Emma sah fasziniert zu, wie die Nonne sich in ihre Hütte auf eins der Schlaflager legte und kurz darauf laut schnarchte.

Als sie keine zwei Stunden später aufstand, war Mutter Marianne sichtlich erholt und bestand darauf, alleine mit Elisa am Meeresufer spazieren zu gehen. Leider hatte sie keine guten Nachrichten für Elisa, versuchte sich aber so taktvoll wie möglich auszudrücken.

»Könnte es sein, dass Kelii im Moment keine Begegnung mit Ihnen wünscht ... weil er Rücksicht nehmen will?«

In dunklen Stunden hatte Elisa diesen Gedanken auch schon gehabt, weigerte sich aber, es zu glauben. Mutter Marianne legte ihre Hand fürsorglich auf ihre.

»Es kommt öfter vor, wissen Sie, dass Männer in der Kolonie ein neues Leben beginnen. So eine Ehe wird nur zwischen Menschen geschlossen, die beide unheilbar krank sind. Wir sehen diese Ehen als etwas Gottgewolltes, selbst wenn sie meist nicht lange halten. Doch sollte in dieser Zeit ein Kind geboren werden, so wäre es schön, wenn dieses Kind nicht in unserem Waisenhaus, sondern mit seinen Geschwistern aufwachsen würde ... darum hat Kelii mich gebeten.«

»Das hat er Ihnen gesagt? Er will mich nicht sehen, aber ich soll ... ich soll Okelanis Kind zu mir nehmen?«

»Es wäre christlich. Es gibt finanzielle Unterstützung für dieses Kind aus einer neuen deutschen Stiftung. Sie hätten Anspruch darauf, Fräulein Vogel ... Ihre Mutter hat dafür gesorgt. Sie müssen nur zustimmen. Das Kind könnte in Kürze eine Vollwaise sein. Dann hat es zumindest Halbgeschwister.«

Elisa wurden die Knie schwach, wenn sie nur daran dachte, dass Kelii einer von diesen Männern sein könnte, die durch Mai Pake früh starben.

In den Augen der Nonne lag ein fast unnatürlicher Glanz. Jetzt erinnerte sich Elisa daran, was sie in Honolulu über die berühmte Mutter Oberin gehört hatte. Als Franziskanerin hatte Mutter Marianne sich zwar lebenslanger Armut verschrieben, doch sie wusste mit Geld umzugehen. Engagiert hatte sie dafür gesorgt, dass das begonnene Werk von Pater Damian nach seinem Tod mit besserer Finanzierung fortgesetzt wurde. Mutter Marianne räusperte sich. »Dürfte ich Ihnen eine Frage stellen, Elisa? Ich habe vor einer Woche Ihre Mutter Clementia mit Ihrem Mann Fried bei einer Wohltätigkeitsveranstaltung kennengelernt. Weil wir aus Deutschland kommen, hatten wir natürlich sofort einiges gemeinsam. So kamen wir auch auf Kelii, Ihren damaligen Retter. Sie hat mir von dem Haiangriff erzählt und Ihrer daraus resultierenden ... ähm ... Verwirrung der Gefühle.«

»Liebe ist für mich kein verwirrendes Gefühl, sondern ein göttlicher Segen. Ich liebe Kelii.«

Die Oberin schwieg. Ihr wurde bewusst, was für ein Kaliber Frau ihr gegenüberstand. Dann lächelte sie.

»Sie wurden reich gesegnet, auch wenn Sie das vielleicht nicht wahrhaben wollen. Ich sehe es an Ihren Augen ... Gott hat Ihnen einen ganz eigenen Weg geschenkt. Vergessen Sie das nie. In der Tiefe ihrer Seele muss Ihre Mutter eine unglückliche Frau sein, weil sie Sie verloren hat.«

Elisa schwieg, denn immer noch schmerzte das Stück Herz, in dem einst ihre Mutter gewohnt hatte.

Beim Schein des abendlichen Feuers aßen sie mit ihrem Gast am Stock gebratene Fische. Dabei scherzte Schwester Marianne mit Amala, bis sich die beiden vor Lachen die Bäuche hielten. Sie waren ungefähr gleich alt und verstanden sich auf Anhieb. Es wurde ein wunderbarer Abend, an dem Emma der Mutter Oberin endlose Fragen stellte. Als die Kutsche kam und sie sich von allen verabschiedete, reichte sie Elisa ein Stück Papier, auf das sie etwas schrieb.

»Kommen Sie in drei Tagen auf dem Seeweg nach Kalaupapa. Bei Neumond wird das Kind auf die Welt kommen, und mit diesen Zeilen wird man Ihnen weiterhelfen.«

Dann umarmte sie Elisa herzlich und fuhr auf dem Kutschbock davon.

Irritiert spuckte Amala in das nächtliche Strandfeuer, als Elisa ihr von Clementias Stiftung für die Waisenkinder erzählte.

»Sie hat einfach ein verdammt schlechtes Gewissen, deine feine Ma! Deshalb versuchen ihr Mann und sie, sich jetzt mit Geld von ihrer Schuld loszukaufen ... Sie weiß, sie haben schweres Unrecht getan, vor allem an meiner Nichte! Die Lüge mit der gestohlenen Pfauenperle ... Am liebsten würde ich deiner feinen Frau Mutter eine Tracht Prügel verpassen!«

Nur noch Elisa und sie saßen vor der Hütte am Wasser, während Eli und die Zwillinge in der Hütte schliefen. Elisa nickte nachdenklich.

»Mein Vater sagte einst, Clementia sei von Gott mit einer ansprechenden Gestalt und einem ebenmäßigen Gesicht ausgestattet worden. Sie wäre eine gehorsame und treue Ehefrau, das wären ohnehin die wichtigsten Gottesgaben einer Frau, aber mit sich zufrieden wäre Clementia nie und würde immerzu in Nachbars Garten schielen ... sie leidet unter Neid.«

»Dann hat deine Mutter zu wenig *ha*.«

»So ist es, denn das *ha* wird auch bei uns in Deutschland nicht immer gerecht verteilt ...«

Wieder sahen sie eine Weile ins sterbende Feuer. Dann sprach Amala erneut, dieses Mal klang ihre Stimme traurig.

»Bist du gekränkt, weil Okelani ein zweites Kind von Kelii bekommt?«

»Nein, bin ich nicht!«

Aber ihre Antwort kam zu schnell. Amala kannte Elisa gut und grinste in sich hinein, während sie ihre Essensreste wegräumte.

»Du bist *pupule*, verrückt, wenn du jetzt ebenfalls neidisch wirst. Kelii hätte dich nie verlassen, hätte deine Ma nicht intrigiert!«

»Du klingst so, als würdest du meine Mutter für mutwillig bösartig halten, doch das ist sie nicht ... Sie wollte mein Bestes ... sie liebt mich ... jede Mutter liebt ihre Kinder.«

»Du bist wirklich *pupule*! Eine Mutter, die neidisch ist, kennt keine Liebe für ihr Kind. Clementia will dein Leben zerstören, und sie hat damit auch anderen geschadet ... wach auf, Elisa! Du bist kein Kind mehr ... Du musst die beschützen, die du liebst und die dir dein Vertrauen schenken.«

Damit ließ sie Elisa allein an dem Feuer. Es wurde langsam kühl am Meer, doch noch wollte sie nicht nach drinnen gehen, sondern stocherte in der Glut. Das Meer schwappte sanft an den flachen Sand, und sie ließ die bisherige Zeit auf Molokai Revue passieren. Sie hatten sich hier alle ausruhen können, denn bis auf den Ärger mit den Paketen sowie der Tatsache, dass sie so lange warten musste, bis sie Kelii wiedersehen konnte, war es traumhaft ruhig gewesen. Alle hatten ausgiebig gebadet. Emma schwamm jetzt wie ein Fisch, und Eli und Gerd hatten aus Treibholz ein Floß gebaut und die gesamte Bucht erkundet. Jeden Tag warf Eli mit dem Fischer am anderen Ende des Strandes die Netze aus und brachte stets etwas vom Fang mit in die Hütte. Es waren herrliche Ferientage am Meer gewesen, und Elisa wünschte sich insgeheim, sie könnte länger an diesem friedlichen Ort bleiben. Sie würde sicherlich noch mehr malen, zusätzlich zu den Pflanzen waren ihr detailreiche Skizzen von Muscheln und Meerestieren gelungen. Doch auch die Landschaft hier reizte sie. Molokai hatte ganz eigene Farben. Zusätzlich zu dem Erdrot in der Ebene gab es fast schwarze Felsformationen, die mit hellen Grasfeldern spannende Kontraste schafften.

Die Glut ließ Funken in den Nachthimmel steigen, roten Tänzern gleich, die ihre schönsten Arabesken zeigten, während sie in den Sternenhimmel flogen.

Elisa musste an ihren Kahuna-Jungen denken. Er war zwar ein Gottesgeschenk an Johannes und sie gewesen, doch das Kind gemeinsam großzuziehen, war nicht ihr Schicksal. Sein Verlust tat ihr bisweilen immer noch weh, und sie legte ihre Hände auf ihren leeren Unterleib. Rechts und links spürte sie hart ihre Hüftknochen. Dünn war ihr Körper in letzter Zeit geworden, denn sie aß zu wenig. Ihr fehlte die innere Ruhe zum Essen, und oft schlief sie nachts schlecht und wachte verschwitzt auf. Dann sah sie Keliis Abschiedsblick vor sich, seine liebenden Augen, als er auf das Schiff in die Verbannung stieg. Es war alles ihre Schuld, denn ohne ihre Mutter wäre er jetzt noch der Dorfchef. Mutter Marianne hatte Elisas Weg als ein Gottesgeschenk bezeichnet, doch sie war zutiefst verunsichert. Okelani wäre vielleicht von Anfang an die bessere Frau für Kelii gewesen. Wie tief die Liebe zwischen ihnen war, wollte sie gar nicht wissen. Sie schickte ihm ihre Gebete, doch wusste sie nicht, ob sie bei ihm ankamen. Als Kahuna war ihr verboten, zu ihm zu reisen, wenn Kelii sie nicht rief. Doch warum tat er es nicht?

Auch Elisas Herz war geteilt, weil sie ihre Kinder und Schützlinge sehr liebte. Und dann gab es noch Johannes, der ebenfalls seinen Platz hatte. Ihre unstillbare Leidenschaft füreinander verlangte ihr viel ab. Aber war es Liebe? Wenn sie wählen müsste zwischen Kelii und Johannes, würde sie keinen Moment zögern. Kelii war ihr Mann.

Vielleicht war Gottes Schöpfung ein einziges Chaos, dachte sie jetzt, so wie die Funken, die tänzerisch die Richtung wechselten, bevor sie erloschen. Natürlich würde sie Keliis Kind mit

Okelani nehmen, doch sie hoffte auf einen Weg, der ihn endlich zu ihr zurückbringen würde.

Amala kam zurück ans Feuer, legte sich ebenfalls auf den Rücken und sah mit Elisa in die Weite des Sternenhimmels. Eine Weile schwiegen sie, beide waren sie in Gedanken bei dem Paar auf der anderen Seite der Insel, das sein Kind weggeben musste. Der Mond war nur noch eine schmale Sichel, bald würde es Neumond sein. Da zeigte sich im Norden über dem Meer ein helles Licht am Himmel. Amala sah es zuerst.

»Schau mal, eine *hokulele*, eine Sternschnuppe! Soll es so heißen, das Kind von meiner Okelani und von deinem Kelii?«

Ohne Worte streckte Elisa ihre Hand aus, die Hand von Amala kam ihr bereits entgegen. Ihre Finger verschränkten sich in stillem Einverständnis, als die Sternschnuppe am Himmel verlosch.

Drei Tage später setzte Elisa endlich ihren Fuß auf Kalaupapa. Das Fischerboot ihres Nachbarn hatte sie gebracht, und nachdem sie den Zettel der Oberin gezeigt hatte, durfte sie den winzigen Hafen verlassen.

Die Leprakolonie war geordnet und sauber, es gab kleine Holzhäuser für die Paare, größere Heime für junge Frauen und junge Männer sowie wieder andere Behausungen für die Älteren. Dazu noch die verschiedenen Krankenstationen. Auch Geschäfte und eine weiße Holzkirche, hinter der ein kleines Pfarrhaus stand, entdeckte sie. Auf den ersten Blick fast schon ein paradiesisch zu nennender Ort, beschützt von Wachleuten in Uniformen. Die Oberin hatte nicht zu viel versprochen. Sie sah medizinisches Personal und Studenten der Medizin, die in der neuen Forschungsstation verschwanden. Doch fiel sofort die unheimliche Stille auf, denn obwohl über tausend Kranke hier lebten, hörte man kaum ein Geräusch. Über der Halbinsel schwebte etwas Unheimliches, das sie nicht benennen konnte.

Sie sah kaum Menschen, und als sie einen jungen Mann erblickte, den sie ansprechen wollte, ging er schnell weiter. Die Fenster der Häuser waren fast alle dicht verhangen, trotzdem hatte sie das Gefühl, beobachtet zu werden.

Mutter Marianne war nicht da, hatte jedoch alles vorbereiten lassen, und eine junge Nonne begleitete Elisa in die Forschungsklinik und führte sie zu Professor Jansons Büro. Dort musste sie warten. Von seinem Fenster aus konnte sie im Hof der Krankenstation eine Gruppe missgebildeter Patienten in weißen Kitteln in der Mittagssonne im Kreis herumlaufen sehen, während eine Krankenschwester sie zu allerlei gymnastischen Übungen aufforderte.

Sie erblickte auch einzelne Häuschen, die mit einem Zaun umgeben waren, hinter dem die Patienten in Isolation ebenfalls Übungen machten oder aber zumindest in der Sonne saßen. Wahrscheinlich wurde erforscht, ob Sonne und Leibesübungen einen guten oder schlechten Einfluss auf die Krankheit hatten.

Dann sah sie Kelii. Er wurde von einem Wärter aus einem der Häuschen geholt und ging, nein, rannte vielmehr zum Krankenhaus, während der Wärter kaum mit ihm Schritt halten konnte.

»Fräulein Vogel!«

Elisa hatte den Professor nicht ins Zimmer kommen hören, da sie die Tür offen gelassen hatte.

»Mutter Marianne hat bereits von Ihnen geschwärmt und Sie bei mir angekündigt ... Willkommen in unserem kleinen Reich hier auf Kalaupapa!«

Erneut fand Elisa die Ähnlichkeit mit seinem Bruder verblüffend. Heinrich war die zehn Jahre jüngere Ausgabe des Gouverneurs, aber heute sah er aus, als hätte er schon länger nicht mehr geschlafen. Ohne weitere Begrüßungsworte forderte er Elisa auf, mit ihm zu kommen.

»Die Geburt hat vor über zehn Stunden begonnen, die Patientin hat keine Kraft mehr ... Falls Sie gekommen sind, um das Baby heute zu holen ... Die Oberin hat mich instruiert. Kommen Sie ... wir müssen uns beeilen. Vielleicht findet sich noch ein Operateur ... für einen Kaiserschnitt. Aber wappnen Sie sich, es ist kein hübscher Anblick!«

Er hatte untertrieben, denn Elisa wurde fast ohnmächtig, als sie den Raum betrat, in dem das Baby zur Welt kommen sollte. Okelani lag wimmernd auf einer Strohmatte, überall um sie herum war Blut, sie musste bereits innerlich gerissen sein. Kelii kniete bei ihr. Er versuchte sie zu ermutigen, doch sie konnte vor Schwäche kaum mehr ihren Kopf heben.

»Wasser ... bitte gebt mir Wasser.«

»Nein, sie darf jetzt nichts trinken ... Es würde den Blutfluss noch verstärken.«

Im sicheren Abstand zu dem Blut standen drei Ärzte, einige Medizinstudenten und Krankenschwestern, beobachteten das Geschehen und kommentierten. Einige unterhielten sich untereinander. Noch hatte niemand Elisas Anwesenheit bemerkt. Der Professor schickte eine der Schwestern nach einem Kittel für Elisa.

»Hier herrschen strikte Hygienebedingungen ... das Baby müssen wir sofort desinfizieren, falls es überlebt ... doch ich fürchte, ohne einen Kaiserschnitt ...«

»Elisa!« Kelii hatte sie entdeckt. Das kurze Aufstrahlen seiner Augen verlosch jedoch schnell, denn Okelani begann aus Leibeskräften zu schreien. Eine Presswehe folgte auf die andere, und das Blut strömte noch stärker. Sie konnte nicht aufhören zu schreien, bis Kelii ihr ein Stück Holz zwischen die Lippen steckte, auf das sie beißen konnte.

Hawaiianerinnen schrien nicht bei der Geburt, und sie jammerten auch nicht, wie Elisa wusste. Es gehörte sich nicht und war sogar eine Schande. Also musste Okelani schreckliche Schmerzen haben. Gewebe in ihrem Körper war gerissen, eine offene Ader pumpte Blut, und es würde nicht lange dauern, bis Mutter und Kind gestorben waren. Der Professor zuckte hilflos mit den Schultern, denn immer noch war kein williger Operateur in Sicht. Elisa begann zu verzweifeln.

»Kann denn hier niemand helfen ... Sie sehen doch alle aus wie fähige Ärzte ... Sie vielleicht, oder Sie?«

Doch alle hatten einen Grund, warum sie den Kaiserschnitt nicht durchführen durften. Es gab wegen der Ansteckungsgefahr strengste Bestimmungen.

»Und Sie, was ist mit Ihnen, Herr Professor?«

Jansons Bruder kam grundsätzlich nicht in Frage.

»Ich habe lediglich die Befugnis zur Forschung, nicht aber zur Behandlung und schon gar nicht für eine Geburt ...«

Okelani schrie wieder, Kelii steckte ihr erneut das Holz zwischen die Zähne. Er hielt sie von hinten mit seinen starken Armen, da sie sich jetzt unkontrolliert hin und her warf. Sie war kaum mehr bei Sinnen, und es sah ganz so aus, als ränge sie bereits mit dem Tod.

Elisa sah Keliis enorme Anstrengung und versuchte das Grauen lang genug auszublenden, um eine Entscheidung zu treffen. Okelani würde diesen Tag nicht überleben, das war sicher. Die Blutlache wurde immer größer. Elisa zog den Kittel an, den man ihr reichte.

»Wo ist ein Skalpell?«

»Sie dürfen nicht ...«

»Dann helfen Sie dieser Frau und dem Kind! Irgendjemand hier muss doch ein wenig Mut haben ... Wie macht ihr das denn sonst, wenn hier jemand verletzt ist? Helft ihr den Patienten nicht? Seht ihr nur zu, wie sie leiden und sterben, und schreibt alles fein säuberlich auf? Was seid ihr für Ärzte?«

In dem Moment kam der britische Doktor rein. Mit einem Blick sah er, was los war. Er schickte alle außer Elisa raus. Nicht einmal der Professor protestierte.

Okelani schrie jetzt hoch und schrill, aber ihre Stimme verlor an Kraft. Als die Tür zufiel, holte der Doktor seine Chloroformflasche aus der Tasche und reichte Elisa das benetzte Taschentuch.

»Halten Sie ihr das über Mund und Nase ... und wenn Sie sich nicht trauen ...«

Elisa riss es ihm aus der Hand. Dann stand sie bei Kelii. »Okelani wird nicht wieder aufwachen, wenn wir ihr das jetzt geben. Ihr müsst euch verabschieden.«

»Das haben wir schon lange getan ... Sie wusste, sie würde es nicht überleben.«

Mit Kelii zusammen presste Elisa das Narkotikum so lange auf Okelanis Gesicht, bis es im Raum still war.

Kelii streichelte Okelanis schweißnasses Haar, während sie starb, denn das Blut lief weiter. Sie würde schnell sterben, sie wussten es alle vier. Dennoch stand der Doktor mit dem Skalpell in der Hand unschlüssig da und bewegte sich kein bisschen. »Sollen wir das Kind überhaupt retten?«

Kelii nickte, sah aber weder den Doktor noch Elisa an. Sein ganzer Körper zitterte wie der eines verwundeten Tieres. Er küsste Okelani ein letztes Mal, dann stand er auf und verließ den Raum.

Eine gute Stunde später stand Elisa mit dem winzigen Bündel im Arm am Kai. Sie wartete auf das Boot und wusste nicht, ob Kelii sie beobachtete.

Das neugeborene Mädchen in ihren Armen hatte die Lippen seines Vaters und die hübschen geschwungenen Augenbrauen von Okelani. Es schlief, und seine kleinen Hände waren zu Fäusten geballt, so als sei es jetzt schon bereit, für sein Leben zu kämpfen. Elisa wünschte sich so sehr, Kelii würde zu ihr kommen und seine Tochter zumindest auf dieser Welt begrüßen, so wie er einst auch Gerd und Emma begrüßt hatte. Doch er kam nicht.

Erst als sie mit dem Baby im Fischerboot zurück zur anderen Seite von Molokai gerudert wurde, glaubte sie, Kelii in den schwarzen Felsen zu entdecken. Sicher war sie sich nicht. Der Mann stand reglos da. Erst als sie den schwarzen Iwa erblickte, der auf den Mann zuflog, über ihm kreiste und schließlich auf seinem Arm landete, wusste sie es. Kelii sah ihr nach – und seiner Tochter Hokulele.

Es war kurz vor Schulanfang in Honolulu, als sie Molokai mit einem kleinen Dampfschiff verließen. Sie hatten nur halb so viel Gepäck wie bei ihrer Ankunft, dafür aber ein kleines Baby, das Emma sich vor den Bauch gebunden hatte. Alle liebten den Familienzuwachs, doch Emma ganz besonders. Aus Hokulele war bereits Lele geworden, was so viel bedeutete wie kleine Hüpfmaus, zumindest nannte Emma ihre kleine Schwester so und war ab dem ersten Tag Ersatzmutter. Sie wurde dabei von Amala angeleitet, doch in den letzten Wochen war die alte Amme ständig krank. Ein böser Husten hatte sie ans Lager gefesselt. Den Tod ihrer Nichte zu überwinden kostete sie viel Kraft, und sie war daher ungewöhnlich still.

Elisa war nachdenklich, als sie vom Boot zurück auf die malerische Insel mit der unheimlichen Steilküste blickte, vor der die Halbinsel Kalaupapa lag. Am Tag vor ihrer Abreise war der Iwa gekommen. Der große Vogel war nah neben ihrer Hütte gelandet und zunächst dachte Elisa, der schwarze Fregattvogel sei an den Fischresten von ihrem Abendessen interessiert. Doch er rührte sie nicht an, sondern sah unverwandt zu Elisa. Da sah sie ihn im Auge des Vogels. Kelii war endlich gekommen.

Sie holte das Kind aus der Hütte und legte es in den Sand neben ihre kalte Feuerstelle, damit der Vogel es in Ruhe betrachten konnte. Die Kleine wirkte vergnügt, sie verzog auffallend oft ihren Mund zu einem Lächeln, dem sich niemand entziehen konnte. Der Vogel senkte seinen Kopf tief zu ihrer Brust. Seine Federn berührten Hokuleles Haut.

Da sah Elisa das feine Band um den Hals des Iwa. Er stolzierte zu ihr und rieb seinen Schnabel an ihrer Hand, als sie das Band behutsam entfernte. Es war ein winziges Stoffsäckchen daran befestigt, kaum größer als eine Blaubeere. In den Stoff war eine feine Goldkette eingewickelt.

Der Iwa ging zurück zu dem Kind und senkte seinen Kopf, fast wirkte es wie eine Verneigung. Dann breitete er seine Schwingen aus und flog davon.

Amala traten Tränen in die Augen, als sie die Goldkette sah. An den feinen Gliedern hing eine winzige Musiknote.

»Die hab ich ihr geschenkt … Weißt du noch, der kleine Laden in Lihue, an der Ricestreet? Der von den Chinesen?«

Als ihre Nichte vor Jahren vom Mädchen zur Frau wurde, arbeitete Amala noch bei Elisas Onkel. Von ihrem Lohn kaufte sie einst diese Kette in Lihue.

»… weil Okelani so schön singen konnte. Und jetzt hat sie nicht einmal ein Grab, sondern liegt verscharrt mit diesen anderen … Aussätzigen!«

»Nein, das wird Kelii nicht zulassen … Er wird ihr das schönste Grab auf der Insel schenken, Amala. Er wird jeden Tag dort bei ihr sein, weil er sie liebt und sie auch immer lieben wird … ich sah es in seinen Augen.«

Nachdem in ihrem Familienhaus am Washington Place alles so weit geordnet war, machte Elisas Sohn Eli sich auf den Weg in die Berge. Er wollte Nalani und Makaio helfen. Einer seiner Brüder war mit einer erschreckenden Nachricht gekommen. Einige der kleineren Landbesitzer in den Bergen, die Ananas anbauten, waren zwangsenteignet worden, weil die Kleinbauern eine neu erlassene Steuer nicht fristgerecht bezahlen konnten.

Der Richter, der die Enteignung angeordnet hatte, war Sanford Dole. Das so erworbene Land war sofort weiterverkauft worden, der neue Landbesitzer war der Neffe des Richters, James Dole. Die Firma Dole beabsichtigte, sich noch weiter zu vergrößern. Angeblich spielte dabei auch Johannes van Ween eine ungute Rolle, wie Eli von seinen Brüdern berichtet bekam.

»Weißt du genau, worum es da geht, Ma?«

»Nein, mein Schatz, ehrlich gesagt ist Johannes immer sehr verschwiegen, wenn es um die geplanten Geschäfte des Gouverneurs geht. Ich erfahre meist erst etwas, wenn ganz Honolulu es schon weiß.«

Doch nicht nur der sich gefährlich zuspitzende Konflikt der Ananasrebellen machte Elisa Sorgen, sondern auch ihre Tochter Ulani. Da sie die Sommerferien über mit der Familie, für die sie als Gouvernante arbeitete, nach Europa gereist war, hatten sie sich lange nicht gesehen. Elisa hatte jedoch schon den ganzen Sommer über ein schlechtes Gefühl. Diese ungute Vorahnung bestätigte sich, als am frühen Morgen Mike Baker, Ulanis Arbeitgeber, vor ihrer Tür stand. Er war unrasiert, roch nach Alkohol und sah aus, als hätte er schon länger nicht mehr geschlafen.

»Ihre Tochter, das Fräulein Ulani, ist schon seit über einer Woche verschwunden ... ohne Nachricht zu hinterlassen. Meine Frau und ich machen uns Sorgen, denn sie fühlte sich nach unserer Rückkehr aus Europa nicht besonders gut. Hat Sie vielleicht mit Ihnen gesprochen?«

Elisa sah den ehemals sehr gut aussehenden Deutschen streng an. Sie hatte nicht vergessen, wie er Ulani einst im Morgengrauen an die Wäsche wollte. »Ist in Europa etwas vorgefallen? Hatte Ulani ein ... äh ... schwieriges Erlebnis?«

»Nein, im Gegenteil, alles war sehr erfreulich, das wurde mir zumindest von meiner Frau so zugetragen ... Natürlich erledigte ich meine Geschäfte mit den Reedereien, während meine Frau, die Kinder und Fräulein Ulani sich den Museen und sonstigen kulturellen Vergnügungen widmeten. Wir besuchten London, danach Amsterdam und Brüssel, und auch in unserer Heimatstadt Hamburg, das ja auch Ihre ehemalige Heimatstadt ist, verbrachten wir eine gewisse Zeit. Wir besuchten Familie, und Ihre Tochter benahm sich überall hervorragend ...«

»Und Sie, benahmen Sie sich auch?«

»Könnten wir unter vier Augen sprechen?«

Elisa bat ihn ins Wohnzimmer und schloss die Tür.

»Darf ich?« Damit setzte er sich auf Elisas Sofa und sackte auf der Stelle in sich zusammen.

»Ich bin seit Tagen völlig von Sinnen ... Weder kann ich schlafen noch essen oder meiner Arbeit nachgehen. Hören Sie ... ich, ich liebe Ihre Tochter von ganzem Herzen! Doch wir taten nichts wirklich Ungehöriges, und wir waren äußerst diskret ... Ulani erwidert meine Zuneigung. Dennoch habe ich mich benommen wie ein Gentleman. Doch seit sie verschwunden ist ... Jeden Tag und jede Nacht habe ich mich wegen ihr gequält. Ich habe mich deshalb dazu entschlossen, meiner Frau die Wahrheit zu sagen. Ich werde mich von ihr trennen, denn ohne Ulani kann und will ich nicht weiterleben. Sie ist ... sie ist das göttlichste Geschöpf auf Erden!«

Er stand wieder auf, ging in seiner Erregung auf Elisa zu und fasste sie bei den Händen.

»Würden Sie mir, nachdem ich von meiner Frau die Scheidung erbeten habe, die Hand Ihrer Tochter anvertrauen?«

Es war kein Wunder, dass Ulani sich in Mike Baker verliebt hatte, dachte Elisa. Er war ein Bild von einem Mann, trotz Übernächtigung, ungepflegtem Äußeren und seiner Alkoholfahne. Er hatte Feuer in den Augen. Und doch gefiel ihr nicht, wie untreu er sich seiner Ehefrau gegenüber benahm.

»Als ich in Hamburg aufwuchs, gehörte es sich nicht für einen Gentleman, etwas Ungehöriges mit der Gouvernante anzufangen. Es gehörte einfach nicht zum guten Ton.«

»Es gehört sich immer noch nicht, aber ich liebe Ulani und war stets respektvoll. Werden Sie mir helfen?«

Ungeduldig strich er sich eine dunkle Locke aus der hohen Stirn, und sie spürte seinen Unmut. Die Bakers gehörten inzwischen zu den besten Familien in Honolulu, weil sie durch den Großhandel mit Zuckerrohr in den letzten Jahren ein beachtliches Vermögen angehäuft hatten. Mr. Baker war ein erfolgreicher Aufsteiger und somit gewöhnt, seinen Willen zu bekommen. Doch was sollte sie ihm sagen?

»Hören Sie, Herr Baker, zunächst muss ich mit Ulani sprechen, denn augenscheinlich ist sie weggelaufen, entweder vor Ihnen oder vor Ihrer Frau!«

Da rückte er endlich raus mit der Sprache.

»Sie floh wahrscheinlich vor mir. Es war meine Schuld, ich habe sie nach der Rückkehr bedrängt ... ich kam hierher, in Ihr Haus, als Ulani ihr erstes freies Wochenende hatte. Sie war aber nicht allein. Johannes van Ween leistete ihr zunächst Gesellschaft. Als ich endlich private Worte mit ihr sprechen konnte, wurde ich ausfallend. Nun ja, ich war eifersüchtig. Mein Verhalten könnte sie mir übel genommen haben ...«

Am frühen Nachmittag stieg Elisa den Weg zum Krater hoch, um sich nach den Sommerferien zum ersten Mal wieder in Diamond Head mit Johannes in ihrem Liebesnest zu treffen. Sie hatten sich seit ihrer Rückkehr noch nicht sehen können, doch sie hatte ihm die wichtigsten Ereignisse in einem Brief beschrieben. Er revanchierte sich prompt mit ein paar Zeilen, die heute aus seinem Kontor eingetroffen waren. Er bat um ein Treffen am heutigen Abend, und seine Worte hatten Elisa neugierig gemacht.

Es gibt sehr wichtige Neuigkeiten, die unsere Familie betreffen. Sie werden alles zwischen uns beiden verändern ...

Elisa war zu früh, doch sie wollte die Zeit nutzen, um ein

einfaches kleines Abendessen für ihn vorzubereiten. Sie freute sich schon, denn Monate waren vergangen, seit sie unbeschwert Zeit miteinander verbracht hatten.

Als sie bei ihrem Liebesnest ankam, sah sie sofort, dass einiges anders war als sonst. Die Hütte schien bewohnt. Einer der Fensterläden war nur angelehnt und nicht verriegelt, eine Schale Obst stand auf dem Frühstückstisch, der sonst im Inneren der Hütte stand. Frauenwäsche hing auf der Leine, und sie hörte ein helles Mädchenlachen, gefolgt vom lustvollen Stöhnen einen Mannes. Sie erkannte es sofort.

Behutsam näherte Elisa sich über die Holzplanken, um drinnen nicht gehört zu werden. Dann sah sie durch den Spalt des angelehnten Fensterladens. Bis auf das wenige Licht, das von draußen durch die Lamellen der Holzläden fiel, war es im Inneren dunkel. Johannes trug seine Hose, sein Oberkörper war nackt. Von dem Mädchen, das sich auf dem Bett räkelte, sah Elisa zuerst die nackten langen Beine, die geöffnet aus dem weißen Unterrock ragten. Es lag auf dem Rücken und lachte vor Vergnügen, während es Johannes' Kopf zwischen ihre Beine drückte. Das fröhliche Mädchen war Ulani.

18. Kapitel

Anelas Mutter, 2011

Maja wartete ungeduldig am Wohnzimmertisch, bis ihr Vater seine Sachen nach seiner Rückkehr von der Honolulureise nach oben ins Kinderzimmer gebracht hatte. Ihre Nerven waren zum Zerreißen gespannt. Sie hatte niemandem, nicht einmal Keanu, von ihrer Begegnung hinter dem Wasserfall erzählt, da Sabji von der Polizei gesucht wurde. Noch war der Haifischmann am Leben, doch hatte die Kugel mehr Schaden angerichtet als zunächst vermutet. Zwei Notoperationen musste er bereits über sich ergehen lassen. Sollte er sterben, wollte Maja versuchen, Sabji zu helfen. Vielleicht konnte Mais Schwester irgendwo untertauchen. Sollte sie wegen Mordes angeklagt werden, würde sich Sabji das Leben nehmen, das zumindest befürchtete ihre Schwester. Aber warum hatte sie geschossen?

Oben ging die Dusche an. Es würde noch ein wenig dauern, bis ihr Vater runterkam.

Wieder sah Maja sich das Automatenfoto an, das Sabji ihr mitgegeben hatte. Ihr Vater Max und Sabjis Tochter Malia mussten vor vielen Jahren sehr ineinander verliebt gewesen sein, das sah man. Malia war die Tochter, die in jungen Jahren nach dem Unglück, als ihre Mutter angeblich ihren Vater erstochen hatte, verschwand. Aber warum? Und warum hatte sie den Haifischmann geheiratet? Malia war bereits verheiratet, als sie sich in Max verliebte, sie trug auf dem Foto zwei Ringe. Malia gehörte auch einst der Rubinring, den Maja von ihrem Vater bekommen hatte. Sabji hatte den Ring sofort erkannt, denn einst hatte der Ring ihr gehört. Schloss sich hier der Kreis zwischen Elisa und Maja? War es der Ring, der sie verband?

Auf dem Foto waren beide Ringe zu sehen, allerdings nur schemenhaft, denn die Farben waren verblasst. Malia war auf diesem Foto für eine Frau von Mitte zwanzig sehr dünn, fast kindlich wirkten ihre nackten Arme, die aus einem hochgeschlossenen asiatischen Kleid ragten.

Malia hieß Maria, die Gottesmutter. Sabjis Tochter war jetzt fünfzig Jahre alt, genau doppelt so alt wie Maja. Doch wenn Malia überhaupt noch am Leben war, dann wollte sie nicht gefunden werden, weder von ihrer Mutter noch von ihrer Tante und wahrscheinlich auch nicht vom Haifischmann. Der Mann muss sehr lange wütend auf sie gewesen sein. So viel hatte Maja mit Sabji durch Zeichensprache und mithilfe von Papier und Stift herausbekommen. Hatte ihn Malias Ehebruch mit Folgen so zornig gemacht? Wusste er, wer Maja war?

Vieles nur ein Ahnen. Kein wirkliches Wissen. Einiges wäre zu ungeheuerlich, um wahr sein zu dürfen, dann müsste Maja sich komplett neu überdenken. Ihre Schlussfolgerungen könnten immer noch falsch sein, redete sie sich ein. Sabji und sie wären dann Wahl-Tutu und Wahl-Enkelin. Was bedeuteten schon Blutsbande? Sie weigerte sich ohnehin, in Blutsverwandtschaft so viel mehr zu sehen als in ihren Wahrverwandtschaften. Ihre Freundin Ina nannte sie Schwester, weil Maja sie liebte wie eine Schwester. Ina war ihr näher als ihre ältere Schwester, mit der sie noch nie sehr viel anfangen konnte. Dennoch ließ die Vorstellung, dass Sabji ihre »echte« Großmutter sein könnte, ihr Herz mit einem Mal schneller schlagen.

Die Frage der Verwandtschaft war nur ein Teil ihres Problems, sehr viel schwerer wog die in dem Foto sichtbar gewordene Lüge ihres Vaters. Falls Majas Vermutung stimmen würde, war Max ein gewaltiger Lügner, und ihre Mutter musste sich vielleicht gleich danebenstellen.

Maja hatte die möglichen Lügen im Detail analysiert und war zu einer Reihenfolge an Scheußlichkeiten gekommen:

Fall A: Maja war ein Adoptivkind. Ihre Eltern hatten es ihr bisher gemeinerweise verschwiegen. Sie wurde geboren in Hawaii, gezeugt von dem Haifischmann und Sabjis Tochter Malia, die aber kein Kind wollte, und war dann irgendwie nach Deutschland gekommen. Seit es etwas zu erben gab, war der Haifischmann hinter ihr her, warum auch immer.

Fall B: Sie war ein Fehltritt ihres Vaters, der in der Folge zu feige war, sich zu seiner Affäre in Honolulu zu bekennen, und ihre Mutter belog, indem er ihr irgendein Kind aus Hawaii aufschwatzte, das dringend adoptiert werden musste. Malia wollte auch in diesem Fall kein Kind, doch das wäre logischer, da Maja in diesem Fall nicht vom Haifischmann gezeugt worden wäre. Ihr Vater Max wollte Maja zumindest, war aber ein feiger Lügner und zudem ein mieser Fremdgänger.

Fall C war ihr am liebsten. In diesem Fall kannte Majas Mutter die ganze Geschichte, auch von der Affäre ihres Mannes hatte sie erfahren. Aus irgendwelchen Gründen hatte sie der Adoption nur unter der Bedingung zugestimmt, es Maja nie zu erzählen.

Dann gab es noch den Rubinring, den Maja jetzt an ihrem kleinen Finger hin und her drehte. Er hatte wahrscheinlich Frauen auf Hawaii und in Deutschland geschmückt, von denen einige längst tot waren. Der Ring könnte ihr mehr von der Wahrheit verraten, wenn er sprechen könnte.

Maja stellte einen Krug mit frischer Zitronenlimonade, Gläser und eine Schale mit Obst auf den Tisch. Ihr Vater würde sicher etwas Frisches wollen. Es war ein besonders heißer, geradezu klebriger Tag gewesen. Auch würde das vor ihnen liegende Gespräch ihm bestimmt nicht leichtfallen. Aber die Ungeheuerlichkeit ihrer Herkunft fraß nun schon seit Tagen an Majas Seele, und sie brauchte mehr Klarheit. Von Mai hatte sie bereits ein paar Informationen bekommen. Mai wusste, dass ihre Nichte Malia vor zweieinhalb Jahrzehnten ein Kind geboren hatte, denn das Sozialamt in Honolulu hatte sich zunächst in dem Gefängnis gemeldet, in dem Sabji ihre Strafe verbüßte. Dort hatte das Amt angefragt, ob es weitere Verwandte gäbe, die das neugeborene Mädchen vielleicht großziehen wollten, denn Sabjis Tochter sei dazu nicht imstande.

Auf diese Weise hatte Sabji von der Geburt des Kindes erfahren. Ihre Freude war laut Mai zunächst groß. Zum einen gab es nach vielen Jahren der Unsicherheit endlich wieder ein Lebenszeichen ihrer Tochter Malia. Und dann war Sabji von nun an eine Tutu, was bei den Hawaiianern viel galt. Im Gefängnis ließ Sabji sich deswegen die rote Hibiskusblüte auf den Arm tätowieren. Darunter stand nicht nur Tutu, sondern auch das Geburtsjahr ihrer ersten Enkeltochter, Majas Geburtsjahr.

Mai hatte bei diesen Worten ihre Hand auf die von Maja gelegt. Zum ersten Mal begriff Maja die Intensität, die sie immer dann gespürt hatte, wenn die beiden alten Frauen in den Raum kamen, vor allem auch im Roten Haus.

»Meine Schwester hat auf dich gewartet, seit vielen Jahren … Eines Tages, verstehst du, würde sie ihre Enkeltochter in den Armen halten dürfen. Das machte Sabji stark und glücklich … Du warst und bist Hoffnung! Da konnte sie doch nicht zulassen, dass der Haifischmann dir etwas tut, oder?«

»Aber warum sollte er mir etwas tun wollen? Nur, weil ich das Produkt eines Seitensprungs bin?«

Mai hatte ihren Kopf geschüttelt.

»Es ist komplizierter. In deinem Geburtsjahr, nachdem ich davon erfahren habe, dass es dieses kleine Mädchen gibt, das ein Zuhause braucht, machte ich mich auf nach Honolulu. Ich fand das Mutter-und-Kind-Heim, doch Malias Mann, der Haifischmann, war vor mir dort gewesen … du warst verschwunden. All die Jahre danach hörte Sabji nie wieder ein

Wort von Malia, weder Karte noch Anruf, auch nicht, nachdem die Haftstrafe abgebüßt war ... Wir wussten, es war etwas Schreckliches geschehen ...«

Auch die Beziehung zwischen Sabji und Malia war Maja ein Rätsel. Wie konnte diese Frau, die auf dem Foto so schön und zart aussah, ihrer eigenen Mutter gegenüber so hartherzig sein?

Ein weiteres großes Warum. Was geschah wirklich in der Nacht, in der Sabji verhaftet wurde, weil sie ihren Mann erschoss? Und war dieser Mann wirklich Malias Vater? Mai hatte ihr ein Foto von Sabjis Mann gezeigt. Er sah so ganz anders aus als Malia. Mai hatte betrübt ihren Kopf geschüttelt.

»Ich weiß es nicht, Kind ... Sabji behielt immer schon ihre Geheimnisse für sich, nach Art der Kahuna. Und dann verlor meine Schwester nach dieser schrecklichen Nacht ihre Stimme ...«

»Sie hätte die Wahrheit aufschreiben können.«

»Weißt du, was ich glaube, warum sie es für sich behalten wollte und selbst mir das Fragen verbot?« Mai fixierte Maja bei diesen Worten wie eine Schlange, bevor sie ein Kaninchen verschlingt. Dann fuhr sie fort. »Weil Sabji meiner Meinung nach gar nicht auf ihren Mann geschossen hat, sondern ihre Tochter gedeckt hat ... Wenn du mich fragst, war es so. Malia hat ihn erschossen. Sieh mal, meine Kleine, Sabji hatte Prellungen am ganzen Körper ... Das Schwein hat sie oft verprügelt, wenn er betrunken war. Aber dieses Mal könnte er meine Schwester so schlimm verprügelt haben, dass Malia dachte, ihre Mutter stirbt, oder? Sie war erst dreizehn ...«

»Aber warum hat Sabji es nicht der Polizei gesagt? Ein so junges Mädchen wäre doch bestimmt nicht hart bestraft worden. Sie war noch fast ein Kind!«

Mai sah Maja mit mildem Lächeln an.

»Malia war schon mit dreizehn eine reizvolle Schönheit.

Meine Schwester hat dafür gesorgt, dass sie nicht da war, als die Bullen kamen. Meinst du denn, die wären mit dem hübschen Ding Eisessen gegangen? Sag mal, weißt du überhaupt, was hier vor fast vierzig Jahren los war, vor allem in den Slums? Wie die Weißen mit uns Hawaiianern umgegangen sind, wenn wir kein Geld hatten? Malia wäre an den Strand verschleppt und zu Tode gef- nein, ich sag das Wort nicht. Aber da ist meine Schwester lieber selber in den Bau gegangen. Sie liebte ihre Tochter abgöttisch. Sie war das einzige Licht in Sabjis Tunnel, die kleine Malia ...«

Mai und Maja waren sich einig, dass sie sich zusammen um Sabji kümmern und die alte Frau vor noch mehr Kummer bewahren würden, auch wenn es schwierig werden würde. Die Augen von Mai blinzelten feucht.

»Ich hätte dich sofort zu mir genommen, Schätzchen, dich aufgezogen wie meine eigene missratene Brut. Ich hätte dich geliebt ... und ich weiß, dass du Sabjis Enkelin bist ... es ist nicht nur dein Geruch ... Du bist Kahuna.«

Maja wusste nicht, warum sie in den Armen von Mai weinen musste. Was in ihr zerbrach, seit sie Schritt um schmerzhaften Schritt tiefer in einen Dschungel aus Lügen eintrat, war doch nicht wirklich wichtig, wenn man gerade selber ein Kind bekam und versuchte, mit einem Mann aus einer fremden Kultur auf der anderen Seite der Erde seine Wurzeln zu schlagen, oder doch?

Immer noch hörte Maja ihren Vater oben. Inzwischen begann sie daran zu zweifeln, ob ihr Gespräch eine gute Idee war. Wie sagte ihr Vater stets: *Worte, die man einmal gesagt hat, gerade Worte des Misstrauens, können nie zurückgeholt werden. Vertrauen ist sehr wichtig, Maja, wichtiger noch als Liebe.*

Oft hatte Max ihr diese Weisheit eingetrichtert, wenn Maja wieder mal in ihrer Welt keinen Halt fand, sich in der Schule einbildete, Klassenkameraden wendeten sich gegen sie, nur weil sie anders aussah. Sie hatte durch ihren Vater früh gelernt, sich selbst zu misstrauen, stets zunächst die eigenen Gefühle infrage zu stellen und nicht die Absicht der anderen. Das hatte sie geschwächt, denn sie war oft sehr unsicher.

Majas schlimmste Angst war jetzt, dass sie sich diese Verwandtschaft nur einbildete, wegen eines Ringes, den es vielleicht hundert Mal gab. Alles andere konnten Zufälle sein. Nur gab es noch ein weiteres Indiz, das Maja gerne verdrängte. Sabjis Tochter Malia litt bereits als Kind unter Herzproblemen, wie Mai ihr erzählt hatte. Die Familie hätte sich eine Operation niemals leisten können. War das kranke Herz der Grund, warum Malia ihr Kind nicht großziehen wollte oder konnte? War sie zu schwach?

Das letzte große Warum war vielleicht schwieriger zu beantworten als alle anderen. Warum konnte Maja sich nicht Keanu anvertrauen? Die ganzen letzten Tage über hatte sie geschwiegen. Sie lag nachts neben ihrem Liebsten im Bett und zermarterte sich das Gehirn mit Fragen, wie ihr eigenes Leben und das ihres kleinen Sohnes von nun an weitergehen würde, denn sollte Sabji wirklich ihre Tutu sein und Malia ihre leibliche Mutter, so würde Majas Blut aus einer Familie stammen, die in Hawaii zur untersten Schicht gehörte. Gefängnis, Putzfrau, Verbrechen, Armut ... Was würde ihr Liebster dazu sagen? Wie würden es seine Königstreuen, allen voran Leilani, werten? Zwischen den Al'i und den sogenannten gewöhnlichen Hawaiianern galten seit Jahrhunderten strenge Regeln.

Maja hörte oben die Tür. Kurz später saß ihr Vater bei ihr am Tisch, wollte wissen, was es so Wichtiges gab, und klopfenden Herzens schob Maja ihm das alte Foto hin. Max sah es an, lange und mit einer tiefen Traurigkeit, die sie so noch nie in seinen Mandelaugen gesehen hatte. Dann stand er auf, ging nervös im Raum auf und ab. Als er endlich begann zu reden, konnte er ihr nicht in die Augen sehen. Sie war seine leibliche Tochter, wie er ihr versicherte, er hatte es testen lassen, bevor er Maja von Honolulu nach München brachte.

»Ich konnte nicht anders. Es war alles rechtens ...«

Ihr Vater tat sich sichtlich schwer, so schwer, dass Maja das Gefühl hatte, er sprach gar nicht mit ihr als Vater, sondern hielt als Anwalt ein Plädoyer für sich selbst.

»Ich konnte nicht anders handeln, weil ... was alles für mich auf dem Spiel stand, weil ...«

Immer wieder kam ihr Vater ins Stocken. Vielleicht redete er sich einfach nur sein Leid von der Seele, denn er hatte die Frau in Honolulu wohl aufrichtig geliebt.

»Meine Begegnung mit Malia war unglaublich ... als ich sie das erste Mal sah, ihre Hand berührte und wir miteinander sprachen ... es war wie ein Nachhausekommen. Ist es dir mit Keanu nicht auch so gegangen?«

Er hatte recht, und trotzdem verletzten seine Worte Maja, und sie unterbrach ihn ungeduldig.

»Weiß es Mama? Weiß sie, dass ich von dir bin, dein Ausrutscher aus einer Affäre?«

»Ja, Maja, das weiß Mama. Es war sehr schwer, es ihr zu beichten, aber wie du weißt, wohnt das Vertrauen weit oben auf meiner Werteskala. Außerdem hätte ich dich sonst nicht von Honolulu mit nach Deutschland nehmen dürfen. Malia hatte im Geburtsregister angegeben, ich sei dein Vater, mit Namen und Adresse. Sie hat den Behörden gesagt, du wärest auf Hawaii in tödlicher Gefahr. Ich sollte deinen Namen ändern, den Rubinring für dich aufbewahren, aber dir niemals die Wahrheit über deine Herkunft erzählen.«

»Warum? Und war sie nicht da, als du mich abgeholt hast?«

»Nein, ich holte dich aus einem Krankenhaus in Honolulu ab. Und ich bin mit dir im Flieger von Hawaii nach München gekommen, als du gerade acht Monate alt geworden bist.«

Majas Augen wurden immer größer. »Dann habe ich meine leibliche Mutter gekannt? Und ... und was haben Mama und du in München gesagt?«

»Wir haben alle aufs Lügen eingeschworen. Deine Mutter und vor allem deine Geschwister, sie waren ja groß genug, alle mussten mir schwören, Stillschweigen zu bewahren. Ich erzählte, du seiest die einzige Überlebende einer Familienfehde, deine Familie auf Hawaii sei ausgerottet worden, und niemand dürfte je deine wahre Identität erfahren ...«

»War es wirklich so?«

Majas Stimme war nur noch ein Flüstern. Es war alles viel schlimmer, als sie gedacht hatte.

»Es war alles sehr undurchsichtig. Die Polizei sprach von deiner Großmutter, die wegen Mordes im Gefängnis saß, dann gab es den Ehemann von Malia, der wegen schwerer Körperverletzung gesucht wurde ... und diesen Brief von Malia selber. Du solltest außer Landes aufwachsen, um sicher zu sein ...«

»Und Mama, fuhr sie nicht einmal mit dir nach Hawaii?«

»Doch, das war, als ich zum ersten Mal meinen Vater finden wollte ... Meine Identitätskrise kam später. Deine Mutter hat mir den Fehltritt in Honolulu nicht sofort verziehen, aber sie verstand, was für eine schwere Zeit ich durchmachte ... Ich hatte das Gefühl, meine Wurzeln nach Hawaii zu brauchen, denn es blieb schwierig mit Mamas Eltern ... Für Oma und Opa blieb ich ein würdeloses Überbleibsel eines Soldaten aus Hawaii, und meine Mutter verachteten sie als Armeehure ... Sie waren nicht immer so milde und altersweise wie heute ...«

Maja wusste, was er meinte. Oft hatte sie mit ihrem Vater darüber gesprochen, warum Maja und ihre Geschwister nur halb so oft bei den Großeltern eingeladen wurden wie ihre Cousins. Das Leid, das ihre Mutter trug, war oft in Überkompensation sichtbar. Auch als erfolgreiche Kardiologin musste sie irgendwie mit dem unterschwelligen Rassismus ihrer Eltern klarkommen. Sie hatte unter Stand geheiratet, obwohl man das nie offen ansprechen durfte. Über die Tatsache, dass Majas stets freundlicher Großvater, der schon deutlich über neunzig Jahre alt war, einst ein glühender Nazi war und heute noch das Wort Neger verwendete, durfte man auch nicht sprechen.

Maja kannte das jahrzehntelange Leid. Zu dem Entsetzen über die Lügen ihres Vaters empfand sie jetzt auch eine gewisse Bewunderung. Max hatte sich stark für sie gemacht, als sie klein und wehrlos war. Aber vor allem hatte er Maja mehr als jeder andere Mensch auf der Welt bedingungslose Liebe gegeben. Trotzdem war sie noch nicht mit ihren Fragen fertig.

»Gibt es deshalb kein Foto von mir als Baby ... Nicht, weil ihr zu faul wart oder weil ich nicht süß genug war, sondern weil ich so spät in die Familie kam?«

Er nickte, und Maja lächelte ihren Vater schräg an. »Du bist vielleicht ein verdammter Lügner und ein Fremdgänger, aber du hast mir unter Umständen das Leben gerettet ... Wo ist Malia jetzt? Weißt du es?«

Da gestand Max ihr auch den Rest. Die Frau, die er in den letzten Wochen immer wieder in Honolulu und in den Bergen Oahus gesucht hatte, war keine geheimnisvolle Mandantin, wie er ihr erzählt hatte, sondern Malia. Er hatte nach all den Jahren beschlossen, sie wiederzufinden, weil er ihr endlich sagen musste, was damals wirklich war.

»Ich habe deine leibliche Mutter vom ersten Augenblick an geliebt. Ich habe es ihr gesagt, immer wieder, denn sie war mein Nachhausekommen. Verstehst du, ein ganzer Teil von mir lag brach, bevor ich begann, Malia zu lieben. Ich hatte keinerlei Beziehung zu Hawaii, nur endlose Wunschträume von einem hawaiischen Vater, der sich nie für mich interessiert hatte ...«

»Nein, Papa, jetzt tust du meinem unbekannten Opa aber Unrecht ... Du, nein, wir beide stehen hier praktisch auf seinen

Gedanken an dich. Warum sonst hat er dir dieses Land vermacht? Hier wird mein Sohn, dein Enkel, geboren werden ...«

Es war der Moment, an dem Max die Fassung verlor.

»Ich habe immer auf meinen Vater gewartet, mein Leben lang wollte ich ihn kennenlernen ... Warum kam er nie?«

Später in der Nacht, als Keanu und Stefan zurück ins Haus gekommen waren, hatten Max und Maja Stunden über all das geredet, was im Nachhinein eine andere Art von Münchner Familienleben war. Die unendlich vielen Puzzlesteine fügten sich zu einem Bild, das von einem anderen Künstler gemalt wurde als das davor. Es war, als hätte jeder Farbtupfen der Erinnerung aus Majas Leben einen Schatten bekommen.

Als Keanu und Stefan zu ihnen kamen, war bereits Schlafenszeit, doch Maja war wach vor Aufregung, wollte aber nicht, dass Keanu etwas von alldem mitbekam. Als sie Max daher bat, vor dem Zubettgehen noch einen kleinen Vater-und-Tochter-Spaziergang durch den nächtlichen Garten zu machen, stimmte er zu.

Zusammen saßen sie auf der Bank und sahen aufs nächtliche Meer mit den weißen zarten Schaumkronenlinien, die sich verwoben und trennten, verschwanden und aus dem Nichts wieder hervorkamen. Sie fühlte, dass ihren Vater noch etwas anderes drückte, und beschloss, es von sich aus anzusprechen.

»Warum hast du Mama damals geheiratet?«

»Deine Mutter war eine Lichtgestalt. Sie war all das, was ich sein wollte. Sie war aus einer guten heilen deutschen Familie, in der nie jemand etwas moralisch Verwerfliches getan hatte, einmal abgesehen vom normalen Kriegsgehorsam. Es war alles so heil, so rein und gut. Ich wollte dazugehören ...«

»Zu Mama?«

»Nein, zu dieser vielversprechenden Welt, die deine Mutter repräsentierte, da will ich dir nichts vormachen, Maja. Ich war ein enorm ehrgeiziger junger Anwalt, der sich zudem hart durchbeißen musste. Mit meinem Aussehen und meiner Herkunft hat man mir nichts geschenkt … Ich habe mir alles erkämpft.«

Es war dunkel am Meer, aber hell genug, sodass Maja das Profil ihres Vaters gegen den Nachthimmel gut sehen konnte. Wie schön ihr Papa immer noch war, dachte sie jetzt. Selbst die Spuren des Alters, die unzähligen Lachfältchen, die Geheimratsecken und das leichte Hängen seiner Kinnpartie hatten ihren Vater in ihren Augen nur noch liebenswerter gemacht. Sie griff nach seiner Hand, die wie immer warm und zu trocken war, und spürte das Band zwischen ihnen wie ein Stahlseil, das nie zerreißen durfte. Mit einem Lächeln auf den Lippen machte er ihr an diesem Abend ein letztes Geschenk.

»Dein wirklicher Name ist Anela.«

»Ich weiß, es bedeutet Engel.«

»Nimm es nicht zu wörtlich … Darfst auch auf deinen feigen Vater sauer sein.«

»Ach, nee … meinst du, dazu brauch ich deine Erlaubnis?«

»Tu nur nicht so allwissend und klug …«

»Dann lass mal die Vaternummer stecken …«

»Hab dich lieb …«

»Dito.«

19. Kapitel

Elisas Entscheidung, 1912–1917

Der Verrat stand zwischen Johannes und ihr, das fühlte Elisa sofort. Er hatte ihre Liebe verraten. Trotzdem war sie auch wütend auf Ulani. Ihre Tochter wusste über ihre enge Bindung zu Johannes Bescheid. Doch Elisa musste zuerst mit Johannes alleine darüber reden, das war sie ihnen beiden schuldig. Eine Konfrontation vor Ulani wäre würdelos gewesen. Deswegen hatte sie sich auch leise fortgeschlichen, das Lachen und Stöhnen hinter sich gelassen und versucht, zunächst Distanz zu dem Gesehenen zu gewinnen.

Kaum hatte sie ein paar Hundert Meter Weg hinter sich gebracht, überwältigten sie ihre Gefühle. Wie eine Fontäne glühender Lava schoss es aus ihrem Inneren hervor. Eifersucht, maßlose Wut und Enttäuschung und dazu die bittere Erkenntnis, von Johannes verraten worden zu sein. Hätte er es ihr heute noch gestanden, wenn sie später zu ihrem Stelldichein gekommen wäre, angefüllt mit Erwartung und Liebeshunger? Oder war es ihm inzwischen gleichgültig, mit wem er sein Lager teilte, sodass er wahllos mehrere Frauen auf einmal liebte? Hatte sie diese Veränderung in ihm nicht mitbekommen?

Der steinige und teilweise steile Weg zurück zum Washington Place war begleitet von verzweifelten Fragen und qualvollen Selbstzweifeln, und mehr als einmal drohte Elisa zu stolpern und zu stürzen. Sie rastete kurz, um sich zu sammeln. Unterhalb des Kraterrands des Diamond-Head-Vulkans blühte die Vegetation auch jetzt im Spätsommer noch in feurigen Farben. Die verloschene Lava vergangener Zeiten war längst wieder zu neuem Leben erblüht. An dieser *Erdwunde*, wie Johannes den gewaltigen Krater gerne nannte, hatten sie öfter auf ihrem Rückweg in die Stadt haltgemacht. Man hatte einen großartigen Blick über das Meer, aber auch weit über die Stadtgrenzen Honolulus hinaus. Elisa war immer fasziniert von dem Farbenspiel gewesen, wenn sie hier spazieren gegangen waren, oft in den frühen Morgenstunden, bevor sie ihre unterschiedlichen Leben beginnen mussten. Auch das wäre jetzt für immer vorbei, wenn sie ihn konfrontieren würde. Er war ein stolzer Mann, und sein Erfolg hatte ihn in seinen Wegen bestätigt. Warum sollte Johannes Rücksichten auf ihre Gefühle nehmen wollen? Es bereitete ihm augenscheinlich Vergnügen, Ulani zu beglücken. Ihre Tochter war schön, sogar überaus reizvoll und willig, seine Wünsche stets dann zu erfüllen, wenn er sich dafür entsprechend revanchierte. So viel wusste Elisa bereits über ihre schöne Tochter. Sie achtete stets auch auf ihren eigenen Vorteil, das hatte Elisa ihr selbst früh so beigebracht. Ihr Verhalten mit Mike Baker ließ Charakterzüge erkennen, die Ulani weit bringen würden, sollte sie ihre Karten klug spielen und sich nicht leichtfertig verschwenden. Als Gouvernante konnte sie sich zwar eine bescheidene Aussteuer zusammenverdienen, doch sie hatte nie viel Interesse daran gezeigt, sich an einen Lehrer oder an einen kleinen Beamten in Honolulu zu binden. Als Halbblut, noch dazu ein Waisenmädchen ohne Vermögen, war Ulani von minderem Wert. Ihre reizvolle Schönheit mochte ihr eine Affäre mit einem Mann wie Mike Baker ermöglichen, doch mehr war wegen seiner Frau nicht möglich. Sie kam aus einer der reichsten Familien Honolulus und war weitläufig mit der Familie Dolc verwandt. Nie würde zugelassen werden, dass Ulani mit ihrem ehemaligen Arbeitgeber eine Ehe einging. Eher würde man ihr das Gesicht zerschneiden oder Ulanis Schönheit mit Säure verätzen. Elisa wusste das. Sie verstand ihre Tochter daher gut. Johannes war Witwer und ein guter Mensch und seit ihrer Kindheit kannte Ulani ihn gut. Der Altersunterschied war nicht zu groß, Johannes war ein Mann in seinen besten Jahren und zudem war er zu leidenschaftlichen Gefühlen fähig. Seine Kinder Elisabeth und Thomas verstanden sich gut mit Ulani, und er würde sie als seine zweite Frau stets beschützen, so wie er auch Leilani beschützt hatte. Aber Johannes hatte seine erste Frau angebetet. Würde er Ulani ebenso ehrfurchtsvoll behandeln können? Sie war weit weg davon, eine Ali'i zu sein. Sollte er jedoch ernste Absichten haben, was würde Elisa dann tun?

Elisa lehnte sich gegen einen Felsen, um ihre zittrigen Beine zu entlasten. Der Schreck hatte sie geschwächt, und das Stück Weg, das vor ihr lag, war besonders steil. Würde sie Johannes auch als Freund verlieren? Das war der Gedanke, der ihr am meisten Angst machte.

Mitten im Tumult ihrer Gefühle fühlte sie schützende Schwingen, wie so oft in letzter Zeit. Kelii zeigte seit Okelanis Tod wieder Interesse an Elisas täglichem Leben. Sie sah den Iwa erst als fernen Punkt auf der anderen Kraterseite, doch seine Flügel trugen ihn rasch zu ihr. Er ließ sich oberhalb von ihr nieder, hüpfte eine Weile auf dem Felsen auf und ab und sah sie fragend an.

Vielleicht war die Zeit für Elisa gekommen, sich erneut zu dem Mann zu bekennen, den sie wahrhaft liebte, selbst wenn er inzwischen ein Verbannter und Aussätziger war. Auch wenn Kelii eine andere Frau geheiratet hatte, so liebte sie ihn nach wie vor mit unverminderter Kraft. Doch ihr Leben mit Kelii auf Kalaupapa in der Leprakolonie konnte sie sich nach ihrem ersten Besuch dort nur noch schwer vorstellen. Sie hätte es verkraftet, mit ihren Zwillingen nur noch zeitweilig zusammenzuleben, um bei Kelii zu sein. Doch jetzt lebte die kleine Hokulele bei ihr.

Der Iwa sah sie unverwandt an. Was war seine Botschaft? Versuchte Kelii, ihr zu vermitteln, es sei endgültig vorbei mit ihrer Pfauenzeit bei den Weißen? Seit den Jahren, in denen Elisa Janson gedient hatte und Victoria in ihr Herz schließen durfte, hatte die Welt der Weißen viel Raum eingenommen. Vielleicht hätte Johannes sie früher oder später gefragt, ob sie seine Frau werden wollte, wenn Elisa es darauf angelegt hätte. Sie wäre dann die zweite Frau van Ween geworden und hätte in dem gesellschaftlichen Leben in Honolulu eine kleine Rolle gespielt. Trotz ihrer Wut auf die Überheblichkeit und Arroganz der Weißen hätte sie Johannes zuliebe so gut mittanzen und mitlachen müssen, wie sie es eben konnte. Doch wie sollte das auf Dauer gut gehen? Eines Tages, wenn wieder Ananasrebellen in den Bergen gejagt und exekutiert wurden, weil man ihnen das Land rauben wollte, hätte Elisa rebelliert oder aber sich an der Seite von Johannes selber gehasst.

Mit einem leisen Schrei, der eher wie das Wehklagen eines Kindes als der Ruf eines Vogels klang, erhob sich der Iwa neben ihr, breitete seine Schwingen aus und flog zurück in Richtung Meer. Auch Elisa machte sich auf den Weg. Sie musste schon sehr bald eine Entscheidung treffen.

Stunden früher als geplant kam Elisa zurück in ihre Küche und stellte vor Amala und den Kindern, die zum Nachmittagstee versammelt waren, ihren Korb mit den Leckereien für Johannes auf den Tisch.

»Hier, das könnt ihr auch noch aufessen …«

Nachdem Emma und Gerd ihre Mutter begrüßt hatten und sie gemeinsam mit Amala den Tee getrunken und genug geplaudert hatten, nahmen Gerd und Emma das Baby mit nach draußen. Sie wollten in die neue Hängematte im Garten, die Eli zwischen zwei enormen Banyanbäumen aufgespannt hatte. Amala sah Elisa prüfend an. »Du siehst aus, als hätte dir gerade jemand die Wäsche von der Leine geklaut ... Was ist los?«

Elisa erzählte der Freundin alles, auch von dem Iwa, den sie so oft um sich spürte, seit sie Molokai mit dem Schiff verlassen hatten.

»Heute kam der Iwa sogar wirklich. Er setzte sich am Kraterrand zu mir, nachdem ich Johannes und Ulani in der Hütte gesehen habe ... Ich weiß nicht, was ich davon halten soll, aber auch nicht, wen ich noch um Rat fragen könnte ...«

Amala war zunächst aufgebracht über Ulanis Verhalten.

»Haben wir deshalb so viel Geld in ihre Schulbildung gesteckt? Wie viele Perlen hast du für das undankbare Ding in Geld umgetauscht, damit es einen Beruf erlernen konnte? Und jetzt tanzt Ulani dir auf der Nase herum! Aber du könntest ihr die Suppe versalzen. Johannes und du, ihr habt die viel tiefere Beziehung ...«

»Ja, wir sind durch einiges gemeinsam hindurchgegangen, und Johannes liebt mich wohl auch irgendwie ...«

»Pah! Weiße Männer und lieben ... sie stecken nur ihr Ding in eine Frau, weil es sie juckt ... Ein weißer Mann kann keine Frau wirklich lieben, wenn du mich fragst, weil er nur in den Körper einer Frau eindringen will.«

»Ach ja? Und was ist mit den hawaiischen Männern? Was ist eigentlich mit deinem Mann passiert ... hat er dich nicht auch wegen einer Jüngeren verlassen?«

Amala lächelte Elisa mitleidig an, wie sie es bisweilen tat, wenn die Deutsche etwas so gar nicht verstehen konnte.

»Durchdringen ... das ist es, was ein guter hawaiischer Mann mit einer Frau macht, der er sein Versprechen gegeben hat. Er muss eins mit ihrer Seele werden, er bemüht sich, eine Haut mit ihrer Haut zu werden. Manchmal gelingt es einem Paar, ein einziges *ha* zu werden, aber das erfordert viel Hingabe und funktioniert oft nicht für immer. Sind eine Frau und ein Mann bei uns fertig miteinander, weil sie sich alles gegeben haben, darf jeder von ihnen weiterziehen ... Mein Mann hat mir schon vor langer Zeit alles gegeben, was er in seinem Herzen hatte. Er war ein guter Mann. Und als es *pau*, also zu Ende war, konnten wir beide glücklich und stolz sein. Aber du, hast du deinem Kelii schon alles gegeben? Seid ihr *pau*? Und wenn, dann schicke ihm seinen Iwa einfach zurück ... du weißt doch, wie es geht! Und dann versuche du dein Glück mit deinem *haole*-Mann ... aber komm nicht zu mir zum Jammern!«

Amala schob quietschend ihren Stuhl zurück und wollte das Teegeschirr vom Tisch räumen, als Elisa sie an ihrer Schürze wieder auf ihren Stuhl zog.

»Warum seid ihr so voreingenommen? Du und auch Hoku, ihr verurteilt mich beide für meine Liebe zu Johannes, obwohl Kelii sogar eine andere Frau geheiratet hat!«

»Ich verurteile dich nicht, sondern ich rate dir ab, weil ich dich gernhabe. Hoku und ich gönnen dir einen echten Mann, einen unserer besten Männer, der überdies seit vielen Jahren für seine Liebe zu dir durch die Hölle geht ...«

»Er ist krank ... und er ist ein Verbannter.«

»Na und? Unternimm etwas dagegen ...«

Der entscheidende Impuls kam einen Abend später, als Eli aufgeregt nach Hause kam. Er war verdreckt, teilweise blutig, aber vor allem verzweifelt. Seine drei Brüder, die Söhne von Nalani und Makaio, aber auch Ulanis Brüder waren bei einem erneuten Aufstand gefangen genommen worden. Es hatte bei einer Schießerei Tote gegeben, unter ihnen zwei weiße Soldaten, und Eli hatte gerade noch fliehen können.

»Sie werden jetzt bald ein Exempel statuieren, Ma, ich weiß es ... Dann werden sie einen von uns oder sogar mehrere öffentlich erschießen ... Du musst uns helfen!«

In dieser Nacht klopfte Elisa an Johannes' Kontor, da sie ihn zu Hause nicht angetroffen hatte. Es brannte Licht, er saß über seiner Geschäftskorrespondenz, wie sie durch ein Fenster sehen konnte.

Er öffnete die Tür. Mehrere Monate hatten sie sich nicht gesehen, und in spontaner Freude schloss er sie in seine Arme. Die Wärme seines Wesens, die Elisa schon immer angezogen hatte, wetteiferte mit seinem aufrichtigen Lächeln. So standen sie eng umschlungen, obwohl Elisa wusste, dass nichts mehr wie früher sein würde. Aber noch wollte sie nicht reden, sondern in seinen Armen noch einmal die vertraute Geborgenheit genießen, zumindest für eine trügerische Weile. Johannes sprach als Erster.

»Du hast mich versetzt! Dabei muss ich dir ganz dringend etwas zeigen. Bitte setz dich!«

Er führte sie an seinen Schreibtisch, und sie setzte sich in seinen Lederstuhl, während er aus einem Ordner einen Brief holte und ihn ihr zum Lesen hinlegte.

Lieber Johannes,
ich schreibe Dir diese Zeilen, um Dir mitzuteilen, dass mein Mann Piet van Ween vor zehn Tagen gewaltsam zu Tode gekommen ist. Er wurde unterhalb des Wasserfalls erschlagen aufgefunden. Vielleicht war es ein Gewaltverbrechen. Ich schreibe es mit Vorsicht, denn man fand seinen Leichnam in den Morgenstunden unterhalb des hohen Felsens, von dem er auch herabgestürzt sein konnte. Nur gab es keinen Grund für ihn, dort hinaufzuklettern. Piet kletterte noch nie gerne, zudem fand man seltsame Markierungen auf seinem Körper. Die polizeilichen Untersuchungen sind noch nicht abgeschlossen, jedoch gaben die Kinder und ich Piet bereits in aller Stille das letzte Geleit. Er wollte nicht in christliche Erde, denn

dagegen hatte er sich stets verwehrt. Mit Erlaubnis des Gouverneurs bekam er sein Seebegräbnis draußen beim Riff.

Nun möchte ich die Gelegenheit ergreifen, um Dir etwas mitzuteilen, das seit Deiner Geburt mein Geheimnis bleiben musste. Nie hast Du gefragt, wer Dein Vater war, und dafür danke ich Dir. Seit Piets Tod habe ich keinen Grund mehr zu schweigen. Dein Vater war Gerhard Vogel, Dein Patenonkel. Er war ein gütiger Mann, und seine Liebe bewahre ich als kostbares Geschenk meiner Jugend für immer in meinem Herzen. Er hatte große Freude an Dir, auch wenn er sich nie zu Dir bekennen konnte. Seine Gründe dafür kannst Du verstehen.

In ewiger Liebe, Mutter

Nachdem Elisa den Brief zu Ende gelesen hatte, wagte sie es nicht, zu Johannes aufzusehen. Er stand abgewandt von ihr am Fenster und blickte hinaus auf den nächtlichen Hafen. Sie waren Halbgeschwister. Elisas Vater hatte die Patenschaft für Johannes übernommen, um diesem Kind zumindest etwas geben zu können. War es eine Zeugung aus Liebe gewesen? Oder die Unwissenheit einer verliebten jungen Köchin mit dem Sohn der Herrschaft? Wusste Elisas Mutter davon? Hatte er es seiner Frau je gebeichtet?

Eine endlose Weile waren sie still. In dem dämmerigen nächtlichen Kontor, in dem nur die Schreibtischlampe brannte und die große Standuhr das Vergehen der Zeit begleitete, fächerte sich Elisas Leben in einem neuen Licht auf. Ihre tiefen Gefühle für Johannes bekamen eine neue Dimension. Es war der Schatten hinter dem Schatten, der sie mit glühenden Wangen auf die Holzmaserung von Johannes' Schreibtisch starren ließ. Das Schamgefühl überfiel sie mit der gleichen Vehemenz wie die Freude darüber, einen Bruder zu haben. Doch ihre Schuld war stärker. Sie hatte es so sehr genossen, eins mit ihm zu sein, sie hatten ein Kind gezeugt und sich schamlos vergnügt. Sogar einen Ort hatten sie kreiert, um ihre Lust ungezügelt und wild zu leben. Das Gefühl klebriger Sünde brachte ihre Hände zum Schwitzen. Wie konnte es dafür jemals Vergebung geben. Johannes' Stimme war kaum hörbar.

»Wir könnten versuchen, es einfach zu vergessen …«

Immer noch sah er aus dem Fenster, seine breiten, männlichen Schultern schienen mutlos nach vorne gebeugt.

»Meinst du das ernst? Wie könnten wir unsere Gefühle füreinander vergessen? Nur weil du dich bereits getröstet hast, kannst du überhaupt so mit mir sprechen. Du hast unsere Liebe verraten … da musst du mich nicht auch noch beschämen. Mich trifft keine Schuld… ich war … ich war unschuldig.«

Er drehte sich zu ihr um, und zum ersten Mal sah Elisa die andere Seite von Johannes überdeutlich. Er war ein Tier, genau wie alle anderen Männer, und seine dunkle Seite würde mit den Jahren wahrscheinlich noch rücksichtsloser und grausamer werden. Jetzt lächelte er sie an.

»Sei froh, wenn ich Ulani von Mike Baker fernhalte … Der Mann bedeutet Schwierigkeiten für euch alle. Und nun, da ich offiziell dein großer Bruder bin … darf ich es dir in aller Deutlichkeit sagen. Das Mädchen muss verheiratet werden.«

Mit dem Wissen, in Elisa eine Schwester gefunden, sie aber als Geliebte für immer verloren zu haben, hatte er sich nicht nur Ulanis Reizen zugewandt, sondern er brauchte auch eine neue Ehefrau an seiner Seite.

»Oder sollen wir uns über alle Konventionen erheben, die Moral in den Wind lachen und selber Hochzeit feiern? Du weißt, wie sehr ich dich begehre …«

Es war unmöglich. Sie wussten es beide. Dennoch brauchte

Elisa ihn in ihrem Leben und er sie auch. Elisa begriff, wie vorsichtig sie von nun an vorgehen müsste, wollte sie ihn nicht verlieren. Sie stand auf, ging um den Schreibtisch herum zu ihm ans Fenster und stellte sich neben ihn, sodass ihre Schulter seinen Arm nur zart berührte.

»Von morgen an werde ich deine Schwester sein. Ich werde dich lieben wie eine Schwester und zu dir halten wie eine Schwester, aber dafür musst du mir auch ein Bruder sein.«

Als Johannes sich zu ihr drehte und sie so fest umarmte, dass sie fast keine Luft mehr bekam, spürte sie Feuchtigkeit auf seinen Wangen. Sie liebten sich vielleicht mehr als je zuvor in diesem Moment der Wahrheit, selbst wenn es wehtat.

Bis in die Morgenstunden sprachen sie über die Details ihrer beider Leben und wie sie alles gestalten mussten, damit ihre Familien einer positiven Zukunft entgegensehen konnten.

»Es werden harte Zeiten kommen, Elisa. Dieser Herbst wird nicht nur in den Bergen von Oahu blutig. Weltweit gibt es mit fast allen Kolonien Schwierigkeiten, aber vor allem wird der wirtschaftliche Konkurrenzkampf immer härter. Überall treten die Zuckerbarone sich gegenseitig auf die Füße, und auch die Vorherrschaft auf dem Ananasmarkt ist hart umkämpft. Wir müssen klug und schnell handeln, wenn unser Zusammenschluss an Plantagenbesitzern sich international bewähren soll. Dein Onkel Paul, Janson und fast hundert Prozent der Anteileigener haben mir ihr Vertrauen geschenkt. Ich soll zukünftig in Boston und in Europa unsere Interessen vertreten. Es steht im Moment wirklich sehr viel auf dem Spiel …«

»Es wird Krieg geben, nicht wahr?«

Elisas Stimme war leise, und eigentlich brauchte sie seine Antwort nicht. Sie fühlte es in ihrem Inneren, so wie sie auch mit jeder Minute an Gewissheit gewann, wie es in Zukunft mit Johannes und ihr weitergehen würde. Stabile Verbündete würden sie sein müssen, in dieser Zeit, in der es vermehrt darum gehen würde, diejenigen zu beschützen, die in dem Getriebe der zunehmenden Aggression zermahlen werden würden.

Nicht nur ihre Lieben und das Land mussten geschützt werden, sondern vor allem auch für Hawaiis Kultur setzte Elisa sich bei Johannes ein.

»Es sind die Menschen hier, die wir lieben. Königin Lili'uokalani mit ihrem unzerstörbaren Gottvertrauen ... Die weisen Kahuna, von denen ich so viel lernen durfte. Nalani und Makaio und vor allem deine liebe Frau Leilani. Allein unserer Kinder wegen müssen wir diese Kultur beschützen. Hawaii ist nicht nur ein Markt für Zucker und Ananas ...«

Sie sprachen über ihre vier Kinder von gemischtem Blut und zweierlei Haut, die täglich einen Spagat zwischen zwei Kulturen machen mussten. Ihre Nöte und Möglichkeiten wägten sie gemeinsam ab und fassten einen Entschluss als Bruder und Schwester. Thomas und Elisabeth, aber auch Emma und Gerd sollten in Zukunft vermehrt bei ihrer gemeinsamen hawaiischen Großmama am Washington Place unterrichtet werden und so möglichst viel von der Kultur der Ali'i vermittelt bekommen.

»Ulani und Eli könnten dich dafür nach Europa begleiten. Eli wäre ein wundervoller Assistent, und es wäre mein ausdrücklicher Wunsch, dass er eine Zeit lang in Europa Erfahrungen sammelt. Außerdem muss er hier dringend aus der Schusslinie. Vielleicht kannst du auch noch die anderen jungen Männer bei Geschäftspartnern unterbringen.«

»Und Ulanis Zukunft?«

Johannes sah sie nicht an, als er seine Frage stellte, doch sie spürte seine Anspannung.

»Ich habe euch an dem Nachmittag gesehen ... liebst du sie bereits? Oder konntest du dich nur nicht beherrschen?«

»Das tut mit leid ... ich wollte nicht, ich dachte ...«

»Du dachtest nicht, Bruder, sondern du hast dir genommen,

was dir angeboten wurde. Dein Blut war nicht in deinem Kopf, doch jetzt sollte es dort sein. Würde eine so junge Ehefrau wie Ulani deinem Geschäft schaden?«

»Du meinst …?« Er musste sie doch ansehen, um zu spüren, ob sie es mit einem Einverständnis ernst meinen könnte. Elisa meinte es ernst.

»Wenn du meiner Tochter aufrichtig Gutes tun willst … Sie ist meine Tochter, das weißt du, nicht wahr? Vielleicht teilen wir kein Blut, aber unsere Seelen haben sich verbunden. Wenn du Ulani liebst und ihr Bestes willst, dann musst du sie ehelichen.«

Die Hochzeit von Johannes van Ween und Ulani Vogel fand nur wenige Monate später statt und wurde zu einem bedeutenden gesellschaftlichen Ereignis. Vergleichsweise klein, dafür aber sehr exklusiv, feierten sie im vornehmsten Hotel von Waikiki, dem strahlend weißen Moana Hotel an der Kalakaua Avenue, zur Jahreswende 1913. Auf der illustren Gästeliste standen sechzig Personen von gesellschaftlicher Relevanz, und zwar genau so viele Ali'i wie Einwanderer. Die Einladungen auf schneeweißem Büttenpapier mit Goldrand waren von feinster Qualität. Auf Elisas ausdrückliche Bitte hin kam auch Königin Lili'uokalani zusammen mit der Großmutter von Elisabeth und Thomas.

Ulanis Brüder waren geladen sowie die drei Söhne von Nalani und Makaio. Alle fünf waren nach ihrer Inhaftierung temporär auf freien Fuß gesetzt worden, dafür hatte Johannes mit der entsprechenden politischen Unterstützung gesorgt. Sie waren schließlich alle noch halbe Kinder, und es gab keine wirklich stichhaltigen Beweise, dass einer der jungen Männer tatsächlich Schüsse auf die Soldaten abgefeuert hatte. Es musste ein Unfall gewesen sein.

Elisa hatte ihre Kontakte über Lili'uokalani genutzt, um dieses bedeutende gesellschaftliche Ereignis als Demonstration eines friedlichen Miteinanders zu bewerben. Es gab inzwischen viele Unzufriedene. Ausdrücklich wurden ausgewählte Ali'i neben die Abkömmlinge der Missionary Boys gesetzt. Auf Elisas Bitte hin kamen auch einige Vertreter der Familie Dole sowie Mike Baker und seine Frau. Nalani und Makaio setzten sich mit ihren Widersachern an einen Tisch.

Die wichtigsten Honoratioren von Honolulu, unter ihnen der Richter Sanford B. Dole sowie Gouverneur Lucius E. Pinkham, bekamen spezielle Aufgaben von Elisa. Einer musste eine Rede halten, der andere ein Rätsel stellen, bei dem es einen Preis zu gewinnen gab, und Richter Dole sang sogar einen Song mit Henry Berger, dem Bandleader der Royal Hawaiian Band.

An den reich gedeckten Tischen, über Blumenschmuck und köstlichen Speisen parlierten die Weißen mit den Ali'i, als wären sie die besten Freunde. Man feierte bis spät in die Nacht und war vordergründig fröhlich, doch hinter der einen oder anderen vorgehaltenen Hand wurde auf beiden Seiten auch gelästert. Johannes van Weens junge Braut war eine Gouvernante aus dem Nirgendwo. Dennoch war man sich einig über die betörende Schönheit ihrer grünen Augen, man bewunderte ihren makellos hellgoldenen Teint und ihre umwerfend elegante Figur mit den langen Beinen.

Elisa war stolz auf Ulani. Sie war eine strahlende und vor allem liebreizende Braut mit bemerkenswertem Charme. Aber es war nicht nur ihre Schönheit, die Elisa bezauberte, sondern vor allem ihre Eloquenz. Mit wohltönender Stimme drückte Ulani den Gästen und vor allem Elisa ihre tiefe Dankbarkeit aus, als sie nach der kirchlichen Zeremonie im Hotel ihre kurze Begrüßungsansprache hielt. Sie hielt ihren Kopf stolz auf dem schwanengleichen Hals und sprach langsam, stets ein Lächeln auf den Lippen, das sie vor allem Lili'uokalani schenkte. Sie sprach trotz ihrer Jugend mit klugen Worten über das Königshaus als Bringer und Bewahrer der wertvollsten hawaiischen Traditionen. Johannes konnte stolz auf seine zweite Frau sein, auch das hatte er Elisa zu verdanken. Tag und Nacht hatte sie Ulani auf diesen Moment vorbereitet.

In der tränenreichen Aussprache, in der Ulani sich für den Verrat entschuldigte, hatte es einen Überraschungsmoment gegeben, denn Ulani versicherte ihrer Mutter, sie sei immer noch jungfräulich. Zwar hätte sie einiges getan, worüber eine ehrbare Frau nicht sprechen sollte, doch ihre Jungfräulichkeit hätte sie sich bewahrt. Elisa hätte sie oft genug vor den Folgen gewarnt, sollte sie sich einem Mann je ganz hingeben.

Als Elisa ihr schließlich verzieh, kam Freude an den Vorbereitungen auf, die das ganze Haus ergriff. Alle bekamen sie neue Kleider, und Gerd stolzierte in seinem ersten Anzug herum. Das Baby wurde mit weißen Rüschen ausstaffiert, und Emma überschlug sich mit ihren Freundinnen, als es um Brautstrauß und Blumenschmuck ging.

Selbst Amala wurde von dem Hochzeitswahn angesteckt und ließ sich dazu bewegen, nach edlen Stoffen für das schönste Hochzeitskleid der pazifischen Inseln zu suchen, bis ihr die Füße schmerzten. Nichts war gut genug für Prinzessin Ulani, wie ihre Geschwister sie jetzt nannten, um sie auf die Palme zu bringen. Alle genossen sie den gut gelaunten Wahnsinn, nur abends, wenn sie alleine in der Küche saßen, besprachen Amala und Elisa ihre eigenen Themen.

»Ob es je Liebe werden wird zwischen Johannes und unserer Prinzessin? Ich wage es zu bezweifeln …«

»Ich bin ihre Tutu. Als solche kann ich dir versprechen, dass es zumindest halten wird … Aber Liebe? Ihre frühen Kindheitserlebnisse waren schwer … der Tod der Eltern, das Betteln am Hafen. Sie wird gerne Johannes' Ehefrau sein und ihn nach Europa begleiten. Aber ein wahrhaft liebendes Herz voller

Hingabe wird noch viele Jahre nicht in ihrer Brust schlagen, wenn du mich fragst.«

»Das sehe ich auch so. Dafür ist Ulani intelligent, lebendig und zudem ausgesprochen reizvoll. Sie wird Johannes nützlich sein, da sie mehrere Sprachen fließend beherrscht. Zudem hat sie ein gutes Händchen für Zahlen und eine äußert passable musikalische Grundausbildung. Damit ist sie in Europa mehr als gesellschaftsfähig ...«

»Du mit deinem Europa ... es ist so weit weg.«

Amala brummelte vor sich hin, während sie aufräumte.

»Und musstest du für ihr Brautkleid noch eine weitere schwarze Perle einlösen? Das Collier wird nicht ewig halten ...«

»Johannes wird die Kosten übernehmen. Ulanis Brautkleid sollte alle vor Neid erblassen lassen, das war sein Wunsch. Die schwarze Perle habe ich für etwas anderes einlösen lassen. Hier, sieh dir das mal an, die Schneiderin hat es fast fertig, nur noch Abnäher müssen gesteckt und genäht werden. Aber dafür musst du selber hingehen, wenn dir das Kleid gefällt ...«

»Für mich ... das Kleid ist für mich?«

»Bist du nun Ulanis Tutu oder bist du es nicht?«

Amalas Hand strich ehrfürchtig über den dunkelblauen Stoff. »Die Seide schillert ja wie das Meer, wenn der Mond es um Mitternacht küsst ... sieht fast aus wie eins von Lili'uokalanis Kleidern.«

»Ja, das stimmt, ihre Schneiderin hat sich an einem ihrer Schnitte orientiert ...«

»Ihre Schneiderin ... Lili'uokalanis Schneiderin?«

Amala war am Hochzeitstag nicht die schönste Frau, aber ihr Stolz war unübersehbar, als sie an Ulanis Seite jeden Gast einzeln begrüßte.

Die Hochzeit war bereits in vollem Gange, als zwei verspätete Gäste eintrafen: Durch die Flügeltüren des Festssaals trat Gouverneur Janson mit seiner Tochter Victoria. Wie immer, wenn Elisa das junge Mädchen sah, hüpfte ihr Herz vor Freude, und gleichzeitig schnürte es ihr den Hals zu.

Seit sie mit Hokus Hilfe verhindern konnte, dass Victoria ein Leben in Leid und Lüge an der Seite von Piet van Weens ältestem Sohn verbringen musste, hatte die junge Frau einen ungewöhnlichen Weg eingeschlagen. Sie wollte Nonne werden, das wusste Elisa von Johannes. Nur bei wenigen gesellschaftlichen Anlässen sah man sie noch an der Seite ihres Vaters. Deswegen freute sich Elisa umso mehr, sie bei der Hochzeit zu sehen. Victoria war sehr dünn und trug zu ihrer Hochsteckfrisur, mit der sie älter wirkte, als sie war, ein bodenlanges festliches Kleid in einem hellen Türkis, das ihre Haut noch weißer leuchten ließ.

Nach der Begrüßung zog sie Elisa vertraulich zur Seite, denn sie hatte an diesem Tag gute Neuigkeiten erhalten, die sie unbedingt mit ihrer ehemaligen Gouvernante teilen wollte.

»Von Mutter Marianne soll ich Ihnen einen schönen Gruß bestellen, Fräulein Vogel. Ich bereite mich mithilfe der Oberin auf mein Leben im Dienst unseres Herrn vor. Schon bald werde ich auf Kalaupapa in der Leprakolonie unter Oberin Marianne als Novizin beginnen … Sie haben die Oberin auf Molokai kennengelernt, nicht wahr? Ist sie nicht ein wundervoller Mensch?«

In dieser Nacht, als alles vorüber war und auch Elisa ihr kostbares Kleid auszog, sprach sie ein besonders inniges Amen. Gott hatte ihre Gebete erhört. Und eines Tages, so schwor sie sich, wenn sie sich ganz sicher sein konnte, dass der Gouverneur Kelii keinen Schaden mehr zufügen konnte, würde sie Victoria die Wahrheit sagen.

Das Dampfschiff nach San Francisco wartete am Kai auf die letzten Passagiere. Johannes und Ulanis Hochzeitsreise nach Europa würde gleichzeitig Elisas Abschied für mindestens ein Jahr von ihrem Sohn Eli werden. Sie wollte ihn unbedingt für eine Weile ins Ausland schicken, da der Konflikt um die Ananasfelder sich in den Bergen trotz Elisas diplomatischen Bemühungen bei den Hochzeitsfeierlichkeiten ständig weiter zuspitzte. Zwar mussten die fünf jungen Männer nicht zurück ins Gefängnis, so viel hatte Elisa bei Richter Dole erreichen können, doch mit einer technischen Neuerung stand die Erweiterung der Fabrik von James Dole bevor. Es wurden neue Felder mit mehr Kapazitäten für Ananasfrüchte gebraucht. Der Kampf in den Bergen ging weiter.

Elisa wurde ungeduldig. Das Schiff sollte in wenigen Minuten ablegen, doch Eli war zur verabredeten Zeit nicht am Kai. Nur sein Gepäck wurde an Bord gebracht, von ihm selbst fehlte jede Spur. Elisa ließ Koffer und Taschen schließlich in letzter Sekunde wieder ausladen, war aber deutlich irritiert.

»Ärgere dich nicht über meinen Bruder. Du bist die liebste und beste Mutter auf der ganzen Welt …«

Ulani umarmte sie innig und wollte ihr den Rubinring in die Hand drücken, den sie seit ihrer Kindheit wie einen Schatz gehütet hatte. Doch Elisa gab ihn ihr zurück.

»Nein, Ulani, nimm den Ring mit auf eure Reise … mein Gefühl sagt mir, dass deine Mutter es so wollen würde.«

Auf diese Weise fuhr der Rubinring in den ersten Tagen des Jahres 1913 in die Stadt zurück, aus der er Jahre zuvor an der Hand von Gerits Jansons Mutter nach Hawaii gekommen war.

Einige letzte Tränen, dann tutete es, die Matrosen lösten die Leinen und Ulani entschwand mit Johannes gen Horizont.

Die ganze Familie war gekommen, um Lebewohl zu winken. Elisabeth und Thomas würden ihren Vater im Sommer in Hamburg besuchen. Elisa und Amala, die sich über Elis Fernbleiben wunderten, wollten gerade mit Gerd und Emma seine Koffer und Taschen zurück zum Washington Place bringen, als er außer Atem angerannt kam. Schon von ferne hörte Elisa ihn panisch rufen und ahnte Schlimmes.

Die Seuchenpolizei hatte Nalani und Makaio abgeführt und auch ihre drei Söhne, die ebenfalls untersucht werden sollten.

»Meine ganze Familie hat vielleicht Mai Pake, das sagten die Polizisten, die mit dem britischen Doktor dort waren. Aber alle fünf sollen Mai Pake haben? Es ist unser Doktor, der das behauptet, Ma, aber es stimmt doch nicht, oder?«

Auf diese Weise versuchten die Plantagenbesitzer also jetzt, an ihr Land zu kommen, dachte Elisa und verstand, warum ihr Sohn nicht auf dem Dampfer nach Hamburg sein wollte.

»Ich werde hier gebraucht, Ma, wir müssen ihnen helfen!«

Elisa schickte Amala mit den Kindern nach Hause und machte sich auf der Stelle mit Eli auf den Weg zum Kalihi-Hospital.

An diesem Tag, an dem Ulani ihre Hochzeitsreise begann und Eli sein Schiff verpasste, fällte Elisa eine Entscheidung, die viele Jahre lang das Leben ihrer Familie prägen würde. Sie würde nach Kalaupapa in die Leprakolonie ziehen, um dort Kelii, Nalani und Mokaio in ihrem aussichtslosen Kampf gegen Mai Pake zur Seite zu stehen. Aber sie würde dort nicht nur als *kokua* antreten, als Helferin der Erkrankten, sondern auch als Unternehmerin. Johannes hatte sie schon vor längerer Zeit auf diese Idee gebracht, als sie über Keliis verzweifelte Situation sprachen. Zu diesem Zweck hatte er Elisa über sein Kontor mit einem Vermögen in Höhe ihrer restlichen schwarzen Perlen ausgestattet, die nach wie vor in ihrem Versteck unter dem Apfelbaum an der Na-Pali-Küste von Kauai lagen.

Dein Wort genügt mir, Schwester. Nimm so viel aus meinem Konto in Honolulu, wie ich unter deinem Namen bewilligt habe. Eines Tages holen wir die schwarzen Perlen gemeinsam.

Das Erste, was Elisa kaufte, war das berüchtigte schwarze Mai-Pake-Boot, das seit Jahren die Verbannten vom Kai des Kalihi-Hospital fortbrachte. Sie übergab Eli zusammen mit Ulanis Brüdern das Boot, und gemeinsam tauften sie es auf den Namen Iwa. Es würde das Boot der Ananasrebellen werden, und sie bauten einen geheimen Verschlag im Bug. Dort konnten bis zu drei erwachsene Männer sich verstecken, sollte die Iwa von der Hafenpolizei durchsucht werden.

Johannes hatte Elisa zugesagt, ihr durch seine Beziehungen zu verschiedenen Reedereien dabei zu helfen, die gefährdeten Rebellen von den Inseln aus außer Landes zu bringen.

Alles brauchte länger als geplant, doch eines Tages war es so weit. Elisa stand dem britischen Doktor in ihrer neuen Funktion als Besitzerin des Mai-Pake-Boots gegenüber, um über den Transport seiner Patienten zu verhandeln, unter ihnen Nalani und Makaio. Nicht nur forderte Elisa einen höheren Preis als der alte Besitzer, sie verlangte im Vorfeld die Patientenliste. Nalani und Makaio waren auf der Liste, nicht aber ihre Söhne.

»Da fehlen drei Namen, lieber Herr Doktor Wellington …«

»Nein, es hat alles seine Ordnung, die Söhne sind nicht krank, sondern sie müssen ins Gefängnis.«

»Nein, sie sind krank, ernsthaft krank und gefährlich für ihre Umwelt. Auf Kalaupapa sind sie besser aufgehoben, glauben Sie mir.«

Der Doktor schwieg, nahm seine Brille ab und putzte sie lange und umständlich.

»Es ist Ihre Verantwortung, Fräulein Vogel …«

Kelii stand da wie eine Statue, seine Augen brannten ihr entgegen, als das schwarze Boot an ihm vorbei auf die Hafeneinfahrt von Kalaupapa zufuhr.

»Ich wusste, du würdest eines Tages kommen.«

Das war alles, was er sagte, bevor sie ihre harte Arbeit begannen. Er war krank, sehr krank sogar. Makaio und Nalani ging es noch nicht so schlecht, aber ihre Prognose war ebenfalls bedenklich. Kelii war schon länger einer der freiwilligen Versuchspersonen für verschiedene Therapien, und sein Fall wurde von Professor Janson dokumentiert.

»Niemand kann von den Schäden dieser Krankheit geheilt werden«, sagte Professor Janson ihnen allen. »Aber ich will versuchen, dieser Krankheit zumindest Einhalt zu gebieten. Vielleicht werden einige von ihnen dann nicht mehr ansteckend sein … und dürfen zurück nach Hause.«

Das war das Ziel, der Weg dorthin war nicht nur ungewiss, sondern auch bitter. Für die *kokua*, die Helfer, galten strenge Regeln. Elisa musste getrennt von Kelii wohnen, sogar separat essen, und durfte ihren Liebsten niemals berühren, so wie sie Nalani und Makaio nicht anfassen durfte. Aber sie war immerhin eine anerkannte *kokua*, und in dieser Funktion durfte sie unter bestimmten Bedingungen mit ihren Freunden zusammen sein. Ansonsten verrichtete Elisa fast jeden Tag gegen ein bescheidenes Gehalt die Schreibarbeiten für den Professor. Da er sich stets auf Deutsch seine Notizen über die Fortschritte der Behandlungen machte, übersetzte sie diese und fügte sie in die englische Gesamtdokumentation ein. Außerdem erledigte sie seine englische Korrespondenz. Auf diese Weise erfuhr Elisa viel über die bisherigen Behandlungsversuche, aber vor allem entdeckte sie schnell, wie wenig Fortschritte gemacht wurden.

»Es ist hoffnungslos, Kelii. Die Ärzte fischen im Trüben. Seit den Erkenntnissen von Louis Pasteur hat sich nicht viel getan … Wir müssen selber etwas ausprobieren.«

Ihr geheimer Treffpunkt mit Kelii waren die schwarzen Steilfelsen. Viele Stunden verbrachten sie dort gemeinsam am Meer, sie saß auf einem Stein und er einige Meter weiter. Ein Überhang in der Steilküste spendete zu bestimmten Zeiten wohltuenden Schatten, und sie waren dort wunderbar abgeschieden von der Welt. Manchmal redeten sie, bisweilen war es ein Schweigen ihrer tiefen Verbundenheit. Dienstags und freitags gab es oft Neuigkeiten zu besprechen, denn das schwarze Schiff brachte zweimal pro Woche Vorräte und bisweilen neue Patienten nach Kalaupapa.

Manchmal bog das schwarze Schiff vor der Hafeneinfahrt in ihre Bucht ab, dann ging die seitliche Luke auf. Ein Mann oder auch mehrere sprangen ins Wasser und schwammen an Land. Stets fanden die Ananasrebellen am Ufer unter dem überhängenden Felsen alles, was sie für ihre weitere Flucht benötigten.

Die drei Söhne von Nalani und Makaio waren bereits in ihrer ersten Nacht den Steilhang hinaufgeklettert. Von der anderen Seite der Insel aus wollten sie mit einem weiteren Boot von Molokai nach Big Island oder Maui fliehen. Keiner von ihnen konnte im Moment auf Oahu bleiben, aber sie hofften in ein paar Jahren zurückkehren zu können. Der Abschied war tränenreich, aber auch voller Hoffnung.

»*Ipo* … was meinst du, wie lange noch?«

Es hatte Monate gedauert, bis Kelii sie wieder bei ihrem Kosenamen rief. Und ein weiteres Jahr verging, bis er sie eines Tages einlud, mit ihm Okelanis Grab zu besuchen. Sie spürte seine Trauer immer noch wie einen eisernen Ring um seine Brust. In ihr tobte es erneut, die Frage nach der echten Liebe wurde übermächtig, da sie ihn nie berühren durfte. Doch er erlaubte es nicht.

»Du musst für unsere Kinder weiterleben. Erzähle mir von Gerd, Emma und Hokulele …«

Sie tat es, viele Stunden lang, denn jeden Monat fuhr sie mit der Iwa für eine Woche zu Amala und den Kindern nach Honolulu. Bei ihrer Rückkehr brachte sie stets neue Geschichten mit.

Eli kam öfter auf die Insel, um Kelii zu sehen und mit ihm die gefährliche Gratwanderung zu besprechen, zu der er sich entschlossen hatte. Zusammen mit Ulanis Brüdern arbeitete er auf der Iwa, auch half er den Ananasrebellen, aber Eli hatte jetzt vor, sich offiziell von der Firma Dole in der Ananasfabrik in Honolulu anstellen lassen. Das weltweite Geschäft mit Dosenananas war extrem profitabel, und James Dole suchte ständig verlässliche Angestellte.

»Nur so kann ich zumindest einen Teil der Freunde, aber vor allem den Besitz von Nalani und Makaio retten.«

Es war ein besonders heißer Augusttag im Jahr 1914, wie Elisa sich später erinnern sollte, als das schwarze Boot am Kai Vorräte auslud. Eli kam zu ihnen auf die Felsen gelaufen und rief schon von Weitem:

»In Europa ist endgültig der Krieg ausgebrochen!«

Alle waren zutiefst erschrocken, obwohl zumindest Elisa es schon länger geahnt hatte. Die Gespräche der Ärzte und Professoren aus den verschiedenen Ländern blieben ihr noch lange Zeit in Erinnerung. Offiziell war das amerikanische Forschungsprojekt bereits im Jahr zuvor beendet worden, jedoch hatten der britische Doktor und der deutsche Professor es gemeinsam mit finanzieller Hilfe aus Europa fortgeführt. Sie pendelten seit Jahren zwischen dem Kalihi-Hospital und der Leprakolonie und hatten mithilfe von Mutter Marianne auch reiche Sponsoren aus Honolulu für ihre Forschung gewonnen. Doch mit dem Kriegsausbruch veränderte sich auch das Gefühl der Zusammengehörigkeit der Ärzte.

Oft, wenn Elisa an der Korrespondenz und den Berichten des deutschen Professors arbeitete, steckte der britische Doktor seinen Kopf zur Tür rein. Einen Wettbewerb hatte es schon immer zwischen den Forschern gegeben, jetzt nannte man es Spionage. Ein baldiges Ende der europäischen medizinischen Mühen, die ohnehin nie wirklich gefruchtet hatten, war abzusehen. Aber wie würde es dann weitergehen?

»Sieh mal, so einen habe ich hier noch nie gesehen ...«

Zu viert saßen sie im Licht des Sommermondes an den Felsen. Elisa sah einen sehr ungewöhnlichen Hundertfüßer.

Kelii, der mit Makaio Treibholz für ihr rituelles Reinigungsfeuer gesammelt hatte, war ebenfalls verwundert.

»Er ist silbern, sogar fast weiß ...«

»Er leuchtet richtig. Oder reflektiert die Schuppenhaut nur das Mondlicht? Jedenfalls ist er sehr ungewöhnlich ...«

Keiner von ihnen hatte bisher auf der Insel Molokai Hundertfüßer entdeckt. Sie folgten seinen vielen Beinen und kamen an einen Felsspalt. Dahinter verschwand das Wurmtier.

Kurz darauf saßen sie zu viert am Feuer. Wie aus dem Nichts sagte Kelii das Wort *kanapi*, Hundertfüßer, immer und immer wieder in allen möglichen Klangschattierungen. Er erinnerte sich, letzte Nacht geträumt zu haben, er würde einen essen und dadurch geheilt werden.

Nalani und Elisa sahen sich an und hatten gleichzeitig nur einen einzigen Gedanken. Was wäre, wenn das Gift des Wurmtiers ihre Krankheit besiegen könnte?

Am nächsten Tag gingen sie zu dem Felsspalt. Mit Stöcken und Behältern bewaffnet begannen sie, die Felsen dahinter zur Seite zu rollen. Tatsächlich, hinter einem von ihnen entdeckten sie nicht nur einen, sondern über zwanzig der ekelhaften Tiere, alle in schillerndem Mondsilber, ein vibrierendes Knäuel aus Beinen und Gift.

Mit einem Kampfschrei schlug Kelii mit seinem Stock zu, wieder und wieder, bis auch die anderen zuschlugen. Kein Tier konnte entkommen. Was übrig blieb, war ein Brei aus Wurm, Füßen und einem Gift, das sie alle fürchteten, weil es ein Fieber auslöste, das bisweilen tödlich sein konnte.

Es würde ein weiteres Jahr dauern, bis Elisa die Medizin, die sie aus den Kanapi kochten, mit den weiteren Zutaten vermischen konnte, die Hoku in ihren Träumen sah. Einmal war es die Tausend-Nebel-Pflanze, für die Eli extra nach Kauai fahren musste. Dann war es *awapuhi*, der wilde Ingwer, er musste aus den Bergen von Maui kommen. Eine letzte Zutat war ebenfalls sehr schwer zu bekommen. Wieder war Eli derjenige, der es auf sich nahm. Sie brauchten das Blut eines Hais aus dem Riff an der Na-Pali-Küste, an dem die *aumakua* ihres Klans lebten.

An dem Tag, an dem Eli seinem Vater mit stolzgeschwellter Brust mit dem Mai-Pake-Boot das Haiblut brachte, kreiste der Iwa mit seinen schwarzen Schwingen niedrig über der Küste, so als würde er Ausschau halten. Es war der Winter des dritten Kriegsjahres. Die Einwohner Kalaupapas waren besorgt, denn das schwarze Boot hatte schon länger keine Vorräte mehr gebracht. Drei Wochen waren seit der letzten Lieferung vergangen, und Eli konnte nicht versprechen, die Überfahrt in Zukunft öfter zu wagen, denn seit dem Jahr 1914 hatte es immer wieder Kämpfe und Drohgebärden vor der Hafeneinfahrt in Honolulu gegeben.

Eine Zeit lang hatte das japanische Kampfschiff Nizen deutsche Frachtschiffe bedroht, die auslaufen wollten, doch auch andere Scharmützel waren an der Tagesordnung.

Vor allem die deutschen Schiffe wurden inzwischen von Briten, Amerikanern, aber vor allem von der japanischen Flotte über den gesamten Pazifikraum gejagt. Frachtschiffe der deutschen Reederei, mit der Johannes in Hamburg zusammenarbeitete, lagen seit Monaten im Hafen von Honolulu fest, denn es war zu gefährlich auszulaufen. Die Situation war so angespannt, dass schon mehr als ein harmloser Fischkutter aus Versehen von den Japanern versenkt worden war. Daher musste die Iwa die Nächte ohne Mondlicht abwarten, um heimlich auslaufen zu können.

Der Krieg war ein entsetzlicher Schicksalsschlag für die Welt, doch für Kelii und Elisa war er ein Segen. Vier Monate nach der heimlichen Einnahme des Kahuna-Heilmittels verließen Kelii, Nalani und Makaio als Geheilte die Leprakolonie. Als sie über die Planke auf die Iwa gingen, applaudierten andere Kranke begeistert, denn sie waren Hoffnungsträger. Ihre Entlassung war offiziell, sie hatten einen Gesundheitspass. Die Untersuchungen der Hautschnipsel, die regelmäßig von allen Kranken als Proben entnommen wurden, waren seit drei Monaten ohne Befund. Elisa musste ein wenig nachhelfen, da der britische Doktor es nicht glauben wollte und der deutsche Professor Hals über Kopf abfahren musste, bevor er die Kranken entlassen konnte. Es war Krieg, und diejenigen Deutschen, die noch im expliziten Auftrag Deutschlands auf den Inseln weilten, wurden jetzt zunehmend von den Amerikanern interniert.

»Das Abreisen des Professors ist aber noch lange kein Grund, hier Wunderheilmittel zu propagieren oder falsche Hoffnungen mit zwielichtigen Kahuna-Ritualen zu wecken!«

Der britische Doktor, der Elisa inzwischen sehr gut kannte, verschloss sämtliche Krankenakten in einem gepanzerten Schrank. Die Hauttests führte er eigenhändig durch, und Elisa erlaubte er noch nicht einmal, den Raum zu betreten. Als aber auch nach Monaten keinerlei Anzeichen der Krankheit mehr auf der Haut nachweisbar waren und die drei Patienten zudem einen sehr guten Allgemeinzustand zeigten, rief der Doktor sie eines Morgens zu sich. Er hatte eine deutliche Whiskyfahne.

»Wie haben Sie das hinbekommen, Fräulein Vogel?«

»Zerdrückter und gekochter Hundertfüßler, die Tausend-Nebel-Pflanze, das Blut eines Hais von dem Riff aus der Bucht von Hanalei an der Na-Pali-Küste und dazu noch frischen *awapuhi* aus Mauis Bergen. Trinken, bis ein Fieber kommt, dann viel Schlaf und täglich im Meer baden.«

»Machen Sie sich lustig über mich, Fräulein Vogel?«

»Das würde ich niemals wagen.«

Ein Abschied aus Kalaupapa fiel Elisa besonders schwer. Mutter Marianne war jetzt bereits neunundsiebzig und saß im Rollstuhl, als sie sich das letzte Mal sahen. Ihr Gesicht strahlte vor Freude, als sie von der Entlassung erfuhr.

»Die Heilung der Aussätzigen ist ein Wunder unseres Herrn, und das sollten wir nie vergessen …«

Dann sprachen sie über Victoria, denn die Oberin machte sich große Sorgen. Nach ihrer Ausbildungszeit als Novizin bei Mutter Marianne ging Victoria zurück nach Oahu, um in Honolulu im Haus der Mai-Pake-Waisen als Nonne zu arbeiten.

»Seit nunmehr drei Jahren leistet sie gute Arbeit, doch etwas nagt an der Seele des Kindes … Wissen Sie, was es sein könnte?«

Elisa versuchte ein Lächeln, doch es wollte ihr nicht recht gelingen. »Wissen Sie es denn nicht? Hat sie nicht in der Beichte über ihren Vater, den Gouverneur, gesprochen?«

»Wovon sprechen Sie?«

»Nichts, es ist nichts …«

Die alte Oberin sah sie prüfend an.

»Was wissen Sie über ihre Mutter, starb sie wirklich bei der Geburt, wie Victoria mir erzählte?«

Elisa sah zu Boden. Wie sollte sie den strahlenden Augen von Mutter Marianne jemals erklären, wie es damals gewesen ist und warum sie all die Jahre geschwiegen hatte. Nicht nur Clementia und Fried, sondern auch der Gouverneur von Kauai waren Sponsoren des neuen Flügels im Waisenhaus. Dann gab es noch die wohltätige Stiftung zugunsten der hawaiischen Waisenkinder, die Pflegeeltern fanden. Und sicherlich erhielt der Orden noch weitere Zuwendungen. All das würde Elisa mit der Wahrheit gefährden. Außerdem wollten sie zurück in ihr Dorf am Wasserfall. Dort erwartete man Kelii, und Eli hatte berichtet, der Dorfrat der Ältesten wollte ihn immer noch als Dorfchef. Damit wäre Kelii erneut auf dem Terrain von Gouverneur Janson. All das raste durch Elisas Kopf, während die lächelnde Oberin im Rollstuhl auf eine Antwort wartete. Elisa entschied sich zu schweigen.

»Es tut mir leid, Mutter Marianne, über Victorias Mutter kann ich Ihnen nichts sagen.«

»Das habe ich mir fast gedacht. Es steht zu viel für Sie auf dem Spiel, nicht wahr?«

»Mein Weg, Gutes zu tun, ist gefährlich nah an Kerker, Tod und Verderben. Liebe ich einen Menschen, gefährde ich damit einen anderen ...«

»Wissen Sie wirklich, wem Sie dienen, Elisa?«

Als die Iwa die Steilfelsen hinter sich ließ, standen Elisa und Kelii vorne am Bug. Er hatte seine Arme schützend um sie gelegt, wie er es jetzt seit ein paar Wochen tat. Sie hatten keine Angst mehr vor der Ansteckung, aber an den Körperkontakt mussten sie sich erst langsam wieder gewöhnen. Als sie so dicht beieinanderstanden, ihr Rücken an seiner Brust, spürte sie kein Begehren in seinen Lenden. Es machte ihr nichts aus. Sie hatte beschlossen, mit Kelii alt zu werden. Sie war bei ihrer Rückkehr aus der Verbannung zweiundvierzig Jahre alt und so glücklich wie nie zuvor in ihrem Leben. In seinen Armen zu liegen, die salzige Luft mit ihm einzuatmen und das Klopfen seines Herzen an ihrem Rücken zu spüren war genug für ihr restliches Leben. Mit ihm blickte sie auf das offene Meer. Es roch nach Freiheit.

20. Kapitel

Sonnenwende, 2011

Schon beim Aufwachen fühlte Maja, wie sich ihr Sohn auf andere Weise bemerkbar machte als in den letzten Tagen. Er wollte jetzt selber ins Licht der Sonne blicken und hatte sich diesen Tag für seinen ersten eigenen Atemzug ausgesucht.

Sonnenwende, der einundzwanzigste Juni. Er war ein guter Geburtstag, fand Maja, und dann überlegte sie sich, ob sie Keanu wecken sollte. Er war spät ins Bett gekommen, denn nach ihrem Zubettgehen hatten die drei Männer unten noch länger geredet, ferngesehen und Bier getrunken. So genau wusste Maja es nicht. Sie hatte vor allem ihre Freude daran, wie gut sich ihr Vater und Stefan inzwischen mit Keanu verstanden. Obwohl das viele Englischreden Stefan anfangs zu anstrengend war, unterhielten sie sich jetzt oft viele Stunden über die Probleme Hawaiis, aber auch über Motorräder und andere Männervorlieben. Trotzdem blieb immer noch ein Restzweifel, denn Keanus Leben war völlig anders als das von Stefan. Es beinhaltete mehr Idealismus, politischen Kampfgeist, zudem Gefahr. Stefan hingegen war durch seine verantwortungsvolle Aufgabe als Kardiologe täglich mit dem Kampf um Leben und Tod konfrontiert, daher hielt er sich privat aus vielen Dingen heraus und war weder politisch interessiert noch engagiert. Majas Vater blieb das stets ein Rätsel. Max war als Anwalt ständig im Kampf für das Recht, er hatte also mit Keanu Gemeinsamkeiten, die sich mit Stefan nicht ergaben. Stefan war der Mutter-Wunsch-Schwiegersohn gewesen.

Bei dem Gedanken an ihre Mutter wurde Maja traurig, denn sie dachte an ihr gestriges Gespräch über Skype mit ihr. Es folgte auf ein Gespräch zwischen Max und ihr, das lang und wohl auch ein wenig schwierig war. Maja hörte ihre Eltern mehrmals laut werden. Ihre Mutter hatte ihr sofort gesagt, was sie beunruhigte.

»Es ist dein Herz, Maja. Es macht mir im Moment mehr als alles andere Sorgen. Wie du weißt, konnten wir nie die Genese der Herzerkrankung deiner leiblichen Mutter bekommen, obwohl ich Max ausdrücklich darum gebeten habe. Er sollte alles, aber auch alles dafür tun, diese Frau wiederzufinden … Aus medizinischer Sicht weiß ich nicht, warum dein Herz sich so seltsam verhält, aber die Werte werden stetig schlechter. Die Kurve geht nach unten …«

In dem folgenden Moment des Schweigens hörte Maja ein lästiges Echo vieler Jahre. Seit ihrer Kindheit hatte sie immer wieder Probleme mit ihrem Herzen gehabt, in ihrer Pubertät war es am schlimmsten, denn ihre Mutter hatte ihr allerlei Regeln auferlegt, die mit Wechselduschen am Morgen begannen, um ihren Kreislauf zu stärken, und mit autogenem Training am Abend endeten, um die Entspannung zu fördern. Sie hatten sich oft gestritten. *Mein Herz gehört mir* wurde zu Majas pubertärem Schlachtruf.

Im Nachhinein konnte sie darüber lächeln. Wie recht sie hatte mit ihren Wunsch nach Abgrenzung.

»Warum habt ihr es mir eigentlich nicht früher gesagt, du und Papa … Und warum habt ihr meinen Namen geändert?«

»Ach, Maja …« Ihre Mutter sagte nur diese beiden Worte, denn sie beinhalteten alles, was zwischen ihnen gründlich schiefgelaufen war in all den Jahren.

Wieder kam eine Kontraktion, Maja krümmte sich vor der Bildschirmkamera zusammen, und ihre Mutter merkte es sofort.

»Das sind doch Wehen ... Du musst in die Klinik, Kind!«

»Ich denke, ich werde mein Baby hier bekommen. Stefan ist ohnehin noch hier ... Papa ist auch da, aber vor allem fühle ich mich hier sehr viel wohler als in der Klinik.«

Es folgte eine Litanei aus Fragen und Vorschriften, denn Maja hatte diesen Entschluss wirklich spontan gefasst. Aber er fühlte sich richtig an. Sie würde ihren Sohn auf diesem Stück Erde auf die Welt bringen, auf ihrem Land.

Ihre Mutter war nicht einverstanden, wie so oft, aber sie beließen es dabei und verabschiedeten sich so freundlich wie möglich. Sie würden über vieles reden müssen, das wussten sie beide, doch das Baby hatte Priorität.

Nachdem Maja Skype ausgeschaltet hatte, hörte sie nebenan im Kinderzimmer, wo ihr Vater untergebracht war, sein Handy klingeln. Max war allerdings gerade im Bad. Maja musste grinsen, denn sie konnte sich lebhaft vorstellen, wie ihre Mutter jetzt in München im Dreieck sprang, weil Max nicht sofort zu sprechen war. Wenn die Dinge anders liefen als von ihr orchestriert, wurde es schnell eng. Fragte sich nur, wie lang es dauern würde, bis sie Stefan anrief. Da hörte Maja ihn schon, weiter entfernt und leise, den langen Arm ihrer Mutter, denn Stefan schlief unten in ihrem Arbeitszimmer. Der Klingelton verstummte schnell, und keine fünf Minuten später klopfte es zaghaft an ihrer Tür.

Maja wickelte sich in ihren Pareo und verließ leise das Zimmer. Keanu schlief immer noch, und das war gut so.

Stefan war rücksichtsvoll genug, erst mit ihr zu reden, als sie mit einem Glas Wasser zusammen auf der Lanai saßen. Die Wehen kamen ohnehin noch in langen Zeitabständen, sie waren unregelmäßig und noch nicht sehr schmerzhaft.

»Eigentlich sollte mein Sohn erst in einer Woche auf die Welt kommen. Vielleicht ist es ein Fehlalarm?«

»Manchmal hören solche Wehen wieder auf, aber vielleicht will er schon heute auf die Welt kommen. Du sagst mir, wenn du Fruchtwasser verlierst, ja?«

Stefan lächelte ihr zu. Sie wusste, er hatte auch ihre Mutter beruhigt, zumindest ein wenig. Er war ein wunderbarer Arzt, aber zudem ein großartiger Freund für Majas Mutter.

»Sie liebt dich sehr, das weißt du, nicht wahr?«

»Ich weiß es natürlich theoretisch, wir haben oft darüber gesprochen, aber ich fühle ihre Liebe nicht. Und ich hatte nie das Gefühl, dass Mama mich wirklich wollte. Früher habe ich mir manchmal eingeredet, dass sie mich als Baby absichtlich vom Wickeltisch fallen ließ ... Du weißt, wie schlecht dieser Oberschenkelbruch zusammengewachsen war. Immer noch macht er manchmal Probleme, wenn ich meine Übungen nicht mache. Immer habe ich meiner Mutter dafür die Schuld gegeben ... Mit Papa hingegen ist es anders. Immer fühle ich ihn irgendwie bei mir ... ich meine, er musste auch oft sehr hart arbeiten, aber ich wusste immer, dass mein Papa mich liebt ... es war eben immer irgendwie kompliziert bei uns mit den Gefühlen, und da habe ich mir früh meine eigene Geschichte zusammengereimt ...«

Stefan nickte. Gestern Nacht hatte Max viel erzählt.

»Das muss wie eine Achterbahnfahrt sein ... wenn du reden willst? Keanu hatte gemeint, es würde dir guttun.«

Sie war zunächst irritiert. Ihr Vater wollte es ihr überlassen, mit Keanu darüber zu reden, wenn sie so weit war.

»Dann weiß Keanu jetzt also Bescheid?«

Stefan nickte. Zusammen mit Max kam Keanu kurz darauf ebenfalls auf die Terrasse. Maja spürte ein erneutes Zusammenziehen, versuchte aber, sich noch nicht allzu viel anmerken zu lassen. Ihr war vor allem wichtig, wie Keanu auf die Nachricht ihrer Herkunft reagieren würde. Sie wusste, dass es für ihn nicht einfach sein konnte, mit Majas veränderter Biografie klarzukommen.

»Hier, der lag noch im Bad ...«

Er gab Maja den Rubinring mit einem Lächeln, das nicht sehr viel aussagte. Dann fügte er leise hinzu: »Ich mag den Namen Anela ... er passt zu dir.«

Erleichtert steckte Maja den Ring an ihren kleinen Finger. Ihre Hand zitterte. Sie fühlte sich verwundbar und ausgeliefert, und sie hatte Angst. Stefan räusperte sich.

»Maja möchte das Baby zu Hause bekommen ... und ich glaube, es kommt schon heute. Aber ich bin mir nicht sicher, ob wir nicht lieber in die Klinik fahren sollten ... für den Notfall ...«

Max und Stefan schienen sichtlich nervös, Maja konnte regelrecht sehen, wie die Gedanken in ihrem Vater ratterten und er die schlimmsten Szenarien vor sich sah. Doch er sagte nichts. Und auch Stefan, dem ihre Mutter bestimmt schon die Hölle heißgemacht hatte, lächelte. Keanu nickte nur und trank sein Wasser.

Der Einzige, der sich traute, einen Ton von sich zu geben, war Yellow. Stolz legte er Maja eine tote Maus vor die Füße und miaute vor Freude. Sie merkte, sie musste selber entscheiden, wie sie ihr Kind auf die Welt bringen wollte.

Ein paar Stunden später, es war um die Mittagszeit und Majas Kontraktionen kamen öfter, kamen Mai und die Tochter eines Cousins, die als Hebamme Hausgeburten betreute. Maja hatte die patente junge Frau schon bei ihrer Einweihungsparty kennengelernt. Dann kam Leilani mit ihrer Tutu. Die beiden brachten Essen mit und gute Laune. Von Leilani bekam Maja ein ganz persönliches Geschenk. Sie hatte ihr einen Kranz aus weißen Frangipaniblüten und Gardenien geflochten, der wundervoll duftete. Maja sah Tränen in ihren Augen, als sie ihn ihr aufs Haar setzte.

»Keanu hat es mir heute erzählt ... und ich bin berührt von dieser Geschichte ... hier meine Lieblingsblüten als ein Zeichen schwesterlicher Freundschaft ... Anela.«

Es lief immer noch nicht ganz rund zwischen ihnen, das würde Jahre dauern, das war Maja bewusst, aber es gab eine erste Akzeptanz. Und zum ersten Mal mochte sie den Duft von Gardenien. Nicht mehr nur süß und schwer rochen die Blüten, sondern auch lieblich und umhüllend.

Kurz darauf gab es in Applerock das beste Geburtshaus, das Maja sich wünschen konnte. Eine dampfende Badewanne zum Entspannen, darüber Leilanis duftenden Blütenkranz. Ein großes Bett mit willigen Helfern, dazu ein Sauerstoffgerät und Notfallmedikamente von Stefan, falls ihr Herz wirklich Probleme machen sollte. Immer wieder hörte er ihre Herztöne ab.

»Falls du mitten in der Geburt beschließen solltest, dich vor dem zukünftigen Windelwechseln zu drücken, will ich zumindest gewappnet sein ...«

Max hatte noch mit seinen Angstgefühlen zu tun, versuchte aber so hilfreich wie möglich zu sein, indem er viel scherzte und zu überspielen versuchte, was er wirklich fühlte. Vieles machte ihm zu schaffen, vor allem auch, dass er nicht wusste, unter welchen Umständen Maja einst auf die Welt gekommen war.

»Im dem Krankenhaus in Honolulu, in dem ich dich damals abgeholt habe, haben sie mir mitgegeben, was sie hatten. Außer der Verbrennung und deinem Beinbruch hatten sie nichts. Ich weiß es nicht, Maja ...«

»Aber Malia hat meine Geburt zumindest überlebt ...«

Wie immer, wenn sie bei Max nicht weiterwusste, bemühte Maja sich um einen leichten, versöhnlichen Ton, damit ihr Vater sich besser fühlte. Keanu beobachtete die Interaktion eine Weile, dann bat er Maja um ein Gespräch unter vier Augen.

»Dein Vater sollte deinen Geburtsschmerz nehmen ...«

Sie hatte von den alten Ritualen gehört, wusste aber nicht genau, wie so etwas funktionierte. Keanu holte Mai, da sie mehr Erfahrung hatte. Alle Kinder ihrer Familie waren nach altem hawaiischem Brauch auf die Welt gekommen.

»Einer aus der Familie nimmt der Mutter den Schmerz ab, indem er ihn wegatmet, oft im Raum nebenan, damit die Mutter von dem Stöhnen nicht irritiert wird. Den Schmerz soll jemand in der Familie nehmen, der entweder nicht viele Schmerzen in seinem Leben ertragen musste oder aber etwas schuldig geblieben ist. Dein Vater hat sich vor deiner Geburt gedrückt ... Er musste sich auf der anderen Seite des Erdballs wichtig machen, also trägt er Schuld. Er trägt also jetzt deinen Schmerz.«

»Er wusste nichts von mir, außerdem war er verheiratet und hatte zwei Kinder ...«

Mai hatte begonnen, ihren Bauch vorsichtig zu ertasten.

»Glaube mir, Anela, wir wissen alle voneinander. Ganz tief drin ... da, er hat mich geboxt!«

Mai nickte zufrieden, als sie ihre Hand von ihrem Bauch nahm. »Er mag mich jetzt schon, euer Sohn ... Er wird heute noch kommen, vor Mitternacht, weil er den Mond sehen will.«

Die Sonne ging unter, als Maja ihr Fruchtwasser verlor und es ernst wurde. Zu diesem Zeitpunkt hatten alle ihre Aufgaben. Auch Wachestehen war ein Posten, denn Sabji war aus ihrem Versteck am Wasserfall gekommen. Es ging ihr nach den Tagen in der Natur sichtlich gut, ihr Körper stand stark, ihre Augen leuchteten und hatten ein fast magnetisches Strahlen. Als sie Majas Hände ergriff, wollte sie ihr zur Begrüßung etwas sagen und räusperte sich ein paar Mal. Doch es blieb bei dem gutturalen Grunzen. Dann legte sie ihre Stirn an die ihrer Enkelin und ihre Hände auf Majas Bauch, wo sie mit ihrem Urenkel Kontakt aufnahm. So verharrten sie eine Weile, bis die nächste Kontraktion kam.

Maja spürte, wie gut Sabjis Hände ihr taten. Es war, als wäre der Wasserfall selber gekommen, um mitzuspülen, was Maja bei einer Geburt nicht brauchen konnte, vor allem die Ängste. Sie hatte sogar das Gefühl, dass ihr Herz begann, kräftiger und ruhiger zu schlagen. Das musste sie mitteilen.

»Stefan ... Horch mich noch einmal ab.«

Und tatsächlich, je näher Sabjis Körper dem von Maja war, desto ruhiger wurde ihr Herz. Sie experimentierten eine Weile. Am besten war es, wenn Sabji hinter Maja stand und ihr durch direkten Körperkontakt den Rücken stärkte.

Bald flossen Tränen bei Maja, obwohl sie nicht traurig war. Sabjis Körper hinter ihr war wie eine Sehnsucht, die sie in ihrem Leben vor sich hergetragen hatte, ohne zu wissen, wonach sie sich gesehnt hatte, in den vielen Stunden der Abenddämmerung, in denen täglich ihr Herz geschmerzt hatte, immer schon.

Ina hatte sie einmal gefragt, ob vielleicht jemand an sie denken würde, an einem fernen Ort. Es könnte sein, dachte Maja jetzt, denn wenn Sabjis Anwesenheit ihr so guttat, wie würde es ihr dann wohl mit ihrer leiblichen Mutter gehen? Wenn Malia noch am Leben war, dann würde Maja sie kennenlernen wollen.

An Elisa musste sie denken, während die Wehen häufiger und heftiger kamen. Wie hatte Elisa es mit den Zwillingen geschafft? Hat damals jemand im Dorf ihre Schmerzen genommen?

Während Maja im Schlafzimmer mithilfe von Sabji und der Hebamme die ersten starken Wehen durchlitt, zog Stefan bereits eine Spritze auf. Er wollte für alles bereit sein, selbst wenn die beiden Hawaiianerinnen ihn belächelten. In ihrer Kultur ertrug eine Frau den Geburtsschmerz ohne Jammern und, wenn es ging, auch ohne helfende Schmerzmittel.

Im Kinderzimmer nebenan saß der zukünftige Großvater Max mit Urgroßtante Mai. Zunächst versuchte er, sich für das zu rechtfertigen, was er schlecht gemacht hatte, denn in Mais Augen war es eine ganze Menge.

Maja hörte die beiden reden, dann streiten. Die Gesprächsfetzen, die durch die Wand drangen, hörte auch Keanu und lächelte vor sich hin.

»Mai macht Max gerade ein großes Geschenk … sie nennt es immer *ma'ema'e pali,* was so viel heißt wie von der Klippe fegen oder Großreinemachen. Und dein Vater braucht es!«

Keanu sagte seine Worte mit einem Lächeln, doch sie spürte den Ernst dahinter. Mit der nächsten Kontraktion kamen auch ihre Worte.

»Mein Vater war verdammt selbstsüchtig …«

»Sieh sie dir an, die junge Malia, wie verwundbar und zart sie auf dem Foto aussieht, in einer unglücklichen Ehe gefangen, noch dazu mit ihm …«

Keanu wollte instinktiv seinen Namen nicht aussprechen, so als würde etwas Dunkles und Böses daran haften. Wieder kam eine Kontraktion. Maja wurde schlecht.

»Als ich ein kleines Kind war, da hat er mich mit meiner Mutter abgeholt … Und dann? Habe ich bei ihm gewohnt?«

Sie wussten es nicht. Nur den Brief, den Malia an Max geschickt hatte, und die Notizen aus dem Krankenhaus gab es. Ein Säugling wurde mit Verbrennungen und Oberschenkelhalsbruch eingeliefert, und die Mutter konnte das Kind nicht großziehen.

All die Fragen, die Maja quälten, konnten wahrscheinlich entweder Malia oder der Mann mit der Bauchwunde beantworten, aber würden sie es tun? Maja bezweifelte es. Stefan mischte sich ein. »Wieso nicht? In ein paar Tagen ist der Kerl so weit vernehmungsfähig. Dann gehe ich hin und frage ihn, woher die Narbe an deinem Haaransatz kommt …«

Er klang wütend, genau so wütend wie Maja.

»Die Verbrennung sei passiert, als ich ein Baby war, hat Mama immer gesagt, sie hätte mich mit Milch verbrüht …«

»Meine Chefin, also deine Adoptivmutter, war es nicht, denn du warst gar nicht in Deutschland.«

»Und der Bruch, der mir manchmal Probleme macht, da sei ich ihr vom Wickeltisch gefallen, sagte sie …«

»Weil deine Mutter dich eben liebt, da hat sie es auf sich genommen, damit du auf jemanden sauer sein kannst!«

»Ist ja gut, Stefan, reite nicht darauf rum!«

»Doch, Maja, das tue ich, weil ich deine Mutter gernhabe und du jetzt wehrlos bist und ich dir alles sagen kann …«

Sabji grunzte und auch Keanu musste lachen. Zwar sprach Stefan in seiner Erregung deutsch, aber Majas Reaktion sprach Bände. Sie war einfach nur fassungslos.

»Du meinst, ich habe ein Problem mit meiner Mutter in München, weil ich ihr all das ankreide, was lange vor meiner Adoption passierte …«

Es blieb kompliziert. Die Welt aus Schatten und Licht in Majas Innerem würde sich nicht in ein paar Stunden in Nichts auflösen. Doch während sie atmete und presste und schließlich vor Schmerzen fast die Besinnung verlor, suchten ihre Gedanken verzweifelt nach einem Ausweg. Wie konnte sie ihrem Sohn nur einen Weg zeigen, zunächst aus ihrem Körper und dann zu seinem ersten eigenen Atemzug? Sie konnte es nicht.

»Stefan, es geht nicht … Ich presse und presse …«

»Ja, das dauert noch, der Muttermund ist nicht weit genug offen. Vielleicht noch mal zurück in die Wanne.«

Da wechselte Keanu seine Position. Bisher lag er ruhig neben ihr, jetzt setzte er sich vor sie, sah ihr in die Augen und fixierte ihren angstvollen Blick mit seiner Ruhe.

»Du musst loslassen … Gib ihn dem Ozean, unseren Sohn. Gib ihn den Wellen, dem Wind, der Erde …«

»Spinnst du? Wie kommst du darauf, dass es darum geht, unseren Sohn loszulassen? Ich muss ihn zur Welt bringen, ich!«

Maja war mit einem Mal auch auf Keanu wütend, so wie sie auf alle wütend war, die sich zwar mit ihr in diesem Raum befanden, aber nicht ihre verdammten Schmerzen aushalten mussten. »Hätte ich gewusst, wie weh das tut …«

»Dann hättest du unseren Sohn nicht gewollt? Sei nicht albern … hier, du darfst mich kneifen. Und jetzt schön weiterpressen …«

Keanu überließ ihr seine Arme, und sie krampfte ihre Hände in seine Oberarme. Das und auch Max' lautes Stöhnen nebenan verschaffte ihr ein wenig Erleichterung, obwohl sie es sich nicht ganz erklären konnte.

»Schlägt Mai meinen Vater etwa?«

Wieder lachten Sabji und Keanu, denn beide waren mit dem Brauch vertraut. Keanu gab ihr immerhin einen Tipp, während er ihr den Schweiß von der Stirn wischte.

»Versuch, mit Max' Stöhnen etwas von deiner Not wegzuatmen. Gib deinem Vater deinen Schmerz. Er wird ihn nehmen. Mai hat ihn so weit …«

»Und du, kannst du nicht meinen Schmerz nehmen?«

Maja hatte das Gefühl, gleich zu zerreißen, und krampfte sich noch fester in Keanus Arme. Er sah sie mitfühlend an.

»Nein, es ist nicht mein Platz. Mit Sabji muss ich als Vater das Tor öffnen für die *aumakua*, damit unser Sohn all seine Lebensgaben bekommt. Hörst du sie da draußen?«

Maja ließ kurz seine Arme los, und Keanu stand vom Bett auf, um die Tür zur Terrasse weiter aufzumachen.

Die letzten Sonnenstrahlen ließen den Himmel über dem Meer erglühen. Keanu half ihr dabei, sich weiter aufzurichten, um besser sehen zu können. Die Klippen der Bucht waren auf einer Seite noch von der untergehenden Sonne erleuchtet, und sie sah das Riff. In diesem Moment, in dem sie vor Schmerz das erste Mal laut aufschrie, wurde ihr auch das Wunder bewusst. Maja war Teil einer langen Lebenskette, und irgendwie hatte ihr verschlungener Pfad, an dem sie immer wieder zweifelte, sie bis hierher geführt. Sie gebar einen Sohn, der zu ihr kommen wollte, in ihre Arme und in die Arme von Keanu, wenn man an so etwas wie Schicksal glauben wollte. Ihr Sohn würde bald Sabji kennenlernen, Mai und Stefan und all die anderen, die sich darauf freuten, ihn zu begrüßen. Und vielleicht wollte er auch geboren werden, um diese zerrissene Familienseele zu heilen, und für so ein Geschenk würde Maja noch mehr Schmerzen ertragen. Mit diesem Gedanken presste sie.

21. Kapitel

Kriegsjahre, April 1917

»Von wegen ... diese Deutschen bekennen sich einfach nicht wirklich zu uns!«

Amala war wütend wegen Johannes, der versprochen hatte, mit Ulani nach Honolulu zurückzukommen, doch seine Rückreise immer wieder verschob. Elisa verstand ihre alte Freundin immer weniger.

»Wie kannst du mit einem Mal so amerikanisch sein, wenn es doch die Amerikaner waren, die Hawaiis letzte Königin vom Thron stießen?«

»Und du, Elisa, wie kannst du überhaupt nur daran denken, noch eine Deutsche zu sein, wenn diese deutschen Idioten mit ihrem Pickelhaubenkaiser weltweit Krieg führen müssen! Schämst du dich nicht?«

Elisa schämte sich nicht. Aber auch sie musste für sich definieren, zu welchem Land und zu welcher Familie sie gehörte. Die Zeiten hatten sich verändert.

Es waren nicht die Erlebnisse in der Leprakolonie, die Elisa nach ihrer Rückkehr zum Washington Place bedrückten, sondern vielmehr ihre Versäumnisse in Honolulu. Obwohl sie fast jeden Monat einmal mit der Iwa gekommen war, bevor die Fahrten zu gefährlich wurden, hatte sie zu wenig Präsenz gezeigt. Amerika hatte Deutschland den Krieg erklärt, was jede Menge neue Probleme mit sich brachte. Einige davon waren unvermeidbar, wie zum Beispiel die Infragestellung aller Positionen der Deutschen auf Hawaii.

Einige von Elisas Landsleuten, wie zum Beispiel ihre Mutter Clementia mit ihrem Mann Fried, aber auch Johannes mit seiner neuen Familie, waren in dieser heiklen Zeit nicht auf Hawaii, sondern in Deutschland. Es hatte sich so ergeben.

Eines Tages stand auch Elisas Onkel Paul mit seiner fünfköpfigen Familie vor ihrer Tür. Die Familie von Paul Vogel war auf dem Weg von Kauai nach Deutschland, vorübergehend hatten sie ihre Plantage verpachtet.

»Es wird auf Kauai zu unsicher. Janson haben sie das Gouverneursamt abgesprochen, obwohl er die amerikanische Staatsbürgerschaft hat. Wir hingegen wollten nie Amerikaner werden … Wir sind und bleiben Deutsche.«

Elisa erfuhr zwischen Tür und Angel, dass die Deutschen auf Kauai Bedenken hatten, ob ein Bleiben dort in Zukunft sicher wäre. Niemand wusste, wie lange dieser Krieg noch andauern würde. Die Deutschen hatten sich Feinde gemacht. Onkel Paul war einer der Ersten, der aus der politischen Entwicklung persönliche Konsequenzen zog.

»Dürfen wir kurz reinkommen, um uns auszuruhen?«

Ihr Onkel war inzwischen ein alter Mann. Elisa hatte ihn zum letzten Mal vor zwölf Jahren gesehen, bevor sie mit ihrer Familie von Kauai nach Honolulu zog. Jetzt ging er gebeugt und litt unter schwerem Asthma.

»Die verdammten Kriegsunruhen … deswegen haben wir drei, vier oder sogar noch mehr Tage Aufenthalt in Honolulu. Als ich unsere Passage buchte, konnte keiner ahnen, dass Amerika schon im April gegen uns in den Krieg ziehen würde!«

Elisa ersparte sich einen Kommentar, denn ein wenig genoss sie diese peinliche Situation. Ihr Onkel sprach weiter, während die fünf Frauen seiner Familie wie verschüchterte Stockfische hinter ihm standen.

»In den Hotels von Honolulu werden bereits erste mutmaßliche deutsche Spione festgenommen, so ein Schwachsinn! Außerdem sind sie überfüllt und teuer ... Hättest du vielleicht einen Unterschlupf für uns? Deine Tante ist müde und besorgt.«

Elisas Tante Katharina war häufig krank, wie Elisa über Johannes erfahren hatte. Ihr Versuch, Söhne zu gebären und großzuziehen, war gescheitert. Ihre Bitterkeit hatte Spuren von Grausamkeit um ihre Mundwinkel geätzt, und nur zwischen fest zusammengepressten Lippen brachte sie jetzt eine knappe Begrüßung hervor, mehr nicht. Ihre einst elegante, wenn auch strenge Erscheinung war der einer übergewichtigen Matrone gewichen. Ihre Töchter, Elisas jüngere Cousinen, alle im heiratsfähigen Alter, wirkten vor allem verschreckt.

»Sie würden mit Ihrer Familie gerne bei uns nächtigen?«

Kelii trat neben Elisa an die Tür. Er war eine imposante Erscheinung, vor allem in Anzughose und weißem Hemd. Durch das entbehrungsreiche Leben hatte er auch in seinen Vierzigern einen drahtigen Körper, aber vor allem beeindruckte der offene Blick seiner Augen. Die Spuren der Krankheit waren nur für Eingeweihte sichtbar. Auf dem Arm trug er jetzt Hokulele, die inzwischen fünf Jahre alt war und ihm seit ihrer Rückkehr überallhin folgte. Onkel Paul war verdutzt.

»Wie kommt es ... Ich dachte ... es ist lange her.«

»Das ist es wohl, Herr Vogel. Das letzte Mal war mein Vater noch am Leben ...«

Nicht das geringste Gefühl stand in den Augen von Elisas Mann, sie waren völlig unbeteiligt. Er ließ seinen Blick ruhig über die Töchter wandern, dann über Katharina, zuletzt über Paul, der sich sichtlich unwohl fühlte.

»Wer sind diese Leute, Pa?«

Wie ihre Mutter Okelani hatte Hokulele eine klangvolle, reine Stimme. Kelii wandte sich an Elisa.

»Möchtest du es unserer Tochter erklären?«

Bevor Elisa in Verlegenheit kam, stürmte Gerd an die Tür. Er war zu einem schlaksigen Siebzehnjährigen herangewachsen, stand seiner Verwandtschaft seit vielen Jahren das erste Mal gegenüber und nahm Paul Vogel ins Visier.

»Sie sind der Bruder meines Großvaters, Paul Vogel! Ihnen gehört auf Kauai die Zuckerrohrplantage, von der meine Mutter nichts abbekommen hat, weil sie statt Gouverneur Janson meinen Pa zum Mann nahm … und das ist Ihre Familie?«

Gerd schüttelte jedem deutschen Verwandten einzeln die Hand, wobei er nicht vergaß, ausgiebig zu lächeln.

Ihr Sohn war ein attraktiver Junge und wusste es, zudem war er intelligent und äußerst selbstbewusst für sein Alter. Seine belustigten Blicke waren unverschämt.

Zuletzt kam Amala an die Tür. Als sie sah, wen sie vor sich hatte, stemmte sie beide Hände in die Hüften und ihre Augen sprühten Gift.

»Wenn die hier schlafen, ziehe ich aus!«

Eine Sirene unterbrach die peinliche Situation.

»Es brennt! Wieder Rauch im Hafen … ob die Geier erneut in Flammen steht? Wo ist Emma?«

Gerd war in Sorge, denn seine Schwester verbrachte viel Zeit mit einem deutschen Offizier, der ihr den Kopf verdreht hatte. Er machte sich auf den Weg zum Hafen, während Elisas Onkel immer noch mit seiner Familie auf der Schwelle stand. Doch auch Amala wich keinen Millimeter, und Hokulele begann zu kichern.

»Ihr seid nur verwandt mit meiner Ma, weil ihr ganz weiß seid. Aber mein Pa mag keine *haole* …«

Elisa beherbergte ihre Verwandten nicht. Sie machte ihnen auch nicht in der kleinen Pension ihre Aufwartung, in der Paul Vogel mit seiner Familie für die drei Tage einen Unterschlupf fand. Sie und Kelii hatten Wichtigeres zu tun. Elisa wollte so schnell wie möglich zurück nach Kauai, um dort in ihrem Dorf am Wasserfall das Kriegsende abzuwarten. Man wartete auf

Kelii nun schon viele Jahre lang. Doch sie mussten noch warten, da Lili'uokalani sehr krank war.

»Ohne Abschied und ihren Segen kann ich Honolulu nicht verlassen. Und dann will ich noch ein Abschiedsessen für Eli und die Jungs geben …«

Elisa bezeichnete sie immer noch als Jungs, obwohl alle inzwischen gestandene junge Männer waren. Drei von ihnen hatten bereits feste Freundinnen, und alle arbeiteten in verschiedenen Funktionen für die Firma Dole. Dafür hatte Eli nach und nach gesorgt, sehr zum Ärger von Nalani und Makaio, die all ihre Ländereien verloren hatten. Nur noch das Haus in den Bergen und ein kleiner Garten gehörten ihnen. Elisa hatte sich mit Elis Hilfe sowie der Fürsprache von Lili'uokalani für die beiden eingesetzt. Als Königstreue und Rebellen waren sie in Ungnade gefallen.

Kelii nickte zustimmend.

»Es wäre gut, wenn Nalani und Makaio aus den Bergen kommen könnten, um sich mit ihren Jungs zu versöhnen.«

Kelii setzte sich bei seiner Cousine und ihrem Mann für die jungen Männer ein, da er sie verstehen konnte. Sie wollten sich wirtschaftlich etwas aufbauen, jetzt, in Kriegszeiten, war der Bedarf an Ananas weltweit gestiegen. Der Profit stieg von Jahr zu Jahr, und daher war die Bezahlung in der Fabrik gut. Von den jungen Leuten würden deshalb auch nur Gerd und Emma mit zurück nach Kauai kommen und natürlich Amala und Hokulele. Eli und die Jungs würden das Haus am Washington Place übernehmen.

Als Elisa auf die Nachricht von Lili'uokalani wartete und beschäftigt mit allerlei Vorbereitungen für den bevorstehenden Umzug war, ging die Türglocke. Amala war beim Einkaufen und Elisa öffnete selber. Vor ihr stand eine schmale junge Frau in der Ordenstracht der Franziskanerinnen: Victoria wollte sich von Elisa verabschieden, da sie Hawaii verlassen würde.

»In wenigen Tagen werde ich in ein Kriegsgebiet versetzt, darum habe ich gebeten. Die vielen Verletzten brauchen mich, und es hilft, dass ich gut deutsch spreche. Ich wollte mich von Ihnen verabschieden und mich für alles bedanken, vor allem auch für meine Sprachfertigkeit. Sie haben mir als Lehrerin viel gegeben, Fräulein Vogel, und ich werde Sie nie vergessen.«

Damit legte sie Elisa das kleine Täschchen hin, das sie einst am Hafen von ihr bekommen hatte.

»Mein Orden erlaubt nichts Persönliches, aber ich hatte Ihr Geschenk bis jetzt immer unter meiner Matratze oder meinem Strohsack versteckt …«

Über Victorias durchsichtig schmales Gesicht huschte ein schüchternes Lächeln, und Elisa hätte sie am liebsten in die Arme genommen. Doch das schien unpassend.

»Wie ich höre, haben Sie sich im Orden gut eingelebt. Mit Mutter Marianne habe ich über Sie gesprochen …«

»Könnten Sie nicht weiterhin Du zu mir sagen? Es ist, es ist so vertraut.«

»Wenn du es möchtest, Victoria, duze ich dich, und gerne schreibe ich dir von Kauai aus hin und wieder einen Brief. So können wir in Verbindung bleiben, auch wenn in Kriegszeiten die Briefe oft lange unterwegs sind…«

Victoria nickte und sah zu Boden. Elisa wusste nicht, was sie ihr sonst noch sagen sollte, denn ihr Herz wog schwer. Victoria schien eine zutiefst verunsicherte junge Frau zu sein und sah zudem unterernährt aus. Elisa hielt es keineswegs für eine gute Idee, sie in ein Kriegsgebiet zu schicken. Doch sie schwieg, denn sie hatte ihre Entscheidung vor langer Zeit getroffen. Nie wieder würde sie Kelii oder den Rest ihrer Familie in Schwierigkeiten bringen.

Die Umarmung, mit der Victoria sie zum Abschied überraschte, ähnelte einer verzweifelten Umklammerung. Kaum hörbar waren die geflüsterten Worte der jungen Nonne, und doch drangen sie voller Kraft an Elisas Ohr.

»Ich liebe Sie, Fräulein Vogel! Sie sind auf der Welt der einzige Mensch, den ich je geliebt habe und je lieben werde. Leben Sie wohl. Gott schütze Sie und Ihre Familie.«

Trockene Schluchzer brachen aus Elisa hervor, als sie Minuten später versteckt hinter dem Vorhang am Fenster stand. Die fadendünne schwarze Gestalt schien mehr zu schweben als auf der Erde zu gehen, als sie durch den Garten eilte. Bevor Victoria hinter den Baumriesen verschwand, beschloss Elisa, mit Lili'uokalani über ihre verlorene Tochter zu sprechen.

Sie wollten nicht aufhören, sich an den Händen zu halten. Beide spürten das Gewicht ihrer letzten Begegnung als wertvollen Schatz, der viele Jahre weiterwirken musste. Im Verweben der Worte und Blicke ging es Elisa mit Lili'uokalani ähnlich wie mit Mutter Marianne auf Molokai. Es war ein letztes Mal auf dieser Erde. Die Hawaiianer sprechen vom Weiterleben des *ha*, der Atemenergie, der Essenz der Seele in denjenigen, den man mit Liebe im Herzen trug, doch Elisa wollte mehr als das. Jedes Fältchen in dem edlen Gesicht mit den weißen Haaren wollte sie sich für immer einprägen. Die ehemalige Königin hatte in ihrer größten Not mit alldem, was ihr im Leben ans Herz gewachsen war, ihren Quilt bestickt. So musste auch Elisa an diesem Tag eine Erinnerung für ihre Kinder und Kindeskinder schaffen. Würde die letzte Königin von Hawaii eines Tages sterben, so fehlte eine Farbe im Regenbogen. Daher skizzierte Elisa heute Lili'uokalani, während sie sprachen.

Der Quilt hing nahe beim Bett, und sie redeten über die geheimen Botschaften des Verrats, die durch Frauenhände in Fäden, Stoff und Nadelstiche geflossen waren.

»Wie naiv ich doch war und wie gutmütig …«

Die Königin lag jetzt viel im Bett, sie fühlte sich oft schwach, und war im Alter milder geworden, denn als Christin übte sie jeden Tag die Kunst der Vergebung, wie sie Elisa gestand.

»Dennoch will ich nicht im Zorn aus dem Leben scheiden … Schauen Sie nur, wie schön Gottes Garten ist …«

Die Türen zu Lili'uokalanis kleinem Paradies waren offen, und es wehte der Duft von Frühlingsjasmin zum Bett. In den blühenden Bäumen sangen die Vögel ihr Lied von ewiger Wiederkehr.

»Das hatte ich fast vergessen … Hokulele schickt Ihnen dieses Bild und natürlich viele tausend Küsse …«

Sie gab der alten Dame das Kinderbild. Hokulele hatte sogar die Buchstaben Lili'uokalani gekrakelt und die Königin mit einer goldenen Krone gemalt. Zu ihrer Rechten und Linken waren die Fische des Pazifiks – und nicht die des Christentums, wie Elisa betonte.

»Kelii will unsere jüngste Tochter nicht mehr christlich erziehen lassen.«

»Hat er den Glauben an Christus endgültig verloren?«

»Seit er sich auf Molokai wieder mehr den alten Göttern zugewandt hat, möchte er Hokulele all das beibringen, was zur Tradition der Ali'i gehört. Auf Kauai wird sie auf keine Missionarschule gehen, sondern im Dorf vom Rat der Ältesten die alten Lehren empfangen.«

»Und wie ist es mit Ihnen, haben Sie auch Ihren Glauben verloren? Schlimm muss es sein, das eigene Geburtsland im Krieg zu wissen. Verwundete Soldaten, die verzweifelt nach ihren Müttern rufen, während sie in den Gräben sterben. Wie sollen die Menschen das ohne den Glauben an Christus aushalten? Wer wird sie in der Stunde ihres Todes über die Schwelle geleiten? Wer wird ihre enttäuschten zerrissenen Herzen mit sanftem Kuss in Blumenseelen verwandeln? Das kann nur er … nur der Gott der Christen hat diese Gabe, unsere Götter nicht …«

Elisa schwieg. Nie hatte sie ganz verstanden, wie eine enttäuschte Frau wie Lili'uokalani derartig innig mit dem Christentum verwoben sein konnte.

»Meine Tochter Victoria wird Honolulu verlassen, um als Franziskanerin Verwundeten in Kriegsgebieten beizustehen … Nun, ich habe kein gutes Gefühl dabei. Wie Sie wissen, ist ihr Vater … nun ja, ihr Vater …«

Elisa wusste nicht, wo sie anfangen sollte, und Lili'uokalani hörte ihrem Stammeln geduldig zu. Dann ließen sie gemeinsam Revue passieren, was vor vielen Jahren geschehen war, als Elisa barfuß mit ihrer neugeborenen Tochter aus dem Iolani-Palast geflohen war. Am Hafen wollte sie ein Schiff finden, in dem sie sich verstecken konnte. Lili'uokalani sah Elisa mit ihren weisen Augen an.

»Was haben Sie sich damals gedacht? Wie kamen Sie auf die Idee, ein weißes Kind zu entführen?«

»Nichts habe ich gedacht, ich habe nur gefühlt, was jede Mutter fühlt. Ich wollte Victoria beschützen.«

»Sie konnten sie nur dadurch beschützen, dass Sie ihr ermöglicht haben, ihr Leben ohne *kanaka* zu leben. Sehen Sie doch, was aus ihr geworden ist. Sie dient an der Seite unseres Erlösers … Wäre Victoria bei ihnen aufgewachsen, hätte sie nie diesen Weg eingeschlagen …«

Elisa schwieg. Was würde es ändern, wenn Victoria von der brutalen Vergewaltigung erfahren würde, vor allem nach all dem, was sie selber mit ihrem Vater durchmachen musste. Würde sie sich nicht noch einsamer und verratener vorkommen?

Lili'uokalani nahm Elisas Schweigen als Zustimmung.

»Sie sollen stolz auf sie sein, Elisa, und ihr jeden Tag ein Gebet schicken. Auch Ihre Sünden werden durch Ihre Tochter Victoria ans Kreuz des Leidens gebracht … dazu muss das Kind nicht erfahren, dass Sie seine leibliche Mutter sind. Es würde sie nur verstören und möglicherweise von ihrem Weg abbringen. Das können Sie nicht wirklich für Victoria wollen …«

Elisas Tochter Emma war an dem Tag, an dem die Iwa ihre Familie nach Kauai bringen sollte, merkwürdig schweigsam. Elisa wusste, ihre Tochter machte sich Sorgen um ihren Freund, den jungen deutschen Offizier der Geier. Mit dem Rest der Besatzung war Michael vor einigen Tagen von amerikanischen Soldaten abgeholt und ins Hafengefängnis gebracht worden. Dort würden die Deutschen aufs Kriegsende warten müssen, da sie sich seit Kriegseintritt auf feindlichem Boden befanden. Michael war einige Male zum Essen bei ihnen am Washington Place gewesen. Die ganze Familie hatte ihn sofort gemocht, weil er warmherzig war und einen wundervollen Humor besaß. Die sonst meist fröhliche Emma war jetzt schon seit mehreren Tagen still und niedergeschlagen, aber weder Elisa noch Amala kamen an sie heran. Gerd, der sie am besten kannte, gab keine Auskunft, und nicht einmal Hokulele konnte ihr ein Lächeln entlocken. Sie war es auch, die Elisa auf die richtige Idee brachte.

»Emma vermisst ihren Liebsten!« Kaum waren die Worte raus, sah Elisa das Verhalten ihrer Tochter in einem neuen Licht. Sie erinnerte sich daran, wie blass Emma seit Wochen trotz ihrer Honighaut war. Zudem mochte sie nichts mehr essen und verschwand bisweilen, weil ihr übel war.

»Bin nicht zur Petze geboren ... hab meine Emma viel zu gerne, um ihr Schwierigkeiten zu machen.«

Amala wusste schon Bescheid. Emma war schwanger und wollte das Kind von Michael bekommen. Weder die Tatsache, dass er ein amerikanischer Volksfeind war, noch seine Ehe und zwei Kinder in Deutschland konnten sie davon abbringen.

»Michael hat mir bei seinem Leben geschworen, er würde mich mehr lieben als seine deutsche Frau ...«

»Was hast du dir nur dabei gedacht, mein Kind?«

Es war natürlich eine überflüssige Frage, denn Emma hatte nicht gedacht, sondern nur gefühlt, und sie litt jetzt zu allem

Überfluss noch an gebrochenem Herzen, da sie nicht mit nach Kauai sollte. In Elisas Armen weinte sie lange.

»Kann ich nicht hier in Honolulu mit den Brüdern wohnen und warten, bis Michael aus dem Gefängnis entlassen wird? Dann könnten wir gemeinsam fliehen. Auf Kauai könnten wir uns im Waimea Canyon oder an der Na-Pali-Küste verstecken ... So wie du damals, Ma. Du bist auch geflohen, weil du Pa geliebt hast. Ihr beide habt euch jahrelang versteckt, zuerst auf Kauai, dann auf Oahu und danach Jahre lang auf Maui. Du warst kaum älter als ich, als du dich in Pa verliebt hast ...«

Es war alles wahr, so wie meistens, denn Emma war nicht nur eine kluge junge Frau, sie hatte auch die Fähigkeiten einer Kahuna. Es würde sie zu einem besonderen Weg im Leben befähigen, dennoch hatte Elisa große Zweifel.

»Zunächst muss ich mit Pa sprechen ... Michael gehört zur deutschen Marine ...«

Als Elisa es Kelii so schonend wie möglich beibrachte, versteinerte er auf der Stelle. Dann sprach er mit Emma. Die Unterredung dauerte länger als eine Stunde, danach waren Emmas Augen rot geweint und sie schloss sich in ihr Zimmer ein.

Weder an diesem noch an den folgenden Tagen verließ die Iwa den Hafen, denn Emma kam nicht aus ihrem Zimmer. Am dritten Tag, als sie das Essen verweigerte, gingen Elisa und Kelii zum Hafengefängnis. Sie verlangten, den Kapitän der Geier zu sprechen, Michaels Vorgesetzten.

Einen Tag später kam ein Brief am Washington Place an, der Emma das Herz brach, aber ihre Welt auch wieder geraderückte. Michael hatte sich nach einem längeren Gespräch mit seinem Kapitän auf die Liebe zu seiner Frau und zu seinen Kindern in Deutschland besonnen oder aber zumindest auf seine Verpflichtung. Er bat Emma darum, ihm zu verzeihen, doch sie würden sich nie mehr wiedersehen.

»Und was ist mit meinem Kind?«

Elisa sah sich selbst in Emmas panischen Augen. Sie fühlte ihre eigene Not mit Victoria, obwohl es eine andere Situation gewesen war. Der lebenslange Schmerz, den sie seitdem trug, machte nur einen Teil ihres Herzens schwer, denn ihr Leben war voll und glücklich. Doch war dieser Schmerz nötig? Konnte es nicht noch mehr Liebe in ihrer Familie geben?

Mit jedem Tag, den sie mit Kelii verbrachte, kamen sie sich ein Stück näher. Noch schlief er in einer Hängematte im Garten und nicht in Elisas Bett, doch er nannte sie jetzt täglich *ipo*. Oft legte er wie früher seinen Kopf auf ihre Schulter, wenn sie alleine waren. Es ging langsam voran, aber die Richtung stimmte. Wie konnte Elisa bei so viel eigenem Glück ihrer Tochter einen solchen Schmerz zufügen?

Sie besprach sich zuerst mit Kelii, dann mit Amala und den Jungs und schließlich zuletzt mit Hokulele, da sie die Kleinste im Familienboot war.

»Willst du ein kleines Geschwisterchen bekommen, mit dem du spielen kannst, wenn du magst, und dem du jeden Tag deine schönen Lieder vorsingst?«

Danach waren Emma und Hokulele noch unzertrennlicher als zuvor. Auf der Überfahrt mit der Iwa hörte man sie über ihr zukünftiges Kind sprechen, als wären sie ein altes Ehepaar.

Der Tag nach dem Vollmondfest, an dem der Ältestenrat Kelii feierlich als Dorfchef von den *aumakua* segnen ließ, war ein warmer Maitag voll heiterem Sonnenschein.

»Ma, schau mal, was Amala für dich hat … es ist von deiner Ma, hat sie gesagt, und es steht schon lange hier.«

Elisas alter Kinderkoffer aus Hamburg stand mitten in der Familienhütte. Gerd, Emma und Hokulele warteten darauf, dass sie ihn öffnete. Amala hielt sich im Hintergrund, aber auch sie war neugierig. Elisas Kinderkoffer war im Jahr 1893 mit dem Dreimaster Bremen III nach Kauai gekommen. Ihre

Mutter hatte ihn wohl all die Jahre für sie aufgehoben und eines Tages ins Dorf bringen lassen.

Wunder aus der alten Heimat kamen zum Vorschein, darunter das Hochzeitsfoto ihrer Eltern in Hamburg und eine Zeichnung vom Haus ihrer Großeltern an der Elbe, in dem Johannes einst als illegaler Sohn der Köchin zur Welt gekommen war. Weiterhin verblichene Heiligenbildchen aus dem Hamburger Michel, eine kleine Porzellanpuppe aus Elisas alter Puppenstube, die Hokulele sofort in Beschlag nahm.

Dann Elisas erste Tagebuchaufzeichnungen sowie ein Poesiealbum ihrer Hamburger Lyzeumszeit. Das interessierte vor allem Emma. Gerd bekam ein kaputtes silbernes Monokel. Elisa meinte sich zu erinnern, es hätte einst ihrer adeligen Großmutter gehört.

Elisas größte Freude war ihr alter Aquarellkasten mit den drei Pinseln aus feinstem Menschenhaar. Ihr Vater hatte die Pinsel aus Elisas eigenen Haaren anfertigen lassen, als sie acht Jahre alt war. Sie erinnerte sich noch genau, wie sie mit ihrem Vater in der Hamburger Küche saß, er ihr Haare für die Pinsel abschnitt und ihre Mutter zornig geworden war.

»Warum hat sie denn geschimpft?«

Hokulele und Emma wollten es ganz genau wissen, denn für sie war Clementia eine ferne Wunsch-Großmama, die zwar schwarze Perlen gebracht hatte, aber keine Tutu-Liebe.

»Meine Mutter wollte nicht, dass ich mit meinen eigenen Haaren ein Bild male ... das sei etwas für Heiden.«

Einige Farben in dem Kasten waren zum Teil vertrocknet und rissig und gaben kaum mehr Pigment ab. Andere hatten sich über die Jahre gut gehalten. Nachdem sie den Kasten in dem Becken am Wasserfall gesäubert hatte, legte sie die Mappe mit dem Papier hin, die ebenfalls im Koffer war. Bei einigen Kinderbildern konnte sie die Rückseite benutzen, doch sie hatte noch über zwanzig leere Blätter, eine wahre Kostbarkeit.

Elisa versuchte, in ihren alten Farben die Landschaft um das Dorf herum neu zu entdecken, und heute war ihr Motiv der Wasserfall. Als Kelii sie beim Malen sanft auf den Nacken küsste, war allein das schon ungewöhnlich. Küsse hatte es noch keine gegeben, nur Umarmungen. Ihm musste etwas Besonderes auf dem Herzen liegen. Noch erstaunter war sie, als sie von ihm zärtliche Worte hörte, wie sie sonst nur die jungen Männer im Dorf ihren Auserwählten zuflüsterten. Dann zog er sie mit sich an dem Wasservorhang vorbei ins Dunkle.

Hinter dem Wasserfall, in der nassen Höhle, in der er vor vielen Jahren zum ersten Mal ihren Körper erforscht hatte, spürte sie zum ersten Mal wieder sein Begehren. Sie war zunächst unsicher, denn ihr Körper hatte sich verändert, sie war weicher und mütterlicher geworden und zeigte erste Spuren des Alters. Er lächelte nur, als sie zögerte, und übernahm die Führung. Sie liebten sich langsam und genüsslich, während der Wassernebel mit der untergehenden Sonne ein Farbenmeer in den Himmel malte. Danach waren sie glücklich wie ausgelassene Kinder, und als sie sich unter dem Wasserstrahl gegenseitig wuschen, verging das letzte bisschen Schmerz. Vor ihnen lag noch so viel Leben.

»Würdest du in der Kirche von Lihue zu mir stehen, vor allen Menschen, die sehen wollen, wie ein *kanaka* einer *haole* sein Jawort gibt? Würdest du mich heiraten?«

Er stellte ihr die Frage auf dem abendlichen Rückweg in ihr Dorf. Seine Augen waren tief und geheimnisvoll wie das nächtliche Meer. Ihr halbes Leben hatte Elisa auf diesen Moment gewartet, zwanzig lange Jahre. Sie küsste ihn, als gäbe es kein bedrohliches Morgen in ihrer zerrissenen Welt. Dann sagte sie Ja.

22. Kapitel

Frau im Mond, Juni 2011

Auf der Lanai vor dem Schlafzimmer von Maja und Keanu war ein großes buntes Matratzenlager entstanden. Eine hawaiische Geburt, wie Maja sie hinter sich hatte, war kein Vergnügen, aber sie würde diese Stunden niemals vergessen. Der kleine Moana lag abgenabelt auf ihrem Bauch, alles war klebrig und feucht, und Maja fühlte sich wie ein weher Haufen Unordnung. Trotzdem war es eine Nacht voller Wunder. Um sie herum schien die Nachtluft in Schattierungen von Mitternachtsblau und Gold zu vibrieren.

»Wo, Mai? Wo soll ich graben?«

Nahe den Klippen, im warmen Sommergarten, leuchtete eine Taschenlampe, und in einiger Entfernung hörte man Mai und die Hebamme in Pidgin darüber diskutieren, unter welchem Baum die Nachgeburt vergraben werden musste. Prompt mischten sich Stefan und Leilani ein, sie waren ebenfalls im Garten. Stefan sagte den Frauen mit seinem unmöglichen deutschen Akzent, dass der Mutterkuchen unter dem roten Jasminbusch vergraben werden müsste, den Maja mit ihm neben der alten Bank gepflanzt hatte. Keanu rief von der Terrasse nach unten.

»Genau, aber vergrabt sie bloß tief genug, damit Yellow nicht auf dumme Gedanken kommt.«

Dann kam er zurück zu Maja auf die große Doppelliege. Dieses Ritual mit der Nachgeburt war ein wenig eklig, wie Maja fand, doch Keanu war anderer Meinung.

»Nein, es ist natürlich ... Hör mal zu. Ich übersetze ...«

Gemeinsam hörten sie den uralten heiligen Worten über das Vergraben der Nachgeburt zu. Der Brauch sollte verhindern, dass aus Moana in seinem späteren Leben ein rastloser Geist wurde.

»So ein rastloser Geist wie sein Großvater?«

Max war müde, vielleicht sogar noch erschöpfter als Maja. Er hatte unter Mais Anleitung mindestens so lange gestöhnt und gelitten wie seine Tochter, wie es die alte Sitte verlangte, doch zwischendurch hatte er auch seine Frau in Deutschland beruhigen müssen.

Sabji lag ganz ruhig hinter Maja. Ob sie schlief oder sich nur entspannte, war nicht eindeutig, doch immer noch lag ihre Hand auf Majas Rücken, direkt hinter ihrem Herzen. Immer wieder hatte sie während der Geburt dort ihre Hand hingelegt, und Maja hatte eine unglaubliche Kraft gespürt. Da war der Wasserfall, dann der Ozean am Riff mit Haien aus ferner Zeit. Aber auch Elisa hatte Maja gespürt. Mehr als einmal glaubte sie, vor ihrem inneren Auge zu sehen, wie Elisas schon alte Hände ihrerseits die kleine Sabji bei der Geburt hielten und segneten, während in Honolulu der Hafen von Pearl Harbor brannte.

Ho'okalakupua lima, heilende Zauberhand, so hatte Keanu Sabji während der Geburt wiederholt genannt.

Maja verstand immer mehr über ihre wortlose Tutu. Sabji war Kahuna.

Keanu lag jetzt neben Maja. Gemeinsam sahen sie ihren Sohn an. Ohne es zu ahnen, hatten sie in einer wilden Nacht in Südfrankreich dieses Wunder begonnen. Er war ein zufriedenes Baby mit dichten schwarzen Haaren, einer kritisch gerunzelten Stirn und einem herzerweichenden Schmollmund.

Als der Kleine aufwachte, nahm Keanu ihn auf den Arm, trug ihn an das Geländer der Lanai und hob seinen Sohn mit ausgestreckten Armen weit empor, damit Moanas Augen in seiner Geburtsnacht den Mond sehen konnten. Das brachte Glück.

In diesem Augenblick meinte Maja, in den schattigen Kratern des Mondes, der schwer über dem Riff hing, die zarte Gestalt einer jungen Frau zu erblicken.

Sie musste an Malia denken.

Epilog

… und glaube nicht, du kannst den Lauf der Liebe lenken,
denn die Liebe, wenn sie dich für würdig hält, lenkt deinen Lauf.
Liebe hat keinen anderen Wunsch, als sich zu erfüllen.
Aber wenn du liebst und Wünsche haben musst,
sollst du dir dies wünschen: zu schmelzen und wie ein
plätschernder Bach zu sein, der seine Melodie der Nacht singt.

Der Prophet, *Khalil Gibran*

Hawaiisch-Deutsches Glossar

akau rechts, nördlich
Alala hawaiische Krähenart
Ali'i hawaiischer Adel, Häuptling
Apapane Kleidervogel, hawaiische blaue Finkenart
aumakua Familienschutzgott
awapuhi wilder Ingwer
elemu Hintern, Po
elua zwei
ha Atem, Lebenskraft, spirituelle Energie
hakahaka ili leere Haut
haole Weiße, seelenlos
haole mana Energie der Seelenlosen
hele mai komm zu mir
hema links, südlich
hoku Stern (auch Name)
hokulele Sternschnuppe
ho'oipoipo Liebe machen
ho'okalakupua Magie
ho'okalakupua lima heilende Zauberhände
I'iwi Kleidervogel, hawaiische rote Finkenart
ipo Liebling
Kahuna Heiler, Priester
kapu verboten, heilig, tabu
kanapi Hundertfüßler
kokua Helfer, helfen

kanaka Hawaiianer
keiki Kind
kohana nackt, allein
kupuna kane Großvater
kupuna wahine Großmutter
Lanai Veranda
lei Blumenkette
lewalani Himmelreich
lima Hand
lu'au Party mit hawaiischem Essen
ma'ema'e sauber, keusch, attraktiv
mahalo danke, Dank, Respekt
Mai Pake Hansensche Krankheit (Lepra)
makuahine Mutter
makuakane Vater
mana Energie, Kraft, spirituelle Energie
mano Hai
Menehune legendäres hawaiisches Zwergenvolk
Moana Ozean (auch Name)
mo'opuna wahine Enkeltochter
mu'umu'u (mumu) traditionelles hawaiisches Gewand
nani Schönheit
ohana Familie, Verwandtschaft
pau zu Ende, zerstört, fertig, satt
Poi traditioneller Brei aus Tarowurzeln
pua Blüte, Blume
pueo hawaiische Eule
pupule verrückt, wild, rücksichtslos
pu'uwai Herz, Lunge
tutu(kuku) Oma, Opa

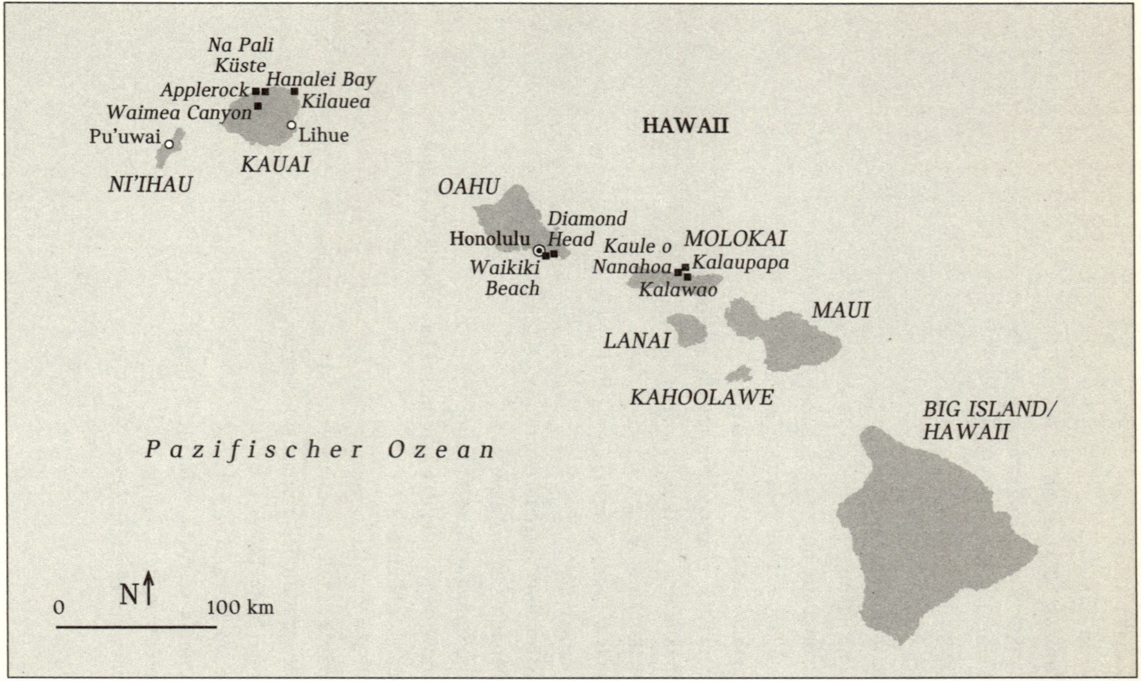
HAWAII
Na Pali
Küste
Hanalei Bay
Applerock
Kilauea
Waimea Canyon
Pu'uwai
Lihue
KAUAI
NI'IHAU
OAHU
Diamond
Head
Honolulu
Waikiki
Beach
Kaule o
Nanahoa
MOLOKAI
Kalaupapa
Kalawao
MAUI
LANAI
KAHOOLAWE
BIG ISLAND/
HAWAII
Pazifischer Ozean
N
0
100 km

Noemi Jordan

Tal der tausend Nebel

Roman. 464 Seiten.
Piper Taschenbuch

Elisa hat die strapaziöse Schiffspassage von Europa nach Hawaii gut überstanden. Auf der Insel Kauai soll sie einen vermögenden Kolonialherren heiraten, um die Zuckerrohrplantage ihrer Familie zu retten. Doch auf dem Weg zum Festland passiert das Unvorstellbare: Elisa wird von einem Hai angegriffen. Der Hawaiianer Kelii rettet ihr zwar das Leben, aber fortan ist die junge Frau körperlich gezeichnet, und aufgrund ihrer Narben wird die Hochzeit abgesagt. Elisa verzweifelt am Leben. Nur bei Kelii, der sie in die faszinierende Welt der Hawaiianer einführt, fühlt sie sich als Frau. Da rächt sich ihr ehemaliger Verlobter auf grausame Weise und hinterlässt ihr eine Frucht des Hasses …

05/2721/01/L

Emma Temple

Der Tanz des Maori

Roman. 480 Seiten.
Piper Taschenbuch

Seltsame Träume plagen Sina, seit sie in Neuseeland angekommen ist: Jede Nacht erscheint ihr ein tanzender Maori. Als sie in einem alten Fotoalbum das Bild einer Frau entdeckt, die ihr bis aufs Haar gleicht, ist sie schockiert: Wer war die mysteriöse Unbekannte, die Anfang des Jahrhunderts hier lebte? Erst, als sich Sina in Brandon verliebt und alle Zeichen gegen ihre Liebe stehen, beginnt sie zu ahnen, dass sie das letzte Glied in einer langen Kette miteinander verbundener Schicksale zu sein scheint …

05/2612/01/R

Sarah Harvey

Das Rosenhaus

Roman. Aus dem Englischen von Marieke Heimburger. 384 Seiten. Piper Taschenbuch

Als Lily mit ihrem Ehemann Liam von London nach Cornwall zieht, ahnt sie nicht, wie sehr diese Entscheidung ihr Leben verändern wird. In dem einsamen Haus an der Küste und der nebligen Kälte des südenglischen Winters entfremdet sie sich zunehmend von dem Mann, der einst ihre große Liebe war. Liam ist kaum noch zu Hause, lebt nur noch für seine Arbeit. Nach einem heftigen Streit scheint ihre Ehe kurz vor dem Aus. Doch ein dramatischer Unfall sorgt dafür, dass nichts mehr so ist wie zuvor …

»Wunderschöne Liebesgeschichte mit zuverlässigem englischen Humor und dermaßen sympathischen Figuren, dass man auf der Stelle nach Südengland ziehen will.«

Brigitte über Sarah Harveys Bestseller »Kann ich den umtauschen?«

05/2716/01/L

Sarah Harvey

Wiedersehen in Stormy Meadows

Roman. Aus dem Englischen von Marieke Heimburger und Sabine Schulte. 368 Seiten. Piper Taschenbuch

Natalie ist verzweifelt. Obwohl seit dem Autounfall ihres Mannes Rob schon zwei Jahre vergangen sind, kann sie seinen Tod nicht verwinden. Doch darf sie sich in ihrer Trauer nicht verkriechen, denn es gibt noch einen Menschen, der Rob schmerzlich vermisst: seine Tochter aus erster Ehe, Cassandra. Während Natalie alles daransetzt, Cassie neuen Lebensmut zu geben, taucht von unerwarteter Seite ein Hoffnungsschimmer auf. Ein Hoffnungsschimmer namens Connor …

»Wunderschöne Liebesgeschichte mit dermaßen sympathischen Figuren, dass man auf der Stelle nach Südengland ziehen will.«

Brigitte über »Kann ich den umtauschen?«

»Liebesgeschichte mit englischem Humor – wer keinen Urlaub mehr hat, sollte dieses Buch lesen.«

Braunschweiger Zeitung über »Das Rosenhaus«

05/2717/01/R

Greta Hansen

Zwischen uns der Ozean

Roman. 384 Seiten. Piper Taschenbuch

Ein Neuanfang in Amerika! Davon träumen Paula Klausner und ihre Eltern, als sie mit dem Ozeandampfer über den Atlantik reisen. Auf Ellis Island aber wird der 16-Jährigen die Einreise verwehrt. Brutal wird Paula von ihrer Familie getrennt und allein nach Hamburg zurückgeschickt. Doch Paula gibt nicht auf. Mit der Hilfe neu gewonnener Freunde erkämpft sie sich gegen alle Widrigkeiten eine verheißungsvolle Zukunft. Und sie hört nicht auf, nach ihrer in New York verschollenen Familie zu suchen. Muss sie die Liebe ihres Lebens opfern, um sie wiederzufinden?

05/2684/01/L

Judith Lennox

Das Herz der Nacht

Roman. Aus dem Englischen von Mechtild Sandberg. 560 Seiten. Piper Taschenbuch

Eine neue Welt eröffnet sich der jungen Engländerin Kay Garland, als sie in den Dreißigerjahren Gesellschafterin der Millionärstochter Miranda wird. Der Luxus und das mondäne Leben faszinieren sie, doch lernt sie auch die Schattenseiten des Reichtums kennen. Als Kay von Mirandas Vater unvermittelt entlassen wird, muss sie nach England zurückkehren. Miranda hingegen erlebt als Ehefrau eines deutschen Grafen in Ostpreußen den Kriegsausbruch. Die dunklen Zeiten fordern von beiden Freundinnen mutige Entscheidungen …

»Ein Liebesroman voller Gefühl und Spannung – einfach wunderbar.«
Für Sie

05/2640/02/R

Nicolas Barreau

Die Frau meines Lebens

Roman. Aus dem Französischen von Sophie Scherrer. 144 Seiten. Piper Taschenbuch

Eines Mittags sitzt im Pariser Lieblingscafé des passionierten Buchhändlers Antoine wie vom Himmel gefallen die Frau seines Lebens. Beim Hinausgehen wirft die schöne Unbekannte ihm ein Kärtchen mit einer Telefonnummer zu, die aber nicht mehr vollständig ist. Antoine hat nun zehn verschiedene Möglichkeiten und nur vierundzwanzig Stunden Zeit, um die Frau seines Lebens wiederzufinden … Ein federleichter und lebenskluger Roman über den wunderbaren Wahn der Liebe.

»Atemlos folgt man Antoine auf seinen Wegen und bangt mit ihm um den Erfolg der Unternehmung. Und man hofft mit ihm auf ein Happy End und wünscht, das Buch möge niemals enden.«

literature.de

05/2445/01/L

Lionel Shriver

Liebespaarungen

Roman. Aus dem Amerikanischen von Monika Schulz. 592 Seiten. Piper Taschenbuch

Irina McGovern kann sich ein Leben ohne den klugen, geistreichen und verlässlichen Lawrence nicht vorstellen – auch wenn die Leidenschaft ihrer Liebe mit den Jahren abgeflaut ist. Doch als Irina sich der überwältigenden Anziehungskraft von Ramsey hingibt, verändert ein Kuss ihr Leben und ein Spiel mit zwei Wirklichkeiten beginnt …

»Wie die Leidenschaft einer neuen Liebe aufflammt und dann im Alltag verkokelt, wie die Intimität einer langen Beziehung einem Kraft gibt und im nächsten Moment die Luft abschnürt, wie Sex uns erheben und bedrücken kann – darüber hat seit Langem niemand so rasant und so lebensklug geschrieben.«

Brigitte

05/2542/01/R